Schatten über Duntulm Castle

Aileen P. Roberts

Für

Claudia

Schatten über Duntulm Castle

Aileen P. Roberts

Bibliografische Information der Deutschen Nationalbibliothek: Die Deutsche Nationalbibliothek verzeichnet diese Publikation in der Deutschen Nationalbibliografie; detaillierte bibliografische Daten sind im Internet über http://dnb.d-nb.de abrufbar.

Besuchen Sie uns auf:
www.UlrichBurgerVerlag.de

ISBN: 978-3-943378-39-9
1. Auflage 10/2017

Verlag: UlrichBurger-Verlag, Homburg/Saar
Covergestaltung: Isabell Valentin
Foto: © high_resolution / Fotolia.com
© Tetiana / Fotolia.com
Schrift: Prosa Libre : © 2015 by Jasper de Waard. All rights reserved.
Black Chancery font: version of 11/19/91 © by Earl Allen/Doug Miles
Innenillu: fotolia © seliaz
Printed by Bookpress, Olsztyn

Speed, bonnie boat, like a bird on the wing,
Onward! the sailors cry;
Carry the lad that's born to be King
Over the sea to Skye.
Yet e'er the sword cool in the sheath
Charlie will come again.

Kapitel 1
Der silberne Hengst

Nebel hing über Glen Sneosdal und nicht nur die klagenden Töne der Dudelsäcke in der Ferne jagten den Kriegern eisige Schauer über den Rücken. Ein kalter Spätsommertag war angebrochen und der Wind von der Quiraing Ridge brachte schon das Versprechen auf einen frühen Wintereinbruch mit sich. Die MacArthurs und die MacKenzies hatten sich an diesem Tag in dem verlassenen Tal getroffen, da angeblich Männer vom Clan MacArthur ihrem Nachbarclan Schafe gestohlen hatten. Doch der Grund war nebensächlich, denn zwischen den beiden Familien herrschte schon seit Generationen erbitterte Feindschaft.

Mit lautem Gebrüll stürzten sich die Männer aufeinander, Schwertergeklirr hallte von den kargen Bergen wider und hier und da begann sich das aufgeblühte Heidekraut rot zu färben.

»Caitlin, was tust du denn hier?«, ertönte eine dunkle Stimme hinter dem Rücken des Mädchens, das gebannt und mit großen Augen den Kampf unterhalb der Klippe verfolgte, auf der sie lag.

Die Kleine fuhr herum und blickte direkt in das wettergegerbte Gesicht eines grauhaarigen Mannes.

»Warum müssen Männer immer kämpfen, Angus?«, fragte Caitlin mit heller Stimme.

Angus setzte sich neben Caitlin auf einen Stein und legte den Arm um sie. Unter ihnen brüllten die Männer ihre Schlachtrufe und droschen noch immer wild aufeinander ein.

»Es geht um Stolz und Ehre, Schafe, Frauen, was weiß ich«, seufzte Angus. Der alte Mann lebte schon seit vielen Jahren im Clan der MacArthurs. Er hatte Caitlin, die zweite Tochter des Clanführers, ebenso aufwachsen sehen wie ihre ältere Schwester Glenna und die beiden Brüder Fergus und Wallace. Letzterer war während einer ähnlichen Clanfehde vor drei Jahren ums Leben gekommen.

Caitlin zuckte zusammen, als einer der Männer einen Todesschrei ausstieß. Um wen es sich handelte, konnte man nicht erkennen, denn der Nebel hatte sich verdichtet, und gewährte dem Beobachter nur wenige Bilderfetzen.

»Komm jetzt, das ist nichts für ein zehnjähriges Mädchen«, sagte Angus sanft, zog Caitlin an der Hand hoch und schon machten die beiden sich auf den Weg in Richtung des kleinen Dorfes am Meer, wo Caitlin mit ihrer Familie lebte.

Weit waren sie noch nicht gekommen, als plötzlich ein leises Wiehern die Stille durchschnitt. Angus wollte Caitlin weiterziehen, doch das Mädchen blieb stehen und lauschte.

»Komm mit, es ist sicher nur eines der wilden Ponys.«

Doch Caitlin hörte nicht auf ihn. Stattdessen riss sie sich los, rannte den von kurzem Gras bedeckten Hügel hinauf und entdeckte eine Stute, die gerade in den Wehen lag. Offensichtlich hatte sie Schwierigkeiten mit der Geburt.

»Angus, komm, du bist ein Heilkundiger«, rief Caitlin aufgeregt und rutschte vorsichtig in die kleine Senke. Sie kniete sich neben die graubraune Stute, deren Fell vor lauter Schweiß beinahe schwarz wirkte. Ihr Bauch hob und senkte sich schwer, offenkundig, war sie am Ende ihrer Kräfte.

Der alte Mann bemühte sich nach Kräften, zog den eingeklemmten Fuß des kleinen Tieres behutsam in die richtige Position, massierte der Stute den aufgedunsenen Leib und bemühte sich bei jeder der schwächer werdenden Wehen, das Fohlen ein Stückchen weiter ins Leben zu ziehen. Leider hatte die Stute aber bald kaum noch Kraft zu pressen und unter großer Anstrengung holte Angus das kleine Pferd schließlich ans Tageslicht. Gemeinsam mit Caitlin entfernte er rasch die Eihaut, befreite die winzigen Nüstern von Blut und Schleim und befahl Caitlin dann, das Stutfohlen trockenzureiben. Kurz darauf wurde klar, dass Angus für die Mutterstute nichts mehr tun konnte, denn ihre Atemzüge wurden schwächer und so mussten sie mit ansehen, wie sie innerhalb kurzer Zeit verblutete. Caitlin weinte leise vor sich hin, rieb aber weiterhin das Fohlen hingebungsvoll mit ihrem Rock ab.

Angus' große, schwielige Hand legte sich auf ihren dünnen Arm.

»Caitlin, das Kleine wird ohne Mutter nicht überleben. Es ist spät im Jahr und jetzt bekommt es keine Milch.«

Beschützend beugte sich Caitlin über das Fohlen. »Ich werde mich um sie kümmern.« Dann strahlte sie den alten Mann an. »Ich werde sie Aila nennen.« Caitlin deutete auf einen der großen alten Steine, die, wie auch hier, an vielen Stellen der Isle of Skye verteilt standen und noch der Zeit der Kelten entstammten. »Sie wurde an einem machtvollen Platz geboren, sie wird überleben.«

Angus seufzte. »Nur weil der Name Aila ›von einem machtvollen Platz‹ bedeutet, heißt das noch lange nicht …«

Der alte Mann wurde unterbrochen, als eine Gruppe junger Männer vom Clan MacArthur den nördlichen Hügel herabgerannt kam, allen voran Fergus, Caitlins Bruder.

»Ha, wir haben sie in Grund und Boden gestampft!«, rief der kräftige junge Mann mit den dicken dunkelblonden Haaren, die ihm wild vom Kopf abstanden. Er war jetzt achtzehn Jahre alt und immer wieder froh, seine Männlichkeit unter Beweis stellen zu können.

»Sie sind gerannt wie die Karnickel!«, brüstete sich auch Calum, ein anderer jüngerer Mann aus dem Clan, der ebenfalls keine Gelegenheit ausließ, sich zu beweisen.

Erst jetzt schien Fergus die tote Stute und das Fohlen aufzufallen. »Was hast du denn mit dem Fohlen vor?«, fragte er seine kleine Schwester.

Caitlin streichelte dem Fohlen, das sich nun ein wenig zu bewegen begann, über den kleinen Kopf. »Sie heißt Aila und ich nehme sie mit nach Hause.«

»Sei nicht närrisch, wir haben im Winter selbst zu wenig zu essen«, schimpfte Fergus im Tonfall seines Vaters, »da kannst du doch nicht auch noch ein Fohlen mit durchfüttern.«

»Eine der Stuten aus unserer Herde hat ihr Fohlen auch erst vor kurzer Zeit bekommen. Vielleicht nimmt sie die Kleine an.«

Fergus schnaubte verächtlich, doch Caitlin ließ sich nicht beirren und zog trotzig die Augenbrauen zusammen.

»Und wenn nicht, dann melke ich die Stute eben und füttere das Fohlen mit der Hand.«

»Mädchen!« Fergus schüttelte den Kopf und nahm seinen Freund Calum am Arm. »Komm, wir gehen was trinken und feiern unseren Sieg.«

Die beiden wollten gerade loslaufen, als plötzlich der Nebel aufriss und wie von Geisterhand ein Pferd auf der Anhöhe vor ihnen stand. Nebelschwaden ließen es immer wieder verschwinden und da der Hengst weißes Fell besaß konnte man die Konturen des Pferdes kaum von dem wabernden Dunst unterscheiden. Urplötzlich trat Stille ein, gerade so, als hätten die großen dunklen Augen des Tieres jegliches Geräusch in sich aufgesogen.

»Der Sidhe-Hengst«, keuchte Fergus voller Panik und eilte zu seiner kleinen Schwester. »Lass das Fohlen, er kommt es holen.«

»Gealach«, flüsterte Caitlin hingegen fasziniert. Bewegungslos stand das Pferd da und blickte auf die Menschen hinab. Erneut strich der Nebel um die Beine des Hengstes, so dass Caitlin den Eindruck hatte, er würde über dem Boden schweben. Sie hatte den Hengst schon öfters gesehen, das erste Mal in einer klaren Mondnacht, und deswegen hatte sie ihm, für sich im Geheimen, den gälischen Namen für Mond ›gealach‹ gegeben. Schon seit vielen Generationen ging hier in den Highlands die Legende von einem geheimnisvollen Pferd um, das mal hier, mal da auftauchte und ein Wesen des Feenreiches, der ›sidh‹, war. Die meisten Menschen hatten Angst vor ihm und sahen in ihm einen Todesboten, doch Caitlin war von diesem Pferd fasziniert. Zwar war er, wie die meisten Highlandponies der Gegend, kräftig und stämmig gebaut, doch er hatte einen edlen Kopf und zusammen mit der langen, silbrig schimmernden Mähne und den endlos tiefbraunen Augen strahlte er etwas Majestätisches aus.

»Jetzt komm schon, Caitlin«, drängte ihr Bruder, und auf einmal war aus dem strahlenden Krieger ein ängstlicher Junge geworden.

»Er kommt sie nicht holen«, flüsterte Caitlin, »ich glaube, er möchte, dass ich mich um sie kümmere. Vielleicht ist sie seine Tochter.«

»Umso schlimmer.« Fergus riss seine kleine Schwester gewaltsam hoch. Die anderen jungen Männer waren bereits fortgerannt, nur Angus starrte mit zusammengezogenen Augenbrauen auf den Hügel. Der Hengst war allerdings schon wieder wie ein Schatten verschwunden, dennoch hatte es für Caitlin den Anschein, als wären die Umrisse des außergewöhnlichen Pferdes noch immer im Nebel sichtbar.

»Ich nehme das Fohlen«, verkündete er bestimmt.

Fergus zuckte die Achseln, gegen den älteren Mann würde er nichts sagen. Angus war ein Heilkundiger, einer, der das alte Wissen aus grauer Vorzeit bewahrte und auch lebte und nicht nur seine große, kräftige Erscheinung und die langen, silbergrauen Haare verliehen ihm eine mystische Aura, sondern vor allem seine graublauen Augen strahlten große Weisheit aus. Obwohl alle MacArthurs der christlichen Kirche angehörten, behandelten sie Angus, der die alten Feste der Kelten feierte und die Natur verehrte, doch mit großem Respekt, denn er war ein geachteter Mann, der schon vielen Clanmitgliedern das Leben gerettet hatte.

Aber jetzt konnte sich Fergus um so etwas keine Gedanken machen, denn er musste seine kleine Schwester in Sicherheit bringen.

Am Abend wurde nur noch über den glorreichen Sieg über die MacKenzies geredet und Ale und Whisky machten die Verluste zumindest ein wenig erträglicher. Zwei Clansmänner waren tot, drei weitere verletzt, und Angus kümmerte sich in seiner Hütte um sie.

Caitlin hatte Fergus das Versprechen abgerungen, ihrem Vater nichts von dem Sidhe-Hengst zu erzählen, damit sie sich um das Fohlen kümmern konnte, doch einer der anderen jungen Männer konnte natürlich seinen Mund nicht halten, als er sich mit dem glorreichen Sieg über die MacKenzies brüstete.

»Ha, und dann steht der Teufelsgaul auf dem Hügel und starrt uns mit seinen glühenden Augen an.«

Caitlin, die am Rande des Feuers gesessen hatte und dem Fohlen gerade etwas von der abgemolkenen Milch gab, die Angus ihr gebracht hatte, zuckte ertappt zusammen.

Ranald MacArthur, der Clanchief und gleichzeitig Caitlins und Fergus' Vater, runzelte die Stirn.

»Wo habt ihr das Pferd gesehen?«

»Na, deine Tochter hat doch ...«

»Der Hengst wollte Aila nicht holen«, verteidigte sich Caitlin sogleich und schlang die Arme um das schlafende Fohlen, »er wollte, dass ich auf sie aufpasse.«

»Das Fohlen muss getötet werden, sonst bringt es Unglück über den Clan«, krächzte Cormag, ein grantiger älterer Mann, der abseits des Dorfes in seiner Hütte lebte.

Caitlin sog scharf die Luft ein, doch da tauchte glücklicherweise Angus auf.

»Nein, ich glaube auch, dass der Hengst wollte, dass das Fohlen überlebt.«

»Du bist ein Narr, Angus«, regte sich Cormag auf, »du mit deinen Kräutern und heidnischen Bräuchen. Die alten Zeiten sind vorüber.«

»Aber trotz allem machst du dir Gedanken über den Fluch eines Feenhengstes«, entgegnete Angus spöttisch.

Cormag spuckte auf den Boden, dann bekreuzigte er sich. »Man kann nie wissen.«

»Mir ist gar nicht wohl bei der Sache.« Mit zusammengezogenen Augenbrauen fuhr sich Ranald über den dunkelblonden Vollbart, der bereits von einer Menge grauer Strähnen durchzogen war.

»Vater, bitte«, jammerte Caitlin und sprang auf, um ihre dünnen Arme um die Hüfte des kräftigen Clanführers zu schlingen.

»Übernimmst du die Verantwortung, Angus?«, fragte Ranald nach einer Weile.

Der ältere Mann nickte bedächtig, dann zwinkerte er Caitlin zu. »Aber auf die Hilfe deiner Tochter kann ich nicht verzichten.«

Mary, Caitlins Mutter, seufzte. »Sie schleppt ohnehin schon immer alle möglichen verletzten Tiere in unser Cottage.«

»Jetzt, wo Glenna nicht mehr bei uns wohnt, ist sowieso mehr Platz«, verteidigte sich Caitlin, dann grinste sie ihren Bruder an. »Und so wie Fergus Gillian immer ansieht …«

Ihr Bruder stieß ein Knurren aus und nahm seine kleine Schwester in den Schwitzkasten. »Du unmögliche freche kleine Hexe. Es passt hervorragend zu dir, dass du ein Geisterfohlen aufziehst.«

Caitlin kicherte und nun wandten sich zum Glück wieder alle den Geschichten vom Sieg über die MacKenzies zu.

Spät am Abend kam Caitlin noch einmal zu Angus' kleinem Steincottage, wo die zwei verletzten Männer auf einem Strohlager schliefen. Leise trat Caitlin in den Nebenraum, wo auf einer Schicht getrocknetem Heidekraut das Fohlen lag.

»Danke, Angus, ohne dich hätte ich Aila nicht behalten dürfen.«

»Schon gut.« Angus lächelte. Er hatte die kleine Caitlin schon immer besonders gemocht, außerdem half sie ihm gerne beim Kräutersammeln.

»Vater hat gesagt, demnächst werden die MacDonalds wohl mal wieder gegen die MacLeods kämpfen und wir werden uns ihnen anschließen«, erzählte sie etwas später, und blickte ihn mit ihren großen rehbraunen Augen an. »Ich will nicht, dass unsere Leute getötet werden.«

Der alte Mann setzte sich neben sie. »Es hat schon immer Clanfehden gegeben, aber ich habe das Gefühl, dass etwas noch viel Schlimmeres auf uns zukommt.«

»Was?«, fragte Caitlin atemlos.

»Ich weiß es nicht genau«, gab der alte Mann gedankenverloren zu, dann seufzte er und tippte Caitlin auf die Nase »ich sollte über so etwas nicht mit einem kleinen Mädchen sprechen.«

»Aber ich bin gar nicht mehr so klein«, widersprach sie.

»Irgendetwas liegt in der Luft«, murmelte Angus, »und ich befürchte, die Streitigkeiten der Clans werden dagegen nicht mehr sein als die Laus im Pelz eines Wolfes.«

Kapitel 2
Der Engländer

Sechs Jahre später:
Ein warmer und sonniger Sommertag neigte sich dem Ende zu. Caitlin, nun sechzehn Jahre alt, war gerade dabei, getrockneten Torf, welchen sie und ihre Familie vor einiger Zeit gestochen hatten, in die geflochtenen Weidenkörbe zu legen. Der laue Westwind, der vom Meer her kam, ließ Caitlins lange dunkelblonde Haare fliegen und sie band sie rasch zusammen. Wegen des warmen Wetters trug Caitlin nicht, wie es normalerweise üblich war, mehrere Röcke übereinander, sondern nur ein leichteres Leinenkleid. Ihre Mutter würde sicher schimpfen, wenn sie das sah, denn sie sagte, Caitlin wäre, im Gegensatz zu ihrer Schwester Glenna, ohnehin viel zu dürr.

»Gleich haben wir's geschafft, Aila«, sagte sie zu dem Pferd. Mit Angus' Hilfe war es Caitlin tatsächlich gelungen, das Fohlen damals über den Winter zu bringen und zu einem starken und kräftigen Pferd aufzuziehen. Die silbergraue Mähne der dunkelfuchsfarbenen Stute war ein besonderes, wenn auch äußerst seltenes Merkmal, und erinnerte Caitlin und auch einige andere des Dorfes, wie ihren Bruder Fergus und den alten Angus stets an die Begegnung mit dem Sidhe-Hengst. Aila dankte Caitlin ihre Fürsorge mit Vertrauen und Treue. In diesen Tagen kümmerte sich normalerweise niemand sonderlich um sein Pferd, sie dienten als Lastentiere oder wurden für die Landwirtschaft eingesetzt. Zwischen Caitlin und Aila hingegen bestand eine Freundschaft, die sie sich von nichts und niemandem nehmen ließen. Mittlerweile war Caitlin sich sicher, dass Gealach, der Sidhe-Hengst, Ailas Vater war, denn die Stute hatte die gleiche silbergraue Mähne und den edlen Kopf. Außerdem hatten sie den Hengst auf gelegentlichen Ritten in die Berge auch hin und wieder aus dem Augenwinkel heraus gesehen.

Doch viel Zeit für solche Annehmlichkeiten blieb Caitlin leider nicht mehr, seitdem sie älter geworden war. Das Leben im schottischen

Hochland war hart und voller Entbehrungen und Caitlin musste auf den Feldern helfen, ihrer Mutter zur Hand gehen und bald würde sie sogar heiraten. Daran wollte Caitlin im Augenblick allerdings nicht denken. Die MacArthurs und die MacKenzies hatten endlich Frieden geschlossen und den wollten sie besiegeln – mit der Hochzeit von Caitlin und dem Sohn des Clanführers, Paden MacKenzie. Caitlin konnte an Paden keinen Gefallen finden, wenngleich sie viele ihrer Freundinnen um den kräftigen, selbstbewussten Mann beneideten. Andererseits war Paden sieben Jahre älter als sie selbst, und sie wusste dass er oft betrunken war und dann gewalttätig wurde. Im nächsten Frühling sollte die Hochzeit stattfinden und dann musste Caitlin zu den MacKenzies ziehen, in das Dorf auf der anderen Seite der Quiraing Ridge, einer wilden Berglandschaft, die sich über den Norden der Isle of Skye zog.

Caitlin seufzte. Sie wollte nicht heiraten, aber andererseits war sie es ihrem Clan schuldig und es war sicherlich besser, wenn sie mit den MacKenzies verbündet waren. Dies würde zumindest verhindern, dass weitere Männer ihres eigenen Clans starben, außerdem waren unruhige Zeiten angebrochen, denn die Engländer fielen über viele schottische Dörfer und Städte her und selbst auf Skye tauchten sie gelegentlich auf und stahlen, mordeten und vergewaltigten. Man sprach davon, dass sich ein Widerstand gegen die Engländer bildete, dass Charles Edward Stewart zurückkehren, und den schottischen Thron für das Haus Stewart beanspruchen wollte. Seine Vorfahren hatten 1688 durch ihre stark katholisch geprägte Politik ihren Thron verspielt und waren durch William von Oranien ersetzt worden. Schon der Großvater von Charles Edward Stewart, Jakob II. und später sein Vater, Jakob III., hatten im Laufe der letzten sechzig Jahre versucht, ihren Thronanspruch durchzusetzen, waren jedoch aufgrund mangelnder Unterstützung gescheitert. Nicht nur strenge Katholiken befanden sich unter den Jakobiten, zu denen auch Caitlins Clan zählte, sondern auch Protestanten und Anglikaner und andere schottische Patrioten, welche die Stewarts unterstützten.

Um all diese Dinge machte sich Caitlin jedoch kaum Sorgen, sie führte ein einfaches Leben, das darin bestand, gut über den Winter zu kommen, und den Frieden zwischen den Clans zu gewährleisten – und dafür musste sie Paden MacKenzie heiraten.

Der Marsch durch das schottische Hochland war während der letzten Monate kein Zuckerschlecken gewesen. Starker Regen, Wind und Kälte hatte den Männern zugesetzt, doch trotz allem machte Gregory Davis dies weniger aus als seinen Kameraden, die sich ununterbrochen beschwerten. Normalerweise hätte Gregory am Hof des Königs gedient, denn er war der Neffe eines ranghohen Generals, und als solcher hätte er auch die Annehmlichkeiten eines geruhsamen Postens genießen können. Allerdings hatte auch Onkel Geoffry nichts mehr für Gregory tun können, als dieser den Befehl seines Vorgesetzten verweigert und sich anschließend mit ihm geprügelt hatte. Daher war Gregory dazu abkommandiert worden, in einen der entlegendsten Teile Schottlands, auf die westlichen Inseln, zu ziehen, um dort die sich widersetzenden Schotten zur Ordnung zu rufen. Gregory war Soldat und er führte seine Befehle aus, trotzdem widerstrebten ihm manchmal insgeheim die Methoden der englischen Armee. Sicher, Schottland unterstand der englischen Krone, doch die wilden, sturen Männer aus dem Norden waren dem Königshaus immer wieder ein Ärgernis und so war es nur rechtens ihr aufständisches Verhalten notfalls mit Gewalt zu unterbinden. Allerdings war ein Kampf Mann gegen Mann eine Sache, das, was General Franklin häufig anordnete, jedoch eine ganz andere. Unterwegs hatte seine Kompanie teilweise grausam gewütet, doch Gregory hatte kein Interesse daran, Frauen zu vergewaltigen oder den ohnehin armen Menschen ihr letztes Brot zu nehmen, im Gegenteil, es erfüllt ihn mit Abscheu. Von vielen Kameraden wurde er deswegen verspottet und Josh, der immer der Erste war, wenn es darum ging, ein Dorf zu überfallen, hatte sogar gemeint, Gregory würde sich wohl eher zu jungen Soldaten hingezogen fühlen. Dies hatte für Josh allerdings mit einer gebrochenen Nase und mehreren angeknacksten Rippen geendet. Zwar ließ Josh Gregory nun in Ruhe, aber der Streit zwischen ihnen schwelte weiter.

»Verdammt, bin ich froh, wenn wir diese beschissene Mission endlich hinter uns haben«, fluchte Edgar, ein älterer Soldat mit einer wulstigen Narbe über der rechten Wange. »Ich habe diese elenden Mücken, das beschissene Wetter und die sturen Schotten so was von satt!« Er warf einen abgenagten Hühnerknochen ins Feuer.

»Das Wetter ist doch schon seit Tagen stabil«, widersprach Gregory und ließ seinen Blick über das blau schimmernde Meer schweifen. Sie lagerten unterhalb des Old Man of Storr, einer gewaltigen Felsnadel im Westen der Insel, und würden wohl in den nächsten Tagen das nördliche Ende erreichen. Sie wollten sehen, ob sich die MacDonalds noch in ihrem Schloss aufhielten.

»Pah, verdammtes Wetter, das wechselt hier öfters als ich meine Unterhose«, schimpfte Edgar.

»Hast du deine Unterhose überhaupt schon mal gewechselt, seitdem du England verlassen hast?«, verlangte Kevin, ein lustiger junger Mann mit feuerroten Haaren, grinsend zu wissen.

Knurrend warf Edgar einen Stein nach ihm. »Du siehst selbst schon aus wie ein verfluchter Schotte mit deinen roten Haaren.«

Kevin, der meist gut gelaunt war, zuckte die Achseln und ließ sich von Edgar nicht den Tag vermiesen. Von allen Soldaten mochte Gregory Kevin am liebsten, denn Kevin war mit seinen achtzehn Jahren nur zwei Jahre jünger als er selbst. Die anderen Soldaten, die mit ihnen ritten, waren sehr viel älter, zum größten Teil verbittert und unleidlich.

»Los jetzt«, befahl General Franklin, der Anführer der Gruppe, »wir haben noch ein gutes Stück Weg vor uns.« Seufzend erhoben sich die Männer und folgten ihrem Anführer weiter durch die mit Heidekraut übersäte Landschaft.

Caitlin war müde von der harten Arbeit dieses Tages. Obwohl das Wetter heute sehr angenehm war und eine leichte Brise sogar die Stechmücken fernhielt, hatte sie sich dennoch kaum eine Pause gegönnt. Gerade sammelte sie die letzten Torfstücke zusammen, da tauchte ein einzelner englischer Soldat hinter dem nächsten Hügel auf. Zunächst glaubte Caitlin, er hätte sie nicht entdeckt, und duckte sich in den Schutz einer Hügelkuhle. Sie wagte kaum zu atmen, das Herz schlug ihr bis zum Hals und sie betete, dass der Engländer einfach weitergehen würde. Erst vor einigen Tagen hatte sie das Gespräch ihrer Mutter mit einer Frau vom Nachbarclan mitbekommen, die erzählt hatte, dass ihre Nichte, die weiter im Süden der Insel lebte, von englischen Soldaten geschändet und anschließend getötet worden war.

Ich will noch nicht sterben, dachte sie und biss sich auf die Lippe. Der Mann urinierte auf einen kleinen Felsen und Caitlin atmete auf, als er sich anschickte zu gehen, doch auf einmal drehte er sich zu ihr um und ein böses Grinsen, das faulige Zähne zeigte, breitete sich auf seinem Gesicht aus.

Caitlin spurtete los wie ein Kaninchen auf der Flucht. Sie hastete voran, stürzte in das Heidekraut, raffte sich wieder auf. Mit all der Kraft, die ihr das anstrengende Tageswerk noch gelassen hatte, rannte sie davon, doch der Mann war schneller, schnitt ihr den Weg ab und stürzte sich von oben auf sie, wobei er sie zu Boden riss. Obwohl Caitlin biss, kratzte und um sich trat, ließ der Soldat nicht von ihr ab.

»Na, na, Süße, es wird dir gefallen«, knurrte er und drückte ihr einen ekelerregenden Kuss auf den Mund.

Nun biss Caitlin ihm mit voller Kraft in die Lippe und der Mann schrie vor Schmerz auf. Er schmetterte ihren Kopf gegen einen Stein, sodass ihr beinahe die Sinne schwanden.

»Dann eben auf die harte Tour, Kleine«, schimpfte er und Blut lief seine Wange hinab.

Caitlin sah alles nur noch verschwommen, wehrte sich aber trotzdem noch schwach, als der Mann ihre Bluse aufriss.

Jetzt ist es vorbei, dachte sie.

Gregory hatte sich ein wenig von seinen Kameraden abgesondert, denn er hatte das Bedürfnis, allein zu sein. Der Wind fuhr durch seine kurzgeschnittenen, braunen Haare und er hielt sein von der Sonne gebräuntes Gesicht, welches durch den langen Marsch jetzt mit Stoppeln überzogen war, in die sanfte Brise. Dieses Land übte eine eigenartige Faszination auf ihn aus, die er sich selbst nicht erklären konnte. Keiner seiner Kameraden hatte etwas für das raue schottische Hochland übrig, doch Gregory mochte die Einsamkeit, die endlose Weite und den Kontrast, den die grünen Hügel und das unendliche blaue Meer bildeten.
Gedankenverloren fuhr er sich über die fingerlange dünne Narbe neben seinem linken Ohr, ein Überbleibsel von dem Kampf mit seinem ehemaligen Vorgesetzten, und er musste feststellen, dass ihm das Leben hier in der Wildnis sehr viel mehr zusagte als das gestelzte Getue am Hofe von König George.

Ein leises Wiehern ließ ihn aufblicken und er glaubte, schemenhaft ein Pferd in der Ferne zu sehen. Ein weiblicher Schrei riss ihn endgültig aus seinen Grübeleien um die Vergangenheit und er hastete über den nächsten Hügel. Der Anblick, der sich ihm bot, ließ gleißenden Zorn in ihm aufflammen - Josh machte sich gerade über eine sich schwach wehrende Frau her. Natürlich war es nicht das erste Mal, aber das Mädchen, dem Josh gerade die Beine spreizte, war offensichtlich noch ein halbes Kind. Aus einem Impuls heraus sprang Gregory den Hügel hinab und riss Josh nach hinten.

»Lass das!«

Joshs Gesicht verzog sich wütend.

»Was soll das? Die Kleine gehört mir.« Er machte eine anzügliche Handbewegung. »Wenn du lieb ›bitte, bitte‹ sagst, bring ich sie nicht um und du kannst sie nach mir haben.«

Ohne weiter nachzudenken holte Gregory aus und schlug den verdutzten Josh zu Boden. Gregory war nur von durchschnittlicher

Statur, sein Leben in der Armee und der langen Marsch durchs Hochland hatten ihn jedoch gestählt, und obwohl Josh größer und breiter gebaut hatte, hatte er wohl nicht mit einem Angriff gerechnet.

»Hast du nicht alle Sinne beisammen?«, schrie Josh, erhob sich ein wenig schwerfällig und zog anschließend sein Schwert. Sein Gesicht hatte sich vor Wut verzerrt. Das Mädchen krabbelte währenddessen ein Stück aus Joshs Reichweite und beobachtete den Streit mit ängstlich aufgerissenen Augen.

»Ich habe deine ewigen widerwärtigen Vergewaltigungen satt«, knurrte Gregory und griff nun ebenfalls nach seinem Schwert, auch wenn er innerlich hoffte, einen Kampf vermeiden zu können.

»Was soll das Gerede, das ist doch nicht ungewöhnlich.« Josh stürzte vor und hieb nach Gregorys Waffe. »Die sind wie Vieh, und gehören dem, der sie zuerst nimmt.« Angewidert deutete er auf die junge Schottin, die jetzt mühsam versuchte, auf die Füße zu kommen.

»Sind sie nicht«, widersprach Gregory zwischen zwei Schlägen hindurch. »Lass sie in Ruhe oder ich töte dich.«

Mit einem hämischen Grinsen sprang Josh erneut zu dem Mädchen, drückte ihr einen blutigen Kuss auf die Lippen und stieß sie dann wieder zu Boden.

»Das wagst du nicht«, höhnte er, »ich stehe höher in der Gunst des Generals als du, ich …«

Weiter kam er nicht mehr, denn da hatte er auch schon Gregorys Schwert bis zum Heft in der Brust stecken. Mit einem ungläubigen Gurgeln sank Josh auf die Knie und sackte dann zu Boden. Einen Augenblick lang war auch Gregory fassungslos. Er hatte einen Kameraden getötet, eines der schlimmsten Verbrechen, das ein Soldat begehen konnte, doch als er auf das verstörte Mädchen blickte, waren seine Zweifel wie weggewischt. Er hatte Josh und sein aufbrausendes Temperament nur zu gut gekannt und ihm war klar, dass dieser nicht gezögert hätte auch ihn notfalls zu töten, um an sein – wie er glaubte – Recht zu kommen.

Mit zwei Schritten war Gregory bei der jungen Frau und kniete sich neben sie. Sie blutete am Kopf und war offensichtlich verwirrt.

»Keine Angst«, sagte er sanft, »ich bringe dich nach Hause.«

Als er die Hand ausstreckte, schlug sie nach ihm und zog sich weiter in den Schutz des Felsens zurück.

Gregory seufzte. »Wahrscheinlich verstehst du mich nicht.« Er wusste, dass viele Schotten, besonders jene, auf den Inseln lebten, ihre eigene Sprache, nämlich Gälisch, hatten. »Ich tue dir nichts, ich bin nicht wie er«, versicherte und sprach jedes Wort betont deutlich aus, und nickte dabei zu Josh hinüber.

Mit einem Schnauben stand das Mädchen mühsam auf, schwankte jedoch verdächtig.

Gregory streckte seine Hand ganz langsam aus und machte ein fragendes Gesicht. »Ich weiß, du verstehst mich nicht, aber ich möchte dir gerne helfen und dich nach Hause bringen.«

»Ich verstehe dich sehr wohl«, erwiderte sie hasserfüllt, »aber ich werde den Teufel tun, dir mein Dorf zu zeigen, damit deine widerwärtigen Kumpane meine Leute umbringen.« Mit größtmöglicher Anmut raffte sie ihre zerrissene Bluse vor ihrer Brust zusammen.

Einen Augenblick lang war Gregory überrascht. »Gut, du sprichst Englisch«, bemerkte er erleichtert, »dann hast du ja mitbekommen, was ich zu Josh gesagt habe.«

»Ein Engländer ist nicht besser als der andere«, entgegnete sie und wollte losgehen, doch ihre Beine trugen sie offenbar nicht und sie strauchelte. Bevor sie hinfiel, fing Gregory sie auf und diesmal stieß sie ihn zumindest nicht zurück.

»Komm, trink etwas, dann wird es gleich besser.« Er hielt ihr seine Trinkflasche an die Lippen.

Zunächst wollte sie wohl aus reinem Trotz nichts von ihm, einem Engländer, annehmen, doch dann griff sie doch nach der Flasche und trank sie ein paar Schlucke.

»Mein Name ist Gregory Davis.«

Das Mädchen machte sich nicht die Mühe, sich vorzustellen. Sie nickte ihm kurz zu und holte dann tief Luft.

»Wenn du wirklich nicht so ein Mistkerl bist wie der da«, sie stieß angewidert mit dem Fuß nach Joshs Leiche, »dann lass mich gehen und folge mir nicht.«

»Du kannst nicht alleine laufen«, widersprach er, »du hast dir den Kopf angestoßen und kannst dich kaum auf den Beinen halten.«

»Ich kann mich nicht von einem Engländer nach Hause bringen lassen.«

»Jetzt komm schon, ich bin allein und werde wohl kaum euer ganzes Dorf niedermetzeln.«

»Du kannst deine Freunde später holen«, gab sie zu bedenken.

»Hätte ich dich gerettet, wenn ich das vorgehabt hätte?«, fragte er und zog die Augenbrauen hoch.

Sie zuckte die Achseln und gab schließlich seufzend nach. »In Ordnung, aber nicht bis zum Dorf. Ich sage dir, wann du umdrehen musst.«

Gregory verbeugte sich ein wenig übertrieben. »Euer Wunsch sei mir Befehl«, sagte er und nahm sie am Arm.

»Mein Pferd, ich muss den Torf nach Hause bringen.«

Gregory sah sich um. »Wo ist das Pferd?«

Sie deutete vage nach rechts. »Ich denke, sie steht irgendwo dort hinten und grast.«

Mit einem misstrauischen Blick lehnte Gregory die junge Frau an den nächsten Felsen. »Aber nicht weglaufen!«, verlangte er.

Sie verzog das Gesicht und schüttelte vorsichtig den Kopf.

Es dauerte nicht lange, da kam Gregory mit Aila am Zügel zurück.

»Dein Pferd ist hübsch«, sagte er und streichelte dem Pferd mit sichtlichem Erstaunen über den wuscheligen Schopf. Das Pony hatte eine äußerst ungewöhnliche dunkle Fuchsfarbe und die silberne Mähne bildete einen interessanten, wenn auch ungewöhnlichen Kontrast dazu.

»Du meinst, für ein derbes schottisches Pferd.« Die Stimme des Mädchens klang zynisch.

»Habe ich das etwa gesagt?«, fragte Gregory beleidigt, aber anstatt zu antworten riss ihm das Mädchen nur die Zügel energisch aus der Hand.

»Können wir gehen?«

»Möchtest du nicht lieber reiten?« Er deutete auf Ailas Rücken. »Du könntest zwischen den Körben sitzen und ich führe dein Pferd.«

Nach kurzem Zögern stimmte sie zu, ließ sich sogar von Gregory aufs Pferd helfen und deutete nach Norden. Eine Weile wanderten sie stumm durch die menschenleeren Hügel.

»Du wirst Schwierigkeiten bekommen, wenn sie merken, dass du deinen Kameraden getötet hast.«

»Würde dich das stören?«, hakte Gregory mit einem Blick über die Schulter nach und lächelte sie dabei an.

»Natürlich nicht, aber ich frage mich trotzdem, warum du das getan hast. Ich wäre sicher nicht das erste Mädchen gewesen, das er vergewaltigt hat.«

Gregory seufzte. Natürlich hatte sie Recht und eigentlich wusste er selbst nicht, was in ihn gefahren war. Irgendetwas hatte ihm einfach gesagt, dass Joshs Treiben ein Ende haben musste. Er hatte es beendet, aber damit ganz sicher auch seine Karriere bei der Armee, falls General Franklin es herausbekam.

»Josh war ein widerwärtiges Schwein«, erklärte er. »Er hat es nicht besser verdient.«

»Du könntest sagen, es war ein Schotte«, schlug sie vor und zog ihre Stirn kraus. »Mit welchem Clan seid ihr verfeindet?«, wollte Gregory grinsend wissen. »Ich könnte sagen, es war einer von ihnen.«

Das brachte die junge Frau zum Lachen und Gregory musste feststellen, dass sie sehr anziehend dabei war. Doch schon wurde sie wieder ernst.

»Die Engländer sind unsere einzigen wirklichen Feinde.«

»Es tut mir leid …«, begann Gregory betreten, doch sie unterbrach ihn.

»Halte hier an.«

Sie sprang vom Pferd, schwankte aber plötzlich verdächtig und wurde schneeweiß im Gesicht. Eilig legte Gregory einen Arm um sie, um sie davor zu bewahren, hinzufallen. Er riss die Augen weit auf, als eine Faust haarscharf am Gesicht des Mädchens vorbei zischte und auf seine Schläfe krachte.

Gregory stöhnte auf und ihm wurde für einen Moment schwarz vor Augen.

Ein junger Schotte mit wirren dunkelblonden Haaren und einem Bart stand wutschnaubend über ihm und hob schon wieder seine Hand.

»Hör auf, Fergus!«, hörte er das Mädchen schreien, aber der Mann war wie von Sinnen und trat auf ihn ein.

»Englischer Bastard, lass die Finger von meiner kleinen Schwester«, tobte er, bis es der kleinen Schottin endlich gelang, sich zu erheben und sich vor ihn zu stellen.

Um ein Haar hätte er sie niedergeschlagen, doch dann hielt er inne.

»Er hat mich gerettet, du Esel«, empörte sie sich und stemmte die Hände in die Hüften.

»Der?« Fergus schnaubte und spuckte auf den Boden. »Aber … deine Bluse …« Errötend deutete er auf ihre halb entblößte Brust und das Blut auf ihrem Gesicht.

»Das war ein anderer.« Rasch raffte sie die Stofffetzen zusammen.

Mühsam und schwankend kam Gregory wieder auf die Beine. Der blonde Kerl vor ihm war ein wahrer Baumstamm von einem Mann und musterte ihn zornschnaubend, selbst seine Lippen bebten vor Anspannung. Wie viele Schotten trug er einen ›Belted Plaid‹, ein langes Stück karierten Stoff, der um die Hüfte gewickelt und anschließend über die Schulter geworfen wurde.

»Den nehmen wir mit ins Dorf. Soll Vater entscheiden, was mit ihm passiert«, bestimmte dieser Fergus und packte Gregory brutal am Arm.

»Er hat mir nichts getan«, wiederholte das Mädchen. »Lass ihn gehen.«

Doch Fergus schüttelte entschieden den Kopf. »Er kommt mit.«

Ohne ein weiteres Wort fesselte er Gregory, dann nahm er seine widerstrebende Schwester auf seine Arme, packte die Zügel des Pferdes und walzte in Richtung Dorf. Gregory schubste er vor sich her.

»Versuch zu fliehen und du wirst es bereuen.«

Gregory seufzte. Blut lief ihm immer wieder ins Auge, und es machte wohl keinen Sinn, sich in seinem Zustand diesem wildgewordenen Schotten zu widersetzen.

Den ganzen Weg über verfluchte sich Gregory heimlich. In was hatte er sich da nur hinein manövriert? Sicher, es war richtig gewesen, die kleine Schottin zu retten, aber er hätte sie einfach alleine nach Hause gehen lassen sollen. Seinen Kameraden hätte er berichten können Josh sei von einem Highlandkrieger ermordet worden, aber diesen Gedanken verwarf er rasch wieder, da er damit den Hass auf die Highlander nur noch mehr geschürt hätte. Wie auch immer, es machte keinen Sinn, sich darüber den Kopf zerbrechen, denn jetzt hatte er andere Probleme und wurde von diesem Highlandbüffel durch die Gegend geschubst. Fergus, das zumindest war der Name den er verstanden hatte, war offenbar der Bruder der Kleinen, deren Namen er nicht einmal kannte. Mittlerweile sprachen die beiden nur noch Gälisch miteinander und das verstand Gregory nicht.

Endlich kam eine Ansammlung von Hütten in Sicht, die sich an einen Einschnitt in den Hügeln schmiegte. Das Dorf lag an einer Meeresbucht und Wellen brandeten an das Ufer. Viele der Hütten waren aus Stein gebaut und, wie üblich in den Highlands, mit Heidekraut, Binsen oder Stroh gedeckt.

An langen Seilen hingen dicke Steine herunter, die als Befestigung für das Strohdach dienten. Auch gab es hier noch viele der alten Lehmhütten, die in den Schutz der Hügel hineingebaut und zum größten Teil mit Gras überwachsen waren, sodass man sie kaum von der Umgebung unterscheiden konnte. Einige Frauen, die meist helle Leinenkleidern trugen und Tücher um den Kopf gewickelt hatten, liefen geschäftig umher.

Das Mädchen zappelte nun, um sich aus dem Griff ihres Bruders zu befreien.

»Ich gehe jetzt zu Angus«, sagte sie, diesmal auf Englisch. Sie zog ihren großen Bruder am Ohr. »Und tu ihm nicht weh!«

Fergus grummelte etwas vor sich hin, fasste Gregory dann energisch am Arm und schleifte ihn mit sich. Gregory wurde in einen halb verfallenen Schuppen gebracht und der Schotte fesselte nun auch seine Füße.

»Versuch zu fliehen und ich schlage dich zu Brei«, knurrte Fergus zum Abschied und verließ den Schuppen.

»Darauf möchte ich wetten«, seufzte Gregory und lehnte sich resigniert gegen die morschen Bretter.

Es war schon beinahe dunkel, als ein grauhaariger Mann mit kurzem grauem Bart die Tür öffnete. Obwohl man ihm sein Alter ansah, wirkte er noch kräftig und er hatte eine Ausstrahlung, die Gregory sagte, dass er ein wichtiger Mann war, vielleicht sogar der Clanchief. Wie Fergus trug er einen Belted Plaid in Braun, Grün und von helleren, gelblichen Streifen durchzogenen Karomuster.

Kopfschüttelnd löste er die Fesseln, sah sich Gregorys aufgeschlagene Lippe und die Beule am Kopf an und schmierte eine merkwürdig riechende Paste darauf.

»Hast du sonst noch Verletzungen?«, fragte er kurz angebunden.

»Nur Prellungen«, antwortete Gregory und streckte seine verkrampften Beine aus.

»Komm mit, du bekommst etwas zu essen«, sagte der Alte.

»Wohl meine Henkersmahlzeit«, vermutete Gregory mit schiefem Grinsen.

»Caitlin hat für dich gesprochen«, entgegnete der alte Mann.

»Wer?«

»Caitlin, das Mädchen, das du gerettet hast. Mein Name ist übrigens Angus.«

»Gregory.« Er deutete eine Verbeugung an. »Die junge Lady hat mir ihren Namen nicht verraten.«

Angus lächelte. »Kluges Mädchen. Ich habe ihr beigebracht, Fremden nicht zu trauen.«

»Seid Ihr ihr Vater?«

»Nein«, Angus lachte, »aber ich kenne sie schon sehr lange. Und jetzt komm, du wirst hungrig sein.«

Bald waren sie an einem größeren Steinhaus angekommen, vor dem mehrere finster dreinschauende Männer ums Feuer saßen und gerade eine Suppe aus Holzschüsseln aßen, welche auf ihren Knien lagen. Eine kleine, rundliche Frau mit von Grau durchzogenen blonden Haaren, die sie zu einem Knoten gesteckt hatte, brachte gerade Brot. Angus deutete auf einen Stein nahe beim Feuer.

»Das sind Ranald MacArthur, unser Clanoberhaupt, und seine Frau Mary«, stellte Angus die Anwesenden vor. »Der junge Heißsporn«, er deutete auf Fergus, »ist ihr Sohn. Caitlin wird auch gleich kommen.«

»Mein Name ist Gregory und ich kann Euch versichern …«

»Halt's Maul und iss«, knurrte Fergus. »Wenn es nach mir gegangen wäre, hätten wir dich über die Klippen gestoßen.«

»Es ist entschieden, Fergus«, sagte Ranald MacArthur mit bestimmter Stimme, »er hat Caitlin gerettet und damit ist er unser Gast. Das hast du zu akzeptieren.«

Fergus knurrte noch etwas auf Gälisch vor sich hin, das ihm einen bösen Blick von seinem Vater einbrachte, dann reichte er Gregory widerstrebend eine Schüssel mit Suppe.

Verlegen begann er zu essen. Gregory wusste nicht, wie er sich verhalten sollte und was die Schotten mit ihm vorhatten. Noch vor wenigen Augenblicken hatte er damit gerechnet, einfach hingerichtet zu werden, er blieb ja immerhin ein Engländer, ob er nun die Tochter des

Clanführers gerettet hatte oder nicht, und nun boten sie ihm sogar etwas zu essen an.

Heimlich betrachtete Gregory die Anwesenden. Der Clanchief war ein beeindruckender Mann, mit klugen Augen und hatte eine sehr bestimmende Art an sich. Seine Statur war der von Fergus auffallend ähnlich, vielleicht etwas kleiner, die borstigen Haare waren jedoch bereits überwiegend grau gefärbt. Ranald MacArthur trug ebenso wie sein Sohn einen Bart, allerdings war dieser gepflegter, als das wilde Gestrüpp, welches in Fergus' Gesicht wucherte. Mary schien ein wenig unsicher und die in Anwesenheit eines Engländers behagte ihr wohl gar nicht.

Nach einer Weile schweigenden Essens kam Caitlin mit einem Verband um den Kopf herein, ihre langen Haare waren gekämmt und fielen locker über ihre Schultern. Nun trug sie über einem einfachen Leinenkleid einen Rock mit einem ähnlichen Karomuster wie auch ihr Bruder und ihr Vater. Sie schenkte ihm ein schüchternes Lächeln und setzte sich mit ans Feuer.

»Danke«, sagte er leise zu ihr gewandt.

Sie errötete leicht, während ihr Bruder ein Schnauben ausstieß.

»Caitlin, das ist dein Sonntagskleid«, stellte Mary missbilligend fest und stemmte die Hände in ihre breiten Hüften.

»Ich hatte kein anderes, das sauber war«, murmelte Caitlin und blickte verlegen zu Boden.

»Wir haben beschlossen«, wandte sich Ranald MacArthur an Gregory, »dich hier zu behalten, bis deine Kompanie abgezogen ist, dann kannst du gehen wo auch immer du hinwillst. So lange wirst du bei Angus wohnen.«

Gregory nickte bedächtig, was blieb ihm auch anderes übrig?

»Sie werden ohnehin denken, ich bin tot.«

»Ist wahrscheinlich auch besser so.« Fergus' Stimme troff vor Hohn. »Wer seine Kameraden umbringt, ist ganz sicher nicht sehr beliebt.«

»Wäre es dir lieber gewesen, deine Schwester wäre tot?«, fragte Gregory herausfordernd und sofort sprang Fergus auf.

Bevor sich die beiden zu prügeln begannen, ging Ranald MacArthur dazwischen.

»Schluss jetzt. Der junge Engländer hat meine Tochter davor bewahrt, geschändet und womöglich getötet zu werden. Behandle ihn mit Respekt, Fergus.«

»Einen Engländer mit Respekt behandeln?« Fergus spuckte auf den Boden. »So weit kommt es noch.« Wutschnaubend verließ er den kleinen Raum.

Mary blickte ihrem Sohn seufzend hinterher und fragte Gregory zögernd, ob er noch etwas Suppe haben wollte.

Caitlin war sehr froh, dass ihr Vater dem jungen Engländer nichts angetan hatte. Es war ihr aber bewusst, dass es sehr vielen Dorfbewohnern überhaupt nicht behagte, dass er hier gefangen gehalten wurde. Mehrere Männer hielten seit Gregorys Ankunft Wache in der Umgebung, um das Dorf zu warnen, falls eine englische Kompanie auftauchte. Abends am Feuer wurde viel über die Engländer gesprochen, und was deren Auftauchen wohl zu bedeuten hatte, denn so weit in den Norden der Insel stießen sie eigentlich kaum vor. Auch wenn Caitlin Gregory dankbar war, dass er sie vor einer Vergewaltigung bewahrt hatte, so waren ihre Gefühle doch ein wenig gespalten. Die unzähligen Gräueltaten, welche die englische Krone verübt hatte, ließen sich nicht so einfach vergessen, selbst wenn der junge Soldat seinen eigenen Kameraden getötet hatte, um einem Mädchen aus den Highlands das Leben zu retten. Häufig beobachtete Caitlin Gregory heimlich, wenn er Angus zur Hand ging, für ihn Wasser holte, oder das Dach seiner Hütte ausbesserte. Der junge Mann bemühte sich offenbar, freundlich zu allen Dorfbewohnern zu sein, auch wenn diese ihn stets mit bösen Blicken bedachten und in seiner Anwesenheit ausschließlich Gälisch sprachen, auch wenn fast alle zumindest ein paar Worte Englisch konnten. Caitlins Vater hatte ihr befohlen, sich von dem Engländer fernzuhalten, trotzdem brachte sie ihm hin und wieder ein gutes Stück Fleisch, wechselte ein paar Worte mit ihm und erkundigte sich, ob es ihm bei Angus gut erging.

Der junge Mann lächelte stets freundlich, wenn er sie sah, aber möglicherweise lag das auch nur daran, dass sie außer Angus die Einzige war, die ihm nicht feindlich gesinnt war.

Kapitel 3
Clanleben

»Ich möchte, dass der Engländer von nun an bei der Feldarbeit hilft«, verkündete Ranald MacArthur eines Abends, als sich die Familie am Feuer versammelt hatte.

Caitlin sah überrascht von ihrer Näharbeit auf und auch ihre Mutter Mary hielt mit dem Kneten des Brotteigs inne.

»Wir kommen auch allein zurecht«, knurrte Donald, der Ehemann von Caitlins Schwester Glenna.

Ranalds scharfer Blick traf den kräftigen Fischer mit den kurzen rötlich blonden Haaren. »Bisher sind keine Soldaten aufgetaucht, und Gregory Davis hat keine Versuche unternommen zu fliehen, auch wenn ich Angus aufgetragen habe, ihm ausreichend Gelegenheit dazu zu geben.«

Jetzt stutzte Donald sichtlich. »Du hast …« Kurz darauf schien er jedoch zu verstehen und ein Schmunzeln breitete sich auf seinem etwas derben, aber meist freundlichen Gesicht aus. »Du wolltest ihn auf die Probe stellen!«

»Ja, genau. Er ist kräftig und kann uns zur Hand gehen, so lange er hier ist.«

»Dann frisst er uns zumindest nicht nutzlos unser gutes Essen weg«, brummte Fergus, während er Haferkekse in sich hinein stopfte.

»Dir würde etwas weniger gutes Essen aber nicht schaden«, zog ihn Caitlin auf und piekste ihn mit dem Finger in seinen vorgewölbten Bauch.

»Wird Zeit, dass Paden dir Manieren beibringt«, empörte sich Fergus, was Caitlins Miene auf der Stelle erstarren ließ. Traurig senkte sie den Blick und fuhr damit fort, ihr altes Kleid zu flicken.

Während die Tage vergingen und Gregory nun sämtlichen Dorfbewohnern zur Hand ging, bemerkte Caitlin, wie sich deren Verhalten ganz allmählich ein wenig veränderte. Manch einer wechselte nun ein paar Worte mit ihm, die über das bloße Erteilen von Anordnungen hinausgingen und die alte Beathag schenkte ihm sogar eine Decke, da die Nächte nun kälter wurden. Die Kinder machten sich häufig einen Spaß daraus, ihm gälische Worte zuzurufen und sich über sein fragendes Gesicht zu amüsieren, aber Gregory ließ sich nicht ärgern, sondern jagte sie dann um den Dorfplatz herum und scherzte mit ihnen.

Heute war Caitlin damit beschäftigt, gemeinsam mit ihrer zwei Jahre älteren Base Murron Wäsche in dem kleinen Bach, der sich unweit des Dorfes durch die Hügel schlängelte, zu waschen. Unermüdlich tauchten sie die aus Wolle oder Leinen gefertigten Kleidungsstücke in das kalte, klare Wasser und wrangen sie anschließend aus, bevor sie sie zum Trocknen über von der Sonne gewärmte Steine hängten.

»Vielleicht sollten wir den Engländer fragen, ob wir sein Hemd auch waschen sollten«, meinte Murron beiläufig, »es hat schon sehr viele Flecken.«

»Du hast ihn ja genau betrachtet«, scherzte Caitlin, woraufhin ihre Base errötete. »Er gefällt dir«, stellte sie fest und ein leiser Anflug von Eifersucht machte sich in ihr breit, wenngleich sie sich sofort dafür schalt.

Murron beugte sich rasch tiefer über den Kilt ihres Bruders, den sie gerade auswusch, und ihre hellbraunen Haare verdeckten nun ihre runden Wagen. »Er hat mir kürzlich beim Wasserholen geholfen, da ist es mir aufgefallen.«

»Dann frag ihn doch.« Caitlin deutete in Richtung Meer, denn Gregory kam gerade mit Weidenkörben bepackt den Pfad hinauf. Vermutlich hatte er Seetang gesammelt, der für das Düngen der Felder benutzt wurde.

»Nein!« Murron riss die Augen auf und erinnerte Caitlin jetzt an ein aufgescheuchtes Reh.

»Na gut, dann frage ich ihn eben.« Schon lief Caitlin los, und als Gregory sie sah, erhellte sich sein angestrengter Gesichtsausdruck.

Schweiß lief ihm die Stirn hinab und an seinen Armen zeichneten sich deutlich die Muskeln ab.

Ächzend ließ er die vollgepackten Körbe auf den Boden sinken. »Guten Tag, Caitlin.«

Sie nickte ihm zu und deutete dann auf sein Hemd. »Murron und ich waschen gerade, sie meinte, dein Hemd könnte vielleicht ebenfalls eine Wäsche vertragen.«

»Allerdings.« Gregory rümpfte die Nase und deutete dann seufzend auf seine Hose. »Die hier ebenfalls, nur leider besitze ich nicht mehr als das, was ich auf dem Leib trage.«

Caitlin legte sich eine Hand an die Lippen. »Ich könnte dir Fergus' alten Plaid besorgen, den kannst du tragen, so lange deine Sachen trocknen.«

»Meinst du nicht, Fergus würde mich dafür vierteilen?«

Ein leises Lachen entstieg Caitlins Kehle. »Er muss es ja nicht wissen. Also, was meinst du?«

Kurz zögerte Gregory, dann stimmte er zu, und Caitlin rannte zum Cottage ihrer Eltern. Ihre Mutter arbeitete draußen vor der Tür und verarbeitete gerade Milch zu Butter. Als Caitlin mit dem karierten Wollstoff herauskam, hob sie fragend die Augenbrauen. »Gregorys Kleider müssen dringend gewaschen werden«, erklärte sie.

»In der Tat, seit einigen Tagen riecht er etwas streng«, stimmte Mary zu und stampfte energisch in dem kleinen Holzbottich herum.

Wieder bei Gregory reichte Caitlin ihm die über 15 Fuß lange Stoffbahn. Nachdem er einen skeptischen Blick auf den Plaid geworfen, sich jedoch höflich bedankt hatte, erklärte er, er wolle sich weiter nördlich am Bach waschen, wenn er schon endlich frische Kleidung hätte.

»Ich werde nicht fliehen, Caitlin«, versicherte er und sah sich dann suchend um. »Meinst du, ich sollte besser deinem Vater oder Angus bescheid sagen?«

»Nein, ich glaube dir. « Sie legte ihm ganz kurz ihre Hand auf den Arm. »Zieh dich dort, hinter den Büschen um und wirf die schmutzigen Kleider darüber, ich hole sie dann.«

Gregory tat, wie ihm geheißen, und Caitlin ging kurze Zeit später zu Murron zurück, die sie die ganze Zeit über beobachtet hatte.

Die beiden jungen Frauen unterhielten sich eine Weile und scherzten darüber, wie Gregory wohl in einem Kilt aussehen mochte, denn einen Engländer in den traditionellen schottischen Kleidern fanden sie doch sehr eigentümlich. Murron überlegte die ganze Zeit über, ob sie ihm später die gewaschenen Kleider bringen sollte, wurde jedoch abgelenkt, als Lachlann, ein junger Mann aus dem Nachbardorf, ganz in der Nähe eine Herde Schafe vorbeitrieb und ihnen zuwinkte.

»Murron, ich habe etwas für dich!«, rief er und in seiner Stimme schwang Aufregung mit.

Caitlins Base hob überrascht die Augenbrauen.

»Vielleicht möchte er um deine Hand anhalten«, spekulierte Caitlin, was Murron zu einem Kichern animierte.

»Na ja, sein Vater besitzt einige Schafe und sogar zwei Kühe«, überlegte sie, dann rückte sie ihr Kleid zurecht und eilte los.

Und schon ist der Engländer vergessen, dachte Caitlin schmunzelnd. Sie packte die trockenen Kleidungsstücke in einen Korb und machte sich auf die Suche nach Gregory. Wie er versprochen hatte, befand er sich nicht weit entfernt, ein Stück Flussaufwärts. Er hatte sich in der Sonne ausgestreckt und Caitlin entfuhr ein leises Lachen, als sie sah, wie unbeholfen er den Stoff um sich gewickelt hatte. Als er sie hörte, setzte er sich auf.

»Lach du nur«, grummelte er und drapierte die grün karierten Stoffbahnen verschämt um seine bloßen Beine. Einen Teil des Stoffes hatte er sich um die rechte Schulter gelegt, aber Caitlin konnte seine muskulösen Oberarme sehen und entdeckte eine lange Narbe, die den leichten dunklen Flaum auf seiner Brust durchkreuzte. Als Caitlin bemerkte, wie auffällig sie ihn anstarrte, räusperte sie sich und sah eilig zur Seite, aber Gregory schien es ihr nicht übel zu nehmen oder ließ sich einfach nichts anmerken.

»Ich habe keine Ahnung, wie man so ein Ding anzieht, selten habe ich so etwas Unpraktisches gesehen.«

»Man gewöhnt sich daran«, behauptete Caitlin, »und viele von uns tragen inzwischen den Kilt, der ist einfacher anzuziehen, aber ein Belted Plaid wärmt an kalten Tagen besser, du kannst dir den überflüssigen Stoff wie eine Decke um die Schultern legen.«

»Mag sein.« Gregory klang skeptisch und zupfte noch ein wenig an dem langen Stoff herum. Dann nahm er Caitlin seine Kleider ab, verschwand hinter dem nächsten Felsen und kehrte kurz darauf mit deutlich entspannterem Gesichtsausdruck zurück. »Schon besser. Vielen Dank, das war wirklich sehr freundlich von dir, ich hatte nicht gedacht …« Er unterbrach sich selbst und räusperte sich.

»Was?« Caitlin spürte, wie Zorn in ihr hoch kochte. »Du hast wohl nicht gedacht, dass wir ungehobelten schottischen Barbaren uns, geschweige denn unsere Kleidung waschen.«

»So habe ich das nicht gemeint«, murmelte er, aber sein Gesicht sprach Bände.

»Ihr haltet uns doch für Barbaren, oder etwa nicht?« Caitlin verschränkte ihre Arme vor der Brust.

»Caitlin, es ist alles etwas kompliziert …«

»Wir sollen Wilde sein, aber ihr überfallt unschuldige Dörfer, schändet Frauen, nehmt euch was ihr wollt und stehlt unsere Ländereien!«

»Schottland untersteht nun einmal der englischen Krone, und wenn ihr euch nicht unterwerfen wollt, dann muss eben etwas unternommen werden«, gab Gregory zurück. Bevor Caitlin auch nur Luft geholt hatte, um ihm energisch zu widersprechen, fuhr er fort. »Ich war an der Grenze und ich habe gesehen, wie auch eure Leute englische Soldaten bei Nacht und Nebel überfallen haben, sie hatten nicht einmal Gelegenheit, nach ihren Waffen zu greifen. Auch Schotten plündern englische Dörfer, das lass dir gesagt sein.«

Caitlin klappte den Mund wieder zu und ihre Stirn legte sich in Runzeln.

»Hast du im Ernst gemeint, wir Engländer sind alle blutrünstige Wilde, die aus reiner Lust mordend durch euer Land ziehen?«, fragte er spöttisch.

»Nein, aber trotz allem maßt ihr euch an, unser Land zu nehmen, so wie es euch beliebt. Ihr respektiert nicht unserer Art zu leben und ihr nehmt euch einfach was ihr wollt. Es mag sein, dass nicht alle Engländer gleich sind, aber leider gibt es zu viele die so sind wie dieser Josh.« Caitlins Augen funkelten. »Was würdest du oder deine Mutter sagen, wenn Fergus in euer Haus einbricht, all eure Vorräte an sich nimmt und deine Schwester und deine Mutter schändet, nur weil vor über hundert Jahren irgendwelche Adligen festgelegt haben, dass sich England mit Schottland zu einem einzigen Reich zusammenschließen sollte, unter schottischer Herrschaft, versteht sich? Uns oder unsere Vorfahren hat niemand gefragt!« Caitlin sah, wie sich ein Schatten über Gregorys Gesicht legte.

»Es tut mit mir leid, ich …«, setzte er an, aber sie hatte genug gehört, wandte sich ruckartig ab und rannte davon, während Tränen in ihren Augen brannten. Sie hatte sich nicht mit Gregory streiten wollen und sie wusste sehr wohl, dass er ganz sicher noch einer der harmlosesten Engländer war, aber trotzdem hatte sie ihrem Ärger Luft machen müssen.

Auf ihrem Marsch zurück zum Dorf lief sie Calum über den Weg. Der dunkelhaarige junge Mann hielt sie am Arm fest, betrachtete ihre verheulten Augen, dann fiel sein Blick auf Gregory, der ihr langsam gefolgt war.

»Hat der Dreckskerl dir etwas angetan?«, rief er aus.

Bevor Calum losstürmen konnte, schüttelte Caitlin den Kopf und hielt ihn vorsichtshalber an seinem verblichenen Hemd fest.

»Nein, wir haben uns nur gestritten. Du weißt schon, über Dinge, die unsere beiden Länder betreffen.«

Prüfend wanderten Calums Augen über Caitlin.

»Glaube mir, mehr war es nicht, und eigentlich ist Gregory auch kein schlechter Kerl«, versicherte sie.

»Na, wenn du das sagst.«

»Calum, tu ihm nichts!«, verlangte sie.

Der junge Mann nickte, dann stapfte er auf Gregory zu, der offensichtlich schon das Schlimmste vermutete und in Kampfstellung ging. »Engländer, komm mit und hilf mir beim Schafe schweren«, bellte Calum allerdings nur und bedeutete Gregory, ihm zu folgen.

Noch eine ganze Weile sah Caitlin ihnen hinterher, aber Calum schien Wort zu halten und behelligte den jungen Engländer nicht weiter.

Gegen Abend, der Wind war merklich aufgefrischt, begegnete Caitlin Gregory zufällig vor dem Haus. Ihre Mutter hatte sie noch einmal hinausgeschickt, um getrockneten Torf aus der Scheune zu holen. Sichtlich erschöpft kam Gregory aus Richtung des Schafspferchs und vermutlich war er auf dem Weg zu Angus' Hütte, um sich sein wohlverdientes Abendessen abzuholen. Als er Caitlin entdeckte, verlangsamte er seine Schritte.

»Ich wollte mich nicht mit dir streiten«, begann er. »Es ist nur so …«

Sie schüttelte den Kopf und sah ihm ernst in die Augen. »Ich glaube, auf beiden Seiten ist sehr viel Unrecht geschehen, aber dafür können weder du noch ich etwas.«

»Ich schon, ich bin Soldat«, murmelte er betrübt.

Dem wusste Caitlin nicht viel hinzuzufügen, aber ihr gegenüber hatte er sich immer korrekt verhalten und so wie er sich hier im Dorf gab, glaubte sie, dass ein guter Kern in ihm steckte. »Ist es sehr schlimm für dich, von uns gefangen gehalten zu werden?«, erkundigte sie sich. Ihr war bewusst, dass dies eigentlich eine sehr dämliche Frage war, aber manchmal hatte sie den Eindruck, dass Gregory das Leben in ihrem

Dorf bei weitem nicht so schlimm empfand, wie man das von einem Engländer erwarten sollte. Aber vielleicht zeigte er sich ganz bewusst von dieser Seite, denn nachdem er einen seiner eigenen Männer getötet hatte, würde man ihm sicher unangenehme Fragen stellen, wenn er nach England zurückkehrte, eventuell würde ihm sogar Schlimmeres drohen.

Für einen Moment sah Gregory sie überrascht an. »Nein!«, rief er aus, dann hob er die Schultern. »Ich werde gut behandelt und ich vermute, ein englisches Gefängnis ist deutlich weniger angenehm.«

Caitlin wusste zwar nicht, wie es in einem englischen Gefängnis zuging, aber wenn sich die Engländer ihren Gefangenen gegenüber genauso verhielten wie den Schotten, so mochte sie sich dies erst gar nicht genauer ausmalen. Gregory konnte vielleicht gar nicht zurück und ein wenig beschlich Caitlin der Verdacht, dass Gregorys Verhalten nur Berechnung sein könnte. Dennoch verwarf sie ihre Grübeleinen einfach und deutete schmunzelnd auf sein schmutziges Hemd. »Ich befürchte, es müsste schon wieder gewaschen werden.«

»Ja, Calum hat mich ganz schön schuften lassen«, stöhnte er und rieb sich die Schulter.

»Ich könnte dir ein zweites Hemd nähen«, bot Caitlin schüchtern an, woraufhin er lächelte.

»Das wäre sehr nett von dir.«

Die beiden wurden unterbrochen, als Mary laut nach ihrer Tochter rief und Gregory machte sich eilig auf den Weg zu Angus' Hütte.

Kapitel 4
Zweifel

In der nächsten Zeit wurde Gregory zwar weiterhin bewacht und er wusste, dass die MacArthurs ein Auge auf ihn hatten, doch fühlte er sich bald nicht mehr wirklich wie ein Gefangener. Eines Tages wurde er sogar dazu aufgefordert, mit der Familie des Clanchiefs zu essen und am Abend lauschte er gemeinsam mit Caitlin, Fergus und den anderen den Geschichten des alten Angus. Das Cottage des Clanführers war deutlich komfortabler als die anderen kleinen Häuser, es hatte zwei Schlafkammern und sogar Glasfenster – ein besonderes Geschenk der MacDonalds, der Lehnsherrn der MacArthurs, für die treuen Dienste als Dudelsackspieler und für ihre Teilnahme an diversen Schlachten, die sie in der Vergangenheit erbracht hatten. Wie Angus erzählt hatte, gehörten die Ländereien rund um das Dorf den MacDonalds und Ranald MacArthur und seine Familie bewirtschafteten sie schon seit Generationen.

Natürlich wurde Gregory von vielen Dorfbewohnern noch immer argwöhnisch betrachtet, doch sie beugten sich dem Wort ihres Clanchiefs und ließen Gregory in Ruhe.

In unzähligen Nächten, in denen er schlaflos in Angus' Hütte lag und dem Wind lauschte, der um die alten Steine pfiff, dachte er darüber nach, wie sehr sich sein Leben geändert hatte. Schon seit langem hatte er Probleme damit gehabt, wie seine Armee mit schottischen Frauen und Kindern umging, die Männer hingegen hatte auch er bekämpft. Aber jetzt bekam er mit, wie hart und aufrichtig die Leute hier um ihr tägliches Brot kämpften. Dem kargen, windgepeitschten Land war nur wenig Ernte abzuringen, aber dennoch übte es eine gewisse Faszination aus und er bekam langsam eine Ahnung davon, wie viel es den Clansleuten bedeutete. Plötzlich verstand er, wie schwer es für Menschen wie die MacArthurs sein musste, etwas von ihrem mühsam erwirtschafteten Hab und Gut an den König von England abzugeben, und dass sie bis zu ihrem letzten Atemzug darum kämpfen würden, so zu leben, wie sie es seit Generationen taten. Große Zusammengehörigkeit herrschte hier im Dorf. Sicher gab es auch Streitigkeiten, aber Ranald MacArthur gelang es doch immer, diese zu schlichten und er sorgte sich auch um das schwächste Mitglied der Gemeinschaft. Gregory hatte den Eindruck, dass hier jeder jedem half und in der Not selbst das letzte Stück Haferkuchen geteilt werden würde. Ein derartig fürsorgliches Verhalten hatte er selbst nie erlebt. Sein Onkel war ein reicher Mann, aber er scherte sich nicht um diejenigen, die hilfebedürftig waren, und ein so großes Gefühl der Zusammengehörigkeit wie in diesem Clan hatte er niemals zuvor verspürt.

Meist half Gregory jetzt bei der Ernte, grub Kartoffeln aus und pflügte die Felder um. Manchmal beschlich ihn das Gefühl, dass ihm dieses einfache Leben sehr viel mehr zusagte, als das Leben in der Armee. Der unumstößliche Gehorsam, zu dem er seinen Vorgesetzten gegenüber verpflichtet war, die Treue, die er König George schuldete, und das ihm häufig sinnlos erscheinende Töten hatte ihm die Zeit über immer schwer zugesetzt. Gerade jetzt, da er den Abstand zu seinem eigentlichen Leben hatte, bemerkte Gregory dies ganz besonders. Er überlegte, ob er, wenn er erst zurück in England war, sich vielleicht ein Stück Land kaufen und Bauer werden sollte. Während Gregory ein paar Rüben an den Ackerrand warf entstieg ein bitteres Lachen seiner Kehle. Elizabeth würde dies ganz sicher nicht gutheißen, und auch sein Onkel würde Einwände erheben. Andererseits war es ja sein Leben und das wollte er nach seinen Vorstellungen gestalten. Mitten in diese Grübeleien um die Zukunft kam ihm Ranald MacArthur entgegen. Kräftigen Schrittes steuerte der Clanchief auf ihn zu und sah ihn dann auffordernd an.

»Ein paar Schafe müssen zu den Martins getrieben werden, ich möchte, dass du Fergus, Brian und Calum begleitest.«

Gregory nickte zustimmend. »Wann soll es denn losgehen?«

»Noch heute, Gregory«, Ranald MacArthur musterte ihn prüfend, »in der Gegend wurden in den letzten Tagen Engländer gesehen. Ich hoffe, du hältst dein Wort und läufst nicht zu ihnen über.«

»Ich würde euer Dorf niemals verraten«, versicherte er sogleich.

Ranald MacArthur zog die Augenbrauen zusammen, musterte Gregory einen Augenblick, ehe er ihm zu nickte und sich dann wieder auf den Weg zurück zum Dorf machte. Gregorys Antwort schien ihm genügt zu haben.

Kurz vor der Mittagszeit hatten Fergus, Calum und der schmächtige blonde Brian mit Hilfe eines schwarzen Hütehundes eine Herde von fast dreißig Schafen von der nördlichen Weide ins Dorf getrieben. Zunächst fragte sich Gregory, was er überhaupt tun sollte, denn der Hund hatte alles gut im Griff und drei Männer wären sicher ausreichend gewesen. Unterwegs erzählte ihm Brian jedoch, dass sie befürchteten, ein anderer Clan könnte ihnen nachts die Schafe stehlen und so konnte ein Mann mehr nicht schaden. Gemächlich trieben sie die Schafherde über die menschenleeren Hügel. Calum, Fergus und Brian scherzten miteinander und auch Gregory kam sich heute zumindest nicht vollkommen ausgeschlossen vor, denn die jungen Männer sprachen zum Glück englisch und Brian richtete hier und da auch mal ein Wort an ihn. Als sich die Nacht langsam über das Hochland senkte, trieben sie die Schafe in einen von hohen Bergen umrahmten Taleinschnitt und entzündeten ein Feuer. Fergus verteilte stumm Schafskäse und Haferkekse, ihren Durst stillten sie in einem kleinen Bach.

»Wie ist es, in der Armee zu dienen?«, wollte der junge Brian plötzlich neugierig wissen.

Eigentlich hatte Gregory es bisher vermieden, über sein Leben als Soldat zu sprechen, um keinen Ärger zu provozieren, aber jetzt kam er wohl nicht drum herum. Fergus' drohend zusammengezogene buschige Augenbrauen ließen ihn allerdings nichts gutes Ahnen.

»Es ist ein hartes Leben«, begann er daher vorsichtig. »Du ziehst oft Monate lang umher, bist kaum zu Hause und der Sold ist auch nicht der Beste.«

»Hättest ja was anderes machen können«, brummte Fergus, während er heftig auf seinem Käse herumkaute.

»Ja, vielleicht hätte ich das«, gab Gregory leise zu und stocherte mit einem Stock im Feuer herum.

»Wie ist König George?« Jetzt meldete sich der sonst eher stille Calum zu Wort. In seinen dunklen Augen stand keine Herausforderung, sondern nur echte Wissbegierde.

»Engländer sind doch alle gleich. Aufgeblasen, feist, weiße Perücken auf den Köpfen«, schnappte Fergus.

»Gregory nicht. Er ist weder feist, noch trägt er eine Perücke«, widersprach Brian, dann überzog ein Grinsen sein Gesicht. »Aber wahrscheinlich nur, weil du ihm alles wegfrisst, Fergus, sonst hätte er sich schon einen dicken Bauch.« Diese Worte brachten Fergus dazu, sich auf den Jungen zu stürzen und die beiden balgten sich freundschaftlich, bevor sie lachend wieder zurück zum Feuer kamen.

Erfreulicherweise wandten sich die Gespräche nun einer gewissen Isobel zu, die angeblich ein Auge auf Calum geworfen hatte, was dieser vehement bestritt, dabei allerdings verdächtig rot anlief, und Gregory war froh, nicht weiter über England oder seine Armee sprechen zu müssen.

Dunst lag über den Hügeln, als sie kurz nach der Morgendämmerung ihr Lager abbrachen. Fergus und die anderen wickelten sich aus ihren Plaids, um die Gregory sie in dieser kühlen Nacht insgeheim beneidet hatte. Da ihm niemand gesagt hatte, dass sie über Nacht fort bleiben würden, hatte er seine Decke nicht mitgenommen und war nun reichlich durchgefroren. Nach einem strammen Marsch lockerten sich seine Muskeln jedoch bald wieder und noch bevor die Sonne ihren höchsten Stand erreicht hatte, brummte Fergus ihm zu, sie wären bald am Ziel und hinter der nächsten Hügelkuppe läge das Dorf. Gerade passierten sie einen nachtschwarzen Bergsee, der in der hervorbrechenden Sonne funkelte.

»Die Martins kochen wohl schon für uns«, meinte Brian freudig und deutete auf die Rauchsäule, die hinter dem Wäldchen aufstieg.

»Ich weiß nicht, ob das ein Kochfeuer ist.« Fergus schrie dem Hütehund einen gälischen Befehl zu, dann bedeutete er seinen Begleitern, ihm zu folgen.

Sie hasteten den bewaldeten Hügel hinauf, und als sie schwer atmend zwischen den Bäumen stehen blieben, erstarrte Gregory.

Im Dorf herrschte helle Aufregung. Männer und Frauen rannten hektisch durcheinander, zwei Häuser standen in Flammen, mehrere bewegungslose Körper lagen im Dreck. Gerade sammelte sich eine Gruppe von um die fünfzehn Soldaten in roten Mänteln. Für einen Moment konnte Gregory sich nicht rühren. War das hier seine Chance? Sollte er hinunter rennen und sich in den Schutz seiner Landsleute begeben. Ob der Kommandant General Franklin war, vermochte er auf die Distanz nicht zu sagen. Ein Blick nach rechts ließ ihn zusammenzucken, denn offenbar hatte Fergus ihm seine Gedanken angesehen.

»Wir helfen unseren Leuten, und falls du einen Funken Anstand im Leib hast, dann schließt du dich uns an.« Fergus zog sein Schwert, hielt es Gregory wie um seinen Worten Nachdruck zu verleihen drohend unter die Nase, und schon walzte der kräftige Mann den Berg hinunter, während Gregory noch zögerte. Was sollte er jetzt tun? Die Soldaten waren schon wieder am Abrücken, weder Fergus noch Calum noch Brian kümmerten sich im Augenblick um ihn, sondern eilten ihren Landsmännern zur Seite, die sich um die Verletzten kümmerten. Sollte er fliehen?

Langsam folgte Gregory den drei jungen Männern. Als er mitten auf dem Weg einen toten Mann mit gebrochenen Augen sah, der seine Mistgabel noch in der Hand hielt, überkam ihn Ekel.

»Siehst du, was deine Leute anrichten?«, schrie ihn Fergus plötzlich von hinten an. In seinen Augen funkelte Mordlust. »Ich werde sie verfolgen. Kommst du mit mir und machst etwas von dem gut, was dein Land dem meinen antut?«

»Fergus, es sind zu viele, du kannst nicht …«

Der kräftige Schotte packte ihn an den Schultern und schüttelte ihn durch. »Hilfst du mir?«

»Ich kann nicht«, murmelte Gregory beschämt. »Es ist mein Volk, ich kann sie nicht …«

Wutschnaubend stieß Fergus ihn von sich, dann schnappte er sich die Mistgabel des Toten und rannte los, wobei er weiteren Männern auf Gälisch etwas zuschrie, die sich ihm daraufhin anschlossen. Gregory stand unschlüssig in dem herrschenden Chaos und wusste nicht, was er jetzt tun sollte. Ein weiterer Blick in die Runde ließ ihn würgen. Eine alte Frau beugte sich wehklagend über ein junges Mädchen, das mit hochgezogenen Röcken und gebrochenem Blick im Schlamm lag, ein Bauer mit einer klaffenden Wunde in der Brust versuchte sich, an einer heruntergebrochenen Mauer hochzuziehen, doch kurz darauf brach er zusammen. Die englischen Soldaten entfernten sich in raschem Trab. Irgendwo schrie eine Frau herzerreißend und deutete immer wieder hektisch auf ein brennendes Haus. Gregory war wie gelähmt und innerlich zerrissen zwischen dem Wunsch, diesen Menschen hier zu helfen und seinem Impuls, zu fliehen.

Den ganzen Tag lang hatte Caitlin unten an der Küste Seetang gesammelt und ihn anschließend auf den Feldern verteilt, damit das Gemüse gut wuchs. Jetzt war sie dementsprechend müde und freute sich auf ein kräftiges Abendessen. Schon von weitem vernahm sie Fergus' laute Stimme und sie freute sich, dass ihr Bruder schon wieder zurück war.

»Fergus, wie schön …« Sie erstarrte mitten im Satz, als sie sah, dass ihr Bruder vollkommen zerschrammt war und um seinen rechten Arm einen dicken Verband trug. »Was ist denn geschehen?«

»Verfluchte, dreckige Engländer. Sie haben das Dorf der Martins überfallen, aber wir haben sie verfolgt.« Fergus spuckte auf den Boden, was Mary zu einem rügenden Blick animierte, doch ihr Sohn achtete nicht darauf. »Es war mir vollkommen klar, dass diese kleine englische Ratte uns nicht hilft. Verdammter Feigling!«

»Ist Gregory fort?«, stieß Caitlin erschrocken hervor und ihr wurde plötzlich eiskalt.

Fergus' Stirn furchte sich bedrohlich. »Ja, bestimmt hat der Scheißkerl die Beine in die Hand genommen!«

Allerdings schüttelte ihr Vater gleich den Kopf. »Nein, er kam vor kurzer Zeit mit Brian hier an, habe ich gehört.«

»Und wenn schon, er hätte uns helfen müssen, er hat doch gesehen, was die Soldaten angerichtet haben. Fünf Männer und drei Frauen sind tot, das halbe Dorf abgebrannt und das Vieh haben sie beschlagnahmt«, tobte Fergus. »Zumindest beim Löschen hätte er mit anpacken können, wenn er schon nicht den Mumm hatte, seiner eigenen Brut eine Lektion zu erteilen. Aber nein, der hohe Herr steht da als wäre er festgewachsen!«

Auch Caitlin wurde plötzlich wütend. Hatte Gregory ihr am Ende doch nur etwas vorgemacht, als er kürzlich zugegeben hatte, dass viel Unrecht unter den englischen Besatzern geschah? Bittere Enttäuschung machte sich in ihr breit und sie ging zur Tür. Mit halbem Ohr hörte sie noch, wie ihr Vater beschwichtigend sagte: »Es sind seine Leute, vermutlich wollte er sie nicht töten …«

Wütenden Schrittes machte Caitlin sich auf den Weg zu Angus' Hütte. Sie wollte ihm gehörig die Meinung sagen, denn auch sie war überzeugt davon, dass er Fergus und den Dorfbewohnern hätte helfen müssen. An Angus' Hütte angelangt, riss sie die alte Holztür heftig auf und trat ein.

»Gregory, schämst du dich eigentlich nicht …« Die Worte blieben ihr im Hals stecken, als sie ihn vornüber gebeugt auf Angus' Bett sitzen sah. Er hustete, würgte und röchelte, seine Lippen waren blau angelaufen, sein Hemd zerrissen und angekohlt. Außerdem versuchte Angus gerade, seine verbrannte Hand zu behandeln.

»Versuch ruhig und gleichmäßig zu atmen, Junge«, verlangte er, und seine Stimme klang dabei sehr besorgt. Brian, ebenfalls mit angesengtem Haar, kniete neben ihm, sein hageres Gesicht von Erschöpfung gezeichnet.

»Was ist denn los?«, wollte Caitlin wissen. All ihr Zorn war auf einen Schlag verschwunden.

»Brian, du lässt deine Brandwunden von Caitlin behandeln, dann kannst du ihr alles erklären«, bestimmte Angus.

Nur sehr widerstrebend ließ sich Caitlin nach draußen schieben und warf einen sorgenvollen Blick zurück zu Gregory, der noch immer um Atem rang.

Auf dem Weg zur Quelle erzählte Brian ihr, was sich in dem Dorf zugetragen hatte und sie hörte mit wachsendem Staunen zu. Brian stöhnte auf, als sie einige Kratzer von Schmutz befreite. Auf seiner Handfläche hatte sich eine dicke Brandblase gebildet.

»Lass die Blase in Ruhe«, ermahnte sie ihn, als er sein Messer zückte. »Es ist besser, wenn sie von selbst eintrocknet.«

Brian sah nicht sehr begeistert aus, aber dann zuckte er mit den Schultern und erzählte, wie er und Gregory beim Löschen der brennenden Hütten geholfen hatten.

»Fergus hat behauptet, Gregory sei nur herumgestanden und hätte überhaupt nichts getan«, hakte Caitlin nach.

»Zuerst ja, ich hatte nicht viel Zeit ihn zu beobachten und dachte schon, er wäre seinen Leuten hinterher gelaufen«, gab Brian zu. »Aber auf einmal war er neben mir und hat unermüdlich Wasser angeschleppt. Plötzlich schrie eine Frau und er fragte mich, was sie denn habe.« Schrecken stand in Brians geweiteten graublauen Augen. »Das Feuer hatte auf eines der anderen Häuser übergegriffen und das Dach brannte kurz darauf lichterloh. Ihr Kind war noch in dem Haus.«

Caitlin schlug eine Hand vor den Mund, denn sie konnte nach empfinden, wie schrecklich das gewesen sein musste.

»Überall quoll Rauch heraus und ein alter Mann hielt die Frau mit aller Gewalt davon ab, noch mal in ihr Haus zu gehen, denn das war viel zu gefährlich. Gregory verlangte von mir, ihm zu übersetzen, was sie schrie, und nachdem ich das getan hatte, starrte er auf das Haus und rannte plötzlich los. Ich habe versucht, ihn zurückzuhalten, aber es war zu spät und er war schon in den Flammen verschwunden. Kurz darauf stürzte das Dach ein und ich dachte nicht, dass er da noch mal lebend herauskommen würde. Aber plötzlich schwankt er aus der Tür, drückt mir den Jungen in die Arme und bricht dann zusammen.« Caitlin schüttelte fassungslos den Kopf und wusste gar nicht mehr, was sie noch denken sollte. »Ich wusste kaum, wie ich ihn nach Hause bringen soll. Zum Glück hat mir einer der Bauern sein Pferd geliehen und so konnte er zumindest reiten. Für Sorcha Martin ist Gregory Davis jetzt ein Held, denn ohne ihn hätte ihr Sohn ganz sicher nicht überlebt.«

»Ich habe ihm Unrecht getan«, murmelte Caitlin betreten und das schlechte Gewissen drohte sie zu ersticken, dann straffte sie die Schultern. »Brian, geh nach Hause und ruh dich aus.« Der junge Mann nickte und humpelte dann langsam davon. Caitlin hingegen kehrte zu Angus' Hütte zurück, wo Gregory inzwischen auf dem Bett lag. Sein Atem ging schwer und rasselnd und seine Augen tränten, als er sie ansah. Offenbar versuchte er zu lächeln, was jedoch gründlich misslang, denn er krümmte sich kurz darauf zusammen und würgte erbärmlich. Angus half ihm, sich aufzurichten und drehte sich dann zu Caitlin um. »Geh jetzt, er braucht seine Ruhe.«

»Kann ich denn nichts tun, Angus?«, fragte sie weinerlich.

Der alte Heiler schüttelte den Kopf und so schlich Caitlin beschämt hinaus. Eine ganze Weile wanderte sie ziellos zwischen den Häusern umher und schämte sich entsetzlich dafür, Gregory zugetraut zu haben, einfach zu verschwinden, während die Martins um ihr Leben kämpften. So war er nicht, und tief in sich hatte sie das auch die ganze Zeit über gewusst. Die Vorurteile und der schlechte Ruf englischer Soldaten hatte sie dazu gebracht, an ihm zu zweifeln, aber musste denn jemand, der im Süden des Landes geboren war, deswegen in jedem Fall ein schlechter Mensch sein? Nein – so war es nicht, und auch unter den Schotten gab es Unterschiede. Douglas MacKenzie zum Beispiel hatte schon viele Gräueltaten verübt, die über den bloßen Schutz seines Clans hinausgingen, wie sie sehr wohl wusste. Angus hatte ihr erzählt, dass Douglas in jungen Jahren bei einem Raubzug nur wegen ein paar Schafen gleich sämtliche Wachen hinterrücks ermordet hatte. Schafraub war ein beliebter Zeitvertreib in den Highlands, und solange niemand dabei ernsthaft verletzt wurde, wurde er auch toleriert, irgendwann raubte man die gestohlenen Schafe einfach zurück. Dafür zu Morden hingegen ging der allgemein gültigen Moralvorstellung zufolge entschieden zu weit.

Zurück im Cottage ihrer Eltern ging Caitlin sofort zu Fergus, der sich von seiner Mutter mit Eintopf verwöhnen ließ. Während sie mit jedem Wort zorniger wurde, erzählte sie, was sie von Brian erfahren hatte.

»Bevor du andere Leute beschuldigst, feige zu sein, solltest du dich zuerst vergewissern, dass es auch so ist«, schleuderte sie ihm entgegen. Ihre Wangen waren vor Zorn gerötet, ihre Haare hatten sich aus dem Zopf gelöst und verliehen ihr einen wilden Eindruck, so dass selbst Fergus verdutzt dreinblickte.

»Woher sollte ich denn wissen, dass er das Kind gerettet hat, ich war ja schließlich fort«, brummelte Fergus, allerdings sah auch er jetzt etwas beschämt aus.

»Er hat sich für ein schottisches Kind in Gefahr gebracht und er ist nicht geflohen, obwohl seine Leute in der Nähe waren«, sinnierte Ranald MacArthur.

Er ist kein schlechter Mensch, das habe ich die ganze Zeit gewusst, dachte Caitlin.

Die ganze Nacht lang hatte Caitlin kein Auge zubekommen und sie ging gleich am nächsten Morgen zu Gregory. Er sah noch immer ziemlich mitgenommen aus und schwankte, als er aufstand, aber zumindest schien er jetzt wieder besser Luft bekommen zu können.

»Wie geht es dir?«, erkundigte sie sich beschämt.

»Besser.« Er setzte sich vorsichtig auf die Tischkante und seufzte dann. »Mir ist noch etwas schwummrig, aber das gibt sich sicher bald.«

»Ich wollte mich entschuldigen.«

»Weshalb denn, Caitlin?«

»Fergus hat dumme Dinge über dich gesagt und ich habe ihm geglaubt und dann bin ich hier reingeplatzt …«

»Schon gut«, unterbrach er sie und seine Stirn legte sich in Falten, »für Fergus muss es so ausgesehen haben, als wenn ich fliehen wollte.«

Genau in diesem Moment kam Fergus auch schon hereingepoltert. Ein verlegener Ausdruck stand auf seinem bärtigen Gesicht. »Es tut mir leid, ich war ein Narr.« Er umarmte Gregory kurz. »Du hast einem von uns das Leben gerettet, statt die Flucht zu ergreifen, und das war eine mutige Tat. Ich nehme alles zurück, was ich über dich gesagt habe.«

»Gut, nachdem geklärt ist, dass es sich bei Fergus um einen Narren und bei Gregory um einen Helden handelt, könnt ihr ja jetzt gehen und ihm seine dringend benötigte Ruhe lassen«, bestimmte Angus.

Fergus schnaubte empört, aber dann grinste er schon wieder.

»Soll ich ihm nicht wenigstens Wasser aus der Quelle am Loch Siant holen?«, fragte Caitlin, denn sie hatte das dringende Bedürfnis irgendetwas zu tun.

Zunächst erschien Angus gar nicht abgeneigt, aber dann schüttelte er den Kopf. »Du solltest im Dorf bleiben, nicht dass sich weitere Soldaten herumtreiben, aber sei so gut und sieh nach, ob du Ringelblumen findest, ich möchte eine Salbe herstellen.« Sanft aber energisch schob Angus Caitlin und Fergus nach draußen.

»Er wird doch wieder ganz gesund, Angus?«, wollte sie wissen.

Der alte Mann nickte beschwichtigend. »Ein paar Tage lang sollte er sich ausruhen. Gregory hat eine Menge Rauch eingeatmet und hatte Glück, dass er nicht erstickt ist. Bald wird er wieder auf den Beinen sein.«

Draußen vor dem Cottage blieb Caitlin stehen und starrte unentschlossen auf die Tür. Für Fergus schien die Sache erledigt, er ging unbeschwert seinen täglichen Pflichten nach, aber Caitlin fand einfach keine Ruhe. Schließlich sagte sie bei ihren Eltern Bescheid, dass sie für Angus Kräuter sammeln wollte. Diese Arbeit war bei allen hoch angesehen, und daher machte niemand Schwierigkeiten, doch statt sich auf die Suche nach Ringelblumen zu begeben, zog sie Aila ihr Zaumzeug über und ritt in Richtung Südosten. Entgegen Gregorys Warnung wollte sie zu der heiligen Quelle am Loch Siant an der Ostseite der Inselzunge, nahe der Küste. Der Weg war querfeldein nicht allzu weit, nur knappe fünf Meilen, aber da er durch Moorland, Haine und unzählige Täler führte, war der Tag bereits weit fortgeschritten, als sie den kleinen See erreichte, welcher sich an einen bewaldeten Hügel schmiegte. Caitlin band Aila an einen Baum, holte einen aus Kuhmagen gefertigten Trinkbeutel aus den Satteltaschen und folgte einem kaum erkenntlichen Pfad am Westufer des Sees entlang, zwängte sich durch dicht stehende Haselnusssträucher und erreichte schließlich eine Vertiefung im Boden, aus der Wasser quoll, sich sammelte, und in einem kleinen Strom in den See floss. Caitlin war schon häufiger hier gewesen, und wie immer überkam sie an diesem Ort eine ganz besondere Ruhe. Der Wind ließ die Sträucher leise Wogen, das Quellwasser sprudelte mit einem gleichmäßig plätschernden Geräusch aus dem Boden, und in der Ferne vernahm sie das stete Donnern der Wellen an die Küste. Dieser Platz besaß auch für Caitlin etwas Besonderes, das sie nicht würde in Worte fassen können, wenn sie jemand wie Gregory danach fragen würde, aber sie spürte es tief in sich – eine gewisse, uralte Macht, gepaart mit tiefem Frieden.

Wie Angus es sie gelehrt hatte, umrundete sie die Quelle dreimal dem Lauf der Sonne folgend, bat stumm um Heilung und ließ anschließend ihren Beutel vollaufen. Am Ende nahm sie eine ihrer besten Haarschleifen und band sie als Opfergabe an den nächststehenden Busch. Angus hatte immer betont, man müsse für eine Gabe stets Dankbarkeit zeigen.

Sofort rannte Caitlin zurück zu Aila, und ritt so schnell sie konnte zurück in ihr Dorf. Zum Glück war Angus diesmal nicht in der Hütte und konnte sie daher auch nicht wieder fortschicken. Leise trat Caitlin an Rorys Bett und beobachtete, wie er unruhig schlief. Seine Stirn war gerunzelt, seine ein Hand geballt, und sie fragte sich, was er wohl träumte. Sie wollte ihn nicht wecken und ließ daher den Beutel auf dem Tisch stehen. Gerade wandte sie sich zum Gehen, als Angus eintrat. Seine Augenbrauen zogen sich missbilligend zusammen, aber sie hob rasch eine Hand. »Ich habe ihm nur etwas Heilwasser gebracht«, erklärte sie mit gedämpfter Stimme.

»Du solltest doch nicht alleine fortreiten, das war gefährlich.«

»Er hat sich auch für einen von uns in Gefahr gebracht.«

Damit schlüpfte sie rasch aus der Tür, froh, zumindest irgendetwas für Gregory getan zu haben.

Tatsächlich ging es Gregory nach einigen Tagen Erholung wieder gut. Dank Angus' Verbänden heilten die Brandwunden gut ab und auch das Atmen fiel ihm bald wieder leichter. Sogar Ranald MacArthur kam eines Tages zu ihm, bedankte sich für seinen Einsatz und sprach seine Freude darüber aus, dass er nicht geflohen war. Gregory dachte selbst häufig an jenen Tag zurück, an dem er ohne große Schwierigkeiten zur Armee hätte zurückkehren können. Seine Entscheidung zu bleiben bereute er nicht, denn sein plötzliches Auftauchen würde nur Fragen aufwerfen und er wollte die MacArthurs nicht in Gefahr bringen. Seitdem bekannt geworden war, dass er den kleinen Jungen des Nachbarclans aus den Flammen gerettet hatte, begegneten ihm die Menschen hier im Dorf noch weitaus freundlicher als während der letzten Zeit. Besonders Fergus ließ nun seine Sticheleien und schenkte ihm sogar eines seiner alten Hemden, denn das von Gregory war so verbrannt und zerrissen, dass er es kaum noch tragen konnte. Schmunzeln musste Gregory, als Caitlin ihm nur wenige Tage danach ebenfalls ein Leinenhemd brachte, wobei sie sehr verlegen wurde, als er wissen wollte, ob sie es selbst genäht hätte. Dieses ockerfarbene Hemd war neu und an den Nähten sogar hübsch verziert. Er fragte sich, wann sie die Zeit gefunden hatte, es zu nähen. Gregory grübelte viel während dieser Tage, er dachte an sein Leben in England, das ihm immer mehr zu entgleiten schien, während er sich in Schottland immer heimischer fühlte, allerdings auch noch nicht wirklich Fuß gefasst hatte. Schließlich war Gregory richtig froh, als die Verletzungen an seinen Händen abgeheilt waren und er seine Arbeit im Dorf wieder aufnehmen konnte.

Auch an diesem schönen sonnigen Tag hatte er Caitlins Stute Aila vor den Pflug gespannt. Das Pony stapfte unbeirrt durch den teilweise sehr steinigen Boden und Gregory warf immer wieder große Felsbrocken an den Rand. Aus der Ferne wurde er von dem alten Angus beobachtet, der sicher mal wieder auf der Suche nach irgendwelchen Kräutern war, die er zuhauf in seiner Hütte trocknete.

Gregory hielt kurz an und wischte sich den Schweiß von der Stirn. Es war beinahe windstill, was auf der Insel sehr selten vorkam, und die Sonne brannte auf sein Gesicht.

Leider führte der fehlende Wind aber dazu, dass sich die winzigen kleinen Mücken auf einen stürzten, sobald man stehen blieb. Ungeduldig wedelte er mit der Hand herum, um die Plagegeister zu vertreiben.

Als er die Hand vor die Augen hob, sah er Caitlin, die mit einem Korb vom westlichen Feld heraufkam und ihm zuwinkte.

Auf Caitlins leisen Ruf hin hob das Pony den Kopf und begann urplötzlich loszutraben. Der überraschte Gregory wurde beinahe von den Füßen gerissen und bemühte sich, die Zügel festzuhalten, doch das Pony trabte gezielt auf seine das Mädchen zu.

»Jetzt bleib doch stehen, du kleiner Büffel«, schimpfte Gregory und zog vergeblich an den langen Leinen.

Er rannte der Stute hinterher, stolperte jedoch auf den letzten Schritten und schlug fluchend der Länge nach hin.

Nachdem er sich wieder aufgerappelt hatte, sah er Caitlin, die sich vor Lachen bog und sich die Tränen aus den Augen wischte. Die tiefstehende Sonne ließ ihre dunkelblonden Haare wie Gold glänzen und ihr helles Gelächter hallte von den Hügeln wider.

»Mach dich nur über mich lustig«, schimpfte er und klopfte sich den Dreck von der Hose. »Dieses Pferd hält wohl nichts auf, wenn es mal loslegt. Es erinnert mich an deinen Bruder.«

Caitlin kicherte noch immer und streichelte Aila, die ihr ihren Kopf auf die Schulter gelegt hatte, über das graubraune Fell.

»Sie weiß eben, zu wem sie gehört und nur weil ein dahergelaufener Engländer an ihren Zügeln hängt, lässt sie sich nicht aufhalten.« In Caitlins Augen blitzte der Schalk und Gregory bewunderte mal wieder ihr ebenmäßiges Gesicht mit den langen Wimpern und den sanften, rehbraunen Augen. Unwillkürlich musste er an seine Verlobte in England denken. Elizabeth war eine Augenweide, um die ihn viele Kameraden beneideten, aber eher eine kühle, unnahbare Schönheit mit kunstvoll frisierten weiß-blonden Haaren, die stets darauf achtete, ihr Gesicht zu pudern und ihre zarten Hände zu pflegen. Caitlin dagegen war ganz sicher nicht so auffallend schön, aber dafür natürlich, und alles an ihr war warmherzig, offen und unbeschwert.

Caitlin fuhr sich durch die Haare, senkte den Blick und begann dann in ihrem Korb zu wühlen.

»Ich habe dir etwas zu essen gebracht.«

Als Aila ihre dicke Nase in den Korb steckte, schimpfte Caitlin auf Gälisch mit ihr und gab ihr einen leichten Klaps. Das Pony schüttelte beleidigt den Kopf und schien dann doch das Gras vorzuziehen.

»Was hast du zu ihr gesagt?«, wollte Gregory grinsend wissen.

»Nichts, was du als sehr damenhaft bezeichnen würdest«, antwortete Caitlin frech und setzte sich auf einen Felsen.

Gregory ließ sich neben ihr nieder, dann aß er mit großem Appetit von dem Brot und dem Schafskäse, den Caitlin mitgebracht hatte. Eine Weile schwiegen sie.

Dann fiel Gregorys Blick auf ihre, so wie meist, nackten Füße, die unter ihrem hellen Leinenkleid hervorlugten.

»Ich hoffe, du bist jetzt nicht beleidigt«, begann er zögernd, »aber kannst du mir verraten, weshalb fast niemand von euch Schuhe trägt? Es muss doch entsetzlich kalt und schmerzhaft sein, ständig barfuss herumzulaufen.«

Caitlin, schien ihm seine Frage nicht übelzunehmen, sondern wackelte unbekümmert mit ihren kleinen, nicht mehr ganz sauberen Zehen. »Schuhe sind teuer und wir brauchen keine, solange kein Schnee liegt.«

Dies irritierte Gregory zwar, aber jetzt waren Caitlins nackte Füße sein geringstes Problem, sondern er traute sich endlich, etwas anzusprechen, was ihm schon lange auf dem Herzen lag.

»Caitlin, ich habe mir etwas überlegt.«

Sie sah ihn neugierig an und forderte ihn auf, weiterzusprechen.

»Nachdem meine Leute noch immer in der Gegend sind, werde ich wohl noch eine Weile bei euch bleiben müssen.«

»Hmm, das ist ja nicht so schlimm«, murmelte sie.

Vorsichtig nahm Gregory ihre Hand und sie zuckte kaum merklich zurück, woraufhin Gregory sie wieder losließ. »Ich möchte nicht, dass dir noch einmal so etwas passiert wie mit Josh. Falls dich noch einmal ein Mann ungebührlich anfasst, sollst du dich wehren können.«

Nun wirkte Caitlin überrascht und sah Gregory fragend an.

»Ich möchte dir beibringen, wie du dich verteidigst, wenn du einverstanden bist.« Er seufzte. »Man hat mir zwar mein Schwert und meine Pistole weggenommen, aber fürs Erste sollte ein fester Stock genügen.«

»Wirklich?« Caitlin staunte sichtlich, aber dann breitete sich ein vorsichtiges Lächeln auf ihrem Gesicht aus. »Das ist eine hervorragende Idee.« Anschließend warf sie allerdings einen besorgten Blick in Richtung Dorf. »Meine Eltern werden es nicht erlauben.«

»Warum nicht?«

»Erstens gehört es sich für eine Frau nicht zu kämpfen und zweiten werden sie mich nicht mit dir allein lassen.«

»Gibt es keine Möglichkeit, es heimlich zu tun?«, hakte Gregory nach und sah ihr tief in die Augen. »Ich möchte nicht, dass dir etwas geschieht.«

Caitlin schluckte und blickte rasch zur Seite. »Angus. Wenn, dann müssen wir mit ihm sprechen. Wenn du mit ihm gehst, wird niemand Verdacht schöpfen, und wir können uns heimlich treffen.«

»Gut.« Gregory lächelte zufrieden. Er musterte Caitlin eine Weile, dann sagte er plötzlich: »Meine Freunde nennen mich übrigens Greg. Also, falls du möchtest …«

Sie sah ihn nachdenklich an. »Ich werde dich Rory nennen, falls dir das nichts ausmacht. So hieß mein Großvater, und ich hatte ihn sehr gerne.«

»Du benennst mich nach deinem Großvater?«, empörte sich Gregory, wobei jedoch ein Lächeln um seinen Mund spielte. »Ich bin doch noch gar nicht so alt!« Er piekste sie in die Seite.

Caitlin kicherte. »Das nicht, aber ich finde, ein schottischer Name passt besser zu dir.«

Mit einem tiefen Seufzen ließ sich Gregory ins Heidekraut plumpsen.

»Das hübscheste Mädchen Schottlands vergleicht mich mit seinem Großvater, ich bin begeistert!«

Mit gerunzelter Stirn blickte Caitlin zu ihm hinab. Gregory setzte sich wieder auf und als er ihr Gesicht sah, fragte er vorsichtig: »Habe ich etwas Falsches gesagt?«

Sie schüttelte den Kopf, doch Tränen glänzten in ihren Augen und sie wandte sich rasch ab.

»Caitlin, was ist?«

Statt einer Antwort sprang sie jedoch auf und rannte davon.

Als Gregory sich umwandte, sah er Angus, der ihn aus der Ferne beobachtete. Den durchdringenden Blick des alten Mannes konnte er selbst auf die Entfernung spüren und dem jungen Engländer wurde unbehaglich zumute.

Gegen Abend waren bedrohliche Wolken von Westen her aufgezogen. Die Clanmitglieder schafften es gerade noch, ihre Ernte in Sicherheit zu bringen, bevor es wie aus Eimern zu schütten begann. Ein Sturm, der einem den Atem raubte, fegte mit brachialer Gewalt über die Insel hinweg, so als wolle er alle von Menschenhand erbauten Gebäude mit einem einzigen Atemzug vom Angesicht der Welt tilgen. Manchmal konnte Gregory kaum glauben, wie schnell hier das Wetter wechselte. Am Nachmittag hatte alles so friedlich und lieblich gewirkt, doch nun bekam man fast den Eindruck, bösartige Dämonen würden an den Wänden von Angus' altem Cottage rütteln und ihrer Wut darüber Ausdruck verleihen, dass das Gebäude ihrem Zorn standhielt. Froh, im Trockenen zu sein, half Gregory Angus nun, Kräuter nach dessen Anweisung zu zerstampfen.

Nach einer Weile ging die Tür auf und Una, eine Frau, die alleine am Nordende des Dorfes lebte, trat ein. Rory war schon öfters aufgefallen, dass sie humpelte, aber heute ging sie ganz besonders gebeugt und zog ihr linkes Bein hinter sich her.

Sie sagte etwas auf Gälisch und Angus wandte sich erklärend an Gregory. »Ihre Knochen plagen sie mal wieder ganz besonders.«

»Verzeih, ich vergaß, dass du unsere Sprache nicht sprichst«, erwiderte sie, diesmal auf Englisch. Ächzend ließ sich Una auf einem der Stühle nieder. Ihr wettergegerbtes, runzliges Gesicht verzog sich trotz der offensichtlichen Schmerzen zu einem Lächeln, und Gregory fiel mal wieder auf, welch freundliche Augen sie hatte.

Angus kramte unterdessen schon in seinen Kräutern herum. »Reib dir dein Bein mit dieser Beinwellsalbe ein.« Er reichte ihr einen hölzernen Tiegel. »Außerdem solltest du dir morgens und abends Brennnesseltee aufbrühen. Und Una«, er fasste sie am Arm, »geh im Loch Siant baden, sobald sich das Wetter bessert, und nimm dir auch Wasser von dort für deinen Tee mit.«

Gregory runzelte die Stirn, aber Una schien überhaupt nicht verwundert zu sein, gab Angus zwei Stück Käse und verabschiedete sich dann.

»Warum soll eine alte Frau in einem eiskalten See baden?«, brachte Gregory seine Verwunderung zum Ausdruck.

Ein Schmunzeln erschien auf Angus bärtigem Gesicht. »Weil es sie heilt.«

»Ein Bad heilt schmerzende Knochen?«

Der Heiler hielt in seiner Arbeit inne, dann sah er Gregory ernst an. »Vermutlich hältst du es für Humbug, aber in den Loch Siant fließt eine Heilquelle, und schon viele Männer, Frauen und Kinder, die in diesem See gebadet und Wasser aus der Quelle getrunken haben, sind von ihren Leiden befreit worden.«

Zweifelnd blies Gregory seine Backen auf, aber Angus legte ihm eine Hand auf den Arm. »Du musst nicht daran glauben, aber ging es dir nicht kurz nachdem du bei dem Brand verletzt wurdest auch sehr schnell wieder gut?«

»Ja, sicher«, Gregory war verwundert, »aber was hat das denn mit dem Wasser in diesem See zu tun?«

Ein Schmunzeln überzog Angus' Gesicht. »Entgegen meines Rates ist Caitlin damals doch zur heiligen Quelle geritten.«

»Ist sie?!« Jetzt war er wirklich gerührt, auch wenn er nicht wollte, dass sie sich für ihn in Gefahr brachte.

Während Gregory weiterarbeitete, musste er noch lange über Angus und seine oft eigenartigen Ansichten oder Heilmethoden nachdenken. Doch so seltsam es ihm vorkam, die Menschen hier schienen ihn zu respektieren, und wie es aussah, hatte er schon vielen Clansleuten geholfen.

»Komm mit, das Essen ist sicher schon fertig«, sagte der alte Mann mit seiner ruhigen, rauchigen Stimme nach einer Weile, ging zur Tür und warf sich einen Umhang über.

Zwar hatte Gregory einen Bärenhunger, doch die Aussicht, bei diesem Unwetter noch einmal aus dem Haus zu gehen, begeisterte ihn nicht sonderlich. Schließlich zog er sich jedoch eine alte Decke über den Kopf und folgte Angus' Gestalt, die sich gegen den Sturm stemmte.

Selbst die wenigen Schritte zum Cottage des Clanchiefs waren mühsam und als die Holztür hinter Gregory mit lautem Krachen zufiel, atmete er erleichtert auf.

Heute war das kleine Cottage gut gefüllt. Fergus mit seiner Frau Gillian, einer freundlich wirkenden, runden Frau und den beiden kleinen Jungen, die die roten Haare ihrer Mutter geerbt hatten, saßen bereits am Tisch und ließen sich den dampfenden Lammfleischeintopf schmecken, den Mary MacArthur servierte.

Caitlin saß ganz in der Ecke am Tisch und lächelte Gregory zaghaft zu, als er sich setzte. Fröhliches Geplauder erfüllte den kleinen Raum. Man unterhielt sich über den vergangen Tag und darüber, was der nächste bringen würde, während draußen der Wind heulte.

Kurz darauf ging die Tür noch einmal auf und mit einem Schwall Regenwasser kam der alte Cormag hereingestolpert.

»Hab ein Loch im Dach«, brummte er und sein faltiges, wettergegerbtes Gesicht wirkte noch griesgrämiger als sonst schon.

»Setz dich, der Eintopf reicht auch für dich«, lud Ranald ihn ein.

Nun wurde es wirklich eng und Fergus befahl den Kindern, sich mit ihren Schüsseln auf den Boden zu setzen.

»Ich kann auch …«, setzte Gregory an, der sich noch immer als Eindringling fühlte, und war bereits im Aufstehen.

Fergus' große Pranke drückte ihn jedoch zurück auf den Holzstuhl. »Bleib, die Kinder sind sowieso gleich fertig.«

Wie immer war Gregory schweigsam. Obwohl die MacArthurs, wie er vermutete, der Höflichkeit halber Englisch redeten, konnte er nicht viel zu ihren Gesprächen über Schafzucht, Clanstreitigkeiten oder Ackerbau beitragen. Aus dem Augenwinkel beobachtete er Caitlin, die sich mit Gillian unterhielt und mal wieder dieses zauberhafte Lächeln auf ihrem Gesicht hatte, dem der Schein des flackernden Feuers einen warmen Anstrich verlieh.

Irgendwann war das Essen beendet und man rutschte näher ans Feuer. Der Wind, der durch die Ritzen des kleinen Steinhauses fuhr, ließ die Flammen unruhig flackern und Schatten tanzten an den grauen Steinwänden. Die hölzernen Fensterläden waren zum Schutz vor dem Wind geschlossen und nur durch das Abzugsloch im Dach kam etwas Helligkeit herein. Das Torffeuer erhellte den kleinen Raum schemenhaft und verursachte eine gemütliche Atmosphäre.

»Eine Geschichte, Angus«, verlangte Niall, Fergus' fünfjähriger Sohn.

»Hmm, lass mich überlegen«, begann der alte Heiler und streckte seine Beine aus. »Kennst du die Geschichte, als die MacDonalds, damals, als sie noch hier auf dem Schloss lebten, den MacLeods zur Wintersonnenwende Schafe gestohlen haben und dabei dem silbernen Geisterhengst begegnet sind?« Zu Gregory gewandt fügte er erklärend hinzu: »Die MacLeods von Dunvegan Castle.«

Gregory nickte, obwohl er keine Ahnung hatte, wo das Schloss liegen sollte.

»Ich kenne die Geschichte nicht«, versicherte der kleine Niall mit großen Augen und beugte sich gespannt vor.

»Es war eine stürmische Nacht«, begann Angus zu erzählen, »in etwa so wie heute, doch es war Winter und die Berge waren von leichtem Schnee bedeckt. Die Ernte war schlecht ausgefallen und die MacDonalds und die umliegenden Clans in den Dörfern hatten Angst, dass ihr Weihnachtsfest ein wenig mager ausfallen könnte.« Angus lachte leise auf. »So hatten sich zehn Clansmänner aufgemacht und waren den weiten Weg bis Dunvegan gelaufen, denn sie lagen ohnehin mal wieder im Streit mit den MacLeods. Eine unheimliche Nacht war hereingebrochen, der Wind pfiff über das menschenleere Hochland und die Clansmanner hatten sich fest in ihre Umhänge gewickelt. « Angus machte eine ausladende Handbewegung und nicht nur die Augen der Kinder wurden größer, als der Wind draußen vehement aufheulte.

»Endlich erblickten sie in der Ferne das Schloss, welches sich düster vor der Meeresbucht abhob. Obwohl alle MacDonalds gestandene Mannsbilder waren, fragte sich wohl ein jeder, ob die Ahnen der MacLeods sie nicht verfluchen würden, wenn sie in dieser Nacht zu Dieben wurden.«

Gregory ertappte sich selbst dabei, wie er sich weiter vorbeugte, um den Worten des alten Mannes ganz genau zu lauschen. Angus' Stimme hatte etwas Fesselndes.

»Lange verharrten sie versteckt im nassen, kalten Heidekraut und beobachteten die aufgestellten Wachen, die trotz der Kälte auf die Herde achteten. Doch dann fasste sich einer der jüngeren Männer ein Herz. Direkt aus dem Pferch haben sie fünf schöne fette Schafe geklaut und sich in der Dunkelheit davon gemacht. Vermutlich hatten die Wachen, um sich in dieser kalten Nacht aufzuwärmen zu viel Whisky getrunken und daher nichts bemerkt.«

Niall kicherte und sah Angus erwartungsvoll an.

»Auch die MacLeods hatten jedoch nicht viel zu essen in diesem harten Winter, was den MacDonalds jedoch gleichgültig gewesen war. Sie hatten ihr Festmahl und waren guter Dinge, als sie auf dem Rückweg waren. Der Sturm nahm an Stärke zu«, fuhr Angus fort und wie um seine Worte zu unterstreichen, ließ erneut eine gewaltige Böe die Holztür erzittern, »die Clansmänner kämpften sich durch den Schneesturm, der ihre Gesichter beinahe einfrieren ließ. Viele glaubten, es wäre die Strafe dafür, zu Weihnachten geraubt zu haben.«

»So etwas tut man auch nicht am Geburtstag des Herrn«, knurrte Cormag und Gillian nickte zustimmend.

»An anderen Tagen ist aber deiner Meinung nach gerechtfertigt?«, fragte Angus herausfordernd und ein leichtes, kaum wahrnehmbares Lächeln spielte um seine Mundwinkel.

»Pah! Dass du ein alter Heide bist, wissen wir alle«, schimpfte Cormag.

Gregory machte ein fragendes Gesicht, woraufhin Caitlin näher zu ihm herangerutscht kam. »Angus feiert die alten Feste, er glaubt nicht an den Christengott«, flüsterte sie.

Nun war Gregory wirklich überrascht, denn er hatte geglaubt, dass alle Schotten regelmäßig zur Kirche gingen.

»Erzähl weiter«, drängelte Niall derweil, der vermutlich lieber Geschichten von Schafräubern oder Geisterhengsten hörte, als die, die in der Bibel standen.

»Nun gut«, Angus räusperte sich und starrte in die Flammen, »die MacDonalds waren also auf dem beschwerlichen Rückweg. Als sie über die verschneite Quiraing Ridge kamen, hörte der Wind urplötzlich auf und der Mond brach durch die finsteren Sturmwolken. Zwischen den Felsen sahen sie im Mondschein, wie Feen tanzten.«

Von Cormag kam ein missbilligendes Schnauben, aber niemand achtete auf ihn. Selbst Ranald MacArthur schien der fesselnden Stimme von Angus gebannt zu lauschen. Gregory sah, wie Caitlins Augen im Licht des Feuers leuchteten und er musste sich gewaltsam von ihrem Anblick losreißen.

»Dann hörte man ein gewaltiges Beben. Die Männer bekamen es mit der Angst zu tun und als plötzlich, vom Mond beschienen, der silberne Hengst auftauchte, glaubten sie, ihre letzte Stunde hätte geschlagen.«

»Hat der Sidhe-Hengst sie getötet?«, fragte der kleine Junge mit atemloser Stimme.

Angus schüttelte seinen bärtigen Kopf. »Nein, er stand einfach da und sah sie an, wie man sich erzählt, eine kleine Ewigkeit, doch das mag den MacDonalds damals nur so vorgekommen sein.«

»Was haben sie getan?« Nialls Augen schienen ihm vor Spannung aus dem Kopf zu fallen.

Schmunzelnd steckte sich Angus eine Pfeife an. »Sie haben auf dem Absatz kehrt gemacht, die Schafe bei den MacLeods abgeliefert, und sind mit leeren Händen heimgekehrt.«

Caitlin lachte leise auf. »Das geschah ihnen Recht, der Hengst wusste wohl, dass es falsch war, die Schafe zu stehlen.«

»War es der Vater von Caitlins Stute?«, wollte Niall aufgeregt wissen.

»Das kann nicht sein, der Gaul müsste ja dann schon über hundert Jahre auf dem Buckel haben«, widersprach Cormag.

»Er ist ja schließlich ein Geisterhengst«, entgegnete Angus schmunzelnd und nachdenkliche Stille kehrte ein, ehe sich der Bann von Angus Geschichte über den Sidhe-Hengst wieder verflüchtigte.

Eine Weile unterhielten sich alle mit gedämpften Stimmen vor dem knisternden Feuer und manch einer wusste über vergangene Clanfehden zu berichten. Niall war irgendwann eingeschlafen und auch Gillian fielen immer wieder Augen zu. Nachdem das Unwetter endlich ein wenig nachließ, machten sich alle auf den Heimweg.

»Die Geschichte von dem silbernen Hengst geht schon lange in den Highlands um«, erzählte Angus noch, als er mit Gregory wieder auf dem Weg zu seiner Hütte war. »Vielleicht ist er nur eine Legende, oder vielleicht ist das Pferd, das hier hin und wieder auftaucht, auch ein Nachfahre des silbernen Hengstes von damals, das weiß ich nicht.« Der alte Mann schmunzelte. »Ob die Geschichte mit den Schafen wahr ist, kann ich leider auch nicht mit Gewissheit sagen, aber ich war dabei, als Aila geboren wurde.«

Noch lange lag Gregory in dieser stürmischen Nacht wach und dachte über den geheimnisvollen Hengst, die Hochlandbewohner und vor allem über Caitlin nach. Er hatte das Gefühl, in eine vollkommen fremde Welt geraten zu sein und was ihn am meisten daran erschreckte war, dass irgendetwas in ihm sich wünschte, sich einfach fallen zu lassen, um noch tiefer in diese Welt einzutauchen. Als er dann einschlief, mischten sich Traum und Wirklichkeit. Er sah Caitlin auf einer mondbeschienenen Lichtung tanzen, während Feen um ihren Kopf schwebten.

Auch wenn in den folgenden Tagen immer wieder heftige Stürme über der Isle of Skye wüteten, war es doch einer der wärmsten und angenehmsten Sommer seit vielen Jahren. Ganz langsam wurden die Clanmitglieder der MacArthurs etwas offener zu Gregory, und selbst Fergus bedachte ihn nicht mehr mit bösen Blicken, sondern gab ihm sogar von seinem Whisky ab. Häufig sah man die beiden miteinander scherzen und wäre Gregory nicht, wie Fergus sagte, ›im falschen Teil des Landes‹ geboren worden, wären sie sicherlich Freunde geworden.

»Hey, Engländer, willst du noch was vom *brochan*?«, fragte Fergus an diesem Morgen mit vollem Mund und reichte Gregory die hölzerne Schüssel.

»Nein danke«, antwortete dieser und verzog das Gesicht. »Ich habe schon einen riesigen Klumpen im Magen.«

Fergus nahm sich noch einen Schlag von dem Haferbrei. »*Brochan* gibt Kraft«, behauptete er und ließ seine Muskeln spielen. »Und wenn man ihn nicht aufisst, kann man hervorragend ein Cottage damit bauen.« Breit grinsend schnelzte er einen Löffel voll von dem klebrigen Haferbrei in eine Fuge zwischen die grobbehauenen Steine des alten Hauses. »Besonders, wenn Caitlin ihn kocht.«

Von der Feuerstelle her ertönte ein empörtes Kreischen und Caitlin stürzte, mit einem Handtuch bewaffnet, auf ihren Bruder zu und schlug es ihm gehörig um die Ohren.

Obwohl Gregory kein Gälisch verstand, war ihm klar, dass Caitlin Fergus mit wenig schmeichelhaften Ausdrücken bedachte. Insgeheim musste er Fergus sogar Recht geben, denn normalerweise hatte der Haferbrei eine sehr dünne, eher flüssige Konsistenz, heute hingegen war er recht fest, und auch wenn er ihn so sogar lieber mochte, wer dieser *brochan* doch recht klebrig geraten. Nach einer kurzen Verfolgungsjagd rannte Fergus lachend zum Cottage hinaus.

»Komm zum nördlichen Feld, Gregory. Zumindest, falls du dieser kleinen *bana-bhuidseach* lebend entkommst.«

Caitlin schnaubte und strich sich eine gelöste Haarsträhne aus dem Gesicht.

»Was bedeutet dieses bana…«

»Hexe«, erklärte Caitlin und warf ihrem Bruder noch einen bösen Blick hinterher. »Immer schimpft er über meine Kochkünste. Er kann ja auch zu Hause bei Gillian essen, aber nein, er kommt hierher und dann …«

Gregory lächelte. Wenn Caitlin sich so aufregte, röteten sich ihre Wangen, und er fand es niedlich, wie sie immer wieder, vermutlich ohne es zu merken, gälische Begriffe in ihre englischen Sätze einbaute.

»Lachst du mich jetzt aus?«, fragte sie zornig.

»Würde ich niemals wagen«, versicherte Gregory und hob die Hände. »Nur, wenn du Gälisch sprichst, verstehe ich dich nicht.«

»Oh! Das habe ich gar nicht bemerkt. Ich könnte dir ein paar Worte beibringen«, überlegte sie.

»Das wäre schön.« Gregory senkte die Stimme. »Heute, nach Sonnenuntergang wird Angus mich zum Kräutersammeln mitnehmen, anschließend können wir trainieren.«

Caitlin nickte und ging dann mit den Frühstücksschüsseln nach draußen, um sie abzuwaschen. »Soll sich Fergus nur ein Cottage aus *brochan* bauen«, schimpfte sie noch, doch in ihrer Stimme schwang ein leises Lachen mit.

Den ganzen Tag lang arbeitete Gregory auf dem Feld und befreite dieses mühsam von den unzähligen Steinbrocken, die mit jedem Ackern in dreifacher Menge hervorzukommen schienen. Gegen Abend kam wie verabredet Angus und nahm ihn ein Stück weit in die Berge mit hinein. Wenig später tauchte auch schon Caitlin auf Ailas ungesatteltem Rücken aus einer grünen Senke auf.

»Kommt zum Dorf, sobald es dunkel ist«, verlangte Angus und verschwand hinter dem nächsten Hügel.

Wie schon die ganze letzte Zeit trainierten die beiden mit Holzstöcken und zu Gregorys Erleichterung stellte sich Caitlin sehr geschickt an. Manchmal erschien es ihm sogar, als hätte sie Spaß daran, sich mit ihm im Kampf zu messen und versuchte stets ihn zu übertrumpfen. Gregory genoss die Zeit mit ihr und freute sich, wenn sie Fortschritte machte. Nun würde sie kein Mann mehr so leicht überrumpeln und darüber war er mehr als froh.

Als sie eine Pause einlegten, brachte Caitlin Gregory, wie versprochen, einige gälische Wörter bei.

»Glenn heißt zum Beispiel Tal«, erklärte sie. Anschließend deutete sie auf eine Distel. »Cluaran ist der gälische Name.«

»Hmm.« Gregory blickte zu Aila hinüber. »Was heißt Pferd?«

»Each.«

So ging es eine ganze Weile und auch wenn Gregory die meisten Worte nicht richtig aussprechen konnte und Caitlin sich immer wieder darüber amüsierte, machte es ihm riesigen Spaß und er glaubte, nein, er hoffte, dass es Caitlin ebenso erging.

Als die Sonne blutrot hinter dem westlichen Horizont versank, ritten sie gemeinsam auf Aila zurück, und selbst jetzt in der Dunkelheit war es noch angenehm mild. Zunächst hatte Gregory Bedenken, denn das Pony war nicht sehr groß, doch Caitlin lachte nur.

»Sie ist kräftig genug, einen ausgewachsenen Hirsch zu schleppen, also kann sie auch uns beide tragen. Wenn die Clanchiefs jagen gehen«, erklärte sie weiter, »transportieren sie das Wild auf dem Rücken der Ponys aus den Bergen zurück.«

Gregory genoss es, wie Caitlins Körper sich an seinen Rücken schmiegte. Sie hatte ihre Hände leicht um seine Hüften gelegt, um sich festzuhalten, während er das Pony nach Hause lenkte. Nachdem sie über den Hügelkamm ritten, erblickten sie aus der Ferne, dass in der Mitte des Dorfes mehrere große Feuer entzündet worden waren.

Gregory ließ Aila anhalten und rutschte von ihrem Rücken, denn den Rest des Weges würde er zu Fuß zurücklegen. »Ein Ceilidh«, erklärte Caitlin und in ihrer Stimme schwang Freude mit.

»Ein was?«, hakte Gregory nach.

»Eine Zusammenkunft, ein Treffen der Clanmitglieder, vielleicht wird etwas gefeiert«, vermutete Caitlin und warf Gregory ein blitzendes Lächeln zu. »Wir sehen uns gleich.«

Damit ritt sie den Hügel hinunter und Gregory wartete auf Angus, der kurz darauf lautlos neben ihm auftauchte.

»Gillian hat Angus gesagt, dass sie das dritte Mal schwanger ist«, erzählte der alte Mann und deutete auf die Feuer. »Das wird heute Abend gefeiert.«

»Ein Ceilidh«, sagte Gregory mit einer etwas merkwürdigen Betonung.

Angus hob die Augenbrauen. »Ich sehe, Caitlin hat dich schon aufgeklärt.«

Als die beiden Männer im Dorf eintrafen, herrschte ausgelassene Stimmung und kurz darauf kam ihnen der heftig angetrunkene Fergus entgegen.

»Komm, Gregory, heute bist du einer von uns«, lallte er und hielt ihm einen Becher mit selbstgebranntem Whisky entgegen. »Ich bekomme meinen dritten Sohn!«, schrie Fergus in die Runde und reckte die Faust in die Höhe.

Seine Freunde grölten erwartungsgemäß mit, während Gillian mit hochgezogenen Augenbrauen zu ihrer Schwiegermutter sagte: »Soweit ich mich erinnere, werde *ich* das Kind bekommen und ob es noch ein Junge wird, weiß nicht einmal ich.«

»Männer«, seufzte Mary, ließ sich dann jedoch von ihrem Mann Ranald in den Kreis ziehen, wo zum Klang von Dudelsack, Flöte und Trommel wild getanzt wurde.

»Die MacArthurs zählen seit Generationen zu den besten Dudelsackspielern des Landes«, erklärte Angus, der neben Gregory stand und einen Becher Whisky genoss, mit stolz geschwellter Brust. »Wir sind immer an der Seite der MacDonalds in den Krieg gezogen. Allein beim Klang unserer Musik haben die meisten Feinde schon weiche Knie bekommen.«

Gregory nickte nachdenklich. Früher hatten ihm die unheimlichen, klagenden Klänge des Dudelsacks Angst eingejagt, wenn sie aus dem dichten Nebel heraus ertönt waren, doch hier, in dieser fröhlichen Runde, in Begleitung von Fiedel und Flöte, gefiel es ihm. Die Musik ging ins Blut und nach einer Weile klatschte er mit.

Der alte Cormag kam zu ihm herübergehumpelt.

»Na, hast du im feinen England schon mal so eine Feier erlebt?«, knurrte er. Der alte Mann verhielt sich dem unfreiwilligen Gast gegenüber noch immer misstrauisch und ablehnend.

»Nein«, gab Gregory zu. »Natürlich feiern wir auch, aber ...«

»Pah«, unterbrach Cormag ihn. »Das kann ich mir schon vorstellen, die hohen Herren mit ihren weißen Perücken, die an ihrem edlen Rotwein nippen.«

Cormag nahm sich einen herumliegenden Büschel Schafswolle und legte ihn sich auf den kahlen Kopf. Dann imitierte er das affektierte Getue der Lords so wirklichkeitsgetreu, dass Gregory in lautes Gelächter ausbrach.

»Zumindest Humor hast du«, brummte Cormag anerkennend und stand schwankend auf, um seinen Whiskybecher aufzufüllen.

»Hast du euren sauberen König eigentlich schon mal getroffen?«

Wie immer, wenn die Sprache auf die Armee oder den König kam, spannte sich Gregory an. Er wollte keinen Streit provozieren und hoffte, bald vom Thema ablenken zu können.

»Nein, habe ich nicht und ich lege auch keinen Wert darauf.»

»Soll ja nicht mal Engländer sein.« Cormag spuckte auf den Boden. »Man erzählt sich, sein Vater konnte kaum richtig Englisch! Eine Schande, das so jemand sich als Herrscher aufspielt.«

»Das stimmt, König George der Erste war ein hannoveranischer Adliger, und mein Onkel hat erzählt, dass es wegen seiner eine mangelhaften Sprachkenntnisse viel Gerede und auch Spott gab.«

»Verflucht noch mal, dass es James Stewart damals aber auch nicht gelang, den deutschen Mistkerl vom Thron zu stoßen.« Der alte Mann kratzte sich am Kopf. »Verdammt, ist schon über zwanzig Jahre her, erscheint mir beinahe wie gestern.« Damit schien Cormag genug von Politik zu haben und wankte davon.

Gregory war das nur ganz recht, denn jetzt hatte er Zeit, das fröhliche Treiben zu verfolgen. Irgendwann stand Caitlin vor ihm. Er hatte sie schon seit einer Weile beobachtet, wie sie mit ihrem Bruder, ihren Vettern oder ihrem Vater getanzt hatte, sie jedoch vor kurzem aus den Augen verloren. Nun tauchte sie aus der Menge auf, sie strahlte und ihre Wangen waren leicht gerötet.

»Tanzt du mit mir?«, fragte sie atemlos.

»Ich kenne eure Tänze nicht«, wehrte Gregory ab und ihm entging auch nicht der strenge Blick von Caitlins Vater.

»Es ist ein ganz einfacher *reek*«, machte Caitlin seine Bedenken zunichte und zog ihn mit ins Getümmel.

Tatsächlich wurde Gregory einfach von den anderen mitgerissen und obwohl er die Schrittfolge nicht beherrschte und immer wieder verstohlen zur Seite blickte, fand er sich rasch in diesen Tanz ein. Anders als bei den starren Tänzen, die bei Hofe beliebt waren, wechselte bei diesem Gruppentanz die Tanzpartnerin. Gregory war sich sicher, fast jedes Mal die falschen Schritte zu nehmen, die komplizierten Figuren verwirrten ihn, aber das schien niemanden zu stören. Irgendjemand zog ihn immer in die richtige Position und wenn er mit Caitlin im Kreis herum wirbelte, lachte sie ihn strahlend an. Dies war vermutlich einer der schönsten Momente in seinem Leben. Für eine Weile konnte er einfach alles vergessen – dass er hier ein Gefangener war, dass er bald gehen musste, seine Verlobte in England, die englische Armee und alle anderen Schwierigkeiten. Es gab nur die beschwingende Musik, Caitlin in seinen

Armen und das Strahlen auf ihrem von den Lagerfeuern sanft beleuchteten Gesicht.

Viel zu schnell hörte die Musik auf und die Töne des Dudelsacks verklangen langsam in den Hügeln. Ranald MacArthur kam zu seiner jüngsten Tochter und nahm sie an der Hand.

»Sing uns ein Lied, Caitlin.«

»Nein, lieber nicht«, erwiderte sie sichtlich verlegen und blickte scheu zu Boden.

»Doch, Caitlin soll singen«, grölte Fergus und eine ganze Reihe anderer Männer und Frauen begannen zu klatschen und ihren Namen zu rufen.

»In Ordnung, ich singe!«, rief Caitlin irgendwann und hob die Hände. Augenblicklich setzte Stille ein und Gregory betrachtete Caitlin erwartungsvoll. Mittlerweile fand er alles an ihr zauberhaft, doch als sie nun mit einer unglaublich sanften und zugleich intensiven Stimme anfing zu singen, glaubte Gregory in seinem Leben niemals etwas Schöneres gehört zu haben. Mit glockenklarer Stimme sang sie ein Lied, das so voller Sehnsucht war und von dem sich jeder einzelne Ton so perfekt in die Hügel dieser einsamen Landschaft schmiegte, als wäre die Melodie von Zauberhand gewoben. Obwohl er die gälischen Worte dieses Liedes nicht verstand, berührten sie etwas ganz tief in seinem Inneren und ihm stellte sich jedes einzelne Haar am Körper auf. Als Caitlin endete, herrschte atemlose Stille und es schien, als würde selbst der Wind aus Respekt schweigen. Zu Gregorys Rechten stand eine ältere Frau, die sich über die Augen wischte und es wunderte ihn selbst kaum, als er bemerkte, dass auch seine Augenwinkel feucht geworden waren.

Nur ganz zögernd verteilten sich die Männer und Frauen des Clans wieder. Jetzt wurde nur noch verhalten geredet und lediglich der leise Klang einer Flöte sorgte für Unterhaltung. Caitlin war plötzlich verschwunden und so sehr Gregory sie suchte, er konnte sie nicht entdecken.

Das Fest ging währenddessen weiter. Viele Verwandte aus kleinen Dörfern, die laut Angus in der Nähe lagen, waren zum Feiern gekommen und Gregory sah sie heute zum ersten Mal. Der junge Calum, ein guter Freund von Fergus, war bereits so betrunken, dass er mitten auf dem Dorfplatz schnarchte. Irgendjemand brachte ein ganzes Lamm, stolperte beinahe über Calum, und grillte es schließlich über dem offenen Feuer.

Etwas später am Abend tauchten einige weitere fremde Männer auf. Ihm fiel auf, dass die Farben ihrer Plaids sich etwas von denen der MacArthurs unterschieden, wenngleich auch die Frauen hier im Dorf unterschiedliche Farbkombinationen bevorzugten, so waren sie doch eher in Erdtönen gehalten, hier und da mit eingewebten Grüntönen. Die der MacKenzies waren überwiegend bunter, mit hellerem Grün, Blau, roten und weißen Streifen.

»Wir haben gehört, hier gibt es etwas zu feiern«, rief ein mittelgroßer, kräftiger Mann und ließ sich sogleich einen Becher mit Whisky einschenken.

»Fergus wird wieder Vater«, erklärte Ranald MacArthur.

»Das wirst du hoffentlich auch bald, Paden!«, grölte ein älterer Mann.

»Wo ist Caitlin?« Besagter Paden, ein junger Mann der etwa in Gregorys Alter sein mochte, warf einen Blick in die Runde, aber niemand hatte sie gesehen, und so wandte sich Paden seinem Whisky zu.

Gregory sah sich um. Im Augenblick schien ihn niemand zu beachten. Er wollte ein wenig alleine sein und hatte keine Lust mehr auf die laute Musik, die nun wieder zu spielen begann, da die MacKenzies vom Nachbarclan aufgetaucht waren.

Eine Weile spazierte Gregory durch die Einsamkeit des nächtlichen Hochlands. Ein voller Mond hing über dem Meer und beleuchtete alles mit seinem silbrigen Licht. Er hatte gar nicht bemerkt, wie weit er eigentlich gegangen war, denn plötzlich erhoben sich die gewaltigen Mauern des Duntulm Castle vor ihm. Eigentlich war es ihm nur erlaubt, sich in Sichtweite des Dorfes frei zu bewegen, doch nun, da er schon einmal hier war, wollte er sich die ehemalige Burg der MacDonalds anschauen. Vieles war verfallen, die Steine zum Teil abtransportiert worden und von den MacDonalds oder von den Farmern der umliegenden Dörfer für neue Häuser benutzt worden, doch noch immer war es eine mächtige und beeindruckende Burg, die von der Herrschaft einer einst mächtigen Familie zeugte. Man hörte das Meer unermüdlich an die Klippen schlagen und der Wind pfiff leise um die uralten Mauern.

An vielen Abenden hatte Gregory Geistergeschichten von Duntulm Castle gehört und als er nun eine schmale Gestalt in dem Rahmen eines leeren Fensters sitzen sah, blieb ihm beinahe das Herz stehen. Doch dann, als die Gestalt den Kopf drehte, erkannte er Caitlin.

»Was tust du hier?«, fragte sie überrascht.

»Das Gleiche könnte ich dich fragen«, erwiderte er und trat näher.

»Ich wollte alleine sein«, antwortete sie leise.

»Ich ebenfalls.« Eine Weile schwieg Gregory, dann setzte er sich zu ihr in die Fensteröffnung. »Du hast wunderschön gesungen.«

»Wahrscheinlich hast du nichts verstanden«, vermutete Caitlin und lehnte den Kopf an die Fensteröffnung.

»Nicht die Worte, aber das, was das Lied ausdrücken wollte.«

»Es war ein uraltes Liebeslied«, begann Caitlin mit seltsam entrückter Stimme zu erzählen. »Von einem Mann und einer Frau, die niemals zueinander finden durften.«

»Das ist traurig«, murmelte Gregory, dann nahm er ganz unvermittelt Caitlins Gesicht in seine Hände und küsste sie.

Zu seiner Überraschung wehrte sie sich nicht, doch als er sie losließ, glänzten Tränen in ihren Augen.

»Ich bin verlobt, Rory, ich muss einen MacKenzie heiraten, damit der Streit zwischen unseren Clans endlich aufhört.«

Der Zauber des Augenblicks war gebrochen, Gregory fühlte einen Stich in seiner Brust und ließ die Schultern hängen.

»Ich bin auch verlobt.« Als Caitlin zusammenzuckte, nahm er ihre Hand. »Ich liebe Elizabeth nicht. Es ist ein arrangiertes Verlöbnis, das mein Onkel in die Wege geleitet hatte, damit ich in der Armee des

Königs wieder zu mehr Ansehen komme. Die Hochzeit selbst steht noch bevor.« Gregory verzog das Gesicht. »Mein Onkel war sehr wütend, als ich vor das Kriegsgericht gestellt wurde.«

»Was hast du getan?«

»Ich habe den Befehl eines ranghohen Offiziers missachtet. Wir kamen in ein Dorf an der schottischen Grenze, und die Bauern wollten keine Abgaben zahlen. Man hat sie in einem der Häuser zusammengepfercht und ich sollte es anzünden.« Noch heute schauderte Gregory, als er an die verängstigten Gesichter von Frauen und Alten dachte, an die Hände, die sich flehend durch die vernagelten Fenster quetschten.

Caitlin sog scharf die Luft ein und war ein Stück von Gregory zurückgewichen.

»Ich habe es nicht getan«, versicherte er rasch. »Ich habe furchtbar mit dem Offizier gestritten und einen Kampf mit ihm begonnen, den ich schließlich gewann. Daraufhin wurde ich verhaftet und ins Gefängnis geworfen. Mein Onkel, ein ranghoher Offizier, hat sich sehr dafür eingesetzt, dass ich frei komme und wieder in der Armee dienen darf. Natürlich wurde ich meines Amtes enthoben und war fortan nur noch ein einfacher Soldat.«

»Du hast richtig gehandelt!« bekräftigte Caitlin, dann berührte sie zaghaft die dünne Narbe neben seinem linken Ohr. »Stammt sie ...«, setzte Caitlin an und er nahm ihre Hand und drückte seine Lippen dagegen.

»Die Klinge des Generals hat mich erwischt, aber das war es wert.«

Eine Weile musterte Caitlin ihn stumm. »Möchtest du denn wieder ein hoher Offizier sein?«, fragte sie kurz darauf leise und der Mond spiegelte sich in ihren Augen wider, als sie ihn neugierig betrachtete.

»Nein.« Vielleicht merkte Gregory erst jetzt, dass es wirklich so war. Er wollte nie wieder in König Georges Armee dienen, er wollte keinen einzigen Schotten mehr töten und er wollte Elizabeth nicht heiraten. »Ich wünschte, ich könnte für immer hier bei euch bleiben«, gab er leise zu und Caitlin lehnte sich an seine Schulter.

»Warum bist du nur nicht in Schottland geboren worden?«, seufzte sie.

»Hättest du mich denn gewollt?«

Sie sah ihn wieder mit ihren großen Augen an und ließ einige Atemzüge verstreichen, in denen sein pochendes Herz sogar das Rauschen des Meeres übertönte.

»Ja«, entgegnete sie mit fester Stimm, »aber das hätte trotzdem nichts daran geändert, dass ich Paden heiraten muss.«

»Paden? Ich glaube, er ist eben zu euch ins Dorf gekommen und hat dich gesucht.«

Kurz zuckte Caitlin zusammen. »Er wird vergessen, nach mir zu suchen, wenn er besoffen genug ist und das dauert meist nicht lange.«

»Meinst du, dein Vater würde dich die Verlobung lösen lassen, wenn du ihn darum bittest?«, fragte Gregory vorsichtig.

»Nein.« In Caitlins Stimme schwangen Tränen mit. »Es würde wieder Krieg zwischen den Clans geben. Ich muss ihn heiraten und du … du wirst ohnehin bald gehen.« Sie schluchzte leise und Gregory legte seine Arme beschützend um sie. Caitlin schmiegte sich so wunderbar weich und warm an ihn, als würde sie schon immer zu ihm gehören, und er genoss es, sie so nah bei sich zu haben. Vermutlich hatte er sich schon die ganze Zeit über gewünscht, Caitlin im Arm zu halten, sie berühren und streicheln zu können, aber in der Nähe des Dorfes hätte er das niemals wagen dürfen.

Ganz vorsichtig begann Gregory Caitlin zu küssen. Eigentlich hatte er nicht vorgehabt, ihr so nahe zu kommen, doch sie wehrte sich nicht, im Gegenteil, ihre Küsse wurden wilder und fordernder. Caitlin setzte sich auf, schlang ihre Arme um seinen Hals und plötzlich flammte ein Feuer der Leidenschaft in ihren sanften braunen Augen auf, wie er es noch niemals zuvor bei ihr gesehen hatte.

»Willst du das wirklich?«, keuchte er und hielt sie ein Stück von sich weg.

»Ich möchte einmal in meinem Leben wissen, wie es sich anfühlt, den richtigen Mann an seiner Seite zu haben«, flüsterte Caitlin und so legte er sie sanft auf den Boden, schnürte ihre Bluse auf und entledigte sich selbst seiner Kleider. Caitlins Blicke wanderten über seinen Körper und er war sich ziemlich sicher, dass sie noch niemals zuvor bei einem Mann gelegen hatte, aber ihre Augen strahlten keine Angst, sondern eine gewisse Neugierde und Leidenschaft aus. Er ließ sich Zeit, selbst wenn er seine Begierde kaum noch zügeln konnte, küsste sie zärtlich und ließ seine Hände über ihren jugendlichen, festen Körper gleiten. Gregory hatte schon einige Mädchen gehabt, meist Schankmaiden in Gasthäusern, die seine Armee besucht hatte, aber heute war es auch für ihn das erste Mal, dass er sich mit einer Frau vereinte, für die er aufrichtige Gefühle hegte. In den Ruinen der verlassenen Burg der MacDonalds liebten sie sich mit Hingabe und Inbrunst und Gregory war mehr denn je von Caitlin verzaubert. So jung und unerfahren sie auch war, im Laufe der Nacht entflammte auch ihre Leidenschaft und sie war so lebendig, ungezähmt und voller Lebenslust, dass sie ihn an einen schottischen Frühlingssturm erinnerte, der alle Zweifel, Reue oder Gedanken an morgen mit sich fort riss. Später, er hatte sein Hemd über sie beide gedeckt, lag sie mit einem entspannten Lächeln auf dem Gesicht in seinen Armen. Ihre langen dunkelblonden Haare ergossen sich über ihren Rücken und er streichelte sanft über die seidigen Strähnen.

»Ich wünschte, wir könnten für immer hier bleiben«, sagte er leise und strich über die weiche Haut unterhalb ihres Schlüsselbeins.

»Hmm?«, murmelte sie schlaftrunken und schmiegte sich enger an ihn.

»Schlaf weiter, Caitlin«, murmelte er in ihr Ohr und sie legte behaglich seufzend ihren Kopf an seine Brust.

Der Mond stand bereits weit im Westen über der Quiraing Ridge, als sich Caitlin und Gregory widerstrebend dazu entschlossen, zurück zum Dorf zu gehen. Ein klein wenig verschämt wirkte Caitlin jetzt schon, als sie ihre Kleider anzog, aber als er ihre Hand nahm, lächelte sie wieder.

Zum Glück hatte Caitlin Aila mitgebracht, und so würden sie das Dorf schneller erreichen. Das Pony graste versteckt in einer grasbedeckten Senke.

»Als kleines Mädchen habe ich mir immer gewünscht, hier auf dem Schloss zu leben«, erzählte Caitlin, als sie sich noch einmal umdrehte.

»Du hättest es verdient, wie eine Königin zu leben.« Gregory drückte ihr einen Kuss in den Nacken.

Plötzlich erklang ein Wiehern, welches von Aila erwidert wurde. Weit im Westen, direkt unterhalb des tiefhängenden Mondes, tauchte die Silhouette eines Pferdes auf. Majestätisch stand es mit aufgewölbtem Hals auf einem Hügel.

»Gealach«, sagte Caitlin fasziniert.

Gregory erinnerte sich an die Geschichten am Feuer und wenngleich er nicht an Geister glaubte, musste er zugeben, dass der Hengst eine mystische Erscheinung war. Vereinzelte Nebelfetzen schwebten auf Höhe seiner Beine vorüber und für Gregory sah es so aus, als wäre der Hengst eine Reflexion aus einer anderen Welt.

»Bringt er nun Glück oder ist er ein schlechtes Omen?«, fragte Gregory kaum hörbar, denn es schien ihm unangemessen, in solch einem Augenblick laut zu sprechen.

»Das weiß man nie«, Caitlin wendete Aila ab, »aber meist zeigt er sich, wenn Veränderung in der Luft liegt. Ich habe keine Angst vor ihm.«

Zum Glück waren die meisten Männer des Dorfes sturzbetrunken und schnarchten am Lagerfeuer. Die Frauen waren vermutlich schon lange zu Bett gegangen, als Caitlin und Gregory kurz vor der Morgendämmerung leise durch das Dorf schritten.

»Du solltest dich zu ihnen legen«, schlug Caitlin vor und deutete auf die schnarchenden Clansmänner, »dann fällt es nicht auf, dass du so lange fort warst.«

Gregory hielt sie an der Hand fest, als sie gehen wollte. »Ich liebe dich, Caitlin, egal was passiert.«

Sie antwortete nicht, blickte ihm nur tief in die Augen und eilte dann zur Hütte ihrer Eltern.

Kapitel 5
Verwirrte Gefühle

Am nächsten Tag gingen Caitlin und Gregory ein wenig befangen miteinander um, denn die Tatsache, dass sie einander ihre Liebe gestanden hatten, würde jede Menge Probleme aufwerfen, wie ihnen beiden nur allzu schmerzlich bewusst war. Diese Nacht in der alten Burg hatte alles verändert. Ständig trafen sich ihre Blicke und es war nun mehr als Zuneigung oder Freundschaft darin zu sehen, und Caitlin zog unwillkürlich die Schultern ein, als sie Angus' mahnender Blick traf. Heute konnte sie Paden MacKenzie nicht mehr aus dem Weg gehen und als er sie fordernd küsste, wanderten ihre Augen unwillkürlich zu Gregory, der in der Nähe stand und Holz hackte. Er hielt mit der Arbeit inne und sie konnte förmlich spüren, wie es in Gregory brodelte. Seine Hände umklammerten die Axt so fest, dass die Knöchel weiß hervortraten und Caitlin glaubte erahnen zu können, dass er statt des Holzscheits lieber Paden vor seiner Axt gehabt hätte. Auch Caitlin wollte weniger denn je von Paden berührt werden und wand sich daher aus seinem Griff.

»Ich muss Wasser holen!« Rasch verschwand sie hinter der Hütte, und als sie außer Sichtweite war, wischte sie sich angewidert über den Mund.

»Caitlin, sei froh, dass du einen so gutaussehenden Mann bekommst«, schimpfte ihre Schwester Glenna, die gerade von der Quelle kam und Caitlins Gesicht richtig deutete. Man sah den Schwestern ihre Ähnlichkeit an, auch wenn Glenna mit ihren ausladenden weiblichen Formen eher dem Geschmack der meisten Männer ihrer Zeit entsprach, als die zierliche, schmale Caitlin.

Ertappt zuckte Caitlin zusammen. Sie musste zugeben, dass Paden ein angenehmes Äußeres besaß, seine Muskeln waren gut proportioniert, sein meist sorgfältig rasiertes Gesicht nicht so derb und fleischig wie das vieler Mitglieder seiner Familie, und er war bei vielen Frauen durchaus beliebt, aber Caitlin mochte den verbissenen Ausdruck um seinen Mund nicht. Den hatte Paden von seinem Vater geerbt und Douglas MacKenzie fand Caitlin noch viel abscheulicher. Außerdem war in Padens Augen nur ein Besitzanspruch zu sehen, nicht die Zärtlichkeit, die sie die ganze Zeit, und besonders letzte Nacht, in Rorys Augen gesehen hatte.

Rasch verdrängte sie ihre düsteren Gedanken, auch wenn sie wusste, dass sie Paden letzten Endes nicht würde entfliehen können.

»Ich muss zur Quelle«, murmelte sie und drängte sich an ihrer älteren Schwester vorbei.

»Ich hätte gerne den Sohn eines Clanchiefs geheiratet. Mit einem Fischer bist du doch nur die meiste Zeit auf dich allein gestellt.«

Ohne sich noch einmal zu Glenna umzudrehen ging Caitlin zur Quelle, die sich unweit des Dorfes in den kleinen Bach ergoss. Ihre starken Gefühle für Gregory überraschten sie selbst. Sicher, er war ein freundlicher und zärtlicher junger Mann, aber er war doch Engländer, ein Feind. Schon sehr bald nachdem er in ihr Dorf gekommen war, hatte sie gespürt, wie er sie ansah, und sie selbst hatte sich zu ihm hingezogen gefühlt, auch wenn sie solche Gefühle stets verdrängt hatte. Ganz anders als Paden hatte er eine sanfte, liebevolle Art an sich und er behandelte sie mit einem Respekt, den die wenigsten Männer ihren Frauen zuteilwerden ließen. Letzte Nacht hatten sie etwas Verbotenes getan und auch wenn es sich wunderbar und richtig angefühlt hatte – sollte das herauskommen, würde ihr Vater Gregory am Ende doch noch töten.

Angus hatte Gregory fortgeführt und redete nun eindringlich auf ihn ein.

»Du wirst Caitlin niemals haben können, und mir wäre es sehr recht, wenn du noch vor dem Winter gehen würdest.«

»Warum hast du es denn plötzlich so eilig, und wie kommst du darauf, dass ich Caitlin haben will?«, entgegnete Gregory, Arglosigkeit vortäuschend. Allerdings bohrten sich sofort Angus' Augen in die seinen und er wusste, dass der alte Mann ihn durchschaut hatte.

»Halt mich nicht zum Narren, eure Blicke sprechen Bände und ich kenne Caitlin, seitdem sie ein kleines Mädchen ist.«

»Dann willst du sie einem hirnlosen Säufer überlassen?«, fragte Gregory provozierend.

Das Gesicht des alten Mannes verfinsterte sich. »Paden MacKenzie ist der Sohn eines Clanchiefs, Caitlin wird es an nichts mangeln.«

»An nichts, außer an Liebe und an Respekt!«

»Es ist entschieden, der Friede zwischen unseren Clans darf nicht gefährdet werden«, beharrte Angus und heute erschien er Gregory so hart und unbeugsam, wie er ihn noch niemals zuvor gesehen hatte.

»Ich dachte, dir liegt etwas an Caitlins Wohlergehen, du hast behauptet, sie sei wie eine Tochter für dich. Du musst doch sehen, dass ich die bessere Wahl für sie bin.«

Angus' von Altersflecken übersäte, wenn auch kräftige Hand umfasste fest seinen Unterarm. »Du bist nicht die bessere Wahl für Caitlin. Nicht für sie selbst und nicht für ihren Clan. Würde sie dich heiraten, was Ranald ohnehin niemals zuließe, müsstet ihr in Schande leben. Caitlin würde ihre Familie und ihr Ansehen verlieren, die Clanfehde würde neu aufleben und sicher viele von uns getötet werden, und das ist etwas, was Caitlin vielleicht in ihrer Verliebtheit nicht bedenkt. Sie ist noch eine sehr junge Frau, gerade einmal sechzehn Jahre alt, und sie lässt sich von ihren Gefühlen leiten, aber sie würde es sich selbst und auch dir sicher niemals verzeihen können, wenn ihr Vater, ihr Bruder oder einer ihrer Vettern wegen eurer Liebelei etwas zustößt.«

»Liebelei!«, schnaubte Gregory empört. »Du bist ein alter Mann und hast von so etwas ganz sicher keine Ahnung.« Energisch machte er sich los und stürmte davon.

Ich liebe Caitlin, und wir gehören zusammen. Sie hat etwas Besseres verdient, als diesen Paden. Voller Wut hastete er den nächsten Hügel hinauf und schnelle Laufen ließ seinen Zorn irgendwann ein klein wenig verrauchen. Heftig atmend hielt er auf einer Hügelkuppe an und setzte sich auf einen Felsbrocken. *Verdammt, sie ist erst sechzehn.* Er hatte sie nie nach ihrem

Alter gefragt, und dass sie noch recht jung sein musste, hatte er vermutet. Andererseits war sie ihm in vielen Dingen doch reifer erschienen als die Töchter von Adligen oder hochrangigen Soldaten, die allerdings auch ein sehr viel behüteteres und einfacheres Leben führten als Caitlin es hier in den Highlands tat.

Auch wenn Gregory es nicht wahrhaben wollte, bei näherem Nachdenken waren Angus' Einwände nicht von der Hand zu weisen. Caitlin liebte ihren Clan, und sollte einem Verwandten durch ihre gemeinsame Schuld etwas zustoßen, würde sie ihn möglicherweise am Ende hassen – ihn, den Engländer, der gar nicht wirklich dazu gehörte. Nachdem Gregory noch eine ganze Weile gegrübelt hatte, kam er zu dem Entschluss, dass der alte Mann Recht hatte. Schon um Caitlins Willen war es besser zu gehen, selbst wenn es ihm das Herz brach, aber er durfte sie nicht der Gefahr aussetzen, von ihrer Familie verstoßen zu werden.

Gregory fand Angus am Bach, wo er Töpfe und Tiegel auswusch.

»Ich werde bald gehen, damit ihr keine Schwierigkeiten bekommt.«

Langsam erhob sich Angus und auf seinem Gesicht zeichnete sich tiefer Respekt ab. Er legte Gregory eine Hand auf die Schulter. »Ich weiß, welche Überwindung dich das kostet, und ich wünschte, die Umstände, unter denen ihr euch getroffen habt, wären anders, aber das sind sie nun einmal nicht. Geh nach Hause zurück und behalte uns in guter Erinnerung. Vielleicht kannst du den ein oder anderen deiner Landsmänner sogar davon überzeugen, dass wir keine dummen, halsstarrigen Wilden sind, denn damit hilfst du Caitlin am meisten.«

Betrübt senkte Gregory den Kopf und nickte, dann ging er langsam zurück zu Angus' Hütte. Er musste jetzt vernünftig sein und sein Versprechen in die Tat umsetzen, aber trotzdem konnte sich Gregory nicht dazu entschließen, sofort abzureisen und auch wenn er sich dagegen wehrte, dachte er ständig fieberhaft darüber nach, ob es nicht doch eine gemeinsame Zukunft für ihn und Caitlin geben konnte.

Der nächste Tag war ein Sonntag. Beim Frühstück mied Caitlin Gregorys Blick und verschwand, nachdem sie ihren Haferbrei verspeist hatte, rasch nach draußen, um die Töpfe abzuspülen.

»Wir gehen gleich zur Kirche«, verkündete Ranald MacArthur und Mary ging in den Nebenraum, um sich umzuziehen.

Gregory stand ein wenig verloren in der Tür und wusste nicht, ob er mitgehen oder bleiben sollte.

»Du kannst mitkommen«, murmelte Ranald und warf achselzuckend einen Blick auf Gregorys Kleidung. Die Hose und die hohen Stiefel zeichneten ihn zwar als einen Engländer aus, aber das war nun mal nicht zu ändern.

Kurz darauf stand beinahe das ganze Dorf, in seine besten Gewänder gekleidet, vor dem Cottage des Clanchiefs. Die Männer trugen nun größtenteils Kilts, die landestypischen genähten karierten Faltenröcke und Jacken, nicht die einfacheren Plaids, die von einem Gürtel gehalten, um den Körper geschlungen wurden.

Der Clan machte sich auf den Weg zu der kleinen Kirche, einige Meilen nördlich. Caitlin trug einen ausladenden Tartanrock, in dem sie ein wenig verloren wirkte, und hatte die Haare zu einem Zopf gebunden. Ein angenehm milder Tag war angebrochen, die wenigen Wolken im Süden kündeten nicht von Regen und so wanderten die MacArthurs munter schwatzend an der Küste entlang. Das Meer schimmerte in unglaublich intensiven Blautönen und Möwen zogen am Himmel, der nur von wenigen weißen Wolken bedeckt war, ihre Kreise. Hier und da stießen vereinzelte Mitglieder anderer Clans hinzu und wurden freudig begrüßt.

Endlich tauchte die kleine aus dem grauen Stein der Umgebung erbaute Kirche auf, in die bereits eine Gruppe von Menschen strömte. Viele Hochlandbewohner starrten Gregory auffällig an und mittlerweile bereute er es, mitgekommen zu sein. Der Pfarrer, ein uralter, verhutzelter Greis, predigte ohnehin auf Gälisch, sodass Gregory kein Wort verstand. So versenkte er seinen Blick in Caitlins dunkelblondem Haarschopf. Sie saß auf der einfachen Holzbank vor ihm und hatte den Kopf gesenkt. Er fragte sich, ob sie die letzte Nacht vielleicht später dem Priester beichten würde. Gesänge und Predigt wechselten ab und Gregory bekam beinahe ein schlechtes Gewissen, dass er ununterbrochen an Caitlin denken musste.

Endlich war die Messe vorbei und alle wanderten zurück nach Hause. Caitlin lief inmitten einer Gruppe jüngerer Frauen und bemühte sich ganz offensichtlich, nicht in Gregorys Richtung zu sehen.

Zurück im Dorf saß Angus ganz allein vor seinem kleinen Haus und legte gerade Kräuter zum Trocknen in die Sonne. Als er Gregory sah, überzog ein Lächeln sein bärtiges Gesicht.

»Hat es dir gefallen?«

»Ich habe nichts verstanden«, murmelte er und eine Falte hatte sich auf seiner Stirn gebildet. »Gehst du wirklich nie zur Kirche, Angus?«

»Nein.« Der alte Mann hob die Schultern und sortierte ungerührt seine Kräuter weiter. »Komm mit, Junge, ich möchte dir etwas zeigen«, verlangte er dann.

Da Gregory nichts Besseres zu tun hatte, denn für heute hatte ihm niemand eine besondere Aufgabe zugeteilt, folgte er Angus in die sonnenbeschienenen Hügel hinein. Sommerblumen blühten zwischen Grasbüscheln und noch nicht erblühtem Heidekraut, und wo es windstill war, flogen Schmetterlinge umher, jedoch auch die lästigen kleinen Mücken, die das Hochland in Scharen bevölkerten. Lange Zeit redete der alte Mann gar nichts, aber es herrschte kein unangenehmes, sondern ein einvernehmliches, vertrautes Schweigen zwischen den beiden, was Gregory nach ihrem letzten Streitgespräch so eigentlich nicht erwartet hätte. Schließlich waren sie auf einer Hochebene angekommen, auf der eine uralte, vom Wind gebeugte Eiche stand. Von hier aus konnte man weit über das in allen erdenklichen Blautönen schimmernde Meer blicken und im Westen konnte Gregory die hohen Berge des Festlands aufragen sehen. Über den basaltfarbenen Klippen zog ein Seeadler majestätisch seine Kreise.

»Ist das nicht wunderschön? Ist das nicht ein Ausdruck von Göttlichkeit?«, fragte Angus, machte eine ausladende Bewegung und setzte sich an den dicken Stamm.

»Hmm.« Auch Gregory ließ seinen Blick schweifen – dies war in der Tat ein faszinierender Ort. Alles war weit und groß und nicht zum ersten Mal hatte Gregory das Gefühl, dass sich selbst seine Seele in dieser weitläufigen Landschaft ausstrecken konnte.

»Ich habe kein Problem mit eurem Glauben«, begann Angus ganz unverhofft. »Weißt du, es mag sein, dass ich diesem Jesus sogar gefolgt wäre, hätte ich in seiner Zeit gelebt.«

Überrascht sah Gregory zu Angus hinüber.

»Seine Worte hatten damals sicher ihren Sinn. Mich stört nur das, was die Menschen draus gemacht haben«, fuhr Angus nachdenklich fort. »Die Römer haben meinen Vorfahren …« Er hielt inne und schmunzelte. »… eigentlich unseren Vorfahren, denn auch die Engländer glaubten früher an die alten Götter … Auf jeden Fall haben sie unseren Vorfahren ihren Glauben aufgedrängt. Mit Gewalt, mit Unterdrückung, mit Zerstörung. Und später kamen die Kreuzzüge, sicher auch keine Glanzleistung in der Geschichte der Christen. Andersartige Glaubensrichtungen wurden für unwürdig befunden und mit dem Schwert anderen der eigene Glaube aufgezwungen.« Nun sah der alte Mann sehr ernst aus. »Ich finde es vermessen, anderen Völkern seinen Glauben aufzudrängen.«

Diese Worte verwunderten Gregory wirklich sehr. Dass Angus ein weiser Mann war, hatte er niemals in Frage gestellt, doch er wusste offensichtlich mehr, als Gregory gedacht hatte, und seine Sichtweise war zwar ungewöhnlich, doch bei genauerem Nachdenken leuchtete sie ihm ein. Gregory wurde bewusst, dass er sich nie darüber Gedanken gemacht hatte, was es mit seinem Glauben auf sich hatte. Als Kind war er selbstverständlich jeden Sonntag zur Messe gegangen, während seiner Soldatenzeit eher selten.

»Viele meiner Clansbrüder halten mich für einen alten Narren, der in der Vergangenheit lebt. Aber ich brauche kein steinernes Haus, um den Mächten, Göttern, oder wie auch immer du sie nennen willst, zu danken oder sie um etwas zu bitten«, erklärte Angus und deutete auf den alten Baum hinter sich. »Diese Eiche ist für mich sehr viel machtvoller und göttlicher, als es jede Kirche jemals sein könnte. Hier fühle ich mich den Kräften der Natur und den Elementen verbunden.«

»Du hast Recht«, stimmte Gregory ihm leise zu und berührte die Rinde des alten Baumes. Sie fühlte sich rau an, war während unzähliger Jahre den Elementen ausgeliefert gewesen, und plötzlich fühlte er sich seltsam getröstet als er sich gegen die Rinde lehnte.

Mit einem freundlichen Lächeln blickte Angus auf den jungen Engländer. »Hier auf der Insel gibt es viele Kraftorte. Die Steine der Vorfahren, heilige Quellen und alte Bäume. Ich habe gehört, in England stehen gewaltige Steinkreise aus grauer Vorzeit. Hast du sie gesehen?«

Gregory nickte. »Ich bin mit meiner Kompanie an Stonehenge vorbeimarschiert«, erinnerte er sich, »ich war gerade einmal siebzehn Jahre alt, und der Anblick hat mich überwältigt.« Als er an damals dachte, lief ihm ein Schauer über den Rücken. Noch heute konnte er sich an das merkwürdige Gefühl erinnern, das ihn beim Anblick des mächtigen Steinkreises überkommen hatte.

»Hmm.« Nun steckte sich Angus seine Pfeife an. »Diese Steine werden wahrscheinlich auch in vielen tausend Jahren stehen, wenn alle Kirchen, die jemals erbaut wurden, schon lange zu Staub zerfallen sind.« Dann grinste er jungenhaft. »Wer weiß, ob die Menschen dann nicht an einen anderen Gott glauben und die die jetzt leben, Narren schimpfen.«

»Angus, du bist ein ungewöhnlicher Mensch!« Gregory war wirklich beeindruckt und blieb bis zur Dämmerung mit Angus an dem Baum sitzen und lauschte seinen Ansichten über Götter, das Leben und den Wandel der Zeit. Angus erzählte von den keltischen Vorfahren, ihren Feuerfesten zu Beltane und Samhain, den Opfergaben an die alten Götter, ihren Kämpfen gegen die Wikinger und später die Römer.

Beinahe glaubte Gregory, ihre Kampfschreie über das menschenleere Hochland hallen zu hören, so sehr tauchte er in Angus Erzählungen ein und ohne dass er es merkte, wurde ein Band zwischen ihm und diesem Land geknüpft, das ihm die drohende Abreise nur noch weiter erschweren würde.

Die Sommertage zogen sich gemächlich dahin. Die meiste Zeit des Tages wurde damit verbracht, die Ernte einzubringen, Gras für den Winter zu trocknen, um den Kühen, deren Winterquartier meist direkt neben den Häusern der Clansleute angebaut war, genügend zu fressen zu verschaffen. Irgendwann wurde eine ganze Herde Schafe und Kühe fortgetrieben, da sie, wie Angus erzählte, auf einem Markt weiter im Süden der Insel verkauft werden sollten. Nun verschwanden einige der jüngeren Männer für ein paar Tage. Viel Zeit mit Caitlin blieb Gregory leider nicht. Sie war ständig beschäftigt, Butter oder Käse zu machen, Kleider zu waschen, oder, meist am Abend, lange Seile aus Heidekraut zu knüpfen, an welche später dicke Steine gebunden wurden, und die so als Befestigung für die strohgedeckten Dächer dienten. Es wunderte ihn noch immer, wie gut diese Dachkonstruktionen den heftigen Stürmen trotzten, die regelmäßig über die Insel tobten.

Vor einigen Tagen hatte Gregory dem alten Cormag geholfen, das Dach seiner Lehmhütte auszubessern, doch der alte Mann hatte darüber nicht sehr glücklich gewirkt und pausenlos vor sich hingeschimpft. Gregory vermutete, dass Cormag ihn noch immer nicht leiden konnte und als Eindringling sah, doch Caitlin erklärte ihm augenzwinkernd, das wäre einfach seine Art und Cormag könne sich selbst nicht ausstehen.

Eines Tages kam erneut eine große Gruppe der MacKenzies ins Dorf. Sie redeten schnell und auf Gälisch auf die MacArthurs ein und Gregory wusste nicht, was das zu bedeuten hatte. Dass es sich nicht um eine bevorstehende Feierlichkeit handelte, glaubte er an der angespannten Stimmung und den aufgeregten Worten zu erkennen. Rasch waren alle jüngeren Männer des Dorfes in den Hügeln verschwunden.

Als Gregory am Abend müde von der Feldarbeit zurückkam, wunderte er sich, dass nun doch gefeiert und getrunken wurde.

»Diesem verdammten General hast du's aber gezeigt«, grölte Fergus gerade und prostete seinem Vater zu. »Hast dem verfluchten Kerl das halbe Gesicht aufgeschlitzt.«

Fergus stand schwankend auf und stellte sich auf einen Stein. »Mein Name ist General Franklin.« Fergus bemühte sich – mit wenig Erfolg - um klare englische Aussprache, als er die Szene nachstellte. »Im Namen von König George dem II. fordere ich Euch auf, Euch zu ergeben.«

Die Männer lachten und grölten, während Fergus mit breitem Grinsen fortfuhr. »Und wisst ihr, was mein Vater gesagt hat?«

Obwohl Cormag knurrte, sie hätten die Geschichte bereits mehrfach gehört, riefen ein paar junge Männer: »Erzähl es, Fergus.«

»Im Namen von König George schneide ich dir höchstens die Eier ab!«, grölte Fergus und machte nach, wie sein Vater den englischen General in Grund und Boden geprügelt hatte.

Jubelnd prosteten die Hochländer Ranald MacArthur zu, der nur milde lächelte. Gregory war währenddessen ein wenig bleich geworden.

»Das muss nicht sehr schön für dich sein«, vermutete Angus voller Mitgefühl, als er in Gregorys Gesicht sah.

Der schüttelte den Kopf. »Es war meine Kompanie, aber das ist nicht das Schlimmste. General Franklin hat es verdient, aber ein oder zwei Männer waren durchaus meine Freunde.«

Angus drückte aufmunternd Gregorys Schulter. »Das tut mir sehr leid, aber da schon seit Generationen Krieg zwischen Schottland und England herrscht, geschehen solche Dinge nun einmal, auch wenn das für den Einzelnen bedauerlich ist.«

»Ich weiß«, erwiderte Gregory bedrückt.

»Ist der verfluchte Engländer immer noch bei euch?«, rief Paden MacKenzie und zog Caitlin, die mit einem Krug voll Ale vorbeilief, besitzergreifend auf seinen Schoß.

»Er steht unter meinem Schutz«, stellte Ranald MacArthur sogleich richtig.

Paden spuckte auf den Boden und hielt Caitlin fest, als sie sich rasch davonmachen wollte.

»Was wollt ihr denn mit der Ratte? Ich hätte ihn gleich den Krähen zum Fraß vorgeworfen.«

Gregorys Gesicht verkrampfte sich und er ballte heimlich seine Fäuste.

»Er wird vor dem Winter gehen«, bemerkte Angus mit fester Stimme und flüsterte Gregory zu, er solle sich lieber in seine Hütte zurückziehen.

An diesem Abend wurde draußen im Dorf noch viel getrunken und gefeiert. Wie Angus geraten hatte, blieb Gregory allein und er grübelte lange über das Geschehene nach. Es wunderte ihn, dass seine ehemalige Kompanie noch immer in der Gegend gewesen war und es tat ihm leid für Kameraden wie Kevin, doch er wusste, dass auch seine Landsleute viel Leid über die Schotten gebracht hatten. Lange Zeit wälzte er sich von einer Seite auf die andere und konnte keinen Schlaf finden. So leid es ihm für Kevin tat, er konnte es den Schotten nicht verhehlen, Rache genommen zu haben. Außerdem kreisten seine Gedanken um Paden. Dieser ungehobelte Kerl sollte ihr Ehemann werden. Vor seinem inneren Auge sah er, wie Paden mit seinen groben Händen betatschte, wie er sie küsste. *Nein!* Gregory presste die Fäuste gegen die Augen, aber die Bilder verschwanden einfach nicht. *Ich darf das nicht zulassen,* dachte er verzweifelt.

Spät in der Nacht, als Paden und seine Männer endlich abgezogen waren, kam Caitlin zu Angus' Hütte. Der alte Mann ließ Caitlin und Gregory respektvoll alleine.

»Ich kann nicht sagen, dass es mir leid tut, dass mein Vater deinen General getötet hat«, begann Caitlin zögernd. »Aber ich sehe, dass du traurig bist.«

»Nicht wegen des Generals.« Gregory hob die Schultern. »Es waren nur ein oder zwei Männer, die ich gerne mochte. Aber deine Leute kann ich auch verstehen.«

»Wirst du wirklich bald gehen?«, fragte Caitlin und biss sich auf ihre zitternde Lippe.

»Ich muss.« Gregory blickte zu Boden. Dann ging ein Ruck durch ihn und er sprang plötzlich auf. »Kommst du mit nach draußen?«

Caitlin nickte und sie schauten sich verstohlen um, bevor sie in den Hügeln verschwanden. Schweigend liefen sie im kalten Westwind bis zum Meer und blickten auf den Ozean, der donnernd gegen die Klippen schlug.

»Caitlin, ich werde nicht zur Armee zurückkehren«, begann Gregory plötzlich. Dann nahm er ihre Hand und sah ihr tief in die Augen. »Ich weiß, es ist deinem Clan gegenüber nicht fair, aber ich muss dich jetzt fragen. Kommst du mit mir?«

Für einen Augenblick blieb Caitlin die Luft weg. In so vielen einsamen Nächten hatte sie sich gewünscht, dass er ihr genau diese Frage stellte. Aber jetzt machte sie ihr Angst.

»Ich soll mit dir nach England gehen?«, fragte sie und blickte sich um. Der dunkler werdende Himmel war wolkenzerfetzt und das letzte Licht des Tages tauchte die Berge in ein rotgoldenes, magisch anmutendes Licht.

Tränen schwangen in Caitlins Stimme mit. »Ich liebe dich, aber ich liebe auch mein Land und meinen Clan …«

»Aber ich will nicht, dass dieser ekelhafte Paden dein Mann wird«, sagte Gregory sanft und nahm Caitlins Gesicht in seine Hände. »Er würde dich unglücklich machen und das kann ich nicht ertragen. Wir müssen auch nicht nach England gehen. Meinst du, wir könnten irgendwo in den Highlands eine Hütte bauen und dort in Frieden miteinander leben?«

Eine kurze Weile dachte Caitlin nach. »Vielleicht auf dem Festland, weiter im Norden.« Plötzlich wurde sie von prickelnder Aufregung erfasst. »Du siehst nicht wie ein typischer Engländer aus. Wenn du dir die Haare etwas länger wachsen lässt und einen Belted Plaid trägst, wird es nicht auffallen. Auf dem Festland spricht man mehr Englisch und wir …«

Gregory lachte und nahm sie in den Arm. »Du kannst mir auch Gälisch beibringen.« Er sah sie eindringlich an. »Kommst du wirklich mit mir?«

Sie nickte mit einem vorsichtigen Lächeln. Natürlich drohten Schuldgefühle ihrem Clan gegenüber, ihr die Kehle abzuschnüren, aber andererseits wollte sie ihr Glück, ja ihr ganzes Leben nicht dem Frieden zwischen zwei Clans opfern. Wer konnte denn schon wissen, ob dieses Opfer sich nicht eines Tages ohnehin als vergebens erweisen würde, wenn Douglas MacKenzie oder ihre Vater erneut einen Streit vom Zaun brechen würde.

»Ich liebe dich«, seufzte sie und Gregory umarmte sie glücklich.

In dieser Nacht, nachdem Angus und Caitlins Eltern schon lange tief und fest schliefen, schlichen sich die beiden hinaus und trafen sich an der Quelle. In Decken gewickelt heckten sie einen Plan aus und hofften inständig, dass er gelang. In drei Tagen sollte Gregory verkünden, dass er aufbrach, Caitlin würde an einer verabredeten Stelle mit zwei Pferden warten, dann wollten sie von der Insel flüchten und irgendwo weiter im Norden Schottlands ein neues Leben beginnen.

Gregory und Caitlin mussten in den nächsten Tagen sehr darauf achten, ihre Nervosität nicht offen zu zeigen. Heimlich hatte Caitlin schon Kleider, Essen und Decken für ihre Flucht zusammengepackt und versteckt. Außerdem wollte sie Aila und eines der Ackerpferde mitnehmen.

In der Nacht vor ihrem Aufbruch flehte Caitlin die Ahnen an, ihre Flucht mit Gregory zu beschützen. Lange lag sie wach und wälzte sich von einer Seite auf die andere und betrachtete die alten Steine des Cottages, in dem sie aufgewachsen war. Ihr Urgroßvater hatte das Haus einst gebaut, mehrere Generationen waren darin aufgewachsen und irgendwann gestorben und jetzt würde Caitlin ihre Heimat für immer verlassen. In ihrem Herzen spürte sie, dass es die richtige Entscheidung war, doch das schlechte Gewissen gegenüber ihrem Clan blieb, und wenn sie an die vertrauten Gesichter ihrer Eltern, ihrer Schwester und ihrer kleinen Nichten und Neffen dachte, zweifelte sie an ihrer eigenen Überzeugung.

Wie verabredet verabschiedete sich Gregory am nächsten Morgen von den MacArthurs. Nebel hing über der Insel und leiser Sprühregen benetzte die Gesichter aller Anwesenden, als Gregory Ranald MacArthur und seiner Familie für die Gastfreundschaft dankte und versicherte, ihr Dorf niemals an die Engländer zu verraten.

»Ich begleite dich ein Stück des Weges«, verkündete Fergus und schlug Gregory kräftig auf die Schulter.

Dieser fluchte innerlich. »Das musst du nicht, ich komme zurecht.«

»Doch, ich komme mit«, beharrte Fergus, dann zwinkerte er in die Runde. »Da kann ich gleich etwas Ale aus Port Righ mitbringen.«

Viele Männer lachten rau auf, nur Gillian, Fergus' Frau, schnaubte empört.

»Also gut«, gab Gregory nach und warf Caitlin einen heimlichen Blick zu. Nun mussten sie sich eben erst später treffen.

Angus beobachtete das Mädchen heute schon die ganze Zeit misstrauisch. Er hatte gedacht, dass sie wesentlich trauriger wäre und in Tränen ausbrechen würde. Sie sah etwas blass aus, aber sie umarmte Gregory nur flüchtig als er ging und verschwand dann rasch.

Gut, dachte sich der alte Mann, *vielleicht haben sie sich schon letzte Nacht ausgiebig verabschiedet und wollen jetzt kein Aufsehen erregen. Umso besser.*

Trotz allem war Angus von einem merkwürdigen Gefühl befallen, als er Gregory und Fergus in den Hügeln verschwinden sah. Gerne wollte er Caitlin trösten, doch die war auf einmal wie vom Erdboden verschluckt.

Den ganzen Tag über war Caitlin aufgeregt gewesen und hatte kaum etwas zustande gebracht, aber jetzt am Abend kannte ihre Nervosität keine Grenzen mehr. Zwei heruntergefallene Schüsseln brachten ihr eine Ohrfeige von ihrer Mutter ein und schließlich bemühte sie sich, sich ihre Unruhe nicht anmerken zu lassen. Mit angespannter Miene saß sie im Cottage ihrer Eltern und flickte eines der Kleider ihrer Mutter. Wo mochte Gregory jetzt sein? Wartete er wirklich auf sie? Immer wieder stach sie sich in den Finger und konnte sich einfach nicht konzentrieren. Mit Einbruch der Dämmerung kam einer der kleineren Jungen aus dem Dorf in das Cottage des Clanführers.

»Was gibt es, Camran?«, fragte der Clanchief den rothaarigen Jungen, der nervös von einem Bein aufs andere wippte.

»Ich habe Nachricht von Paden MacKenzie. Ich soll Caitlin zur Quiraing Ridge bringen, Padens Eltern laden sie für einige Tage in ihr Dorf ein«, berichtete der Junge hastig.

Ranald warf seiner Frau einen überraschten Blick zu. »Was wollen die MacKenzies denn von Caitlin?«

»Wahrscheinlich möchten sie mir mein zukünftiges zu Hause zeigen«, antwortete Caitlin rasch. Um kein Misstrauen zu erregen, fügte sie eilig hinzu: »Nicht, dass ich dorthin ziehen möchte …«

»Es ist entschieden, du wirst Paden heiraten«, entgegnete ihr Vater streng und mit einer Stimme, die keinen Widerspruch duldete.

Caitlin schlug die Augen nieder und drückte heftig die Daumen. Hoffentlich würden ihre Eltern ihm das glauben. Sie hatte dem Jungen ihr bestes Schaffell versprochen, wenn er den Eltern diese Geschichte erzählte.

»Wir müssen sie zu den MacKenzies schicken«, meinte Mary zögernd. »Aber Glenna oder eine der anderen Frauen sollte sie begleiten.«

Heimlich hielt Caitlin die Luft an, das wollte sie auf keinen Fall, denn sonst würde ihr Plan sicher nicht aufgehen.

Ranald legte seiner Frau eine Hand auf den Arm. »Die MacKenzies zählen zwar nicht zu meinen besten Freunden, aber sie werden sicherlich nicht zulassen, dass Paden mit Caitlin das Lager teilt, bevor sie verheiratet sind.«

»Das hoffe ich.« Mary wirkte besorgt.

»Ich werde auf mich aufpassen«, versicherte Caitlin und nickte dem Jungen zu. »Ich schicke ihn zurück, sobald mich einer der MacKenzies abholt.«

»Nun gut«, gab Ranald nach. »Dann solltet ihr morgen bei Sonnenaufgang aufbrechen.«

»Ich werde dir einige Geschenke mitgeben.« Sofort begann Mary in ihren Truhen zu wühlen.

Dankbar schloss Caitlin die Augen, dann machte sie eine ungeduldige Handbewegung, damit der kleine Camran verschwand.

Später in der Nacht schlich sie hinter das Cottage.

»Hier ist das Schaffell. Du wirst einen guten Preis dafür bekommen«, versicherte sie. Dann zog sie ihn jedoch am Ohr. »Aber wage ja nicht, etwas zu verraten. Du bleibst mindestens drei Tage in den Hügeln versteckt, bevor du zurück gehst.«

»Ja, ja«, versicherte der Junge und verschwand dann rasch in der Dunkelheit.

Nach einer schlaflosen Nacht brachen Caitlin und Camran auf.

Mary und Ranald verstanden Caitlins Tränen falsch, als sie ihre Eltern umarmte.

»Es wird schon nicht so schlimm werden«, versicherte Mary und streichelte ihrer Tochter mitfühlend über die Wange. Auch Ranald sah ein wenig betreten aus, denn ihm war durchaus bewusst, dass Caitlin Paden nicht mochte.

Für Caitlin war es ein Abschied für immer. Sie wollte mit Gregory ein neues Leben beginnen und würde ihre Eltern und ihr Dorf wohl nie mehr wiedersehen.

Leise schluchzend zog sie die mit Decken und Lebensmitteln bepackte Aila hinter sich her und vermied einen Blick zurück. Sie hatte ihre Entscheidung getroffen.

»Ich wünschte, Caitlin hätte einen Ehemann gefunden, mit dem sie glücklich ist«, murmelte Ranald MacArthur in den aufkommenden Ostwind, dann seufzte er tief, »aber der Frieden des Clans ist leider wichtiger.«

Voller Unruhe wanderte Gregory mit Fergus durch die mit lilafarbenem Heidekraut überzogenen Hügel. Schafe grasten in den Senken und hier und da sah man auch kleine Herden halbwilder Ponys. Sie hatten alle freundliche, gutmütige Gesichter, lange Mähnen und einen dicken Schopf. Meist sah man Falben, aber auch viele Schimmel und hier und da mal einen Braunen.

Als ein plötzlicher heftiger Sturm mit starkem Regen Gregory und Fergus unter einen Felsvorsprung flüchten ließ, musste er über die kleinen Pferde lachen. Die bewegten sich keinen Schritt, sondern reckten nur ihre kräftigen Hinterteile in den Regen und fraßen ungerührt weiter.

»Warum lachst du?« Fergus reichte Gregory ein Stück Schafskäse und etwas Brot.

»Eure Highlandponies sind unglaublich.«

»Wieso?«, fragte Fergus mit vollem Mund. »Die sind doch ganz normal.«

»Wahrscheinlich kennst du keine anderen Pferde«, vermutete Gregory, »aber die englischen Kriegspferde verschlingen bei so einem Wetter tonnenweise Hafer und würden wohl kaum so einen Hang hinaufklettern, nur um ein paar Büschel Gras zu erwischen. Und wenn doch, würden sie sich wahrscheinlich den Hals brechen.« Er deutete auf eine Falbstute, die in einer gewagten Position zwischen zwei glitschigen Felsen hing und nach einem Grashalm schnappte.

Fergus zuckte mit den Schultern. »So sind sie halt. Sie sind gute Lastentiere für die Jagd, machen zuverlässig ihre Arbeit auf dem Acker und im Winter lassen wir sie frei, damit sie sich ihr Futter selbst suchten. Daher nehmen sie, was sie bekommen können. Als Caitlin klein war, hat sie in einem harten Winter Aila einmal mit in ihre Schlafkammer genommen«, erinnerte sich Fergus grinsend. »Mutter wäre beinahe das Herz stehen geblieben, als sie nachts noch mal nach Caitlin sah und plötzlich in einen gewaltigen Haufen Highlandponyscheiße getreten ist.«

»Caitlin.« Um Gregorys Mund spielte ein verträumtes Lächeln, während er versuchte, sich Caitlin als kleines Mädchen vorzustellen. Sicher war sie sehr niedlich gewesen, und wenn er daran dachte, dass sie vielleicht eines Tages eine gemeinsame kleine Tochter haben würden, wurde ihm warm ums Herz.

Fergus hingegen erzählte gerade lachend weiter. »Mutter hat einen Besen genommen und das Pferd aus dem Haus getrieben. Dabei hat Aila die halbe Einrichtung zerstört und Caitlin war stocksauer, denn sie war der Meinung, das arme Pferd würde draußen erfrieren. Dann hat sie allen Ernstes vorgeschlagen, die Kuh nach draußen zu stellen, damit Aila in den Stall einziehen kann, der neben unserer Küche liegt.« Fergus klopfte sich auf die Schenkel.

»Und, was haben deine Eltern dazu gesagt?«, hakte Gregory nach.

»Sie haben gesagt, wenn Aila anfängt, Milch zu geben und sie im nächsten Herbst geschlachtet werden darf, dann wäre das in Ordnung.« Fergus grinste. »Caitlin hat drei Tage nicht mehr mit ihnen geredet. Eigenartig, sie hatte schon immer diesen merkwürdigen Tierfimmel.«

Noch die halbe Nacht lang erzählte Fergus von verrückten Dingen, die er oder Caitlin als Kinder getan hatten und Gregory genoss es, mehr aus Caitlins Leben zu erfahren.

Am zweiten Tag sahen sie bereits die markante Spitze des Old Man of Storr vor sich. Groß und beinahe schon etwas drohend erhob sich die gewaltige Felsnadel über dem Land. Unterhalb des Berges erstreckte sich ein ausgedehntes Waldstück. Wiederholt versuchte Gregory Fergus zum Umkehren zu bewegen, denn er wollte sich spätestens an dieser Stelle mit Caitlin treffen. Doch Fergus ließ sich nicht beirren und schwatzte munter vor sich hin.

Auch dieser Tag war neblig und die Sonne kam nur ganz zögernd durch die Wolken. Nach einem eiligen Mittagessen brachen die beiden

Männer wieder auf und stapften durch sumpfiges Moorland und über Wiesen mit Heidekraut.

Sie waren gerade in ein Gespräch vertieft, als wie aus dem Nichts plötzlich englische Soldaten unterhalb von ihnen auftauchten, und Gregory schaffte es nicht mehr rechtzeitig, sich zu verbergen. Mit einer eiligen Handbewegung bedeutete er Fergus, der ein Stück hinter ihm war, sich zu ducken. Dieser fluchte auf Gälisch und versteckte sich hinter einem großen Felsen.

Sofort hielten die Männer auf Gregory zu, alle mit erhobenen Schwertern oder Pistolen.

»Ich bin unbewaffnet und allein«, rief Gregory und hob die Hände.

Die Männer kamen näher und plötzlich hörte er einen erfreuten Ausruf.

»Gregory, du lebst noch?« Kevin, der rothaarige junge Mann aus seiner Kompanie, ritt auf ihn zu und versicherte den anderen Männern, dass das tatsächlich ein Engländer war.

»Wo in Gottes Namen kommst du denn her?«, wollte Kevin verwundert wissen. »Wir haben Josh tot aufgefunden und gedacht, du wärst ebenfalls tot, als wir dich nicht finden konnten. Eine Weile haben wir dich gesucht, aber dann hat so eine Horde wild gewordener Schotten unsere Männer niedergemetzelt. Das sind wirklich Tiere.«

Hinter sich hörte Gregory ein empörtes Schnauben und übertönte Fergus' Geräusch rasch mit einem Husten.

»Nun ja, dann haben wir erst mal Verstärkung geholt«, fuhr Kevin fort, der zum Glück nichts bemerkte.

»Ähm, ich, na ja, ich war verletzt«, log Gregory. »Eine alte Frau hat mich gefunden und gesund gepflegt. Jetzt bin auf dem Weg zurück nach England.«

»Das sind hervorragende Neuigkeiten«, rief Kevin freudig aus.

»Gibt es dort oben ein Dorf?«, erkundigte sich ein Mann mit langem Schnauzbart streng, der wohl der neue Kommandant war. »Wir haben den Auftrag, die Mörder hinzurichten, die General Franklin und seine Männer überfallen haben.«

Gregory machte eine eilige Handbewegung hinter seinem Rücken, damit Fergus blieb wo er war.

»Es gibt dort oben keine Dörfer. Seitdem die MacDonalds ihr Schloss verlassen haben, sind auch die umliegenden Farmer nach und nach weiter nach Süden verschwunden«, behauptete Gregory. »Die Männer, die unsere Leute überfallen haben, leben sicher auf der anderen Seite der Berge.« Gregory deutete in Richtung des Storr Plateaus.

Der Kommandant schnaubte unzufrieden. »Gut, dann werden wir wohl nach Westen gehen müssen. Du kannst mit uns kommen. Anschließend kehren wir nach England zurück.«

Gregory schloss kurz die Augen. Fürs Erste war die Gefahr für die MacArthurs gebannt, aber was sollte jetzt aus ihm und Caitlin werden?

»Ich hole rasch mein Bündel«, erklärte er und deutete hinter die Felsen.

»Beeil dich«, knurrte der Kommandant und wendete sein Pferd.

Hinter dem Felsen packte Gregory Fergus an der Schulter, zog ihn zu Boden und blickte ihn eindringlich an.

»Du musst verschwinden«, flüsterte er. »Ich lenke sie von eurem Dorf ab.«

»Wir könnten sie fertig machen«, knurrte Fergus hasserfüllt.

»Nein, es sind zu viele.« Gregory drückte den Schotten fest am Arm. »Warn deine Leute und sag Caitlin …« Er zögerte, dann schloss er die Augen. »Sag ihr, ich komme zurück.«

Sichtlich überrascht zog Fergus die Augenbrauen zusammen, doch Gregory war bereits aufgesprungen und nahm seinen Beutel mit Vorräten.

Er trat aus dem Schutz der Felsen hervor und schwang sich hinter Kevin aufs Pferd. Als er sich umdrehte, glaubte er, noch ein Stück karierten Stoff zwischen den Felsen verschwinden zu sehen.

Mehrere Meilen hinter dem Dorf schickte Caitlin den kleinen Camran zurück.

»Und denke an das, was ich dir gesagt habe«, ermahnte sie. »Kein Wort zu irgendjemandem, sonst …« Sie grinste innerlich. » ... schicke ich dir den Sidhehengst auf den Hals.«

Erschrocken hielt der Junge die Luft an, dann nickte er eilig und rannte davon.

Nun würde Camran sicher sein Versprechen halten, da war sich Caitlin sicher, denn wie alle kannte er die Geschichten über Gealach und fast alle Dorfbewohner fürchteten den Geisterhengst. Caitlin schwang sich auf Ailas Rücken und trabte mit dem Pony durch die Hügel. Sie wollte nördlich von Port Righ auf Gregory warten und hoffte, dass Fergus bald umkehrte. Nun, da sie aus dem Dorf fort war, wischte sie alle Bedenken beiseite und freute sich auf ihr neues Leben, ein Leben mit einem Mann, denn sie aufrichtig liebte.

Den ganzen Weg lang überlegte Gregory, wie er verschwinden konnte, doch ihm bot sich keine Gelegenheit zur Flucht. Kevin ritt stets an seiner Seite, erzählte ihm, wie sie während der ganzen letzten Zeit über die Insel gezogen und viele Schotten zur Ordnung gerufen hatten, aber Gregory hörte gar nicht richtig zu. Er machte sich Sorgen um Caitlin, die auf ihn wartete. Doch dann, sie waren noch nicht sehr weit nach Westen geritten, kam alles anders.

Niemand hatte die Schotten bemerkt, die sich wie aus dem Nichts auf die Engländer stürzten. Eine Gruppe von beinahe dreißig Männern, stürmten urplötzlich Schwertschwingend und Schlachtrufe ausstoßend hinter einer Gruppe Felsen hervor. Die Engländer versuchten noch, sich zu formieren, doch es war hoffnungslos, sie wurden innerhalb weniger Augenblicke getrennt.

Schreie hallten von den Bergen wider und der Wallach, der Kevin und Gregory trug, wurde am Kopf von einem Stein getroffen. Das Pferd stieg und überschlug sich nach hinten. Gregory sah nur noch den Boden näherkommen, bevor er mit dem Kopf auf einen Felsen knallte – dann wurde alles schwarz um ihn.

In Gedanken an ihre Zukunft verloren wanderte Caitlin mit Aila am Zügel durch die von Heidekraut bedeckten Hügel. Ihr schlechtes Gewissen hatte sie in die letzte Ecke ihres Herzens verbannt. Sie und Rory würden ganz neu anfangen, irgendwo auf dem Festland, wo sie niemand kannte. Noch niemals zuvor hatte Caitlin ihre Insel verlassen, war nicht einmal weiter als bis nach Port Righ gekommen und sie fragte sich, wo sie das Schicksal hinverschlagen würde. Über dem Meer zog ein Seeadler seine Kreise und das Mädchen blieb kurz stehen, um den Vogel zu beobachten.

Er kann überall hinfliegen, muss sich keine Gedanken darum machen wo er sich niederlässt, dachte Caitlin, wurde jedoch jäh aus ihren Überlegungen gerissen, als sie Fergus in ihre Richtung rennen sah. Das Land war hier offen und flach, daher hatte sie keine Möglichkeit mehr, sich zu verstecken.

»Was machst du denn hier?«, keuchte er und stützte sich schwer atmend auf seine Oberschenkel.

Bevor Caitlin sich eine Ausrede ausdenken konnte, winkte er jedoch ab.

»Komm mit, wir müssen unsere Leute warnen. Engländer sind in der Nähe.«

»Wo ist Rory?«, fragte Caitlin misstrauisch.

»Er ist mit ihnen gegangen und lenkt sie von unserem Dorf ab.« Fergus musterte Caitlin und öffnete den Mund, um noch etwas hinzuzufügen, zögerte dann jedoch. Allerdings fuhr Caitlin ihn ohnehin bereits an. »Du hast ihn allein gelassen? Wir müssen ihn sofort befreien!«

»Caitlin«, Fergus nahm sie beruhigend am Arm, »er wäre doch sowieso nach England zurückgegangen. Was er getan hat, war sehr ehrenhaft von ihm, aber er ist eben ein Engländer.«

»Nein, er wollte nicht zurückgehen!«, schrie Caitlin und Tränen sammelten sich in ihren Augen. Sie setzte dazu an, Aila zu wenden, doch Fergus griff reflexartig in die Zügel.

»Wie meinst du das?«, hakte er alarmiert nach und betrachtete das vollbepackte Pony erst jetzt genauer. Dann sog er scharf die Luft ein. »Verdammt, ihr wolltet zusammen verschwinden!«

Caitlin senkte den Blick und antwortete nicht.

»Bist du verrückt?«, schrie Fergus. »Du hättest unseren gesamten Clan in Gefahr gebracht! Wir gehen auf der Stelle nach Hause.« Fergus zerrte Aila mit sich und Caitlin fügte sich schließlich. Sie hatte keine Ahnung, wo Rory jetzt war und allein konnte sie ihn wohl kaum aus der englischen Armee herausholen. Nun musste sie warten, bis er zu ihr zurückkam, sofern ihm das jemals gelingen würde, sofern er es dann überhaupt noch wollte. Der Traum vom gemeinsamen Glück, von einem Neubeginn im Norden des Festlands zerbarst vor ihrem inneren Augen in tausend Stück.

Den ganzen Weg lang schimpfte Fergus wüst vor sich hin.

»Ich werde Vater nichts sagen. Aber, Caitlin, du darfst nie wieder so eine Dummheit machen«, verlangte er kurz vor dem Dorf und lud das Pony ab.

Caitlin machte jedoch ein stures Gesicht und schwieg.

Leise fluchend nahm Fergus die widerstrebende Caitlin an der Hand und zerrte sie mit ins Dorf. Vor dem Haus ihrer Eltern ließ er sie los und warf ihr einen bösen Blick zu. »Bleib bloß wo du bist!«

»Ja, ja«, antwortete sie mürrisch und ließ sich auf einen Felsen sinken, wo sie ihre Tränen niederrang.

In Windeseile trommelte Fergus alle Männer des Dorfes zusammen und erzählte hastig, was vorgefallen war. Sofort brach hektisches Treiben im Dorf aus, die Männer griffen zu den Waffen und kurz darauf postierten sich Wachen in die umliegenden Hügel. So konnten sie die Engländer rechtzeitig entdecken und sollten zu viele von ihnen auftauchen, würden sie notfalls auch flüchten, so zumindest hatten sie es beschlossen. Während manche der Frauen bereits Vorräte für eine eventuelle Flucht zusammen packten, kreisten Caitlins Gedanken unablässig um Rory und sie machte sich Sorgen um ihn. In der Aufregung, die nun herrschte, machte sich zum Glück niemand die Mühe sie zu fragen, warum Fergus sie gefunden hatte. Erst Angus nahm sie am Abend zur Seite.

»Du wolltest fortgehen.«

»Hat Fergus geredet?«, brauste Caitlin sofort auf.

»Das war gar nicht nötig.« Angus bedachte das Mädchen mit einem durchdringenden Blick und Caitlin wurde ganz unbehaglich zu Mute. »Ich kann es sogar verstehen, du bist jung.«

»Ich kann nicht mit jemandem mein Leben verbringen, der mich abstößt«, jammerte Caitlin. »Nicht einmal für meinen Clan.« Sie sah den alten Mann traurig an. »Nicht jetzt, wo ich weiß, wie schön es ist, jemanden wirklich zu lieben.«

Angus nahm sie in den Arm und versuchte, sie zu trösten, aber Caitlin wusste einfach nicht, wie ihr Leben weitergehen sollte. Fergus wusste nun Bescheid und er würde ganz sicher nicht zulassen, dass Rory sie von zu Hause fort holte.

Viele Tage lang hielten die MacArthurs Ausschau nach den englischen Truppen, aber alles blieb ruhig und nicht ein einziger Rotrock tauchte auf. Caitlin wurde immer ungeduldiger und schlich sich so oft sie konnte vom Dorf fort, was gar nicht so einfach war, denn Fergus und auch Angus beobachteten sie genau. Auch wenn die Zeit ereignislos verstrich, war Caitlin sich sicher, dass Rory zurückkehrte, irgendetwas musste ihn aufgehalten haben.

Kapitel 6
Zerbrochene Träume

Zehn Tage später kam eine grölende Gruppe MacKenzies ins Dorf der MacArthurs, allen voran Paden. Als er Caitlin sah, grinste er und wirbelte sie herum, bevor er ihr einen heftigen Kuss auf den Mund drückte.

»Ha, die MacFersons haben's den verdammten Engländern gezeigt.« Paden ließ von Caitlin ab und deutete auf seine Clansmänner, die ein Fass Whisky mitgebracht hatten. »Lasst uns auf den Sieg trinken, sie sind geflohen wie die Hasen.«

»Erzähl Genaueres«, verlangte Ranald MacArthur.

Caitlin war deutlich bleich geworden und lauschte Padens Geschichte, wie die MacFersons einen großen Trupp Engländer in Grund und Boden gestampft hatten. Sie warf Fergus einen fragenden Blick zu, doch der hob die Schultern. Daraufhin sprang Caitlin auf und zog ihren widerstrebenden Bruder mit sich, etwas abseits der Versammlung.

»War es in der Nähe, wo du Gregory zurückgelassen hast?«, fragte sie voller Panik.

»Kann schon sein«, grummelte er und wandte sich ab.

»Jetzt sag es schon!«, schrie sie hysterisch und alle Blicke wandten sich ihr zu.

Um nicht noch mehr Aufsehen zu erregen zerrte Fergus sie hinter eine Hütte. »Jetzt sei doch ruhig, du kannst von Glück sagen, dass Vater bisher nichts bemerkt hat.«

»Das ist mir egal«, schluchzte sie. »Jetzt sag doch endlich, ob es sein kann, dass er …«

Fergus fasste seine kleine Schwester an den Armen. »Ja, ich denke, sie waren es. Höchstwahrscheinlich ist er tot, finde dich damit ab.«

Caitlin spürte, wie ihr alles Blut aus dem Gesicht wich. Sie schüttelte den Kopf, riss sich schließlich von Fergus los und rannte laut aufschluchzend davon. Ihr war im Augenblick gleichgültig, ob ihr Vater nun alles erfuhr. Ohne auf die Rufe ihres Bruders zu achten, stürmte Caitlin in die Hügel, suchte Aila und schwang sich auf deren blanken Rücken, um dann nach Süden zu reiten. Sie musste die Stelle finden, an der der Kampf stattgefunden hatte.

Ranald MacArthur ließ ein fürchterliches Donnerwetter los, als er endlich aus seinem Sohn herausgepresst hatte, was mit Caitlin los war. Ihm war aufgefallen, dass Paden mit keinem Wort erwähnt hatte, dass er Caitlin eingeladen hatte und Caitlins Ausbruch hatte sein Übriges getan.

Mit Mühe und Not gelang es ihm, vor den MacKenzies geheim zu halten, was Caitlin vorgehabt hatte. Er schickte einige Männer los, um sie zu suchen und füllte die MacKenzies so gut es ging mit Ale und Whisky ab, um sie nicht misstrauisch zu machen. In der allgemeinen Freude darüber, dass Landsmänner den Engländern eine Lektion erteilt hatten, geriet Caitlins eigenartiges Verhalten in den Hintergrund und die Männer tranken auf ihren Triumph.

Kälte und Regen machten Caitlins Ritt beschwerlich und unangenehm, und sie hatte sich nicht einmal die Zeit genommen, einen Umhang oder etwas zu essen mitzunehmen. Wie von Sinnen ritt sie immer weiter und beinahe ohne Pause in Richtung Port Righ. Aila trug ihre Reiterin ruhig und sicher über das raue Gelände und rieb in den kalten, feuchten Nächten tröstend ihre Nase an Caitlins Schulter.

Irgendwann fragte Caitlin einen Bauern, der gerade seine Schafe zusammentrieb, wo der Kampf gegen die Engländer stattgefunden hatte.

Der ältere Mann betrachtete Caitlin, die durchnässt und zusammengekauert auf ihrem Pferd saß, sichtlich besorgt.

»Dort oben.« Er deutete hinauf in die Hügel. »Vielleicht eine oder zwei Meilen, du erkennst es an dem zerstampften Boden. Suchst du jemanden?«

»Meinen Mann«, flüsterte Caitlin heiser und drückte Aila die Fersen in die Seiten.

»Jetzt wirst du nichts mehr finden«, murmelte der Alte und machte sich kopfschüttelnd auf den Weg.

Zögernd setzte Caitlin ihren Weg fort. Die ganzen letzten Tage hatte sie nichts anderes im Sinn gehabt, als den Kampfplatz zu finden, doch nun wusste sie nicht mehr, ob sie ihn überhaupt sehen wollte. Der Regen fiel wie ein dichter Schleier vom Himmel, als Caitlin den Ort des Massakers erreichte. Sie ließ sich von Ailas nassem Rücken rutschen und ging langsam und mit weichen Knien darauf zu. Allzu viel konnte man nicht erkennen, nur zerstampften Boden, und irgendwo am Rande der Senke war frische Erde aufgeschichtet. Wahrscheinlich hatte irgendjemand dort die Engländer verscharrt.

Tränen mischten sich unter die Regentropfen, als Caitlin sich zitternd vor das Grab kniete.

»Du bist nicht tot, das weiß ich«, schluchzte sie und sah sich um. »Du kommst zu mir zurück, das spüre ich. Verdammt, Rory, du hast es mir doch versprochen.« Wie Sturzbäche flossen die Tränen über ihre Wangen und vermischten sich mit dem beständig fallenden Regen. Caitlin wusste sehr wohl, dass es mehr als wahrscheinlich war, dass ihr Geliebter dort unten, bedeckt von kalter Erde lag, aber sie wollte es einfach nicht wahrhaben.

Plötzlich hörte Caitlin leise Schritte hinter sich. Sie glaubte, Aila wäre zu ihr gekommen, doch ganz unvermittelt stand Gealach, der silberne Hengst, hinter ihr und sah sie aus sanften braunen Augen an.

Caitlin hielt die Luft an – so nah war er bisher nicht an sie herangekommen. Zunächst wagte sie sich kaum zu bewegen, so sehr dominierte der außergewöhnliche Hengst sie mit seiner Präsenz, doch dann ging sie zögernd näher und streckte ihre Hand aus. Das Pferd warf seinen Kopf mit der prächtigen Mähne in die Höhe und Wassertropfen sprühten zu allen Seiten, dann schnaubte er, trat auf sie zu und blieb ganz ruhig stehen.

»Er lebt, oder?«, fragte sie und streichelte dem wilden Hengst mit vor Kälte zitternden Händen vorsichtig über die Nüstern.

Gealach machte noch einen Schritt auf sie zu, seine Nüstern blähten sich, und dann legte er Caitlin seinen Kopf auf die Schulter.

»Ich wusste es«, flüsterte sie und umarmte den Geisterhengst.

Später wusste Caitlin nicht mehr, wie lange sie mit dem Pferd im kalten Regen gestanden hatte. Sie wusste nur, dass Gealach sie getröstet, und ihr auf irgendeine nicht mit dem Verstand zu erklärende Weise mitgeteilt hatte, dass Rory noch lebte. Doch mit einem Mal zog Nebel auf und der Hengst wandte sich ab, um einen Herzschlag später wie ein Geist in dem dichten, feuchten Weiß zu verschwinden. Wenige Augenblicke später tauchte Angus auf. Er ritt auf einem der Ackerpferde und seufzte erleichtert, als er Caitlin sah. Rasch sprang er ab und legte ihr seinen Umhang über.

»Ich dachte mir, dass du hier bist.«

»Er ist nicht tot«, sagte Caitlin mit fester Stimme, obwohl sie vor Kälte am ganzen Körper bebte.

»Caitlin …«

»Ich weiß es, weil Gealach es mir gesagt hat.«

Angus hob überrascht die Augenbrauen. »Selbst wenn er nicht tot ist, Gregory ist mit Sicherheit zu seinen Leuten nach England zurückgekehrt.«

»Er kommt zu mir zurück«, erwiderte Caitlin unbeirrt.

Seufzend führte Angus sie zu ihrer Stute. »Wie auch immer, wir sollten sehen, dass wir ins Trockene kommen und morgen reiten wir zurück. Dein Vater ist sehr wütend.«

»Ich werde Paden nicht heiraten!«, entgegnete Caitlin trotzig und strich sich eine nasse Haarsträhne aus dem Gesicht.

»Komm jetzt.« Angus half ihr auf das Pony und die beiden ritten bis zur nächsten Hütte, wo eine nette Familie ihnen Unterschlupf für die kommende Nacht anbot.

»Rory, wo auch immer du bist«, flüsterte Caitlin, bevor sie, in eine dicke karierte Wolldecke gewickelt einschlief, »ich denke an dich und werde auf dich warten.«

Tage und Wochen zogen ins Land, in denen Caitlin zwischen Hoffen und Bangen gefangen war. Sie war sich sicher, dass ihr Gefühl, damals am Grab der Engländer, sie nicht getäuscht hatte. An unzähligen Abenden saß sie nach getaner Arbeit am Fuße von Duntulm Castle und ließ ihren sehnsuchtsvollen Blick nach Süden schweifen, immer in der Hoffnung, Gregory würde zu ihr zurückkommen. Während der ersten Nächte traute sie sich nicht einmal, zu schlafen, da sie fest daran glaubte, er würde an ihr Fenster klopfen, sie holen und dann mit ihr von hier fort gehen. Nur leider erfüllten sich ihre Wünsche nicht und so wurden mit jedem Tag, an dem sich der Herbst näherte und das Hochland mit seinen bunten Farben überzog, ihre Zweifel größer. Jedes Blatt das von den Bäumen fiel und über das Meer hinweggeweht wurde, schien ihr ein Sinnbild für ihre schwindende Hoffnung auf eine glückliche Zukunft mit dem Mann, den sie liebte.

Zum Erntefest kamen die MacKenzies mit jeder Menge Geschenke ins Dorf und die Clans feierten an diesem Tage gemeinsam, in dem festen Glauben, dass im Frühling ihr Frieden durch die Hochzeit von Caitlin und Paden besiegelt werden würde. Aber Caitlin konnte Padens Anwesenheit jetzt noch weniger ertragen als während der letzten Zeit. Wenngleich er diesmal sogar zuvorkommend und für seine Verhältnisse beinahe charmant war, widerte sie jede seiner Berührungen an. Sie mochte sich nicht küssen lassen, ihm nicht einmal in die Augen sehen und das Schultertuch, das er ihr schenkte, wanderte in die hinterste Ecke ihrer Truhe.

Rory ist nicht tot, er kommt zu mir zurück, ich weiß es, sagte sie sich an diesem Abend immer wieder. Von draußen drangen Musik und Gelächter ins Cottage und Caitlin ließ sich auf der alten Holztruhe nieder. Sie versteckte ihr Gesicht in den Händen und begann bitterlich zu weinen. Beinahe ein ganzer Monat war seit Gregorys Verschwinden ins Land gezogen und sie konnte sich einfach nicht vorstellen, dass er noch keine Möglichkeit gehabt hatte, zu ihr zurückzukommen. *Ob er vielleicht doch nicht mehr lebt,* flüsterte eine böse kleine Stimme in ihrem Hinterkopf, aber das konnte und wollte sie einfach nicht glauben. *Sicher mussten sie weit in den Süden fliehen, vielleicht lassen ihn seine Gefährten nicht fort.* Während Tränen in Strömen über ihre Wangen rannen, versuchte sie sich alle Möglichkeiten auszumalen und ihre Sehnsucht wuchs ins Unermessliche.

»Caitlin, was tust du denn hier?«, riss die Stimme ihrer Schwester sie aus ihren Gedanken. Eilig zog Glenna die Tür hinter sich zu. »Wenn Vater dich so sieht, wird er sehr zornig.«

»Meinetwegen kann er mich totschlagen, deshalb werde ich Paden trotzdem nicht heiraten«, schluchzte Caitlin. Nach ihrer Rückkehr hatte ihr Vater ihr ein paar ordentliche Ohrfeigen verpasst und sie mit Vorwürfen überschüttet. Wenig später hatte er sie zwar wieder in den Arm genommen und versucht ihr zu erklären, wie wichtig die Hochzeit mit Paden für sie alle war, aber Caitlin konnte und wollte sich einfach nicht mehr in ihr Schicksal fügen.

Jetzt setzte sich Glenna neben sie und legte ihr einen Arm um die Schultern. »Gregory war ein netter und freundlicher junger Mann, aber er war Engländer. Du hast dich zu ihm hingezogen gefühlt, das verstehe ich sogar, aber er hätte ohnehin nicht zu dir gepasst.«

»Doch, das hätte er«, flüsterte sie heiser.

Glenna nahm Caitlins Gesicht in ihre Hände. »Gregory ist tot, du musst das akzeptieren. Du kannst dich an ihn erinnern, das wird dir niemand verbieten, aber bitte riskiere nicht den Frieden der Clans für einen Mann, der nicht mehr am Leben ist.«

Stumm sah Caitlin ihre Schwester an, die ihr tröstend über die Wange strich. »Paden ist keine schlechte Partie. Sicher ist er manchmal etwas unbeherrscht, aber wenn du es geschickt anstellst, dann kannst du ihn mit der Zeit nach deinen Vorstellungen formen.«

»Ich liebe ihn nicht.« Caitlin verschränkte ihre Arme vor der Brust und Glenna verdrehte die Augen.

»Liebe ist vergänglich und sie bringt dich und deine Kinder auch nicht durch den Winter. Als Frau eines Clanchiefs wirst du keine Not leiden müssen. Komm jetzt, Caitlin, sicher wirst du schon vermisst.«

Glenna zog sie auf die Beine, lächelte ihr aufmunternd zu und Caitlin folgte ihrer Schwester wieder hinaus in die Menge.

»Komm, Cait, tanz mit mir«, forderte Paden sie auf und ein erwartungsvolles Glitzern lag in seinen Augen.

»Mir geht's nicht gut«, murmelte sie und wandte sich ab.

»Wirst du krank?«, erkundigte er sich, wobei seine Stimme beinahe schon besorgt klang, etwas, das sie von ihm eigentlich nicht kannte.

»Ich weiß nicht, kann schon sein, mir ist etwas schwindlig«, behauptete sie und wünschte sich, er würde seine Hand von ihrem Rücken nehmen.

»Dann geh zu Angus«, schlug er vor, drückte ihr einen flüchtigen Kuss auf die Wange und wandte sich dann dem nächsten Mädchen zu, um es in den Kreis der Tänzer zu ziehen.

Von Erleichterung erfüllt atmete Caitlin auf. Abseits der Feiernden ließ sie sich auf einen Stein sinken und ihre Gedanken wanderten zu dem Ceilidh, und ihrer ersten Nacht mit Gregory. *Was ist, wenn er tatsächlich nie wieder zu mir kommt?*, dachte sie voller Panik.

Kapitel 7
Große Leere

Grelles Licht blendete Gregorys Augen, als er zögernd erwachte. Bei dem Versuch, den Kopf zu heben, durchfuhr ihn ein stechender Schmerz und die schrille Stimme, die daraufhin folgte, machte alles nur noch schlimmer.

»Er ist wach!«, kreischte eine Frau.

»Wie fühlst du dich, mein Junge?«, fragte eine deutlich angenehmere männliche Stimme. Nachdem er vorsichtig die Augenlider hob, erblickte er einen hochgewachsenen, grauhaarigen Mann mit gestutztem Oberlippenbart, der besorgt auf ihn herab blickte.

»Was?« Gregory war benebelt und konnte sich keinen Reim darauf machen, weshalb ihn der alte Mann so vertraulich ansprach. Jetzt trat eine attraktive blonde Frau mit kunstvoll frisierten Haaren an sein Bett, vermutlich gehörte sie zu der unangenehmen Stimme, und wischte ihm mit einem weißen Tuch über die Stirn.

»Im Namen des Herrn, ich dachte, er wacht überhaupt nicht mehr auf. Was für eine schreckliche Verletzung, ein Wunder, dass du überhaupt noch lebst, mein Liebster.« Nun drückte sie ihm auch noch einen Kuss auf die Wange.

Liebster?, dachte er verwirrt und fragte sich, ob er auch wirklich wach war oder das hier vielleicht träumte.

»Wer seid Ihr?«, fragte Gregory verwirrt, woraufhin die Frau sichtlich stutzte. Sie öffnete den Mund, doch nun öffnete sich die Tür und ein Mann, in einen weißen Kittel gekleidet, betrat den Raum.

»Erkennst du mich nicht?«, kreischte die Blonde jetzt doch noch entsetzt und Gregory kniff gequält die Augen zusammen.

Der Arzt schob den älteren Mann und die widerstrebende Frau energisch aus dem Raum. »Er braucht Ruhe, wartet bitte draußen, Lady Ashcroft.«

Die Türe schloss sich und für einen Augenblick genoss Gregory die angenehme Stille, dann sah er den Arzt auffordernd an, welcher ihn nun prüfend betrachtete.

»Wie fühlt Ihr Euch?«

»In etwa so, als wäre eine Kanone auf meinem Kopf losgegangen«, stöhnte er und versuchte trotz der dröhnenden Kopfschmerzen, sich einen Reim auf die ganze Situation zu machen, auch wenn ihm das beim besten Willen nicht gelang.

Der Arzt hob seine Augenbrauen und trat näher an Gregory heran, dem sogleich die kleine untersetzte Statur des Arztes ins Auge stach. Ein grauer Schnurrbart bedeckte seine Oberlippe. »Mein Name ist Doktor Mitchell.«

Gregory wollte sich ebenfalls vorstellen, doch dann stockte er – er hatte keine Ahnung, wie sein Name war.

»Ihr könnt Euch an nichts erinnern, nicht wahr?«, vermutete der Arzt und beinahe schwang so etwas wie Triumph in seiner Stimme mit, so als wäre er stolz auf seine richtige Diagnose.

»Nein«, stammelte Gregory entsetzt und bemühte sich, sich an irgendetwas zu erinnern, doch so sehr er es versuchte, nicht einmal sein Name fiel ihm ein und das verstörte ihn am meisten.

Doktor Mitchell drückte ihm tröstend die Schulter. »Seid froh, dass Ihr noch lebt, die Erinnerung kehrt sicher zurück. Und jetzt ruht Euch aus, es ist ein Wunder, dass Ihr dieses Gemetzel überlebt habt.«

»Wartet!«, rief Gregory panisch, und versuchte sich aufzurichten, als der Arzt gehen wollte, was er allerdings sogleich bitter bereute, denn vor seinen Augen tanzten Sterne und ihm wurde übel.

»Liegen bleiben«, befahl Doktor Mitchell.

»Bitte sagt mir, was geschehen ist und wie ich heiße«, presste Gregory mühsam heraus.

»Aber danach wird geschlafen«, verlangte der Arzt streng.

Mit einem angedeuteten Nicken versicherte Gregory dies.

»Euer Name ist Gregory Davis und Ihr seid während des Angriffs einer Horde mörderischer Schotten auf den westlichen Inseln schwer verletzt worden. Man hat Euch hierher nach Nordengland gebracht und Eurem Onkel, General Geoffry Davis, ist es zu verdanken, dass Ihr nun von den besten Ärzten behandelt werdet. In den letzten vier Wochen wart Ihr kaum bei Bewusstsein.« Doktor Mitchell schmunzelte. »Und die hübsche junge Dame ist Eure Verlobte.«

Gregory stöhnte. »Was habe ich in Schottland getan?«

»Das kann Euch Euer Onkel später erklären. Jetzt benötigt Ihr dringend Ruhe.«

Bevor Gregory die Augen schloss, murmelte er noch: »In Ordnung, aber bitte lasst die Frau nicht so schnell herein, sie hat eine fürchterliche Stimme.«

Doktor Mitchell nickte nur. Insgeheim musste er ihm zustimmen. Die Verlobte dieses jungen Mannes hatte ihn in den letzten Tagen wahnsinnig gemacht. Sie war mit General Davis angereist und hatte unglaubliche Hektik verbreitet.

Auch nach zwei weiteren Wochen hatte Gregory sein Gedächtnis nicht wiedererlangt. Auf sein Drängen hin erzählte ihm sein Onkel von den Problemen in der Armee, von seiner Strafversetzung auf die schottischen Inseln und seiner Kindheit. Gregorys Mutter war in Südengland geblieben, erkundigte sich jedoch immer wieder per Brief nach seinem Befinden.

Die Verletzung am Schädel war schwer gewesen und Gregory hatte es wohl nur Kevin zu verdanken, dass er noch lebte. Der junge Mann hatte ihn aus dem fürchterlichen Gemetzel gezerrt und so schnell wie möglich aufs Festland geschafft. Ansonsten hatte es kaum Überlebende gegeben. Aber auch an Kevin konnte sich Gregory nicht mehr erinnern. Irgendetwas kratzte zwar ständig an seinem Unterbewusstsein, konnte sich jedoch nicht den Weg an die Oberfläche bahnen.

Was Gregory am meisten verwunderte, war Elizabeth. Er konnte sich kaum vorstellen, dass er sich – in seinem vorherigen Leben – mit dieser unangenehmen, wenn auch sehr schönen Frau verlobt haben sollte.

Mittlerweile wusste Gregory, dass er sich auf dem Landsitz eines englischen Lords befand, einem guten Bekannten Onkel Geoffrys, und Dr. Mitchell war ein angesehener und bekannter Militärarzt, der ihm vermutlich dank seiner herausragenden Fähigkeiten das Leben gerettet hatte. Seit zwei Tagen konnte Gregory wieder aufstehen und schaffte es sogar, ein paar Schritte bis zum Fenster zu gehen. So blickte er heute hinab in den gepflegten Garten, wo Elizabeth mit der Tochter des Hauses durch das bunte Laub schritt. Die jungen Frauen trugen mit Pelz besetzte Mäntel und unterhielten sich offenbar angeregt. Selbst durch das geschlossene Fenster drang Elizabeths schrilles Lachen zu ihm herauf.

»Es ist unfassbar«, sagte er zu seinem Onkel, der sich zu ihm gesellt hatte, »selbst wenn ich keine Kopfverletzung hätte, würde mich Elizabeths Stimme wahnsinnig machen.«

»Sie ist die Tochter eines hohen Offiziers«, erklärte Onkel Geoffry streng und in deutlich missbilligendem Tonfall. »Mit ihrer Heirat wirst du wieder in der Armee angesehen sein.«

Gregory hob nur gleichgültig die Schultern, denn er hatte keine Ahnung, was er jemals in der Armee getan hatte, konnte sich nicht daran erinnern, irgendwann einmal eine Muskete oder ein Schwert in der Hand gehalten zu haben. Unwillkürlich wanderten seine Finger zu der Narbe neben seinem rechten Ohr. Wo mochte er die wohl her haben? Selbst sein eigenes Gesicht, das sich in dem Fensterglas spiegelte, kam ihm seltsam fremd vor und er fragte sich, wer er überhaupt war. Die Erzählungen von Elizabeth oder Onkel Geoffry über seine Vergangenheit berührten nichts in ihm, schienen ihm eher wie die unbedeutenden Geschichten eines fremden Mannes – hätten sie nicht irgendetwas in ihm wachrütteln müssen? Hätte er nicht tiefe Verbundenheit mit Elizabeth verspüren müssen, oder zumindest irgendeine Kindheitserinnerung an seine Mutter und seine jüngere Schwester in Südengland? Manchmal glaubte er, sich an ein Mädchen erinnern zu können, doch es war eine sanfte Stimme, die zu ihm sprach, nicht die von Elizabeth, und er sah ein verschwommenes Gesicht vor sich. Die junge Frau sprach in einer fremden Sprache zu ihm und manchmal hörte er sie singen. Diese kurzen Momente lösten etwas in seinem Inneren aus, das ihm sagte, dass sie wichtig für ihn gewesen war und eine unerklärliche Sehnsucht griff dann nach seinem Herzen.

»… dann bringen wir dich endlich nach Hause«, sagte sein Onkel gerade und hob dann kritisch die Augenbrauen. »Hörst du mir überhaupt zu?«

»Was? Wie bitte?« Aus seinen Gedanken um das fremde Mädchen gerissen zuckte Gregory zusammen und es war ihm unangenehm, gar nicht zugehört zu haben.

»Kannst du dich an etwas erinnern?«, wollte Onkel Geoffry gespannt wissen, wobei sich seine grauen Augenbrauen erwartungsvoll hoben.

»Nein«, seufzte Gregory, schwankte zu seinem Bett zurück und legte sich wieder hin.

Der General schüttelte sichtlich gereizt den Kopf.

Als hätte ich es mir ausgesucht, mich an nichts mehr erinnern zu können, dachte Gregory.

»Ich sagte, sobald der Arzt meint, du bist reisefähig, bringen wir dich zurück nach Hause.«

»Wo lebe ich denn?«

»Auf meinem Gut, in der Nähe von London. Du wirst so bald wie möglich wieder der Armee beitreten.«

Gregory zog die Augenbrauen zusammen. Irgendwie wurde er den Verdacht nicht los, dass sein Onkel sein Leben ziemlich stark beeinflusste, und zwar auf eine Art, die ihm überhaupt nicht behagte. Andererseits hatte er im Moment wohl auch keine andere Wahl, denn er selbst wusste ja nicht, was in den letzten zweiundzwanzig Jahren geschehen war.

Kapitel 8
Der Traum von Freiheit

Spätsommer 1745

Beinahe zweieinhalb Jahre waren seit Gregorys Verschwinden vergangen. Caitlin saß mit traurigem Blick vor dem kleinen Cottage im Dorf der MacKenzies, südlich der Quiraing Ridge und schälte Kartoffeln. Ihre Hände arbeiteten flink und geschickt und sie ließ ihre Gedanken schweifen. Ihre Eltern hatten sie gezwungen, Paden zu heiraten, und nun lebte Caitlin seit zwei Jahren hier. In der ersten Zeit hatte sie jeden Tag die Hügel abgesucht und gehofft, dass Gregory sie holen kam. Ihr Glaube an seine Rückkehr war unerschütterlich gewesen, und selbst nach ihrer Hochzeit hatte sie die Hoffnung nicht aufgegeben, nur waren leider die Tage und Monate ins Land gezogen, ohne dass sie auch nur einen Hinweis darauf bekommen hätte, dass Rory nach ihr suchte.

Auch heute dachte sie noch häufig an ihn, aber mittlerweile glaubte sie nicht mehr, ihn jemals wiederzusehen. Die kurze Zeit mit ihm erschien ihr wie ein Traum – der romantische Traum eines kleinen Mädchens. Aber jetzt war sie erwachsen und konnte nicht mehr darauf hoffen, dass Gregory zur ihr zurückkam.

Ein kalter Herbstwind pfiff vom Meer her über das erblühte Heidekraut und ließ Caitlin schaudern. Sie zuckte zusammen, als sie Padens grobe Stimme hörte, der gerade vom Torfstechen zurückgekehrt war.

»Was gibt es zu essen?«

»Eintopf«, antwortete sie knapp und ging ins Innere des kleinen Cottages, in dem auch Padens Eltern lebten.

Aus dem Augenwinkel sah sie, wie Padens ihr folgte. Schon immer war Paden ein kräftiger Mann gewesen, nicht auffallend groß aber doch imposant, doch das, was die meisten Frauen früher an ihm attraktiv gefunden hatten, war inzwischen verschwunden. Sein Gesicht war vom vielen Alkohol aufgedunsen, seine von einer Schlägerei gebrochene und nicht mehr ganz gerade zusammengewachsene Nase meist gerötet.

Morag, seine Mutter, warf der Schwiegertochter einen bösen Blick zu.

»Du hast wieder ewig für die Kartoffeln gebraucht.« Morags hageres Gesicht, das von fettigen grauen Haaren umrahmt wurde, verzog sich voller Missbilligung. Ihre ständig verbiesterte Miene ließ sie älter als ihre sechsundvierzig Jahre erscheinen.

»Dann schäl sie doch selbst, du alte Hexe«, murmelte Caitlin kaum hörbar und warf die Kartoffeln in den Topf.

»Sie taugt eben nicht einmal für die Hausarbeit«, höhnte auch Paden und setzte sich auf einen der alten Holzstühle. »Was will man auch von einer MacArthur erwarten«, schnaubte Morag.

Tränen füllten Caitlins Augen. »Ich kann ja zurück zu meinen Eltern gehen, wenn ich euch nicht gut genug bin.«

Paden zuckte gleichgültig die Achseln und rülpste laut, als er einen Schluck Ale nahm.

»Du warst ihm nie eine gute Ehefrau«, schimpfte Morag und begann mit wütenden Handbewegungen einen Brotlaib zu kneten. »Nach über zwei Jahren Ehe hast du noch immer keinen Nachwuchs …«

Caitlin lief knallrot an. Wie oft hatte sie sich das in den vergangenen Jahren anhören müssen!

Zorn kochte in ihr hoch. Wie eine Feuersbrunst brannte er sich seinen Weg an die Oberfläche. Sie hatte Paden niemals heiraten wollen, ihre Ehe war lediglich ein Abkommen zwischen den Clans gewesen, und Caitlin wäre lieber ihr Leben lang allein geblieben als mit Paden verheiratet zu sein. Morag lamentierte weiter über Caitlins schlechte Qualitäten als Ehefrau, und plötzlich schlug Caitlin mit der Faust auf den Tisch, was die ältere Frau überrascht aufsehen ließ. Caitlin stemmte die Hände in die Hüften. »Wer weiß, Morag, vielleicht liegt es ja gar nicht an mir. Schließlich besteigt dein ehrenwerter Sohn ja jedes Weibsbild, dem er habhaft werden kann und ich finde nicht, dass eines der Kinder ihm ähnlich sieht.«

Morags empörtes Kreischen ging in dem Geräusch des umfallenden Stuhles unter, als Paden aufsprang. Er versetzte Caitlin – nicht zum ersten Mal – eine gewaltige Ohrfeige und sie wurde gegen die Wand geschleudert.

»So sprichst du nicht mit mir!«, brüllte er und beugte sich zu ihr hinab. Sein Atem stank, so wie meist, nach Alkohol und Caitlin bemühte sich, aus seiner Reichweite zu krabbeln. Paden hatte sie so oft geschlagen, dass sie es kaum noch zu zählen vermochte, doch sie konnte es sich einfach nicht verkneifen, ihm hin und wieder ihre Meinung zu sagen, denn sonst hätte sie das Gefühl gehabt, sich selbst aufzugeben.

Noch einmal trat er sie in die Seite und wankte dann zum Tisch zurück.

»Von mir aus kannst du verschwinden, du bist sowieso nichts wert.«

Mühsam erhob sich Caitlin und wischte sich ihre blutige Lippe ab. »Ist das dein Ernst? Du verstößt mich?«

Paden machte eine ungeduldige Handbewegung und widmete sich wieder seinem Bier. Zunächst zögerte Caitlin, dann begann sie, ihre wenigen Kleidungsstücke zusammenzusuchen. Morag beobachtete sie lauernd wie eine alte Spinne und als Caitlin mit ihrem Bündel aus der Tür treten wollte, sprang Paden doch wieder auf und schwankte zu ihr. Er packte sie am Unterkiefer wie ein Pferd.

»Wenn du aus dieser Tür gehst, brauchst du niemals wiederzukommen und lebst fortan in Schande.«

Mit einer energischen Bewegung machte sich Caitlin von ihm los. »Besser in Schande als mit dir.«

Ein wütendes Knurren entstieg Padens Kehle. Er hob seine fleischige Hand, wollte Caitlin wohl erneut schlagen, doch sie schaffte es, ihm die Tür auf die Nase zu schmettern und rannte dann rasch davon. Aus dem Inneren des Hauses hörte sie Padens Brüllen und Morags hysterisches Kreischen.

So schnell sie konnte eilte Caitlin den Berg hinauf, wo Aila mit den anderen Pferden graste. Caitlin hatte Angst, dass Paden sie verfolgte, warf immer wieder hektische Blicke über die Schulter, aber die Tür des niedrigen Steinhauses, welches sie in den letzten Jahren zu hassen gelernt hatte, öffnete sich nicht. Hastig streifte sie der Stute ihr Zaumzeug über, schwang sich auf Ailas Rücken und galoppierte davon. Sie wollte nur eines, so rasch wie möglich von Paden und allen MacKenzies fort.

Gegen Mittag des nächsten Tages erblickte Caitlin die mächtigen Mauern von Duntulm Castle. Sie sog die frische Meeresluft ein und ließ sich die noch immer warme Herbstsonne ins Gesicht scheinen. Zwar hatte sie ein wenig Angst vor der Reaktion ihrer Eltern, doch es war ein gutes Gefühl, nach Hause zu kommen.

Zuerst lief ihr Angus über den Weg, der, abseits des Dorfes, mal wieder auf der Suche nach Kräutern war. Er betrachtete sie von oben bis unten und bemerkte auch das Bündel auf ihrem Rücken. Dann streichelte er vorsichtig über ihre blau angelaufene Wange und schüttelte den Kopf.

»Er hat dich schon wieder geschlagen.«

Caitlin senkte den Blick. »Ich bin zurück. Er hat mich verstoßen.«

»Deine Eltern werden nicht erfreut sein«, vermutete Angus und betrachtete sie besorgt.

»Ich kann dort nicht mehr leben«, sagte sie heiser und einige Tränen tropften auf die Erde.

»Komm, ich werde mit dir gehen«, bot Angus an und führte sie zum vertrauten elterlichen Cottage.

Währenddessen erzählte er ihr, dass Ranald nicht hier war und sich, wie so häufig in letzter Zeit, mit Abgesandten der MacDonalds traf. Vermutlich ging es wohl mal wieder um die Jakobitenaufstände und die Frage, ob man sich Charles Edward anschließen solle, der, als letzter Nachfahre aus dem Hause Stuart, gegen die Engländer ziehen wollte und den Thron von Schottland beanspruchte. In ganz Schottland brodelte es.

Ein warmes Gefühl durchströmte Caitlin, als sie die knarrende Holztür öffnete und wieder ihr Geburtshaus betrat. Nichts hatte sich verändert. Der Geruch von Torffeuer, frischem Brot und Schafswolle schlug ihr entgegen. Der alte Tisch stand noch immer in der Ecke des Raumes und über dem Feuer blubberte der alte Kupferkessel.

Caitlins Mutter hob überrascht den Kopf und hielt mit dem Spinnen der Schafswolle inne, als sie ihre Tochter sah.

»Caitlin, wie schön dich zu sehen. Ich wusste gar nicht, dass ihr auf einen Besuch kommt.« Sie warf einen Blick hinaus und erwartete vermutlich weitere Clanmitglieder der MacKenzies, oder zumindest Paden, der Caitlin folgte. Caitlin bemerkte, wie der Blick ihrer Mutter nur flüchtig über ihre blaue Wange streifte, bevor sie rasch zur Seite sah, wie schon viele Male zuvor.

»Ich bin allein«, antwortete Caitlin knapp und setzte sich hin.

Mary machte Angus ein Zeichen, dass er gehen sollte und der alte Mann zwinkerte Caitlin aufmunternd zu.

»Ich habe Paden verlassen«, erzählte Caitlin, während sie ein Stückchen Schafswolle zwischen den Fingern herumdrehte. Als ihre Mutter lautstark Luft holte, fuhr Caitlin rasch fort. »Er hat selbst gesagt, ich soll verschwinden. Ich bin ihm nicht gut genug, weil ich nicht wie eine Zuchtstute jedes Jahr einen neuen MacKenzie zur Welt bringe.«

»Oh, Caitlin.« Mary legte ihr eine Hand auf den Arm. »Vielleicht wirst du ja noch schwanger.«

»Soll ich mich mein Leben lang demütigen und schlagen lassen?«, begehrte Caitlin auf.

»Viele Männer schlagen ihre Frauen«, murmelte Mary, konnte Caitlin aber dabei nicht in die Augen sehen. »Ich hatte Glück, Ranald hat mich kaum geschlagen.«

»Ich gehe nicht zurück«, unterbrach Caitlin sie und hatte plötzlich einen entschlossenen Gesichtausdruck aufgesetzt.

»Aber was willst du denn dann tun?« Marys Augen waren weit aufgerissen. »Du kannst nicht erneut heiraten und …«

»Ich werde als Kräuterfrau bei Angus arbeiten«, antwortete Caitlin, denn dieser Gedanke durchzuckte sie urplötzlich. Nun hoffte sie, dass Angus nichts dagegen hatte.

Am Gesichtsausdruck ihrer Mutter erkannte Caitlin ganz deutlich, dass ihr solche Überlegungen überhaupt nicht behagten.

»Wir werden auf deinen Vater warten.«

»Ich gehe nicht zurück zu Paden!«, wiederholte Caitlin, bevor sie und aus der Hütte lief. Draußen lehnte sie sich mit klopfendem Herzen gegen die alte Holztür und atmete tief durch.

Ihr Blick schweifte über die Felder, die in voller Blüte vor dem Dorf lagen und die vertraute Meeresbucht, wo Wellen an das steinige Ufer brandeten. Es war ein gutes Gefühl, wieder an dem Platz zu sein, an dem sie geboren war.

»Ist alles in Ordnung, Caitlin?«, ertönte plötzlich Angus' Stimme.

Sie nickte zögernd und stellte sich vor den alten Mann. Ihr fiel auf, dass er seinen Bart jetzt etwas länger trug als früher und seine grauen Haare begannen weiß zu werden. »Angus, ich wollte dich fragen … ich meine, du hast mir schon als Kind Kräuter gezeigt und gemeint …«

Er nahm sie in den Arm. »Natürlich kannst du mir helfen.« Dann zwinkerte er ihr zu und lachte rau auf. »Und falls dein Vater Schwierigkeiten macht, kannst du auch in meiner Hütte wohnen. Bei mir altem Kerl wird niemand denken, ich tue etwas Ungehöriges mit dir.«

Erleichtert umarmte Caitlin Angus. Vielleicht würde sich ja doch alles zum Guten wenden, jetzt hatte sie zumindest wieder ein klein wenig Hoffnung.

Gemeinsam mit Angus ging sie zu dessen Hütte, und als sie die Tür öffnete, schlug ihr der vertraute Geruch unzähliger Kräuter entgegen, die der alte Mann wie immer in einigen Regalen zum Trocknen ausgebreitet hatte.

Etwas wehmütig blickte sich Caitlin um und kurz tauchten Bilder eines jungen Mannes vor ihrem inneren Auge auf, der an dem kleinen Tisch saß und aß.

Mittlerweile kam Caitlin sich ein wenig dumm vor, aber dennoch musste sie die Frage stellen, die sie immer gestellt hatte, wenn sie in ihr Heimatdorf gekommen war.

»Angus, Gregory war nicht …«

Der alte Mann schüttelte bedauernd den Kopf und betrachtete Caitlin mitleidig. »Eines Tages wirst auch du noch dein Glück finden«, murmelte er, als er sie in den Arm nahm.

»Das kann ich mir nicht wirklich vorstellen«, schluchzte sie verzweifelt.

Ranald MacArthur und seine Männer waren guter Laune, als sie an diesem Abend nach Hause kamen.

»Caitlin, wie schön!«, rief er erfreut und umarmte seine Tochter. Auf die Erklärungsversuche seiner Frau reagierte er nicht, sondern trommelte rasch das ganze Dorf zusammen.

»Die MacDonalds und einige andere Clans haben sich endlich entschieden«, verkündete er. »Sie schließen sich Charles Edward Stuart an und kämpfen gegen die Engländer, und wir werden dies ebenfalls tun.«

Von überall her ertönte nun Jubel und aufgeregtes Gerede. Nur einige Frauen blickten skeptisch und besorgt auf ihre feiernden Männer und Söhne.

»Schon im August hat er die Flagge in Glenfinnan gehisst«, rief Fergus begeistert und reckte eine Faust in die Höhe. »Sie kämpfen bereits gegen die Engländer und wir schließen uns ihnen an!«

Erneut ertönte Jubel und Krüge mit Ale machten die Runde.

»Sie haben Fort William schon erobert«, wusste ein junger Mann zu berichten und begeistertes Gegröle war die Folge. »Über dreihundert Stewarts und zweihundert MacGregors haben sich ihm angeschlossen.«

Caitlin nahm nur kurz an den Feierlichkeiten teil, dann beobachtete sie das Geschehen etwas abseits. Die Männer verhielten sich wie ein aufgestachelter Bienenschwarm und sie nahm an, dass dies an der Überzeugungskraft von Charles Eduard Stuart lag. Schon die MacKenzies hatten des Öfteren erzählt, dass der junge Prinz seine Anhänger regelrecht verzauberte, ja, selbst Männer, die doppelt so alt waren, wie er, und ihn von seinem Vorhaben abbringen wollten, waren letzten Endes seinem Charisma verfallen und standen für seine Sache ein.

Doch der Thronanwärter interessierte Caitlin nur wenig, alles was sie sich im Augenblick erhoffte, war ein Platz in ihrem alten Dorf, fernab von Paden MacKenzie.

Das Treiben dauerte die ganze Nacht lang, man konnte die Leidenschaft und Kampflust der Männer förmlich spüren. Am nächsten Tag wollten sich alle kampffähigen Clanmitglieder sammeln und sich den anderen Clans im Süden der Insel anschließen.

»Ranald«, sagte Mary, als ihr Mann sich spät in der Nacht neben sie auf das schmale Bett fallen ließ, »Caitlin hat Paden verlassen.«

Zunächst grunzte Ranald nur, denn er hatte eine Menge Whisky getrunken. Dann drehte er sich jedoch zu seiner Frau um.

»Hmm, das ist unangenehm, aber soweit ich weiß, wollen sich die MacKenzies ebenfalls Bonnie Prince Charlie anschließen. Das wird sie ein wenig ablenken.« Damit drehte er sich um und schnarchte wenige Augenblicke später tief und fest.

Mary hingegen fand keine Ruhe, denn sie machte sich Sorgen um den Frieden der Clans.

Vielleicht wäre es für Caitlin das Beste, wenn Paden in einer Schlacht gegen die Engländer getötet wird, überlegte sie. Dann bekreuzigte sie sich jedoch rasch – so etwas durfte man nicht denken.

Allerdings war sich Mary beinahe sicher, dass ihre Tochter der gleiche Gedanke durchzuckte, als Ranald am nächsten Morgen zu Angus Hütte ging, um mit Caitlin zu reden und ihr von der bevorstehenden Schlacht zu erzählen.

»Auch die MacKenzies werden sich den anderen Clans anschließen und für Charles Stewart in den Krieg ziehen«, erklärte Ranald, der sich auf ein umgekipptes Fass gesetzt hatte. »Paden wird die Gelegenheit, sich in einer Schlacht zu beweisen, nicht ungenutzt verstreichen lassen und daher kaum Zeit haben, sich mit dir zu befassen.«

Caitlin ließ sich im Gras nieder und schlug die Beine unter.

»Ich heiße es nicht gut, dass du deinen Ehemann verlassen hast«, bemerkte Ranald streng, »aber bleib nur eine Weile hier. Wenn wir erst gegen die Engländer gesiegt haben, werden wir weitersehen.«

Damit erhob er sich, drückte Caitlin die Schulter und marschierte davon. Dies war ein recht kurzes Gespräch gewesen und sie hatte eigentlich damit gerechnet, dass ihr Vater wütend auf sie war und ihr vorwarf, ihre Familie entehrt zu haben, oder sie gar aus dem Dorf hinausjagte. Allerdings schob sie sein Verhalten auf die bevorstehende Schlacht und all die Aufregung, die ein solches Ereignis mit sich brachte.

Ranald lief zum Dorfplatz, wo viele junge oder auch etwas ältere Männer sich versammelten. Sie alle waren herausgeputzt in neue Kilts, trugen zumeist Bonnets auf den Köpfen, präsentierten ihre frisch geschliffenen Schwerter, und manch einer übte auf seinem Dudelsack, denn sie wollten erneut für die MacDonalds spielen. Die meisten Männer machten Witze, tranken bereits jetzt auf ihren Sieg und zogen dann lachend und johlend davon in Richtung Süden.

Nicht nur Caitlin und ihre Mutter fragten sich an diesem Tag, wie viele der Männer sie davon jemals wiedersehen würden.

Während der letzten zwei Jahre waren Gregorys Erinnerungen bruchstückhaft zurückgekehrt. Nun konnte er sich wieder an seine Kindheit, die Verlobung mit Elizabeth und auch den Vorfall in der Armee erinnern, der dazu geführt hatte, dass er degradiert worden war. Nur die Zeit in Schottland, die war aus seinem Gedächtnis gelöscht. Mittlerweile hatte auch er geheiratet und lebte gemeinsam mit Elizabeth auf dem feudalen Landsitz seines Onkels.

Onkel Geoffry hatte es sogar geschafft, dass Gregory nun in der Armee des Herzog von Cumberland dienen durfte, was eine große Ehre war. Die Schotten machten den Engländern schwer zu schaffen. Charles

Edward Stuart hatte viele der schottischen Clans für sich gewinnen können und mittlerweile hatten sie Stirling, Fort William und am Ende sogar Edinburgh, das lange Zeit von den Engländern besetzt gewesen war, zurückerobern können. Allerdings war es ihnen nicht gelungen, das Schloss selbst einzunehmen, dennoch war dieser Siegeszug ein unglaublicher Triumph für die Jakobiten und erschütterte die britische Regierung unter König George schwer.

Nun gehörte Gregory wieder zu der gut ausgebildeten englischen Armee und wartete in diesem Herbst auf seinen Einsatz.

Elizabeth kam ihm, mit einem Sonnenschirm in der Hand, vom Garten aus entgegen. Ihr Bauch zeigte schon eine deutliche Wölbung und im Frühling würden sie ihr erstes Kind bekommen.

»Ist es heute nicht ein wundervoller Tag? Möchtest du mit mir Tee trinken?«

Gregory nickte pflichtbewusst und folgte ihr zu einem der filigranen Tische und Stühle, die den geschmackvoll angelegten Garten mit den vielen bunten Blumen und den gestutzten Hecken zierten, zwischen denen marmorne Statuen standen.

Elizabeth begann mit ihrer schrillen Stimme über die wundervollen Kleider von irgendeiner Bekannten zu erzählen und welch ein hübsches Teeservice sie vor wenigen Tagen in London gesehen hatte. Wie so häufig hörte Gregory nicht zu. Seine Gedanken schweiften ab und statt des gepflegten Rasens mit den vielen Blumen sah er plötzlich raues, von Steinen durchsetztes Land vor sich. Er glaubte, das Meer zu riechen und hörte das fröhliche Lachen einer Frau. Dies machte ihn wahnsinnig, denn so oft hatte er dieses Lachen schon gehört, und manchmal auch ihren Gesang in einer fremden Sprache. Er wusste, dass diese Frau in seinem früheren Leben eine besondere Bedeutung gehabt hatte, aber er konnte sich einfach nicht erinnern, meist war es nur ein Gefühl.

»… fahren wir nächste Woche gemeinsam?«, riss ihn Elizabeths Frage aus seinen Gedanken. Sie blickte ihn auffordernd an.

»Wie bitte?«, fragte Gregory zerstreut.

»Ich erzählte dir während der letzten halbe Stunde, dass ich nächste Woche Kleidung für unser Kind kaufen möchte.«

»Aber du hast doch bereits eine Menge gekauft«, erwiderte er verwirrt.

Elizabeth holte lautstark Luft, doch bevor sie einen hysterischen Anfall bekam, erklärte Gregory rasch: »Ich glaube, ich werde ohnehin nächste Woche nach Norden abkommandiert.«

»Ach so.« Elizabeth zupfte an ihrem Kleid herum und trug eine beleidigte Miene zur Schau. »Dann werde ich eben mit Sharon einkaufen gehen. Sie ist jetzt mit Lord Abercromby verlobt, musst du wissen.«

»Tu das«, seufzte Gregory und erhob sich. Er wusste selbst nicht warum, aber er konnte sich auf das gemeinsame Kind gar nicht freuen. Auch die Ehe mit Elizabeth war alles andere als glücklich, und er konnte sich des Verdachtes nicht erwehren, dass Elizabeth ihn nur deshalb geheiratet hatte, weil er der Neffe von Geoffry Davis war, der wiederum ein alter Kriegskamerad von Elizabeths Vater war. Seufzend ging er in sein Arbeitszimmer und lenkte sich damit ab, einige Papiere durchzusehen.

Gegen Ende des Jahres wurde Gregory tatsächlich nach Nordengland beordert. Im ganzen Land verbreiteten sich die Geschichten über die heroischen Siege von Charles Edward Stuart wie ein Lauffeuer. Immer mehr Clanchiefs schlossen sich seiner Armee an und in der englischen Regierung machte sich langsam aber sicher spürbare Nervosität breit. Manch einer munkelte gar, London selbst sei das nächste Ziel der wilden Hochlandkrieger. So ernst war es den Schotten seit Jahrhunderten nicht mehr gewesen, ihre Unabhängigkeit zu erstreiten. Robert the Bruce war 1314 der Letzte gewesen, der die Engländer besiegt hatte, danach waren alle Widerstände im Keim erstickt worden und auch der Versuch von Charles Edward Stuarts Vater im Jahre 1715, die Krone zurückzufordern, war fehlgeschlagen. Diesmal jedoch schienen die Schotten fest entschlossen zu sein und Bonnie Prince Charlie, wie der junge Mann auch genannt wurde, wollte offenbar ernsthaft für seinen Vater den schottischen Thron erstreiten.

Nach seiner letzten Wache schwankte Gregory todmüde ins Lager und ließ sich auf sein einfaches, unbequemes Bett fallen, doch er schlief sofort ein.

Wabernder Nebel – ein schrilles Wiehern, das die Luft zerriss. Auf einem steinigen Hügel tauchte urplötzlich ein silberner Hengst auf. Bewegungslos stand er im Nebel und sein Blick schien Gregory bis tief in die Seele zu reichen. Dann erschien ihm das schemenhafte Gesicht einer lachenden jungen Frau ...

Schweißgebadet fuhr Gregory aus dem Schlaf. Um ihn herum lagen schnarchende Männer, und draußen vor dem Zelt hörte er gedämpfte Stimmen, dann ein Lachen.

»Wenn mir nicht bald einfällt, wer diese Frau ist, werde ich wahnsinnig«, murmelte Gregory. Nachdem er nicht mehr einschlafen konnte, zog er seine Stiefel an und trat nach draußen. Ein nasser, kalter Dezembertag brach an und der nächtliche Regen hatte den Boden in eine Schlammwüste verwandelt.

Thomas, einer der älteren Soldaten, kam mit schmatzenden Schritten auf Gregory zugeeilt.

»Du hast Post bekommen«, sagte er und reichte Gregory einen Umschlag.

Damit die Tinte nicht zerfloss, ging Gregory zurück ins Zelt und riss den Brief auf. Er war in der schnörkeligen Handschrift seines Onkels verfasst.

»Gute Nachrichten?«, wollte Thomas neugierig wissen. Der alte Soldat hatte keine Familie mehr und bekam nie Post, wie Gregory wusste.

Nachdem er die Zeilen überflogen hatte, runzelte er die Stirn. »Meine Frau hat ihr Kind verloren«, sagte er emotionslos.

»Oh, das tut mir leid. Es war euer Erstes, nicht wahr?«

Gregory nickte abwesend. Er hatte ein schlechtes Gewissen, aber er spürte keine Trauer, höchstens eine Spur von Mitleid für Elizabeth.

»Wenn wir erst die verdammten Schotten zurück in ihre sumpfigen Hügel getrieben haben, könnt ihr wieder ein Kind haben«, versuchte Thomas ihn zu trösten und drückte seine Schulter.

Gregory nickte nur geistesabwesend und entfernte sich ein Stück vom Lager. Den Brief hielt er noch immer in der Hand und der kalte Regen ließ die Tinte zu schwarzen Flecken zerfließen.

»Verdammt, was ist nur mit mir los?«, murmelte er und sein Blick schwenkte nach Norden, dorthin, wo das schottische Hochland begann.

Nachrichten erreichten das kleine Dorf im Norden der Isle of Skye in der Regel erst sehr spät. Schon seit einiger Zeit waren Gerüchte umgegangen, dass Sir Alexander MacDonald, ein einflussreicher Clanchief aus dem Süden der Insel, nun doch einen Rückzieher gemacht hatte und den Prinzen nicht unterstützte, auch von den MacLeods, einem weiteren mächtigen Clan hörte man ähnliches, und daher fragten sich nun alle, ob Fergus, Ranald und all die anderen nicht vielleicht schon längst wieder auf dem Heimweg waren. Die MacLeods und die MacDonalds waren zudem die größten Clans und wenn sie Charles tatsächlich eine Absage erteilt hatten, dann war das ein schwerer Schlag für die schottische Armee.

Caitlin und ihre Familie hatten lange Zeit auf die Rückkehr ihrer Männer gewartet, doch die hatte diese Neuigkeiten offensichtlich nicht erreicht, oder sie waren auf eigene Faust aufs Festland gezogen. So blieben Caitlin und der Rest des Clans bangend und hoffend im Ungewissen. Als dann endlich, beinahe vier Wochen später, die Kunde eintraf, dass Bonnie Prince Charlies Armee die englische Grenze überquert und nacheinander Lancaster, Preston und Manchester eingenommen hatte, wurde drei Tage lang gefeiert. Große Hoffnung machte sich breit, bald wieder ein freies und unabhängiges Land zu sein, dass die Engländer endlich nach Süden abzogen und Schottland denen überließen, denen es rechtmäßig gehörte.

Eines Morgens, die Sonne schien zwar, doch es war kühl und Tau glitzerte auf den Gräsern, hatte Caitlin an der Quelle Wasser geholt und war nun auf dem Weg zurück zu Angus, als sie in der Ferne zwei Gestalten sah, die sich langsam dem Dorf näherten. Sie kniff die Augen zusammen, konnte jedoch im Zwielicht des Abends nicht erkennen, um wen es sich handelte, doch bald glaubte sie, zwei Männer ausmachen zu können. Da sie Kilts trugen, schlug sie keinen Alarm, sondern eilte ihnen entgegen. Die letzten Schritte rannte sie und warf sich dann in die Arme ihres Vaters.

»Caitlin, wie schön dich zu sehen.« Seine Stimme klang erschöpft, jedoch auch erleichtert und als Caitlin ihn genauer betrachtete, bemerkte sie, wie mitgenommen er aussah. Ranald MacArthur war deutlich abgemagert, um seinen rechten Arm trug er einen Verband, auch im Gesicht waren mehrere verkrustete Verletzungen zu sehen, seine Kleidung war schmutzig, blutbefleckt und zerrissen.

»Vielen Dank, dass du mich begleitet hast, Gordon, du kannst jetzt gehen«, sagte er und nickte dem ebenfalls abgerissen aussehenden Mann zu, der sich mit einem gemurmelten Gruß abwandte.

»Wo ist Fergus?«, rief Caitlin und blickte sich um, in der Hoffnung ihren Bruder irgendwo über dem nächsten Hügel ausmachen zu können.

»Dein Bruder ist noch im Krieg«, begann Ranald und während er langsam neben Caitlin her humpelte, erzählte er, dass er von einem englischen Schwert an der Schulter verwundet worden und daraufhin nach Hause geschickt worden war. Unterwegs hatte er zum Glück einen Heiler gefunden und es war ihm gelungen, auf die Insel zu gelangen. Gordon Fraser, der auf dem Festland wohnt, hatte ihn begleitet, nachdem ihn die Kraft verlassen hatte.

Kaum waren sie über den letzten Hügel gelaufen, kam Mary herbei gestürzt und brach in Tränen aus, als sie ihren Mann sah. Caitlin eilte währenddessen los, um Angus zu holen.

Der alte Heiler besah sich die Verletzung mit ernster Miene. »Ranald wird bald wieder der Alte sein«, versicherte er dann. Aus Kräutern und

Fett stellte er eine Paste her und verband anschließend die Schulter des Clanchiefs gewissenhaft mit frischen Leinentüchern. Inzwischen hatte es sich im Dorf herumgesprochen, dass der Clanchief zurückgekehrt war und immer mehr Menschen drängten in das kleine Cottage, doch Mary sprach ein Machtwort und schickte außer Angus, Caitlin und Glenna und deren Kindern alle neugierigen Besucher fort. Sie versprach jedoch, ihnen bald zu berichten, denn selbstverständlich brannten alle auf Neuigkeiten vom Festland.

Ranald ließ sich mit einem behaglichen Seufzen auf seinem Bett nieder, dann blickte er in die Runde.

»Die MacLeods und die MacDonalds von Skye haben sich gegen eine Unterstützung des Prinzen entschieden.«

»Was hast du erwartet, Ranald«, meinte Angus, der gerade seine Kräutertinkturen in einem Beutel verstaute. »Charles ist gerade mal fünfundzwanzig und angeblich gleicht er eher einem Knaben denn einem Mann.«

»Dennoch, ich halte die MacLeods und die MacDonalds allesamt für Narren«, erklärte Ranald zornig, »Charles Stuart und seine Armee sind erfolgreich und sie haben es den Rotröcken so richtig gezeigt, aber leider gibt es noch immer Zauderer, die sich erst dann zu einer Entscheidung durchringen, wenn der Ausgang schon gewiss ist.«

»Wir hatten ohnehin gedacht, ihr kehrt früher nach Hause«, warf Mary ein und nahm die Hand ihres Mannes in ihre.

»Wir haben erst zu spät erfahren, dass die MacDonalds sich doch nicht am Krieg beteiligten.« Jetzt richtete sich Ranald MacArthur stolz auf. »Wir hätten aber ohnehin für Bonnie Prince Charlie gekämpft!«

»Hast du den Prinzen gesehen?«, wollte Glenna, Ranalds älteste Tochter. Sie war Ende zwanzig und dank ihrer vier Kinder mittlerweile recht breit geworden. Auch sie hatte ein hübsches Gesicht, aber etwas hellere Haare als ihre kleine Schwester. Seitdem ihr Mann im Krieg war, hielt sie sich meist im elterlichen Cottage auf, was Caitlin gefiel, denn sie verstand sich gut mit ihrer Schwester.

Ranald nickte und ließ sich von Mary einen Becher mit heißem Whisky reichen.

»Ich konnte ihn eines Tages ganz aus der Nähe sehen. Ich muss sagen, er ist eine beeindruckende Persönlichkeit und weiß es, die Männer für sich zu gewinnen. Er strahlt solch eine Leidenschaft für seine Sache und solchen Optimismus aus, dass man sich einfach davon mitreißen lassen muss.« Selten hatte Caitlin ihren Vater von etwas so begeistert sprechen hören. Ranald MacArthur wusste es durchaus, für seine Ziele zu kämpfen, aber er war doch eher ein nüchterner Mensch, der überlegt handelte, aber jetzt strahlte er wirkliche Begeisterung aus.

»Sieht der Prinz wirklich so gut aus, wie alle sagen?« fragte Glenna weiter und schimpfte dann mit ihrem jüngsten Sohn, der sie am Ohr zog.

»Du wirst doch deinem Mann nicht untreu werden wollen«, polterte Ranald scherzhaft, dann grinste er verschmitzt. »Als ich ihn sah, war er schmutzig von einem Kampf. Aber ich denke, die meisten Frauen würden großes Gefallen an ihm finden.«

Glenna seufzte verträumt und ein sanftes Rot überzog ihr Gesicht. »Ich würde ihn zu gern einmal sehen.«

Ihr Vater streichelte über ihre rundliche Wange. »Wer weiß, wenn wir die Engländer erst endgültig geschlagen haben, werden vielleicht alle nach Edinburgh reisen und dann kannst du ihn kennen lernen.«

Von dieser Aussicht schien Glenna ganz überwältigt zu sein.

»Seht nur«, sagte sie stolz, und zeigte eine karierte Decke herum, auf die sie eine Distel gestickt hatte. »Die Blume Schottlands, das Wahrzeichen von Bonnie Prinz Charlie und unseres Sieges.«

Lächelnd drückte Mary ihrer ältesten Tochter einen Kuss auf die Wange und lauschte weiter Ranalds Erzählungen über den erfolgreichen Kampf, den großen Zusammenhalt unter den Schotten und wie sehr alle auf einen endgültigen Sieg hofften.

Caitlin hingehen begeisterte dies alles sehr viel weniger. Sie wollte keine Geschichten über den Krieg hören, daher erhob sie sich und nahm einen Umhang aus einer der Truhen, die an der Wand standen. Das

Wetter hatte plötzlich umgeschlagen, der Regen kam nun von Osten und der Wind war schneidend kalt, aber Caitlin stieg den Hügel hinauf und pfiff nach Aila, die in dem kleinen Tal unterhalb des Dorfes nach Gras suchte. Trotz des schlechten Wetters zog Caitlin dem Pony das Zaumzeug über und schwang sich auf Ailas Rücken, um in Richtung Küste zu reiten. Unwillkürlich wanderten ihre Gedanken doch zu den Erzählungen ihres Vaters. Sicher freute sich Caitlin, dass die Armee von Bonnie Prince Charlie so erfolgreich war, und dass es Fergus und den anderen Clanleuten gut ging, wie ihr Vater erzählt hatte. Auch Caitlin wollte, dass ihr Land endlich von der englischen Unterdrückung befreit wurde, aber andererseits machte sie sich Sorgen um ihre Freunde und Familie. Ihr Vater war nur knapp mit dem Leben davongekommen, Fergus kämpfte irgendwo im Süden und – so sehr sie sich auch dagegen wehrte – sie musste noch immer an Rory denken. Lebte er überhaupt noch? War er wieder in der englischen Armee? Kämpfte er vielleicht gegen ihre Leute? Und dachte er manchmal noch an sie?

Tränen mischten sich mit den Regentropfen, die kühl gegen ihr Gesicht prasselten. Als Caitlin und Aila auf dem Hügel vor Duntulm Castle anhielten, brach plötzlich die Sonne durch die dichten dunklen Wolken, die sich über dem Meer türmten. Wo vorher noch Düsternis und Kälte geherrscht hatte, begann nun alles zu strahlen und zu funkeln. Die Sonne setzte das Meer und die umliegenden Hügel in ein so intensiv schimmerndes Licht, dass sich selbst auf Caitlins Gesicht ein Lächeln ausbreitete. Sie schlang die Arme um den kräftigen Hals ihres Ponys.

»Aila, vielleicht wird ja doch alles gut und er kommt eines Tages zurück.«

Kapitel 9
Culloden Moor

Charles Edward Stuart hatte seinen Vater James zum König über Schottland ausgerufen, was inzwischen niemanden mehr verwunderte, denn er war schließlich der rechtmäßige Thronfolger und sein charismatischer Sohn auf dem besten Weg, die Freiheit Schottlands zurückzugewinnen. Als bekannt wurde, dass er mit seiner Armee in Richtung London marschierte, feierte ganz Schottland und die Engländer bekamen es mit der Angst zu tun. So eine Dreistigkeit hatte sich schon lange niemand mehr erlaubt!

Am 5. Dezember hatten die Jakobiten Derby erreicht und London – nur etwa 130 Meilen entfernt – geriet in Panik.

Gregory blieb auf seinem Posten in Nordengland. Im Gegensatz zu den meisten seiner Kameraden war er froh, nicht gegen die Schotten kämpfen zu müssen. Er wusste selbst nicht warum, aber das Leben in der Armee widerstrebte ihm mehr und mehr. Eigentlich sehnte er sich nach etwas anderem, auch wenn er nicht herausfand wonach. Mit jedem Tag wuchs in ihm die Gewissheit, in der Armee am falschen Platz zu sein und das falsche Leben zu führen. Er wollte fort, an einen anderen Ort und glaubte immer wieder um Haaresbreite zu wissen, wo er hinwollte. Doch dann verschwamm seine Erinnerung jedes Mal erneut. Sein lückenhaftes Gedächtnis machte ihn wahnsinnig und während der Winter fortschritt wurde er immer unleidlicher und stritt sich häufig mit seinen Kameraden.

Auf Skye warteten die MacArthurs unruhig auf Neuigkeiten vom Festland. Ständig ritten Boten in Richtung Süden, doch es war schwer, gesicherte Informationen zu erhalten. Alle waren euphorisch, hofften auf einen Sieg, aber trotz allem blieb ein Rest Ungewissheit und die Furcht, ein geliebtes Familienmitglied zu verlieren. Jeden Sonntag in der kleinen Kirche, nahe des Dorfes, beteten die Frauen inbrünstig für die Rückkehr ihrer Männer und Söhne. Viele kamen zusätzlich heimlich zu Angus und fragten ihn, ob er nicht weissagen könne, wie der Krieg ausging.

»Ich bin kein Hellseher«, antwortete er dann immer. »Manche Dinge kann ich spüren, aber in erster Linie bin ich ein Heilkundiger.« Das beruhigte die aufgeregten Clanleute natürlich nicht und es tat ihm weh, die Enttäuschung auf ihren Gesichtern zu sehen.

Angus hielt sich bewusst bedeckt. Er wollte die Menschen nicht beunruhigen, ihnen die Hoffnung auf endgültige Freiheit nicht nehmen, aber in ihm hatte sich eine düstere Vorahnung breitgemacht, die er noch nicht in Worte fassen konnte, die ihm jedoch den Schlaf raubte.

Fergus marschierte währenddessen mit einer Gruppe grimmiger und siegessicherer Schotten weiter nach Süden. Sie hatten im November Carlisle eingenommen, dann Manchaster, Lancaster und Charles Edward Stuart hatte versichert, dass sie Verstärkung von mindestens zehntausend Franzosen bekommen würden, die mit den Stewarts sympathisierten. Auch hoffte Bonnie Prince Charlie auf Unterstützung von den Jakobiten aus England. Die meisten Highlander glaubten an ihren baldigen Triumph und waren daher gut gelaunt. Sicher, sie hatten harte Kämpfe ausstehen müssen, sie hatten Freunde verloren, aber Schottland hatte seinen König wieder und bald, bald schon würden sie frei sein.

Allerdings gab es auch Unruhen in der Armee, je weiter sie nach Süden vorandrangen. Besonders unter den Clanoberhäuptern, welche die Euphorie ihrer Männer nicht uneingeschränkt teilten, herrschte Uneinigkeit. Viele Clanchiefs drängten ihren Anführer, zurück nach Schottland zu gehen, um sich neu zu formieren und weitere Clans um sich zu scharen, denn die englischen Jakobiten wirkten sehr zurückhaltend in ihrer Unterstützung, es fehlte an Nachschub, an Männern, Waffen und Nahrung.

An einem kalten, klaren Wintertag saßen Fergus und Calum mit einigen anderen Männern am Lagerfeuer. Sie hatten sich in ihre Plaids gewickelt und genossen zur Abwechslung mal wieder ein wenig Fleisch, denn irgendjemand hatte einen Hirsch erlegt.

»Ob die sich noch einigen werden?«, knurrte Hamish, ein kräftiger, untersetzter Mann, der ganz aus dem Norden Schottlands kam.

»Die hohen Herren werden schon einsehen, dass es besser ist, die verdammten Engländer endgültig zu schlagen«, meinte Fergus und deutete auf das entfernte Lagerfeuer, wo sich die Clanchiefs versammelt hatten.

»Unser Bonnie Prince wird sie sicher überzeugen«, sagte auch Calum.

»Das hoffe ich«, meinte Fergus gähnend. So sehr er sich über ihre Siege freute, er war erschöpft und in kalten Nächten wie diesen wünschte er sich zurück in seine Hütte auf der Isle of Skye, wo seine Frau und die Kinder warteten.

Als hätte Calum seine Gedanken gelesen, fragte er: »Ob dein Vater schon zu Hause ist? Meinst du, es geht unseren Frauen gut?«

»Der alte Ranald ist ein zäher Bursche und eure Familie wird stolz auf euch sein«, versicherte Lachlann MacDonald, ein älterer Mann mit schlohweißen Haaren, und schlug Calum auf die Schulter. »Wir alle werden als Helden zurückkehren und man wird uns in Liedern besingen!«

Am Ende kam es anders als die meisten dachten. Die Unterstützung aus Frankreich stellte sich als Fehlinformation heraus und Bonnie Prince Charlie gab dem Drängen der Clanchiefs nach, nach Schottland zurückzukehren.

Fergus und seine Freunde waren ebenso bitter enttäuscht, wie die meisten einfachen Männer, denn sie konnten die Clanchiefs nicht verstehen. Sie waren so weit gekommen und nun sollten sie sich zurückziehen? Auch Bonnie Prince Charlie schien etwas von seinem Kampfgeist und seinem unbeugsamen Optimismus eingebüßt zu haben. Während ihres gesamten Marsches nach England war er an der Spitze seiner Armee geritten, hatte alle mit seiner unglaublichen Energie und seinem Willen zu siegen angesteckt. Jetzt ritt er deprimiert und lethargisch am Ende des traurigen Zuges. Gerüchte machten die Runde, dass er sich häufig betrank und um seine Armee kümmerte er sich kaum noch.

So marschierte die nach und nach immer mehr demoralisierte Highlanderarmee nach Schottland zurück. Auf ihrem Rückzug mussten sie trotz ihres Rückzugs viele Gefechte über sich ergehen lassen und verloren nicht wenige Männer. Die siegessichere Stimmung wandelte sich langsam aber sicher in Verzweiflung, als mehr und mehr Schotten starben und die Versorgung der verbliebenen Highlander schwieriger wurde.

Ende Dezember überquerten die Schotten, unter ihnen auch Fergus, die schottische Grenze. Bonnie Prince Charlie wurde mit deutlich gedämpfterer Begeisterung in Schottland empfangen, ganz anders, als noch einige Monate zuvor, nach seiner Zurückeroberung von Edinburgh. Mittlerweile war die Stadt, ebenso wie Inverness, wieder unter englischer Kontrolle.

Zahlreiche blutige Gefechte lagen hinter Fergus und dem Rest der Hochlandarmee, die dennoch immer weiter nach Norden zurückgedrängt wurde und dadurch zusätzlich dezimiert und geschwächt war. Zwar gelang den Rebellen noch der eine oder andere Sieg über die Engländer, sie marschierten in Falkirk ein, doch Bonnie Prince Charlie gab nicht, so wie man es vor einigen Monaten erwartet hätte, den Befehl, auch Edinburgh wieder in schottische Gewalt zu bekommen. Selbst auf seine treuen Anhänger, zu denen auch Fergus und Calum gehörten, wirkte der ganze Rückzug nach Schottland chaotisch und unkoordiniert. Viele Clansmänner gingen schlicht und einfach nach Hause, und hielten, nachdem sie die Engländer doch nicht vernichtend geschlagen hatten, den ganzen Krieg für verloren.

Müde und demoralisiert wanderten sie auch heute durch den Nebel, sie hatten sich von Charles' Hauptarmee abgespalten, um etwas zu Essen und möglicherweise neue Männer aufzutreiben. Alle waren sie hungrig, ihre Vorräte an Hafermehl so gut wie aufgebraucht und Fleisch hatten sie schon seit einer halben Ewigkeit nicht mehr gegessen, daher hofften sie nun, im nächsten Dorf Unterstützung von ihren Landsmännern zu erhalten.

»Wenn du wüsstest, wie sehr ich mir wünschte, auch nur eine einzige Schale von Glennas Eintopf ...«, erzählte Donald sehnsüchtig, der an Fergus' Seite durch ein lichtes Waldstück marschierte.

Ein Schuss zerriss die Stille und Fergus stieß ein Keuchen aus, als Donald mit einem hässlichen Loch in der Brust direkt neben ihm zusammenbrach. Sofort warf sich Fergus zu Boden. Um ihn herum ertönten erschrockene Schreie. Wer noch Pulver hatte, schoss auf die Rotröcke, die nun plötzlich aus dem Gebüsch hervorbrachen.

Fergus hob Donalds Oberkörper an, versuchte, seinen Schwager in Sicherheit zu bringen. Dieser gab noch ein gurgelndes Geräusch von sich, seine Augen blickten ihn ungläubig an und seine Hand krallte sich um Fergus' Arm, dann erschlaffte Donalds Körper und Fergus schloss kurz die Augen. Er wollte seinen Schwager nicht zurücklassen, ihm zumindest ein anständiges Begräbnis zuteil werden lassen, aber gleichzeitig war ihm klar, dass dies nicht möglich war. Jetzt durfte er nur noch an sein eigenes Leben denken, für Donald gab es keine Rettung mehr, aber er selbst musste versuchen, diesem Wahnsinn zu entrinnen.

»Fergus, hierher!«, hörte er Calums aufgeregte Stimme. Der junge Mann hatte gerade einen Engländer niedergestreckt und bedeutete Fergus nun, ihm zu folgen. Fergus zog sein Schwert und eilte Calum und einer Gruppe von MacDonalds hinterher, die sich ihren Weg durchs Unterholz kämpften. Eine Musketenkugel pfiff haarscharf an seinem Ohr vorbei. Fergus warf sich zur Seite, nur Augenblicke später parierte er den Hieb eines englischen Säbels, sprang über einen umgekippten Baum und rettete Calum das Leben, als er einen angreifenden Engländer zum Stolpern brachte. Sie rannten um ihr Leben, denn die Gegner waren deutlich besser bewaffnet, sie selbst besaßen kaum noch Schusswaffen, sie waren müde, unterernährt und entkräftet. Fergus hörte, wie sein eigener Atem unnatürlich laut rasselte, seine Lungen brannten, während sie durch den Wald flohen. Fergus Gedanken wirbelten umher, er fragte sich, wie es nach all den Siegen, nach all dem Ruhm soweit hatte kommen können. Was war von der glorreichen Armee des jungen Prinzen übrig geblieben?

Im Februar bekam Gregorys Garnison den Befehl, weiter nach Norden zu marschieren, man hatte vom Rückzug von Charles Edward Stewart gehört und nun sollten die Rebellen ein für alle Mal geschlagen werden. Der Herzog von Cumberland, der Sohn von König George, befehligte seine Männer nordwärts. Im April 1746 waren Gregory und seine Mitstreiter in Nairn angekommen, und man hörte, die Schotten hätten sich nach Inverness zurückgezogen. Eine Schlacht lag in der Luft. Der Herzog von Cumberland lief aufgeregt durch das englische Lager und seine ranghohen Offiziere machten wichtige Gesichter. Diesmal mussten sie siegen, diesmal durfte König George nicht enttäuscht werden.

Wayne, ein junger Mann aus Gregorys Kompanie, kam an diesem Abend aufgeregt ins Lager gerannt und sofort ließen die meisten Soldaten ihr Abendessen stehen, um sich um ihn zu scharen. Auch Gregory trat langsam näher, denn er wusste, dass Waynes Vater, der ebenfalls unter ihnen kämpfte, gute Verbindungen zu Cumberland hatte und daher nun wohl Neuigkeiten aus erster Hand brachte.

»Culloden Moor wurde als Schlachtfeld ausgewählt«, rief Wayne gerade. »Diesmal zeigen wir es diesen Barbaren, wir werden sie zurück in ihre verdammten Berge treiben!«

»Culloden Moor ist offenes Gelände«, rief Gregory verwundert. »Warum sollte sich eine erschöpfte und halb verhungerte schottische Armee auf eine offene Schlacht mit einem zahlenmäßig überlegenen Heer einlassen?«

Von einigen Soldaten erntete er zustimmendes Gemurmel, doch Wayne winkte ab.

»Das kann uns doch egal sein. Entweder die Schotten sind völlig verzweifelt oder befinden sich noch immer im Siegestaumel.« Ein überhebliches Grinsen machte sich auf Waynes Gesicht breit. »Wie auch immer, diesen Kampf können sie nicht mehr gewinnen.«

Damit wandte er sich ab und verschwand. Um Gregory herum brachen aufgeregte Diskussionen aus, doch er zog sich zurück. Eine dumpfe Ahnung, dass er irgendwie auf der falschen Seite stand, konnte er jedoch nicht unterdrücken.

Fergus konnte in dieser Nacht nicht schlafen. Es war der 15. April 1746. Wie die rund fünftausend Männer um ihn herum war er zu Tode erschöpft und die vielen Kämpfe der letzten Zeit hatten ihn ausgelaugt. So viele Monate lang hatten sie gekämpft, waren hunderte von Meilen marschiert, und viele Freunde und Gefährten waren inzwischen tot. Wie so oft in letzter Zeit musste Fergus auch heute mal wieder an seinen Schwager Donald denken. Fergus schloss die Augen und dachte sich: *Zumindest ist es bei Donald schnell gegangen und er musste nicht lange leiden.* Dann wanderten seine Gedanken zu seiner Schwester Glenna und den Kindern. Er überlegte, wie er ihnen beibringen sollte, dass Donald nie wieder nach Hause kam. *Darüber kann ich mit Sorgen machen, wenn ich diesen Wahnsinn überlebe,* fügte er in Gedanken hinzu.

Nun stand die Schlacht bevor. Die englischen Truppen hatten sich im Laufe der letzten Tage unaufhaltsam genähert, eine große Anzahl von Soldaten kam aus dem Osten. Bonnie Prince Charlie hatte die Wahl getroffen, sich den Engländern zu stellen, obwohl Murray und viele andere Clanchiefs dagegen waren. Sie hielten das Moor für einen denkbar schlechten Kampfplatz, doch Charles Edward Stewart hatte sich durchgesetzt, hatte vielleicht ein letztes Mal all sein Charisma eingebracht und seine Mitstreiter überzeugt.

Einige von Fergus' Freunden hatten in der letzten Nacht versucht, die Engländer heimlich anzugreifen, doch diese Aktion war gescheitert. Der Nebel war zu dicht gewesen, sie hatten den Weg nicht gefunden und der Morgen war zu bald gekommen, sodass sie unverrichteter Dinge wieder hatten abziehen müssen.

In seinen karierten Stoff gewickelt schlief Fergus erst kurz vor der Morgendämmerung ein. Der Boden war nass und kalt und erinnerte ihn schon jetzt unangenehm an ein Grab.

Weit im Westen, viele Meilen von den verfeindeten Armeen entfernt, stand Angus, der alte Heiler. Eigentlich war er nur auf der Suche nach Heilkräutern gewesen, doch die hatte er schon lange vergessen. Eine unerklärliche Unruhe hatte ihn erfasst, er glaubte beinahe, die Erde vibrieren zu spüren. Unheil lag in der Luft. Über Duntulm Castle hatten sich Schatten gelegt, die nicht wie gewöhnlich, von den dunklen Regenwolken zu kommen schienen. Irgendetwas war anders, und Angus glaubte, Gefahr zu spüren. Panik drohte ihn zu überrollen. Was war es nur? Wie konnte er seine Leute schützen? Vom Festland her braute sich etwas zusammen, das er noch nicht in Worte fassen konnte, aber er fürchtete um seine Clansmänner und all die anderen Schotten, die weit entfernt von ihren Freunden und Familien kämpften.

Nebel lag über dem Moor von Culloden, als sich die feindlichen Armeen kampfbereit gegenüberstanden. Dudelsäcke schallten über das flache Feld, und verliehen der ohnehin schon gespenstischen Szenerie eine noch unheimlichere Atmosphäre. Die klagenden Töne der alten Instrumente wurden vom Nebel gedämpft und trieben Freund und Feind gleichermaßen Schauer über den Rücken. Fergus stand in den Reihen der MacDonalds vom Festland an der linken Flanke und starrte mit Unbehagen auf die Gegner. Der Rückzug der letzten Wochen hatte an den Schotten gezehrt und von der anfänglichen Euphorie war nicht mehr viel zu spüren. Die Engländer hatten sehr viel mehr Kavallerie, bessere Waffen und wirkten ausgeruhter als Fergus und seine zerlumpten Gefährten.

Im Zentrum entstand plötzlich Bewegung. Charles Edward Stuart ritt auf seinem Pferd durch die Reihen und versuchte noch einmal, die Moral hochzuhalten. Stolz saß er auf seinem Hengst und aller Augen wandten sich ihm zu. Während der letzten Monate hatte man den Bonnie Price nur recht selten zu Gesicht bekommen, da er sich bei einer nächtlich Flucht angeblich eine Lungenentzündung zugezogen hatte. Heute jedoch deutete nichts auf eine Krankheit hin, auch wirkte der junge Prinz keineswegs geschlagen. Er feuerte seine Leute mit der ihm typischen Leidenschaft an. Laut und kraftvoll schallte seine Stimme über das Feld. Obwohl es offensichtlich war, dass sie deutlich in der Unterzahl waren, sammelten sie alle noch einmal ihre letzten Kräfte. Gebeugte Schultern wurden gestrafft, müde Köpfe hoben sich stolz in den kalten Wind, und Augen, die schon so viele Male den Tod vor sich gesehen hatten, begannen wieder vor Kampfeslust zu funkeln. Ihre Herzen schlugen im Takt mit den Dudelsäcken, die sie anfeuern sollten, ihr Blut geriet in Wallung und Fergus spürte, wie der versiegt geglaubte Kampfgeist wieder in ihm erwachte. Ja, heute wollten sie für Schottland in die Schlacht ziehen. Es war, also ob ein Ruck durch die Männer ginge – sie kämpften für ihr geliebtes Land, für ihre Familien, für ihr Freiheit – bis zum bitteren Ende.

Schließlich eröffneten die Engländer das Feuer. Musketenschüsse schallten über das flache Moor, durchdrangen den Nebel und übertönten zeitweise sogar die Dudelsäcke. Das Feuer wurde nur halbherzig erwidert, denn den Schotten standen zu wenige Schusswaffen zur Verfügung. Immer wieder schlugen Kugeln dumpf in die schottischen Reihen ein und viele Clansmänner starben schon während der ersten Minuten. Aber trotz allem, oder gerade deswegen, stürzten sich die Schotten unerschrocken auf die englischen Widersacher. Auch Fergus hob sein Schwert und stürmte mit einem gellenden Kampfschrei über den moorigen Boden auf den Feind zu. »Claymore!«, ertönten die Schreie, als tapfere Hochlandkrieger dem Feind in die Arme liefen.

Gregory fand sich inmitten eines blutigen Gemetzels wieder. Seine Seite hatte dem Feind bereits schwere Verluste zugeführt. Während eines Kampfes war er von seinem Pferd geworfen worden und kämpfte nun mit dem Schwert, denn seine Munition war verschossen. Mechanisch und ohne zu denken schlug er sich durch die Reihen der Clansmänner, die, obwohl offensichtlich bereits besiegt, nicht aufgeben wollten. Durch einen unkoordinierten, aber dafür umso wilderen Ansturm, war es einigen Hochländer gelungen, die erste Linie der Engländer zu durchbrechen, allerdings nur um von einer unerschütterlichen zweiten Reihe niedergeschossen zu werden, oder den tödlichen Bajonetten zum Opfer zu fallen.

Einen Augenblick lang gönnte sich Gregory eine Pause und Ekel überschwemmte ihn. Um ihn herum starben die Schotten reihenweise schreiend im aufgewühlten Matsch. Ein Mann zu seiner Linken in einem zerrissenen Kilt umklammerte seinen blutenden Stumpf, denn ein englisches Schwert hatte ihm den halben Arm abgetrennt. Doch sein Leid sollte nicht lange anhalten, da ihm wenige Augenblicke später eine Musketenkugel das halbe Gesicht wegriss. Angewidert drehte Gregory den Kopf weg und hatte mal wieder das Gefühl, das falsche Leben zu leben. Lange konnte er sich jedoch nicht umsehen, und er war schon beinahe froh, als ihn eine Klinge an der Schulter streifte und er so von dem Leid um ihn herum abgelenkt war. Gregory wandte sich nach rechts. Im letzten Augenblick gelang es ihm, den Schlag eines Claymores zu parieren, und einen schmutzverkrusteten Schotten kampfunfähig zu schlagen.

Dann drehte er sich um und erstarrte. Vor ihm stand ein großer muskulöser Mann in einem schlammigen Kilt, der wohl einst grünlich braun gewesen sein musste. Von oben bis unten mit Schlamm und Blut bespritzt, hielt auch der Schotte mitten im Schlag inne.

Ein Ruck ging durch Gregory, ihm wurde abwechselnd heiß und kalt, sein Puls beschleunigte sich, und vor seinen Augen verschwamm alles. Szenen aus vergangener Zeit überschwemmten seinen Geist unkontrolliert. Doch Gregory bekam keine Zeit, diese Erinnerungsfetzen zu ordnen, denn schon stürzte sich sein Gegenüber auf ihn.

»Du verfluchte Ratte …«, knurrte er und hieb mit seinem Schwert nach Gregory.

»Warte … hör auf«, keuchte Gregory und versuchte, sich den wildgewordenen Schotten vom Leib zu halten. Der Mann kam ihm bekannt vor und etwas in ihm sagte ihm, dass es falsch sei, ihn zu töten.

Kraftvolle, mächtige Hiebe prasselten auf Gregory nieder und das Gesicht seines Gegners war vor Wut verzerrt. Nur mit Mühe konnte Gregory ausweichen, denn er wollte den Mann eigentlich nicht verletzen und leistete daher kaum Gegenwehr.

»Warte«, rief Gregory noch einmal. Er versuchte dem Kampf Einhalt zu gebieten, denn er musste nachdenken, um die Bilder in seinem Kopf zu ordnen.

»Englischer Bastard – Verräter«, schrie der Schotte außer sich und verdoppelte seine Anstrengungen nur noch.

Gregory taumelte nach hinten und stürzte zu Boden. In dem Augenblick, als sein Gegner zu einem tödlichen Schlag ausholte, durchschoss Gregory plötzlich die Erkenntnis.

»Fergus, Nein!«

Am Ende rettete Gregory ein fremder Engländer, der Fergus mit dem Lauf seiner Muskete am Kopf traf. Wie ein gefällter Baum ging Fergus zu Boden und Gregory schleppte ihn ein wenig abseits des blutigen Gemetzels, wo er sich erschöpft niederließ. Schlag auf Schlag kehrte nun die Erinnerung zurück, überwältigte ihn vollends und er schlug sich die Hände vors Gesicht. Die Isle of Skye, Caitlin, ein anderes, glückliches Leben! Das war es, was er vergessen hatte, was verborgen in seinem Unterbewusstsein gelauert hatte und ihn ausgerechnet heute, in dieser blutigen Schlacht, auf so dramatische Weise eingeholt hatte. Der bewusstlose Schotte neben ihm war Fergus, Caitlins Bruder. Gregory hatte mit ihm getrunken, gelacht und gefeiert. Wehmütig dachte er an die Zeit, die er im Nordwesten Schottlands verbracht hatte, Bilder einer Burg tauchten vor seinem inneren Augen auf. Da war das Meer, das in beständigem Branden gegen die Klippen schlug, ein Mädchen, das er in inniger Umarmung geliebt hatte, beobachtet nur vom sanften Licht des Mondes. Und nun stand er hier, hatte die falsche Seite gewählt und verraten, was er eigentlich liebte. Kein Wunder also, dass Fergus ihn als Verräter beschimpfte. Er öffnete die Augen und betrachtete Caitlins Bruder.

»Wach auf«, verlangte Gregory und klatschte dem kräftigen Mann so lange gegen die Wange, bis Fergus grummelnd die Augen aufschlug. Um sie herum tobte die Schlacht weiter, doch das Zentrum hatte sich ein wenig nach Osten verlagert und damit rückten auch die Schreie und die Schüsse in die Ferne, nur der Gestank des Musketenfeuers blieb.

Im Eiltempo versuchte Gregory zu erklären, warum er hier, und nicht nach Schottland zurückgekehrt war, doch wie zu erwarten, wollte Fergus, dem sicher gehörig der Schädel brummte, ihm nicht glauben.

»Ihr müsst fliehen«, verlangte Gregory eindringlich und deutete auf den aussichtlosen Kampf. »Ihr könnt diese Schlacht nicht gewinnen, Cumberlands Männer sind euch weit überlegen.«

»Du bist einer von ihnen«, knurrte Fergus, »und was redest du da eigentlich für eine verfluchte Scheiße?«

»Fergus«, Gregory nahm ihn am Arm, »ich komme mit nach Schottland, ich wollte hier nicht mitkämpfen. Bitte, verschwinde, wir können …«

Er wurde unterbrochen, als sein General plötzlich auf einem Pferd vor ihm auftauchte.

»Bring den Gefangenen mit, wir haben gesiegt. Oder besser, töte ihn gleich hier an Ort und Stelle.«

Erschrocken sprang Gregory auf und zerrte Fergus hoch. »Ich bringe ihn mit.«

Der General nickte und galoppierte durch das Blut und den Schlamm davon, ohne auch nur einen Blick auf die vielen Leichen zu werfen, über die sein Kriegspferd hinwegsetzte.

»Ich helfe dir später zu fliehen«, versicherte Gregory, während er sich hektisch umblickte. Im Augenblick bot sich für Fergus keine Möglichkeit zur Flucht, denn die Schotten wurden reihenweise abgeschlachtet. Gerade sah er, wie einer seiner Kameraden einem erschöpften, schlammverkrusteten Mann den Kopf abschlug und Blut spritzte zu allen Seiten. Nur mühsam konnte Gregory ein Würgen unterdrücken und redete weiterhin eindringlich auf Fergus ein.

Dieser schnaubte jedoch nur verächtlich und Gregory sah ihm an, dass er ihm nicht glaubte.

»Geht es Caitlin gut?«, keuchte er, als sie durch das Moor eilten.

»Das war dir doch bisher auch egal.« In Fergus' blutigem und zerschrammtem Gesicht stand nichts als Abscheu.

»Ich sage die Wahrheit«, flehte Gregory eindringlich.

»Sie lebt wieder in unserem Dorf«, antwortete Fergus widerwillig, dann zuckte er die Achseln. »Sie hat Paden verlassen und wohnt bei meinen Eltern.«

»Oh.« Gregory musste schlucken. Endlich wusste er, wer diese Frau war, die ihn in seinen Träumen verfolgt hatte. Endlich konnte er sich erinnern. Caitlin – er wollte nur noch zu ihr. Eine so lange Zeit hatte er mit einem falschen Leben vergeudet und der Drang einfach loszulaufen übermannte ihn gerade.

Ein entsetzliches Blutbad herrschte auf Culloden Moor. Reihenweise wurden Schotten hingerichtet, es sah beinahe so aus, als würden Schafe zur Schlachtbank geführt werden, und die Engländer triumphierten. Gregory konnte nicht weit entfernt die massige Gestalt des Herzog von Cumberland ausmachen, der lautstark verkündete, dem Feind keine Gnade zu gewähren.

Gregory wandte sich erneut an Fergus, wurde jedoch von weiteren Erklärungsversuchen abgehalten, denn einer der wachhabenden Soldaten packte Fergus brutal am Arm und zerrte ihn zu den anderen Gefangenen. Gregory nickte ihm noch einmal beruhigend zu; er wollte später zu ihm gehen und versuchen, ihn zu befreien.

Um ihn herum beglückwünschten sich die Engländer zu der gewonnenen Schlacht. Gregory wurde mitgezerrt und musste auf den

Sieg trinken, behielt jedoch Fergus stets im Blick, der mittlerweile gefesselt und mit Hass in den Augen zwischen seinen besiegten Landsmännern saß.

Es dauerte eine Weile, bis er sich endlich loseisen konnte. Sofort ging er zum Gefangenenlager und behauptete, sein Onkel, Geoffry Davis, dessen Wort in der Armee meist eine beträchtliche Wirkung zeigte, wolle einen bestimmten Gefangenen befragen. Dabei deutete er auf den misstrauisch dreinschauenden Fergus.

Der Wachmann zuckte nur mit den Schultern und ließ es geschehen, dass Gregory Fergus' Fußfesseln löste und ihn in die Höhe zog. Hier, am Rande des Schlachtfeldes, herrschte ein großes Durcheinander, ständig wurden neue Gefangene gebracht und mussten gefesselt werden, Soldaten schrien Befehle, und wer sich wehrte, wurde auf der Stelle hingerichtet.

Rasch zerrte Gregory Fergus ein wenig abseits, doch leider konnte er seinem ehemaligen Freund im Augenblick keine Flucht ermöglichen, denn es waren einfach zu viel englische Soldaten in der Nähe. Noch einmal redete er eindringlich auf ihn ein und bemühte sich, ihm alles zu erklären.

Zwar wirkte Fergus noch immer nicht überzeugt, aber zumindest schien er nun gewillt zu sein, zuzuhören. Als ein ranghoher Offizier sich näherte, raunte Gregory Fergus zu: »Ich werde so tun als würde ich dich schlagen. Brich zum Schein zusammen.«

Zunächst stand reiner Trotz in Fergus' Augen und er knurrte: »Das werde ich garantiert nicht tun«, doch dann, als Gregory so tat als würde er Fergus eine Faust in den Magen rammen, krümmte sich Fergus schließlich doch mit einem überzeugenden Stöhnen zusammen.

Der Offizier ritt näher und nickte anerkennend. »Der junge Davis! Habt Ihr einen Clanchief gefangen?«

Eilig nickte Gregory. »Ja, Sir, ich befrage ihn gerade.«

»Hervorragend! Euer Onkel wird stolz auf Euch sein.« Damit wendete der arrogante Mann sein Pferd und trabte davon.

»Clanchief.« Fergus schnaubte abfällig. »Und du bist König George, hä?«

»Fergus!« Genervt verdrehte Gregory die Augen. Dann sah er sich, leider vergeblich, erneut nach einer Fluchtmöglichkeit für Fergus um. »Pass auf«, sagte Gregory leise, »ich werde deine Fesseln nur leicht anlegen und dich wieder zu den Gefangenen bringen.« Er steckte Fergus heimlich ein Messer in seinen schmutzigen Wollstrumpf. »Im Augenblick können wir nicht fliehen, aber ich sehe zu, dass ich dazu eingeteilt werde, die Gefangenen zu bewachen. Vielleicht kann ich dich dann befreien.«

Langsam flackerte so etwas wie Hoffnung in Fergus' Gesicht auf und er schien gewillt, Gregory zu glauben. »In Ordnung«, knurrte Fergus und sah sich um, »aber ich muss Calum und die MacDonalds finden.«

Gregory hielt ihn fest. »Es ist vorbei, jetzt kann sich nur noch jeder um sich selbst kümmern.«

»Es sind meine Freunde, mein Clan, ich muss ...«, widersprach Fergus leidenschaftlich.

»Es ist aus, Fergus!« Verzweifelt schüttelte Gregory ihn durch. »Ihr habt verloren, sei nicht dumm und rette zumindest dein Leben.«

»Davon verstehst du nichts, du bist ein Engländer.« Fergus spuckte auf den Boden. »Für unseren Clan würden wir alles tun und wenn ich bei dem Versuch sterbe, meine Freunde zu retten, dann ist es eben so.«

Fergus' Worte hatten Gregory getroffen, dennoch blickte er ihm fest in die Augen. »Möchtest du dafür in Kauf nehmen, dass Gillian und die Kinder ohne Mann und Vater aufwachsen?« Auf Fergus' bärtigem Gesicht sah man widerstreitende Gefühle miteinander kämpfen. Er brummte etwas auf Gälisch, doch bevor er antworten konnte, versicherte Gregory eindringlich: »Sollte jemand von deinem Clan unter den Gefangenen sein, dann werden wir versuchen, ihn mitzunehmen, aber sieh zu, dass du nach Hause kommst.«

Schließlich stimmte Fergus resigniert zu und Gregory führte ihn zurück zu den anderen Gefangenen. Noch einmal nickte er dem

Schotten heimlich zu, dann begab er sich zu dem Zelt, in dem sich die Offiziere versammelt hatten, darunter auch sein Onkel.

Der Herzog von Cumberland wurde wie ein Held gefeiert. Die Männer gratulierten ihm und lobten ihn für seinen heroischen Sieg. Bisher war er nicht unbedingt als großer Kriegsheld bekannt gewesen, doch nun, da er die Jakobiten endgültig in die Knie gezwungen hatte, würde er ganz sicher im Ansehen seines Vaters, König George, erheblich steigen.

»Gregory, Gott sei Dank, dass du dieses Gemetzel überlebt hast«, sagte Onkel Geoffry erleichtert und umarmte seinen Neffen. »Diesen Bauerntölpeln haben wir's aber gezeigt.«

Gregory verzog das Gesicht zu einer Art zustimmendem Lächeln. »Ich würde gerne bei den Wachen sein, die die Gefangenen ins nächste Gefängnis bringen«, verkündete er anschließend.

»Wir werden sehen. Komm mit, eine Beratung wurde anberaumt.« Geoffry Davis schob Gregory vor sich her zu den anderen Offizieren, die miteinander anstießen.

Gregory wurde schlecht von den selbstbeweihräuchernden Reden, von den Lobeshymnen auf Cumberland, der selbstgefällig unter seiner weißen Perücke in die Runde lächelte. Es war keine Kunst gewesen, die Schotten zu schlagen. Sie waren erschöpft gewesen, weit in der Unterzahl und hatten die schlechteren Waffen gehabt, aber vermutlich war Gregory der einzige auf der Seite der Engländer, der dieser Ansicht war.

Cumberland verkündete noch einmal, wer noch auf dem Schlachtfeld aufgefunden wurde, müsse sofort getötet werden. Die wenigen Gefangenen sollten ins nächste Gefängnis geschafft und später gehängt werden.

»Die Schotten sind am Boden«, dröhnte Cumberland und prostete den Männern zu. »Nun werden wir sie ein für alle Mal in ihre Schranken weisen. Ich werde Truppen aussenden und alle verdammten Jakobiten aufspüren und hinrichten lassen, die noch fliehen konnten. Nehmt ihnen ihr Land, ihre Frauen und ihre Bräuche, reißt ihnen die verdammten karierten Lumpen vom Leibe und treibt sie ihn ihre Löcher zurück!«

Zustimmende Rufe folgten, die Gregory schlicht und einfach anwiderten.

General Franklin erhob sich, was Gregory überraschte, denn er hatte gar nicht gewusst, dass sein ehemaliger Vorgesetzter an der Schlacht beteiligt gewesen war.

»Mit Eurem Einverständnis«, er verbeugte sich vor Cumberland, »würde ich gerne die westlichen Inseln übernehmen. Ich habe noch mit einem dieser verdammten Clanchiefs eine Rechnung offen.« Franklin deutete auf sein Gesicht, das von einer langen Narbe verunstaltet wurde, und in seinen Augen funkelte es irr. »Ich werde dieses ganze verlauste Dorf dem Erdboden gleich machen und keinen einzigen dieses verfluchten Clans am Leben lassen.«

»Geht nur«, stimmte Cumberland großzügig zu und grinste über sein ganzes fleischiges Gesicht. Diese Aussicht schien ihn zu begeistern.

Was er noch hinzufügte bekam Gregory nicht mehr mit, denn ihn durchzuckte ein eisiger Schrecken. Caitlin und ihre Familie waren in höchster Gefahr. Schlagartig überkam ihn eine neue Erinnerung an damals, an den Sommer auf Skye, als Caitlins Vater geglaubt hatte, General Franklin getötet zu haben. Franklins Gesichtshälfte war stark verunstaltet und auch seinen einen Arm konnte er offensichtlich noch immer nicht richtig benutzen.

Sofort wollte Gregory losstürmen. Die Stimmen der Männer um ihn herum drangen nur noch ganz verzerrt an sein Ohr.

Caitlin, ich muss sie retten, war das Einzige, was ihm ununterbrochen durch den Kopf schoss.

Dann kam ihm Fergus in den Sinn, denn ihn wollte er auch nicht einfach allein lassen.

»Onkel, ich …«, begann er und schickte sich an zu gehen.

Doch Onkel Geoffry hielt ihn fest und zischte ihm zu, er müsse zumindest noch die Feierlichkeiten abwarten, die nun folgten.

Gregory saß wie auf Kohlen. Ungeduldig ließ er es über sich ergehen, dass sein Onkel ihn nun wichtigen englischen Offizieren vorstellte, hörte Lobeshymnen auf den Sieg mit gequältem Lächeln zu und durfte sich seinen Widerwillen nicht anmerken lassen. Männer in gepuderten Perücken beglückwünschten ihn zu seinem tapferen Einsatz in der Schlacht, wenngleich sie ihn nicht einmal gesehen haben konnten. Am liebsten hätte Gregory ihnen allen ins Gesicht gespuckt, hätte ihnen entgegengeschleudert, welche Feiglinge sie doch waren, gegen einen derart unterlegenen Gegner zu kämpfen, und vermutlich sah man ihm seinen Widerwillen auch, an, denn Onkel Geoffry packte ihn fest am Oberarm.

»Das ist eine einmalige Chance für dich«, raunte er. »Sie sind alle im Siegestaumel, möglicherweise kann ich eine Beförderung für dich in die Wege leiten.«

Ich muss hier weg, dachte Gregory panisch, denn er konnte General Franklin plötzlich nicht mehr sehen. *Ich werde niemals wieder in der Armee kämpfen!*

Trinksprüche, Reden und Beglückwünschungen rissen einfach nicht ab. Erst spät in der Nacht konnte sich Gregory aus dem Zelt fortschleichen. Erleichtert atmete er frische Luft und machte sich sogleich zum Gefangenenlager auf. Hektisch durchsuchte er die Männer, konnte Fergus jedoch nicht finden.

»Sind das alle?«, wandte er sich schließlich an einen der wachhabenden Soldaten.

»Nein«, antwortete der Mann gelangweilt, »etwa hundert sind schon fortgebracht worden.«

Entsetzt keuchte Gregory auf und raufte sich die Haare. Innerlich war er total zerrissen. Wenn er Fergus nicht half, landete dieser am Galgen, wenn er jedoch nicht sofort aufbrach und Franklin die Isle of Skye vor ihm erreichte, waren Caitlin und ihre Familie dem sicheren Tode ausgeliefert. Sicherlich hatten sie kaum noch Männer im Dorf, die sie zu verteidigen in der Lage waren und niemand würde sie warnen.

In Ordnung, dachte er schließlich und versuchte, seine sich überschlagenden Gedanken zu ordnen, *Fergus hat das Messer, er hat zumindest eine Chance.*

So nahm sich Gregory das nächstbeste Pferd und galoppierte wie vom Teufel gejagt nach Westen. Mindestens Hundertzwanzig Meilen lagen vor ihm.

Kapitel 10
Gegen die Zeit

Jeden Tag ritt Gregory bis zur totalen Erschöpfung. Er stahl unterwegs Pferde, Essen, und musste sich auch vor feindlichen Schotten in Acht nehmen. Immer wieder sah er erschöpfte und halb verhungerte Flüchtlinge, die irgendwo am Wegesrand zusammengebrochen waren, aber so leid es ihm tat, um sie konnte er sich nicht kümmern. Nur der Gedanke an Caitlin beherrschte ihn Tag und Nacht. In kalten, einsamen Nächten in abgelegenen Scheunen oder im Schutz von Felsen dachte er an sie und hoffte inständig, dass er noch rechtzeitig ankam, um sie zu warnen. Es war eine große Erleichterung, nun wieder zu wissen, wer er wirklich war, und was er damals in Schottland getan hatte. Endlich konnte er sich seinen Widerwillen gegenüber der Armee erklären und gleichzeitig erfüllte es ihn mit Abscheu, wenn er daran dachte, wie viele Schotten er in letzter Zeit getötet hatte. Caitlin – nach so vielen Jahren wusste er, woher diese Sehnsucht kam, die ständig unterschwellig in ihm gebrannt hatte. Fergus hatte gesagt, sie hätte sich von Paden getrennt, und wenn alles gut ging, konnten sie möglicherweise doch noch ein neues Leben beginnen.

Hoffentlich hasst sie mich nicht, weil ich nicht zu ihr zurückgekehrt bin, dachte er inbrünstig.

Auch General Franklin war bereits mit zweihundert Mann in Richtung Westen aufgebrochen. Von perverser Vorfreude erfüllt plünderten sie auf dem Weg auf die Insel alle Dörfer, an denen sie vorbei kamen und schreckten nicht davor zurück, zu töten und zu vergewaltigen, denn immerhin hatten sie ja von der englischen Regierung dazu freie Hand erhalten. Es war eine düstere Zeit, die Zeit nach der Schlacht von Culloden und es war nicht nur Franklins Einheit, die in Schottland ihr Unwesen trieb. Viele Truppen des Hannoveranischen Herzogs durchstreiften das Hochland mit dem ausdrücklichen Befehl, nicht nur Leben auszulöschen, sondern das ganze Clansystem und die damit verbunden Kultur. Was auf Culloden folgte, waren Tage des Schreckens, Tage, die dem Herzog von Cumberland auf ewig den Beinamen *Der Schlächter* einbringen sollten.

Franklin hielt sich jedoch nicht lange mit den Festlandschotten auf, und ließ nur diejenigen töten, die ihnen zufällig vor die Klinge liefen. Er wollte nur eins: Ranald MacArthur eigenhändig das Leben aushauchen, und falls der verhasste Clanführer in Culloden ums Leben gekommen war, würde seine Familie bezahlen.

Fergus stapfte, mit einem Seil an den Händen gefesselt, in einer langen Reihe von Gefangenen in Richtung Süden. Die Männer hielten die Köpfe gesenkt, und die meisten von ihnen hatten sich schon mit ihrem nahenden Tod abgefunden. Die Schlacht war verloren und sie auf dem Weg ins Gefängnis, niemand würde kommen, um sie zu retten.

Vor Fergus stolperten zwei junge Männer aus dem Clan MacDonald, die er von seiner Heimatinsel kannte, über die schlammige Straße, hinter ihm marschierte ein Fremder her. Bisher hatte er niemandem gesagt, dass er ein Messer hatte, denn er wollte den Kameraden keine falschen Hoffnungen machen, da sie streng bewacht wurden und eine Flucht unmöglich schien. Doch als sie an diesem regnerischen, diesigen Abend für die Nacht Rast machten, glaubte er, es wagen zu können.

Nachdem ein wenig hartes Brot verteilt worden war, rutschte er näher zu Rob MacDonald heran. Der war nicht einmal ganz achtzehn Jahre alt, hatte feuerrote wirre Haare und starrte gerade trübsinnig zu Boden.

»Rob«, flüsterte Fergus und achtete genau auf die englischen Soldaten.

Zunächst reagierte der junge Mann gar nicht.

»Rob, ich habe ein Messer«, wisperte Fergus und er sah in der einbrechenden Dunkelheit, wie plötzlich Leben in den jungen Schotten zu kommen schien.

»Sag deinem Bruder, er soll sich bereithalten. Wenn ich meine Fesseln durchgeschnitten habe, mache ich euch los und dann verschwinden wir.«

Sofort drehte sich Rob um und begann mit seinem fünf Jahre älteren Bruder Artan zu flüstern.

Fergus' Nachbar hatte offensichtlich etwas mitbekommen und rutschte nun ebenfalls näher. Er war etwa in Fergus' Alter und stammte seinem Dialekt nach von der Ostküste.

»Was ist los?«

»Ich habe ein Messer«, erklärte Fergus leise.

»Du befreist uns!« In der Aufregung tönte die Stimme des Mannes viel zu laut und die Gefangenen neben ihm wurden unruhig.

Fergus stieß einen Fluch aus, denn eine Wache kam nun näher.

»Verdammt noch mal, halt dein Maul, sonst erwischen sie uns sofort.«

Schon stapfte ein englischer Soldat heran und stieß Fergus mit seiner Muskete in den Rücken.

»Was ist los, Abschaum?«

»Nichts«, murmelte Fergus und hielt den Blick gesenkt.

»Das heißt ›Nichts, Leutnant!‹«, rief der Engländer und stach ihm aus purer Boshaftigkeit erneut in den Rücken.

Zu gerne hätte Fergus dem Widerling jetzt widersprochen, doch er wollte in dieser Nacht fliehen, daher durfte er nichts riskieren.

»Nichts, Leutnant«, sagte Fergus widerwillig.

»Wegen nichts gibt es aber keinen Grund zu schreien«, erwiderte der Engländer und beugte sich zu den Gefangenen hinab und sah jeden Einzelnen genau an. »Also, was ist los?«

»Ich habe ihn gefragt«, Fergus deutete auf den anderen Mann und warf ihm einen scharfen Blick zu, »ob ich den Rest von seinem Brot haben kann.«

Etwas zu eilig und mit reichlich dümmlichem Grinsen hielt Fergus' Nachbar seinen angebissenen Brotkanten in die Höhe.

»Er wollte ihn mir nicht geben und hat meine Familie verflucht«, log Fergus weiter, da ihm nichts Besseres einfiel. »Deshalb wurde es ein wenig laut.«

»Du«, sagte der Engländer vor Hohn triefend, »bist schon fett genug.« Dann lachte er auf. »Und deine Familie ist ohnehin verflucht. Wenn meine Leute mit euren Clans fertig sind, wird nichts mehr von ihnen übrig sein, in welchem Loch sie sich auch verstecken mögen.«

Beinahe wäre Fergus aufgesprungen, doch der junge Rob stieß ihn an. »Sie werden jetzt beide ruhig sein«, versprach er mit zittriger Stimme.

Noch einige qualvolle Augenblicke sah der Soldat die Gefangenen scharf an, dann stolzierte er weiter.

»Danke«, sagte Fergus' Nachbar und schluckte hart. »Ich bin Andrew Grant.«

»Fergus«, knurrte Fergus. »Und jetzt halt den Mund, bis ich fertig bin.« Dann schickte er sich an, seine Fesseln durchzuschneiden.

Es dauerte kurz, bis er den befreienden Ruck spürte. Seine Nachbarn waren alle sichtlich angespannt und warteten ungeduldig.

»Hier«, flüsterte Fergus und gab Rob das Messer. »Aber wartet noch, bis es ganz dunkel ist, auf mein Zeichen rennen wir los.«

Die beiden MacDonalds zerschnitten ebenfalls ihre Fesseln. Auch ihre Nachbarn hatten jetzt etwas mitbekommen und verlangten ungeduldig, ebenfalls befreit zu werden. Rechts und links von Fergus machte sich Unruhe breit.

»Seid leise, verdammt«, rief Fergus so laut er sich traute auf Gälisch. »Wir werden versuchen, euch zu befreien, aber seid in Gottes Namen still.«

Endlich war die Dunkelheit über dem Lager hereingebrochen. Artan, der momentan das Messer hatte, schnitt in fliegender Hast noch so viele seiner Mitgefangenen wie möglich los.

Zu Andrews Linker brach Getuschel und Unruhe aus, da die anderen Gefangenen befürchteten, nicht mehr rechtzeitig befreit zu werden.

Mittlerweile erklangen die Rufe der sich rasch nähernden Englischen Wachen.

»Beeil dich, Artan«, rief Fergus hektisch und sah sich nach einer Waffe um.

Da er sich nicht mehr anders zu helfen wusste, schickte er sich an, Andrews Fesseln mit der Hand loszubinden.

»Beeilt euch«, verlangte eine panische Männerstimme von links und der leise Ruf wurde von weiteren Gefangenen aufgenommen.

Trotz der Kälte stand Fergus der Schweiß auf der Stirn und ein eisiger Knoten bildete sich in seinem Magen. Er wollte keinen zurücklassen, doch ihm war auch klar, dass er nicht alle würde befreien können. Ihm oblag es heute, in dieser Nacht, über Leben und Tod zu entscheiden.

»Was ist denn jetzt schon wieder los?«, rief eine englische Stimme und die platschenden Schritte schwerer Stiefel wurden lauter.

Endlich war auch Andrew frei. Der Schotte klopfte Fergus dankbar auf die Schulter und machte sich dann mit zitternden Händen daran, die Fesseln seines nächsten Nachbarn zu lösen.

Ein Schuss ertönte in der Dunkelheit und ein Zucken ging durch die Männer.

»Verdammt, die wollen fliehen«, schrie ein Soldat.

»Rennt!« Kopflos stürzte Fergus in die Dunkelheit davon. Neben ihm waren Artan und Rob MacDonald, kurz hinter ihm Andrew und fünf weitere Männer. Die Situation war eskaliert,

Schüsse peitschten durch die Dunkelheit. Fergus spürte, wie sich Andrew an seiner Schulter festhielt, dann sackte er auch schon auf den Boden. Zunächst erwägte Fergus, ihm zu helfen, vielleicht war er ja noch zu retten, doch schon hörte er Hufschläge hinter sich.

Gemeinsam mit Artan und Rob rannte Fergus um sein Leben, die anderen Männer hatten wohl eine andere Richtung eingeschlagen. Von überall her ertönten nun Befehle von englischen Soldaten, Musketenkugeln flogen ihnen um die Ohren und sie hatten keine Ahnung, wohin sie in der Nacht flüchten sollten, denn das Gelände war ihnen allen unbekannt.

Am vierten Tag seiner Reise hatte Gregory Pech. Todmüde und erschöpft hatte er die Nacht in einer vermeintlich verlassenen Scheune einige Meilen hinter Invermoriston verbracht und war in einen tiefen, traumlosen Schlaf gefallen. Ein Tritt weckte ihn unsanft, helles Licht blendete seine Augen und er reagierte nicht schnell genug.

»Englischer Bastard!« Der Stiel einer Schaufel traf ihn am Kopf.

Als er wieder erwachte, fand er sich auf dem schmutzigen Boden einer Hütte wieder. Fünf grimmige Schotten standen über ihm und unterhielten sich lautstark auf Gälisch. Als er leise stöhnte, wechselten sie ins Englische.

»Lasst ihn uns an Ort und Stelle umbringen«, schlug ein rothaariger Hüne vor und zog bereits seinen Dolch.

»Lieber schön langsam, so wie sie es mit unseren Leuten gemacht haben«, meinte ein kleinerer, untersetzter Mann im Kilt.

»Es ist genug Blut geflossen«, meldete sich eine weibliche Stimme von der Feuerstelle zu Wort.

»Die verdammten Engländer haben uns abgeschlachtet wie die Schweine!«, schrie der Rothaarige und trat Gregory in die Rippen. »Und der hier, der trägt eine rote Uniform. Wie es aussieht, ist er sogar einer der höheren Offiziere.« Er spuckte angewidert auf den Boden.

»Ich bin …«, setzte Gregory an, doch sofort traf ihn eine Faust im Gesicht.

»Halts Maul!«, rief der Rothaarige.

»Denk doch nach, Alistair«, nun kam die Frau hinzu, »falls die Engländer kommen, können wir ihn als Geisel benutzen.«

»Meinst du, eine Geisel hält sie davon ab, unsere Farm niederzubrennen?«

»Vielleicht.«

Nun diskutierten sie wieder auf Gälisch und am Ende wurde Gregory gefesselt und geknebelt und in die Scheune gebracht. Zwei Tage ließ man ihn im Ungewissen. Gelegentlich brachte ihm jemand etwas zu trinken oder einen Kanten hartes Brot, doch sobald er reden wollte, wurde er sofort wieder geknebelt. Zu gern hätte er ihnen erklärt, dass er auf ihrer Seite war, dass er ihre Landsmänner warnen wollte, so unglaubwürdig das für diese Schotten hier auch klingen mochte. Außerdem hatte Gregory panische Angst, dass General Franklins Vorsprung bereits zu groß sein könnte.

Am dritten Tag kam die Frau in die Scheune. Sie löste Gregorys Knebel und schüttelte den Kopf, als sie die Blutergüsse auf seinem Gesicht betastete. Dann fütterte sie ihn mit etwas dünner Hühnersuppe.

»Danke«, keuchte er, nachdem er gierig gegessen hatte. »Darf ich sprechen oder schlägst du mich dann auch.«

Die Frau schnaubte nur und betrachtete ihn von oben bis unten.

Gregory nutzte die Gunst der Stunde. »Die englische Armee will euch ein für alle Mal unterwerfen. Flieht von hier, am besten weit in den Norden. Ihr seid zu nahe an der Straße, sie bringen euch um.«

»Warum warnst du uns?« Die Frau wirkte misstrauisch, wenngleich auch eine Spur von Verwunderung in ihrer Stimme zu hören war. Rötlich-blonde Locken fielen ihr ins Gesicht und auch wenn sie wohl schon weit über dreißig war, so war sie doch noch immer recht hübsch anzusehen, wie Gregory feststellte.

Kurz schloss er die Augen und rang nach Worten. »Was ich dir jetzt erzähle, hört sich verrückt an und wahrscheinlich glaubst du mir auch nicht. Ich liebe ein Mädchen von den Inseln und bin auf dem Weg zu ihr, um sie zu warnen.« Er blickte die Frau eindringlich an und obwohl man ihr deutlich ansah, dass sie ihm nicht glaubte, sprach er weiter. Er erzählte von seiner Zeit bei den MacArthurs, dass er mit Caitlin hatte fortgehen wollen, und wie er sein Gedächtnis verloren hatte und sich erst während der Schlacht von Culloden hatte erinnern können.

Als er geendet hatte, musterte ihn die Frau nur merkwürdig, dann stopfte sie ihm den Knebel wieder in den Mund und ging. Enttäuscht schloss Gregory die Augen. Es wunderte ihn nicht, dass sie seiner wirren Geschichte keinen Glauben schenkte.

Mitten in der Nacht wachte Gregory auf. Leise knarrend öffnete sich die Scheunentür, eine dunkle Gestalt wurde schemenhaft sichtbar.

Töten sie mich jetzt, schoss es Gregory durch den Kopf. *Oh, Caitlin, bitte verzeih mir* ... Ein Messer, vielleicht war es auch ein Dolch, blitzte im fahlen Lichtschein auf, der durch einen Spalt in der Wand fiel. Doch die Klinge schnitt ihm nicht die Kehle auf, sondern durchtrennte mit einem Ruck seine Fesseln.

»Ich konnte dir nicht viel zu essen mitgeben«, sagte die Frau im Flüsterton, kurz sah er ihr Gesicht. »Dein Pferd haben die Männer verkauft, tut mir leid. Halte dich an das Tal nördlich von hier, da kannst du dich gut zwischen den Felsen verstecken.«

Überrascht setzte sich Gregory auf und rieb sich die von den Fesseln aufgeriebenen Handgelenke.

»Du glaubst mir?«

Die Frau schnaubte. »Wahrscheinlich bin ich eine verfluchte Närrin und falls du mich belogen hast, dann möge Gott dich strafen.« Ihr Gesicht näherte sich dem seinen und er konnte ihren Atem spüren, der leicht nach Zwiebeln roch. »Mein Herz sagt mir, dass du die Wahrheit gesprochen hast. Warne deine Caitlin und bring sie in Sicherheit.«

Die Frau sprang auf und verschwand in der Nacht.

»Wie heißt du?«, rief Gregory leise, doch sie war bereits fort. Eilig nahm er das Bündel, das sie ihm dagelassen hatte und schlich aus der Scheune. Draußen war alles ruhig. Der Mond beleuchtete die Umgebung mit fahlem Licht und Gregory rannte nach Norden. Drei Tage hatte er verloren und sein Pferd hatte er auch nicht mehr, aber er musste trotz allem dankbar sein, dass er mit dem Leben davongekommen war.

Gnadenlos hatte General Franklin seine Männer angetrieben und langsam begannen sie zu murren. Sie wollten sich auf den umliegenden Farmen mit den Frauen vergnügen und sich hin und wieder ausruhen, jetzt, wo der Krieg endlich vorüber war.

Mit Schlägen und wüsten Drohungen brachte Franklin seine Leute wieder zur Vernunft, doch an einem Tag, als es von morgens bis abends in Strömen regnete, gab er nach, denn er war selbst erschöpft und seine Glieder schmerzten. Kurz vor Glen Shiel metzelten sie eine schottische Farmersfamilie nieder und machten es sich in deren ärmlicher Hütte gemütlich. General Franklin fühlte sich unwohl und in der Nacht bekam er hohes Fieber, sodass er ungewollt einige Tage in der Hütte verbringen musste.

Während seiner Zeit als Soldat war Gregory lange Strecken marschiert und war es auch gewohnt, im Freien zu schlafen, doch eine so anstrengende Reise hatte er noch nie erlebt. Da er sich nun abseits der Straße hielt, kam er nur mühsam voran. Das Gelände war unwirtlich, Moore und schwammiges Heidekraut durchzogen das Land, was das Vorwärtskommen zu Tortour machte. Menschliche Siedlungen, in denen er etwas hätte stehlen können, fand er kaum und musste daher häufig hungern. Das spärliche Essen, welches die Frau ihm mitgegeben hatte, teilte er sich gut ein, aber es reichte kaum aus. Da er befürchtete, zu spät zu kommen, entschloss er sich irgendwann, sich doch wieder in die Nähe der Straße zu wagen. An einem kleinen Gasthaus schlug er einen überraschten Engländer nieder und stahl ihm sein Pferd, dann galoppierte er weiter nach Westen, denn die Zeit drängte und er musste Caitlins Dorf unbedingt vor General Franklin erreichen.

Tage mit heftigem Regen machten seine Reise noch beschwerlicher. Als Gregory durch das düstere Glen Shiel ritt, hatte er den Eindruck, die gewaltigen Berge würden ihn erdrücken. Selten hatte er eine Gegend gesehen, die eine so drohende und finstere Ausstrahlung hatte, er kannte dieses Tal auch ganz anders, sonnenüberflutet und freundlich, aber heute schien sich alles gegen ihn verschworen zu haben. Dunkle Wolken hingen bis fast zum Boden und manchmal fiel es Gregory schwer, den Tag von der Nacht zu unterscheiden. Doch jede Meile seines Weges brachte ihn näher zu Caitlin, was ihn mit Hoffnung erfüllte. Sein Pferd war kräftig und ausdauernd und hatte vermutlich eine militärische Ausbildung genossen. Abseits der Straße kam es jedoch kaum mit dem schroffen, felsigen Untergrund zurecht und so blieb Gregory, wo es ging, auf den wenigen schlechten Wegen, die das Hochland durchzogen.

Nachdem er über die alte Militärstraße den Pass von Glenelg überquert hatte, wusste er, dass sein Ziel in greifbarer Nähe lag und tatsächlich kam er nach einigen Meilen zu der Meerenge, die zwischen dem Festland und der Isle of Skye lag. Im Laufe des Tages hatte der Himmel endlich aufgeklart und Gregory genoss die wärmenden Sonnenstrahlen, die durch die Wolkendecke brachen. Jetzt zeigte sich das Hochland wieder von seiner faszinierenden Seite. Ein strahlender Glanz legte sich über die Hügel und das zarte Grün des ersten Frühlingsgrases leuchtete zwischen dem abgeblühten Heidekraut. Auch die ersten gelben Ginsterbüsche blühten auf den Weiden. Die gewaltigen, mehrstöckigen Bernera-Baracken, welche den Engländern, die die Überfahrten auf und von der Insel überwachten als Stützpunkt dienten, ließ er links liegen. Schon früher war er der Meinung gewesen, dieses klobige Bauwerk würde die Landschaft verschandeln, aber heute sah er es als Ausdruck der Arroganz seiner Landsleute, - dominierend und alles überragend sollte es wohl ein Zeichen dafür sein, dass König George die Kontrolle auch über diesen entlegenen Teil des Festlands hatte. Gregory hatte Glück, und es gelang ihm gegen Abend, ein Fischerboot zu stehlen, denn so blieben ihm Rechtfertigungen oder Erklärungen, weshalb er übersetzen wollte, den englischen Soldaten gegenüber erspart.

Mit leisem Bedauern ließ Gregory den großen braunen Wallach frei, der ein guter Kamerad gewesen war. »Viel Glück, mein Freund«, murmelte er und stieg in das Boot.

Die Überfahrt war rau, das Meer aufgewühlt und schwere Wogen warfen das kleine Ruderboot hin und her. Gregorys Muskeln schmerzten zum Zerreißen, als er endlich das schroffe Ufer der Insel erreichte. Der Sonnenschein war nur von kurzer Dauer gewesen und wie meist um diese Jahreszeit, war das Wetter wechselhaft. Schon wieder fing es an zu regnen und die Schauer zogen wie ein dichter Schleier über das Land. Er zog das Boot ans Ufer und machte sich seufzend zu Fuß auf den Weg.

Plötzlich hörte er eine Stimme. »Im Namen von King George, bleib stehen!«

Mit erhobenen Händen drehte sich Gregory um.

Ein Engländer, gekleidet in die typische rote Uniform stand mit erhobener Muskete vor ihm.

»Oh, du bist ja einer von uns«, sagte er schließlich und senkte die Waffe. Er sah den verdreckten und erschöpften Gregory von oben bis unten an.

»Ja, und ich muss weiter. Hast du ein Pferd für mich?«

»Klar, ich bin Timothy.« Er schlug Gregory auf die Schulter. »Komm zu uns, wir haben ein halbwegs vernünftiges Lagerfeuer zustande gebracht. Iss mit uns und wärm dich auf.«

So gerne Gregory weitergegangen wäre, er musste sich eingestehen, dass er am Verhungern war, daher folgte er Timothy zu den fünfzehn anderen Männern, die im spärlichen Schutz eines überhängenden Felsens kauerten. Gierig verschlang er die Suppe, die ein paar Brocken zähes Hammelfleisch enthielt, aber im Augenblick erschien es Gregory wie ein Festessen.

»Was gibt es für Neuigkeiten aus der Heimat?«, fragte ein schlaksiger junger Mann mit Hakennase.

»Die Schotten sind besiegt«, antwortete Gregory widerwillig.

Kurz herrschte Stille, dann brach Jubel aus. Die Männer umarmten sich, redeten wild durcheinander und führten einen Freudentanz auf. Gregory war das alles sehr unangenehm und er wollte einfach nur fort, allerdings musste er in dieser Nacht noch ausführlich von der Schlacht von Culloden berichten. Was die englischen Soldaten zu Hochrufen verleitete, erfüllte ihn mit Grauen und Ekel, denn es war in seinen Augen kein fairer Sieg, sondern ein grausames Abschlachten gewesen. Die Erinnerungen an das Gemetzel verfolgten ihn ohnehin in seinen Träumen und jetzt darüber zu sprechen fiel ihm unsäglich schwer. Als die Männer Gregory fragten, was er hier tat, wusste er zunächst nicht, was er antworten sollte.

»Es ist ein geheimer Auftrag des Herzogs von Cumberland«, log er schließlich. »Ich darf nicht darüber reden.«

Die Männer sahen ihn bewundernd an, und obwohl sie neugierig waren, bohrten sie nicht nach. Auch schien sich niemand darüber zu wundern, dass er ziemlich verdreckt und abgerissen aussah, ein Umstand der ihn zudem in Erklärungsnot gebracht hätte.

Am nächsten Morgen gaben ihm die Männer einiges an Proviant und ein Pferd. Sie wünschten ihm viel Glück und Gregory war sehr erleichtert, endlich von hier fortzukommen.

Als er auf dem kräftigen Schimmelwallach in Richtung Norden galoppierte, fühlte er sich befreit. Endlich war er auf der Insel und in wenigen Tagen würde er Caitlin erreichen.

Je weiter er in die Highlands vorstieß, desto beschwerlicher wurde der Weg. Die Cuillin Hills, eine Bergkette im Süden der Insel, erhoben sich mächtig und drohend zu Gregorys Linker, als er an der Küste entlang trabte. Heute brach zumindest die Sonne hier und da durch den wolkenzerfetzten Himmel, eine steife Brise wehte, und Schnee ließ die kahlen Spitzen der Berge glänzen und funkeln. Jetzt, im strahlenden Sonnenlicht, übte dieses Land wieder eine unglaubliche Faszination auf ihn aus. Selten hatte er so intensive Farben gesehen. Die düsteren Berge im Osten, das strahlend blaue Meer im Westen und zwischendrin immer wieder grüne Wiesen, unterbrochen von abgeblühtem Heidekraut, in dem Schafe grasten – das alles kam ihm so schmerzlich vertraut vor. Beinahe drei Jahre hatte er verschwendet und es war ihm, als hatte das Schicksal ihn verspotten wollen, und ausgerechnet jenen Lebensabschnitt aus seiner Erinnerung gelöscht, der ihm so viel bedeutet hatte. So kurz vor dem Ziel übermannten ihn plötzlich Zweifel, denn er wusste nicht, wie Caitlin auf sein Erscheinen reagieren würde. Vielleicht war sie ja durch die Pflichtheirat mit Paden MacKenzie so verbittert geworden, dass selbst die Liebe zu ihm abgestorben war. Oder sie hatte gelernt, sich mit dieser Ehe zu arrangieren, am Ende liebte sie ihn mittlerweile sogar. So viel konnte in drei Jahren geschehen sein, doch letzten Endes schob Gregory seine Bedenken zur Seite.

Wegen des schwierigen Untergrunds kam er nicht so schnell voran, wie er es sich wünschte, außerdem mied er die kleinen Dörfer, denn er wollte keinen Ärger bekommen. Zumindest hatte er nun genügend Proviant und musste nun nicht mehr hungern. Häufig wanderten seine Gedanken nun auch zu Fergus. War Caitlins Bruder die Flucht inzwischen gelungen? Und was sollte er Caitlin erklären, wenn sie ihn nach Fergus fragte?

Im Schutz der Dunkelheit war es Fergus, Artan und Rob, gelungen, den Engländern zu entkommen, doch Artan war von einer Kugel getroffen worden. Leider hatten es Fergus und Rob nicht geschafft, diese aus Artans Rücken zu entfernen und der rothaarige junge Mann hatte eine Menge Blut verloren. Dennoch ließen die beiden ihn nicht allein und schleiften ihn mühsam zwischen sich her. Sie waren auf dem Weg nach Westen, kamen jedoch wegen Artan nicht schnell voran.

»Wir müssen ihn irgendwo behandeln lassen«, keuchte Fergus an diesem Tag, als sie im Schutz einiger Felsen Rast machten. Artan stöhnte leise vor sich hin und bekam offenbar gar nichts von seiner Umgebung mit.

Rob sah sehr ängstlich aus und warf ständig besorgte Blicke auf seinen Bruder. »Meinst du, wir finden ein Dorf?« Für ihn war Fergus vermutlich eine Art Anführer geworden und er schaute zu ihm auf wie zu einem Helden.

»Keine Ahnung«, brummte Fergus und sah sich, leider ohne großen Erfolg, nach etwas Essbarem um. »Ich war noch nie in dieser Gegend.«

»Er schafft es doch bis nach Hause, oder?« Robs Augen waren so weit aufgerissen, dass sie aus seinem schmalen, abgemagerten Gesicht zu fallen drohten.

»Natürlich«, behauptete Fergus mit aller Überzeugung, die er aufbringen konnte und schlug dem Jungen auf die Schulter. Wirklich daran glauben tat er allerdings nicht, denn seit gestern konnte Artan nicht einmal mehr laufen. Müde und erschöpft stolperten sie weiter durch die moorige, hügelige Landschaft. Fergus dachte nur noch an seine Familie, und er wollte unbedingt Artan und Rob sicher nach Hause bringen. Dass er Calum und viele andere Männer aus seinem Clan nicht hatte befreien können, lastete ohnehin schwer auf seiner Seele und er fragte sich, wie viele von ihnen überhaupt noch lebten.

Gegen Mittag des nächsten Tages kam endlich eine einsame Hütte in Sicht und damit stieg die Hoffnung auf ein warmes Lager und etwas zu essen. Aufmunternd nickte Fergus Rob zu und der junge Mann begann zaghaft zu grinsen. Sie schleiften Artan zwischen sich her und beschleunigten nun ihre müden Schritte. Sie waren sich sicher, dass ihre Landsmänner ihnen helfen würden.

Ein wenig wunderte es Fergus, dass alles ganz ruhig war, als sie näher kamen. Kein Hütehund bellte, keine Kuh muhte, und niemand war auf den Feldern zu sehen.

»Wir müssen vorsichtig sein«, warnte Fergus leise und sah sich misstrauisch um.

Rob nickte pflichtbewusst und sie schlichen langsam und immer wieder Blicke über die Schulter werfend näher.

»Ach du heilige Scheiße«, entfuhr es Fergus, als sie über den nächsten Hügel kamen.

Der junge Rob ließ vor Schreck seinen Bruder los und presste eine Hand vor den Mund. Vor dem kleinen Steinhaus lag eine komplette ermordete schottische Familie. Die Röcke der Frau und der beiden

Töchter waren nach oben geschoben und teilweise weggefetzt worden. Ganz offensichtlich waren sie vergewaltigt worden, bevor man ihnen die Kehle durchgeschnitten hatte. Nun blickten ihre leblosen Augen starr zum Himmel.

Fergus hielt den bewusstlosen Artan fest, während Rob hinter den nächsten Felsen stürzte und sich lautstark übergab. Fassungslos starrte Fergus auf die Leichen und unbändige Wut und hilfloser Zorn übermannten ihn. Die Schlacht von Culloden war grausam genug gewesen, aber dort waren sich zumindest kampferprobte Männer gegenüber gestanden, die gewusst hatten, worauf sie sich einließen. Dies hier war jedoch feiger Mord, der mit nichts zu entschuldigen war.

»Ich hoffe, ihr schmort eines Tages dafür in der Hölle, ihr englischen Bastarde«, murmelte er in den kalten Wind.

Nach einer Weile ging Fergus zu Rob, der kreidebleich an dem Felsen hockte und zitternd die Arme um seinen Oberkörper geschlungen hatte. Fergus lehnte den bewusstlosen Artan neben ihn und drückte dann seine Schulter.

»Bleib hier, ich werde sie beerdigen und dann nachsehen, ob noch etwas zu essen im Haus ist.«

»Duuu wwwillst sie be-bestehlen?«, stotterte Rob.

Fergus sah den jungen Mann ernst an. »Sie brauchen es nicht mehr, wir schon. Vielleicht finde ich sogar Decken.«

»Hmm.« Zögernd nickte Rob und lehnte den Kopf dann gegen den Felsen.

Nachdem Fergus einen Spaten gefunden hatte, machte er sich daran, ein Grab auszuheben. Er arbeitete verbissen und zielstrebig, und vermied dabei bewusst den Blick auf die tote Familie, dennoch wuchs mit jedem Spatenstich sein Zorn auf die englischen Besatzer. Eine einzelne Frau, ein uralter Mann und vier Kinder hatten den Engländer ganz sicher nichts entgegenzusetzen gehabt.

Als er schon beinahe fertig war, sah er, wie Rob auf zittrigen Beinen näher kam. Er hatte den Kopf zur Seite gedreht und konnte die Toten offenbar nicht ansehen und Fergus konnte ihn verstehen. Obwohl ihnen beiden der Tod nicht fremd war, war dies hier etwas anderes. Wortlos nahm Rob eine Schaufel und half Fergus, die Grube auszuheben.

Nach einer Weile stummer, verbissener Arbeit waren sie endlich fertig. Fergus ging in das Haus, welches im Inneren furchtbar verwüstet war, und Spuren eines verzweifelten Kampfes zeigte. Ein Tisch und ein paar Stühle waren umgekippt worden, am Boden lagen zerbrochene Schüsseln und ausgeschüttetes Mehl, in das sich Blutspritzer gemischt hatten. Fergus riss sich von dem Anblick los und holte einige karierte Decken. Dann wickelte er die toten Körper hinein und legte sie nach und nach in die Grube, wobei er ein Gebet murmelte. Rob kämpfte offenkundig mit den Tränen, als Fergus begann, das Grab wieder zuzuschaufeln.

»Sieh mal«, sagte er, um den jungen Mann abzulenken. »Es ist eine Decke übrig, die kannst du Artan bringen, und wenn du in dem Haus einen Becher findest, der heil geblieben ist, kannst du ihm Wasser geben.«

Sichtlich froh, sich von dem Grab entfernen zu können, eilte Rob davon. Wenig später kam er mit einem Tonbecher zurück, schöpfte Wasser aus dem nahen Bachlauf und ging dann zu seinem Bruder.

Nur wenige Augenblicke später hörte Fergus ihn allerdings entsetzt aufschreien. Er vermutete einen Angriff, packte den Spaten und rannte hinter Rob her. Als er jedoch über den Hügel kam, ließ er seine behelfsmäßige Waffe sinken. Rob kniete, in Tränen aufgelöst, neben seinem Bruder und wiegte sich vor und zurück. Als Fergus Artans starre Augen sah, wusste er, was los war. Wortlos nahm er Rob, der hemmungslos zu schluchzen begann, in den Arm. So mussten die beiden an diesem Tag ein weiteres Grab ausheben.

General Franklin hatte sich endlich von seinem Fieber erholt. Jetzt war er dafür umso ungehaltener wegen der Unterbrechung und herrschte seine Männer, die dafür ja am wenigsten konnten, ständig an. Da sie eine große Gruppe waren, stellte auch das Übersetzen auf die Insel ein Problem dar. Der Transport in den kleinen Ruderbooten ging dem General viel zu langsam. Gleich bei der ersten Überfahrt war ein Pferd in Panik ausgebrochen, hatte die Reling des Fährbootes durchbrochen und von Board gestürzt. Es hat eine Weile gedauert, dass Pferd aus dem Wasser zu ziehen. Wäre es nicht gerade eins der Packpferde gewesen, Franklin hätte es dem Wasser überlassen.

»Sir, es macht doch keinen Unterschied, ob wir die MacArthurs heute oder morgen auslöschen«, wagte einer der älteren Soldaten an diesem Abend zu sagen. Gerade warteten sie auf die zweite Gruppe, die mit der alten Holzfähre übersetzte.

»Und ob es einen Unterschied macht«, brüllte Franklin wobei er den Mann wild anfunkelte. »Jeder Tag, an dem ein verfluchter MacArthur lebt, ist ein Tag zu viel!«

Je weiter Gregory nach Norden vordrang, desto mehr besserte sich seine Laune. Es war beinahe ein Gefühl, als würde er nach Hause kommen. Natürlich plagten ihn auch düstere Gedanken, Caitlin war verheiratet, so wie er auch, doch er würde nicht zu Elizabeth zurückkehren. So gefährlich die Zustände in Schottland waren und wohl auch in der nächsten Zeit bleiben würden, er wollte mit Caitlin zusammen ein neues Leben beginnen. Vielleicht hier auf der Insel, vielleicht auch in einem anderen Teil des Landes, wenn sich ihre Familie quer stellte. In vielen einsamen, kalten Nächten fragte er sich allerdings immer wieder, ob Caitlin ihn überhaupt noch wollte. Was mochte sie von ihm denken? Sie musste glauben, er hätte sie vergessen und Fergus Reaktion auf dem Schlachtfeld ließ ihm wenig Hoffnung, dass er sich täuschen könnte.

Nach ein paar Tagen mit Sonnenschein und etwas angenehmeren Temperaturen war das Wetter wieder schlechter geworden. Drohende Wolken hingen am Himmel, als Gregory Port Righ passierte. Einige Frauen auf den Feldern rannten erschrocken davon, als sie ihn in seinem roten Mantel sahen, doch Gregory ritt rasch weiter.

Am späten Nachmittag riss der bleigraue Himmel endlich auf. Nicht weit entfernt erhoben sich die markante Felsnadeln des Storr Plateaus. Mit einem Lächeln auf den Lippen lenkte Gregory sein Pferd über den matschigen Schafspfad, der unterhalb des Waldes nach Norden führte.

Der Angriff erfolgte vollkommen unerwartet. Urplötzlich sprang ein bärtiger Mann im Kilt hinter Gregory aufs Pferd und riss ihn beinahe zu Boden. Drei weitere Schotten, in bräunliche Stoffe gekleidet, kamen brüllend hinter dem nächsten Felsen hervor. Gregory schlug um sich, um den Angreifer in seinem Rücken loszuwerden. Dieser wehrte sich nach Kräften und rammte ihm schließlich seinen Dolch tief in den linken Oberschenkel. Gregory keuchte auf, versuchte, die Hand des Mannes zu greifen, aber dieser legte ihm jetzt die Hände um den Hals und drückte zu. Endlich gelang es Gregory, ihm den Ellbogen in den Magen zu stoßen und der Schotte fiel gurgelnd zur Seite, hinab auf den matschigen Boden. Seine Kumpane versuchten, das aufgescheuchte Pferd aufzuhalten und griffen in die Zügel, aber Gregory stieß dem Wallach die Fersen in die Seiten und sprengte davon. Verfolgt vom Geschrei der Schotten versuchte er nach Norden zu fliehen. Das Pferd stolperte ständig auf dem steinigen Boden und kam nicht viel schneller voran als ein Mann laufen konnte. Trotzdem glaubte Gregory nach einer Weile, er hätte die Männer abgehängt. Kurz hielt er an und zog mit einem Stöhnen den Dolch aus seinem Bein. Blut schoss hervor, doch sein Versuch, die Wunde zu verbinden, wurde vereitelt. Ein verräterisches Klappern ließ ihn herumfahren. Hinter einer Felsgruppe sprang schon wieder ein schwertschwingender Schotte hervor und griff ihn an. Gregory riss den Wallach hart nach rechts. Das Pferd stolperte, fiel beinahe hin und versuchte, sich noch zu fangen, doch dann rutschte es auf einem glitschigen Stein aus und stürzte den Abhang hinunter, direkt in ein Sumpfloch. Im letzten Augenblick schaffte es Gregory, sein Bein unter dem Pferd hervorzuziehen, dann landete er auch schon mit einem Platschen im kalten, moorigen Wasser. Ihm blieb nicht viel Zeit, denn sein Verfolger stürzte sich bereits, das eisige Wasser ignorierend, auf ihn.

Die beiden rangen eine Weile miteinander und fielen immer wieder platschend in den Schlick. Es war Gregorys Glück, dass der Schotte bei einem Sturz sein Schwert verlor und es im trüben Wasser nicht zu fassen bekam. Nun droschen sie mit den Fäusten aufeinander ein, Gregory schaffte es, seine Faust in der Magengrube des anderen Mannes zu versenken. Dieser krümmte sich zusammen und Gregory griff blitzschnell nach einem aus dem Schlamm ragenden Stein. Diesen schlug er seinem Gegner auf den Hinterkopf und der Mann fiel mit dem Gesicht nach vorne ins Wasser. Nass bis auf die Haut stolperte Gregory aus dem eiskalten Schlammloch und sah sich nach weiteren Gegnern um, doch im Augenblick war es ruhig. Rasch legte er einen notdürftigen Verband an, um die Blutung zu stillen, dann ging er zu dem Pferd, welches nicht weit entfernt am Boden lag. Sofort sah er, dass es sich ein Bein gebrochen hatte.

»Tut mir leid, mein Junge«, seufzte Gregory. Er streichelte dem Tier noch einmal über den Kopf, dann schnitt er ihm mit einer geübten Bewegung die Kehle durch, denn er wollte den armen Kerl nicht unnötig leiden lassen.

Zitternd stand er im kalten Wind und überlegte, was er nun tun sollte. Das Essen in seinen Satteltaschen war größtenteils nass und nicht mehr genießbar, er hatte keine Kleidung zum Wechseln und nichts, womit er die Wunde vernünftig verbinden konnte. Schließlich nahm er dem Pferd Sattel und Zaumzeug ab und hoffte, einem der Bauern ein Pferd stehlen zu können. Dann machte er sich rasch davon, denn die anderen Highlander waren sicherlich in der Nähe und würden ihren toten Clanbruder rächen wollen.

Bis die Sonne am Horizont verschwunden war, marschierte Gregory weiter, und so froh er auch war, dass es endlich nicht mehr regnete, die Nacht war bitterkalt, was im April keine Seltenheit war. Gregory fror erbärmlich in seiner nassen Kleidung, außerdem schmerzte die Beinwunde und blutete noch immer. Angewidert kaute er an einem

Stück aufgeweichtem Brot herum und hoffte, dass der Morgen sonnig werden würde, damit seine Kleidung trocknete.

Allerdings war das Gegenteil der Fall, denn der kalte Wind in der Nacht hatte neue unheilverkündende Regenwolken mit sich gebracht. Erschöpft und durchgefroren machte sich Gregory im Morgengrauen auf den Weg. Dichter Regen fiel vom Himmel, als er weiter nach Norden humpelte, und bald ließ er den Sattel zurück, da ihm dieser zu schwer wurde.

Gegen Mittag glaubte er, keinen Schritt mehr gehen zu können. Das verletzte Bein trug ihn kaum noch, ihm war kalt und schwindlig und er zitterte unkontrolliert. Sein geschundener Körper sehnte sich danach, einen trockenen Platz zu finden und ein wenig zu schlafen. Nur kurz, vielleicht bis zur Abenddämmerung, aber hier gab es ohnehin keine Häuser und selbst wenn, wäre es zu gefährlich gewesen, sich in die Nähe von Menschen zu wagen. Zumindest schaffte er es, sich soweit aufzuraffen, endlich sein Bein in einer sauberen Quelle auszuwaschen, denn die Wunde war schmutzverkrustet und sah nicht sehr gut aus.

»Verdammt noch mal«, knurrte er und biss die Zähne zusammen, als er den Verband wieder festzog. »Ich hab's doch bald geschafft.«

Obwohl Gregory sich dagegen wehrte, fielen ihm immer wieder die Augen zu und schließlich schlief er in einer wenig geschützten, feuchten Felsmulde ein.

Es musste wohl schon Abend sein, als er zitternd aufwachte. Der Regen hatte nachgelassen, aber der kalte Ostwind wehte noch immer über das raue Land. Als Gregory sich stöhnend erhob, verlor er beinahe das Bewusstsein und musste sich an dem schroffen Felsen festhalten, an dem er geschlafen hatte.

Mit zusammengebissenen Zähnen begann er vorsichtig zu laufen. Sein Blick verschwamm ständig, er kämpfte darum, bei Bewusstsein zu bleiben, und schließlich schlug er der Länge nach hin, als er einen Stein übersah.

Stöhnend und schlammbespritzt richtete er sich wieder auf. Wie sollte er es nur bis zu Caitlins Dorf schaffen?

Erbarmungslos trieb General Franklin seine Männer weiter nach Norden. Auch ihre Pferde hatten Schwierigkeiten mit dem felsigen und morastigen Untergrund, und kamen nur langsam voran. Unterwegs zündeten die Soldaten nur zum Spaß einige Hütten an und versetzten die Bevölkerung in Angst und Schrecken. Überall verkündeten sie, dass die Schotten besiegt waren und jeder ohne Gnade ausgelöscht wurde, der sich den Engländern in den Weg stellte. Da das Wetter immer schlechter wurde, gönnte Franklin seinen Leuten in Port Righ eine kleine Pause. In der Taverne durften sie sich nach Lust und Laune betrinken und ein paar Tage im Trockenen verbringen. Nun, da er seinem Ziel so nahe war, hatte Franklin es plötzlich nicht mehr ganz so eilig. Er kostete die Vorfreude auf den bevorstehenden Untergang der MacArthurs so richtig aus.

Während von draußen der Regen gegen die Fensterscheiben prasselte, saß Caitlin im Cottage ihrer Eltern und wärmte sich nach getaner Arbeit am Feuer auf. Gerade bürstete ihre Schwester Glenna ihr die langen, dunkelblonden Haare und Caitlin beobachtete dabei Glennas Kinder, die auf dem Boden spielten.

»Wenn unsere Leute gewonnen haben und Paden aus dem Krieg zurückgekehrt ist, wirst du zu ihm zurückkehren müssen, Caitlin.« Ranald sah seine jüngste Tochter ernst an.

Augenblicklich versteifte sich die junge Frau.

»Paden hat mich verstoßen, das habe ich doch schon gesagt.«

»Ein Mann sagt im Zorn viele Dinge, die er nicht so meint«, versuchte Mary zu beschwichtigen.

»Ich hasse ihn!« Tränen sammelten sich in Caitlins Augen. »Er hat mich die ganzen Jahre gedemütigt. Morag ist eine alte Hexe und

Douglas, dieser Widerling, hat sogar schon versucht, in mein Bett zu steigen.«

»Caitlin!«, rief Glenna empört und lief knallrot an.

»Ich sage doch nur die Wahrheit.« Caitlin hatte sich in Rage geredet und entriss ihrer Schwester die Bürste. »Paden hat mich so oft geschlagen, dass ich die blauen Flecken kaum noch zählen kann.«

»Donald schlägt mich auch gelegentlich«, gab Glenna zögernd zu. »Trotzdem vermisse ich ihn und hoffe, dass er bald aus dem Krieg zurückkehrt.«

»Wenn du erst ein Kind bekommst, wird es sicherlich besser werden«, versuchte Mary ihre aufgebrachte Tochter zu beruhigen.

»Vielleicht werde ich niemals ein Kind bekommen«, schrie Caitlin und Tränen der Wut und Verzweiflung brannten in ihren Augen. »Macht es euch denn überhaupt nichts aus, dass sie mich wie ein Stück Vieh behandeln?«

»Caitlin, so beruhige dich doch.« Mary wollte sie in den Arm nehmen, doch Caitlin wandte sich ab und wischte sich energisch über die Augen. Ihre Familie wollte sie einfach nicht verstehen, es war zum Verzweifeln.

»Ich gehe nicht zu ihm zurück«, sagte sie mit zitternder Stimme und blickte starr gegen die Wand.

»Da ist das letzte Wort noch nicht gesprochen«, knurrte Ranald. »Wir können keinen neuen Streit mit den MacKenzies riskieren ...«

Caitlin hatte genug gehört. Sie rannte zur Tür hinaus und knallte sie von draußen zu. Tränen rannen über ihr Gesicht und sie machte sich durch den Regen und den Wind zu Angus' Cottage auf. Unterwegs lief sie Cormag in die Arme, der heftig hustend mit einem Eimer in Richtung der Quelle schlurfte.

»Was ist denn mit dir los, Lassie?«, fragte er keuchend, als er ihre roten Augen sah.

»Nichts.« Caitlin straffte die Schultern, dann betrachtete sie den alten Mann besorgt, der offensichtlich kaum Luft bekam. »Warst du immer noch nicht bei Angus?« Schon seit Tagen quälte Cormag ein starker Husten, der einfach nicht besser werden wollte.

Cormag winkte ab. »Ist nicht nötig.«

»Du kommst jetzt mit.« Energisch hielt sie Cormag an seinem abgewetzten, schmuddeligen Hemd fest.

»Der alte Quacksalber wird nur wieder triumphieren, weil es nichts gebracht hat, dass ich in der Kirche um Heilung gebetet habe«, knurrte er.

»Manchmal hilft Beten allein eben nicht.« Caitlin schob ihn vor sich her, und Cormags Gesicht sprach Bände, als er in Angus' kleinem Cottage stand. Hätte Caitlin ihn nicht festgehalten, wäre er sicher auf dem Absatz umgedreht und davongelaufen. »Cormag kommt wegen seines Hustens zu dir«, behauptete Caitlin, woraufhin Cormag empört schnaubte, anschließend jedoch heftig zu husten begann.

»So, so.« Angus verkniff sich ganz offensichtlich jede weitere Bemerkung, zog verschiedene getrocknete Kräuter aus einem Regal und betrachtete nachdenklich kleine Flaschen und Tiegel.

Schließlich nickte er zufrieden. »Hier, du nimmst den Efeusaft dreimal am Tag, diese Paste schmierst du dir auf die Brust und du solltest deine Hütte mit diesen Kräutern ausräuchern.« Er hielt Cormag einen Bund mit getrocknetem Wermutkraut und Rosmarin hin.

»Teufelszeug«, knurrte Cormag, nahm die Sachen jedoch mit mürrischem Gesicht an sich. Dann wandte er sich zum Gehen.

»Und Cormag«, fügte Angus noch hinzu und ein jungenhaftes Lachen blitzte in seinen Augen, »vergiss nicht, am nächsten Sonntag zu beichten, dass du bei mir warst.«

Der alte Mann machte nur eine wütende Handbewegung, dann verschwand er im Regen.

Caitlin amüsierte sich über die beiden Männer und hatte den Streit mit den Eltern bald vergessen, als Angus ihr eine seiner Geistergeschichten aus den Highlands erzählte.

Durchnässt und den Tränen nahe lehnte Gregory an einem Felsen. Er hatte keine Ahnung, wie er das Dorf an der Küste erreichen sollte, denn auch nur wenige Schritte zu gehen jagte Schmerzwellen durch sein Bein, die ihm die Sinne schwinden ließen. Dräuende Wolkenberge, aus denen es schon wieder zu regnen begann, hingen am Himmel und versetzten das mit Heidekraut übersäte Land in eine düstere Atmosphäre. Ein eiskalter Wind fuhr Gregory durch die Kleider und ließ ihn unkontrolliert schlottern. Gregory konnte es nicht glauben, dass sich nun alles gegen ihn verschworen hatte. So weit war er trotz aller Schwierigkeiten und Hindernisse gekommen und jetzt verließ ihn so kurz vor dem Ziel die Kraft. Es mussten noch mehrere Meilen bis zum Dorf der MacArthurs sein, vielleicht ein Tagesmarsch unter normalen Umständen, aber in seinem geschwächten Zustand erschienen ihm selbst die Strecke bis zum nächsten Felsen unerträglich weit. Langsam humpelte Gregory vorwärts und versuchte sein Bein so wenig wie möglich zu belasten. Als er stolperte und doch kurz mit beiden Füßen auftreten musste, wurde ihm schwarz vor Augen. Verzweifelt bemühte er sich, bei Bewusstsein zu bleiben, tastete nach etwas, an dem er sich festhalten konnte, und ergriff dann den Stamm eines dünnen, vom Wind gebeugten Baumes. Er atmete tief durch, versuchte, die Schmerzen und das Rauschen in seinen Ohren zu verdrängen. Ganz allmählich klärten sich seine Sinne wieder, aber als plötzlich der Himmel aufriss, tat die gleißende Helligkeit seinen Augen weh. Gregory blinzelte, als er eine Gestalt in dem aufsteigenden Bodennebel ausmachte. Zunächst glaubte er, er hätte Halluzinationen, doch als er ein leises Wiehern hörte, hegte er keine Zweifel mehr. Vor ihm stand der silberne Hengst, Gealach hatte Caitlin ihn immer genannt, und sah ihn aus unergründlichen, dunklen Augen an. Die aus dem Nebel hervorbrechenden Sonnenstrahlen umhüllten das Pferd mit einem unwirklichen Licht. Die Wassertropfen auf seiner langen Mähne strahlten und glitzerten, als wäre er von einem Kranz aus purem Silber umgeben.

»Was willst du?«, murmelte Gregory und erinnerte sich an die Geistergeschichten der Alten am Lagerfeuer. Wollte der Hengst ihm zeigen, dass seine Zeit abgelaufen war? War er gekommen, um ihn zu holen?

»Ich muss doch Caitlin warnen«, murmelte er und erhob sich schwerfällig. »Ich darf jetzt nicht sterben.«

Gealach kam mit aufgewölbtem Hals näher und warf den Kopf in die Luft, als es nur noch wenige Schritte von Gregory entfernt stand. Sonnenstrahlen fingen sich in den Regentropfen und die ganze Umgebung war jetzt in ein eigenartiges, silbriges Flimmern getaucht. Einen Augenblick lang fragte sich Gregory, ob er nicht vielleicht schon tot war.

Das Pferd blieb bewegungslos stehen und Gregory begriff nicht, was der Hengst von ihm wollte, dann fiel sein Blick auf den Boden, wo er das Zaumzeug seines toten Pferdes liegen gelassen hatte. Er zögerte. Das hier war ein Wildpferd, manch einer nannte ihn sogar den Geisterhengst. Ehrfurchtsvoll blickte Gregory zu dem majestätischen Tier auf — würde es ihn reiten lassen?

Mühsam humpelte er zu dem Zaumzeug hinüber, hob es auf und ging dann langsam auf das Pferd zu.

»Ich muss verrückt sein«, murmelte er und streckte seine zitternde Hand aus.

Gealach schnaubte zwar, wich aber nicht zurück.

»Darf ich dich reiten? Bringst du mich zu Caitlin?« fragte Gregory atemlos. Dann verdrehte er die Augen. »Ich bin wahnsinnig, ich spreche mit einem Geisterpferd.«

Doch zu Gregorys Erstaunen trat der Hengst noch einen Schritt näher und senkte den Kopf.

Kapitel 11
Traum und Wirklichkeit

Gregory wusste nicht mehr, was Traum und was Realität war. Er sah Nebelschwaden an sich vorbei ziehen, graue Felsen, grünes Gras und wie von Ferne hörte er das Donnern des Meeres, dann und wann das Schnauben eines Pferdes. Hier und da sah er auch Caitlins lachendes Gesicht auftauchen, dann war es wieder verschwunden und bunte Lichtblitze tanzten vor seinen Augen. War er tot? Nein, das konnte nicht sein, denn dazu waren die Schmerzen in seinem Bein zu deutlich spürbar. Ihm wurde abwechselnd heiß, dann eiskalt und er glaubte, noch niemals in seinem Leben so sehr gefroren zu haben. Es war verlockend, wieder einzuschlafen, denn dann würde er Regen und Kälte nicht mehr spüren und auch der Schmerz wäre nur ein entferntes Ziehen. Das schrille Wiehern eines Pferdes ließ ihn auffahren und als er mühsam die Augen öffnete, fand er sich auf einer feuchten Wiese wieder. *Alles nur ein Traum, ich kann Caitlin nicht rechtzeitig waren,* dachte er resigniert, aber dann wanderte sein Blick nach rechts, denn von dort vernahm er ein ungeduldiges Schnauben. Gealach, der silberne Hengst, stand nicht weit entfernt und scharrte mit einem Huf.

»Ich kann nicht mehr weiter, lass mich in Ruhe«, murmelte Gregory. Seine Augenlider senkten sich, doch dann riss er sie noch einmal gewaltsam auf. »Das kann doch nicht sein«, flüsterte er und blinzelte ein paar Regentropfen von seinen Wimpern. Hinter dem Hengst erhoben sich in der Abenddämmerung die Mauern von Duntulm Castle, und als Gregory sich mühsam an einem Felsen hoch zog, erkannte er im Tal unter sich eine Ansammlung von Hütten und kleinen Steinhäusern.

»Caitlins Dorf?« Ein heiseres, beinahe schon hysterisches Lachen entstieg Gregorys Kehle. Mehrfach schloss und öffnete er die Augen, aber was er sah, war keine Täuschung, kein Fiebertraum, er war wirklich hier. »Hast du mich hergebracht?«, murmelte er und wandte sich zu dem Hengst um, aber dieser war urplötzlich verschwunden und Gregory war sich auf einmal gar nicht mehr sicher, ob er wirklich jemals bei ihm gewesen war.

Nun nahm Gregory noch einmal all seine Kräfte zusammen und zwang sich aufzustehen. Mehrmals knickte sein verletztes Bein unter ihm weg, aber er biss die Zähne zusammen, gab nicht auf und humpelte auf den Abhang zu. Es regnete in Strömen, im Dorf war keine Menschenseele auszumachen und Gregory vermutete, dass sie bereits alle an ihren behaglichen Feuern saßen und er wünschte sich sehnlichst, ebenfalls dort zu sein. Selbst die kurze Strecke den Hügel hinab, kostete den jungen Mann unglaublich viel Kraft. Zweimal fiel er hin und wäre beinahe nicht mehr auf die Beine gekommen. Mit letzter Kraft schleppte er sich zu dem kleinen Cottage von Caitlins Eltern, und schlug an dem Fenster, hinter dem Caitlin damals geschlafen hatte, gegen den geschlossenen Fensterladen. Sein Atem ging rasselnd und weiße Wölkchen bildeten sich vor seinem Mund, während er inständig auf eine Antwort hoffte. Bange Momente vergingen, in denen Gregory mit pochendem Herzen lauschte. Er klopfte noch einmal, diesmal fester, doch alles blieb ruhig, nichts rührte sich in dem kleinen Steinhaus.

»Caitlin, bitte mach auf, ich kann nicht mehr«, keuchte er, aber niemand öffnete. Schluchzend wandte er sich ab, um zu Angus' Hütte zu gehen. Jeder Schritt war eine Qual. Gregory stützte sich an der Wand des Hauses ab, aber wenige Schritte später waren seine Kraftreserven endgültig aufgebraucht. Kurz hinter der Hütte des Clanchiefs brach er zusammen und fiel mit dem Gesicht auf die nasse, kalte Erde.

Wie schon viele Abende zuvor hielt sich Caitlin in Angus' Hütte auf. Unter seiner Anleitung stellte sie Salben her oder ordnete getrocknete Kräuter. Caitlin genoss die Zeit mit dem alten Mann, denn er stellte keine unangenehmen Fragen, so wie Caitlins Eltern es taten. Die drängten sie nur, zu Paden zurückzugehen, wenn er aus dem Krieg gegen die Engländer zurückkehrte, denn hier glaubten noch immer alle an einen Sieg.

Im Augenblick mochte sich Caitlin keine Gedanken über Paden machen, denn insgeheim hoffte sie, dass er nicht zurückkam.

»Cormags Husten ist beinahe verschwunden«, sagte sie, ohne von ihrer Arbeit aufzusehen.

»Hmm.« Angus schmunzelte. »Er hat mir sogar zum Dank eine Flasche Whisky vor die Tür gestellt.«

»Das würde er aber nicht zugeben«, lachte Caitlin und schüttelte mal wieder den Kopf über die beiden alten Männer, die sich ständig stritten, sich im Grunde ihrer Herzen aber wohl mochten.

»Wahrscheinlich nicht«, stimmte Angus zu und zündete sich seine Pfeife an. »Aila wird bald ihr Fohlen bekommen«, vermutete der alte Mann.

Caitlins Augen begannen zu strahlen. »Ja, ich freue mich schon sehr darauf.« Dann senkte sie den Blick. »Zumindest ihr ist es vergönnt, Nachwuchs zu haben.«

»Hättest du denn ein Kind mit Paden gewollt?« Angus sah sie herausfordernd an.

»Zumindest haben es alle von mir erwartet und vielleicht hätte er mich besser behandelt, wenn ich ihm einen Sohn geschenkt hätte.« Sie schlang die Arme um den Körper und blickte den alten Mann ängstlich an. »Was soll ich nur tun, wenn Paden zurückkommt?«

Mit einer väterlichen Geste streichelte Angus ihr über die Wange. »Noch ist es nicht soweit, Caitlin, und die Probleme von morgen sollten wir erst dann angehen, wenn dieser Tag vorüber ist.« Dann blickte er hinaus. »Die Dunkelheit ist schon lange hereingebrochen, du solltest jetzt gehen.«

Caitlin seufzte und erhob sich, dann ging sie langsam durch den Regen zur Hütte ihrer Eltern. Als sie hastig und schaudernd vor Kälte eintrat, saßen die beiden noch im Wohnraum am Feuer.

»Ich bin müde, ich gehe schlafen«, verkündete sie gleich, um einer neuen Diskussion über Paden MacKenzie aus dem Weg zu gehen.

»Schlaf gut.« Mary lächelte ihre Tochter an, dann wandte sie sich wieder ihren Näharbeiten zu.

Mit offenen Augen legte sich Caitlin in ihr altes, mit einer Strohmatratze gefülltes Bett, das sie sich früher mit Gillian geteilt hatte. Obwohl Caitlin wirklich müde war, konnte sie nicht einschlafen. Irgendetwas lag in der Luft. Unruhig wälzte sie sich in dem schmalen Bett hin und her, und als sie ein Wiehern hörte, fuhr sie auf. Zunächst glaubte sie, geträumt zu haben, doch dann hörte sie es erneut.

Aila, vielleicht bekommt sie ihr Fohlen, dachte sie aufgeregt. Natürlich fohlten die meisten Pferde irgendwo auf den Weiden, weitab von menschlicher Hilfe, aber Caitlin war niemals das Bild von Ailas Mutter aus dem Kopf gegangen und falls Aila jetzt selbst Hilfe brauchte, wollte sie dabei sein.

Rasch zog sie sich wieder an und warf sich einen Umhang über. Da sie ihren Eltern nichts sagen wollte, kletterte sie aus dem schmalen Fenster in ihrer Kammer. Endlich hatte der Regen aufgehört, die Mondsichel stand hoch am Himmel und nur ein paar vereinzelte Wolken zogen als dunkle Schatten durch die Nacht. Caitlin eilte in Richtung der Weide, wo sie Aila vermutete, und wäre beinahe hingefallen, als sie über etwas am Boden Liegendes stolperte. Erschrocken wich sie zurück und bei näherem Hinsehen erkannte sie, dass es ein Mensch war. In der Dunkelheit konnte sie nicht ausmachen, um wen es sich handelte, oder ob er überhaupt noch lebte.

So schnell sie konnte, rannte sie zu Angus' kleinem Cottage und erzählte ihm außer Atem, was sie entdeckt hatte. Gemeinsam schleiften sie die leblose Gestalt in die Hütte des alten Heilers.

Der Mann war über und über mit Matsch bedeckt, und als Caitlin eine englische Uniform erkannte und dem Soldaten den Schmutz vom Gesicht wischte, blieb ihr beinahe das Herz stehen.

»Rory, oh Gott, was machst du denn hier?«, flüsterte sie und schüttelte ihn vorsichtig, aber er gab keinen Laut von sich.

Einen entsetzlichen Augenblick lang glaubte sie, er wäre tot, aber als sie seinen Oberkörper vorsichtig anhob, stöhnte er doch ganz leise.

Auch Angus schien einen Moment lang nicht glauben zu können, wen er vor sich hatte, doch dann ging ein Ruck durch ihn.

Caitlin konnte regelrecht fühlen, wie ihr jegliche Farbe aus dem Gesicht wich und als Angus sie am Arm fasste, zuckte sie wie vom Blitz getroffen zusammen.

»Koch frisches Wasser, ich muss ihm die nassen Kleider ausziehen.«

Mit erschrocken aufgerissenen Augen nickte sie, drehte sich dann um und begann mit zitternden Händen Angus' Auftrag auszuführen. In ihrem Kopf drehte sich alles. Wo kam Gregory plötzlich her? Warum war er ausgerechnet jetzt aufgetaucht – nach dieser langen Zeit?

Als der alte Mann die Beinwunde freigelegt hatte, atmete er scharf ein.

»Was ist?«, fragte Caitlin ängstlich und trat näher.

»Das sieht nicht sehr gut aus.« Angus hatte Gregory seinen alten Belted Plaid umgewickelt, gerade schob er den karierten Stoff ein Stück weit hoch und nun sah auch Caitlin die schmutzige, eitrige und entzündete Wunde ganz genau und wurde blass.

»Angus, bitte hilf ihm«, flehte sie und nahm Gregorys eiskalte Hand in ihre.

»Wenn er überleben soll, muss ich sein Bein abnehmen«, erklärte Angus vorsichtig, wobei er Caitlin ernst ansah.

»Nein!« Tränen traten in ihre Augen. »Das würde er nicht wollen. Bitte, es muss doch eine andere Möglichkeit geben!«

»Caitlin«, er fasste sie an der Schulter, »die Wunde sieht schlimmer aus als alles, was ich seit Jahren gesehen habe, und sie vergiftet seinen ganzen Körper. Ich weiß nicht, wie alt sie schon ist. Es ist zu gefährlich.«

»Bitte, versuch es«, flehte Caitlin, »niemand kennt sich so gut mit Kräutern aus wie du.«

Kopfschüttelnd ging Angus zu dem Regal. »Das kann ihn das Leben kosten.«

Caitlin nahm Gregory, der nun heftig zitterte, in den Arm. Sie war sich unsicher, natürlich wollte sie sein Leben nicht gefährden.

»Du musst die Pappelrinde zerstampfen«, verlangte Angus.

Sofort machte sie sich an die Arbeit und beobachtete Angus aus dem Augenwinkel, der sich durch den Bart fuhr und angestrengt seine Kräuter anstarrte. »Eisenkraut«, murmelte er und griff in sein Regal, »wahrscheinlich stammt die Verletzung von einem Schwert oder Dolch. Das Eisenkraut könnte helfen, schon die Ahnen haben es benutzt.« Nun nahm er Schafgarbe in die Hand und nickte dann. »Das könnte gehen.« Er sah Caitlin mit gerunzelter Stirn an. »Gut, wir versuchen es ein oder zwei Tage lang mit diesen Kräutern, wenn es dann nicht besser wird, muss ich trotzdem sein Bein abnehmen. Und vor allem dürfen wir niemandem sagen, dass er hier ist.«

Erleichtert nickte Caitlin und streichelte Gregory über die feuchten Haare. »Warum bist du gerade jetzt gekommen?«

Nach Artans Tod hatten Fergus und Rob aus dem Cottage mitgenommen, was sie gebrauchen konnten. Allerdings war das nicht viel, denn bis auf ein paar verschrumpelte Kartoffeln vom letzten Jahr hatten die Engländer nichts übrig gelassen. Seitdem sein Bruder nicht mehr lebte, klammerte sich Rob noch viel mehr an Fergus. Der konnte den jungen Mann zwar verstehen, doch es lastete schwer auf ihm, so eine Verantwortung tragen zu müssen. Sie fanden kaum etwas zu essen, schliefen beinahe jede Nacht im Freien, und kamen nur langsam voran.

Bei einer sehr netten Familie östlich des Glen Shiel wagten sie es, sich drei Tage auszuruhen, denn ihre Kräfte waren endgültig erschöpft und seit Artan gestorben war, war Rob nur noch ein Schatten seiner selbst. Die beiden alten Leute teilten das Wenige, das sie hatten, gerne mit den erschöpften jungen Männern, die so schlechte Nachrichten brachten, und sie peppelten besonders Rob hingebungsvoll wieder auf.

Ros und Seona hatten ihr ganzes Leben in dem kleinen Steincottage im Schutz einer heidekrautbewachsenen Senke verbracht. Als sie von der

Niederlage hörten, zeigte sich tiefste Bestürzung auf ihren wettergegerbten Gesichtern.

»Ihr wisst nicht zufällig, ob Niall und Angus Fraser überlebt haben?«, erkundigte sich die alte Frau mit den grauen Haaren zittrig.

Ihr Mann legte ihr seine runzlige, abgearbeitete Hand auf die Schulter. An seinem Blick sah man, dass er nicht daran glaubte, seine Söhne jemals wiederzusehen.

»Nein, es tut mir leid, sie waren nicht bei uns«, antwortete Fergus bedrückt.

»Vielleicht konnten sie auch fliehen«, meinte Rob mit jugendlicher Naivität.

»Ja, vielleicht«, murmelte der alte Ros, doch eine Träne rann seine ledrige Wange hinab.

»Wie konntet ihr entkommen?«, erkundigte sich Seona nach einer Weile. Sie stand ächzend auf und rührte die Suppe, die über dem Feuer hing mit einem alten Holzlöffel um.

»Ein Freund konnte mir ein Messer zustecken«, erzählte Fergus und starrte in die Flammen. Seine Gedanken wanderten zu Gregory. Was mochte aus ihm geworden sein? Hatte er tatsächlich der englischen Armee den Rücken gekehrt?

In den nächsten zwei Tagen ging es Gregory nicht besser. Er hatte hohes Fieber, konnte nichts zu sich nehmen und war nicht ansprechbar. Caitlin und Angus hielten seine Anwesenheit vor den Dorfbewohnern geheim, aber zum Glück hatte Caitlin schon immer viel Zeit bei Angus verbracht, und so fiel es nicht auf, dass sie ständig in seiner Hütte war.

Auch an diesem Abend saß sie wieder bei Gregory, als Angus die Wunde neu verband.

»Die Entzündung ist etwas zurückgegangen«, murmelte er.

»Das ist doch gut«, sagte Caitlin erleichtert und legte Gregory, der wirres Zeug murmelte, ein kaltes Tuch auf die Stirn.

Angus seufzte und seine Stirn legte sich in Falten. »Aber das Fieber ist viel zu hoch.«

Das konnte auch Caitlin leider nicht abstreiten. Gerade keuchte Gregory laut und murmelte: »Caitlin … zu ihr … Gefahr … musst fliehen.« Er schlug um sich und hustete qualvoll.

»Was will er mir denn nur sagen?«, fragte sie verzweifelt und nahm seine Hand. »Ich bin hier, keine Angst, du bist in Sicherheit.«

»Wenn ich das nur wüsste«, murmelte Angus, dann lächelte er Caitlin zu. »Sing ihm etwas vor, das hat er immer gern gehabt. Ich bin mir sicher, deine Stimme beruhigt ihn. Später werde ich versuchen, ihm noch etwas von meinem Mistelextrakt einzuflößen.«

»Aber du hast doch immer gesagt, mit Misteln muss man vorsichtig sein.« Caitlin war besorgt, denn Angus hatte sie stets ermahnt, Misteln nicht unbedacht zu verwenden.

»Sicher, da hast du Recht.« Der alte Mann hob die Schultern. »Aber die Mistel war bei unseren Vorfahren eine wichtige Heilpflanze. Sie vermittelt zwischen dem Diesseits und dem Jenseits. Vielleicht hilft sie ihm, zurück in unsere Welt zu finden.«

Obwohl Caitlin das nicht wirklich beruhigte, musste sie Angus wohl vertrauen. Nach einer Weile stimmte sie mit ihrer sanften Stimme ganz leise ein gälisches Schlaflied an. Angus lächelte ihr aufmunternd zu und tatsächlich, nachdem sie eine Weile gesungen hatte, entspannte sich Gregory etwas und sein Schlaf wurde ruhiger.

Nur sehr ungern ließ Caitlin Gregory später allein, aber im Augenblick schlief er wirklich so ruhig und fest, dass sich auch Angus heute entschloss, mal wieder zum Abendessen zu Caitlins Eltern zu gehen. Schon seit Tagen war er nicht mehr beim Clanchief gewesen und er wollte schließlich kein Misstrauen erwecken.

Mary hatte Fischsuppe gekocht, dazu gab es Haferbrot und Ale und Ranald äußerte mal wieder den Wunsch, sich dem Kampf von Charles Stuart anzuschließen, denn seine Wunde war vollständig verheilt.

»Du weißt nicht einmal, wo im Moment gekämpft wird«, versuchte Mary ihren Mann erneut von seinem Vorhaben abzuhalten. »Bleib hier im Dorf, wir brauchen dich.«

»Ich denke auch, du solltest bleiben, Ranald«, pflichtete Angus ihr bei. »Überlass die Kämpfe den jungen Männern, du hast deinen Teil zu diesem Krieg beigetragen und kannst froh sein, mit dem Leben davongekommen zu sein.«

Mary nickte eifrig, während Ranald knurrte: »Weibergewäsch, ich bin das Oberhaupt unseres Clans und sollte bei unseren Leuten sein und an ihrer Seite kämpfen, wenn sie den Rotröcken zeigen, wem Schottland wirklich gehört.«

»Donald, Fergus und all die anderen werden unseren Clan würdig vertreten«, versicherte Glenna und setzte sich neben ihren Vater.

Dieser seufzte und streichelte seiner ältesten Tochter über die rundliche Wange und ließ sich von ihr sogar von dem verfänglichen Thema abbringen, denn sie wollte von ihm wissen, wann sie damit beginnen sollte, neues Korn zu sähen. Caitlin kümmerte sich unterdessen um ihre jüngste Nichte Finnogal, denn das kleine Mädchen wollte unbedingt auf ihrem Bein reiten und jauchzte jedes Mal, wenn Caitlin sie ein wenig höher hüpfen ließ. Insgeheim beneidete sie Glenna schon um ihre vier Kinder, auch Fergus und Gillian hatten drei Kinder, nur sie selbst war nicht schwanger geworden.

Vielleicht ist das ja auch ganz gut so, jetzt, wo Rory zurück ist, dachte sie, aber dann rief sie sich selbst zur Ordnung, denn sie wusste ja nicht einmal, ob er überleben würde, und wie danach alles weitergehen sollte.

Kurz nachdem es dunkel geworden war, klopfte es laut an die Tür. Ranald öffnete und bat einen älteren Mann aus dem Clan MacDonald, in Begleitung von Cormag, herein. Feargan MacDonald, ein älterer, kauzig wirkender Mann, trat langsam ein und nahm seinen *Bonnet* vom Kopf. Diesen karierten Hut mit der Bommel trugen dieser Tage viele Männer. Bedächtig legte ihn Feargan auf den Tisch, wobei seine bekümmerten Gesichtszüge nicht davon kündeten, dass er gute Nachrichten brachte und daher richteten sich nun aller Augen gespannt auf ihn. Auch Caitlin sah ihn erwartungsvoll an.

»Es gibt Gerüchte«, begann er und blickte unsicher in die Runde.

»Rede endlich«, herrschte Ranald ihn an.

»Manche Familien vom Festland verbreiten die Kunde, dass die Schlacht von Culloden zu Gunsten der Engländer ausgegangen ist. Bonnie Prince Charlie wurde besiegt und ist auf der Flucht.«

Einige Herzschläge lang herrschte schockiertes Schweigen. Lediglich das Prasseln der Flammen war zu hören und alle MacArthurs starrten Feargan entsetzt an.

»Jetzt plündern und brandschatzen die verdammten Rotröcke noch mehr«, schimpfte Feargan MacDonald. »Wenn ich auch nur einen von ihnen in die Finger bekomme, ist er dran.«

Caitlin und Angus warfen sich einen Blick zu, während Gillian und Mary Feargan nun aufgeregt mit Fragen bestürmten, bis Ranald mit der Faust auf den Tisch schlug und für Ruhe sorgte.

»Wie kann das sein? Wir hatten die verdammten Rotröcke doch fast schon bis vor die Tore Londons gejagt?«

Feargan schüttelte den Kopf. »Alles was ich gehört habe, ist, dass Charles sich entschieden hat, den Rückzug nach Schottland anzutreten. Bei Culloden hat er sich den Engländern zum Kampf gestellt.«

»Aber, wie konnte er das nur tun? Wie konnte er sich nach so einem langen Marsch einer offenen Feldschlacht stellen?«

Caitlin sah ihrem Vater an, dass er verwirrt war. Charles Edward Stuart hatte das Unmögliche vollbracht, hatte ganz Schottland in Aufruhr versetzt und die meisten der Clans waren ihm gefolgt. Der endgültige Sieg über England war nach allem was man bisher gehört hatte, greifbar gewesen, und nun sollte alles verloren sein? Auch Caitlin konnte das kaum glauben.

Ranald machte einen Schritt auf Feargan zu und packte ihn an der Schulter.

»Ist es sicher, dass unsere Männer besiegt sind?«, stellte er die Frage, die wohl allen auf der Seele brannte.

Feargan zuckte die Achseln. »So wie es aussieht schon.«

»Fergus!«, schluchzte Mary und Glenna brach in Tränen aus.

»Wir müssen Wachen aufstellen«, stellte Ranald nüchtern fest, auch wenn sich auf seinem Gesicht Schrecken abzeichnete. »Sobald sich Engländer nähern, werden wir sie töten.«

»Wir haben kaum Männer im Dorf.« Der alte Cormag spuckte auf den Boden.

»Ich glaube, hier auf der Insel wird es nicht so schlimm werden«, vermutete Feargan und nahm sich ein Stück Brot. »Die armen Schweine auf dem Festland sind übler dran.«

»Mögen unsere Söhne und Männer heil nach Hause kommen«, flüsterte Mary, bekreuzigte sich und Caitlin lief eine kalte Gänsehaut über den Rücken. Ihr Bruder, ihr Schwager und so viele andere Menschen, die sie kannte und liebte, hatten mit Bonnie Prince Charlie gekämpft und jetzt konnten sie nur beten, dass sie nicht den englischen Kanonen und Musketen zum Opfer gefallen waren.

Diese Nachrichten hatten mit einem Schlag alles verändert. Die Zukunft war ungewiss und niemand wusste, was folgen würde. Vielleicht würden die Engländer Schottland in Ruhe lassen, da sie die Jakobiten für geschlagen hielten, vielleicht würden aber auch versprengte Trupps der Rotröcke in den Highlands ihr Unwesen treiben und das ganze Land mit Leid überziehen.

Über all dies wurde nun aufgeregt gesprochen und zudem beratschlagt, wie man sich die Engländer am besten vom Hals halten konnte, falls sie doch hier auf der Insel auftauchten.

Sobald es Caitlin und Angus wagen konnten, gingen sie zurück zu Gregory. Das ganze Dorf war in heller Aufregung und überall rannten Frauen und Alte mit entsetzten Gesichtern und vor Angst geweiteten Augen herum, um ihren Nachbarn die schrecklichen Neuigkeiten mitzuteilen.

»Er ist hier nicht mehr sicher«, sprach Angus schließlich auch Caitlins Gedanken aus. »Gregory ist Engländer und falls Charles Stuart tatsächlich besiegt ist, werden alle voll blindem Hass gegen jeden Untertan von King George sein.«

»Aber er wollte doch sicher nur zu mir«, wandte Caitlin ein und streichelte Gregory, der schon wieder fantasierte, über die feuchten Haare.

»Caitlin, ich fürchte wirklich um ihn.« Angus Stimme hatte einen sehr ernsten und eindringlichen Klang angenommen. »Alle sind aufgebracht und ich denke, dein Vater wird ihn nicht beschützen wollen, nachdem er herausbekommen hat, dass du mit ihm verschwinden wolltest.«

»Aber wo sollen wir ihn denn hinbringen? Wir können ihn doch nicht irgendwo im Freien lassen, das würde ihn bei dieser kalten Witterung umbringen.«

Mit einem tiefen Seufzen ließ sich Angus auf einen Stuhl fallen. »Wenn ich das nur wüsste. Ich möchte ihn ungern transportieren, aber notfalls könnten wir ihn in einen der verlassenen Räume von Duntulm Castle bringen.«

»Ja, das wäre eine Möglichkeit«, stimmte Caitlin nach kurzem Nachdenken zu. »Aber so lang es geht, werden wir geheim halten, dass er bei dir ist.« Sie erhob sich, um zurück zu ihren Eltern zu gehen, denn die wunderten sich vermutlich schon, wo sie blieb.

»Wenn er so lange überlebt«, murmelte Angus so leise, dass Caitlin es nicht hörte.

Obwohl es Fergus eilig hatte, nach Hause zu kommen, verließ er die alten Leute nur sehr ungern. Sie hatten ihn und Rob gut verpflegt, hatten ihnen einen warmen Schlafplatz gegeben und sie wie ihre eigenen Kinder aufgenommen. Insgeheim fürchtete er ein wenig um die Frasers. Würden sie alleine zurecht kommen? Würden die Engländer auch sie umbringen?

Mit einem Bündel voll Brot und etwas Schafskäse machten sie sich weiter auf den beschwerlichen Weg nach Hause. Rob, jetzt ausgeruht und mit einem gefüllten Magen, redete ununterbrochen von seinem Clan, der im Süden von Skye lebte.

»Mum wird mir eine Pastete machen«, plapperte er munter vor sich hin und stolperte beinahe über einen Stein. »Sie macht die beste Pastete der ganzen Insel. Ich freue mich schon so darauf, wieder in meinem Bett zu schlafen …«

Robs Euphorie schien kein Ende zu nehmen und obwohl Fergus ihm kaum zuhörte, lächelte er ihm immer wieder bestätigend zu. Er selbst war besorgt wegen seines Clans. Würde außer ihm überhaupt jemand zurückkehren? Wie sollte er seiner Schwester Glenna beibringen, dass Donald nicht mehr lebte? Und wie würde das Leben überhaupt weitergehen – jetzt, wo die Engländer gesiegt hatten?

Während der letzten Tage waren General Franklins Männer in Hochstimmung. Nachdem sie sich einige Zeit ausgeruht und ausgiebig betrunken hatten, waren sie weitergezogen. Mordend und brandschatzend drangen sie weiter nach Norden vor, auf der Suche nach dem Mann, der General Franklin verstümmelt hatte. An der rauen Küste entlang reisten sie weiter, doch wo genau das Dorf der MacArthurs lag, wussten sie noch immer nicht. Je näher Franklin sich seinen verhassten Feinden glaubte, desto verbissener wurde seine Miene. Für die Scherze und Späße seiner Soldaten hatte er nichts mehr übrig, stattdessen saß er stocksteif auf seinem Pferd und starrte gerade aus. Irgendwann sah er in der Ferne einen einzelnen alten Mann auf seinem Feld arbeiten und galoppierte auf ihn zu. Der Bauer packte seine Schaufel und wollte offenbar fliehen, doch Franklin war rasch bei ihm, sprang vom Pferd und hielt ihm seinen Dolch an die Kehle. Der Alte sah ihn mit schreckgeweiteten Augen an. »Ich habe nichts, was für Euch von Wert ist, meine Söhne sind im Krieg, meine Frau schon lange tot.«

»Deine Söhne sind schon längst verrottet«, stieß Franklin hervor. »Ihr jämmerlichen Kreaturen habt den Krieg verloren.«

Der Mund des Mannes öffnete sich vor Entsetzen und General Franklin bemerkte beiläufig, dass er nur noch zwei Zähne im Mund hatte.

»Wo liegt das Dorf der MacArthurs?«, knurrte Franklin und drückte dem Bauern seinen Dolch in die Haut.

»Meine Söhne sind tot?«, stammelte der alte Mann stattdessen.

»Ja, und jetzt sprich, sonst folgst du ihnen auf der Stelle.«

Der Bauer antwortete noch immer nicht, doch kurz bevor Franklin sich entschließen konnte, ihn auf der Stelle zu töten und sich ein anderes Opfer zu suchen, ging ein Ruck durch ihn. Der Alte straffte die Schultern und sah ihm plötzlich fest in die Augen.

»Ihr verschont mich, wenn ich es Euch sage?«

»Ja!«, geiferte Franklin und funkelte ihn zornig an.

Die schmutzige Hand des Schotten deutete nach links. »Etwa zwei Tagesmärsche von hier, ihr müsst diese Berge überqueren, haltet euch nach Süd-Westen.«

Wenig begeistert starrte Franklin auf die wolkenverhangenen Gipfel der Bergkette, deren Anblick die ganze Inselzunge beherrschte. »Die MacArthurs sollen doch weiter im Norden leben«, hakte er misstrauisch nach.

»Früher«, versicherte der alte Mann, »aber das Ackerland war dort zu schlecht, und seitdem die MacDonalds ihre Burg aufgegeben haben, gab es da nichts mehr für sie zu tun.«

»Also gut.« Mit einer beiläufigen Handbewegung schnitt General Franklin dem alten Mann die Kehle durch und ließ ihn achtlos auf die Erde fallen. »Machen wir uns auf den Weg, Männer.«

Kapitel 12
In höchster Gefahr

In der nächsten Nacht schlich sich Caitlin von zu Hause weg, denn sie hatte behauptet, früh schlafen gehen zu wollen. Ihr Vater und einige andere Männer diskutierten gerade heftig am Feuer über die vermeintliche Niederlage Schottlands. Nur schwer konnten die Menschen im Dorf die Neuigkeiten glauben, viele hofften, es handle sich um Gerüchte, die von geschwätzigen alten Weibern in die Luft gesetzt wurden. Dennoch war eine große Unruhe ausgebrochen. Sollte Charlies Anspruch auf den Thron tatsächlich verwirkt und das schottische Heer zerschlagen sein, so konnte die Zeit nach den Jakobitenaufständen mehr als hart werden.

Müde legte sich Caitlin zu Gregory auf das schmale Bett und schlang die Arme um ihn. Obwohl sie wusste, dass er sie nicht hören könnte, erzählte sie ihm von dem, was sic von Feargan erfahren hatten, sie beichtete ihm, welche entsetzlichen Sorgen sie sich um Fergus machte und wenngleich er nicht antwortete, wurde ihr ein klein wenig leichter ums Herz, jetzt, wo sie ihre Ängste mit ihm geteilt hatte.

»Wo warst du die ganze Zeit über, Rory?«, flüsterte sie und strich ihm sanft über die ausgemergelte, von Bartstoppeln überzogene Wange. »Ich habe so lange auf dich gewartet und ich wünschte, ich hätte Paden niemals heiraten müssen.«

Irgendwann war auch Caitlin eingeschlafen und erwachte erst, als Gregory unruhig wurde. Leise trat Caitlin ans Fenster. Vermutlich war es schon weit nach Mitternacht, denn draußen herrschte absolute Dunkelheit und aus keinem der Cottages drang auch nur ein einziger Lichtschein. Sie legte noch etwas Torf auf, denn es war kühl geworden, und blies vorsichtig in die Glut. Funken stoben davon und erst als eine kleine Flamme emporzüngelte ging Caitlin zurück zu Gregorys Lager. Wie vom Donner gerührt blieb sie stehen, als er ganz unverhofft die Augen aufschlug.

»Caitlin«, murmelte er und versuchte sich aufzurichten.

Zunächst glaubte sie, er würde wieder fantasieren, doch diesmal wirkte sein Blick klarer, und als sie eine Hand auf seine Stirn legte, hatte sie den Eindruck, dass das Fieber etwas gesunken war.

Glücklich drückte sie ihn an sich. »Wie geht es dir? Was tust du hier? Und wie wurdest du verletzt«, stammelte sie durcheinander.

Mit einem Stöhnen fielen ihm die Augen wieder zu.

»Entschuldige.« Caitlin reichte ihm einen Becher mit Kräutertee. »Du musst das trinken.«

»Ihr müsst fliehen«, murmelte er und drohte wieder einzuschlafen. »Ihr seid in Gefahr. General …«

»Ganz ruhig, alles ist gut«, versuchte sie ihn zu beruhigen. »Trink das.«

Gregory blieb nichts anderes übrig, als den bitteren Tee zu schlucken, dann hielt er Caitlins Hand fest.

»Euer Dorf ist in Gefahr, ihr müsst fort.«

»Du hast Fieber, beruhige dich.«

»Nein.« Mit einiger Anstrengung richtete er sich doch noch ein Stück weit auf und berichtete unzusammenhängend von der Schlacht von Culloden. Caitlin runzelte die Stirn und lauschte. Gegen Ende seiner Erzählungen zitterte Gregory so heftig, dass er kaum noch sprechen konnte.

Mit wachsendem Entsetzen hatte Caitlin zugehört und sie wusste noch immer nicht genau, ob das alles stimmte, oder ob er nicht doch fantasierte, denn seine Erzählungen übertrafen die Schreckensnachrichten von Feargan noch bei weitem.

»Jetzt beruhige dich, du kannst morgen früh weitersprechen«, sagte sie und drückte ihn zurück auf die Decken.

Seufzend legte er sich hin, dann nahm er ihre Hand. »Caitlin, ich liebe dich, es tut mir alles so leid …« Einen Augenblick später war er vor Erschöpfung eingeschlafen.

Eine Weile dachte Caitlin nach und beobachtete Gregory im Schlaf. Nachdem sie aber zu keinem Ergebnis kam, weckte sie Angus auf, der am Boden auf einer dicken Schicht Stroh schnarchte.

Auch der alte Mann war sehr verwundert über Gregorys Worte.

»Es ist ein gutes Zeichen, dass er aufgewacht ist«, sagte er nachdenklich. »Meinst du, es stimmt, was er gesagt hat oder hattest du das Gefühl, dass er noch unter dem Einfluss des Fiebers stand?«

»Ehrlich gesagt hatte ich schon das Gefühl, dass er wieder bei Sinnen war. Außerdem passen seine Worte zu dem, was die MacDonalds gehört haben«, entgegnete Caitlin und es war, als würde sich eine kalte Hand um ihr Herz legen. Auch auf Angus Gesicht zeichnete sich Sorge ab, doch der Heiler schwieg. Als der Morgen graute, schlich sich Caitlin zurück zu ihrem Elternhaus, bevor jemand Verdacht schöpfte.

Erst am späten Vormittag wachte Gregory wieder auf. Er erzählte Angus noch einmal von Culloden und der Gefahr, die durch General Franklin drohte.

Verdammt, dann hat mich mein Gefühl damals, als die Schatten über Duntulm Castle lagen, doch nicht getrogen, dachte Angus. *Wenn ich die Dinge nur klarer vorhersagen könnte.* Schuldgefühle übermannten den alten Mann, doch dann schalt er sich selbst einen Narren, denn es hätte wahrscheinlich auch nichts geändert, wenn er seine Leute gewarnt hätte. Ganz sicher hätten sich Ranald, Fergus und Calum nicht von einem unguten Gefühl eines alten Mannes abhalten lassen, in den Krieg zu sehen, den sie schon als so gut wie gewonnen angesehen hatten.

Angus wandte seine Aufmerksamkeit wieder Gregory zu, der zwar erschöpft aussah, aber doch mit klarer Stimme sprach.

»Du musst deine Leute von hier fortbringen«, verlangte er eindringlich. »Und bitte hol Caitlin, ich muss ihr etwas erklären.«

Mit gerunzelter Stirn betrachtete Angus den jungen Mann. Er hatte viele Strapazen auf sich genommen, um herzukommen und es wunderte ihn, dass er überlebt hatte.

»Ihr hast du es übrigens zu verdanken, dass du dein Bein noch hast«, erklärte der alte Mann.

Gregory blickte auf den Verband, dann überzog ein Lächeln sein eingefallenes Gesicht. »Ich danke euch beiden. Kannst du sie bitte holen?«, wiederholte er dann ungeduldig.

»In Ordnung, aber du musst diese Suppe essen.« Angus deutete auf die Schüssel, die auf dem kleinen Hocker stand.

Gregory verzog das Gesicht. »Ich habe keinen Hunger.«

Angus verschränkte die Arme. »Keine Suppe, keine Caitlin.«

Seufzend nahm Gregory die Holzschale und begann die Suppe zu löffeln, woraufhin Angus zufrieden lächelnd hinausging. Er fand Caitlin im Cottage ihrer Eltern, wo sie gerade das Mittagessen kochte. Als sie ihn sah, warf sie vor lauter Schreck eine Tonschale hinunter.

Angus zwinkerte ihr beruhigend zu.

»Mary, darf ich dir deine Tochter kurz entführen? Eines der Schafe hat Probleme beim Lammen.«

»Wenn es sein muss«, antwortete Mary missbilligend. »In letzter Zeit hilft sie dir sehr viel und vernachlässigt ihre Hausarbeiten.«

»Caitlin ist eine hervorragende Heilerin«, erwiderte Angus gelassen. »Wenn ich einmal nicht mehr lebe, weiß ich die MacArthurs zumindest in guten Händen. Aber sie muss noch einiges lernen.«

»Also, geht schon.« Mary war in den letzten Tagen sehr gereizt, und Angus vermutete, dass sie sich pausenlos Sorgen um Fergus und die anderen Männer aus dem Dorf machte.

»Was ist mit ihm?«, stieß Caitlin hervor, sobald sie zur Tür hinaus waren.

»Es geht ihm besser«, versicherte Angus. »Ich glaube, er hat Recht. Und, er wollte mit dir sprechen.«

Das letzte Stück rannte Caitlin. Vielleicht würde sie endlich Antworten auf all die Fragen erhalten, die ihr seit Jahren im Kopf herumschwirrten. Als sie Gregory aufrecht im Bett sitzen sah, umarmte sie ihn glücklich.

»Caitlin, ich muss dir etwas erklären«, begann er zögernd und plötzlich machte sich eine gewisse Befangenheit zwischen ihnen breit.

Wenngleich Caitlin sich entsetzliche Sorgen um Gregory gemacht und um sein Leben gebangt hatte, so wurde sie plötzlich wütend. Er hatte das Massaker damals überlebt und war trotzdem nicht zu ihr zurückgekehrt. Nur weil er sie nicht aus dem Dorf fortgeholt hatte, war sie die von vornherein zum Scheitern verurteilte Ehe mit Paden eingegangen und kam nicht umhin, ihm nun die Schuld dafür zu geben. Sie presste die Lippen aufeinander und schüttelte den Kopf.

»Ich habe auf dich gewartet«, erwiderte sie leise und senkte den Blick. »So viele Jahre habe ich auf dich gewartet.« Caitlin blickte Gregory in die Augen. Sie hoffte, dass er eine gute Erklärung für sein Verschwinden hatte. Sie wollte einfach nicht glauben, dass ihre Liebe eine Lüge gewesen war.

»Es tut mir so leid, Caitlin. Ich wollte wirklich zu dir zurückkommen.«

Gregory nahm ihre Hand und begann die ganze Geschichte zu erzählen. Er berichtete davon, wie er unbeabsichtigter Weise in die Hände der Engländer geraten war, erzählte von dem Angriff der Schotten und dass er bei diesem Kampf sein Gedächtnis verloren hatte.

»Irgendwann bin ich in England aufgewacht, konnte mich an nichts mehr erinnern und hatte höllische Kopfschmerzen.« Zum Beweis für sein fehlendes Gedächtnis zeigte er ihr die große Narbe an seinem Hinterkopf.

»Das muss entsetzlich wehgetan haben«, sagte Caitlin mitleidig und streichelte ihm über den Kopf.

»Ich habe kaum etwas mitbekommen während der ersten Zeit«, gab er zu und sah sie dann verzweifelt an. »Viel schlimmer war es, sich an nichts mehr erinnern zu können. Caitlin, ich habe immer wieder dein Gesicht vor mir gesehen, aber nicht gewusst, wer du bist.« Er zögerte und sah sie voller Unsicherheit an. Caitlin spürte, dass ihn noch etwas belastete. »Ich habe Elizabeth geheiratet«, sagte er schließlich.

Diese Worte trafen Caitlin wie ein Schlag, und sie entzog ihm ihre Hand. Wut und Trauer rangen um die Vorherrschaft in ihr, sie wollte etwas sagen, aber ihre Lippen bebten so sehr, dass sie kein Wort herausbrachte. Offensichtlich bemerkte Gregory ihre Gefühle.

»Ich habe das nur getan, weil ich nichts mehr von unserer Liebe wusste, sonst hätte ich diese Frau niemals geheiratet und mich auch nicht wieder der Armee angeschlossen.«

Caitlin sah ihn nicht an, stattdessen blickte sie zur Seite und versuchte ihre Tränen wegzublinzeln. Doch hatte sie wirklich ein Recht, wütend auf ihn zu sein? Immerhin hatte sie ja ebenfalls geheiratet.

»Ich bin mit Paden verheiratet«, erklärte sie schließlich und beobachtete Gregory genau.

»Ich weiß. Fergus hat es mir erzählt.« Sie hörte das Bedauern in seiner Stimme und auf seltsame Weise beruhigte sie dies, verriet es ihr doch, dass sie ihm nicht gleichgültig war. Zudem hatte er seine Verbundenheit, zumindest mit dem Clan, gezeigt, als er all den Weg von Culloden hierher gekommen war, um sie zu warnen.

»Er erwähnt auch, dass du ihn verlassen hast«, fuhr Gregory unsicher fort. »Warst du nicht glücklich mit Paden?«

Dieses Mal konnte sie die Tränen nicht zurückhalten und schüttelte nur stumm den Kopf.

»Das dachte ich mir. Ich bin mit Elisabeth auch nicht glücklich.« Er griff nach ihrer Hand und dieses Mal zog Caitlin sie nicht zurück. »Caitlin, es war schrecklich. Obwohl es mir an nichts fehlte, ahnte ich doch, dass ich das falsche Leben führte. Stets wusste ich, da wartet noch etwas auf mich, aber ich konnte es mir nicht erklären. Es war wie ein Schatten, der sich am Rande meines Lebens versteckte.« Müde sank Gregory zurück auf sein Lager. »Oh Caitlin. Es tut mir so leid. So viele Jahre haben wir dadurch verloren.« Traurig sah er sie an und langsam kehrte in Caitlin die Gewissheit zurück, dass er sie wirklich liebte und seine Geschichte der Wahrheit entsprach. Dennoch spürte sie, dass sie beide einige Schritte gehen mussten, ehe sie wieder zueinander finden würden. Es waren wenige Schritte nur, doch die Hindernisse, die sie überwinden mussten, sofern dies überhaupt möglich war, waren undenkbar groß.

Noch einmal erzählte Gregory von der Schlacht von Culloden, von all dem Schrecken und der Verzweiflung und wie ihn schließlich die Erinnerung eingeholt hatte, als er plötzlich Fergus gegenübergestanden hatte. Am Ende war er sichtlich erschöpft und konnte kaum noch die Augen offen halten.

»Oh, Gregory, wie hast du es nur bis hierher geschafft mit dieser Verletzung?«

»Gealach«, murmelte er und sein Kopf sackte gegen ihre Schulter.

»Gealach, der Geisterhengst?« Caitlin wunderte sich darüber, dass er sich überhaupt noch an das gälische Wort erinnerte.

Noch einmal riss Gregory gewaltsam die Augen auf. »Er hat mich hergebracht. Ich glaube, ich bin auf ihm geritten.«

Kopfschüttelnd streichelte sie ihm über die heiße Stirn und brachte es nicht fertig, ihn noch einmal zu wecken, denn er brauchte seinen Schlaf, um hoffentlich bald wieder ganz gesund zu werden.

»Dann hat Fergus die Schlacht also überlebt«, freute sich Caitlin, wenngleich ihr viele Dinge durch den Kopf schossen.

»Ich hoffe, er konnte entkommen«, murmelte Gregory kraftlos. »Caitlin, ihr müsst wirklich fort von hier.«

Caitlin wusste, dass Angus sie aus Respekt die ganze Zeit über allein gelassen hatte. Sie erhob sich und wie sie vermutete, saß er draußen vor der Tür und schnitzte an einem Stück Holz.

»Geht es dir gut, Caitlin?«, erkundigte er sich und musterte sie prüfend.

Caitlin hob die Schultern. »Dieser General Franklin will unseren Clan wohl tatsächlich auslöschen. Ich glaube, es sind keine Fieberträume.« Anschließend erzählte sie Angus alles, was Gregory ihr zuvor berichtete hatte und der alte Heiler hörte mit wachsendem Staunen zu.

»Jetzt weißt du zumindest, warum er nicht zu dir gekommen ist«, meinte Angus lächelnd. Dann wurde er wieder ernst. »Wenn das alles stimmt, ist Franklin nicht mehr weit entfernt. Ich muss auf der Stelle mit deinem Vater sprechen.«

»Wird er dir glauben?« Sie warf einen unsicheren Blick auf die Hütte. »Und vor allem, ihm?«

»Ich weiß es nicht.«

Angus machte sich langsam auf den Weg zum Clanführer und legte sich einige Worte zurecht, denn auch wenn die Zeit drängte, war die Situation verfahren. Ganz sicher würde es Ranald MacArthur nicht gutheißen, dass der junge Engländer hier war, aber andererseits konnte er diese wichtigen Neuigkeiten unmöglich verschweigen. Schließlich bat er Ranald, ihn hinaus auf die Felder zu begleiten, dann sprach er lange und eindringlich mit ihm. Zunächst brauste der Clanchief auf, verfluchte Angus dafür, den Engländer versteckt zu haben, und regte sich auch über Caitlin auf, die keinen Ton gesagt hatte.

»Gregory Davis wollte uns warnen, er ist ein guter Mensch«, sagte Angus zum Schluss mit aller Überzeugung. Dann deutete er nach Süden, von wo aus ein für diese Jahreszeit eher unüblicher, kühler Wind heranwehte. » Ich glaube es stimmt, Ranald. Unser Bonnie Prince hat die Schlacht verloren und ist auf der Flucht und wir sind alle in höchster Gefahr. Falls Gregory Recht hat, ist dieser General Franklin nicht mehr weit entfernt.«

Ranald fuhr sich über den Bart, sein Gesicht wirkte nicht mehr ganz so angespannt und zornig. »Ich muss mit dem Engländer sprechen.«

»Aber du wirst nicht zulassen, dass ihm etwas geschieht«, verlangte Angus eindringlich.

Statt einer Antwort schnaubte Ranald nur und eilte mit langen Schritten zur Hütte.

Noch immer fühlte sich Gregory erschöpft und ausgelaugt, wenngleich ihm endlich wieder warm war und die Schmerzen dank Angus' und Caitlins guter Pflege erträglicher wurden. Er war unendlich froh, dass Caitlin ihm Glauben geschenkt hatte und nun hoffte er, dass der Clan rechtzeitig gewarnt war, um etwas gegen die heranrückenden Engländer zu unternehmen. Eigentlich wunderte es ihn ohnehin, dass sie nicht schon längst hier waren, aber die Insel war groß und vielleicht hatten sie sich ja verritten. Mit einem Seufzen ließ er seinen Kopf in das weiche Kissen sinken und er war gerade dabei einzudösen, als die Tür laut krachend aufflog. Der Clanchief stand mit ernstem Gesicht vor ihm und musterte ihn eine ganze Weile stumm.

»Du bist also zurück«, stellte er fest.

Ranald MacArthur war so beeindruckend, wie Gregory ihn in Erinnerung gehabt hatte. Doch war er früher freundlich gewesen, so wirkten seine dunklen Augen heute kalt und abschätzend.

»Ich wollte euch nur warnen ...«, setzte Gregory an, aber Ranald bedeutete ihm mit einer ungeduldigen Geste zu schweigen.

»Das hat Angus bereits erzählt.« Ranald MacArthurs Stimme klang kühl, als er fortfuhr. »Wir haben also verloren, der Traum von der Freiheit Schottlands hat sich mal wieder ausgeträumt.«

»Ich befürchte, ja«, bestätigte Gregory zögernd.

»Warum bist du zurückgekehrt?«

»Wie gesagt, ich wollte euch warnen. Ihr erinnert Euch sicherlich an General Franklin, Ihr habt ihn ...«

Erneut unterbrach ihn Ranald MacArthur. »Selbstverständlich erinnere ich mich. Wie viele Männer hat Franklin?«

Gregory schüttelte den Kopf. »Das kann ich nicht mit Sicherheit sagen. Vielleicht hat er sich zwanzig, vielleicht aber auch fünfzig Soldaten mitgenommen.«

Wenn dieser Anzahl Anlass zur Beunruhigung war, so zeigte es Ranald nicht. Stattdessen musterte er Gregory mit stechendem Blick. »Du bist ein guter Kerl, das habe ich schon damals gespürt, aber kein

Engländer der Welt würde sich nach einer gewonnenen Schlacht auf die weite und gefahrvolle Reise machen, nur um ein abgelegenes Dorf im Westen Schottlands zu warnen, selbst wenn er eine Zeit lang dort gelebt hat.«

Innerlich wand sich Gregory und suchte nach einer plausiblen Erklärung. Zahllose Ausreden schossen ihm durch den Kopf, aber als er in das Gesicht des Clanchiefs sah, wurde ihm klar, dass dieser ihm keine von ihnen abkaufen würde, denn Ranald MacArthur war kein dummer Mann.

»Ich liebe Eure Tochter, deswegen bin ich gekommen«, entschied Gregory sich schließlich für die Wahrheit.

Am Gesichtsausdruck des Clanchiefs konnte man kaum ablesen, was er jetzt dachte. Stumm und mit ernstem Blick sah er den jungen Engländer an.

»Sie ist verheiratet.«

»Das weiß ich. Ich wollte schon viel früher zurückkommen, aber dann habe ich bei einem Kampf mein Gedächtnis verloren.«

»Ich hätte sie dir sowieso nicht zur Frau gegeben. Um den Frieden zwischen den Clans zu erhalten, musste sie Paden heiraten.«

»Höchstwahrscheinlich ist er ohnehin nicht mehr am Leben, wenn er in Culloden mitgekämpft hat«, vermutete Gregory vorsichtig.

»Vielleicht, vielleicht auch nicht.« Ranald MacArthur erhob sich und begann in dem kleinen Raum auf und ab zu gehen. »Wir sollen also unser Dorf verlassen und vor den Engländern fliehen?«

Froh, dass Caitlins Vater das Thema gewechselt hatte, nickte Gregory. »Ihr habt kaum Männer im Dorf und General Franklin will seine Rache.« Mit verlegenem Schulterzucken sah Gregory zu Boden. »Der Herzog von Cumberland will ohnehin ganz Schottland endgültig unterwerfen. Es kommen harte Zeiten auf euch zu.«

»Und was ist mit dir?«, fragte Ranald schneidend.

»Ich kehre weder zur Armee, noch nach England zurück.«

Ohne weiter darauf einzugehen nickte der Clanchief.

»Ich werde das mit meinen Leuten besprechen.« Er ging auf die Tür zu, doch kurz bevor er die Hütte verließ, drehte er sich noch einmal um. »Danke.«

Erleichtert ließ sich Gregory wieder ins Bett sinken.

»Meinst du, es war richtig, ihm die Wahrheit zu sagen?«, wollte er von Angus wissen.

Der alte Mann zog die buschigen grauweißen Augenbrauen hoch. »Entweder war es sehr mutig oder sehr dumm, das wird sich noch herausstellen.« Damit verließ auch Angus die Hütte, um sich der Versammlung in Ranalds Cottage anzuschließen.

Voller Ungeduld hatte Caitlin draußen gewartet, bis ihr Vater aus der Tür kam. Jetzt spähte sie vorsichtig um die Ecke und sah ihm nach, wie er mit festen Schritten zurück zu seinem eigenen Haus lief. Zögernd trat Caitlin ein und musterte Gregory fragend, der mit ernstem Gesichtsausdruck und sehr nachdenklich auf seinem Bett saß.

Sie setzte sich zu ihm und ließ sich von dem Gespräch erzählen und ihre Befürchtungen bestätigten sich.

»So lange nicht sicher ist, dass Paden wirklich tot ist, wird mein Vater niemals einwilligen, und uns seine Zustimmung geben.«

»Wenn überhaupt jemals«, seufzte Gregory und streichelte ihre Hand. »Aber jetzt ist erst mal wichtig, dass euer Dorf in Sicherheit gebracht wird.«

Im Cottage des Clanführers ging es hoch her. Hitzige Diskussionen wurden geführt, jemand schlug gar vor zu fliehen, doch kaum einer wollte sein zu Hause aufgeben.

»Das Wort eines Engländers ist nicht mehr wert als ein Haufen Kuhscheiße«, regte sich der alte Cormag gerade auf. »Wahrscheinlich hat er die verdammten Engländer nur hierher geführt.«

»Benutze dein Gehirn, sofern nach dem letzten Fass Whisky noch etwas davon übrig ist«, schimpfte Angus. »Der junge Mann war halb tot und bisher sind keine Engländer aufgekreuzt.«

»Warum sollte er uns warnen?«, fragte eine ältere Frau und viele andere nickten zustimmend.

»Das tut jetzt nichts zur Sache«, antwortete Ranald abweisend. »Angus ist sich sicher, dass er die Wahrheit spricht ...«

»Der alte Quacksalber hat doch nicht mehr alle Sinne beisammen«, knurrte Cormag.

»... und ich bin es ebenfalls«, unterbrach ihn der Clanchief. Daraufhin verstummten alle Stimmen.

»Ich bin dafür, dass Frauen, Kinder und alle Gebrechlichen in das verborgene Tal unterhalb der Quiraing Ridge gebracht werden. Dort gibt es eine Höhle und in der Nähe fließt ein Bach, sodass wir uns keine Sorgen um frisches Wasser machen müssen. Alle kampffähigen Männer verstecken sich in der Nähe unseres Dorfes. Wir werden die Hügel und Täler im Auge behalten, und sobald die Engländer auftauchen, entscheiden wir, ob wir kämpfen, oder laufen werden.«

Erneut setzte Gemurmel ein, doch nun sah man bei den meisten Dorfbewohnern zustimmendes Nicken. Der Vorschlag klang vernünftig, und am Ende wurde es so beschlossen, wie Ranald MacArthur gesagt hatte. In aller Eile wurden Vorbereitungen getroffen. Obwohl Cormag schon weit über siebzig war, verkündete er, er würde sein Zuhause nicht den ›verdammten englischen Bastarden‹ überlassen. Er holte ein altes, rostiges Breitschwert aus seiner Hütte und ließ sich nicht davon abhalten zu bleiben.

Erleichtert eilte Angus zu seinem Cottage und verkündete, auf was sich der Clan geeinigt hatte.

»Caitlin, geh packen«, befahl er.

»Und was ist mit Gregory?«

»Ich werde eine Trage bauen«, versicherte Angus. »Aila kann ihn ziehen.« Anschließend schickte er sich an, seine Kräuter in Beuteln und Körben zu verstauen.

»Lass das, Junge, dein Bein ist noch nicht gut genug verheilt«, schimpfte Angus, als er sah, wie Gregory mit schmerzverzerrtem Gesicht durch den Raum humpelte und versuchte, beim Packen zu helfen. Schließlich ließ er sich seufzend aufs Bett sinken. Seine Augen spiegelten große Sorge wieder, als er Angus ansah. »Ich hoffe nur, ihr kommt rechtzeitig von hier weg. Eigentlich wunderte es mich, dass Franklin nicht bereits hier ist, denn er ist etwas zeitgleich mit mir aufgebrochen.«

Angus drückte aufmunternd seine Schulter, dann verdoppelte er allerdings seine Anstrengungen, sein weniges Hab und Gut zu verpacken.

Der eiskalte Wind und der unablässige Regen raubten General Franklin und seinen Männern die letzten Kräfte, trotzdem brannte der Hass lodernd in ihm. Der Bauer hatte ihn angelogen, der ganze, entsetzlich lange Marsch über diese verfluchte Bergkette war umsonst gewesen, denn weit und breit war kein einziges Dorf zu sehen – der Kerl musste ihn angelogen haben. Mehrere Tage hatten sie damit verschwendet in diesem ungastlichen Gebiet umherzuirren. Die Spitzen der Berge blieben stets von Wolken verhüllt und der Wind trieb garstige Regenschauer durch die harschen Täler. Kalt und nass ragten abweisende, schwarze Felswände über ihnen auf.

Auf ihrem Rückweg aus diesem unwirtlichen Berggebiet hatten sie einen verängstigten Bauern gefangengenommen, dem sie androhten, wenn er sie nicht zu den MacArthurs führte, würde seine gesamte Familie ausgelöscht werden.

Das hatte Franklin zwar ohnehin vor, doch so gehorchte der Mann wenigstens. Weitere zwei Tage marschierten sie über raues, unwirtliches Gelände und bei jedem weiteren Matschloch, in dem er bis über den Stiefelrand versank, verdammte er die Schotten nur umso mehr. Ihre

Pferde hatten sie am Fuß der Berge zurücklassen müssen, denn mit ihnen hätten sie dieses schroffe Bergmassiv niemals überqueren können. Erfreulicherweise waren die Tiere noch an Ort und Stelle und so kamen sie zumindest jetzt etwas bequemer, wenn auch nicht deutlich schneller voran. General Franklin wünschte sich nach England zurück, wo es befestigte Straßen und Wege gab, und wenn er erst seine Rache gehabt hatte, wollte er sich endlich zur Ruhe setzen. Nach einem Ritt an der Küste entlang erblickten sie eine Burg, die sich auf einer Klippe über dem Meer erhob.

»Das ist das ehemalige Schloss der MacDonalds«, beeilte sich der Bauer zu sagen, er lief gefesselt und gebeugten Hauptes neben General Franklins Pferd her. »Das Dorf der MacArthurs liegt unterhalb, gleich hinter dem nächsten Hügel.« Sein Gesicht bekam einen flehenden Ausdruck. »Darf ich jetzt gehen?«

»Einen Dreck darfst du«, knurrte Franklin und schubste ihn vorwärts.

Ruhe lag über dem Tal, als die fünfunddreißig Soldaten über den letzten Hügel marschierten. Selbst das Rauschen des Meeres klang irgendwie merkwürdig gedämpft. General Franklins Männer waren gut bewaffnet, doch er rechnete nicht mit viel Widerstand, denn die meisten Schotten waren wohl ohnehin in der Armee von Charles Edward Stuart gewesen.

Der leise Wind ließ die gerade erblühten Ginsterbüsche leicht wogen und eine einsame Ziege lief meckernd zwischen den kleinen Häusern und Hütten hindurch. Ansonsten rührte sich nichts.

»Das Dorf sieht verlassen aus«, meinte Ethan, ein Soldat mit einer wulstigen Narbe im Gesicht.

»Könnte eine Falle sein.« Franklin ließ den Blick über die umliegenden Hügel schweifen. Dann machte er eine Handbewegung in Richtung des Dorfes. »Zehn Mann gehen ins Dorf. Wir geben euch Rückendeckung.«

Schon machten sich die Männer pflichtbewusst auf den Weg, während zehn weitere von ihren Pferden stiegen und die Musketen im Anschlag hielten. Vorsichtig und mit gezogenen Waffen liefen die Soldaten den Hügel hinab, und General Franklin beobachtete mit zusammengekniffenen Augen, wie sie in jedes Haus sahen.

»Das Dorf ist verlassen!«, schrie einer der Soldaten hinauf.

Fluchend galoppierte nun auch General Franklin, gefolgt von den restlichen Männern, hinunter in das Dorf, und er kümmerte sich nicht darum, dass sein Gefangener nicht mithalten konnte. Der alte Mann stolperte, und wurde an dem langen Seil hinterher geschleift.

»Wer hat sie gewarnt?«, schrie er wütend, sprang ab und ergriff den Schotten, der stöhnend und blutend am Boden lag, an seinem schmutzigen Hemdkragen. Franklin kochte vor Wut, und als er sein Gesicht verzog, spannte die dicke Narbe auf seiner Haut, was seinen Zorn nur noch mehr entfachte.

»Ich weiß es nicht«, jammerte der unglückliche Schotte und zitterte in Todesangst.

Mit einer wütenden Handbewegung stieß ihm Franklin sein Schwert in den Leib. »Zündet die Hütten an.«

In hektischer Betriebsamkeit hatte der Clan MacArthur sein Dorf verlassen, und auch wenn viele gewettert hatten, weil sie so viel zurücklassen mussten, hatte Ranald MacArthur zur Eile gedrängt. Die Alten und Kranken waren auf Ponys in das versteckte Tal gebracht worden.

Nun lauerte der Clanchief mit acht Männern in den Hügeln, von wo aus sie ihr Dorf gut im Blickfeld hatten. Einen halben Tag nachdem sie geflohen waren, tauchten tatsächlich Rotröcke auf und die Männer waren schockiert.

»Das war knapp«, murmelte Ranald MacArthur in seinen Bart.

»Es sind nur zehn«, krächzte Cormag, während er sich mit der Zunge nervös über die Lippen fuhr.

Sie sahen mit an, wie die Engländer langsam ins Dorf eindrangen und die Hütten durchsuchten.

»Nicht«, befahl Ranald MacArthur leise, als einer seiner Leute aufspringen wollte, und deutete auf den Hügel. Er hatte etwas in der Sonne aufblitzen sehen und vermutete, dass es ein Schwert gewesen war.

Und tatsächlich ritten bald weitere Soldaten den Berg hinab. Untätig mussten die Clansmänner mit ansehen, wie viele ihrer strohgedeckten Häuser in Flammen aufgingen und ihre Felder aus purer Bosheit zerstört wurden. Nur mit Gewalt konnte der Clanchief den alten Cormag davon abhalten, allein auf die Engländer loszustürmen.

Noch lange starrten sie auf die grausige Szenerie, Rauchschwaden hingen in der Luft und sie konnten nichts dagegen tun, dass ihr Besitz in Flammen aufging, denn die Engländer hörten nicht auf, bis auch der letzte Schuppen in Brand gesetzt worden war..

Mit hängenden Schultern und von hilfloser Wut erfüllt, kehrten sie schließlich zu ihren Familien zurück, um zu berichten.

»Danke, du hast uns einen großen Dienst erwiesen«, sagte Ranald und nickte Gregory zu, der mit den Clanmitgliedern in der großen Höhle saß. Ein wärmendes Holzfeuer prasselte in der Mitte und eine der Frauen hatte eine Suppe gekocht.

»Trotzdem ist er ein Engländer«, schimpfte Cormag. »Seine Leute haben unser ganzes Dorf zerstört.«

Bevor Caitlin, die empört aufgesprungen war, etwas sagen konnte, baute sich Ranald MacArthur vor dem alten Mann auf.

»Niemand kann etwas dafür, wo er geboren wird. Gregory Davis kann bei uns bleiben, so lange er möchte. Von heute an steht er unter meinem persönlichen Schutz.«

Erleichtert setzte sich Caitlin wieder hin und Gregory betrachtete den Clanchief beeindruckt. Mit so etwas hatte er offenbar nicht gerechnet. Nun kamen die meisten Clanmitglieder zu ihm, dankten ihm, klopften ihm auf die Schulter oder brachten ihm etwas zu essen.

Am strahlendsten lächelte Caitlin, wobei sie den besorgten Gesichtsausdruck ihrer Mutter gekonnt ignorierte. Ihr Vater hatte Rory unter seinen Schutz gestellt, vielleicht würde er eines Tages auch einer Heirat zustimmen.

Der Clan beschloss einstimmig, noch einige Zeit hier im Tal zu bleiben, denn man wusste nicht, ob die Engländer abgezogen waren oder gar die Umgebung das Tal beobachteten.

Drei Tage später bekam Aila ihr erstes Fohlen. Auf Krücken gestützt humpelte Gregory hinaus. Das Bein verheilte langsam aber sicher und er fühlte sich, dank der rührenden Fürsorge der Clanfrauen, die ihn verwöhnten, mittlerweile auch wieder recht gut.

»Sieh nur, Rory«, rief Caitlin entzückt, als sie ihn kommen sah. »Es ist eine kleine Stute.«

Das winzige Fohlen, das auf unsicheren Beinen zu seiner Mutter stakste, hatte eine dunkelbraune Farbe und begann nun gierig zu trinken. Aila beschnupperte es zärtlich und hatte nichts dagegen, als Caitlin näher kam.

»Sie ist wunderschön«, sagte Gregory und ließ seinen Blick den Berg hinauf schweifen. Beinahe erwartete er, Gealach zu sehen, doch der Hengst war seit jener verrückten Nacht nicht wieder aufgetaucht.

»Komm näher!«, rief Caitlin lachend und winkte ihm zu.

»Stört es sie nicht?«, fragte er skeptisch.

Doch Caitlin schüttelte den Kopf und ihre dunkelblonden Haare flogen im leichten Wind.

Vorsichtig trat er heran und berührte das Fohlen mit dem wuscheligen graubraunen Fell.

»Ich glaube, ich bin auf deinem Großvater geritten«, sagte er leise. »Das war dein Glück, sonst wärst du wahrscheinlich gar nicht geboren worden.«

Caitlin schauderte als sie daran dachte, was wohl mit dem Dorf passiert wäre.

»Du bist wirklich auf Gealach geritten?« Mehrmals schon hatte sie ihn befragt und es nicht wirklich glauben können.

»Ich kann mich nicht mehr an viel erinnern, aber ohne ihn hätte ich es nicht bis hierher geschafft. Ich war noch viele Meilen weiter nördlich und denke nicht, dass mein Bein mich noch so weit getragen hätte.« Dann hob er jedoch die Schultern. »Allerdings kann ich mich an kaum etwas genau erinnern, und vielleicht war ich auch schon näher an eurem Dorf als ich dachte und habe nur geträumt, auf dem Hengst geritten zu sein. Mit Gewissheit werde ich es wohl nie sagen können.«

Seufzend schlang Caitlin die Arme um ihn. »Wie auch immer, ich bin unendlich froh, dass du hier bist.« Dann grinste sie. »Aber erzähl Cormag nicht, dass du möglicherweise auf dem Sidhe-Hengst geritten bist, sonst wirft er dich am Ende aus der Höhle.«

»Oh, gestern hat er mir sogar seine Pfeife angeboten«, meinte Gregory grinsend, dann machte er, allerdings nicht sehr erfolgreich, Cormags grollenden Dialekt nach. »Hier, rauch das. Ist aber nur was für echte Kerle!«

Caitlin lachte herzlich.

Kapitel 13
Neubeginn

Die Überquerung der Meerenge zwischen Skye und dem Festland hatte sich für Rob und Fergus als schwierig herausgestellt. An weiten Teilen des Landes war die Küste von Engländern bewacht, und wo sich keine Rotröcke herumtrieben, war einfach nirgends ein Boot aufzutreiben. Die beiden waren unglaublich erschöpft, ausgehungert und am Ende ihrer Kräfte.

»Wir sind doch schon fast zu Hause«, jammerte Rob, ließ sich seufzend auf einen Stein nieder und blickte über das Wasser zu seiner so verlockend nahen Heimatinsel.

Suchend sah sich Fergus um. »Du hast doch gehört, was die Leute gesagt haben, die verfluchten Rotröcke haben die meisten Boote beschlagnahmt oder versenkt, wahrscheinlich wollen sie, dass keiner mehr zurück nach Hause kommt und schlachten diejenigen, die es bis hierher schaffen, vorher an Land ab.«

»Und was machen wir jetzt?

»Wir könnten es südlich von Glenelg versuchen«, überlegte Fergus.

»Aber dann müssen wir ja den ganzen Loch Shiel noch einmal umrunden, über den Pass und an den Engländern …«

»Ja, verflucht, aber was sollen wir denn sonst tun?« Müde und erschöpft wie er war, verließ auch Fergus langsam die Geduld, als er jedoch bemerkte, wie erschrocken der junge Rob zurückwich, tat es ihm leid. »Du hast Recht, der Weg ist lang und ob es dort ein Boot gibt, ist ungewiss. Wir sollten schwimmen.«

»Schwimmen?«, quiekte Rob mit unnatürlich hoher Stimme, wobei er erschrocken in die Wellen blickte, die laut plätschernd ans Ufer rollten.

»Sag bitte nicht, dass du nicht schwimmen kannst«, stöhnte Fergus.

»Doch … k… kann ich.«

Fergus musterte den jungen Mann misstrauisch, dann zog er seinen Kilt und die Schuhe aus, stopfte beides in sein Bündel und watete ins

Wasser. Das eisige Wasser ließ ihn die Zähne zusammenkneifen. »Jetzt komm schon, Rob.«

Der rothaarige Junge entledigte sich ebenfalls seiner Kleider und keuchte, als er in die Wellen eintauchte. Mit kräftigen Zügen schwamm Fergus los, auch wenn er das Gefühl hatte, seine Gliedmaßen würden gleich einfrieren. Nach und nach fiel das Ufer hinter ihnen zurück, doch die Küste der Insel selbst schien keinen Deut näher zu rücken. Fergus schwamm so kräftig er konnte, um die lähmende Kälte aus seinen Knochen zu vertreiben. Immer wieder wandte er sich nach Rob um, der heftig atmend kurz hinter ihm schwamm.

Gerade hatte Fergus einen Blick über die Schulter geworfen, da schwappte eine große Welle über ihn hinweg und er kämpfte sich prustend an die Oberfläche zurück, aber als er sich umsah, war Rob verschwunden.

»Verdammt! Rob!« Er drehte um und sah, wie Robs roter Haarschopf ganz kurz auftauchte, bevor er wieder unterging. Es gelang ihm, Rob unter den Schultern zu fassen und der Junge schnappte keuchend nach Luft. Seine Lippen bebten, als er zu sprechen versuchte. »Ich … kann nicht mehr.«

»Reiß dich zusammen, es ist nicht mehr weit«, schrie Fergus.

Noch einmal mobilisierte Rob seine Kräfte, strampelte verzweifelt mit Händen und Beinen, aber seine Schwimmbewegungen wurden immer langsamer und schließlich war Fergus gezwungen, ihn das letzte Stück mit sich zu schleppen. Mit tropfenden Kleidern torkelten die beiden an Land und schnappten nach Luft. Rob ließ sich auf den Rücken fallen, seine Brust hob und senkte sich hektisch.

»Wir müssen uns bewegen, los, steh auf«, herrschte Fergus ihn an, während seine Zähne unkontrolliert klapperten.

Rob schlotterte am ganzen Körper und mit seinem bis zu den Knien herunterhängenden Hemd und seiner abgemagerten Figur ähnelte er an diesem Tag eher einer Wasserleiche als einem jungen Mann.

»Ich schaff das nicht mehr, mir ist so kalt«, wimmerte Rob und schlang in dem vergeblichen Versuch sich zu wärmen die Arme um die mageren Knie.

Energisch zog Fergus ihn auf die Füße. »Du kommst jetzt mit. Sobald wir auf ein Haus treffen, können wir uns aufwärmen. Aber ich will jetzt nach Hause, verdammt!«

Seufzend stand Rob auf und folgte Fergus, der zielstrebig voran schritt. Durch den strammen Marsch kehrten erfreulicherweise Robs Lebensgeister ein wenig zurück und seine Haut verlor die ungesund bläuliche Farbe. Nach einigen Meilen fanden sie dann sogar die verlassene Hütte eines Fischers. Es war noch etwas Torf da und so konnten sie ein Feuer entzünden und ihre zerlumpten Kleider trocknen, doch lang hielten sie sich nicht auf und machten sich rasch wieder auf den Weg.

Je weiter sie nach Norden kamen, umso mehr besserte sich Fergus' Laune. Natürlich war er erschöpft, doch die Aussicht, bald mit Gillian in seinem Haus essen zu können, munterte ihn auf. Nur Rob sagte eigenartigerweise kaum mehr etwas und hielt während der nächsten zwei Tage den Kopf gesenkt.

»Du kannst ja jetzt allein nach Hause gehen«, sagte Fergus, nachdem sie die nördlichen Ausläufer der Cuillin Hills hinter sich gelassen hatten. Er war ungeduldig und wollte weiter.

»Hmm.« Wie schon die Tage zuvor starrte Rob auf seine Füße.

»Was ist, Rob?«, verlangte Fergus ungeduldig zu wissen und stieß ihn an. »Du bist viel eher zu Hause als ich.«

Rob presste die Lippen fest aufeinander und nickte nur.

Kopfschüttelnd betrachtete Fergus den jungen Mann, dann schlug er ihm auf die Schulter. »Machs gut, vielleicht sieht man sich irgendwann. Ich wünsche dir viel Glück.« Er machte sich auf den Weg, doch dann drehte er sich noch einmal um und sah, dass Rob noch immer wie ein Häufchen Elend an der gleichen Stelle stand.

Fluchend drehte Fergus um, packte Rob hart an den knochigen Schultern und schüttelte ihn kräftig durch.

»Verdammt noch mal, was ist mit dir los? Du hast Culloden überlebt, du hast diese verdammte Flucht überlebt und bist auf dem Heimweg. Was in Gottes Namen ist mit dir?«

Obwohl es Rob sichtlich zu verhindern versuchte, füllten sich seine Augen mit Tränen. Er schniefte heftig und begann dann zu jammern: »Wie soll ich denn meiner Mutter sagen, dass wir verloren haben? Wie soll ich ihr erklären, dass Artan tot ist? Er war immer ihr Liebling. Sie wird mich hassen und sagen, es wäre meine Schuld.« Beschämt über seine Tränen drehte er sich um.

Einen Augenblick lang war Fergus verwundert, dann fluchte er lautlos, bevor er Rob tröstend umarmte.

»Sie werden sehr froh sein, dass du nach Hause kommst.«

Doch der junge Mann schüttelte schluchzend den Kopf.

Irgendwie konnte Fergus ihn sogar verstehen. Auch ihm würde es schwer fallen, der Familie von der Niederlage zu berichten. Schließlich seufzte er tief.

»Wie weit ist es noch bis zu eurem Dorf?«

»Etwa zehn Meilen«, schniefte Rob und wischte sich über das rote Gesicht.

»Ich komme mit dir«, versprach Fergus, auch wenn ihm das viel Zeit kosten würde, Zeit, die er eigentlich lieber mit seinem Clan verbringen wollte.

Auf Robs Gesicht machte sich ein ungläubiges Strahlen breit. »Du wirst ihnen sagen, dass ich nicht an Artans Tod schuld bin?«

»Ich weiß zwar ohnehin nicht, wie du auf diesen dämlichen Gedanken kommst, aber natürlich, ich werde es ihnen sagen.«

Spürbar erleichtert und nun auch wieder deutlich fröhlicher, führte Rob Fergus in Richtung Osten, wo seine Familie lebte. Gegen Abend hatten sie das einsame, an einem See gelegene Gehöft erreicht.

Robs Mutter und die beiden kleineren Schwestern arbeiteten auf den Feldern und fielen beinahe in Ohnmacht, als sie Rob erkannten. Sie umarmten ihn, bedeckten ihn mit Küssen und redeten wild durcheinander.

Nachdem Mrs. MacDonald sie ins Haus gebeten hatte, erzählte Fergus, wie Artan auf der Flucht gestorben war.

»… Rob hat sich wirklich gut um ihn gekümmert und alles für ihn getan«, versicherte er vorsichtshalber, als er in Robs ängstliche und aufgerissene Augen blickte. »Er hat tapfer gekämpft und war mir eine große Hilfe auf der Flucht«, log er noch, woraufhin Rob vorsichtig und stolz zu lächeln begann.

»Ich bin so froh, dass zumindest er nach Hause gekommen ist«, schluchzte seine Mutter und umarmte ihren jüngsten Sohn fest. »Mein Mann ist schon seit fast fünf Jahren tot. Aber zumindest Rob ist mir noch geblieben.«

Sichtlich erleichtert, dass seine Mutter ihm keine Vorwürfe machte, lehnte sich Rob zurück. Er bot Fergus an über Nacht zu bleiben und mit ihnen zu essen, doch Fergus wollte nur nach Hause.

Den Regen ignorierend, der aufgezogen war, machte sich Fergus mit dem spärlichen Proviant, den Robs Familie entbehren konnte, auf nach Norden.

Ein befreundeter Bauer aus der Nähe von Port Righ lieh ihm schließlich ein Pony und so kam er etwas schneller voran.

Mit jeder Meile, die er zurücklegte, wuchs seine Vorfreude und heute verstand er gar nicht mehr, weshalb er so wild darauf gewesen war, sein Heimatdorf zu verlassen. Der Krieg hatte ihn eine harte Lektion gelehrt und jetzt wusste er, was wirklich zählte, Frieden, Sicherheit, seine Familie.

Endlich erblickte Fergus die heimatliche Küste und sein Herz schlug schneller. Wellen peitschten gegen den steinigen Strand und ein Seeadler zog hoch am wolkenzerfetzten Himmel seine Kreise. Genüsslich sog Fergus die frische, kühle Luft ein – er war zu Hause.

Als er jedoch ins Tal blickte, erstarrte er.

»Nein!«

Einsam hallte sein Schrei durch das Tal. Fergus rutschte vom Pferd und rannte in sein Dorf hinab. Die meisten Häuser waren zerstört, die Felder verwüstet und kein Mensch zu sehen. Wenngleich Fergus wusste, dass es sinnlos war, sah er in jedem der verkohlten Häuser nach, aber er fand nur zerstörte Einrichtungsgegenstände, halb verbrannte Kleider und Asche. Verzweifelt schluchzend ließ er sich schließlich draußen auf den Boden sinken und schlug mit der Faust gegen einen Stein, bis sie blutete.

Was war hier geschehen? War seine gesamte Familie tot? War alles umsonst gewesen?

Fergus rührte sich nicht, blieb an der gleichen Stelle sitzen. Er war unfähig, jetzt eine Entscheidung zu treffen. Noch niemals in seinem ganzen Leben war er so verzagt, so einsam gewesen. Irgendwann kam der Abend und eine lastende Stille breitete sich aus, hüllte die abgebrannten Hütten ein, wie ein Leichentuch. Fergus rührte sich nicht, nicht einmal den Regen, der ihn durchnässte, bemerkte er, nur der Geruch nach Verbranntem hielt sich hartnäckig in seiner Nase. Irgendwann zog Nebel auf und die gespenstische Stille wurde noch intensiver. Mit hängenden Schultern und steifen Gliedern stand Fergus auf. Eine der Hütten, sie hatte dem alten Cormag gehört, war nicht vollkommen zerstört und dort wollte er schlafen, bevor er entschied, was er jetzt tun sollte.

»Ich werde jeden Einzelnen von euch rächen«, rief er seinen grimmigen Schwur in die Dämmerung hinaus. Seine Worte verhallten, wurden von einsamer Dunkelheit verschluckt.

Plötzlich erscholl ein Wiehern, das von den Bergen zurückgeworfen wurde und Gealach stand wie von Geisterhand auf dem Hügel oberhalb des Dorfes.

»Du hast sie mitgenommen, du verdammter Teufelsgaul!«, schrie Fergus und rannte mit dem Schwert in der Hand los.

Selbstverständlich wusste er, dass das Pferd unmöglich schuld sein konnte, denn diese Zerstörung war eindeutig das Werk der Engländer, doch er musste seine Wut irgendwie loswerden und stürmte wie von Sinnen auf den Hengst zu.

Keuchend rannte er den Berg hinauf, doch statt des Pferdes stand auf einmal der alte Angus vor ihm. Beide blickten sich verwirrt an, dann packte Angus ihn an den Schultern.

»Wo kommst du denn her?«

Verdutzt ließ sich Fergus umarmen, dann starrte er den alten Mann an und wich ein Stück zurück. »Bist du ein Geist?«

Lachend schüttelte Angus den Kopf. »Nein.« Er betrachtete Fergus von oben bis unten. »Aber du ähnelst einem. Ich hätte dich kaum erkannt, du bist höchstens noch die Hälfte von jenem Fergus, den ich in Erinnerung hatte.«

Fergus verzog das Gesicht zu einer Grimasse, dann erklärte ihm was sich während der letzten Tage zugetragen hatte.

»Gregory hat euch gewarnt?«, fragte er erleichtert und das erste Lachen seit der Schlacht von Culloden breitete sich auf seinem eingefallenen Gesicht aus. »Das ist wundervoll. Dann leben alle noch?«

Angus lächelte und nickte bestätigend. Fergus holte tief Luft, seufzte erleichtert und ein unbeschreibliches Glücksgefühl durchströmte ihn. Obwohl er todmüde war, wollte er sofort zu seiner Familie und ließ sich von Angus in das versteckte Tal führen. Dort gab es ein herzzerreißendes Wiedersehen. Gillian wollte gar nicht mehr aufhören zu weinen, die Kinder hängten sich an seine Beine und alle MacArthurs begrüßten Fergus überschwänglich.

Am Ende musste Fergus sich fast schon gewaltsam losmachen und dann ging er zu Gregory. Er umarmte ihn und verkündete: »Von heute an ist er mein Bruder und wenn er dreimal in England geboren wurde!«

Zufrieden blickte Fergus in freudige Gesichter, manch einer jubelte gar, dass er überlebt hatte, und dann wurden Wein und Whisky ausgeschenkt.

Noch die halbe Nacht lang musste Fergus von der Schlacht und seiner Flucht mit den MacDonaldbrüdern erzählen. Natürlich waren seine Clansleute schockiert von den schrecklichen Vorkommnissen und davon, was die verlorene Schlacht für ganz Schottland bedeuten mochte.

»Hast du Donald gesehen, hat er an deiner Seite gekämpft?«, wollte Glenna ganz unvermittelt wissen. Insgeheim hatte sich Fergus ohnehin schon gewundert, dass sie noch nicht gefragt hatte, und vielleicht hatte sie irgendwie auch schon gespürt, dass etwas nicht stimmte und sich nicht getraut, früher nachzuhaken. Auch er selbst musste sich eingestehen, dass er Donalds Tod aus seinem Kopf verbannt hatte und Glenna sogar die ganze Zeit über aus dem Weg gegangen war.

Es tat Fergus in der Seele weh, als er in das ängstliche und zugleich hoffnungsvolle Gesicht seiner Schwester blickte, die ihre jüngste Tochter an ihre Brust drückte. So jung Witwe zu werden, und noch dazu mit vier kleinen Kindern war ein hartes Los.

»Komm mit mir, Glenna«, bat er und erhob sich langsam.

Fergus erzählte ihr etwa abseits, am Eingang zur Höhle, wie tapfer Donald zu Beginn ihres Kampfes an der Seite des Prinzen gekämpft hatte, und dass sie sich stets den Rücken freigehalten hatten. Als er schließlich von jenem Tag berichtete, an dem sie in den Hinterhalt der Engländer geraten waren, zitterte auch Fergus Stimme. Er versicherte, Donald hätte nicht leiden müssen, er sei schnell und ohne Schmerzen gestorben. Zunächst war das rundliche Gesicht von Glenna gänzlich unbewegt, doch als die grausame Wahrheit in ihr Bewusstsein drang, und ihr wohl endgültig klar wurde, dass ihr Mann niemals aus dem Krieg zurückkehren würde, brach sie hemmungslos in Tränen aus. Fergus drückte sie an seine Brust und führte sie nach einer Weile langsam zurück zu den anderen. Seine Mutter Mary nahm ihm die schluchzende Glenna ab, aber auch ihr gelang es kaum, ihre älteste Tochter zu beruhigen.

»Der saubere Prinz ist auf der Flucht«, schimpfte Fergus, nachdem er sich wieder ans Feuer gesetzt und auch dem restlichen Clan von Donalds

Tod erzählt hatte, über den Verbleib der übrigen Männer wusste er leider nichts. »Er überlässt seine Leute ihrem Schicksal und bringt seinen königlichen Hintern in Sicherheit.«

»Es würde auch nichts nützen, wenn er sich hinrichten lässt«, wandte Ranald ein und seufzte tief. »Es ist vorbei. Wir werden sehen müssen, was die Zukunft bringt.«

»Nichts Gutes.« Fergus versuchte vergeblich, ein Gähnen zu unterdrücken. »Ich habe die Dörfer auf dem Weg gesehen und unser eigenes. Die Engländer werden keine Ruhe geben, bis alles zerstört ist.«

Mit einem Blick auf Caitlin fragte Ranald scharf: »Hast du Paden MacKenzie gesehen, Fergus?«

Caitlin hielt sichtlich die Luft an und Fergus bemerkte, wie sie heimlich Gregorys Hand ergriff.

»Nein.« Fergus nahm sich noch ein Stück Brot und biss genüsslich hinein. »Aber einer der MacDonalds hat gesagt, Paden wäre einer der Ersten gewesen, den sie ins Gefängnis gebracht haben.«

»Dann kann man damit rechnen, dass er hingerichtet wurde?«, fragte Ranald betont langsam.

»Ja.« Fergus zuckte die Achseln. »Entweder, sie haben uns auf dem Schlachtfeld hingerichtet oder unsere Leute werden nach und nach gehängt.« Sein Blick fiel auf Gregory, der bescheiden zu Boden blickte. »Ich hatte unglaubliches Glück.«

»Hmm.« Ranald kratzte sich am Bart, dann erhob er sich. »Caitlin, Gregory, kommt mit mir hinaus.«

Die beiden standen auf und Gregory humpelte auf Caitlin gestützt hinter dem Clanchief her.

Der Mond war aufgegangen und beleuchtete das Tal mit seinem weichen Licht.

»Du wirst die Trauerzeit abwarten müssen, Caitlin«, begann er ohne Umschweife, dann legte er Gregory eine Hand auf die Schulter. »Aber anschließend gebe ich euch meinen Segen.«

Mit einem Schrei fiel Caitlin erst ihrem Vater, dann Gregory um den Hals. Dieser fiel beinahe hin, umarmte sie dann aber glücklich.

»Vielen Dank, Sir, das ist …«

»Ich heiße Ranald«, stellte er klar. »Und du gehörst von nun an zu unserem Clan.«

Nachdem die MacArthurs ein paar Tage im Schutz der Höhlen ausgeharrt hatten, kehrten sie in ihr Dorf zurück. Vorsichtshalber behielten noch immer einige Männer die Umgebung im Auge, für den Fall, dass General Franklin zurückkehrte. Caitlin war sehr glücklich darüber, dass sich die MacArthurs größtenteils über ihr neues Clanmitglied freuten, nicht zuletzt, da Gregory ihnen wertvolle Informationen über die englische Armee liefern konnte. Die Drohung vom Herzog von Cumberland hing wie eine dunkle Wolke über ihnen. Würden König George und sein Sohn tatsächlich alle Schotten ausrotten und sie so lange jagen, bis ihnen nichts mehr zum Leben blieb? An all das wollte Caitlin im Moment jedoch nicht denken, jetzt zählte es, ihr Dorf wieder bewohnbar zu machen und sie bemühte sich, ihrer Schwester Trost zu spenden, die sehr darunter litt, dass Donald tot war. Manchmal fragte sich, was besser für Glenna war, Gewissheit zu haben, oder so wie viele andere Frauen und Mütter nach wie vor darauf zu hoffen, dass ihre Söhne und Männer doch noch nach Hause zurückkehrten, so unwahrscheinlich es auch war. Calums Mutter zum Beispiel betete jeden Abend inbrünstig für die Rückkehr ihres Sohnes und so taten es vermutlich viele. Sehr glücklich war Caitlin darüber, dass sich Fergus und Rory nun so gut verstanden. Sie musste schmunzeln, als sie daran dachte, wie ihr Bruder, auf seine typisch charmante Art gesagt hatte: »Auf dem Schlachtfeld hätte ich dich am liebsten in deine Einzelteile zerlegt, Gregory, aber ich bin verflucht froh, dass du mir meinen Hintern gerettet hast, und dass dank dir mein Clan noch lebt, werde ich dir den Rest meines Lebens nicht vergessen.« Jetzt sah man die beiden häufig gemeinsam lachen und die vorsichtige Freundschaft, die sich schon damals, vor vielen Jahren, zwischen ihnen angebahnt hatte, war neu aufgeblüht. Fergus hatte sich jedoch ohnehin sehr verändert, und das nicht nur äußerlich. Früher war er ein Heißsporn gewesen, begierig auf jeden Kampf und voller Tatendrang, doch nun war er oft nachdenklich, bedrückt und resigniert. Der Krieg schien einen anderen Menschen aus ihm gemacht zu haben und nach dem, was Caitlin gehört hatte, verwunderte sie das auch nicht.

»Caitlin, mehr Heidekraut«, drängte Gregory und Caitlin wurde dabei aus ihren Gedanken gerissen. Blinzelnd sah sie zu ihm hinauf. Er stand auf dem Dach ihres Elternhauses und war dabei, das gestern mit Fergus errichtete Holzgerüst mit Heidekraut, Schilf und Farn zu decken. Noch immer bereitete ihm seine Verletzung Schwierigkeiten, aber jetzt konnte er zumindest auftreten, und so lange er keine weiten Strecken lief, hielten sich die Schmerzen in Grenzen.

Überall um sie herum wurden Baumstämme angeschleppt und zugeschnitten, Material zum Decken der verbrannten Dächer gesammelt. Da Stroh jetzt im Frühling nicht zu bekommen war, mussten sich die Clansleute anderweitig behelfen. Man würde sehen müssen, wo man neue Saat gegen Schafe oder Ziegen tauschen konnte, die sie zum Glück noch hatten retten können. Im ganzen Dorf herrschte große Betriebsamkeit, die die Leute allerdings auch von den Sorgen um ihre verschollenen Männer ablenkte.

»MacKenzies!«, schrie plötzlich Niall, Fergus ältester Sohn, und kam den Abhang hinabgestürmt. Wie einige andere Männer auch, hatte er in den Hügeln vor dem Dorf Wache gehalten.

Kurz hinter ihm tauchten auch schon die Köpfe weiterer Männer über der Hügelkuppe auf und wenige Augenblicke später stand auch schon der halbe Clan der MacKenzies in dem Dorf der MacArthurs. Douglas MacKenzie, ein bereits deutlich in die Jahre gekommener Mann, postierte sich mit einer Gruppe finster dreinblickender Clanmitglieder in der Mitte der Ansammlung halb fertig gestellter Hütten. Wie immer trug der kleine, breit gebaute Mann mit der Halbglatze diese verbissene, griesgrämige Miene zur Schau.

Männer und Frauen hielten mit ihrer Arbeit inne und traten langsam näher, ihre Geräte noch in den Händen haltend.

»Ranald MacArthur«, begann Douglas mit seiner unangenehmen, knurrenden Stimme, »ich verlange eine Erklärung für das, was ich gehört habe.«

Eine beinahe greifbare Spannung lag in der Luft, Männer und Frauen der MacArthurs blickten einander fragend an.

»Was hast du denn gehört?« Ranald blieb gelassen. Er und Douglas hatten sich noch nie sonderlich gemocht.

»Dass deine Tochter eine kleine Hure ist.« Er verzog angewidert den Mund und deutete auf Caitlin, die an Gregorys Seite zu der Versammlung trat.

Blitzschnell hielt Fergus dem überraschten Douglas seinen Dolch an die Kehle. »So etwas sagt niemand ungestraft über meine Schwester.«

»Fergus!«, ermahnte Ranald ihn scharf und Fergus senkte widerstrebend den Dolch. »Douglas, sag was du zu sagen hast, aber ohne Mitglieder meiner Familie zu beleidigen.«

»Es gibt Gerüchte, dass sich ein Engländer bei euch aufhält und dass deine Tochter mit ihm ...« Douglas verbiss sich offenbar einen beleidigenden Kommentar und sagte stattdessen: »... Caitlin ist mit Paden verheiratet.«

Caitlin runzelte die Stirn und fragte sich, wie die Kunde von Gregorys Erscheinen so schnell die Runde gemacht hatte. Vermutlich hatte sie beim letzten Kirchbesuch jemand aus einem der anderen Dörfer gemeinsam mit Gregory gesehen und seine Schlüsse gezogen. Vielleicht hätten sie noch vorsichtiger sein und ihre Zuneigung nicht so offen zur Schau stellen sollen, aber jetzt ließ sich das nicht mehr ändern.

»Bei uns gibt es keinen Engländer«, erwiderte Ranald mit fester Stimme. Dann blickte er lachend in die Runde. »Wer würde nach unserer Niederlage einen Engländer bei sich aufnehmen?«

Pflichtgemäß lachten die Clanmitglieder, doch Douglas' Miene wurde noch säuerlicher. Mit seinem Gehstock deutete er auf Gregory.

»Und wer ist der Kerl da? Ich habe ihn noch niemals gesehen.«

»Das«, Ranald trat zu seiner Tochter und legte Gregory einen Arm auf die Schulter, »ist Rory MacArthur, der Sohn meiner Cousine mütterlicherseits. Sein Clan wurde von den Engländern ausgelöscht, er lebte an der Grenze.«

Caitlin hatte die ganze Zeit über die Luft angehalten. Nun entspannte sie sich ein wenig, denn die Erklärung ihres Vaters klang einleuchtend, auch was Gregorys fehlenden schottischen Dialekt anbelangte.

Währenddessen stieß Douglas ein abwertendes Schnauben aus.

Nun trat Fergus mit kampflustig blitzenden Augen zu ihm. »Ich habe Rory auf dem Schlachtfeld von Culloden Moor getroffen und er hat mir bei der Flucht geholfen. Nach Hause konnte er nicht mehr zurück, denn die Engländer haben ihm alles genommen. Nun lebt er bei uns.«

Alle MacArthurs bauten sich wie eine Wand vor den MacKenzies auf und Caitlin rechnete schon mit einer Auseinandersetzung.

»Mag sein, dass der Kerl einer von euch ist«, schnappte Douglas, »aber es ändert nichts daran, dass Caitlin mit meinem Sohn verheiratet ist.«

»Paden ist höchstwahrscheinlich tot«, erwiderte Ranald.

Nun griffen die MacKenzies zu den Waffen und auch in den Reihen der MacArthurs wurden Äxte und Schaufeln drohend gehoben, manch einer zog seinen Dolch. Bevor die Situation eskalierte, trat Angus vor und hob beide Hände.

»Ihr verdammten Narren! Ist während der letzten Monate nicht genügend Blut geflossen?« Seine Stimme war laut und seine Augen bohrten sich in die der kampflustig dreinblickenden Männer zu beiden Seiten. »Wollt ihr das Werk der Engländer vollenden und euch endgültig ausloschen? War es nicht meist gerade die Uneinigkeit der Clans, die ein freies Schottland letzten Endes vereitelt hat, so wie auch dieses Mal?«

»Ich lasse es nicht zu, dass die Ehre meines Clans beschmutzt wird«, bellte Douglas MacKenzie und seine Männer nickten zustimmend.

»Ranald hat Recht«, sagte Angus, »wahrscheinlich ist Paden tot, so wie die meisten unserer Clanbrüder. Caitlin wird ein Jahr Trauerzeit einhalten. Taucht Paden bis dahin nicht auf, ist sie frei.« Angus stechender Blick ließ Douglas zurückweichen.

Der ältere Mann spuckte auf den Boden. »Auch wenn ich mir von einem wie dir nichts sagen lasse, von mir aus soll es so sein. Aber wenn ich mitbekomme, dass Caitlin vorher heiratet, dann gibt es Krieg zwischen uns, Ranald.«

Ranald deutete eine Verbeugung an, wandte sich dann ab und fuhr damit fort, einen Holzbalken zu bearbeiten. Murrend machten sich auch die MacKenzies auf den Weg nach Hause, aber plötzlich drehte sich Douglas noch mal um und blickte Gregory stechend an. »Übrigens, wir und ein paar Männer vom Nachbarclan haben einen ganzen Trupp Engländer getötet.« Lauernd beobachtete er Gregorys Reaktion. »Keiner der Hunde ist entkommen.«

»Das freut mich«, antwortete Gregory gelassen, »sie haben es verdient.«

Nun trollten sich die MacKenzies endgültig und Caitlin bemerkte erst jetzt, dass sie die Luft angehalten hatte. Jetzt atmete sie erleichtert aus und nahm Gregorys Hand. »Das ist noch mal gutgegangen.«

Gregory grinste und sah zu ihrem Vater hinüber. »Rory MacArthur, das klingt gut.« Er gab Caitlin einen Kuss, dann sah er sie plötzlich merkwürdig an. »Und es bringt mich auf eine Idee. Fergus, kannst du schreiben?«, rief er.

»Hmm, ein wenig«, meinte Fergus und ließ sich mit ins Haus ziehen.

Caitlin fragte sich, was die beiden wohl aushecken mochten, aber dann fuhr sie damit fort, Heidekraut zu langen Seilen zu drehen, denn es wartete genügend Arbeit, die erledigt werden musste. Wenig später kamen beide mit einem jungenhaften Grinsen wieder heraus. Gregory hielt einen Brief in der Hand.

»Was ist das?«, wollte Caitlin misstrauisch wissen.

»Gerade ist Gregory Davis gestorben.«

»Wie bitte?«

»Unser Clanbruder«, erklärte Fergus grinsend, als er das verwirrte Gesicht seiner Schwester sah, und legte seinem Freund eine Hand auf die Schulter, »hat mich einen Brief schreiben lassen. Ich bin ein angeblicher Kriegskamerad, der mitbekommen hat, wie Gregory nach der Schlacht von Culloden in ein Scharmützel geraten und ums Leben gekommen ist.«

Noch immer wusste Caitlin nicht, worauf die beiden hinauswollten.

»So wird mich mein Onkel nicht suchen lassen«, erklärte Gregory, dann seufzte er. »Meine Mutter wird traurig sein, aber das lässt sich leider nicht ändern.«

»Und Elizabeth?«, fragte Caitlin mit einem Anflug von Eifersucht in der Stimme, auch wenn sie schon seit einiger Zeit nicht mehr an Gregorys Frau gedacht hatte.

Gregory drückte sie an sich. »Ich hätte sie niemals heiraten sollen und sie wird sich bald einen reichen, einflussreichen Mann suchen, mit dem sie viel glücklicher ist, als mit mir.«

Fergus verschwand fröhlich pfeifend den Berg hinauf und reagierte nicht auf Gillians empörte Ermahnung, er solle ihr helfen, den verkohlten Tisch aus ihrem Haus zu bringen. Er hatte Gregory versprochen den Brief vertrauenswürdigen Männern zu geben und nun hoffte Caitlin inständig, dass der Brief wirklich sein Ziel erreichte.

»Ich habe dich nie gefragt«, begann Caitlin nach einer Weile zögernd, während Gregory weiterhin auf dem Dach arbeitete »aber habt ihr Kinder?«

Zu ihrer Erleichterung schüttelte Gregory den Kopf. »Elizabeth war schwanger, aber sie hat das Kind verloren.« Er seufzte. »Ich war damals nicht einmal traurig. Innerlich habe ich gespürt, dass es nicht richtig war, mich an Elizabeth zu binden.«

»Es kann sein«, begann Caitlin zögernd und Tränen traten in ihre meerblauen Augen, »dass ich …« Sie konnte nicht weiterreden, denn sie hatte entsetzliche Angst, dass Gregory sie nicht mehr haben wollte, wenn sie ihm erzählte, was ihr auf der Seele lag.

»Was hast du denn?«, fragte er erschrocken, sprang vom Dach und nahm ihre Hand.

»Es kann sein, dass ich keine Kinder bekommen kann«, gab sie zu und biss sich auf die zitternde Unterlippe. Sie blickte ängstlich zu ihm auf. »In den zwei Jahren, in denen ich verheiratet war, bin ich nicht schwanger geworden. Die MacKenzies haben mich dafür gehasst …«

Gregory musterte sie kurz, dann schüttelte er den Kopf und legte ihr einen Finger auf die Lippen. »Mach dir keine Gedanken darum. Wir werden sehen, was die Zukunft bringt und selbst wenn wir keine Kinder haben, werde ich dich immer lieben.«

Noch konnte Caitlin ihm nicht glauben, doch er erstickte ihre Zweifel in einem langen und zärtlichen Kuss. Die Sonne brach durch die Wolken und setzte die Hügel und das nahe Meer in ein sanftes und zugleich intensives Licht.

Gregory drückte Caitlin fest an sich und lächelte einer alten Frau zu, die mit einem Kessel voll *brochan* für den gesamten Clan vorüberging und ihnen freundlich zunickte.

»Komm, Rory MacArthur, du hast dir die Pause verdient«, sagte sie in ihrem grollenden, nur schwer verständlichen Englisch und zeigte dabei ein fast zahnloses Grinsen.

»Du bist jetzt wirklich einer von uns«, flüsterte Caitlin ihm ins Ohr und war trotz aller Schwierigkeiten, aller Unsicherheiten und Fragen, die noch offen standen, ganz sicher, dass er sein altes Leben hinter sich gelassen hatte. Auch glaubte sie in Gregory die Vorfreude auf ein gemeinsames Leben mit ihr, hier in den schottischen Highlands, zu spüren.

Kapitel 14
Schwere Zeiten

Die Tage nach der Schlacht von Culloden wurde für die Bewohner Schottlands eine düstere Zeit und bei weitem härter und grausamer, als sie es sich in ihren schlimmsten Träumen ausgemalt hatten. Die Engländer wüteten rücksichtsloser denn je, reihenweise wurden Dörfer niedergebrannt, Menschen getötet oder von ihrem Land vertrieben. Schottische Kleidung wie Kilt oder Belted Plaid wurden ebenso verboten wie das Dudelsackspielen. Nicht einmal mehr ihre Sprache, Gälisch, durften die Hochlandbewohner jetzt noch offiziell sprechen. Ihnen sollte ihre gesamte Kultur geraubt und so der Sieg der Engländer noch mehr verdeutlicht werden. Der Herzog von Cumberland war nun der strahlende Kriegsheld, und nicht umsonst nannte man ihn bald ›Den Schlächter‹, denn er ließ alle ehemaligen Anhänger der Jakobiten gnadenlos verfolgen und hinrichten. Wenngleich sich die größten und einflussreichsten Clanchiefs von der Isle of Skye nicht am Krieg gegen England beteiligt hatten, so wurden doch englische Soldaten auf der Insel postiert, vermutlich, um auch diesen Teil Schottlands im Auge zu behalten.

Charles Edward Stewart blieb lange Zeit verschollen. Viele munkelten, er wäre doch in Culloden Moor ums Leben gekommen, dann breitete sich jedoch langsam die Nachricht aus, er sei nach South Uist, auf die Äußeren Hebriden, geflohen, aber gewiss wusste es niemand.

Die Meinung in den Dörfern rund um Duntulm Castle war zweigeteilt. Viele glaubten, Bonnie Prince Charlie hätte sie im Stich gelassen, ja, machten sogar ihn allein für die blutige Zeit und die chaotischen Zustände nach der Schlacht verantwortlich. Für andere war und blieb er ihr Held, der es zumindest noch einmal versucht hatte, die Freiheit Schottlands zu erkämpfen und diese Menschen schrieben die Niederlage weniger ihrem Prinzen zu, als vielmehr dem fehlenden Zusammenhalt der Clans, insbesondere den MacLeods und

MacDonalds, die es vorgezogen hatten, nicht an der Schlacht teilzunehmen.

Nur wenige Männer kehrten zurück nach Hause auf die Insel, von den achtzehn Männern aus Caitlins Dorf, die in den Krieg gezogen waren, war bis zu diesem Tage außer Ranald und Fergus lediglich der junge Brian zurückgekehrt. Bei den in der näheren Umgebung lebenden anderen Mitgliedern des Clans MacArthur sah es auch nicht besser aus. Die MacDonalds und die MacLeods brüsteten sich jetzt natürlich damit, dass sie den Ausgang der Schlacht vorhergesehen hatten und dementsprechend auch ihre Männer behalten hatten. Ranald MacArthur lag schon seitdem er aus dem Krieg zurückgekehrt war im Streit mit Sir Alexander MacDonald von Sleat, denn dieser behauptete, die MacArthurs hätten sich seinem Befehl widersetzt, und auch wenn Ranald versucht hatte ihm klarzumachen, dass sie die Nachricht vom Rückzug erst viel zu spät erreicht hatte, machte er keinen Hehl daraus, dass er aus Überzeugung gekämpft hatte.

Während der Sommer ins Land zog, sah man dem kleinen Dorf unterhalb von Duntulm Castle seine Verwüstung kaum noch an. Die Häuser waren neu gedeckt, die Felder bestellt, aber trotzdem fehlte es noch immer an vielem. Caitlins Mutter hatte sie heute mit dem Auftrag, ein Schaf gegen Kartoffeln und Hafermehl zu Tauschen nach Kilmuir geschickt, wo Lady Margaret MacDonald derzeit residierte.

»Zum Glück ist Sir Alexander momentan unterwegs, um dem Duke von Cumberland die Füße zu küssen, sonst könnten wir den Tausch vermutlich vergessen«, bemerkte Fergus, als er Caitlin den hölzernen Handkarren brachte, den sie mitnehmen sollten.

»Sollten wir sie nicht besser begleiten«, meinte Rory besorgt, »nicht, dass sie einer Gruppe Soldaten in die Arme laufen.«

»Es ist nicht weit, und hier, so weit im Norden, wurden schon länger keine Engländer mehr gesehen«, versuchte Caitlin ihn zu beruhigen, streckte sich und küsste ihn auf die Wange. »Seht ihr lieber zu, dass ihr eure Werkzeuge in Port Righ verkauft, das ist wichtiger.«

Während der letzten Wochen hatten Fergus und Rory Äxte, Schaufeln und andere Werkzeuge hergestellt, außerdem abends am Lagerfeuer Löffel, Gabeln und Schüsseln geschnitzt, um Ware zum Verkaufen zu haben, und so das Überleben des Clans zu sichern. Jetzt wollten sie ihre Waren auf dem Mark veräußern und in die Stadt aufbrechen.

»Ich weiß nicht, Caitlin ...« Er umarmte sie noch einmal, aber sowohl Caitlin als auch Glenna versicherten ihm, sie würden sehr vorsichtig sein und notfalls behaupten, sie seien MacDonalds und somit nicht von einem Clan, der am Krieg beteiligt gewesen war. Gerade hatten sich alle verabschiedet und wollten in unterschiedliche Richtungen aufbrechen, als Caitlin eine einzelne Gestalt erblickte, die langsam den Hügel hinab und auf das Dorf zukam. Bald konnte sie erkennen, dass es sich um einen Mann in grauen Wollhosen handelte, die, seitdem der Kilt verboten war, fast alle Männer trugen. Bei näherem Hinsehen, riss sie die Augen auf.

»Fergus, sieh nur, kann es sein ...«, setzte sie aufgeregt an, aber da war ihr Bruder auch schon losgestürmt, hastete den Hügel hinauf und umarmte den Neuankömmling dann heftig.

Kurz darauf kam er, mit einem strahlenden Lachen zurück und schob seinen Freund Calum vor sich her. Als Erstes fiel Caitlin auf, dass der eine Arm seines schmuddeligen Leinenhemdes leer herunterhing, aber auch sonst hatte sich der sonst so fröhliche junge Mann sichtlich verändert. Ein struppiger Bart wucherte in seinem Gesicht, seine dunklen Haare hingen fettig und ungepflegt bis fast auf die Schultern, das schlimmste aber waren seine Augen, die wirkten regelrecht gebrochen und spiegelten den Schrecken wider, den er vermutlich erlebt hatte.

Fergus hingegen redete aufgeregt drauflos. »Calum wurde nach der Schlacht von einem Bauern gefunden und gesund gepflegt, stellt euch nur vor, sie haben ihn vor den englischen Bastarden versteckt, und jetzt ist er endlich nach Hause gekommen.«

»Komm mit, Calum, Mutter wird dir etwas zu essen geben«, sagte Caitlin sanft und bedeutete Glenna, kurz zu warten.

Mit starrem Blick folgte Calum ihr und fragte dann mit einer tonlosen Stimme, die gar nicht zu ihm zu gehören schien: »Ist Vater zurückgekommen?«

Caitlin schüttelte bedauernd den Kopf und fasste ihn tröstend an der Schulter. »Nein, es tut mir leid.«

»Schon gut«, murmelte er, dann ließ er sich von Caitlins Mutter umarmen und setzte sich an den Tisch.

»Keine Angst, Calum, du bist jetzt zu Hause«, meinte Mary und stellte ihm sogleich einen dampfenden Eintopf hin. »Jetzt wird alles gut werden.«

Nachdem Calum fürs Erste versorgt war, ging Caitlin zurück zu Fergus, Glenna und Rory, die sich aufgeregt unterhielten.

»Wie geht es ihm?«, wollte Rory wissen.

Sie hob unschlüssig die Schultern. »Zumindest hat er es jetzt warm und Mutter kümmert sich um ihn.«

»Er hat seinen Arm verloren«, bemerkte Glenna traurig. »Außerdem hat er ganz verstört gewirkt.«

»Wer könnte das besser verstehen als wir«, murmelte Rory und schlug Fergus auf die Schulter. Bedrückt nickte dieser. »Calum wird einige Zeit brauchen, um Culloden zu vergessen.«

»Los Glenna, wir müssen jetzt gehen«, sagte Caitlin zu ihrer Schwester und die beiden jungen Frauen machten sich durch die Hügel auf nach Kilmuir, wo sie das Haus von Monkstadt aufsuchen und Lady MacDonald um Hilfe bitten wollten. Glenna zerrte das widerstrebende Schaf hinter sich her und kam dank ihrer üppigen Figur bald ordentlich ins Schwitzen, wohingegen Caitlin der Marsch leichter fiel. Sie hatten gerade Kilbride passiert, als Caitlin mitten auf einer Wiese stehen blieb. Zunächst hatte sie der Frau, die in einen grauen Umhang gekleidet, vor dem kleinen Bach kniete, gar keine große Beachtung geschenkt, doch dann ließ Caitlin etwas innehalten und sie riss überrascht die Augen auf.

»Glenna, sieh nur«, flüsterte sie.

»Was denn?« Glenna japste nach Luft und stützte ihre Hände auf die Oberschenkel, aber denn presste auch sie eine Hand vor den Mund und unterdrückte ein Kichern. »Die Frau rasiert sich ja!«

Die beiden Schwestern duckten sich hinter einem Ginsterbusch und beobachteten amüsiert das Schauspiel, welches sich ihnen nicht weit entfernt bot. Langsam und gewissenhaft zog die unbekannte Dame ihr Messer immer wieder über ihr Gesicht, spülte dieses dann ab und erhob sich. Allerdings stolperte sie mehrfach über ihren Rock und ein leises Fluchen klang zu ihnen herauf, bevor die Frau aus ihrem Sichtfeld verschwand.

Auch Caitlin und Glenna machten sich wieder auf den Weg, mussten jedoch wiederholt über dies seltsame Frau lachen.

»Ich frag mich, welch schrecklicher Fluch diese arme Frau getroffen hat, dass ihr ein Bart wächst?«, fragte Glenna und Caitlin musste grinsen.

» Wenn ich einen hätte, gäbe es zumindest in ganz Schottland keinen Paden MacKenzie, der mich begehren würde«, scherzte Caitlin.

Nach kurzer Zeit waren sie auf dem Pfad, der nach Kilmuir führte, angelangt, und plötzlich begann Glenna erneut zu kichern. »Vielleicht war die Frau ja Morag MacKenzie, die sich die Haare von ihren Zähnen rasiert.«

Dies brachte Caitlin derart zum Lachen, dass sie nicht weitergehen, sondern sich auf einen Stein setzen musste. Schon lange hatten die beiden Schwestern nicht mehr derart herzlich gelacht und sie konnten sich kaum noch beruhigen. Als Mädchen hatten sie sich öfters derartigen Lachanfällen hingegeben und Caitlin freute sich sehr, dass Glenna, zum ersten Mal seitdem sie von Donalds Tod erfahren hatte, mal wieder richtig unbeschwert war.

»Was erheitert die Damen denn derart an diesem schönen Tag?«, erklang plötzlich eine weibliche Stimme.

Rasch wischte sich Caitlin die Lachtränen von den Wangen und blickte in das hübsche Gesicht einer Dame, wahrscheinlich kaum älter als

Glenna, die in ein elegant geschnittenes Seidengewand gekleidet war. In Begleitung eines Mannes, der vermutlich ihr Diener war, stand sie auf dem Pfad und blickte nicht unfreundlich, jedoch etwas verwundert auf Caitlin und ihre Schwester hinab.

»Verzeiht, wir haben nur etwas ... Eigenartiges ... beobachtet«, versuchte Caitlin zu erklären, woraufhin Glenna schon wieder unterdrückt gluckste. Dann erinnerte sie sich jedoch an ihre gute Erziehung, stand auf und stellte sich der Dame vor. »Ich bin Caitlin MacArthur, das ist meine Schwester Glenna.«

»Flora MacDonald.« Die Dame deutete eine Verbeugung an, dann musterte sie die Schwestern mit zusammengezogenen Augenbrauen. »Wie ich hörte, ist Euer Vater Jakobit, nicht wahr.«

Jetzt zuckte Caitlin zusammen und sah sich nach möglichen Soldaten um, aber die Dame legte ihr beruhigend eine Hand auf die Schulter. »Charles Edward Stewart ist all seinen treuen Anhängern sehr dankbar und wird ihnen ihren Einsatz niemals vergessen.« Dann erhellten sich ihre Gesichtszüge. »Wollen die Damen mir nun den Grund ihrer Belustigung verraten?«

Caitlin und Glenna sahen einander an, dann zuckte Caitlin mit der Schulter. »Wir haben eben eine Frau am Bach gesehen, die sich das Gesicht rasiert hat.« Erneut zuckten Glennas Mundwinkel und auch Caitlin kam nicht umhin zu grinsen.

»Das war sicher Betty«, erklärte Flora, und plötzlich entfuhr auch ihr ein unterdrücktes Glucksen. »Meine Zofe leidet unter starker Gesichtsbehaarung und rasiert sich derzeit gar morgens und abends.«

»Wie schrecklich«, bemerkte Glenna.

»Gewiss, aber seid versichert, es gibt Schlimmeres.«

Damit wandte sich Flora ab und bedeutete dem Mann zu gehen. Gemeinsam eilten sie weiter, in die Richtung, aus der Caitlin und Glenna gekommen waren.

»Die rasierte Frau scheint heute nicht das einzig merkwürdige zu sein«, murmelte Caitlin, bevor sie sich wieder auf den Weg machten.

Zum Glück konnten sie bei Lady Margaret ihr Schafe eintauschen und bekamen sogar noch ein Fass mit Ale geschenkt. So machten sich die beiden jungen Frauen an diesem schönen Sommertag zufrieden auf den Heimweg und hatten ihre seltsame Begegnung bald wieder vergessen.

Etwa ein Jahr nach der Niederlage Schottlands heirateten Caitlin und Rory. Lange hatte Caitlin in der Angst gelebt, Paden würde doch noch zurückkehren, doch kaum einer der jungen Männer, die in Culloden mitgekämpft hatten, war nach Calum noch heimgekehrt. Die MacKenzies waren trotz allem aufgebracht, als sie von der Hochzeit hörten und Caitlin und Rory beschlossen, zum Schutz des Clans, sich in einem entfernten, einsamen Tal etwas nördlich des Dorfes ihr Haus zu bauen.

Am Abend der Frühlings Tag- und Nachtgleiche, am 21. März 1747, stiegen die beiden, Rory in einen Kilt gekleidet, Caitlin mit einem hellen Leinenkleid und einer karierten Schärpe, gemeinsam mit Angus weit in die einsamen Hügel hinauf. Morgen, bei der offiziellen Hochzeit in der Kirche, konnten sie dies nicht wagen, doch heute, im Schutz der Dunkelheit, wollten sie in den traditionellen Kleidern ihren Bund fürs Leben besiegeln und mit Angus' Hilfe um den Segen der keltischen Ahnen bitten. Schenkte man den Worten des alten Heilers Glauben, so besaß die heutige Nacht eine besondere Macht und wurde früher als Fest von den Vorfahren gefeiert. Es bezeichnete die Rückkehr des Lebens nach der langen Winterzeit. Caitlin und Rory hofften, dass dieser Tag Glück für ihre gemeinsame Zukunft bringen würde, denn Glück hatten sie in diesen harten Zeiten wirklich nötig.

Als die drei Gestalten durch die Hügel liefen, schien ein beinahe voller Mond vom wolkenlosen Himmel. Millionen von Sternen leuchteten auf sie herab und vom Meer her wehte nur eine schwache Brise, aber es war nicht mehr so kalt, wie in den letzten Wochen und Monaten, und man glaubte schon, einen Hauch von Frühling zu erahnen. Hier und da spitzte sogar schon grünes Gras durch das abgeblühte Heidekraut und ein verheißungsvoller Duft nach Erneuerung lag in der Luft.

Vor einer Quelle hielten sie an. Rory bemerkte Caitlins leises Lächeln, als ihr Blick auf die von Angus mit frisch erblühten Weidenzweigen geschmückten Steine fiel. Nun entzündete der alte Mann ein Feuer und warf Kräuter hinein, woraufhin ein ätherischer Duft, der direkt etwas Berauschendes hatte, in der Nachtluft aufstieg. Nur wenig später begann Angus, die alten gälischen Worte zu rezitieren, die schon Generationen vor ihnen gehört hatten, und seine leise, dunkle Stimme verschmolz mit dem Wind, der den Geruch des Meeres mit sich brachte. Caitlin und Rory nahmen sich an den Händen und lächelten sich im Licht der Sterne verliebt an. Mittlerweile verstand er beinahe alle Worte, die Angus sprach, und auch in der Kleidung der Schotten fühlte er sich wohl, doch bedauerte Gregory es sehr, dass sie nun offiziell verboten war.

Nachdem Angus seinen Hochzeitssegen gesprochen hatte, umarmte er die beiden.

»Ich wünsche euch alles Glück dieser Welt. Ihr wurdet in harte Zeiten hineingeboren, aber ihr werdet sie gemeinsam überstehen. Dieser Tag soll ein Symbol für euch sein, denn die Dunkelheit und die Kälte sind gewichen und neues Leben erwacht. Heute sind die Mächte von Tag und Nacht, von Licht und Schatten in Einklang.«

Glücklich küssten sich Caitlin und Rory, und als sie ihn vorsichtig anstieß, erblickte er eine Silhouette, die sich gegen den Mond abzeichnete.

»Auch er möchte euch segnen«, sagte Angus leise.

Nachdem Rory einmal kurz geblinzelt hatte, war der Hengst leise wie ein Schatten verschwunden.

»Ich danke allen Mächten, dass ich hierhergekommen bin.« Von einem überschäumenden Glücksgefühl durchströmt drückte Rory Caitlin an sich. »An keinem Platz der Welt kann ich so glücklich sein wie hier.«

»Ich auch nicht«, seufzte sie.

Nun begann Angus auf seinem Dudelsack zu spielen und die klagenden Töne hallten durch das einsame Tal. Bald ließ Angus die beiden jungen Leute allein und sie kehrten erst in der Morgendämmerung zurück zum Dorf.

Hastig zogen sie sich um, damit man den Tartanstoff nicht sah, falls ein Engländer auftauchen sollte.

Bei Tagesanbruch herrschte hektische Betriebsamkeit im Dorf.

Mary MacArthur wischte sich ständig über die Augen, nachdem Caitlin aus Glennas Hütte getreten war. Caitlin trug ihr helles Leinenkleid heute ohne die traditionelle Schärpe, und ihre Schwester hatte ihr nicht nur beim Ankleiden geholfen, sondern ihr auch frische Frühlingsblumen in die Haare geflochten.

»Ihr hättet an eurem Hochzeitstag unsere Farben tragen sollen«, schluchzte Mary und Ranald nahm sie mitfühlend in den Arm.

»Es ist alles in Ordnung, das haben wir«, erwiderte Caitlin geheimnisvoll und zwinkerte ihrem Mann zu.

Sicher verstanden ihre Eltern nicht, was sie meinte, doch schließlich machte sich die kleine Dorfgemeinschaft auf den Weg zur Kirche, die einige Meilen nördlich lag. Nach der Trauung sollte im Dorf ein großes Fest stattfinden, zu dem auch viele der weiter entfernt wohnenden Verwandten eingeladen worden waren.

Da zu viele Gäste gekommen waren, wurde die Messe im Freien abgehalten. Mit säuerlichem Gesichtsausdruck sprach der Pfarrer den Hochzeitssegen in Englisch und man sah dem alten, verhutzelten Mann an, wie sehr ihm dies widerstrebte. Dementsprechend klang die ihm fremde Sprache aus seinem Munde abgehackt und wenig feierlich.

Gregory schreckte hoch, als er plötzlich Hufschlag vernahm und tatsächlich kam eine Gruppe berittener Engländer mitten in die Zeremonie geplatzt, unter ihnen befand sich die gedrungene Gestalt von Douglas MacKenzie.

»Douglas, was hat das zu bedeuten?«, schimpfte Ranald und baute sich vor dem älteren Mann auf. Sofort hatte er das Schwert eines Engländers an der Kehle und Mary schrie erschrocken auf. Caitlin klammerte sich an Gregorys Arm fest.

»Ich habe gehört, ihr wollt in den Farben der MacArthurs heiraten«, schnarrte der alte Clanchief. »Das ist verboten, ich dachte, ich sehe nach dem Rechten.«

»Und dazu bringst du gleich eine Kompanie Engländer mit?«, schnappte Ranald voller Abscheu.

»Seht euch um, Männer!«, befahl der Kommandant, ein hochgewachsener, schlanker Engländer mit Kinnbart.

Rory senkte den Blick. Er glaubte, einen der Soldaten schon einmal gesehen zu haben, auch wenn er sich nicht ganz sicher war und sich auch an keinen Namen erinnern konnte.

Die Engländer sahen sich jeden Einzelnen der Gäste an, konnten zu ihrem sichtlichen Bedauern jedoch kein Tartanmuster finden. Der Mann, der Rory bekannt vorkam, blieb vor ihm stehen.

»Wie ist dein Name?«

»Rory MacArthur«, antwortete er und bekam das rollende R mittlerweile sogar beinahe wie ein echter Schotte hin.

Der Soldat betrachtete ihn lauernd. »Sag etwas auf Gälisch.«

Rory schnaubte verächtlich. »Damit du mich ins Gefängnis werfen kannst?«

Nun zog der Soldat sein Schwert und die anderen kamen näher. »Sprich, sonst schlitze ich dich auf der Stelle auf.«

Caitlin wurde kreidebleich und schnappte hörbar nach Luft, während die Männer unruhig von einem Fuß auf den anderen traten. Keiner der Clansleute war bewaffnet, denn auch das war mittlerweile verboten.

Schließlich stieß Rory einen gälischen Satz hervor.

Die Soldaten drehten sich zu Douglas MacKenzie um, der kurz darauf widerwillig nickte und sein zotteliges Pony wendete.

Endlich zogen auch die Engländer ab und alle atmeten auf.

»Mann sollte diesem Gesindel auch verbieten, zu heiraten«, rief ein arroganter junger Soldat und seine Kameraden nickten zustimmend.

Erneut blickte der Kommandant auf Rory hinab, wobei sich seine Kiefernmuskulatur anspannte, und kurz schien es, als würde die Situation doch noch eskalieren. Dann riss er jedoch sein Pferd herum, schlug ihm die Stiefelabsätze in die Flanken und die Engländer preschten davon. »Gut, dass Douglas schwerhörig ist«, sagte Caitlin grinsend.

»Warum?« Rory sah sie verständnislos an.

»Du hast gesagt: Mögt ihr englischen Bastarde an eurem Verstand verrecken.« Sie kicherte. »Ich denke, du wolltest ›Arroganz‹ sagen.«

Auch Rory lachte nun und die anderen MacArthurs fielen mit ein und schlugen ihm auf die Schulter.

Endlich konnte die Zeremonie zuende gebracht werden, und anschließend fand ein schmackhaftes, wenn auch bescheidenes Festessen auf dem Dorfplatz statt. Als es dunkel wurde, ließ es sich Cormag nicht nehmen, seinen Dudelsack herauszuholen.

»Eine Hochzeit ohne ›pipes‹ ist wie ein kastrierter Zuchthengst«, brummelte er.

Obwohl ihm seine Clanbrüder zustimmten, wirkten sie angespannt, als der alte Mann zu spielen begann, und manch einer beobachtete aufmerksam die umliegenden Hügelkuppen, doch so weit die klaren Töne alten Instrumente auch trugen, die Engländer blieben zum Glück verschwunden. Trotz aller widriger Umstände genossen die MacArthurs die Hochzeitsfeier, von der noch lange Zeit danach geredet wurde. Die Gesänge waren ein wenig gedämpft, die Tänze nicht so ausgelassen wie früher und Caitlin und Rory bemerkten sehr wohl, dass Ranald immer wieder Wachen fort schickte, um sie notfalls zu warnen, dennoch war es alles in allem ein freudiger Tag. Heute wurde eine Verbindung aus wahrer Liebe geschlossen, und das war etwas, das nicht allzu häufig vorkam. Viel zu oft wurde aus praktischen Gründen geheiratet, um das Land eines Clans zu erweitern, um Streitigkeiten zu schlichten, oder schlicht und einfach, weil es vor langer Zeit von den Eltern des

Brautpaares so beschlossen worden war. Caitlin und Rory hingegen hatten hart für ihr Glück gekämpft und alle MacArthurs gönnten es ihnen.

Spät in der Nacht, der Schein der Feuer und einiger Fackeln erhellte den Festplatz, trat Angus zu Rory. »Na, wie fühlt man sich als frischgebackener Ehemann?«

»Wunderbar.« Zufrieden seufzend ließ sich Rory auf einem Stein nahe beim Feuer nieder. Um sie herum wurde noch immer getanzt und gefeiert, Fergus brüstete sich mit einem Kampf aus seiner Jugendzeit und war, so wie viele Männer, bereits sturzbetrunken.

Lächelnd beobachtete Rory Caitlin, die gerade mit einer ihrer Cousinen über irgendetwas lachte.

»Ich habe das Gefühl, endlich meinen Platz im Leben gefunden zu haben«, versuchte er seine Gedanken in Worte zu fassen.

»Schade, dass die Zeiten nicht etwas friedlicher sind.«

Ein wenig trübsinnig setzte sich Angus neben ihn und die beiden blickten schweigend in die Flammen, wobei es ein einträchtiges, freundschaftliches Schweigen war. Dann fragte Rory etwas, das ihn schon seit langer Zeit beschäftigte.

»Angus, ich bin ein Engländer, wie kann es sein, dass ich mich hier, zwischen euch, so unglaublich wohl fühle.« Er warf dem alten Mann einen fragenden Blick zu. »Seit ich mich in Caitlin verliebt habe, ist dieses Gefühl der Verbundenheit natürlich noch stärker geworden, aber auch damals, als ich sie noch nicht kannte, hat mich Schottland schon fasziniert.« Er hob die Schultern. »Die meisten meiner Kameraden haben das Hochland gehasst. Es war ihnen zu kalt, zu düster, zu unzivilisiert, aber ich mochte es von Anfang an.«

Eine ganze Weile schwieg Angus und Rory glaubte beinahe schon, der alte Mann wolle ihm nicht antworten, dann begann er mit seiner ruhigen, dunklen Stimme zu sprechen.

»Wie du weißt, gehöre ich dem alten Glauben an.« Er grinste verschmitzt. »Und Cormag würde mich wieder für meine heidnischen Ansichten schelten, aber ich bin, so wie unsere Vorfahren, der Ansicht, dass man nicht nur ein einziges Mal geboren wird.«

»Wie meinst du das?«, hakte Rory gespannt nach.

»Früher glaubten unsere Ahnen, wir verbringen einige Zeit hier auf der Erde, sterben irgendwann und gehen dann zurück ins Schattenreich, um eines Tages in einem anderen Körper zurückzukehren.« Nun sah er Rory mit so einer Intensität in die Augen, dass er glaubte, Angus könne bis in sein Innerstes blicken. »Vielleicht warst du früher, in einem anderen Leben, oder in vielen anderen Leben, ein Keltenkrieger. Einer, der für dieses Land sein Blut vergossen hat. Und nun, nachdem du viele Prüfungen bestanden hast, weiß deine Seele, dass sie nach Hause zurückgekehrt ist.«

»Glaubst du wirklich?« Dieser Gedanke faszinierte Rory ungemein, wenngleich es für ihn doch eine vollkommen fremdartige Vorstellung war.

Angus zuckte die Achseln. »Natürlich weiß ich es nicht, aber ich könnte es mir gut vorstellen. Auch bei Caitlin habe ich das Gefühl, dass sie mehr mit diesem Land verwurzelt ist, als es in ihrem kurzen Leben möglich sein kann. Sie gehört hierher.«

Die Worte des alten Heilers berührten Rory tief in seinem Inneren, aber er wusste dennoch nicht, ob er wirklich bereit war, ihnen Glauben zu schenken.

»Hast du auch schon mehrere Leben gelebt?«, fragte er unsicher nach.

»Das mag sein«, antwortete Angus und plötzlich grinste er spitzbübisch. »Zumindest erscheint mir dieser Gedanke verlockender, als eines Tages mit Cormag auf einer Wolke zu sitzen und Harfe zu spielen.«

Daraufhin brach Rory in Gelächter aus und die beiden gingen zurück zu den Feiernden, um sich noch etwas Ale zu gönnen.

Später lagen Caitlin und Rory eng umschlungen in der Hütte von Fergus und Gillian. Die beiden hatten ihnen Platz gemacht, da ihr eigenes Haus noch nicht fertig war.

»Unsere Hochzeitsnacht hatten wir ja eigentlich schon vor vielen Jahren«, erinnerte sich Rory und streichelte Caitlin über die nach Wildblumen duftenden Haare.

»Gut, dass mein Vater das damals nicht wusste«, kicherte sie. Dann runzelte sie die Stirn. »Paden hat es zum Glück nicht gemerkt, dass ich keine Jungfrau mehr war. Er war immer so brutal, da ...«

»Das ist vorbei«, unterbrach Rory sie und gab ihr einen zärtlichen Kuss. »Wir haben so lange gewartet, aber jetzt können wir glücklich werden.«

»Ja.« Caitlin schmiegte sich dicht an ihn und lachte. »Cormag hat uns seine Ziege geschenkt.« Dann verzog sie das Gesicht. »Sie ist wahrscheinlich so alt wie er und gibt nicht einmal mehr Milch.«

»Zumindest wird sie nicht halb so viel meckern wie Cormag«, gab Rory lachend zurück.

Ein weiteres Jahr zog ins Land und wie erwartet wurde das Leben für die Schotten nicht leichter, ganz im Gegenteil, der Kampf ums Überleben wurde immer unerbittlicher. Nach wie vor wüteten die Engländer gnadenlos, enteigneten massenhaft die Clanchiefs, beraubten sie ihres Besitzes und verboten jegliche schottische Kultur. Viele Schotten waren bereits ausgewandert, hatten Schiffe nach Amerika oder gar Australien bestiegen, und sahen nun einer ungewissen Zukunft entgegen. Auch bei den MacArthurs wurden immer häufiger kritische Stimmen laut, und viele forderten, die Heimat zu verlassen, da man ihnen gutes Weideland weggenommen hatte. Im letzten Winter waren zwei Kinder und einige der Alten gestorben, die einfach nicht kräftig genug gewesen waren, einem Fieber zu widerstehen, das im Dorf um sich gegriffen hatte. Trotz all der Schwierigkeiten, der Not und des allgegenwärtigen Hungers waren Caitlin und Rory glücklich miteinander. Einige Meilen abseits des Dorfes hatten sie sich ein kleines Steincottage gebaut. Sie hielten einige Schafe und Ziegen und Aila und ihr mittlerweile zweijähriges Fohlen Rona grasten meist hinter dem Haus und leisteten bei der Feldarbeit gute Dienste.

Ein warmer Tag im Juni war angebrochen, die Strahlen der Sonne tasteten sich über die Hügel und fanden ihren Weg schließlich auch in die entlegensten Winkel der Senken. Hier in dem Tal war es geschützt und man bemerkte den leisen Wind, der vom Festland her wehte fast gar nicht. Den ganzen Tag lang war Caitlin schon ungeduldig. Sie hatte den Tisch im Haus hübsch gedeckt und Rorys Lieblingsessen gekocht, und wartete nun ungeduldig auf seine Heimkehr, denn sie wollte ihm etwas sehr wichtiges mitteilen. Schon im Morgengrauen war Rory aufgebrochen, um gemeinsam mit Fergus einige Meilen entfernt Torf zu stechen. Seufzend blickte sie zur Sonne auf – es würde wohl noch etwas dauern, bis er zurückkehrte. Nachdem sie die verbliebene Zeit nicht zu vertrödeln gedachte, zog Caitlin ihr bestes Kleid wieder aus und ein einfaches an. Sie wollte sich etwas ablenken und auf dem Feld hinter dem Haus Unkraut zupfen.

Die kleine Rona kam Caitlin mit gespitzten Ohren zutraulich entgegen und suchte offenbar jemanden, mit dem sie spielen konnte.

»Nein, meine Kleine, heute habe ich keine Zeit für dich«, seufzte Caitlin und streichelte dem Pony über das dunkle gräulich braune Fell. Schließlich wandte sich das Pferd ab und galoppierte Bocksprünge machend zu seiner Mutter zurück. Aila hob nur gelangweilt den Kopf und legte die Ohren an, dann graste sie weiter.

»Genieße nur deine Jugend, Rona, im nächsten Herbst musst auch du den Pflug ziehen«, rief Caitlin lachend, dann machte sie sich an die Arbeit.

Ein verträumtes Lächeln spielte um ihre Lippen, als sie das Kartoffelfeld von Unkraut befreite und ihre Gedanken wanderten zu Rory und sie fragte sich, was er wohl heute Abend sagen mochte. Daher bemerkte sie zunächst gar nicht, dass sie schon eine ganze Weile beobachtet wurde.

»Na, so fleißig?«, ertönte plötzlich eine Stimme.

Aus ihren Träumereien gerissen stand Caitlin auf – und erstarrte. Vor ihr stand Paden in seiner vollen Größe. Ihm fehlte ein halbes Ohr und seine entblößten Unterarme trugen ein Muster aus wulstigen Narben. Ansonsten schien er aber gesund und munter.

Caitlin hatte das Gefühl, auf der Stelle in Ohnmacht fallen zu müssen. Sie rang nach Luft, schwankte und wich hektisch zurück.

Paden packte sie auf seine gewohnt grobe Art am Unterarm.

»Willst du deinen geliebten Ehemann nicht angemessen begrüßen?« Er presste ihr einen brutalen Kuss auf den Mund.

Voller Panik blickte Caitlin nach Norden, denn wenn Rory jetzt nach Hause kam, gäbe es eine Katastrophe. Wusste Paden von der Hochzeit oder war er zufällig vorbeikommen? Doch das konnte eigentlich nicht sein, denn das Dorf der MacKenzies lag nicht auf dem Weg.

»Komm mit ins Haus, du wirst durstig sein«, schlug Caitlin vor, bemüht, ihrer zittrigen Stimme einen festen Klang zu geben.

»Na, das hört sich doch nach meinem Geschmack an«, meinte Paden grinsend und fasste ihr besitzergreifend an den Hintern.

In Caitlin arbeitete es, ihre Gedankenwelt geriet völlig aus den Fugen. Sie musste Paden so schnell wie möglich loswerden, wusste jedoch nicht wie ihr dies gelingen sollte.

Im Inneren des Hauses schenkte sie ihm mit fahrigen Händen einen Becher voll Wasser ein und beobachtete, wie sich Paden mit gerunzelter Stirn umblickte. Ganz langsam trank er das Wasser aus und wischte dann urplötzlich mit einer wütenden Handbewegung das Geschirr vom Tisch. Scheppernd fielen Teller, Schüsseln und Blumen zu Boden, woraufhin Caitlin zusammenzuckte. Sofort war Paden bei ihr und verpasste ihr eine schallende Ohrfeige, dann drückte er sie an die Wand.

»Du kleine Hure hast einen anderen Kerl geheiratet«, sagte er gefährlich leise und presste ihren Kiefer zusammen. »Die ganze Zeit im Gefängnis habe ich an zu Hause gedacht, daran, dass du zu mir zurückkehrst, falls ich jemals dieser verdammten Hölle entkommen kann.«

Panik wallte in Caitlin auf und sie zappelte, um freizukommen. Schon immer hatte sie Angst vor Padens Wutausbrüchen gehabt und sie hatte keine Ahnung, wie sie sich jetzt aus dieser misslichen Lage befreien sollte.

»Ich dachte doch, du wärst tot«, wagte sie zu sagen.

Eine erneute Ohrfeige ließ ihren Kopf nach hinten knallen und sie schlug sich die Schläfe an der rauen Wand auf. Blut lief über ihr Gesicht und jetzt konnte sie die Tränen nicht mehr zurückhalten.

»Nicht mal ein Jahr hast du gewartet!«, brüllte Paden außer sich und wollte sie wohl erneut schlagen.

Wimmernd versuchte Caitlin ihr Gesicht mit den Händen zu schützen, sie drehte ihm den Rücken zu und hoffte nur, dass er sie in seiner Raserei nicht umbrachte. Er trat einen weiteren Schritt auf sie zu und sie machte sich auf den nächsten Schlag gefasst.

»Lass meine Frau in Ruhe«, ertönte da plötzlich eine vertraute Stimme von der Tür her. Caitlin wusste nicht, ob sie froh oder entsetzt sein soll, als sie Rory im Türrahmen stehen sah. Zwar war seine Stimme ruhig, doch sie sah ihm sofort an, wie wütend und angespannt er war. Eine Hand krallte sich an den Türstock und die Knöchel seiner Hand wurden schneeweiß.

Nach einem Augenblick der Überraschung zog Paden seinen Dolch und hielt ihn Caitlin an die Kehle.

»Sie ist meine Frau, ich habe sie zuerst geheiratet«, stellte er richtig.

»Du hast sie niemals verdient«, erwiderte Rory abfällig und winkte den anderen Mann zu sich. »Aber komm raus und lass uns das wie Männer klären.«

»Nein, nicht«, schluchzte Caitlin, und panische Angst ergriff sie.

»Ha!« Paden stieß Caitlin von sich und rannte nach draußen.

Paden und Rory, beide nur mit einem Dolch bewaffnet, umkreisten sich lauernd. Die Männer waren durchtrainiert, Rory etwas größer, Paden hingegen kräftiger, auch wenn man an ihm noch die Spuren der langen Gefangenschaft ansah. Doch Caitlin wusste, dass er gewaltige Kräfte besaß und in seinem Jähzorn vor nichts zurückschreckte.

»Du bist doch der verdammte Engländer«, stieß Paden nach einer Weile hervor. »Es gab Gerüchte und du konntest vielleicht meinen Vater täuschen, aber ich habe dich damals im Dorf gesehen.« Blitzschnell stieß er vor und hätte Rory beinahe am Bein erwischt, doch der wich noch rasch aus.

»Glaub doch was du willst«, knurrte Rory und bemühte sich sichtlich, eine Schwachstelle in Padens Bewegungen zu erkennen.

»Ein verdammter Engländer«, spie Paden aus und ließ seinen Gegner nicht aus den Augen. »Über zwei verdammte Jahre habe ich im Gefängnis gesessen und dann komme ich nach Hause und meine Frau hat nichts Besseres zu tun, als einen Engländer zu heiraten.« Angewidert spuckte er auf den Boden.

»Du hast Caitlin damals verstoßen.« Rory gelang es, Paden einen kleinen Schnitt am Unterarm zuzufügen.

Paden knurrte gereizt, ließ sich jedoch nicht zu einer unbedachten Attacke hinreißen. »Sie hat mir nicht mal einen Sohn geschenkt.« Dann grinste er wölfisch. »Und wie ich sehe, warst du bei ihr auch nicht erfolgreicher. Sie ist nutzloser als ein altes Schaf, von dem kann man zumindest noch das Fleisch nehmen.«

»Caitlin ist mehr wert als alles Gold dieser Welt«, erwiderte Rory mühsam beherrscht. »Wenn du eine Zuchtstute willst, dann kauf dir doch eine.« Nun stürzte er sich auf den etwas kleineren Mann und Caitlin hielt die Luft an. Eisern hielt sie sich am Türrahmen fest, unfähig, sich zu bewegen. Die Männer rangen eine Weile miteinander, immer wieder zuckte einer der Dolche gefährlich nach vorne. Die beiden stießen sich gegenseitig zu Boden, rappelten sich wieder auf, nur um kurz darauf erneut ineinander verkeilt die Wiese hinab zu rollen. Paden stand als Erstes auf, aber auch Rory kam auf die Füße. Die Männer umkreisten sich erneut, griffen an, und stürzten sich immer wieder aufeinander. Irgendwann hatten sie beide ihre Dolche verloren, und schließlich standen sie sich an einem Abhang gegenüber, und Paden, mit blutiger Nase und voller Hass, stürzte sich auf seinen Widersacher. Caitlin hatte es aus der Distanz nicht verstanden, aber vermutlich war es Rory gelungen, Paden irgendwie zu provozieren, er wollte den Kampf jetzt wohl endlich beenden, doch nun umklammerte Paden Rorys Kehle, der daraufhin unaufhaltsam an den Rand des Abhangs zurückwich.

Die Beine so weich, dass sie ihr beinahe wegknickten, ging Caitlin näher heran und hielt die Luft an, als Rorys Fuß abrutschte und einige Steine sich lösten. Polternd fielen sie in die Tiefe, aber Rory konnte sich noch fangen, doch schon setzte Paden nach, seine Faust hieb nach Rorys Gesicht. Dieser musste rasch nach rechts ausweichen, trat dabei aber ins Leere. Er ruderte mit den Armen, ergriff Paden am Kragen seines Hemds, bekam aber trotzdem Übergewicht nach hinten. Mit einem wütenden Schrei stürzten die Kontrahenten etwa drei Meter in die Tiefe.

Nun konnte sich Caitlin endlich aus ihrer Erstarrung lösen. Sie rannte los, schnappte sich unterwegs Rorys Dolch, und blieb vor dem Abhang stehen. Was sie sah, ließ ihr die Tränen in die Augen schießen.

Innerhalb eines Augenblicks brach ihre gesamte Welt zusammen und sie rutschte ohne weiter nachzudenken den Hang hinab und kniete sich schluchzend neben Rory. Paden lag einige Schritte weiter rechts und kam gerade stöhnend wieder auf die Knie, doch auf diese Gefahr achtete sie im Moment nicht und ihre Kehle war wie zugeschnürt.

»Bitte nicht«, flüsterte sie. Offensichtlich war Rory bei dem Sturz auf einen Stein geknallt, denn neben seinem Kopf hatte sich eine Blutlache gebildet und er rührte sich nicht mehr.

Nur Augenblicke später stand Paden neben ihr. Sein linker Arm baumelte in einem unnatürlichen Winkel von seiner Seite herab, aber dennoch grinste er triumphierend. Angewidert stieß er seinen leblosen Widersacher mit dem Fuß an und sagte abfällig: »Zwei Ehemänner waren ohnehin zu viel. Wir brennen euer verdammtes Haus nieder und dann kommst du mit mir.« Er grabschte nach Caitlin und wollte sie am Arm hochziehen.

In diesem Moment flammte unbändiger Hass in ihr auf. So viele Jahre hatte sie Angst vor Paden gehabt, hatte mit seinen Demütigungen und seinen Schlägen gelebt. Plötzlich wusste sie nicht mehr, warum sie sich das alles hatte gefallen lassen. Diesen Mann, der vor ihr stand, verachtete sie mehr als alles andere auf der Welt, vielleicht sogar mehr als König George, der so viel Leid über ihr Land gebracht hatte. Paden war greifbar, Paden stand vor ihr, er hatte ihr genommen was sie am meisten liebte und selbst wenn er sie jetzt auch tötet, war es ihr gleichgültig. Sie erinnerte sich daran, was Rory ihr als junges Mädchen beigebracht hatte, und trat ihrem ersten Ehemann mit einem Wutschrei in die Weichteile.

Paden machte ein dümmliches und ausgesprochen überraschtes Gesicht, denn mit Caitlins Gegenwehr hatte er ganz sicher nicht gerechnet, dann hielt er sich sein empfindlichstes Körperteil und ging japsend in die Knie. Trotz allem wollte er sie mit einem derben Fluch ergreifen, doch wie von selbst schlossen sich Caitlins Finger um den Dolch und rammte diesen blitzschnell in Padens Kehle, so wie Rory es ihr damals gezeigt hatte. Padens ungläubigen Blick würde sie ganz sicher niemals in ihrem Leben vergessen. Er starrte sie an, gab einen gurgelnden Laut von sich, dann kippte er nach vorne und zuckte noch einige Zeit, die Augen weit aufgerissen, bis aus diesen das Leben wich und er bewegungslos liegen blieb.

Zunächst konnte Caitlin nicht glauben, was sie getan hatte. Sie starrte auf ihre blutigen Hände und es war ihr unmöglich, sich zu rühren. Schließlich stand sie schwankend auf, wischte sich die Hände am Heidekraut ab, und stolperte zu Rory zurück.

»Bitte, du darfst nicht tot sein«, flehte sie und nahm ihn vorsichtig in den Arm. »Ich wollte dir doch sagen, dass wir ein Kind bekommen.« Tränen tropften in seine dunklen Haare. Erst gestern war sie bei Angus gewesen und der hatte ihr versichert, dass sie die Anzeichen für eine Schwangerschaft höchstwahrscheinlich richtig gedeutet hatte.

Leiser Wind strich tröstend über ihre Wangen, aber Caitlin war verzweifelt. Warum nur hatte Paden zurückkommen müssen? Gerade war ihr Leben so schön gewesen und nun hatte er alles zerstört.

Weinend drückte sie Rory an sich, erinnerte sich an ihre erste Begegnung, wie er als junger Soldat in ihr Dorf gekommen war und sie sich in ihn verliebt hatte, dachte an ihre misslungene Flucht, und an all die Zeit, während der sie auf ihn gewartet hatte. So viele wertvolle Jahre hatten sie verloren und jetzt hatte Paden ihr gerade erst wiedergefundenes Glück brutal beendet. Mit einem Schlag erschien ihr das Leben sinnlos, all ihre Träume zerfielen zu Staub.

Ganz unverhofft jedoch begann sich Rory zu bewegen, dann hustete er und murmelte etwas Unverständliches.

Zunächst konnte Caitlin es nicht glauben. »Rory?«, keuchte sie und wischte sich die Tränen weg. Dann betrachtete sie ihn eindringlich und mit dem geübten Blick einer Heilerin.

Als er beim nächsten Husten einen Schwall Blut ausspuckte, ließ sie ihn erschrocken auf den Boden sinken.

»Nicht bewegen, ich hole Angus.«

Rory hielt sie an der Hand fest und wollte offenbar noch etwas sagen, musste dann aber erneut husten. »Warte«, keuchte er.

Beruhigend drückte sie seine Hand, obwohl panische Angst in ihr aufstieg und sie keinen klaren Gedanken fassen konnte. Wenn er Blut spuckte, hatte er vermutlich innere Verletzungen und die waren immer gefährlich und gingen meist tödlich aus. »Nicht sprechen, Angus wird dir helfen.«

Auch diesmal hielt er sie fest, richtete sich zu ihrem Entsetzen doch auf und spuckte etwas in seine Hand.

»Rory, du ...«, begann Caitlin zittrig und wischte behutsam seine blutbenetzten Lippen ab, bevor sie ihn sanft zurück auf den Boden drückte. Doch er grinste sie an, was mit seinem geschwollenen, blutigen Gesicht reichlich grotesk aussah.

»Es ist nur ein Zahn, der hat mir im Hals gesteckt«, brachte er schließlich heraus und deutete auf seine Hand.

Nach einem kurzen Augenblick der Verwunderung, schlug Caitlin eine Hand vor den Mund, dann lachte sie erleichtert und drückte ihn schließlich an sich.

»Na ja, mein Schädel brummt etwas«, gab er noch zu und tastete mit schmerzverzerrtem Gesicht nach der Platzwunde an seinem Kopf. Dann fuhr er erschrocken auf, so als würde er sich erst jetzt an etwas erinnern. »Wo ist Paden?«

»Tot«, antwortete Caitlin mit gerunzelter Stirn und schnitt einen Streifen Stoff aus ihrem Rock, um einen Verband zu machen.

»Ist er bei dem Sturz ums Leben gekommen?«

Schwankend stand Rory auf, blinzelte ein paar mal und blickte sich um.

Sie schüttelte den Kopf, dann biss sie sich auf die Lippe. »Ich habe ihn getötet.« Jetzt begann sie zu weinen und Rory schloss sie tröstend in seine Arme. Er streichelte über ihre Haare und berührte vorsichtig ihr geschwollenes Gesicht.

»Er hat es verdient, Caitlin, du hattest vollkommen Recht, und ich bin sehr stolz auf dich. Mach dir keine Vorwürfe.«

»Ich hätte ihn schon viel früher umbringen sollen«, schluchzte sie und die ganze Anspannung löste sich auf einmal. »Du hast es mir damals gezeigt, aber ich hatte viel zu viel Angst vor ihm, aber jetzt, als ich dachte, er hätte dich getötet ...« Sie klammerte sich an ihm fest und konnte gar nicht mehr aufhören zu weinen.

»Caitlin, es ist gut, alles ist gut«, murmelte er tröstend und nach einer Weile hatte sie sich ein wenig beruhigt.

»Er hatte niemals das Recht, dich zu schlagen«, versicherte Rory ernst und wischte ihr etwas Blut vom Gesicht, dann stieß er den toten Paden mit dem Fuß an. Der Dolch steckte noch immer in seiner Kehle. »Sollte ich dich jemals schlagen, darfst du das Gleiche mit mir tun.«

Unter Tränen schüttelte Caitlin den Kopf. »Das würde ich niemals tun.«

»Wir müssen überlegen, was wir mit ihm machen.« Rory schwankte etwas und setzte sich auf einen großen Felsbrocken.

»Wir verscharren ihn irgendwo«, schlug Caitlin angewidert vor.

»Sein Clan weiß sicher, dass er zu uns wollte«, gab Rory zu bedenken, dann nahm er Caitlin an der Hand. »Komm jetzt, wir werden das später entscheiden.«

Beide gingen zu dem kleinen Bach, der durch das Tal floss und wuschen sich das Blut ab.

Rory, nahm plötzlich Caitlins Hand. »Habe ich das vorhin eigentlich geträumt, oder hast du wirklich gesagt ...« Er stockte und sah sie gespannt an.

Auf Caitlins eben noch so ernstem Gesicht erschien nun ein glückliches Lächeln. »Ja, ich bin mir ziemlich sicher, dass ich schwanger bin und Angus hat auch gemeint, es wären deutliche Anzeichen.«

»Das ist wundervoll.« Gerührt und ganz vorsichtig umarmte er sie und drückte ihr einen Kuss auf die Stirn.

»Warum bist du eigentlich so früh nach Hause gekommen?«, fragte Caitlin, nachdem sie eine Weile in stummem Glück auf der sommerlichen Wiese gesessen hatten.

»Gealach«, erklärte Rory lächelnd. »Dieses Tier ist mir ein Rätsel, aber wie es aussieht, hat uns der Hengst wohl mal wieder gerettet.«

Überrascht sah Caitlin zu ihm auf. »Aber er war doch gar nicht hier.«

»Nein, aber als ich mit Fergus und den anderen Torf gestochen habe, ist plötzlich der Hengst auf dem Berg hinter uns aufgetaucht.« Er grinste. »Dein Bruder ist kreidebleich geworden, hat alles stehen und liegen lassen, und darauf bestanden, dass wir nach Hause gehen.« Seufzend nahm er Caitlins Hand. »Zuerst habe ich ihn einen Narren gescholten, aber jetzt bin ich sehr froh darum. Wer weiß, was Paden mit dir getan hätte.«

»Aber wie soll es denn jetzt weitergehen?«, fragte Caitlin unsicher.
»Wenn ich das nur wüsste«, seufzte Rory.

Kapitel 15
Neue Wege

Am Abend gingen die beiden zu Caitlins Eltern. Padens Leiche hatten sie unweit ihres Hauses in einem Gebüsch versteckt.

Nachdem sie von Padens Tod berichtet hatten, blieb Ranald MacArthur überraschend gelassen.

»Du hattest Recht, ihn zu töten, Rory«, verkündete er ernst.

Als Caitlin den Mund öffnete, um zu sagen, dass sie es gewesen war, stieß Rory sie unter dem Tisch an und schüttelte kaum merklich den Kopf.

»Die MacKenzies werden uns den Krieg erklären«, jammerte Mary.

»Vielleicht auch nicht«, meinte der Clanchief voller Hoffnung. »Wir alle haben nach der Sache mit Charles Stuart genug gelitten und Paden galt über zwei Jahre als tot. Man kann weder Caitlin noch uns einen Vorwurf machen, und Rory hat nur seine Frau verteidigt, das hätte jeder andere ebenfalls.«

»Was soll mit Padens Leiche geschehen?«, fragte Rory unsicher.

»Wir bringen ihn in sein Dorf, das sind wir seinen Eltern schuldig«, bestimmte Ranald und deutete auf den Tisch. »Und nun wird gegessen. Es nützt nichts, wenn wir uns die ganze Zeit Sorgen machen.«

Am nächsten Tag spannten sie Aila vor eine hölzerne Bahre, auf der sie Paden legten, und der halbe Clan MacArthur machte sich auf den langen Weg zu den MacKenzies. Die kleine Rona nahmen sie mit, denn das junge Pferd würde nicht alleine bleiben, und sie wollten es im Dorf in einen der Pferche sperren. Mit jeder Meile wurde Caitlin blasser.

»Du hättest zu Hause bleiben sollen«, flüsterte Rory ihr zu. »Vor allem, weil du ein Kind erwartest.«

»Ich habe es meinen Eltern noch gar nicht gesagt«, murmelte sie.

»Dann haben sie heute Abend einen Grund, sich zu freuen«, sagte Rory liebevoll und streichelte ihr über die Wange.

Der Sternenhimmel beleuchtete an diesem Abend die Highlands mit seinem sanften Licht, als sich die Clansmänner in einer Senke niederließen. Padens Leiche ließen sie abseits bei den Pferden, liegen. Hier, im Schutz der Hügel, waren sie vor dem kalten Wind geschützt, der fast unaufhörlich über die Insel strich. Angus begann Geschichten aus alten Tagen zu erzählen und seine dunkle Stimme hallte klar durch die Nacht. Nachdem er geendet hatte, zog Rory Caitlin auf die Beine. Sie hatte an seine Schulter gelehnt vor sich hin gedöst.

»Caitlin singt ein Lied für uns und dann möchte sie euch etwas sagen.«

Kurz drückte sie seine Hand und begann dann mit ihrer sanften Stimme ein gälisches Wiegenlied zu singen. Schön und klar, wie das Licht der Sterne in dieser Nacht, hallte Caitlins Gesang durch die kleine Senke und für wenige Momente verflüchtigte sich in Rory sogar das unangenehme Gefühl, das Padens Auftauchen und sein Tod mit sich gebracht hatten. Als Caitlin geendet hatte, herrschte einen Augenblick lang andächtige Stille.

»Verdammt, Mädchen«, knurrte dann der alte Cormag, »du bringst selbst die Feen zum Weinen.«

»Ich dachte, du glaubst nicht an Feen«, sagte Angus herausfordernd.

»Pah, in einer Nacht wie dieser kann man schon glauben, dass die alten Geschichten wahr sind.«

»Vergiss nur nicht, das beim nächsten Kirchgang zu beichten«, zog Angus Cormag auf. Zwischen den beiden herrschte seit jeher ein wenig Geplänkel, auch wenn es keiner von ihnen wirklich böse meinte.

»Ähm, ich also ...« Caitlin räusperte sich. Erwartungsvolle Blicke trafen sie und Rory drückte ihre Hand. »Ich wollte euch nur sagen, dass es bald ein neues Clanmitglied geben wird«, fuhr sie fort und lächelte ihren Vater an. »Ich bin schwanger.«

Kurz herrschte Stille, nur das leise Rauschen des Windes im Gras war zu hören. Dann sprang Ranald MacArthur auf und drückte seine Tochter an sich.

»Das ist wundervoll, Caitlin. Ich bin so stolz auf euch beide.«

Nun gratulierten alle lautstark, nur Cormag beklagte sich lautstark, dass sie dieses Ereignis nun nicht einmal mit einem ordentlichen Schluck Whisky begießen konnte. Wieder einmal wurde sich Rory bewusst, wie sehr ihm der Clan ans Herz gewachsen war. Hier fühlte er sich zu Hause und geborgen, etwas, das er früher in dieser Intensität nicht gekannt hatte. Flüchtig dachte er an seine Mutter und seinen Onkel, doch dann schob er diese Erinnerungen rasch fort, denn die beiden hatten immer nur an seine militärische Karriere gedacht. Hier bei den MacArthurs durfte er der sein, der er wirklich war. Stolz und glücklich drückte er Caitlin an sich, die ihn strahlend anlächelte.

Die Stimmung am nächsten Morgen war sehr beklommen. Als die MacArthurs über den letzten Hügel wanderten, wurden sie erwartungsvoll von einigen MacKenzies angestarrt, die in der Nähe an einer Hütte arbeiteten, und das Strohdach ausbesserten. Viele Blicke wanderten sofort zu der Bahre und augenblicklich breitete sich Unruhe aus.

»Holt Douglas her«, verlangte Ranald MacArthur.

Sogleich machten sich zwei Frauen schwätzend auf den Weg. Auch sie hatten natürlich das Bündel bemerkt, welches hinter das Pferd gebunden war, denn alle paar Schritte drehten sie sich um.

Es dauerte nicht lange und der alte Clanchief kam den Weg hinaufgehumpelt. Sein grantiges Gesicht verzog sich noch mehr, als er Caitlin erblickte. Ranald nahm ihn am Arm und zog ihn auf die Seite. Einige Zeit sah man, wie Ranald auf den anderen Clanchief einredete, dann ertönte ein Schrei. Obwohl Douglas MacKenzies wesentlich älter, gedrungener und gebrechlicher war, stieß er Ranald zur Seite und rannte drohend auf Caitlin und Rory zu.

»Du verdammter Hurensohn!«, geiferte der alte Mann und zog seinen Dolch. »Du hast meinen einzigen Sohn getötet.«

»Beruhige dich, Douglas, ich kann dich verstehen, aber es soll kein weiteres Blutvergießen geben«, verlangte Ranald.

»Ich bringe ihn um!« Douglas wurde knallrot im Gesicht und sein Atem ging stoßweise. Mittlerweile waren eine ganze Reihe MacKenzies zusammengekommen, die miteinander tuschelten.

»Es war Notwehr«, erklärte Caitlin und war selbst überrascht, wie gelassen sie war. Volle Abscheu betrachtete sie den Veitstanz ihres ehemaligen Schwiegervaters. Lange Zeit hatte sie Angst vor ihm gehabt, doch nun kam er ihr nur wie ein armer alter Narr vor.

»Du Hure, du verdammte kleine Hure«, schrie er und Speichel spritzte bei jedem Wort. Dann deutete er mit seinem Dolch auf Ranald. »Das bedeutet Krieg, Ranald, Krieg, sage ich!« Nun überschlug sich seine Stimme und besonders die männlichen MacKenzies wurden unruhig.

»Ich habe nur meine Frau, mein Kind und mein zu Hause verteidigt«, erklärte Rory ruhig und sah den tobenden Greis an, der nun von Ranald MacArthur festgehalten wurde. »Dein Sohn hat sie lange genug gedemütigt und geschlagen. Er galt zwei Jahre lang als tot. Es war mein Recht ...«

»Du hast gar kein Recht ...«, tobte Douglas und bemühte sich, aus Ranalds Griff freizukommen. »Wir löschen euch aus.« Dann drehte er sich zu seinen Leuten um. »Tötet die MacArthurs, jeden einzelnen.«

Mit grimmigen Gesichtern kamen die zumeist sehr alten Männer näher.

»Halt ihn fest«, wies Ranald Fergus an und dieser nahm den tobenden, keuchenden Douglas in seinen eisernen Griff.

»Hört auf!« Ranald MacArthur stellte sich vor die näherkommenden MacKenzies, und sein klare, feste Stimme, seine beeindruckende Gestalt, oder und vielleicht auch der gebieterische Blick in seinen Augen ließen sie einhalten. »Ich verstehe, dass euer Anführer trauert, aber es war eine Sache unter zwei Männern.«

»Sie war Padens Frau«, schrie Douglas dazwischen und die Männer hoben ihre Mistgabeln, Dolche, oder was immer sie bei sich hatten.

»So kommt doch zur Vernunft«, rief Ranald wütend. »Seht euch nur an. Ihr habt kaum noch kampffähige Männer im Clan seit Culloden!«

Das war richtig, denn die MacKenzies hatten herbe Verluste erlitten, noch mehr als die MacArthurs. »Wir sind euch überlegen, auch wenn wir kein Blutvergießen wollen. Die Engländer haben uns allen genug zugesetzt, nehmt Douglas mit in euer Dorf, wir bezahlen euch zehn Schafe Blutgeld.« Viele MacArthurs sogen hörbar die Luft ein, denn das war eine Menge in diesen Zeiten. Doch wenn es den anderen Clan besänftigte, wäre es dies vielleicht wert.

»Hure, Hure«, schrie Douglas noch immer, doch seine Gegenwehr wurde schwächer und der alte Mann sah aus, als würde er gleich zusammenbrechen.

Angewidert schob Fergus ihn von sich, als Seamus, ein älterer Mann aus dem Clan, seinen Chief holen kam.

»Für heute könnt ihr gehen«, knurrte Seamus und warf Caitlin einen bösen Blick zu. »Aber Douglas muss entscheiden, ob wir annehmen.«

Ranald MacArthur erklärte sich einverstanden, dann wies er seine Leute an, Padens Leiche von der Bahre zu nehmen. Ohne ein weiteres Wort machten sich die MacArthurs auf den Weg und kurz darauf hörte man noch das Gekreische von Morag, die den Tod ihres Sohnes betrauerte.

»Paden war keine zehn Schafe wert«, beschwerte sich Fergus unterwegs.

»Aber Douglas ist gierig, vielleicht stimmt er zu und wir können so unnötiges Blutvergießen vermeiden«, hoffte sein Vater.

Caitlin war sehr unglücklich und starrte den ganzen langen Weg nur auf ihre Füße, denn den ganzen Ärger hatte ihr Clan ja nur ihr zu verdanken. Auch Rory machte sich sichtlich Sorgen, doch er versuchte, sie aufzumuntern.

»Caitlin, das Gespräch ist nicht schlecht verlaufen«, sagte er. »Die MacKenzies werden sicher vernünftig sein.«

Mit einem gezwungenen Lächeln hob Caitlin ihre Schultern. »Ich kenne Douglas und Morag ist noch schlimmer, sie wird alle Männer aufstacheln ...«

»Mach dir keine Sorgen Caitlin, wir haben schon ganz andere Schwierigkeiten gelöst.« Rory drückte sie kurz an sich, dann nahm er ihre Hand und führte sie mit festen Schritten nach Hause.

Als sie dem Dorf ganz nahe waren, kam ihnen Rona mit trompetendem Wiehern entgegen galoppiert.

»Siehst du«, sagte Rory lächelnd, »wir wurden schon sehnsüchtig erwartet.«

Nun entspannte sich auch Caitlins ernstes Gesicht. Sie umarmte die kleine graubraune Stute, die kurz vor ihnen stehen blieb und herrisch den Kopf warf.

»Sie ähnelt ihrem Großvater.« Rory streichelte dem Pferd über die dichte Mähne, woraufhin sich Cormag sofort bekreuzigte.

»Noch ein Geisterpferd, nein danke.«

»Die Kleine ist überhaupt nicht unheimlich«, widersprach Caitlin und wie um das zu bestätigen ging das junge Pferd zu Cormag und stupste ihn an. Als er nicht reagierte, zwickte sie ihn in sein Hemd und riss ihm ein kleines Stück Stoff heraus.

Fluchend fuhr er herum und warf einen Erdklumpen nach Rona, die wilde Bocksprünge machte und davon galoppierte. »Vielleicht ist sie kein Geist, aber frech wie ein Kobold«, schimpfte er.

Wie Ranald insgeheim befürchtet hatte, schlug wenige Tage nach ihrem Besuch bei den MacKenzies einer der Jungen Alarm. Ranald hatte angewiesen, dass stets jemand die Umgebung im Auge behielt. Eilig zog sich Ranald seinen Umhang über das Hemd, steckte sich einen Dolch in den Gürtel und trat aus dem Haus. Er kniff die Augen zusammen und konnte bald zehn Männer ausmachen, welche über die Hügel kamen.

»Ranald, was hat das zu bedeuten?«, wisperte Mary, wobei sich ihre Hand in seinen Arm krallte.

»Vermutlich nichts Gutes«, murmelte er, dann wandte er sich zu seiner Frau au. »Hol Fergus und Rory her!«

»Rory ist unten am Meer«, jammerte Mary. Ihre Augen waren weit aufgerissen und sie beobachtete sichtlich besorgt das Näherrücken der MacKenzies.

»Dann nur Fergus oder wen auch immer du findest.« Ranald machte sich los, dann ging er mit festen Schritten den anderen Clansmännern entgegen.

Er sah Douglas' verbittertem, verkniffenem Gesicht sofort an, dass er nicht einwilligen würde, und befürchtete insgeheim sogar, die MacKenzies würden auf der Stelle angreifen. Andererseits waren sie nicht viele, trugen nur Dolche oder Messer, und die meisten Männer waren nicht viel jünger als Douglas selbst. Ein flüchtiger Blick über die Schulter zeigte Ranald, dass sich endlich auch ein paar Männer seines eigenen Clans näherten und so entspannte er sich etwas.

»Douglas.« Er deutete ein nickten an.

Der alte Clanchief hingegen musterte ihn nur aus zusammengekniffenen Augen, dann spuckte er auf den Boden. »Der Blutpreis ist viel zu niedrig.«

»Was forderst du?«

»Drei Fässer Whisky, dreißig Schafe und fünf Pferde.«

Einen Moment lang war Ranald fassungslos, er starrte den alten Mann an und schüttelte dann den Kopf. Selbst wenn er gewollt hätte, der Clan wäre niemals in der Lage gewesen einen solchen Blutpreis aufzubringen.

»So nimm doch Vernunft an, Douglas«, appellierte Ranald an die Vernunft des anderen Mannes. »Du weißt, wie hart die Zeiten sind, vielleicht könnte ich drei Schafe mehr ...«

»Drei Fässer Whisky, dreißig Schafe und fünf Pferde«, beharrte der Alte mit stechendem Blick. »Dann kann ich nur ablehnen.«

»Von nun an herrscht Krieg zwischen uns«, drohte Douglas, machte auf dem Absatz kehrt und stapfte durch das Heidekraut zurück.

Er wusste, dass wir das niemals bezahlen können, dachte Ranald bitter. Während Ranald den Abzug der MacKenzies beobachtete, fuhr er sich über den Bart. »Eine Blutfehde und das in diesen Zeiten, das sind hervorragende Aussichten!«

Fergus, der sich bis dahin ungewöhnlich ruhig verhalten hatte, schlug ihm auf die Schulter. »Ach was, es hat immer Streit und Krieg zwischen den Clans gegeben.«

»Vielleicht sollten wir auch nach Amerika gehen«, überlegte der Clanchief. Dies hatte er schon viele Male überdacht, es jedoch nicht laut ausgesprochen.

»Das ist nicht dein Ernst«, empörte sich Fergus. »Seit Generationen leben wir in diesem Dorf, dies ist unsere Heimat, du kannst doch nicht von hier fort wollen.«

Sein Vater setzte sich auf einen Stein und plötzlich fühlte er sich alt und unglaublich müde. »Von wollen kann keine Rede sein, aber die Zeiten werden schlimmer.« Besorgt deutete er auf die Felder. »Mit der wenigen Ernte werden wir kaum über den Winter kommen. Viele der Nachbarclans haben schon ein Schiff nach Amerika genommen. Dort soll es fruchtbareren Boden geben und vor allem«, nun seufzte er schwer, »keine Engländer.«

Wütend sprang Fergus auf. »Ich werde meine Heimat nicht wegen ein paar verfluchter Engländer verlassen und schon gar nicht wegen Douglas MacKenzie, diesem stinkenden alten Bock!« Er stapfte davon und sein Vater sah ihm nachdenklich hinterher.

Auch am Abend drehten sich die Gespräche darum, ihr Glück in einer neuen Heimat zu suchen. Die meisten Clanmitglieder wollten nicht fort, auch wenn der eine oder andere bereits überlegt hatte zu gehen, wie sich herausstellte.

Zu einer Einigung kam man an diesem Abend nicht.

»Caitlin, Rory, ihr solltet auf jeden Fall im Dorf bleiben«, schlug Ranald vor. »Euer Haus liegt weit abseits und ist alleine unmöglich zu verteidigen. Es würde mich nicht wundern, wenn der ganze MacKenzie Clan über euch herfällt.«

Caitlin und Rory gefiel dies zwar gar nicht, doch sie sahen ein, dass Ranald Recht hatte.

Einige Wochen zogen ins Land. Alle MacArthurs waren angespannt, denn wenngleich es bisher zu keinen Kämpfen gekommen war, schwelte die Blutfehde mit den MacKenzies. Der Sommer war durchwachsen mit viel Sturm und Regen, die Ernte fiel nicht allzu gut aus und das Korn teilweise verfault. Caitlin, Rory, Fergus, Gillian und einige weitere Männer, Frauen und Kinder waren an diesem warmen Sommerabend damit beschäftigt, Heu in die Scheunen zu bringen, als ein kleinerer Junge den Hügel hinuntergestürmt kam.

»Engländer! Engländer! Sie sind schon beim Schloss!«, rief er aufgeregt.

Sofort rannten alle zum Dorf zurück. Fergus versteckte mit Cormags Hilfe einige Flaschen Whisky, die Frauen brachten so viele Vorräte wie möglich in Sicherheit.

Nur wenig später erschienen auch schon zwanzig berittene, schwer bewaffnete Engländer. Der Kommandant, ein grauhaariger Mann mit einer Narbe über dem Kinn, zügelte seinen Wallach hart in der Mitte des Dorfes, und ließ seinen abwertenden Blick über die Ansammlung an Häusern schweifen.

»Wer hat hier das Sagen?«, fragte er arrogant.

Ranald MacArthur wischte sich seine vom Torf Aufschichten schmutzigen Hände ab.

»Wir haben unsere Steuern bezahlt«, sagte er mit gerunzelter Stirn. »Was wollt Ihr?«

Der Engländer blickte auf das Feld, wo gerade das mühsam getrocknete Heu auf einen Wagen geladen wurde. »Das Heu brauchen wir für unsere Pferde.«

»Das ist unser Vorrat«, widersprach Brian, einer der wenigen jungen Männer, der nach der Schlacht von Culloden nach Hause gekommen war.

Sogleich hatte er die Schwertspitze des Kommandanten am Hals. »Euch Abschaum gehört überhaupt nichts«, keifte er. »Das Land bis zum Meer hinunter wird beschlagnahmt, es wird von nun an von den MacKenzies bewirtschaftet, sie werden dort ihre Schafe weiden lassen.«

Ranald MacArthur fluchte leise, hielt den jungen Brian jedoch fest, bevor dieser etwas Unüberlegtes tat, denn sein Gesicht war knallrot angelaufen und er hielt seine Hacke drohend in den Händen.

Insgeheim verfluchte Rory Douglas MacKenzie und nun wusste er auch, wem sie diesen englischen Überfall zu verdanken hatten. Schon seit einiger Zeit gab es in den umliegenden Dörfern Gerüchte, dass sich Douglas bei den Engländern anbiederte, ihnen Informationen über andere Clans verkaufte, die heimlich Vorräte horteten oder verbotene Waffen versteckt hielten. Dafür erhielt er im Gegenzug die ein oder andere Gefälligkeit, und ihr Dorf war bisher weitgehend verschont geblieben.

»Außerdem habe ich gehört«, fuhr der Kommandant mit schneidender Stimme fort, »dass hier Whisky gebrannt werden soll. Durchsucht diese erbärmlichen Hütten.«

Die Engländer schwärmten aus und Rory nahm Caitlin in den Arm. Als einer der Engländer dicht an ihm vorbei lief, blickte er rasch zur Seite. Er kannte den Mann, sie hatten gemeinsam in Culloden gekämpft. Herold war als grausamer Schlächter bekannt und hatte dem Herzog von Cumberland nur zu freudig gedient.

Zum Glück hatte Herold Rory offenbar nicht bemerkt, und als dieser seinem Schwiegervater flüsternd davon erzählte, sagte Ranald leise: »Versucht, unauffällig zu verschwinden.«

Doch dazu ergab sich keine Gelegenheit. Die Engländer wüteten in den Häusern, warfen wahllos Gegenstände hinaus und schließlich kehrte der Kommandant triumphierend mit einem Stück Karostoff und einigen Flaschen Whisky zurück.

»Was haben wir denn da?«, fragte er und warf den Stoff zu Ranalds Füßen.

Dieser bewahrte ganz offensichtlich nur mühsam die Fassung. »Ein Stück Stoff, sonst nichts.«

»Du weißt doch, dass ihr diese verdammten karierten Röcke nicht mehr tragen dürft«, sagte der Kommandant herausfordernd.

»Niemand hat es getragen, es ist nur ein Fetzen aus alten Tagen«, erwiderte Ranald mit beherrschter Stimme.

»Und Whisky dürft ihr auch nicht brennen«, fuhr der Engländer mit dem zynischen Zug um den Mund fort, wobei der die Flasche mit der gold-gelben Flüssigkeit in seinen Händen drehte. »Die Flaschen werden beschlagnahmt, ihr müsst dreißig Schafe Strafe zahlen ...«

»Wir haben keine dreißig Schafe, wir verhungern ...«, widersprach der Clanchief entsetzt.

»Und für deine Unverschämtheiten«, der Engländer ließ seinen Blick schweifen, »nehme ich die beiden Pferde vor dem Wagen und das zottelige Jungtier mit.« Der Mann deutete auf Rona und meinte mit anzüglichem Grinsen: »Heute Abend gibt es ein Festessen, Männer!«

Die Soldaten grölten laut, und bevor Rory es verhindern konnte, war Caitlin vorgesprungen und hatte sich vor dem Kommandanten aufgebaut.

»Die Pferde gehören mir und sie sind nicht zum Essen da!«

Zunächst schien der Engländer überrascht, dann sprang er von seinem Pferd und hielt Caitlin seinen Dolch an die Kehle.

»Wie ich sagte, euch gehört überhaupt nichts. Ihr lebt nur, weil ich bisher nichts Gegenteiliges befohlen habe.« Der grauhaarige Engländer packte Caitlin an der Schulter und drehte sie herum. Seine Augen musterten sie lüstern.. »Du bist ganz hübsch, vielleicht könnte etwas englisches Blut euer verlaustes Dorf aufwerten.«

»Lass meine Frau los!« Nun konnte Rory sich nicht mehr beherrschen, und stürzte auf den Engländer zu, allerdings spürte er nur Augenblicke später starke Hände, die ihn ergriffen. Allerdings konnten ihn auch Ranald und Fergus mit äußerster Mühe festhalten.

Die Situation drohte zu eskalieren, Rory konnte förmlich die Luft vor Spannung flirren sehen. Wieder einmal waren er und Caitlin der Anlass für ein Ausarten der Streitigkeiten, und er wusste, dass er sich dem Clan zuliebe jetzt zusammenreißen musste, also gab er seine Gegenwehr auf.

Drohend kamen die MacArthurs näher, manch einer hielt einen Stein, eine Mistgabel oder eine sonstige behelfsmäßige Waffe in der Hand. Die Engländer hatten ihre Schwerter oder Musketen im Anschlag und zogen den Ring um ihren Kommandanten zusammen. Douglas MacKenzie saß mit zufriedenem Grinsen auf seinem Pony und genoss die Vorstellung ganz offensichtlich ungemein.

»Ich bin schwanger«, zischte Caitlin, als der Engländer sie näher an sich zog.

Daraufhin ließ der Mann sie achselzuckend los und stieß sie zu Boden.

»Vielleicht kehre ich wieder, wenn du es nicht mehr bist.«

Langsam erhob sich Caitlin und ging zu Rory, der sie eilig an sich zog, den Soldaten jedoch nicht aus den Augen ließ.

Vorsichtig nahm Caitlin seine andere Hand in die ihre.

»Beruhige dich, Rory, es geht mir gut.«

Rory entspannte sich ein wenig und nun ließen Ranald und Fergus ihn zögernd wieder los, wobei Fergus seine Hand auf seiner Schulter liegen ließ.

Der Kommandant rief seine Männer zusammen. »Fahrt den Wagen ins Dorf und ladet den Whisky auf«, schrie er.

»Vater, sie nehmen Rona und Aila mit«, flüsterte Caitlin entsetzt.

»Besser die Pferde als dich«, stellte Ranald fest, ohne seinen Blick vom Tun der Engländer zu nehmen.

Nun warf Caitlin Rory einen hilfesuchenden Blick zu.

»Wir werden sehen, aber jetzt musst du sie gehen lassen.«

Caitlins Augen füllten sich mit Tränen, als die Engländer nach und nach abzogen und Rona einen Strick um den Hals banden. Auch Douglas MacKenzie wendete sein Pony, und Rory glaubte zu sehen, wie eine Münze von der Hand des Kommandanten in die des Clanchiefs wanderte. Die MacArthurs, ihre Gesichter waren von hilfloser Wut gezeichnet, begaben sich zurück in ihre Häuser und begutachteten den Schaden.

»Sie werden sie schlachten«, weinte Caitlin verzweifelt und riss sich von Rory los, als er sie zu trösten versuchte.

Hilflos blickte Rory den Engländern hinterher. Gerade wollte er Fergus fragen, ob sie nicht versuchen sollten, die Pferde gegen irgendetwas einzutauschen, da kam Herold hinter einer der Hütten hervor. Er hatte einige Flaschen Whisky in der Hand und eilte nun dem Wagen nach. Schwankend bahnte er sich seinen Weg zwischen den Häusern und rempelte Rory dabei an, der sich bereits rasch zur Seite gedreht hatte, doch es war zu spät.

Kurz zögerte Herold, dann stieß er ein heiseres Lachen aus. »Gregory Davis! Ich fasse es nicht.« Er stockte und nahm noch einen Schluck. »Was tust du in einem verwanzten schottischen Dorf?«

»Ihr müsst mich verwechseln«, murmelte Rory und wollte gehen. Doch der Engländer hielt ihm sein Schwert an die Kehle und musterte ihn durchdringend.

»Dein Onkel hat ein pompöses Begräbnis arrangiert. Obwohl es ja nichts zu begraben gab, ha.« Er lachte dröhnend und trat noch näher heran. »Sogar der Herzog von Cumberland war anwesend, und deine Frau hat ganz herzzerreißend geweint.« Herold imitierte ein weibliches Schluchzen. »Aber sie hat sich schon wieder getröstet, habe ich gehört. Ein hochrangiger Offizier.«

In dem vergeblichen Versuch, heil aus der ganzen Sache herauszukommen versuchte Rory erneut zu leugnen, dass er ein Engländer war.

Herold lachte jedoch nur, dann senkte er sein Schwert. »Keine Angst, mein Freund.« Er schlug Rory vertraulich auf die Schulter. »Ich verstehe zwar nicht, was du hier willst, aber ich lasse dich in diesem stinkenden Dorf, das ist ohnehin Strafe genug.« Laut lachend ging er zum Wagen, ließ die Whiskyflaschen ins Heu fallen und schlug den Pferden die Leinen auf den Rücken.

Unentschlossen und entsetzt blieb Rory stehen. Die Gedanken in seinem Kopf rasten und er hatte keine Ahnung, was er tun sollte. Sollte Herold sich irgendwann entschließen, sein Geheimnis doch noch zu verraten, so musste er damit rechnen, seinen Onkel persönlich samt einer halben Armee auf der Insel auftauchen zu sehen.

Schließlich rannte Rory los und fand Fergus, der zusammen mit seiner Frau und den Kindern zerbrochenes Geschirr einsammelte.

»Verdammt Bastarde«, schimpfte Fergus und sah sich um, was noch brauchbar war.

»Fergus, ich muss mit dir sprechen«, keuchte Rory und zog den Freund mit sich.

In fliegender Hast erzählte er ihm von Herold, woraufhin Fergus noch lauter fluchte und sich durch die borstigen blonden Haare fuhr. »Verdammt, auch das noch.«

Rory sah ihn eindringlich an. »Er darf seine Leute nicht erreichen. Wenn er erzählt, dass ich noch lebe …« Er hob hilflos die Schultern. »Ich weiß es nicht ... mein Onkel wird wahrscheinlich ein ganzes Regiment kommen lassen, um mich zu holen.«

Mit grimmigem Gesicht ergriff Fergus Rory am Arm. »Worauf warten wir noch. Wir holen die versteckten Schwerter.«

»Das habe ich gehofft«, sagte Rory und lachte erleichtert. Die beiden rannten in die Hügel hinein und holten aus einer Felsspalte Schwerter, die sie nach dem Krieg dort versteckt hatten. Anschließend beeilten sie sich, Herold einzuholen. Sie waren sich ziemlich sicher, dass er rasch hinter seinen Kumpanen zurückfallen würde, denn hier gab es keine befestigten Wege und so würde er sich mühsam seinen Weg durch das unwirtliche Gelände suchen müssen. Die beiden sprangen über kleine Bäche, stürmten durch mit Heidekraut übersäte Felder und kletterten über Felsen. Schließlich sahen sie den Engländer, der, sichtlich betrunken, die Pferde über das raue Gelände lenkte. Wie vermutet war von der restlichen Kompanie schon nichts mehr zu sehen.

»Na los, ihr zottigen Mären, jetzt macht schon«, schrie Herold gerade und hob erneut die Flasche an die Lippen.

»Hinter dem nächsten Felsen warten wir«, bestimmte Fergus.

Die beiden schlichen, hinter Hügeln, Büschen und Bäumen Schutz suchend, auf einen großen Felsen zu, an dem Herold vorbeikommen musste. Fergus sprang vor den Wagen und hielt die Pferde fest, während Rory Herold von hinten angriff. Dieser zog zwar noch seine Pistole und ein Schuss durchschnitt die Stille, doch die Kugel prallte ohne Schaden anzurichten am nächsten Felsen ab. Nur ein paar Schafe rannten erschrocken blökend davon. Für Rory war es kein Problem, den betrunkenen Herold zu überwältigen. Er rang kurz mit ihm, während Herold ihm mit nach Alkohol stinkendem Atem Verwünschungen entgegenschrie, dann rammte Rory ihm seinen Dolch zwischen die Rippen. Herold stürzte schreiend vom Wagen, krabbelte ein paar Schritte fort und brach dann zusammen.

»Und was tun wir nun mit ihm?«, fragte Rory, nachdem er sich die Hände abgewischt hatte.

Fergus zuckte die Achseln, dann nahm er grinsend einen Schluck Whisky.

»Das ist der Gute, den Cormag vor drei Jahren gebrannt hat, hat ihn so lange aufgehoben, der alte Geizhals, aber ich muss sagen, dass hat dem Whisky nicht geschadet.«

»Fergus!«, rief Rory entnervt, denn jetzt stand ihm der Sinn wirklich nicht nach Whisky.

Doch der Freund hielt ihm auffordernd die Flasche hin, bevor er sich mit auf den Wagen setzte und seinen Blick über die Hügel schweifen ließ. Schließlich überzog ein breites Grinsen sein bärtiges Gesicht.

»Etwa eine halbe Meile von hier führt der Weg ganz nahe an den Klippen vorbei.« Angewidert deutete er auf Herolds Leiche. »Er würde sich als Fischfutter gut machen.«

»Du meinst, wir sollen einen Unfall vortäuschen?« Rory war von diesem Plan nicht ganz überzeugt.

»Der Kerl war betrunken. Warum soll er den Wagen nicht versehentlich zu nah an die Klippen gelenkt haben«, argumentierte Fergus, dann grinste er. »Außerdem wird mein Schwesterchen überglücklich sein, wenn wir ihr sogar ihr Pferd zurückbringen.«

»In Ordnung«, gab Rory zögernd nach.

Sie fuhren das kurze Stück zu den Klippen, spannten die Pferde aus und schoben anschließend mit einiger Anstrengung den Heuwagen mitsamt Herolds Leiche über die Klippen. Es schmerzte Rory, dass Heu zu verschwenden, doch hätte jemand nur den Wagen und Herolds Leiche, nicht jedoch das Heu, entdeckt, er hätte sicher Verdacht geschöpft. Natürlich hatte Fergus zuvor die Whiskyflaschen gerettet, nur eine ließ er als Beweisstück zerschlagen am Wegesrand liegen. Polternd und sich überschlagend stürzte das Gefährt über die Klippen und zerschellte schließlich an den Felsen. Die beiden Männer sahen sich zufrieden an – der Wagen war noch deutlich sichtbar, und jeder würde glauben, Herold hätte einen Unfall gehabt.

»Komm, Aila, Caitlin wird sich freuen«, murmelte Rory, als er das Pony mit sich zog.

Das Dorf war noch immer in heller Aufregung, als Fergus und Rory eintrafen, überall wurde nachgeprüft, was die Engländer alles hatten mitgehen lassen und langsam wurden die versteckten Vorräte wieder hervorgeholt. Cormag schimpfte wie ein Rohrspatz, dass es ihm nicht gelungen war, seinen gesamten Whisky in Sicherheit zu bringen und erst Fergus gelange es, ihn ein wenig zu beruhigen. Nach einigem Suchen fand Rory Caitlin, wie sie abseits des Dorfes auf einem Felsen saß. Sie hatte den Kopf in die Hände gestützt und ihre langen Haare hingen ihr wie ein Vorhang vor dem Gesicht.

Als er sie anfasste, schluchzte sie nur auf. »Lass mich in Ruhe!«

»Ich habe dir aber jemanden mitgebracht«, sagte Rory sanft, und als Caitlin von einer warmen Pferdenase angestupst wurde, drehte sie sich um.

»Aila?«, fragte sie ungläubig, dann fiel sie erst dem Pferd, dann Rory um den Hals.

»Du hast sie zurückgebracht ... wie ... was ist mit den Engländern ... und warum?«, stammelte sie. Aber dann füllten schon wieder Tränen ihre rotgeränderten Augen. »Es ist wunderbar, dass Aila zurück ist, aber Rona ist wohl verloren.«

»Es tut mir so leid.« Rory nahm sie in den Arm und erzählte ihr nun davon, dass Herold ihn erkannt hatte, und wie er gemeinsam mit Fergus hinter dem Engländer hergejagt war.

Erschrocken fasste Caitlin ihn am Arm. »Oh Gott, Rory, wenn bekannt geworden wäre ...«

Er nickte und drückte sie fest an sich. Sein Blick schweifte über die wilden, einsamen Hügel und er genoss den frischen Wind, der über sein Gesicht strich. Um nichts in der Welt hätte er zurück nach England gewollt.

Kapitel 16
Die neue Welt

Drei Tage nach dem Überfall berief Ranald MacArthur eine Versammlung auf dem Dorfplatz ein. Alle hatten sich, in Decken gehüllt, ums Feuer gesetzt, denn heute pfiff ein kalter Wind über das Land und die Flammen des Feuers, züngelten unruhig hin und her.

»Ich bin zu einer Entscheidung gekommen«, begann der Clanchief, sah seinen Kindern dabei jedoch nicht in die Augen. »Wir werden nach Amerika gehen – noch vor dem Winter.«

Einen Augenblick lang herrschte Stille, dann brach heftiges Gerede aus. Fergus sprang als Erstes auf und sein bärtiges Gesicht verzog sich vor Wut.

»Wir lassen uns doch nicht von so ein paar räudigen Engländern vertreiben.«

Der alte Cormag spuckte ins Feuer und begann auf Gälisch zu schimpfen. Caitlin hingegen sah ihren Vater nur fassungslos an.

Schließlich stand der Clanführer auf und hob die Hand. »Es sind nicht allein die Engländer. Die Ernte in diesem Jahr war schlecht ...«

»Wir hatten schon häufig schlechte Ernten, nächstes Jahr wird besser«, unterbrach ihn Fergus.

»Hat man dir nicht beigebracht, dass man ältere Leute ausreden lässt«, fuhr sein Vater ihn an und Fergus verstummte beschämt.

»Die Ernte ist schlecht, die Engländer nehmen uns mehr und mehr Land und die MacKenzies sind offensichtlich mit ihnen verbündet. Es wird nicht mehr besser werden, aber es kann immer noch schlimmer kommen«, sagte Ranald MacArthur eindringlich.

Mary blickte währenddessen zu Boden, und auch wenn Caitlin ihr deutlich ansah, dass sie ihre Heimat nicht verlassen wollte, wagte sie es nicht, sich ihrem Mann zu widersetzen.

»Ich habe mit einigen Mitgliedern der MacDonalds gesprochen«, fuhr Ranald fort. »In etwa zwanzig Tagen legt ein Schiff nach Amerika ab. Wer mitkommen möchte, soll sich bereithalten.«

Nun sprachen alle aufgeregt durcheinander. Der eine oder andere wirkte sogar erleichtert, dass nun eine Entscheidung gefallen war. Manch einer murmelte, und vielleicht wäre das Leben in der neuen Welt wirklich einfacher.

»Wir gehen nicht nach Amerika«, sagte Caitlin, nachdem sie eine Weile nur stumm dagesessen hatte.

Der strenge Blick ihres Vaters traf sie. »Gerade ihr müsst gehen, denn Rory wird sein Leben lang auf der Flucht sein. In euer Haus könnt ihr nicht zurück, und die MacKenzies werden euch nicht in Frieden lassen.«

»Ich werde weder den MacKenzies, noch den Engländern den Triumph lassen, dass sie uns von unserem Land vertreiben. Gillian und ich bleiben ebenfalls!«, verkündete Fergus und nickte Caitlin grimmig zu.

»Denk an deine Kinder, Fergus«, verlangte sein Vater eindringlich. »Willst du sie immer in Armut und Unterdrückung aufwachsen lassen? Caitlin, Rory, das Gleiche gilt für euch.«

Fluchend stand Fergus auf und stapfte davon, während Rory die vollkommen verstörte Caitlin in den Arm nahm.

»Willst du etwa auch fort von hier?«, fragte sie tränenerstickt, als er versuchte, sie zu beruhigen.

»Nein, das will ich nicht, aber die Hauptsache ist, du bist bei mir. Und vielleicht wird das Leben dort«, er deutete nach Westen, »wirklich etwas einfacher. Ohne Unterdrückung, ohne Krieg, ohne Angst, entdeckt zu werden.«

»Soll unser Kind niemals sehen, wo seine Wurzeln liegen?« Caitlins Stimme war heiser, als sie zu ihrem Mann aufsah, der sie mit kummervoller Miene musterte und offensichtlich selbst mit seinen Gefühlen kämpfte.

»Ich weiß es doch auch nicht«, seufzte Rory.

In dieser Nacht schlief wohl kaum jemand und bis die Sonne aufging wurde in den kleinen Steinhäusern debattiert. So wie Ranald MacArthur verlangt hatte, kamen am Morgen alle Dorfbewohner und teilten ihm ihre Entscheidung mit. Beinahe alle MacArthurs hatten sich entschlossen, ihrem Clanchief nach Amerika zu folgen und nur wenige baten noch einmal um einen Tag Bedenkzeit. Caitlin konnte es kaum fassen, dass wirklich ihr gesamter Clan auswandern wollte, sie und Rory hatten Ranald ebenfalls um mehr Zeit gebeten, denn Caitlin wollte nicht fort von hier, alles in ihr sagte ihr, dass es falsch war. Nach dem Essen, von dem sie kaum etwas herunterbekommen hatte, und währenddessen ihre Eltern sie beschworen hatten, mitzukommen, stieg Caitlin allein in die Hügel hinein, um nachzudenken.

»Caitlin, ihr könnt noch mal ganz vorne anfangen«, hörte sie plötzlich Angus' vertraute Stimme hinter sich.

»Du wirst auch gehen?«, fragte sie tonlos.

Der alte Mann seufzte, setzte sich auf einen Felsen, und zündete sich seine Pfeife an.

»Weißt du, wenn es nur um mich ginge, würde ich bleiben.« Er hob die Schultern. »Ich bin alt und habe nicht viel zu verlieren, aber ich denke, ich bin meinem Clan verpflichtet. Ich bin einer der Wenigen, die sich mit Heilkunde auskennen und«, er lächelte traurig, »ich möchte, dass auch unsere Kultur und unsere alten Bräuche in der neuen Welt weitergelebt werden.«

Mit einem dicken Kloß in der Kehle deutete Caitlin auf die sonnenüberfluteten Hügel, die wie zum Hohn heute in den schönsten Sommerfarben glänzten. »Aber ich gehöre hierher, das ist meine Heimat, ich will nicht fort ...« Sie schlug eine Hand vor den Mund und konnte nicht weiterreden.

Voller Verständnis nahm Angus sie in den Arm. »Du kannst alles in deinem Herzen bewahren und an deine Kinder weitergeben, Caitlin. Aber du und Rory, ihr könnt in der neuen Welt vielleicht Frieden finden.«

Nachdem sie eine Weile geweint hatte, dachte sie über Angus' Worte nach und musste zugeben, dass er vermutlich Recht hatte. Schließlich nickte sie und wischte sich energisch über die Augen.

Auf ihrem Weg zurück ins Dorf lief ihr ihre Schwester über den Weg. Glennas rundliches Gesicht sah sehr besorgt und traurig aus und Tränen sammelten sich ihn ihren blauen Augen, als sie Caitlin am Arm festhielt.

»Bitte, kommt doch mit uns, hier allein ist es viel zu gefährlich für euch …«

»Glenna, wir werden mit euch gehen, ich habe es mir noch einmal überlegt«, versicherte Caitlin, »ich wollte gerade mit Rory sprechen.«

Glenna ließ die Hand ihrer jüngsten Tochter los und umarmte Caitlin stürmisch. »Ich bin so froh, ich dachte schon, wir würden uns niemals wiedersehen.«

Auch Caitlin war klar, dass sie ihre Familie entsetzlich vermisst hätte, dennoch schnürte es ihr immer noch die Kehle zu, wenn sie an das fremde Land, so viele Meilen westlich dachte.

»Geh gleich zu ihm, er wollte mir helfen, Torf ins Haus zu schaffen«, drängte Glenna, dann rannte sie auch schon ihrer kleinen Tochter nach, die mit wackeligen Schritten das Weite suchte. Tatsächlich war Rory vor Glennas Haus beschäftigt und trug gerade Körbe mit Torf ins Innere.

»Rory, kann ich mit dir sprechen?«

»Natürlich.« Er stellte den Korb ab, wischte seine Hände an der Hose sauber und sah sie dann erwartungsvoll an.

»Ich denke, wir sollten doch das Schiff nach Amerika nehmen.«

Sichtlich überrascht zog er die Augenbrauen zusammen und musterte sie im Zwielicht des niedrigen Cottages prüfend.

»Bist du dir sicher?«, hakte er nach und zog sie an sich.

Caitlin legte ihren Kopf an seine Schulter und erzählte ihm von ihrem Gespräch mit Angus.

»Wahrscheinlich ist es tatsächlich besser, wenn wir auswandern«, meinte er am Ende und strich ihr zärtlich eine Haarsträhne aus dem Gesicht. »Unser Kind wird dort hoffentlich eine bessere und friedlichere

Zukunft haben.« Dann wanderte sein Blick wehmütig zum Fenster hinaus. »Trotzdem schmerzt es, die Heimat, die ich nach so langer Zeit endlich gefunden habe, wieder verlassen zu müssen.«

»Ich weiß«, flüsterte Caitlin heiser.

Nachdem sie beide den Trost und die Nähe des anderen genossen hatten, teilten sie Ranald ihre Entscheidung mit.

Caitlins Vater sah sehr erleichtert aus und schloss die beiden nacheinander in seine Arme.

»Endlich seid ihr zur Vernunft gekommen«, rief er aus und sein Gesicht strahlte. »Ich bin sehr, sehr glücklich über eure Einsicht.«

Nun war die Entscheidung gefallen, doch Caitlin plagten in den folgenden Tagen insgeheim immer wieder Zweifel, ob es wirklich richtig war, Schottland für immer zu verlassen.

Soviel Zeit wie möglich verbrachte Caitlin bei Aila. Es tat ihr unendlich weh, das Pony zurücklassen zu müssen, andererseits sah sie jedoch auch ein, dass es unmöglich war, ein Pferd auf eine so lange Seereise mitzunehmen. Das nötige Geld für die Schiffspassage hätte sie ohnehin nicht aufbringen können.

Nur noch acht Tage lag die Abreise der MacArthurs nach Amerika entfernt und große Unruhe und Betriebsamkeit herrschte im Dorf. Ungeduldig warteten sie auf Verwandte, die in anderen Teilen der Insel lebten und sich hier im Dorf unterhalb von Duntulm Castle sammeln wollten. Zumeist waren es Alte, Frauen und Kinder, die mit ihrem wenigen Hab und Gut bepackt kamen, denn die meisten Männer hatten in Culloden mitgekämpft und waren nicht nach Hause gekommen.

Den ganzen Tag über war dichter Regen vom Himmel gefallen, und obwohl es nun endlich aufklarte, hing der Dunst wie ein Schleier über dem Meer und den Hügeln, als eine größere Gruppe von Schotten im Dorf eintraf. Man war bereits eng zusammengerückt und die kleinen Cottages und sogar die Scheunen quollen vor Menschen über. Mit Bündeln auf dem Rücken kamen die weiter entfernt lebenden

Verwandten MacArthurs, die wenige Meilen weiter südlich gelebt hatten, ins Dorf und wurden sogleich von Ranald begrüßt, der die Verteilung der Menschen in die Unterkünfte koordinierte. Ebenso wie der Clanchief sah auch Rory sofort, dass etwas nicht stimmte. Ein Mädchen weinte herzzerreißend, ihre Kleider waren zerrissen und die Männer waren alle zerschrammt und hatten Verbände um Kopf und Arme.

»Was ist geschehen?«, verlangte Ranald erschrocken zu wissen.

»Ein Gruppe verfluchter Engländer«, erklärte Ewan, ein junger Mann in Fergus' Alter. Er hatte feuerrote Haare und seine Miene war hasserfüllt. »Sie haben uns überfallen, meine Frau getötet und die kleine Ailis vergewaltigt.«

Rory sog scharf die Luft ein, Ailis war Ranalds Nichte, wie er wusste, und gerade einmal dreizehn Jahre alt. Ihr Vater, Ranalds jüngerer Bruder, war auch nicht aus dem Krieg zurückgekehrt und hatte eine Frau und fünf Kinder zurückgelassen.

»Caitlin, kümmere dich um sie«, befahl Ranald seiner Tochter.

Voller Mitleid ging Caitlin zu dem Mädchen und führte sie in das Haus ihrer Eltern.

»Hätten wir nicht so viele Frauen und Alte bei uns gehabt, ich hätte ihnen die Haut abgezogen«, schimpfte Ewan und seine Augen blitzten gefährlich. Die anderen Clansmänner murmelten zustimmend. Lediglich drei Männer zwischen zwanzig und vierzig waren unter ihnen, der Rest war alt und gebrechlich.

»Es ist ohnehin bald vorbei, wir fangen ein neues Leben an«, krächzte der grauhaarige Kirk, der auf einen Stock gestützt neben den sichtlich geschockten und leise miteinander tuschelnden Frauen stand.

»Sie sollten trotz allem nicht ungeschoren davonkommen«, knurrte Ewan.

»Kommt erst mal ins Trockene«, meinte Ranald beschwichtigend. »Es nützt nichts mehr, jetzt noch gegen die Engländer aufzubegehren. Sie haben gewonnen, sie sind in der Überzahl und wir werden ohnehin in wenigen Tagen fortgehen.«

Murrend verteilten sich die Menschen in die Häuser. Rory warf einen vorsichtigen Blick ins Cottage seiner Schwiegereltern, doch Caitlin bedeutete ihm mit einer Handbewegung zu verschwinden. Die kleine Ailis schluchzte noch immer herzzerreißend und Caitlin streichelte ihr beruhigend über den Kopf.

Nachdem Rory einigen Familien geholfen hatte, ihr Hab und Gut unterzubringen, landete er schließlich bei Cormags alter Hütte, wo sich die meisten jüngeren Männer versammelt hatten, unter ihnen Fergus.

»… noch einmal möchte ich spüren, was es heißt, ein Schotte zu sein«, rief er gerade voller Leidenschaft, und die anderen stimmten ihm zu. Eine Flasche Whisky machte die Runde und heizte die gereizte Stimmung noch zusätzlich an.

»Wir zeigen's den Bastarden!«, rief Ewan aus.

»Was habt ihr vor?« Rory setzte sich mit ans Feuer.

»Nichts«, murmelte Fergus warf den anderen eine warnenden Blick zu. »Möchtest du etwas von dem Eintopf?«

Beleidigt und verletzt drehte Rory ihm den Rücken zu. »Ist es, weil ich in England geboren wurde?«

»Nein, natürlich nicht, und das weißt du auch«, rief Fergus sogleich, war mit zwei Schritten bei seinem Freund, und legte ihm seine gewaltige Pranke auf die Schulter. »Caitlin würde mir nur das Fell über die Ohren zieht, wenn dir etwas passiert.«

Cormag kicherte und nahm einen weiteren Schluck aus der Flasche.

»Also, was habt ihr vor?«, verlangte Rory erneut zu wissen und blickte Fergus eindringlich an. Als dieser sich abwendete, hielt Rory ihn fest. »Sag es mir, wenn du denkst, ich gehöre zu eurem Clan.«

»Natürlich tust du das«, knurrte Fergus, dann hob er resigniert die Hände. »Also gut.« Er deutete auf die Männer in der Runde. »Wir haben beschlossen, dass dieser Angriff der Engländer nicht unvergolten bleiben soll. Wir wollen ein Zeichen setzen, bevor wir gehen.«

Zwar blickten bei diesen Worten einige betreten zu Boden und in ihren Augen stand deutlich die Trauer, ihre Heimat verlassen zu müssen, doch der ein oder andere blickte Rory kampfeslustig an und er ahnte, was sie vor hatten.

»Und was wollt ihr tun?«, hakte Rory nach.

Fergus beugte sich zu ihm und erklärte, was sie während der letzten Stunden ausgeheckt hatten.

Die Dunkelheit war beinahe vollständig über das Hochland hereingebrochen, als zehn Gestalten sich aus dem Dorf schlichen. Glücklicherweise zogen Wolken über den Himmel, als wollten auch sie die Sterne davon abhalten, zu sehen, was heute nacht geschah.

Die Männer hielten ihre Schwerter fest an sich gedrückt, um auch wirklich kein Geräusch zu verursachen. Wie Schatten verschwanden sie in den nebelverhüllten Hügeln und rannten in Richtung Süden, allen voran der rothaarige Ewan.

»Bin ich euch wirklich nicht im Weg?«, fragte Calum unterwegs, obwohl er das schon zuvor mit Fergus geklärt hatte. Er hatte vermutlich noch immer Bedenken, wegen seines fehlenden Armes.

Fergus hielt ihn energisch fest und sah ihn eindringlich an. »Du gehörst zu uns und kämpfst mittlerweile mit einem Arm sehr viel besser als viele dieser verfluchten Rotröcke mit beiden!«

Als die anderen grimmig nickten, begann Calum zaghaft zu grinsen und Mut und Entschlossenheit kehrten in sein blasses Gesicht zurück.

Nach einem strammen Marsch über das moorige, mit Heidekraut überwucherte Hochland erreichten sie bald die Ansammlung kleiner Häuser an der Küste Ostküste der Inselzunge, nur wenige Meilen vom Dorf der MacArthurs entfernt.

Ewan knurrte wütend, als er sah, dass einige der Häuser noch immer qualmten. Aus anderen drangen laute Stimmen. Offensichtlich hatten es sich die Engländer dort bequem gemacht.

»Wir stürmen die Häuser und bringen sie um, bevor sie auch nur bemerken, was passiert«, schlug Ewan blutrünstig vor.

»Nein, wir locken sie nach draußen. Ich will, dass sie sehen, dass wir Schotten noch immer kämpfen können«, meinte Boyd, dessen eines Auge ganz zugeschwollen war. Die Engländer hatten ihm seinen gesamten Besitz geraubt.

»Ha, wenn wir die Schweine erst fertig gemacht haben, werden sie Geschichten über uns erzählen. Heldengeschichten, so wie Angus sie so gerne hat«, brüstete sich Ewan schon jetzt.

Bevor einer der anderen jungen Männer etwas hinzufügen konnte, ertönte plötzlich, wie aus dem Nichts, Angus' ruhige, tiefe Stimme. »Um in einer meiner Geschichten aufzutauchen, solltet ihr euch schon etwas Besseres einfallen lassen.«

Erschrocken fuhren die eben noch so kampfwütigen Schotten herum. Im wabernden Nebel stand Angus vor ihnen. Um seine Augen hatten sich eine Menge Fältchen gebildet und er lächelte belustigt, als ihn zehn paar Augen anstarrten, als hätten sie einen Geist gesehen. Auch Rory bekam eine Gänsehaut, als Angus so unvermittelt aus der Nacht aufgetaucht war.

»Was tust du denn hier, Angus?«, krächzte Fergus und räusperte sich dann.

»Ach weißt du«, begann Angus ungerührt und warf ein dickes Bündel auf den Boden, »ich gehe so meines Weges und da läuft mir der sturzbetrunkene Cormag über den Weg. Erzählt mir lallend, dass es die verdammten Engländer heute Nacht noch mal so richtig gezeigt kriegen.« Nun grinste der alte Mann wie ein Junge. »Nach einer weiteren halben Flasche Whisky habe ich aus ihm herausbekommen, was ihr vorhabt.«

Fergus fluchte leise, denn sie hatten nicht gewollt, dass bekannt wird, dass sie die Engländer angreifen wollten. Aber zur Überraschung aller war Angus offensichtlich nicht gekommen, um sie von ihrem Vorhaben abzuhalten. Er begann das Bündel aufzuschnüren und reichte jedem von ihnen einen Plaid.

»Wenn ihr noch einmal wie Schotten kämpfen wollt, dann solltet ihr es richtig tun«, sagte er und Leidenschaft schwang in seiner Stimme mit. »Lehrt sie das Fürchten, seid ihr schlimmster Albtraum, macht sie glauben, die Keltenkrieger aus der Anderswelt wären zurückgekehrt.«

Rory lief ein Schauer über den Rücken, als er den Stoff entgegennahm und Angus begann, sein Gesicht mit blauer Farbe zu bemalen.

»Kämpft wie eure Vorfahren, ich werde auf den Pipes spielen«, verkündete Angus grimmig und plötzlich sah man nicht mehr den gütigen alten Heiler in ihm, sondern den kampflustigen Highlandkrieger, der er vor vielen Jahren sicher einmal gewesen war.

Aufgeregtes Getuschel erklang, als sich die Männer in ihre traditionellen Kleider wickelten. Schließlich waren sie fertig, hatten ihre alten Schwerter in den Händen und nickten sich entschlossen zu. Der Mond kam hinter den Wolken hervor und beleuchtete ihre mit blauen Spiralen und Mustern bemalten Gesichter. Durch die vorbeiwabernden Nebelschwaden verhüllt, wirkten sie tatsächlich wie Krieger aus einer anderen Zeit, einem anderen Leben.

»Ich wünschte, ich hätte in Culloden mit euch gekämpft«, sagte Rory leise, als er voller prickelnder Anspannung neben Fergus stand.

»Heute kämpfst du auf der richtigen Seite«, erwiderte Fergus und schlug ihm kräftig auf die Schulter. »Ähm, falls mir etwas passiert ...«, begann er unsicher.

Doch Rory unterbrach ihn. »Du wirst das gleiche für Caitlin tun.«

Die beiden umarmten sich und packten dann ihre Schwerter fester.

»Lasst uns beginnen!« Angus führte seinen Dudelsack an die Lippen und stimmte eine wilde Kriegsmelodie an, die schaurig von den Hügeln widerhallte.

Im Dorf unter ihnen sah man Bewegungen. Erschrockene Engländer strömten, teilweise nur in ihre Unterwäsche bekleidet, aus den Häusern.

»Verflucht noch mal, was soll das denn?«, rief der Kommandant und zog eilig seine Hose hoch. »Es ist ihnen verboten, diese Instrumente zu spielen …« Weiter kam er nicht und wurde ebenso wie seine Kameraden kreidebleich, als mit lautem Geschrei eine, wie ihm in diesem Augenblick schien, gewaltige Horde wilder, schwertschwingender Albtraumgestalten den Hügel hinabgestürmt kam. Nach einem Moment des Schreckens, drehte er um und rannte nach drinnen, um seine Pistole zu holen.

Mit lautem Geschrei, welches beinahe Angus' Dudelsackspiel übertönte, stürmten die Schotten den Hügel hinab. Sie legten all ihre Wut, ihre Verzweiflung und ihre Trauer darüber, ihr Land verlassen zu müssen, in diesen letzten Angriff. Auch Rory wurde von dieser Stimmung erfasst. Heute war er wirklich und vollkommen ein Schotte, selbst wenn er in England geboren worden war, und das erste Mal, seitdem er ein Schwert in der Hand hielt, wusste er wirklich, wofür er kämpfte. Vielleicht hatte Angus mit seiner Vermutung Recht und seine Seele war die eines Keltenkriegers, die endlich heimkehrt war. Genau wie Fergus und die anderen neben ihm schrie er seinen Kriegsruf aus voller Kehle in die Stille der Nacht. »*Alba* – Schottland!« Es kam tief aus seinem Innersten und in dieser Nacht war ihm, als wären sie nicht nur zehn verzweifelte junge Männer auf ihrem Rachefeldzug, es kam ihm vielmehr so vor, als wären die Seelen aller keltischen Krieger um sie herum erwacht, auferstandene Helden aus alten Keltentagen, gekommen um den Ruhm von einst noch ein allerletztes Mal zum Strahlen zu bringen. Von einer urtümlichen Wildheit beseelt stürzten sie sich nun auf den überrumpelten Feind.

Schüsse ertönten in der Dunkelheit, doch da es so neblig war, griffen die Engländer bald zu ihren Schwertern, denn sie befürchteten wohl, aus versehen ihre eigenen Männer zu treffen.

Seite an Seite kämpften Rory und Fergus, und in dieser Nacht waren sie wie Brüder. Schreie klangen gedämpft durch den Nebel, Stahl schlug auf Stahl und Angus' Dudelsackspiel riss nicht ab, die klagenden Töne fanden ihren Weg durch den Nebel und tief hinein in die Herzen der Feinde, die sie mit Furcht erfüllten.

Die Engländer mussten sich in einem nicht enden wollenden Albtraum gefangen fühlen. Zwar waren sie deutlich in der Überzahl, sechsundzwanzig Mann, doch der gespenstische Nebel ließ sie vermutlich glauben, von einer weit überlegenen Horde blaubemalter Highlandkrieger überrumpelt zu werden, denn sie nahmen schon nach kurzer Zeit die Beine in die Hand und flohen. Die Schotten kämpften mit solch einer Leidenschaft und Inbrunst, dass sie die meisten englischen Soldaten schon bald getötet hatten. Fergus und Rory hielten sich gegenseitig den Rücken frei, und als sich drei Engländer gleichzeitig auf Fergus stürzten, warf sich Rory aus einem Reflex heraus dazwischen, denn sonst wäre sein Freund mit Sicherheit aufgespießt worden. Der Knauf eines Schwertes traf ihn direkt an den Rippen und er ging zu Boden. Kurz blieb ihm die Luft weg, und sein Gesichtsfeld verengte sich bedrohlich. Schon sah er die englische Klinge auf seine Kehle zusausen. Verzweifelt warf er sich im letzten Augenblick zur Seite, stach – mehr auf Verdacht – in die Dunkelheit und hörte einen Todesschrei.

Noch eine ganze Weile lag er nach Luft ringend am Boden, dann zog ihn eine gewaltige Pranke auf die Beine. »Danke, Mann, ich dachte schon, ich müsste vor meinen Schöpfer treten.«

Rory hielt sich die rechte Seite und hob eine Hand zum Zeichen dafür, dass er verstanden hatte, dann richtete er sich mühsam auf. Vor ihm standen alle zehn Gefährten. Zum größten Teil zerkratzt, zerschunden, Ewan tropfte das Blut ins Gesicht, doch sie lebten und grinsten triumphierend.

Angus' Dudelsackspiel verklang langsam in den Hügeln und rasch eroberte Stille die Nacht, doch es war eine befreiende Stille. Dann lachten die Männer sich zu – sie hatten gewonnen.

»Ich glaube, drei sind entkommen«, meinte Angus, dann schmunzelte er. »Aber ich bin mir sicher, sie kehren nicht allzu schnell zurück.«

»Das war ein guter Kampf.« Sichtlich zufrieden stieß Ewan sein Schwert in die feuchte Erde.

»Darauf sollten wir trinken.« Angus holte aus seinem Bündel drei Flaschen Whisky, mit denen sie auf ihren Sieg tranken.

Anschließend machten sich alle, mal mehr, mal weniger humpelnd, auf den Heimweg. Bevor sie das Dorf erreichten, überzog ein komisches Grinsen Fergus' Gesicht.

»Wir sollten uns waschen, damit die Frauen nichts merken.«

»Gillian würde sicher einen Schreikrampf bekommen, wenn du so zu ihr ins Bett steigst«, stimmte Rory lachend zu und deutete auf Fergus' blaues Gesicht, unter das sich rote Blutspritzer gemischt hatten.

»Zieht eure Plaids aus«, erinnerte sie Angus noch.

Nachdem der alte Heiler die schlimmsten Wunden versorgt hatte und sie alle halbwegs sauber waren, trafen sie sich in Cormags Hütte. Der alte Mann schnarchte, sprang jedoch, für sein Alter sehr behände, auf, als die jungen Männer und Angus sich leise tuschelnd an das beinahe heruntergebrannte Feuer setzten. Mit ausschmückenden Worten und großen Gesten erzählten sie von ihrem Triumph über die Engländer, wobei ihre Heldentaten mit jede Schluck Whisky, den Cormag spendierte, größer und haarsträubender wurden.

»Sie werden deinen ganzen Vorrat versaufen«, warnte Angus.

»Nach Amerika kann man die Flaschen sowieso nicht mitnehmen«, wiegelte Cormag ab, und so wurden in dieser Nacht noch einige weitere Flaschen geleert.

Das erste zarte Morgenrot zeigte sich am Horizont, als die Männer zu ihren Frauen zurückwankten. Die meisten hatten ein breites Grinsen im Gesicht und stießen sich ständig leise lachend an, wobei sei sich gegenseitig dazu ermahnten, ruhig zu sein, um das Dorf nicht zu wecken.

Erst nach dem zweiten Anlauf gelang es Rory, die Tür von Ranalds Cottage zu öffnen. Er stolperte über einen der Hütehunde, der sich hineingeschlichen hatte, bugsierte ihn fluchend hinaus und stieg dann über die am Boden liegenden Gäste hinweg, wobei er vermutlich mehr als einen unsanft in die Rippen stieß. Schwankend bahnte er sich seinen Weg zu Caitlin, die zusammengerollt in ihrem Bett lag. Die ersten

Strahlen der Morgensonne fielen durch das Fenster, berührten ihr Gesicht und ließen es sanft erstrahlen.

»Wo warst du denn so lange?«, murmelte sie schlaftrunken und öffnete zögernd ein Auge.

»Schlaf weiter«, sagte er leise und legte sich neben sie.

Als Caitlin sich mit einem Lächeln herumrollte und ihren Arm um seine Seite legte, stöhnte er unterdrückt.

»Was hast du?«, fragte Caitlin alarmiert und setzte sich im Bett auf.

»Nichts«, keuchte er und drückte sie wieder nach unten.

Missbilligend betrachtete sie ihn nun genauer. »Du stinkst nach Whisky und dein Gesicht ist zerkratzt.«

»Wir haben etwas getrunken und dann gab es einen kleinen Streit mit Fergus«, log er schließlich, da sie beschlossen hatten, nichts zu verraten. »Es ist nur eine Prellung. Angus hat versprochen, mir morgen eine Salbe zu geben.«

Energisch zog sie sein Hemd hoch und vergewisserte sich, dass es tatsächlich nicht Schlimmeres war. Allerdings erkannte Rory selbst, dass seine ganze Seite mittlerweile blau verfärbt und angeschwollen war. Er biss die Zähne fest zusammen und seine Augen begannen zu tränen, als Caitlin ihn berührte.

»Ich dachte, du und Fergus seid jetzt Freunde?«, fragte sie missbilligend.

»Es war nichts Schlimmes«, keuchte Rory, dann nahm er Caitlins Hand von seiner Seite. »Eine Sache unter Männern«, fügte er mit verzerrtem Grinsen hinzu. »Jetzt lass uns schlafen, es war ein wunder- barer Abend.«

Caitlin schnaubte empört, kuschelte sich aber schließlich an ihn und schlief kurz darauf ein.

Am nächsten Morgen war von der Euphorie der letzten Nacht nicht mehr ganz so viel zu spüren. Die überfallenen Frauen und Alten waren in gedrückter Stimmung, die kleine Ailis noch immer verstört. Viele wunderten sich über die jungen Männer, die alle mehr oder weniger deutliche Blessuren hatten, sich aber ständig verschwörerisch angrinsten.

»War das etwa eine Massenschlägerei?«, fragte Caitlin mit zusammengezogenen Augenbrauen, als sie mit ihrer Schwester Wasser holte.

Glenna zuckte die Achseln. »Fergus hat auch nichts verraten.«

»Fergus!« Caitlins Gesicht bekam einen mordlustigen Ausdruck, als Glenna seinen Namen aussprach. Dann sah sie ihren Bruder pfeifend, und ein überaus breites Grinsen im Gesicht, wie er, mit einigen Laib Brot beladen, aus Cormags Hütte trat. Mit energischen Schritten stürmte sie auf ihn zu und verpasste ihm, zur Belustigung der Umstehenden, eine so gewaltige Ohrfeige, dass er vor Schreck das Brot fallen ließ. Cormag vergaß sogar seinen heftigen Kater und begann zu kichern.

»Aua, was soll das?« Fergus rieb sich die Wange.

»Warum hast du dich mit Rory geprügelt? Er hat einen derart gewaltigen Bluterguss, dass er heute früh kaum aus dem Bett gekommen ist!«

Gerade kam Rory zwischen den Häusern auf sie zugehumpelt und gestikulierte wild hinter Caitlins Rücken herum, aber sie hatte es bereits gesehen und vermutete, dass Fergus irgendetwas verschweigen sollte.

Dieser grummelte etwas in seinen Bart und fragte dann beleidigt: »Wer sagt denn, dass ich angefangen habe?« Beleidigt zog er seinen Ärmel hoch und ein dicker Verband wurde sichtbar.

»Weil ich dich kenne«, schnappte Caitlin und hielt ihm ihren Finger vor die Nase, wobei sie sich strecken musste. »Geschieht dir recht, dass er sich gewehrt hat.«

Empört machte Fergus den Mund zu einem Widerspruch auf, doch da war Rory schon bei ihm und legte ihm den Arm um die Schultern.

»Fergus und ich sind wieder die besten Freunde, es ist alles in Ordnung, nicht wahr, Fergus.« Er gab dem größeren Mann einen Seitenhieb, woraufhin Fergus gequält aufstöhnte, dann jedoch eifrig nickte.

Wutschnaubend wandte sich Caitlin ab und stieß mit Gillian zusammen, die gerade hinter Fergus' Hütte hervorgekommen war.

»Männer!«, schimpfte Caitlin.

»Das kannst du laut sagen«, meinte Gillian missbilligend und betrachtete Fergus und Rory, die sich verschwörerisch grinsten. »Alle jüngeren Männer stinken nach Alkohol, als hätten sie ein ganzes Fass Whisky geleert und Fergus hat letzte Nacht nicht einmal mehr den Weg nach Hause gefunden. Ich fand ihn heute früh sturzbetrunken im Eingang zu Cormags Hütte.«

Der alte Cormag hatte mitgehört und kicherte noch immer vor sich hin. Die meisten Dorfbewohner fragten sich während der nächsten Tage, was sich in der letzten Nacht zugetragen hatte, und die auffälligen Blessuren waren das Hauptthema einer jeden Spekulation, doch Fergus und seine Freunde hielten dicht. Schließlich geriet die Sache durch die allgemeine Aufbruchstimmung in Vergessenheit, denn nun mussten die letzten Vorbereitungen für die Abreise nach Amerika getroffen werden.

Kapitel 17
Zu fernen Ufern

Am Abend bevor der Clan der MacArthurs aufbrechen wollte, bat Caitlin Rory, noch einmal mit ihr zusammen zum Schloss hinaufzureiten und er vermutete, dass dies ihre Art war, Abschied von der geliebten Heimat zu nehmen. So sattelte er sich an diesem warmen Spätsommertag eines der Pferde und ritt neben Caitlin den Hügel hinauf. Nur eine leise Brise wehte vom nahen Festland her und das Heidekraut war in den schönsten Lilatönen erblüht. Stumm setzten sich die beiden vor die Mauern der alten Burg, während die Pferde in einigem Abstand grasten.

Gerne hätte Rory Caitlin irgendwie getröstet, aber er wusste nicht wie ihm das gelingen sollte. Auch ihm wurde schwer ums Herz, als er daran dachte, wie sie sich hier oben ineinander verliebt hatten, damals war Caitlin gerade einmal sechzehn gewesen, noch ein halbes Kind.

Mit ernstem Gesicht zupfte sie gedankenverloren an ein paar langen Grashalmen herum. Dann fiel ihr Blick auf eine erblühte Distel und sie streichelte vorsichtig über die Blüte.

»Ob es in Amerika auch Disteln gibt?«

»Ich weiß es nicht«, seufzte Rory und setzte sich näher zu ihr.

Noch immer hing ihr Blick an der Blume fest. »Die Distel, die Blume Schottlands, sie sollte das Wahrzeichen für unseren Sieg sein.« Caitlin lachte bitter auf. »Und jetzt werden wir aus unserem eigenen Land vertrieben.«

» Caitlin ich ...«, begann Rory und wollte sie in den Arm nehmen.

Plötzlich frischte die Brise auf und von den Bergen her ertönte ein herrisches Wiehern. Der Vollmond war bereits aufgegangen und wurde von der schwindenden Abendsonne in ein gleißendes, rötliches Licht getaucht. Ein durchdringendes Wiehern hallte von den Bergen wider und vermutlich durchzuckte sie beide der gleiche Gedanke.

»Gealach, ich würde ihn gerne noch einmal sehen«, flüsterte Caitlin, aber der Hengst zeigte sich nicht, nicht wie nach ihrer ersten Nacht.

Dann blickte Caitlin auf Aila. »Vielleicht holt er auch seine Tochter zu sich.«

Rory legte den Arm um sie. »Aila wird es gut gehen, sie kommt zurecht.«

Bevor Caitlin etwas erwidern konnte, hob Aila plötzlich den Kopf und wieherte leise und zärtlich. »So hat sie immer Rona gerufen, als sie noch ein Fohlen war.« Bei diesen Worten rannen Tränen ihre Wangen hinab und Rory wollte sie tröstend an sich drücken, doch wenige Augenblicke später sprang sie auf. In donnerndem Galopp kam ein ihnen nur zu bekanntes Pferd im Abendlicht über die Wiesen auf sie zugaloppiert und stieß ein lautes Wiehern aus, welches von den anderen beiden Pferden erwidert wurde.

»Verdammt noch mal, träume ich jetzt?«, keuchte Rory und auch Caitlin sah reichlich bleich aus.

»Rona«, flüsterte sie und klammerte sich an Rorys Arm fest.

Doch Rona war kein Geist. Sie trug ein schäbiges Halfter, von dem ein zerrissener Strick herabhing und stellte sich neben ihre Mutter, die sie von oben bis unten abschnupperte.

Kurz warf Caitlin Rory einen ungläubigen Blick zu, dann rannte sie zu ihrem Pferd. Rona sah ein wenig mitgenommen aus, hatte Striemen, vermutlich von Peitschenschlägen, am Körper und eine halb verkrustete Wunde am Kopf, doch sie war am Leben.

»Wie kann das denn sein?«, staunte Caitlin und umarmte Rona stürmisch.

Rorys Blick fiel erneut auf die fernen Hügel. Für einen Moment glaubte er, die Silhouette eines Pferdes zu vor dem Mond zu sehen, war sich aber im nächsten Augenblick nicht mehr ganz sicher. Gealach, der silberne Hengst, war er es gewesen?

»Das war Gealach!«, rief Caitlin jedoch bereits, auch wenn die schemenhafte Erscheinung schon wieder verschwunden war.

»Wenn es nicht komplett irr klingen würde, dann würde ich sagen, ihr Großvater hat sie zu uns gebracht.«

Caitlin löste sich von der kleinen Stute und stellte sich neben Rory. Auch sie sah hinauf in den rötlich leuchtenden Mond, der sich vor den dunklen Bergen erhob. Bei diesem Anblick verstand Rory, wie die vielen Geistergeschichten der Highlands entstanden, den Augenblicke wie heute hatten etwas Magisches.

Wortlos sahen sich Caitlin und Rory an. Dann begannen sie plötzlich beide gleichzeitig: »Ich glaube fast, wir ...«

Leise lachend hielten sie inne.

»Du zuerst«, verlangte Rory.

Sie zögerte kurz. »Ich glaube, Gealach will nicht dass wir fortgehen. Meinst du, wir könnten es auch alleine, ohne den Clan, schaffen?« Voller Zweifel und Unsicherheit sah sie zu Rory auf.

»Das Gleiche wollte ich auch sagen«, erwiderte er lächelnd und nahm sie in den Arm. »Ich glaube, unser Schicksal liegt hier. Wie auch immer es ausgehen mag.«

Glücklich schlang sie ihre Arme um seinen Hals und küsste ihn.

»Wir werden das Dorf aber trotzdem verlassen müssen«, gab Rory zu bedenken. »Und in unser Haus können wir auch nicht zurück, denn dort würden die MacKenzies uns zuerst suchen.«

»Dann lassen wir uns eben an einem anderen Ort auf der Insel nieder, vielleicht weiter im Süden«, rief Caitlin und versprühte plötzlich Tatendrang und Zuversicht. Rory konnte sie verstehen, tief in sich hatte auch er die ganze Zeit gespürt, dass es falsch war, Schottland zu verlassen.

»Es wird hart und gefährlich werden.«

»Wir haben uns, das ist das Wichtigste.« Caitlin strahlte ihn in der sich rasch ausbreitenden Dunkelheit an.

»Deine Eltern werden nicht einverstanden sein.« Nun kamen Rory doch Zweifel.

Doch Caitlin winkte ab. »Es ist unsere Wahl und unser Leben.« Sie legte eine Hand auf ihren Bauch. »Unser Kind soll im richtigen Teil der Welt aufwachsen.«

Hand in Hand gingen sie zurück zu den Pferden und ritten langsam nach Hause, während die kleine Rona ihnen wie ein Schatten folgte.

Erwartungsgemäß ließ Ranald MacArthur ein gewaltiges Donnerwetter los und konnte sich überhaupt nicht mehr beruhigen. Er verfluchte seinen Schwiegersohn, er verfluchte Caitlin und konnte ihre Entscheidung einfach nicht akzeptieren.

»Verdammt, weil euch ein verdammter Geisterhengst erscheint, wollt ihr eure Entscheidung rückgängig machen«, polterte er und schmiss in seiner Wut eine Tonschale gegen die Wand des alten Cottages. Ihr seid ja noch verrückter als es der alte Angus jemals war.« Ranald MacArthur sprang auf. »Er ist überhaupt an allem schuld. Er hat Caitlin diese Flausen von Geistern, Kobolden und dem ganzen Mist in den Kopf gesetzt!«

Bevor der Clanchief jedoch aus der Tür stürmen konnte, hielt Rory ihn auf. Die Augen von Ranald funkelten gefährlich und beinahe sah es so aus, als wolle er den jüngeren Mann niederschlagen.

»Ich verspreche, auf Caitlin und das Kind zu achten. Wir werden vorsichtig sein. Aber dies ist Caitlins Heimat.« Er lächelte zögernd. »Und meine ist es ebenfalls geworden.«

»Das nützt euch alles nichts, wenn ihr tot seid!«, brüllte Ranald.

So als hätte man ihn gerufen, stand plötzlich Angus in der Tür.

»Ihr bleibt hier, nicht wahr«, sagte er einfach.

Rory bestätigte dies mit einem Kopfnicken und Ranald fing schon wieder an zu schreien.

»Es ist alles deine Schuld, du verrückter alter Narr. Nur wegen dir ...«

»Halt die Luft an, Ranald MacArthur«, verlangte Angus leise aber bestimmt und starrte dem Clanchief so fest und eindringlich in die Augen, dass dieser unwillkürlich inne hielt.

»Caitlin ist eine erwachsene Frau, die selbst entscheiden kann und Rory ist jetzt für sie verantwortlich, nicht mehr du, Ranald, so schwer es dir fällt«, sagte Angus. Von Ranald kam ein empörtes Schnauben, doch er unterbrach ihn nicht. »Caitlin und Rory sind mit diesem Land verwurzelt, vielleicht mehr viele von uns.«

»Er ist ein Engländer«, schnappte Ranald beleidigt.

»Du selbst hast ihn als vollwertiges Mitglied in deinen Clan aufgenommen«, erwiderte Angus scharf und durchbohrte den Clanchief erneut mit Blicken, sodass Ranald immer kleiner zu werden schien. »Manchmal zählt es nicht, wo man geboren wurde, sondern wohin sein Herz einen führt. Also, Ranald MacArthur, akzeptiere die Entscheidung der beiden und gib ihnen deinen Segen.«

Mary, die bisher gar nichts gesagt hatte, brach in Tränen aus, während Ranald kurz zögerte, dann jedoch mit wütenden Schritten hinausrannte.

Angus nahm die beiden jungen Leute an den Händen. »Ich möchte, dass ihr mit mir kommt.«

Ohne zu widersprechen folgten sie ihm hinaus in die sternenklare Nacht. Stumm stiegen sie weit in die Hügel hinein und kamen schließlich an einem Ort heraus, an den Caitlin sich nur zu gut erinnern konnte. Vor vielen Jahren war Aila hier geboren worden war.

Langsam und bedächtig begann Angus damit, dürres Holz von den Bäumen und Büschen der Umgebung zu sammeln. Wenngleich er es nicht verlangte, so halfen ihm Caitlin und Rory, ohne etwas zu sagen. Nachdem sie einen kleinen Holzhaufen aufgeschichtet hatten, entzündete Angus mit Hilfe eines Feuersteins die dürren Äste, warf Kräuter und Blüten in die Flammen, und bald schon lag ein betörender Duft in der Luft. Ganz leise, aber trotzdem sehr intensiv und eindringlich stimmte Angus ein uraltes gälisches Lied an. Anschließend saß er eine lange Zeit stumm vor dem Feuer und blickte in die Flammen.

Schließlich stand er auf und ging, nun wirkte er ein wenig erschöpft, zu Caitlin und Rory, die stumm und gespannt auf einem großen Felsen gesessen hatten.

Ein kalter Ostwind ließ sie erschauern, als Angus zu sprechen begann.

»Geht weiter in den Süden. Einige Meilen hinter dem Old Man of Storr gibt es ein verborgenes Tal, durch das ein Bach fließt. Dort werdet ihr für einige Zeit sicher sein.« Er seufzte tief. »Ich weiß jedoch nicht, für wie lange.«

»Woher ...«, begann Rory verwirrt, doch Caitlin legte ihm eine Hand auf den Arm.

»Danke, Angus.« Sie nahm die abgearbeitete, schwielige Hand des alten Mannes in ihre sehr viel kleinere. »Möchtest du nicht auch hier bleiben?«

»Natürlich möchte ich das«, gab er zu, »und es bricht mir beinahe das Herz zu gehen. Aber ich spüre, dass mein Clan mich braucht.« Caitlin setzte zu einer Frage an, doch bevor sie diese stellen konnte, fuhr Angus fort. »Und ich spüre, dass ihr hier bleiben müsst, außerdem habe ich eure Entscheidung schon seit Tagen in euren Augen gesehen. Ihr gehört hierher, euer Schicksal ist mit dem dieser Insel verwoben. Eure Kinder werden hier aufwachsen, so schwer die Zeiten auch sein mögen.«

»Oh Angus!« Caitlin umarmte ihn fest. Angus, den Mann, der viel mehr ein Vater für sie gewesen war, als Ranald es jemals hätte sein können. Unbeschreibliche Gefühle übermannten sie, und für einen Moment überlegte sie sogar, vielleicht doch besser mit ihrem Clan zu gehen, denn wie konnte sie all die vielen Menschen, die ihr Leben bedeuteten, in die Fremde ziehen lassen?

Der alte Mann tätschelte sie beruhigend. »Vielleicht werden wir uns in diesem Leben nicht mehr wiedersehen, aber ich werde euch schreiben«, versprach er. »Und, ich werde auf die verdammten Sturköpfe in unserem Clan achten, das verspreche ich.«

Unter Tränen lachte Caitlin, und auch wenn sie tief in ihrem Herzen wusste, dass es richtig war zu bleiben, so wusste sie mit der gleichen Gewissheit, dass sie Angus und all die anderen unendlich vermissen würde.

»Und nun möchte ich ein letztes Mal in meiner Heimat auf den Pipes spielen«, sagte der alte Mann. Angus holte hinter einem Stein seinen alten Dudelsack hervor. Das Instrument war vom jahrelangen Gebrauch schon deutlich mitgenommen, die hölzernen Pfeifen dunkel und glatt, das Leder des Luftsackes ganz abgegriffen, und für Caitlin stellte es ein Stück Kindheitserinnerung dar. Als kleines Mädchen hatte sie es immer ganz besonders geliebt, wenn Angus auf den ›pipes‹ gespielt hatte. Klagend, unheimlich und zugleich auch wunderschön hallten die Töne eines uralten schottischen Liedes durch das menschenleere Tal. Caitlin und Rory saßen Arm in Arm beieinander und lauschten Angus' Spiel. Einmal glaubte sie, einen Schatten auf den Felsen über ihnen zu sehen. Vielleicht war es Gealach, vielleicht auch nicht, das konnte niemand mit Gewissheit sagen, doch dies war eine magische Nacht und selbst der Wind schien aus Respekt vor Angus' Abschiedslied innezuhalten. Mächtig, schicksalhaft, und so als seien sie diesen Hügeln entsprungen, hallten sie in der Dunkelheit wider. Caitlin kannte dieses Lied von Kindheit an, es sprach von der ewigen Wiederkehr, Geburt, Leben und Tod, Sähen, Wachsen und Ernten. Caitlin vermutete, dass Rory es noch niemals zuvor gehört hatte, aber wenn sie in seine Augen sah, glaubte sie zu erahnen, das etwas ganz tief in ihm ganz genau wusste, was Angus zum Ausdruck bringen wollte. Nachdem die letzten klagenden Töne verklungen waren, spürte Caitlin wieder Wehmut in sich aufsteigen, und ein Teil von ihr wünschte sich, so unrealistisch dies auch war, diese Nacht würde niemals enden, Angus niemals mit seinem Spiel aufhören.

»Angus, das war …« Caitlin konnte ihre Gefühle kaum in Worte fassen, aber der alte Mann nickte nur beruhigend, legte ihr seine abgearbeitete, schwielige Hand auf die Wange und streichelte ihr über die Haare.

Anschließend zog er einen prall gefüllten Beutel aus seinem Bündel. »Du bist eine gute Heilerin geworden, Caitlin, nutze dein Wissen.« Neugierig spähte sie hinein, und fand, säuberlich in einzelne Leinenstreifen verpackt, getrocknete Kräuter, auch einige Holztiegel, die Salben enthielten.

»Danke, Angus!«

»Diese Kräuter«, er zog ein kariertes Stoffsäcken in die Höhe, »sollen dir bei der Geburt helfen. Wenn die Wehen einsetzen, musst du dir einen Tee aufbrühen.«

Unfähig etwas zu sagen, umarmte sie Angus noch einmal, genoss den vertrauten Geruch nach Schafswolle, Kräutern und Erde.

»Rory, leider besitze ich nicht viel, aber ich möchte, dass du auch eine Erinnerung an mich hast.« Angus zog seinen Dolch aus der Lederscheide, die er stets an seinem Gürtel trug. Im Licht des Feuers beobachtete Caitlin, wie Rory ihn beinahe schon ehrfürchtig an sich nahm, vorsichtig mit den Fingern über den hölzernen Griff fuhr, in den verschlungene keltische Symbole eingeritzt waren, vom langen Gebrauch kaum noch zu sehen, aber trotzdem ein Teil dieser Waffe. Die Klinge, annähernd armlang, und so alt sie auch sein mochte, war noch immer scharf. Caitlin wusste, dass Angus stets gut auf seine Waffen und Werkzeuge achtete.

»Ich kann das nicht annehmen.« Rorys Stimme klang seltsam belegt, und als er dem alten Mann den Dolch zurückreichte.

Angus schloss jedoch seine Hände um die von Rory. »Es ist mein Wunsch, dass du ihn bekommst. Leider war es mir nie vergönnt, meine eigenen Kinder aufwachsen zu sehen, meine Frau starb sehr jung, und ich spürte niemals wieder den Wunsch zu heiraten. Aber du Rory, bist so, wie ich mir meinen Sohn gewünscht hätte. Nimm den Dolch, ich hoffe, er beschützt euch und bringt euch Glück.«

Caitlin hatte Angus Frau Síne nicht mehr kennen gelernt, und Angus hatte kaum jemals von ihr gesprochen, aber wenn, dann hatte das stets sehr sehnsuchtsvoll geklungen, dass er in Rory so etwas wie einen Sohn sah, berührte sie sehr und sie sah, wie ihr Mann sich auf die Unterlippe biss, stumm nickte, und den Dolch nun in seinen Gürtel steckte.

In stummem Einvernehmen machten sie sich auf den Heimweg, die Sterne wirkten heute zum Greifen nahe, und vermutlich hing jeder seinen eigenen Gedanken um die Zukunft nach.

In dieser Nacht konnten Caitlin nicht schlafen, zu viel ging ihr durch den Kopf, und sie bemerkte wie auch Rory sich unruhig hin und her wälzte. Jetzt ging ein wichtiger Abschnitt ihres Lebens zuende, und vermutlich würde sie ihre gesamte Familie nie mehr wiedersehen, sich fernab ihres Dorfes ein neues Leben aufbauen, und was das bringen würde, vermochte niemand zu sagen. Sie würden auf der Hut sein müssen, vor den MacKenzies, vor den Engländern und vor Rorys Vergangenheit. Dass er ein englischer Soldat gewesen war, durfte niemals ans Licht kommen. Liebevoll strich sie über ihren bisher nur schwach vorgewölbten Bauch. Hoffentlich wären sie in der Lage, ihrem Kind eine halbwegs sichere Zukunft zu bieten. Ob es ein Mädchen oder ein Junge werden würde? Rory hatte ihr versichert, dass es ihm beides gleich lieb wäre, aber wollten nicht alle Männer zuerst einen Sohn, einen Stammhalter?

Mit einem Seufzen drehte sie sich auf die Seite und drückte ihr Gesicht an Rorys muskulösen Rücken. Er war so ganz anders als Paden, und jetzt im Nachhinein, war sie sogar froh, kein Kind mit ihrem ersten Mann bekommen zu haben. Sicher hätte Paden sie allein verantwortlich gemacht, wenn es kein Junge geworden wäre, und bestimmt hätte er auch das Kind geschlagen, wenn es nicht genau das getan hätte, was er wollte. Mit Rory war alles so viel schön und leichter, und sicher würden sie einen Weg finden, all den Widrigkeiten zu trotzen. Sanft streichelte sie über seine Haare, dann über seine Schulter. Plötzlich legte sich seine Hand auf ihre.

»Alles wird gut, Caitlin, wir schaffen es auch allein.«

»Ich liebe dich«, flüsterte sie ihm ins Ohr, woraufhin er sich zu ihr umdrehte und sie in seine Arme schloss.

Sanftes Morgenlicht lag über der Bucht von Duntulm Castle, und im Dorf herrschte bereits hektische Betriebsamkeit. Aufgeregte Mütter suchten ihre plötzlich unauffindbaren Kinder, eine alte Frau entschloss sich im letzten Moment doch noch, ihre liebgewonnene Truhe mit auf das Schiff zu nehmen, und überall wurden die wenigen Habseligkeiten auf Handwagen oder Tragen geladen. Viel konnten die MacArthurs nicht mitnehmen, denn der Platz auf dem Schiff würde ohnehin eng werden. Ein kleiner Junge weinte herzzerreißend, weil er seinen Hütehund nicht mitnehmen durfte, und Caitlin sah, dass auch in den Augen seines Vaters Tränen glitzerten, auch wenn er den Jungen beinahe schon grob von dem Tier fortriss. Ranald MacArthur beobachtete die Abreise von der Mitte des Dorfplatzes, sprach jedoch keinen Ton. Nicht einmal, als Caitlin verkündete, sie wolle ihre Familie bis zum Schiff begleiten, zeigte er eine Regung.

Fergus gebärdete sich fast ebenso wie sein Vater am vergangenen Tag und schlug Rory in seinem Zorn ein blaues Auge, nachdem er erfuhr, dass sie ihren Entschluss nicht geändert hatten. Zunächst stapfte er, alle englischen und gälischen Verwünschungen ausstoßend, davon, doch nur kurze Zeit später stand er reumütig vor Rory und Caitlin. »Rory, es tut mir leid«, entschuldigte er sich sichtlich betreten. »Eigentlich bewundere ich euren Mut. Wenn Gillian und die Kinder nicht wären, würde ich auch bleiben.«

»Schon gut, Fergus.« Eine Grimasse schneidend betastete Rory sein zuschwellendes Auge. »Jetzt habe ich zumindest ein Andenken an dich.«

Die beiden umarmten sich, dann halfen sie den letzten Clanmitgliedern, ihr Hab und Gut zu verstauen. Eine lange Reihe an Menschen, zumeist Frauen, Kinder und Alte zog nun den ausgetretenen Pfad entlang. Viele von ihnen hatten Tränen in den Augen, einige weinten auch ganz ungehemmt, und immer wieder wanderten ihre Blicke zurück zu dem Dorf, in dem die meisten von ihnen ihr ganzes Leben verbracht hatten. Einzig Ranald MacArthur warf keinen einzigen Blick über die Schulter, er lief an der Spitze des Trosses und Caitlin vermutete, dass er es einfach nicht fertig brachte, noch einmal zurückzusehen, dass er sich vielleicht schon in der Nacht von allem verabschiedet hatte, das ihm lieb und teuer war und er seinen Leuten ein Vorbild sein wollte.

Irgendwann war der Dorfplatz leer und verlassen. Auch Rory und Caitlin wollten sich jetzt auf den Weg machen, sie hatten nur bis zuletzt gewartet, da sie mit ihren Pferden etwas schneller sein würden als der Rest der MacArthurs. Doch plötzlich bemerkte Caitlin, dass der alte Cormag noch vor seiner Hütte saß und Whisky aus einer Flasche trank.

Sie drehte noch einmal um und ritt zu ihm zurück.

»Warum kommst du denn nicht?«

»Bleib hier«, grummelte er und trank erneut.

»Wie, du bleibst hier?«, fragte sie verwirrt.

Cormag hustete. »Bin zu alt, um noch mal neu anzufangen und«, er reckte die Faust in den Himmel, »ich lasse mir meine schäbige alte Hütte nicht von ein paar verdammten Engländern wegnehmen.«

»Aber Cormag ...«, stammelte Caitlin, »du kannst doch nicht ganz allein hier bleiben! Dann komm zumindest mit Rory und mir.«

Cormag kicherte. »Blödsinn. Ich habe mein ganzes Leben hier verbracht und wenn mich die englischen Bastarde aus meiner Hütte bringen wollen, dann mit den Füßen zuerst. Ich bleibe hier, pah!«

Als Caitlin empört den Mund aufmachte, schüttelte er den Kopf.

»Keine Angst, ich werde mich verstecken, wenn jemand kommt, aber ich gehe nicht fort.« Er spuckte auf den Boden. »Konnte Schiffe sowieso noch niemals ausstehen. Deswegen bin ich Bauer und nicht Fischer geworden.«

»Ja aber ... hast du dich wenigstens verabschiedet?«, fragte Caitlin verwirrt.

»Abschiede kann ich noch weniger ausstehen als Schiffe«, knurrte Cormag, dann erhob er sich schwankend und ging langsam in die Hügel hinein. Über die Schulter rief er noch: »Wenn Angus einen Brief schreibt und der sogar den Weg über den verfluchten Ozean bis hierher findet, könnt ihr ihn bei mir abholen.« Kurz darauf war der alte Mann verschwunden.

Einige Augenblicke starrte Caitlin ihm fassungslos hinterher, dann stieg sie langsam auf ihr Pferd und folgte den anderen. Nachdem sie

Rory eingeholt hatte, erzählte sie ihm von Cormags Entscheidung. Zunächst musste er schmunzeln, doch dann brachte auch er seine Sorge zum Ausdruck.

Schließlich ritt Caitlin zu ihrem Vater, der mit verbissenem Gesicht den Zug anführte.

»Cormag kommt nicht mit.«

Ranald fuhr wild herum, dann winkte er ab. »Noch so ein verantwortungsloser, sturer Trottel.«

»Vater, ich ...«, setzte Caitlin an, doch Ranald winkte gereizt ab.

Es war ein trauriger Zug, der sich nach Süden bewegte. Zum letzten Mal in ihrem Leben wanderten sie über die vertrauten Pfade, und Caitlin sah in ihren Augen, wie sie versuchten, sich so viel wie möglich einzuprägen, etwas von dem, was sie hier gehabt hatten, in ihrem Herzen zu bewahren, um es in die neue Welt mitzunehmen. Der dicke Kloß in Caitlins Hals wollte sich überhaupt nicht mehr auflösen, und sie wusste auch nicht, wie sie den Menschen Trost spenden sollte.

Nach und nach trafen sie auch auf andere Clans und in den Gesichtern der Menschen sah man die gleiche Unsicherheit stehen. Kaum jemand sprach, man nickte sich nur zu und die Menschen reihten sich stumm unter ihre Landsmänner.

Nur eine Geschichte brachte ein Schmunzeln auf Caitlins und Rorys Gesichter. Eine alte Frau vom Clan MacLeod erzählte mit weit aufgerissenen Augen, dass der silberne Geisterhengst bei ihnen weiter im Süden erschienen sei. Angeblich habe man am Tag darauf mehrere tote Engländer gefunden, einen davon mit eingeschlagenem Schädel.

»Dann hat er diesmal den Richtigen den Tod gebracht«, krächzte ein älterer, dürrer Mann mit spärlichem Haarwuchs, der etwas südlich der MacArthurs gelebt hatte.

»Dann hat Gealach Rona vielleicht tatsächlich gerettet«, flüsterte Caitlin ihrem Mann zu.

»Nach dem, was ich erlebt habe, würde ich es nicht völlig ausschließen«, meinte auch Rory und seine Augen suchten die Umgebung ab, doch von dem Pferd war nichts zu sehen.

Nach etwa zehn Meilen Fußmarsch durch unwegsames Gelände war es soweit. In der Bucht eines kleinen Fischerdorfes lag ein Schiff vor Anker, weiter draußen, auf dem offenen Meer, ankerte ein noch viel größeres. Die meisten Frauen brachen in Tränen aus und auch Fergus wischte sich über das Gesicht, als er seine kleine Schwester auf die Stirn küsste, obwohl er behauptete, das wäre ›ein verfluchtes Staubkorn‹ gewesen.

»Pass auf sie auf«, knurrte er zum Abschied und umarmte Rory fest, »sonst schwimme ich übers Meer und verpasse dir noch ein blaues Auge.«

Rory schluckte hörbar, dann nickte er eilig. »Das werde ich.«

Nachdem sich Caitlin tränenreich von ihrer Mutter, der Schwester, Angus und all den anderen Menschen verabschiedet hatte, die sie ihr Leben lang gekannt und geliebt hatte, stand sie ein wenig verloren im kalten Ostwind.

Ihr Vater hatte die ganze Zeit über nichts gesagt und war bereits mit grimmigem Gesichtsausdruck in Richtung Bucht gestapft. Traurig, dass er nicht mehr mit ihr hatte sprechen wollen, sah Caitlin ihm nach. Ranald MacArthur war immer ein willensstarker, unbeugsamer Mann gewesen, sicher kein schlechter Vater, und ein guter Clanchief, aber häufig hatte er sie nicht verstanden, und ihre Entscheidungen, so wie auch jetzt, nicht akzeptiert.

Doch unvermittelt drehte er sich um, kam er zurückgerannt und umarmte Caitlin heftig.

»Verdammt, ich wünsche euch alles Glück dieser Welt. Versucht einen Brief zu schicken, wenn mein jüngster Enkel auf der Welt ist. Ich weiß nicht, wo wir landen werden ...«, stammelte er, dann holte er, mit

Tränen in den Augen, etwas aus seiner Tasche und drückte es Rory in die Hand. »Ich bin stolz, dich als Schwiegersohn zu haben.«

Dann drehte er auf dem Absatz um und eilte mit festen Schritten auf das Schiff zu. Völlig verdattert sah Caitlin ihm hinterher, versuchte, ihre Gedanken zu ordnen, dann schlug sie eine Hand vor den Mund. Offenbar hatte sie ihren Vater doch falsch eingeschätzt, was ihr jetzt leid tat.

Arm in Arm sahen Caitlin und Rory den vielen Menschen hinterher, die auf das Schiff zuströmten, in der Hoffnung, jenseits des Meeres eine bessere Zukunft zu finden. Nach einer Weile öffnete Rory den kleinen karierten Stofffetzen und fand darin eine Goldmünze.

»Ranald!«, rief er und rannte hinterher, »die werdet ihr selbst brauchen.« Caitlin folgte ihm, doch schnell wurde klar, dass sie das Schiff nicht mehr rechtzeitig erreichen würden. Alle Menschen waren bereits an Bord, die Landestege hochgeklappt und das Schiff machte sich daran, abzulegen.

So nahm Rory Caitlin in den Arm, deren Gesicht tränenüberströmt war, und sie blickten beide dem Schiff hinterher, das sich langsam seinen Weg durch den aufgewühlten Ozean in Richtung Westen bahnte.

»Ich werde sie niemals wiedersehen«, schluchzte Caitlin verzweifelt, und vielleicht wurde ihr erst in diesem Augenblick mit letzter Gewissheit klar, was das Bedeutete. Wie ein Dolch bohrte sich der Schmerz in ihre Brust, und sie hatte das Gefühl, ersticken zu müssen.

Rory drückte sie fest an sich. »In deinem Herzen werden sie für immer sein.« Dann hob er ihr Kinn an. »Oder bereust du es? Wir können das erste Schiff im Frühling nehmen, wenn du das möchtest.«

»Nein, Rory, wir haben die richtige Entscheidung getroffen«, sagte Caitlin und drückte seine Hand.

Kapitel 18
Im Verborgenen

Das Leben von Caitlin und Rory wurde in der nächsten Zeit nicht einfacher, ebenso wenig wie das der restlichen Bewohner Schottlands, denn König George und seine Schergen machten ihre Drohungen wahr, wüteten grausamer denn je unter den Hochlandbewohnern, schacherten denjenigen, die ihnen willenlos dienten die guten Ländereien zu und enteigneten oder ermordeten diejenigen, die sich noch immer widersetzten. Farmer wurden von ihrem Land vertrieben und dieses für große Schafherden benutzt, von denen später ein Großteil des Erlöses an die englische Krone ging. Auch noch nach der Auswanderung der MacArthurs nahmen viele bettelarme Familien von der Insel Schiffe nach Amerika oder Australien, ob das Leben dort tatsächlich besser war, mochten die Zurückgebliebenen nur erahnen. Sie lebten in der ständigen Angst vor den englischen Soldaten und rangen dem kargen Land so viel ab wie sie konnten und versuchten so, ihre Familien zu ernähren.

Caitlin und Rory bekamen zuerst eine kleine Tochter, zwei Jahre später einen Sohn. So wie Angus es vorausgesagt hatte, lebten sie friedlich in dem verborgenen Tal, etwa fünfzehn Meilen von Caitlins Heimatdorf entfernt und hofften, dass das auch so bliebe.

Ein kühler Herbsttag war in den Highlands angebrochen. Auch das Jahr 1751 hatte schlechte Ernte gebracht, Stürme und wochenlange Regenfälle hatten das Korn verwüstet, und das Gemüse faulig werden lassen. Draußen vor dem kleinen mit Stroh und Heidekraut gedeckten Steinhaus grasten Aila und Rona, die mittlerweile zu einer kräftigen Stute herangewachsen war. Caitlin hatte gerade die Schaffelle in die Packtaschen gestopft und eilte nun durch den Nieselregen zum Haus.

Sie lächelte, als sie die Kinder vor dem Feuer mit Holzklötzen spielen sah. Mairi war nun drei Jahre alt, der kleine Ranald, er war nach seinem Großvater benannt, nicht einmal ganz ein Jahr.

Rory, der gerade an einem Holzteller schnitzte, stand umständlich auf, als Caitlin hereinkam. Auf zwei Krücken gestützt humpelte er zu ihr. Vor vier Wochen hatte er einen dummen Unfall gehabt und war beim Ackern so unglücklich in eine Felsspalte geraten, dass er sich den Fuß gebrochen hatte. Erfreulicherweise verheilte der Bruch gut, aber er konnte noch immer nicht richtig auftreten.

»Bitte überleg es dir noch einmal«, sagte er besorgt und strich Caitlin eine nasse Haarsträhne aus dem Gesicht. »Es ist ein weiter Weg nach Port Righ. Es könnten MacKenzies auf dem Markt sein, du könntest von Engländern überfallen werden ...«

Seufzend legte Caitlin ihm einen Finger auf die Lippen. »Das haben wir doch schon besprochen. Ich werde vorsichtig sein, nur die Schaffelle verkaufen und sofort nach Hause zurück reiten«, erklärte sie geduldig. »Wenn ich mir den Umhang weit ins Gesicht ziehe, erkennt mich schon nicht gleich irgendjemand.«

»Ich möchte dich nicht allein gehen lassen. Ich sollte zum Markt reiten, nicht du.«,

»Du kannst noch nicht mit deinem Fuß«, erwiderte sie energisch.

»Dann bleib hier, vielleicht reichen unsere Vorräte über den Winter.«

»Du weißt so gut wie ich, dass sie das nicht werden«, sagte Caitlin ein wenig gereizt, denn in den letzten Tagen hatten sich ihre Gespräche fast ausschließlich um dieses Thema gedreht. »Du weißt, dass der Regen fast unsere ganze Ernte zerstört hat. Möchtest du, dass deine Kinder in diesem Winter hungern? Unsere einzige Hoffnung ist, dass ich die Schaffelle und deine Schnitzarbeiten gut verkaufe, um Vorräte kaufen zu können.«

»Nein, natürlich möchte ich nicht, dass sie hungern«, seufzte Rory und nahm Caitlin in den Arm. »Aber ich habe Angst um dich. Es ist nicht gut, wenn du die lange Strecke allein reitest, besonders in diesen unruhigen Zeiten.«

»Mir wird nichts geschehen«, versicherte sie und streckte sich, um ihm einen Kuss zu geben.

Eilig schlang Caitlin ihren Haferbrei herunter, denn sie wollte bald aufbrechen, um rechtzeitig auf dem Markt zu sein. »Ich hoffe, ich treffe Cormag an.« Schon lange warteten sie auf einen Brief von ihrer Familie aus Amerika.

Mairi kletterte zu ihrer Mutter auf den Schoß und schmiegte sich an sie, während Ranald noch immer fasziniert mit den kleinen Holzklötzen spielte.

»Du passt gut auf deinen Dad auf, ja?«, sagte sie zu dem niedlichen blonden Mädchen. »Ich bin ein paar Tage fort.«

Mit wichtigem Gesicht nickte die Kleine und krabbelte zu ihrem Vater. »Pass auf Daddy auf«, krähte sie und zwickte ihn in die Nase.

Leise fluchend hielt er dem Mädchen die Hände fest und begann sie zu kitzeln, sodass Mairi kicherte und sich zu ihrem Bruder trollte.

»Du lässt mich hier mit diesen kleinen Monstern allein«, schimpfte er scherzhaft. »Das ist wahrscheinlich auch nicht weniger anstrengend als auf den Markt zu reiten.«

»Du wirst das schon schaffen«, sagte sie zuversichtlich, küsste zuerst die Kinder, dann ihren Mann, nahm sich anschließend den grauen Wollumhang und warf ihn sich über.

»Ich bin bald zurück«, versprach sie und trat hinaus in den Nieselregen.

Besorgt blickte Rory ihr von der Tür aus hinterher, wie sie mit Aila davon ritt, Rona führte sie an einem langen Strick als Handpferd mit. Ihre Satteltaschen waren mit Schaffellen und geschnitzten Schüsseln und Löffeln bepackt. Caitlin war durchaus klar, dass Rory die Reise lieber selbst unternommen hätte, aber das war im Moment einfach nicht möglich.

Nachdem Caitlin den ganzen Tag durch unwegsames Gelände geritten war und eine kalte Nacht in einer Felsspalte verbracht hatte, erreichte sie das kleine Städtchen Port Righ. An die Meeresbucht, in welcher eine Menge kleiner Boote lagen, schmiegten sich einige kleine strohgedeckte Häuser. Die meisten Bewohner waren Fischer und hatten sich an der Bucht niedergelassen, um Tag für Tag aufs raue Meer hinauszufahren. Der Ben Tianavaig, einer der höheren Berge der Umgebung, erhob sich mächtig im Osten. Auch heute hingen Regenwolken an seiner Spitze, obwohl es zumindest trocken war. Vorsichtig ritt Caitlin zum Marktplatz und erkannte mit Sorge, dass einige Engländer unterwegs waren, doch zum Glück entdeckte sie niemanden vom Clan MacKenzie, denn die dachten, Caitlin und Rory wären mit ausgewandert, und das sollte auch so bleiben.

Ansonsten waren nicht viele Menschen unterwegs. Die Ernte war wohl bei allen anderen schlecht ausgefallen.

Ein englischer Soldat sah sich Caitlins Felle an und kaufte schließlich zwei, allerdings zu einem sehr viel niedrigeren Preis, als sie es sich erhofft hatte.

»Geiziger Mistkerl«, murmelte sie auf Gälisch, als sie ihm mit gezwungenem Lächeln die Felle reichte.

Caitlin war froh, dass sie einige Holzschalen gegen Kartoffeln und Getreide tauschen konnte, und am Ende des Tages hatte sie zumindest noch ein weiteres Fell verkauft. Es hätte besser laufen können, denn der Winter würde trotz der erworbenen Lebensmittel hart werden. Als eine Frau aus dem MacKenzie Clan an ihre vorbei lief, senkte sie rasch den Blick, doch offensichtlich hatte sie Caitlin ohnehin nicht bemerkt.

Bald brach die Abenddämmerung herein und Caitlin packte gerade ihre restlichen Sachen ein, als sie plötzlich eine wohlbekannte krächzende Stimme hörte.

»So ein Glück, dass ich dich doch noch finde.«

Er sah so aus wie immer, verhutzelt, mit einigen wenigen Haarsträhnen, die von seiner Glatze hingen, und grinste sie beinahe zahnlos an.

»Cormag!«, rief Caitlin erleichtert und umarmte den alten Mann freudig. »Wie geht es dir?«

»Ganz gut, ganz gut.«

»Hast du einen Brief bekommen?«, fragte sie gespannt.

»Nein, leider nicht, Lass«, meinte er bedauernd und drückte aufmunternd ihre Schulter. »Aber das muss nichts heißen, es ist ein langer Weg über den Ozean.«

»Nur ein Brief in drei Jahren«, seufzte sie traurig. Dann gab sie Cormag ihrerseits einen Umschlag, den er verschicken sollte. »Mutter und Vater sollen wissen, dass sie noch mal Großeltern geworden sind.«

»Wie geht es Rory und den Kindern?«, wollte Cormag wissen und lud Caitlin in das einzige Gasthaus des Ortes ein.

Knarrend öffnete sich die vom Regen und Wind dunkel gewordene Eichentür zu dem langgezogenen Gebäude mit dem tief hängenden Strohdach. Der Geruch von Torf hing in der Luft, als die beiden eintraten. Eine große Gruppe Männer hatte sich am Feuer in der Mitte des Raumes versammelt und trank Ale. Caitlin ließ die Kapuze ihres Umhangs über dem Kopf, um nicht erkannt zu werden, und setzte sich mit ihm in eine dunkle Ecke des Raumes. Sie erzählte Cormag, wie es ihnen in der letzten Zeit ergangen war, und der alte Mann verkündete mal wieder, er werde sie im nächsten Frühling besuchen, obwohl er seine vorherigen Versprechen noch nicht in die Tat umgesetzt hatte.

Am nächsten Tisch erzählte ein älterer Mann gerade seinen Freunden, wie Bonnie Prince Charlie nach der Schlacht von Culloden zuerst auf die Hebriden und dann nach Skye geflüchtet war.

»… und dann, dann hat Flora MacDonald ihm geholfen«, rief er gerade stolz. Wie Cormag flüsternd berichtete, war er selbst ein MacDonald. »Die Lass hat Mumm in den Knochen. Hat ihm Kleider geliehen und ihn als ihre Zofe verkleidet.« Von einigen anderen Männern ertönte raues Gelächter.

»Sie sind übers Meer auf unsere Insel gerudert, es muss sehr gefährlich gewesen sein.« Die Stimme des Erzählers wurde dunkel und leise, woraufhin sich die Zuhörer gespannt vorbeugten. »Ihr wisst, wie rau die See auch im Sommer vor den Hebrideninseln ist.« Von vielen Fischern war zustimmendes Seufzen zu hören, und jeder der hier zur See fuhr wusste, wovon der Mann sprach.

»Angeblich sind sie damals in Kilbride, in der Nähe von Kilmuir gelandet und dort soll sich Prince Charles in einer Höhle versteckt haben.«

Caitlin sah Cormag überrascht an, denn das war gar nicht weit von dem Dorf der MacArthurs entfernt. Der alte Mann zuckte mit den Achseln. »Weiß nicht, ob das stimmt, habe nichts mitbekommen«, murmelte er.

Plötzlich kam Caitlin ein verrückter Gedanke, sie hielt sich eine Hand vor den Mund und flüsterte Cormag dann, von unterdrücktem Lachen geschüttelt zu: »Sei so gut und frag, wann Charles Steward in Kilbride war.«

Zunächst sah Cormag sie verwundert an, aber dann krächzte er: »Malcolm, in welchem Jahr war der Prinz in Kilbride?«

»Siebzehnhundertsechsundvierzig, ein paar Monate nach der Schlacht von Culloden.«

Während einige Männer in Erinnerung an den furchtbaren Krieg seufzten und Erinnerungen austauschen, kicherte Caitlin unterdrückt.

»Sag mal, Lass, was ist denn mit dir los?«, wunderte sich Cormag.

Caitlin zog ihre Kapuze noch weiter ins Gesicht, dann bedeutete sie Cormag, sich näher zu ihr zu beugen.

»Ich habe Bonnie Prince Charlie damals gesehen. Ich war mit Glenna unterwegs, und wir haben uns köstlich über eine Frau amüsiert, die ständig ihre Röcke gestolpert ist, und sich an einem Bach das Gesicht rasiert hat«, gluckste sie. »Flora MacDonald erzählte, es handle sich um ihre Zofe Betty Burke, die unter starker Gesichtsbehaarung leidet.«

»Ja aber …« Cormag stutzte, dann zuckten auch seine Schultern vor Lachen. »Das gibt es ja nicht!«

Caitlin lehnte sich zurück und schmunzelte vor sich hin, während sie weiterhin dem Gespräch der Männer lauschte.

»Weißt du, wie Bonnie Prince Charlie von unserer Insel kam?«, wollte ein heiserer alter Fischer wissen.

»Angeblich wurde Prince Charles nach Raasay gebracht, dann aufs Festland. Anschließend soll er nach Frankreich geflohen sein.« Der Erzähler seufzte tief. »Leider haben sie Flora verhaftet, aber zum Glück wurde sie, soweit ich weiß, mittlerweile wieder freigelassen.«

»Ha, ha, die haben's den englischen Bastarden gezeigt!«, tönte es, mit vom Ale schwerer Stimme, aus einer Ecke.

Sofort warfen alle erschrockene Blicke über die Schulter, doch es waren zum Glück keine Soldaten anwesend.

»Charles Edward Stuart kehrt eines Tages zurück!«, rief ein betrunkener Farmer und hob sein Glas. »Dann werden wir wieder frei sein!«

Zögernd prosteten ihm einige Männer zu, doch Caitlin hob zweifelnd die Augenbrauen und auch Cormag winkte ab.

Caitlin wollte noch am Abend nach Hause zurückreiten, auch wenn Cormag meinte, sie solle doch lieber hier im Trockenen bleiben.

Allerdings erhob sich Caitlin und verließ das Gasthaus. »Es ist zu gefährlich. Ich möchte keinem MacKenzie über den Weg laufen«, sagte sie bedauernd und verabschiedete sich.

Cormag steckte ihr noch eine Flasche Whisky zu. »Für Rory«, sagte er mit zahnlosem Grinsen. Dann begann er in ihrer Satteltasche zu wühlen. »Könnte ein neues Schaffell gebrauchen«, knurrte er und drückte ihr schließlich eine Münze in die Hand.

»Cormag, du hast doch selbst nichts, der Whisky wäre ausreichend gewesen«, protestierte sie und wollte ihm das Geld zurückgeben.

»Ach was, ich alter Trottel brauche nichts mehr. Ihr seid zu viert und müsst über den Winter kommen.« Dann grinste er verschmitzt. »Bin ins Whiskygeschäft eingestiegen, bringt einiges ein.«

»Sei vorsichtig, wenn du schwarz brennst«, warnte sie, doch der alte Mann winkte ab.

Mit Tränen in den Augen umarmte sie Cormag, der früher eher geizig gewesen war, doch nun glaubte er wohl, für den Rest seines Clans sorgen zu müssen.

Caitlin kaufte noch einige wichtige Lebensmittel und machte sich dann mit den vollbepackten Pferden zurück auf den Heimweg. Weit kam sie an diesem Abend nicht mehr, denn es wurde bald dunkel. Trotzdem war es ihr lieber, allein in den Highlands zu schlafen, als am Ende noch von einem MacKenzie gesehen zu werden.

Rona blies Caitlin tröstend ins Gesicht, als sie sich in eine Felsspalte gepresst, in ihre Decke wickelte. Sie wünschte sich, bei Rory und den Kindern zu sein, zu Hause in ihrem gemütlichen kleinen Haus, das sie vor einigen Jahren mit ihren eigenen Händen erbaut hatten. Die Nacht war kalt und feucht und von unheimlichen Geräuschen erfüllt.

Ein Knacken von Rechts. Caitlin fuhr kerzengerade in die Höhe, ihr Herz klopfte ihr bis zum Hals. Rory hatte darauf bestanden, dass sie Angus' alten Dolch mitnahm, und diesen zog sie nun aus ihrem Gürtel. Tröstend schmiegte sich das abgegriffene Holz des Griffes in ihre Hand. Sie hielt die Luft an, lauschte, aber nichts war zu hören. Da auch die Pferde ruhig weitergrasten, setzte sie sich schließlich wieder hin. Leider war Caitlin nicht viel Ruhe vergönnt, sie war seltsam unruhig, und auch wenn sie die Geräusche der nächtlichen Highlands gewöhnt war und schon häufig im Freien geschlafen hatte, so ließ sie heute doch jedes Rascheln oder Knacken aufschrecken. Sie wusste selbst nicht, was mit ihr los war. War es eine Vorahnung, oder einfach das Resultat zu vieler Nächte ohne Schlaf, denn Ranald war erst kürzlich krank gewesen und hatte jede Nacht geschrien.

Schon vor der Morgendämmerung brach Caitlin auf, denn an mehr als einen unruhigen Schlummer war ohnehin nicht zu denken, außerdem fror sie. Leichter Nieselregen fiel vom Himmel und die Umgebung war in ein diesiges Licht getaucht. Während Caitlin weiter in Richtung Norden und später nach Westen trabte, hoffte sie, dass es aufreißen würde, doch das Gegenteil war der Fall. Der Tag wurde zunehmend neblig, und daher kam sie nicht allzu rasch voran. Leise vor sich hin fluchend befürchtete sie, eine weitere kalte Nacht im Freien verbringen zu müssen.

Der Nebel wurde so dicht, dass selbst Caitlin, die ihr ganzes Leben in der Gegend verbracht hatte, bald die Orientierung verlor. Nun verließ sie sich auf ihre Pferde, die hoffentlich den Weg nach Hause finden würden. Stumm dankte sie der Trittsicherheit und Gelassenheit der beiden Highlandponies, die sicher durch das teils moorige, teils mit Geröll übersäte Hochland stapften.

Endlich erreichte sie die Quiraing Ridge. Über einen gewundenen, steilen Pfad gelangte sie auf eine grüne, von Felsen durchsetzte Hochebene. Rechts und links davon stürzten schroffe Felswände und Schluchten in die Tiefe. Den gefährlichen Abstieg ins Tal wollte sie in diesem Nebel und der einbrechenden Dunkelheit nicht mehr wagen. So suchte sie sich eine Felsspalte und kuschelte sich erneut in ihre Decke.

Auch wenn sie immer noch von dieser seltsamen Unruhe erfüllt war, war Caitlin irgendwann aus purer Erschöpfung eingedöst. Ein leises Wiehern ließ sie wieder aufsehen. Die beiden Ponys wirkten unruhig, woraufhin Caitlin rasch die Benommenheit abschüttelte und aufstand. Inzwischen war es stockdunkel und Bodennebel waberte um die Felsen herum. Schaudernd dachte Caitlin an Angus' Geistergeschichten, doch der Mann, der plötzlich wie aus dem Nichts vor ihr auftauchte, erfüllte sie mit deutlich mehr Entsetzen als ein Geist es hätte tun können. Douglas MacKenzie packte sie brutal an den Armen, bevor sie auch nur reagieren konnte.

»Ich habe gehofft, es wäre dein verdammter Hurensohn von einem Ehemann«, knurrte der alte, gebeugte Mann, der jedoch noch überraschend viel Kraft hatte. »Eigentlich dachte ich, ihr wärt mit eurer verdammten Sippe nach Amerika verschwunden, aber das war wohl ein Irrtum. So ein Pferd hat nur einer.« Douglas deutete auf Aila, dann spuckte er auf den Boden. »Ich habe es auf dem Markt gesehen und bin euch gefolgt.«

Caitlin verfluchte sich, das nicht bemerkt zu haben, aber dieser verdammte Nebel hatte alles geschluckt. Sie versuchte, nach Douglas zu treten, doch der hielt sie in seinem eisernen Griff.

»Du wirst mich jetzt zu deinem Ehemann führen und dann wird er für Padens Tod bezahlen«, knurrte der alte Mann. Sein fauliger Atem nahm Caitlin die Luft, als er sich zu ihr beugte.

»Den Teufel werde ich tun!«

Douglas versetzte ihr eine schallende Ohrfeige, woraufhin Caitlins Lippe aufplatzte.

»Dann bringe ich dich eben auf der Stelle um«, knurrte der Alte bösartig. »Und dann, dann werde ich ihn finden. Ich will Rache dafür, dass er meinen einzigen Sohn ermordet hat.«

Caitlin hatte nichts mehr zu verlieren, das war ihr jetzt klar. Vielleicht gelang es ihr aber, den alten Douglas so in Rage zu versetzen, dass er unachtsam wurde und sie entkommen konnte.

»Douglas«, zischte sie mit vor Zorn sprühenden Augen, »ich habe zwei Kinder mit ihm, etwas, das dein ach so ehrenwerter Sohn niemals zustande gebracht hat.«

Knurrend schlug Douglas erneut zu. Caitlin wollte sich blitzschnell ducken, doch er erwischte sie noch an den Haaren. Sie schrie vor Schmerz auf, als er sie am Kinn packte und zu sich umdrehte.

»Du kleine Hure, wer weiß, mit wem du es getrieben hast.«

Caitlin spuckte dem alten Mann ins Gesicht, doch der lachte nur.

»Dann werde ich eure Brut eben auch noch umbringen«, drohte er.

»Weißt du was, Douglas MacKenzie, nicht Rory hat Paden getötet, sondern ich«, brach es aus ihr heraus. Triumphierend sah sie, wie ihrem ehemaligen Schwiegervater die Gesichtszüge entgleisten. »Und weißt du was, es hat mir Spaß gemacht, Padens erbärmlichem Leben ein Ende zu machen«, fügte sie hinzu.

»Du Hexe!«, schrie der alte Mann und begann sie zu würgen.

Verzweifelt trat Caitlin um sich. Sie hatte gedacht, Douglas würde irgendwann ermüden, denn er war alt, doch offensichtlich hatte er noch immer große Kräfte in sich. Sie kämpfte, um seine knochigen Hände von ihrem Hals zu lösen, versuchte, ihm die Augen auszukratzen, aber langsam wurde ihr Widerstand schwächer und Caitlin bemerkte, wie ihr die Sinne schwanden. Sie dachte an Rory und die Kinder, die vergeblich auf sie warten würden, fragte sich, wie ihr Mann allein mit den beiden Kleinen zurecht kommen sollte, aber ihre Gedanken wurden träger und schwarze Punkte tanzten vor ihren Augen.

Doch urplötzlich ließ Douglas sie los und taumelte zurück.

Keuchend und nach Luft ringend ging Caitlin in die Knie, sie rieb sich den Hals und atmete röchelnd die kostbare Luft ein. Dann drehte sie sich nach hinten, um nachzusehen, was Douglas so erschreckt hatte, denn er bekreuzigte sich unablässig, und taumelte zurück.

Unbeweglich und von wabernden Nebelschwaden immer wieder halb verdeckt stand Gealach hinter ihr. Das Pferd rührte sich nicht, es stampfte nicht mit den Hufen und wieherte nicht. Es schien nur auf den alten Clanchief zu starren.

»Der Geisterhengst. Heilige Maria Mutter Gottes, der Sidhe-Hengst«, heulte Douglas panisch, dann nahm er die Füße in die Hand und verschwand in der Dunkelheit, als wäre der Teufel persönlich hinter ihm her.

»Danke«, keuchte Caitlin, doch im nächsten Augenblick war das Pferd wieder verschwunden und sie wusste nicht einmal, ob Gealach nur eine Einbildung gewesen war.

Mit zitternden Beinen schwankte Caitlin zu den Pferden. Sie nahm ihre Wasserflasche und wusch sich das blutige Gesicht so gut es ging ab. Nun wollte sie nicht mehr hier bleiben und entschloss sich, trotz der Dunkelheit und des Nebels nach Hause zu reiten.

Unablässig machte sie sich Gedanken darüber, was nun geschehen würde. Douglas hatte sie gesehen, sie hatte ihm erzählt, dass sie seinen geliebten Sohn getötet hatte. Jetzt würde er keine Ruhe geben, bis er Caitlin und ihre kleine Familie aufgespürt hatte.

Die beiden Pferde am Zügel stolperte sie langsam, und immer wieder nach Halt suchend, den Berg hinab. Mehrfach fiel sie auf die Knie, schürfte sich die Hände auf, und auch die beiden Pferde kamen häufig ins Rutschen, aber irgendwann hatten sie den Abhang hinter sich gebracht. Unglaubliche Erleichterung erfasste Caitlin, als sie endlich, das Morgengrauen war nicht mehr fern, ihr kleines Haus in dem verborgenen Tal erreichte. Sie warf die Satteltaschen nur rasch in die Scheune und schickte die Pferde zum Grasen, dann betrat sie leise den Wohnraum, in dem das Feuer schon lange heruntergebrannt war. Ranald schlief in der kleinen Wiege, die Rory schon für Mairi gebaut hatte und das Mädchen lag zusammengrollt in ihrem Strohbett. Tränen traten in Caitlins Augen, als sie den Kindern sanft über die Haare streichelte, dann legte sie sich zu Rory ins Bett.

»Du bist ja schon zurück«, murmelte er schlaftrunken, drehte sich ohne die Augen zu öffnen um und legte seine Arme um sie.

Caitlin nickte nur, sie brachte keinen Ton heraus und begann plötzlich zu zittern.

»Caitlin, was ist?«, fragte Rory und drückte sie an sich.

»Nichts, es war nur kalt«, antwortete sie heiser, und Rory, der offensichtlich gar nicht richtig aufgewacht war, schmiegte seinen Kopf in ihre Haare und war auch schon eingeschlafen. Im Augenblick wollte Caitlin nicht über Douglas MacKenzie oder andere Gefahren sprechen. Hier, bei ihrem Mann, fühlte sie sich sicher und geborgen, und dieses Gefühl wollte sie zumindest für diese Nacht noch in sich bewahren.

Das Schreien von Ranald weckte sie am nächsten Morgen auf. Der Kleine hatte offensichtlich Hunger und Caitlin sprang rasch aus dem Bett, während Rory zögernd die Augen öffnete.

»Ich kann das auch machen«, murmelte er verschlafen.

»Ist schon gut.« Eilig beugte sie sich über die Wiege, nahm den Kleinen heraus und gab ihm ihre Brust. Da sie inzwischen nicht mehr viel Milch hatte, wärmte sie auch noch etwas Brei in dem Kessel über dem Feuer auf und fütterte Ranald damit, bis er satt war. Auch Mairi wachte kurz darauf auf. Strahlend tapste sie auf ihre Mutter zu und schlang ihre kurzen Arme um ihre Hüfte.

»Mummy hat Aua«, stellte die Kleine dann kritisch fest.

Caitlin schüttelte den Kopf und legte einen Finger auf die Lippen, doch Rory hatte es offenbar gehört. Er schwang die Beine aus dem schmalen Bett und schob Caitlins lange dunkelblonde Haare zur Seite, die ihr wie ein Vorhang vors Gesicht fielen.

Erschrocken keuchend nahm er ihre Hand. »Was ist geschehen?«

»Es ist nicht so schlimm«, murmelte sie und senkte den Blick.

Energisch setzte Rory den kleinen Ranald auf den Boden. »Mairi, du spielst mit ihm«, befahl er.

Das Mädchen bekam große Augen und bemerkte wohl, dass irgendetwas nicht stimmte.

»Ihr spielt draußen«, sagte er mit einer Stimme, die keinen Widerspruch duldete, und schob die beiden Kinder auch schon vor die Tür.

Anschließend begutachtete er entsetzt Caitlins aufgeplatzte Lippe, die blau angelaufenen Würgemale an ihrem Hals und die Blutergüsse an den Armen.

»Du sagst mir auf der Stelle, was geschehen ist!«

»Es ist alles gut gegangen«, schluchzte sie, »aber dann ist plötzlich Douglas aufgetaucht. Es tut mir so leid, ich habe in diesem Nebel nicht bemerkt, dass mir jemand gefolgt ist.«

Rory nahm die weinende Caitlin in den Arm, die ihm nun stockend erzählte, was geschehen war.

»Beruhige dich«, sagte er am Ende und wiegte sie in seinen Armen wie ein kleines Kind.

»Die MacKenzies werden uns finden und umbringen«, schluchzte Caitlin. »Ich habe Angst.«

»Das werde ich nicht zulassen«, versprach Rory.

Wenngleich Rory sich ganz deutlich bemühte, Ruhe und Zuversicht auszustrahlen, so spürte Caitlin doch, dass auch ihm die Neuigkeiten Sorgen bereiteten.

In den folgenden Tagen waren sie sehr wachsam. Die Kinder durften draußen nicht mehr alleine spielen, Rory hielt seinen Dolch und das alte

Schwert immer griffbereit, und er ließ Caitlin nicht aus dem Blick. Während der alltäglichen Arbeit wanderten ihrer beider Augen stets über die Hügel, suchten nach einem Anzeichen von Gefahr, in der Nacht schoben sie eine Truhe vor die Haustür und fuhren bei jedem ungewohnten Geräusch aus dem Schlaf, wobei sie ohnehin nur noch abwechselnd schliefen. Wie ein bösartiger Schatten hing die Angst vor den MacKenzies über dem kleinen und zuvor so friedlichen und lieblichen Tal, doch die Herbsttage zogen an ihnen vorüber ohne dass etwas geschah.

Wenngleich alles ruhig blieb, fiel es Caitlin und Rory schwer, ihren täglichen Pflichten mit der gewohnten Ruhe nachzugehen, und so beschlossen sie schweren Herzens, im Frühling aus dem Tal fortzugehen. So gerne sie hier auch gelebt hatten, es war einfach nicht mehr sicher. Beide glaubten nicht, dass die MacKenzies sie vor dem Winter fanden, denn der Clan war auch nicht mehr allzu groß seit der Schlacht von Culloden, und vermutlich waren auch sie mit dem Einbringen der Vorräte mehr als ausgelastet. Wenn erst Schnee und Eis über das Land wehten, würde selbst Douglas seine Rachegedanken zurückstellen.

Nachdem Rory wieder richtig laufen konnte, war er unglaublich froh, denn nun konnte er besser auf seine Familie achten. Zum Glück hatten sie jetzt ausreichend Vorräte um über den Winter zu kommen, nur der Torf würde wohl nicht ausreichen.

An einem recht warmen Herbsttag, etwa drei Wochen nach Caitlins Zusammentreffen mit Douglas MacKenzie, war die ganze Familie ins nächste Tal gezogen, um Torf zu stechen. Wenngleich kein Anzeichen von Gefahr zu erkennen war, wollte Rory seine Familie doch nicht mehr allein lassen, obwohl sich Caitlins Angst mittlerweile ein wenig gelegt hatte. Ihr Haus lag weitab von menschlichen Ansiedlungen, sie hatten kaum Kontakt zu den Menschen der Umgebung, und daher wusste wohl auch niemand, wer sie wirklich waren und wo sie lebten. An die wenigen Marktbesuche in letzter Zeit würde sich kaum jemand erinnern, und dass

Cormag ihren Aufenthaltsort unter keinen Umständen verriet, darin war sich Rory gewiss.

Die Sonne schien noch überraschend warm vom Himmel und nur wenige weiße Wolken zogen über die Berge. Den ganzen Tag lang stochen Caitlin und Rory Torf und schichteten ihn anschließend zum Trocknen auf. Sie hatten die Pferde dabei und Caitlin machte Rory darauf aufmerksam, wie Mairi Aila am Strick mit sich herumzerrte. Mit Engelsgeduld folgte das Pony dem kleinen Mädchen. Ranald saß auf einer Decke und patschte Rona auf die Nase, die sich neugierig zu ihm herabbeugte. Gerade schnaubte sie ihm ins Gesicht, was das Kind zu einem Lachen animierte.

»Die beiden sind tolle Kindermädchen«, meinte Rory lächelnd und wischte sich den Schweiß vom Gesicht.

»Da hast du Recht. Sie Rona und Aila sind unglaublich gutmütig«, stimmte Caitlin zu. Dann machte sie sich weiter daran, Torfklumpen aufzuschichten, damit sie im Winter nicht frieren mussten.

Gegen Nachmittag wurde Rory von einer merkwürdigen Unruhe erfasst und ein Blick auf Caitlin verriet ihm, dass es ihr ähnlich ging und sie sich kaum noch auf die Arbeit konzentrieren konnte. In regelmäßigen Abständen suchten Rorys Augen den Horizont ab, aber er konnte keine Gefahr erkennen. Auch der kleine Ranald weinte auf einmal ständig, quengelte herum und auch seine Schwester konnte ihn kaum aufheitern.

Dann zerriss urplötzlich ein Wiehern die Stille. Rory ließ seinen Spaten fallen und griff nach seinem Schwert, das er griffbereit neben sich liegen hatte.

Ein silberner Schatten galoppierte am westlichen Talrand entlang. Aila und Rona wieherten ihm zu und hatten ihre Köpfe alarmiert erhoben.

»Was ist los?«, fragte Caitlin erschrocken.

»Ich weiß es nicht.« Rory nahm seine kleine Tochter auf den Arm, die nun ein wenig ängstlich wirkte und vermutlich die allgemeine Anspannung spürte. Auch Ranald begann zu schreien.

»Wir reiten nach Hause, vielleicht will er uns warnen«, vermutete Rory. »Wir müssen aufpassen.«

Die beiden ließen den Torf Torf sein und schwangen sich auf die Pferde. Um notfalls besser reagieren zu können, ritt Rory allein und Caitlin hatte die Kinder vor sich sitzen. Beständig suchte sein Blick die Umgebung ab, das Schwert hielt er fest umklammert. Ranalds ununterbrochenes Gebrüll strapazierte seine ohnehin schon überreizten Nerven noch zusätzlich und Caitlin gelang es einfach nicht, den Kleinen zu beruhigen.

»Caitlin, jetzt tu doch endlich etwas«, rief er schließlich entnervt.

»Er hört einfach nicht auf!« Sie wiegte ihn in ihren Armen, was auf dem Rücken des Ponys gar nicht so einfach war, aber dennoch lief sein kleines Gesicht nur noch röter an, ohne dass das ohrenbetäubende Gebrüll verstummte.

Mit jeder Meile die sie ritten, befürchtete Rory, MacKenzies zu entdecken, und wunderte sich insgeheim, dass dies nicht der Fall war. Als sie sich ihrem Tal näherten, sah man allerdings eine Rauchwolke in den Himmel ragen.

»Ihr bleibt hier und rührt euch nicht«, befahl Rory ernst und ließ seine Frau und die Kindern im Schutz einiger Felsen zurück, um zuerst selbst nachzusehen.

»Aber bitte sieh dich vor«, bat Caitlin, deren Stimme einen ängstlichen Tonfall angenommen hatte. Zumindest war Ranald jetzt etwas ruhiger und sein Geschrei zu einem leisen Wimmern geworden.

Vorsichtig ritt Rory weiter und blickte schließlich über den Rand des nächsten Hügels ins Tal. Zwar waren keine MacKenzies zu sehen, doch ihr Haus und die Scheune standen in Flammen.

Fluchend galoppierte er auf Rona den Berg hinunter, in der verzweifelten Hoffnung, noch etwas retten zu können. Ihre einzige Kuh lag abgeschlachtet auf dem Gras. Das Fleisch hatten die MacKenzies mitgenommen, und die wenigen Schafe die sie besaßen waren offensichtlich verscheucht oder mitgenommen worden.

Caitlin hatte panische Angst, dennoch konnte und wollte sie nicht untätig herumstehen. Daher ritt auch sie los und spähte über den Talrand. Der Anblick ihres brennenden Hauses ließ sie entsetzt aufkeuchen, aber zumindest war von etwaigen Angreifern nichts zu sehen. Also ritt auch sie ins Tal hinunter, hob die Kinder vom Pferd und sagte ernst: »Mairi, du passt auf deinen Bruder auf. Ihr kommt nicht in die Nähe des Feuers!«

Das kleine Mädchen starrte auf das brennende Inferno, wohl ohne zu begreifen, dass es ihr Zuhause war, welches gerade in Flammen aufging.

»Mairi!«, rief Caitlin ungeduldig.

Endlich nickte das Mädchen und hielt ihren schreienden kleinen Bruder an sich gedrückt.

Gerade war Rory dabei gewesen, in die brennende Scheune zu gehen, um zu retten, was zu retten war. Doch plötzlich stand Caitlin hinter ihm und hielt ihn an seinem Hemd fest.

»Nicht, das macht doch keinen Sinn mehr«, rief sie gegen das Prasseln der Flammen an.

»Diese verfluchten, feigen Bastarde!«, tobte Rory voller hilfloser Wut und wollte sich losmachen. »Wir verhungern ohne unsere Vorräte.«

Caitlin klammerte sich an ihn und flehte ihn an, nicht zu gehen. Schließlich sah er es ein, auch wenn ihr ganzes Hab und Gut verloren war.

»Ich bringe ihn um, ich bringe diesen widerlichen alten Mistkerl um.« Rory stieß sein Schwert in die Erde und sein Blick wandte sich mordlustig nach Norden. »Auf der Stelle reite ich los und knöpfe mir Douglas vor!«

»Das nützt nichts«, versuchte sie ihn zu beruhigen. »Du bist ganz allein und die MacKenzies haben noch immer einige Männer.«

»Ich kann mir das doch nicht gefallen lassen«, schrie er verzweifelt und stapfte zu Rona.

»Rory! Nein! Willst du, dass deine Kinder Waisen werden, wenn die MacKenzies uns töten?«

Gerade hatte Rory seinen Fuß in den Steigbügel gestellt, doch nun zog er ihn wieder zurück.

»Warum uns?«

»Weil ich dich nicht allein zu den MacKenzies reiten lasse«, sagte Caitlin, hob einen Stock auf und hatte jetzt eine kämpferische Miene aufgesetzt.

»Caitlin, das ist Irrsinn.«

»Ja, das ist es.« Tränen traten in ihre Augen. »Aber wenn du ganz allein gegen die MacKenzies kämpfst, ist es noch viel irrsinniger.«

Seufzend senkte er sein Schwert, ganz allmählich versiegte die gleißende Wut, die ihn erfüllte, und er ließ die Schultern hängen. Caitlin hatte Recht, gegen einen ganzen Clan konnte er als einzelner Mann nicht bestehen. In diesem Augenblick wünschte er sich nichts sehnlicher, als dass Fergus und die anderen Männer vom Clan noch hier wären. Sie hätten es den MacKenzies gezeigt. Aber er konnte es nicht riskieren, getötet zu werden. Caitlin alleine mit den beiden kleinen Kindern und ohne den Schutz ihres Clans würde nicht lange überleben.

»In Ordnung, du hast Recht«, murmelte er und drückte sie an sich.

Mairi stand noch immer stumm und mit riesengroßen Augen vor dem brennenden Haus und hielt ihren inzwischen wieder schreienden kleinen Bruder an der Hand. Das kleine Mädchen begriff noch nicht, was vor sich ging. Das Feuer machte ihr Angst, die Eltern stritten sich gerade furchtbar und ihr kleiner Bruder wollte sich gar nicht mehr beruhigen.

Als Mairi ein Schnauben hinter sich hörte, drehte sie sich um. Statt Aila, die sie eigentlich erwartet hatte, stand Gealach hinter ihr und sah sie mit seinen klugen dunklen Augen an.

Urplötzlich verstummte Ranalds Geschrei. Er streckte seine kleine Hand nach dem Hengst aus und musterte ihn fasziniert.

Eng umschlungen und ohne etwas dagegen unternehmen zu können, mussten Caitlin und Rory mitansehen, wie ihr gesamtes Hab und Gut in Flammen aufging, konnten nichts anderes tun, als sich festzuhalten und sich damit zu trösten, dass sie zumindest alle am Leben waren. Mit Tränen in den Augen drehte sich Caitlin zu den Kindern um und bemerkte erst jetzt, dass Ranald aufgehört hatte zu schreien.

»Rory, sieh nur«, flüsterte Caitlin. Auch ihr Mann drehte den Kopf, dann stutzte er spürbar.

»Gealach.«

So verzweifelt, Caitlin auch war, und so wenig sie wusste, wie ihr Leben weitergehen sollte, beim Anblick des Pferdes, das ihnen schon so viele Male geholfen hatte, fasste Caitlin wieder Mut.

Rory schien es ähnlich zu gehen, er drückte Caitlin fest an sich und küsste sie sanft auf die Stirn. »Dann gehen wir eben noch vor dem Winter fort. Wir haben schon ganz andere Schwierigkeiten überwunden. Zumindest haben wir uns.«

Sie nickte und lehnte sich an ihn.

Wenig später drehte der Hengst um und galoppierte wie ein silberner Blitz den Berg hinauf, in Richtung Süden.

Caitlin und Rory sahen das als Zeichen. Sie nahmen ihre Kinder und die beiden Pferde und blickten nicht zurück, als sie ihr Tal in südlicher Richtung verließen.

Wie Geschosse peitschten die Schneekugeln Rory und Caitlin ins Gesicht, während sie weiter nach Süden wanderten. Schon seit drei Tagen waren sie unterwegs, aber da sie die wenigen Wege und menschlichen Ansammlungen aus Furcht vor den MacKenzies mieden, kamen sie nur langsam voran. Rory trug den kleinen Ranald schützend unter seinem langen grauen Umhang, während er selbst Aila am Zügel mit sich führte. Mairi saß auf Ronas Rücken und Caitlin zerrte das inzwischen ebenfalls müde Pony beharrlich hinter sich her. Sie besaßen nichts mehr außer den Kleidern, die sie am Leibe trugen, den beiden Pferden, seinem

Dolch und einem Schwert. Krampfhaft überlegte Rory, was er davon verkaufen sollte. Er wusste, wie sehr Caitlin an den Pferden hing, aber seine Waffen konnte er nicht entbehren, und wenn sie ihr Überleben sichern wollten, mussten sie zumindest ein paar Nahrungsmittel kaufen. Gestern war es ihm gelungen, ein Moorhuhn zu fangen, und das Fleisch hatte ihnen zumindest ein paar karge Mahlzeiten gesichert. Gleichzeitig wusste er, dass die Kinder sicher schon wieder hungrig waren, und auch wenn er ihnen den Großteil des Essens überlassen hatte, musste er sich bald etwas einfallen lassen.

»Es tut mir leid, Aila«, murmelte er der Stute zu, dann runzelte er die Stirn. Sicher waren die beiden gut ausgebildete Reit- und Lastentiere und auch zum Ackern konnten sie eingesetzt werden, doch so kurz vor dem Winter würde sicher niemand ein Pferd kaufen, im Gegenteil, die meisten Hochlandbewohner ließen ihre Ponys gegen Ende des Herbstes frei, damit sie sich selbst ihr Futter in den Hügeln suchten, denn ein Tier durchzufüttern, welches keine Milch gab, konnte sich dieser Tage niemand leisten.

Rory blieb stehen und wartete, bis Caitlin zu ihm aufgeholt hatte. »Sollen wir eine Rast machen?« Besorgt betrachtete er ihr blasses, erschöpftes Gesicht und ihre blaugefrorenen Lippen, aber dennoch schüttelte sie den Kopf.

»Noch sind die Kinder ruhig, wir sollten weitergehen.«

»Mairi, du bist ein tapferes Mädchen, ich bin stolz auf dich.« Er streichelte der Kleinen, die in ihre einzige Decke gewickelt, auf Ronas Rücken thronte, über den Kopf. Ihre kurzen Arme schlangen sich um seinen Hals.

»Mir ist kalt.«

»Ich weiß, mein Schatz, aber vielleicht finden wir bald eine Höhle oder eine verlassene Hütte.«

»Will nach Hause«, schniefte sie.

Für einen Augenblick schloss Rory die Augen. Wie sollte er seiner kleinen Tochter erklären, dass sie kein zu Hause mehr hatten, dass sie nur wegen eines verbitterten alten Mannes auf der Flucht waren und das ihr Vater nicht in der Lage gewesen war, dies zu verhindern?

»Heute Abend, wenn wir am Feuer sitzen, erzähle ich euch eine Geschichte«, versprach er dem Mädchen.

»Von Gealach?« Ihre Stimme klang erfroren und dünn, und Rory krampfte sich das Herz zusammen.

»Ja, wenn du das möchtest.«

Mairi lächelte ihn freudig an, drückte ihm mit ihren kalten Lippen einen Kuss auf die Wange, und hielt sich dann wieder an Ronas dichter schwarzer Mähne fest.

»Caitlin, kannst du Ranald eine Weile nehmen?«

Sie nickte stumm, woraufhin er ihr den schlafenden Jungen reichte, seinen Umhang auszog und ihn Mairi überlegte. Jetzt war sie unter dem vielen Stoff kaum noch zu erkennen und sie kicherte, als er sie auf die gerötete Nasenspitze stupste.

»Nicht, das ist doch viel zu kalt«, protestierte Caitlin.

»Beim Laufen wird mir warm«, behauptete er, auch wenn er jetzt schon glaubte, auf der Stelle einzufrieren, da ihm nun der Wind ungebremst durch das alte, mehrfach geflickte Hemd fuhr. Stoisch und ohne ein konkretes Ziel vor Augen zuhaben stapften sie weiter über Hügel und Heidekrautfelder.

Wenngleich Rory schon beinahe die Hoffnung auf einen halbwegs geschützten Unterschlupf aufgegeben hatte, war ihnen das Glück an diesem Abend doch noch hold. Kurz bevor es vollständig dunkel wurde, entdeckte Caitlin in der Ferne eine Hütte.

»Warte hier.« Rory bekam kaum die Zähne auseinander, seine vor Kälte blaugefrorene Hand zog das Schwert aus der Scheide, auch wenn er daran zweifelte, es überhaupt führen zu können, sollte er dazu gezwungen sein. Durch den heulenden Wind und den dichter werdenden Schnee schlich er um das Haus, aber kein verräterischer Lichtschein kündete von Bewohnern, kein Hund bellte, und daher wagte er es, ins Innere zu gehen.

Vermutlich handelte es sich um das verlassene Cottage einer ausgewanderten Familie. Vieles stand noch an seinem Platz, Töpfe, Schüsseln, einige Decken, sogar etwas Torf lag in der Ecke aufgeschichtet. Ein Teil des Daches war eingestürzt, und ein kalter Wind blies herein, aber trotzdem war das sehr viel mehr, als er sich erhofft hatte. Sofort eilte er zu seiner Familie zurück.

»Es ist sicher, hier können wir die Nacht verbringen.«

Er sah Caitlin die Erleichterung deutlich an, bemerkte aber auch, wie erschöpft sie war, als ihre Schultern müde herabsanken und sie Mairi kraftlos von Ronas Rücken half.

Sie führten die Pferde ins Innere des Hauses, und sperrten sie in den angebauten Teil der Behausung, in der früher die Schafe und Kühe untergebracht gewesen waren.

Caitlin legte die Kinder in eines der Betten, deckte sie mit den vorhandenen Decken zu und kam dann zu ihm.

Seine Hände zitterten so stark, dass er es nicht einmal mehr schaffte, das Feuer anzuzünden. Caitlin zog ihren Umhang aus und legte ihn ihm über, dann nahm sie seine Hände in ihre und rieb sie warm.

»Es ist schön, dass du dich um deine Kinder sorgst, aber wenn du krank wirst, haben wir alle nichts davon«, bemerkte sie vorwurfsvoll. »Setzt dich hin, ich mache Feuer.«

Zunächst protestierte er schwach, aber schließlich musste auch er einsehen, dass er im Augenblick eher hinderlich als nützlich war. Zitternd wickelte er sich in eine der klammen Decken, setzte sich zu den beiden Kleinen, die bereits selig schlummerten, und drückte sie an sich.

Ihm waren immer wieder die Augen zugefallen, und er zuckte zusammen, als er Caitlins warme Hand an seiner Wange spürte.

»Trink das, dann wird dir sicher warm.«

Caitlin hielt ihm einen Tonbecher voll Tee hin, und er schloss dankbar seine von der Kälte aufgeplatzten Hände darum.

»Ich konnte etwas Salbei im Garten finden«, erzählte sie, während sie ihn besorgt betrachtete.

»Danke, das ist wunderbar«, murmelte er. Jetzt, wo sie endlich im Warmen und zumindest für heute in Sicherheit waren, erfüllte ihn eine bleierne Müdigkeit und vielleicht merkte er erst jetzt, wie sehr ihm die Anspannung zugesetzt hatte, einen Unterschlupf für seine kleine Familie zu finden.

Caitlin strich ihm eine Haarsträhne aus dem Gesicht. »Vielleicht können wir ein paar Tage hier bleiben. In einem der Töpfe habe ich sogar noch etwas Korn gefunden, es riecht ein wenig muffig, aber ich denke, man kann es noch essen.«

»Morgen werde ich jagen gehen«, versprach er.

Froh, zumindest für diese Nacht einen geschützten Platz gefunden zu haben und Caitlin und die Kinder wenigstens für den Augenblick in Sicherheit zu wissen, legte Rory Caitlin seinen Arm um die Schulter und drückte sie an sich.

Dennoch wurde ihm bewusst, wie hart und entbehrlich das Leben war, das er selbst gewählt hatte. Die kommenden Tage würden nicht einfacher werden, dessen war er sich gewiss, so gewiss, wie der Wind, der immer wieder vereinzelte Schneeflocken durch das Loch zwischen den Dachsparren hereinwehte. Rory hatte das Gefühl, die Natur wollte ihn daran erinnern, dass sie da war, vor der Tür dieses heruntergekommenen Cottages auf ihn lauerte und ihn herausforderte. Er hoffte, eines Tages einen besseren und sicheren Platz zu finden, ein wärmendes Feuer, an dem er seinen Kindern, und vielleicht sogar seinen Enkelkindern, von dieser entbehrungsreichen Zeit erzählen konnte, vom Kampf der Schotten ums Überleben, dem Überleben nach Culloden Moor.

»Was meinst du, sollen wir nicht den Winter über hier bleiben?«, fragte Caitlin beim Frühstück am nächsten Tag hoffnungsvoll. Der Haferbrei war dünn, das muffige Korn ganz sicher kein Hochgenuss, aber zumindest füllte es ihre ausgehungerten Mägen. »Wir könnten das Dach ausbessern, und falls es dir gelingt, genügend zu jagen …«

»Ich weiß nicht«, meinte Rory unsicher, »mir wäre es lieber, wir wären weiter von den MacKenzies entfernt.«

Caitlin senkte den Blick und biss sich auf die Unterlippe. Tröstend streichelte Rory ihre Wange, denn er wusste, dass sie zu gern hier geblieben wäre.

»Ich sehe mich später etwas um«, versprach er. »Wenn kein Dorf in der Nähe ist, könnten wir darüber nachdenken.«

Gleich nach dem kargen Essen machte sich Rory auf den Weg. Er fand noch ein altes Hemd vom Vorbesitzer des Hauses, und zog sich auch dieses über, denn der schneidende Wind hatte noch immer nicht nachgelassen.

Als er seine beiden Kinder beim Spielen beobachtete, die dank des Unterschlupfes, endlich wieder zu neuem Leben erwacht waren, hoffte er inständig, auf nichts zu stoßen, was sie dazu bringen würde, weiterzuziehen.

Rory schritt das Gelände weiträumig ab. Das alte Haus lag erfreulich gut geschützt in einer Senke, ein kleines Wäldchen verbarg es vor Blicken aus dem Süden, in mehreren Meilen Umkreis war kein Dorf zu entdecken. Das einzige, was ihm Sorgen bereitete, war ein Pfad, der sich nur knapp eine Meile westlich des Hauses durch das Heidekraut wand. Offenbar war es ein häufig benutzter Weg, denn Wagenspuren und niedergetrampeltes Gras zeugten davon, dass hier regelmäßig Menschen entlang reisten. Nachdenklich wanderte Rory zurück. Leider hatte er bisher kein Wild, nicht einmal ein Kaninchen zu Gesicht bekommen, mit dessen Fleisch er die hungrigen Mägen seiner Familie hätte füllen können. Als er sich plötzlich einem Schafbock gegenübersah, dessen beinahe bodenlanges, zotteliges Fell davon kündete, dass er nicht nur der letzten Schur entgangen war, blieb er zunächst wie erstarrt stehen. Auch der Bock starrte ihn an, dann rannte er auch schon laut blökend davon. Rory zauderte nicht lange, auch er spurtete los, jagte dem fliehenden Schaf über Stock und Stein hinterher, aber das Tier schien Übung darin zu haben, vor jemandem zu fliehen. Rorys Lungen brannten von der eisigen Luft, er spurtete über einen Hügel, trat platschend in ein Sumpfloch, aber er gab nicht auf. Der hysterische Schafsbock wich nach rechts aus, aber diesmal war Rory ihm einen Schritt voraus. Er sprang auf einen Felsen, dann stürzte er sich von oben auf das Tier. Seine Finger krallten sich in die dichte, grauweiße Wolle, er schlug schmerzhaft mit der Schulter auf dem Boden auf, schrammte sich die rechte Wange an einen Stein, aber er ließ das um sich tretende und zappelnde Schaf nicht los. Der Bock blökte mitleiderregend, wand sich unter Rorys Griff, aber schließlich warf er sich mit seinem ganzen Gewicht auf das Tier. Keuchend und nach Luft ringend hielt er für einen Moment inne, dann tastete er nach seinem Dolch. Beinahe wäre dem Tier die Flucht gelungen, aber endlich gelang es Rory, ihm die Kehle durchzuschneiden. Frisches, warmes Blut rann über seine Finger, das Blöken erstarb, und der Körper unter ihm erschlaffte.

»Gott sei dank!« Dankbar schloss er die Augen, machte sich sofort daran, das Tier auszunehmen, und schleppte dann den Kadaver auf seinen Schultern zurück zum Haus.

Leichter Rauch stieg aus dem alten Strohdach auf, als Rory nach seinem beschwerlichen Fußmarsch ihre Unterkunft erreichte.

»Schaf!«, kommentierte Mairi freudig, als er zur Tür hineinstolperte.

»Wo hast du das denn …« Caitlin unterbrach sich selbst, als sie auf seine rechte Gesichtshälfte blickte. »Was ist denn mit dir passiert?«

»Das Schaf hatte andere Pläne als ich.« Er bewegte versuchsweise seine Schulter und schnitt dann eine Grimasse.

»Und ich habe nicht einmal Kräuter«, stellte Caitlin bedauernd fest.

Rory hingegen winkte ab, und begann dann, das tote Schaf fachkundig zu zerlegen. An diesem Abend hatten sie ausreichend zu essen. Caitlin machte sich daran, einen Teil des Fleisches zu räuchern, und somit haltbar zu machen, aus den Knochen wollte sie am nächsten Tag eine Suppe kochen.

»Meinst du, wir können bleiben?«, fragte sie später am Abend, während sie vor dem prasselnden Feuer saßen, die Kinder schliefen schon tief und fest.

»Ich weiß nicht, Caitlin, der Weg führt sehr dicht an diesem Haus vorbei. Wenn der Wind ungünstig steht, kann man den Rauch sehen. Mal abgesehen davon, rettet das Haus allein uns auch nicht über den Winter. Der wenige Torf wird kaum reichen, wir haben kein Gemüse und kein Korn.« Er zögerte, fortzufahren, dann nahm er ihre Hand. »Ich befürchte, wir werden eins der Pferde verkaufen müssen.«

Zu seiner Überraschung protestierte sie nicht, sondern schlug nur die Augen nieder. »Ich weiß.«

»Morgen werde ich sehen, wo das nächste Dorf ist, und wenn ich ein paar Lebensmittel eintauschen kann, könnten wir es schaffen. Wen soll ich verkaufen, Caitlin?«

Ihre Augen füllten sich mit Tränen, als sie die Schultern hob, dann schniefte sie einmal lautstark und schluckte tapfer. »Rona ist jünger, ich denke, für sie wirst du mehr bekommen.«

Caitlin versteckte ihr Gesicht an seiner Schulter, und er streichelte tröstend über ihre langen dunkelblonden Haare.

Harte Zeiten brachten nun einmal harte Opfer mit sich, das hatten sie schon mehrfach erfahren müssen.

Am nächsten Morgen zeigte sich Caitlin sehr tapfer, als sie sich von Rona verabschiedete. Sie streichelte dem kleinen Pferd zum Abschied über das flauschig weiche Winterfell, dann wandte sie sich rasch ab.

»Ich versuche, so schnell wie möglich zurückzukommen«, versprach Rory, bevor er Rona ins Freie führte. Der kalte Wind hatte endlich nachgelassen, und jetzt lag eine Schicht Raureif über den Hügeln. Eiligen Schrittes machte er sich, das Pony am Zügel, in Richtung Süden auf. Er folgte dem Pfad in Richtung Süden, der ihn hoffentlich bald in das nächstgelegene Dorf bringen würde. Dass ihn jemand aus dem Clan MacKenzie erkannte, befürchtete er nicht, denn wenn, dann hielten sie nach einer Familie Ausschau, nicht nach einem einzelnen Mann mit einem Pony.

Karg und menschenleer lag das Land vor ihm, jetzt wo die Sonne hervorbrach, glitzerte alles in den schönsten Farben.

Silbern funkelten die Sonnenstrahlen auf dem mit Raureif überzogenen Heidekraut und den vereinzelten Büschen, die Luft war kalt und so klar, wie der blaue Himmel endlos war, doch heute konnte sich Rory nicht daran erfreuen, denn die Sorgen, wie er seine Familie über den Winter bringen sollte, lasteten schwer auf ihm. Er kam an mehreren verlassenen Farmhäusern vorbei, einige vermutlich niedergebrannt, was nur das Werk der Engländer gewesen sein konnte. Dafür bevölkerten nun eine große Anzahl an Schafen die Weiden. Rory überlegte, dass er sicher das ein oder andere Schaf stehlen konnte. Vermutlich würde das dem betreffenden Clan Ärger einbringen, aber er musste schließlich sehen, dass Caitlin und die Kinder überlebten. An einem einsam gelegenen Farmhaus traf er einen alten Mann und bot ihm Rona zum Kauf an, doch der Alte lehnte bedauernd ab. Er hatte selbst kaum genug Nahrungsmittel um seine verwitwete Tochter und die beiden Enkel über den Winter zu bringen, und so zog Rory weiter, der Alte hatte ihm versichert, das nächste Dorf läge nur knappe sechs Meilen entfernt.

Als Rory die Ansammlung von Behausungen am Ufer eines dunkelblau schimmernden Sees erspähte, schöpfte er ein klein wenig Hoffnung. Mehrere Kühe grasten auf den Weiden rund um die Häuser, sie sahen alle gut erhalten aus, und gerade wurde eine Herde wohlgenährter Schafe in die Pferche getrieben. Vermutlich waren die Menschen hier nicht ganz so arm wie ein Großteil der Bevölkerung. Einige Männer nickten ihm freundlich zu, als er ins Dorf kam. Rory fragte nach dem Clanchief, und wurde zu einem Mann mittleren Alters mit wallendem grauen Bart geführt.

»Guten Tag, ich bin Alasdair MacCrimmon«, begrüßte ihn der kräftige Schotte. Er schloss den Pferch, wischte sich die Hände an der Hose ab und sah Rory fragend an. »Wie kann ich dir helfen?«

»Mein Name ist ... Ranald MacDonald«, log er, denn den Namen MacArthur wollte er besser nicht in den Mund nehmen. Er zog Rona, die begonnen hatte, die Reste des spärlichen Herbstgrases zu zupfen, näher zu sich heran. »Das hier ist ein gutes Ackerpferd, es lässt sich auch Reiten und kann Lasten tragen«, pries er das Pony an. »Außerdem benötigt es kaum Futter und ist sehr ausdauernd.«

»Hmm.« Alasdair MacCrimmon musterte das Pferd mit prüfendem Blick, wobei er einmal um Rona herum lief und ihr auf die Kruppe klopfte. »Ein gutes Tier, willst es wohl verkaufen?«

»Ja«, stieß Rory erleichtert hervor, doch der Clanchief machte seine Hoffnungen sogleich zunichte.

»Es tut mir leid, aber wir haben gerade erst unsere Ackerpferde auf die Nordweiden getrieben. Das Heu benötigen wir für die Schafe und Kühe.«

»Rona kann ebenfalls auf der Weide überwintern«, versicherte Rory eilig. »Sie ist das gewohnt.«

Seufzend hob Alasdair MacCrimmon die Schultern. »Tut mir leid, aber wir haben nichts abzugeben. Die Ernte war mager, wir haben zehn Schafe verloren, und werden den Engländern im Frühling Rechenschaft dafür ablegen müssen, wenn wir zu wenig Steuern bezahlen können.«

Enttäuscht ließ Rory die Schultern hängen. »Wo liegt das nächste Dorf?«

»Junge, niemand wird dir so kurz vor dem Winter ein Pferd abkaufen.« Alasdairs graublaue Augen musterten ihn mitleidig.

»Meine Frau und die Kinder verhungern, wenn ich das Pferd nicht verkaufen kann«, stieß er verzweifelt hervor, »unser Haus ist abgebrannt und ...«

»Die Engländer?«

Rory schloss kurz die Augen, dann nickte er, denn die Wahrheit konnte er ja kaum sagen.

Tröstend legte Alasdair MacCrimmon ihm eine Hand auf die

Schulter, dann runzelte er die Stirn, bevor er sagte: »Ich kann euch die Hütte der alten Maureen anbieten.« Seine schwielige Hand deutete auf eine winzige, halb verfallene Hütte, die sich an die Hügel schmiegte. »Wenn du jagen gehst, könntet ihr es schaffen,« er fuhr sich über den Bart, »und ein wenig Gemüse können wir vielleicht auch entbehren wenn ihr uns im Dorf zur Hand geht.«

Das Angebot war verlockend, selbst wenn die Hütte deutlich schlechter in Schuss war als das Haus, in dem sie im Augenblick lebten. Aber hier hätten sie vielleicht Schutz durch einen anderen Clan, und wären nicht völlig auf sich allein gestellt. Sie durften nur nicht verraten, wer sie wirklich waren.

Mitten in seine Überlegungen hinein platzte ein jüngerer Mann mit feuerroten Haaren. Alasdair stellte ihn als seinen Sohn Robert vor und erzählte dem jungen Mann, was er Rory vorgeschlagen hatte.

Robert nickte, dann sah er Rory nachdenklich an. »Ich wüsste, wie du dir einen Karren mit Gemüse, Korn und geräuchertes Fleisch verdienen könntest.«

»Wie denn?« Rory sah ihn gespannt an.

Der junge Robert lachte auf. »Du musst nur Rory und Caitlin MacArthur finden. Douglas MacKenzie hat reichen Lohn für den versprochen, der ihm ihren Aufenthaltsort verrät.« Unfähig etwas zu sagen, starrte Rory Robert an, der unbeeindruckt fortfuhr, und jetzt die Stimme senkte. »Sie haben Paden MacKenzie kaltblütig ermordet, und diese Caitlin soll eine Hexe sein, die mit dem Teufel im Bunde ist. Erst gestern kam ein MacDonald ins Dorf und gab uns einen Sack Mehl, damit wir die Augen offen halten.«

»Oh.« Rory schluckte einmal kräftig und unwillkürlich wanderte seine Hand zum Schwert, auch wenn er nicht glaubte, dass ihn die Männer als den erkannten, der er war.

»Mit Ranald MacArthur lag ich nie im Streit«, überlegte der Clanchief laut, »wer weiß, ob Douglas das Mädchen nicht zu unrecht beschuldigt.«

»Sie soll seinen Sohn eigenhändig ermordet haben«, Robert bekreuzigte sich, »welche Frau, die nicht mit dem Teufel im Bunde ist, sollte so etwas gelingen? Paden war ein starker Bursche.«

»Hmm, wie auch immer, ich habe die beiden nicht gesehen.«

»Also ich ... denke, ich werde mein Glück wo anders versuchen«, presste Rory mühsam heraus. Hier zu bleiben wäre viel zu gefährlich, wenn bereits MacKenzies nach ihnen gefragt hatten, und für den versprochenen Lohn würde sicher der ein oder andere geneigt sein, sie zu verraten.

»Sei nicht dumm«, Alasdair MacCrimmon sah ihn ernst an, »bleib über den Winter mit deiner Frau und den Kindern hier, das Pony kauft dir niemand ab.«

»Ich muss es versuchen.« Er bemühte sich, nicht zu auffällig schnell zu verschwinden, ließ sich, um den Schein zu wahren, sogar noch auf einen Becher Ale einladen, wenngleich er wie auf Kohlen saß. Der Clanchief schenkte ihm aus Mitleid noch ein paar verschrumpelte Kartoffeln und ein Säckchen voll Zwiebeln, dann verließ Rory das Dorf. Sobald er außer Sichtweite war, schwang er sich auf Ronas Rücken und ritt so schnell er konnte zurück, denn er wollte Caitlin und die Kinder unbedingt von hier wegbringen, die MacKenzies waren ihnen auf der Spur und ein Überwintern in dem alten Haus war viel zu gefährlich.

Caitlin versuchte, so gut es ging, sich abzulenken. Es tat ihr leid um das kleine Pferd, das sie hatte aufwachsen sehen und liebgewonnen hatte, aber jetzt gingen ihre Kinder vor, und die mussten im Winter etwas zu essen haben. Nachdem sie Wasser erhitzt und Ranalds Windeln gewaschen hatte, war sie dabei, die Truhen des Hauses genauer zu inspizieren, vielleicht fand sie ja noch etwas, das sie gebrauchen konnten. Später beabsichtigte sie draußen Heidekraut schneiden, damit Rory das Dach ausbessern konnte, denn sie wollte wirklich gerne den Winter hier verbringen.

Als sich die Tür knarrend öffnete, drehte sie gespannt den Kopf um. »Rory, du bist ja schon zurück ...« Jedes weitere Wort blieb ihr im Halse stecken, denn statt ihres geliebten Mannes stand ein hochgewachsener Engländer in der Tür, sein Gesicht verzerrte sich zu einem Grinsen.

»Ich habe keine Ahnung, was für einen barbarischen Kauderwelsch du von dir gibst, aber es ist schön, dass ich hier ein brennendes Feuer vorfinde.« Caitlin hatte Gälisch gesprochen, denn inzwischen sprach auch Rory die alte Sprache fließend. Jetzt riss sie entsetzt die Augen auf, und nahm Mairi eilig an der Hand. Dem hochgewachsenen Soldaten folgte ein kleinerer, schmächtiger Junge, der höchstens seinen sechzehnten Geburtstag gesehen haben mochte. Auch er war in die englische Uniform gekleidet, und jetzt zerrte ihn der Soldat ins Innere des Hauses.

Mit Entsetzen bemerkte Caitlin, wie Ranald, der unter dem Tisch gespielt hatte, jetzt fröhlich brabbelnd auf den Fremden zukrabbelte, und sie stürzte zu ihm.

Der Soldat runzelte die Stirn, betrachtete den Jungen und schob ihn dann mit dem Fuß von sich. »Zu klein«, knurrte er missmutig, dann schritt er den Raum ab, so als würde er ihm gehören, nahm sich ein Stück kaltes Fleisch und biss hinein.

Caitlin drückte ihre Kinder an sich und wusste nicht, was sie jetzt tun sollte. Bis Rory nach Hause käme, mochte noch einige Zeit vergehen, und selbst wenn, was mochte er gegen zwei bewaffnete Soldaten ausrichten? Der Junge trug, ebenso wie der große Engländer, einen Säbel an seiner Seite, der Ältere hatte sogar noch eine Pistole und in seinem Stiefel steckte ein Messer.

»Koch uns was.« Grunzte der Soldat, wobei er auf den Kessel deutete. Er machte dem Jungen ein Zeichen. »Timothy, du behältst die Tür im Auge.«

Stumm stellte sich der magere Jüngling an die Eingangstür und spähte hinaus.

»Wir ... wir haben nichts«, wagte Caitlin zu sagen. Eilig setzte sie die beiden Kinder über die Abtrennung hinweg zu Aila, denn dort waren sie sicher besser aufgehoben als in der Nähe des Soldaten.

»Sprichst also doch eine anständige Sprache«, griente der Mann, wobei er seine Zähne erkennen ließ. Auf den ersten Blick hatte er eigentlich kein unansehnliches Äußeres, seine Nase und der Mund waren wohlgeformt, und er wirkte für einen Soldaten direkt gepflegt, aber etwas in seinen Augen ließ Caitlin erahnen, dass dies ein skrupelloser, brutaler Mensch war.

»Dies ist unser letztes Fleisch«, versicherte sie und schob dem Mann die Reste des letzten Abendessens und auch das haltbar gemachte Fleisch hin. »Nehmt es, und geht dann bitte.«

Der Engländer sprang auf, legte ihr seine flache Hand gegen das Brustbein und drückte sie fest gegen die Wand. Caitlin wurde vor Angst ganz starr. Zu gern hätte sie dem Kerl kräftig in die Eingeweide getreten, aber sie wagte es wegen der Kinder nicht, denn da war ja auch noch der zweite Mann, der an der Tür lauerte. Jetzt fasste ihr der ältere Soldat ans Hinterteil und drückte sie dann an sich. »Wenn du nicht mehr zu essen hast, kannst du mir vielleicht etwas anderes bieten.«

Caitlin schloss entsetzt die Augen, versuchte, einen Ausweg aus der Misere zu finden, dann sah sie zu dem Engländer auf und sagte zitternd: »Ich könnte Euch noch etwas Haferbrot backen und eine warme Suppe von dem restlichen Fleisch kochen.«

»Das ist doch ein Wort«, lachte der Mann und ließ sie los.

Froh, ihm fürs Erste entkommen zu sein, machte sich Caitlin daran, das restliche Mehl mit Wasser zu vermengen und zu kleinen Klumpen zu formen. Ihre Hände zitterten so stark, dass sie kaum etwas zustande brachte, und sie schüttete das Wasser beinahe in die Feuerstelle, als sie den Kessel darüber hängte. Stumm dankte sie den Kindern dafür, dass sie sich im Augenblick ruhig verhielten.

»Wo ist denn dein Mann?«, fragte der Soldat, wobei er seinen Blick durch den Raum schweifen ließ.

»Tot«, behauptete Caitlin und hoffte inbrünstig, dass dies nicht schon bald traurige Gewissheit werden würde. Sie musste einen Weg finden, die Engländer entweder rechtzeitig loszuwerden, oder Rory zumindest irgendwie zu warnen.

»Deshalb haust ihr also in diesem Verschlag«, höhnte der Engländer, streckte seine langen Beine aus und vertilgte ungeniert das geräucherte Fleisch.

»Hier, iss.« Er warf dem Jungen einen Brocken zu, und dieser fing das Fleisch eilig auf.

»D...d... danke, R...rupert.«

»Du sprichst noch beschissener Englisch als die kleine Hure hier, solltest dich schämen, bist schließlich ein englischer Soldat«, höhnte besagter Rupert, woraufhin der Junge die Schultern einzog und verschämt das Fleisch in sich hineinschlang.

Während Caitlin kochte, überlegte sie fieberhaft, was sie tun sollte. Das Fleisch zu verlieren, damit hatte sie sich inzwischen abgefunden, und sie musste froh sein, wenn sie alle mit dem Leben davon kamen. Als Caitlin die Brotfladen, und die Suppe aufgetischt hatte, bedeutete Rupert dem jungen Timothy sich ebenfalls zu setzen. Sehnsüchtig wanderte Caitlins Blick zur Tür, aber Rupert schien es bemerkt zu haben.

»Versuch zu fliehen, und ich murkse deine verdammte schottische Brut ab.«

Caitlin biss sich auf die zitternde Unterlippe, während sich ihre Hände um ihren Rock krallten. Der Soldat schlang alles achtlos in sich hinein, während der Junge eher verlegen wirkte und auch nur sehr wenig aß.

»Hol den Weinbrand aus den Satteltaschen«, fuhr Rupert irgendwann den Jungen an. Dieser stand so schnell auf, dass er beinahe über seine eigenen Beine stolperte und eilte hinaus.

Rupert hingegen maß Caitlin mit einem Blick, der ihr überhaupt nicht gefiel. Daher stand sie eilig auf und räumte den Tisch ab. Kurz darauf war Timothy auch schon wieder da, reichte Rupert die Flasche, und dieser trank in kräftigen Zügen. Ohne jegliche Vorwarnung sprang der

Soldat plötzlich auf sie zu, presste sie gegen die Wand, und Caitlin entfuhr ein leiser Schrei, woraufhin Mairi zu weinen begann.

Rupert riss ihre Bluse auf, seine Hand krallte sich in ihren Hintern, und Tränen schossen in ihre Augen. »Bitte nicht, meine Kinder«, schluchzte sie.

»Halt still, dann geschieht ihnen nichts«, zischte der Soldat. Seine Hand wanderte unter ihre Röcke. Caitlin war wie erstarrt vor Angst, hilfesuchend sah sie Timothy an, der sie nur mit aufgerissenen Augen anstarrte, dann ging er in Richtung der Kinder.

»Nein!« Caitlin schrie verzweifelt auf, trat um sich, um von Rupert loszukommen, aber dieser packte sie nur und warf sie brutal auf den alten Holztisch. Caitlin wand sich, wollte sich befreien, und zumindest ihre Kinder irgendwie beschützen, aber da sah sie zu ihrer Überraschung, dass sich Timothy zu Mairi hinabgebeugt hatte, ihr tröstend über den Kopf streichelte, und ihr dann die Sicht auf ihre Mutter verdeckte.

Caitlin hielt mit ihrem Gezappel inne, bemerkte dann jedoch, dass Rupert nun dabei war, seine Hose zu öffnen, und wieder wallte Panik in ihr auf. Ihre Hände krallten sich um den Küchentisch. Würde er verschwinden, wenn sie ihm zu Willen war? Würde sie, wenn sie seine Vergewaltigung über sich ergehen ließ, damit den Kindern und Rory das Leben retten? Ein Schluchzen entstieg ihrer Kehle. Musste sie es nicht sogar tun? Vermutlich hatte sie ohnehin keine andere Wahl. Rupert, seiner Hose entledigt, stürzte sich nun auf sie, presste ihre Brüste brutal zusammen, bedeckte sie mit ekelhaften, nach Alkohol stinkenden Küssen, und zog ihren Kopf dann an den Haaren nach hinten.

»Na, hattest wohl lange keinen richtigen Mann mehr«, keuchte er, und schob ihre Röcke nach oben.

Entsetzt und unfähig den Blick abzuwenden, starrte Caitlin auf sein hoch aufgerichtetes Glied, schloss die Augen, und machte sich schon auf ein schmerzhaftes Zustoßen gefasst. Die Erinnerung an Paden kehrte zurück. Auch mit ihm das Lager zu teilen war eher einer Vergewaltigung als einem Akt der Liebe gleichgekommen, und sie versuchte sich damit zu trösten, dass sie auch das überlebt hatte. Sie biss die Zähne zusammen, während Tränen über ihre Wangen strömten, versuchte, an Rory und die Kinder zu denken, die sie mit ihrem Opfer vielleicht rettete, aber der Schmerz blieb aus, stattdessen hörte sie ein unterdrücktes Fluchen, und sah, wie Rupert wütend auf sein plötzlich erschlafftes Geschlechtsteil blickte.

»Du Hure, du bist schuld!«, brüllte er, dann schlug er ihr mitten ins Gesicht.

Caitlins Kopf flog nach hinten, sie konnte sich gerade noch mit der Hand abstützen, als er sie losließ. Eilig zerrte Rupert seine Hose wieder über seine Blöße, dann griff er nach der Weinbrandflasche.

»Verdammte, dreckige schottische Huren, kein Wunder, dass mein bestes Stück so was nicht will!« Er ließ sich auf den Stuhl fallen und trank weiter, wobei er Caitlin mit bösen Blicken durchbohrte.

Sie hingegen zog eilig ihre Röcke wieder über die Beine, raffte die Bluse so gut es ging zusammen und ging dann mit zitternden Knien zu den Kindern.

Sie lächelte Timothy kurz dankbar zu, und zog dann Mairi auf ihren Schoss. Ranald hatte von der ganzen Aufregung offenbar nichts mitbekommen, sondern untersuchte hingebungsvoll ein Stück Holz.

Während der englische Soldat sich weiterhin betrank, und dabei eine Flut von Flüchen über unfähige schottische Weiber von sich gab, stand Timothy nur stumm und mit deutlichem Unbehagen an der Wand. Irgendwann schwankte Rupert zum Bett, nahm seine Pistole in die Hand, und legte sich hin.

»Du passt auf, dass die Schlampe nicht verschwindet«, lallte er. »Später werde ich's ihr noch ordentlich besorgen.«

»J..ja, R...rupert«, stotterte der Junge, dann legte er seine Hand an den Säbel und warf Caitlin einen Blick zu, der wohl warnend sein sollte, jedoch von großer Unsicherheit sprach.

Sie wartete, bis Mairi in ihren Armen eingeschlafen war, dann legte sie das Mädchen ins Stroh, und auch Ranald kuschelte sich bald neben seine kleine Schwester.

Caitlin sah ängstlich zu dem Soldaten, der im Bett lag. Ob er wirklich schlief, vermochte sie nicht zu sagen. Seine Hand umklammerte noch immer die Pistole, und die gleichmäßigen Atemzüge ließen sie hoffen, dass er tatsächlich eingenickt war. Dennoch wagte sie kaum mehr als zu flüstern.

»Timothy.«

Der Junge fuhr erschrocken zu ihr herum. Seine Hand krallte sich um den Säbel.

»Bitte, lass uns gehen«, wisperte sie mit einem ängstlichen Seitenblick auf Rupert.

Hastig schüttelte der Junge den Kopf.

»Bitte, sonst bringt er mich und die Kinder um.« Ihre Stimme war kaum mehr als ein Hauch, aber Timothy schien sie verstanden zu haben.

»M..meist ist er z...zufrieden, wenn er ...« Beschämt blickte er zu Boden. »Du w...weißt schon.«

»Ich will nicht, dass er mich schändet.«

»M..mit mir m..macht er das auch. M...man überlebt es.« Die Wangen des Jungen röteten sich, als Caitlin die Augen aufriss.

»Mit dir auch!?« In ihrem Schrecken hatte sie zu laut gesprochen, und schlug nun eine Hand vor den Mund. Bange Momente vergingen, in denen ihr eigener Herzschlag unnatürlich laut in ihren Ohren klang. Sie verharrte atemlos - aber Rupert bewegte sich nicht.

Caitlin rutschte näher zu Timothy, der eilig den Kopf schüttelte, aber sie glaubte nicht, dass er seinen Säbel tatsächlich gegen sie erheben würde. »Dann flieh mit mir, das ist doch kein Leben für dich!«

Die Augen des Jungen drohten aus ihren Höhlen zu quellen, als er vehement den Kopf schüttelte.

»Timothy, sei nicht dumm, wir können es schaffen«, redete Caitlin auf ihn ein. »Du kannst ihn im Schlaf niederschlagen, dann nehmen wir seine Waffen und fliehen.«

Der Adamsapfel des Jungen begann heftig auf und ab zu hüpfen, als er zu sprechen versuchte. Seine Hand schloss sich wieder und wieder nervös um das Heft seines Säbels.

»T...trau mich nicht,« jammerte er.

Caitlin stieß seinen lautlosen Fluch aus, dann sah sie Timothy fest in die Augen. »Gut, dann schlage ich ihn nieder. Du nimmst die Kinder und fliehst aus der Seitentür, dort, wo das Pferd steht.«

Die Unterlippe des Jungen zitterte nun ebenso wie seine Hände, und auch seine Beine wirkten nicht sehr stabil. Er warf einen ängstlichen Blick auf den schlafenden Rupert, dann auf die Kinder und am Schluss auf Caitlin.

»Du rettest uns damit alle«, beschwor sie ihn.

Schließlich nickte der Junge, stieg lautlos über die Abtrennung zu Aila und den Kindern, während Caitlin ein Holzscheit vom Boden aufhob. Auf Zehenspitzen schlich sie zum Bett, vergewisserte sich mit einem Blick über die Schulter, dass die Kinder ruhig waren, und näherte sich dem englischen Soldaten. Ihr Herz klopfte zum Zerspringen, sie wusste, würde Rupert auch nur einen Moment zu früh aufwachen, würde er auf sie schießen. Aber dies war ihre einzige Chance, und die musste sie nutzen.

Noch drei Schritte trennten sie von Rupert. Stumm betete sie, die Kinder würden nicht gerade jetzt erwachen. Schon hob sie das Holzscheit, aber plötzlich überschlugen sich die Ereignisse.

Mit einem lauten Knall krachte die Tür auf. Rory stand, sein Schwert in der Hand, wutentbrannt in der Öffnung, gleichzeitig fuhr Rupert auf. Caitlin sprang auf ihn zu, rammte seine Schulter, ein Schuss löste sich, die Kinder fingen an zu schreien, und sie selbst fiel zu Boden. Caitlin bemerkte, wie Rupert über sie hinweg setzte, er stürzte sich auf Rory, und die beiden begannen einen Ringkampf. In der Enge des kleinen

Hauses, konnten sie ihre Schwerter nicht ziehen, daher gingen sie mit den Fäusten aufeinander los. Der Engländer drängte Rory gegen die Steinwand, ließ seinen Kopf dagegen krachen, und Caitlin hielt die Luft an. Ihr Mann trat dem Soldaten jedoch gegen das Knie, brachte ihn damit aus dem Gleichgewicht, und zog seinen Dolch. Wieder stürzte sich der Engländer auf ihn, er war einen halben Kopf größer, breiter gebaut, und deutlich besser genährt. Caitlin überlegte, wie sie Rory helfen konnte, aber auf Grund der Enge wäre sie den beiden nur im Weg. Atemlos beobachtete sie, wie sich die Männer immer wieder gegen die Wand schmetterten, der Tisch barst unter dem Gewicht des Soldaten, als Rory ihn dagegen schubste. Schon stürzte er sich auf seinen Widersacher, versuchte, ihm den Dolch in die Brust zu treiben, aber Rupert rollte sich im letzten Moment zur Seite ab. Beide Männer bluteten inzwischen aus zahlreichen Wunden, und Caitlin wusste noch immer nicht, ob Ruperts Kugel möglicherweise getroffen hatte. Inzwischen war der Soldat wieder auf den Beinen, er hatte seinen Säbel gezogen, und bedeutete Rory nun mit einer Handbewegung, ihm zu folgen.

»Na los, komm mit raus, und zeig mir, wir gut du mit dem Schwert bist, auch wenn du gar keines tragen darfst«, geiferte Rupert, wobei Blut aus seiner aufgeplatzten Lippe spritzte.

Lauernd, in einer Hand den Dolch, in der anderen sein Schwert, folgte Rory dem Engländer. Auch Caitlin eilte hinterher, und stellte sich neben Timothy, der zitternd die beiden Kinder in seinem Arm hielt. Geschwind nahm sie ihm die beiden ab.

Vermutlich hatte Rupert gedacht, Rory sei ein schlecht ausgebildeter Bauer. Mit einem Mann, der das Schwert ebenso zu führen vermochte wie jeder englische Soldat, hatte er ganz sicher nicht gerechnet. Nach wenigen Schwertschlägen lag Rupert am Boden, hielt die Hände schützend über sich, aber Rory rammte ihm das Schwert in die Brust. Anschließend stürzte er auch schon auf Timothy zu. Dieser hob abwehrend die Hände und stolperte zurück.

»Rory, nicht!«, schrie Caitlin auf. »Er hat mir geholfen.«

Drohend deutete Rorys Schwertspitze auf Timothys Kehle. Er atmete schwer, aus einer Platzwunde am Kopf floss Blut über sein Gesicht, auch der rechte Ärmel seines Hemds hatte sich rot gefärbt.

Eilig trat Caitlin zu ihm. »Er hat uns gerettet, ich habe gesagt, er soll mit den Kindern fliehen. Tu ihm nichts.«

Jetzt ließ Rory seinen Schwertarm sinken, umarmte Caitlin und die Kinder, dann lehnte er sich sichtlich erschöpft gegen die Hauswand. Behutsam setzte Caitlin die beiden Kleinen auf den Boden. Mairi starrte mit ängstlichen Augen zu ihr empor, während Ranald leise glucksend davon krabbelte.

»Hat er dich angeschossen?« Vorsichtig berührte Caitlin Rorys Arm, aber er schüttelte den Kopf.

»Die Kugel hat mich nur gestreift«, jetzt lächelte er sie stolz an, »du hast ihn rechtzeitig zur Seite gestoßen.«

Caitlin besah sich die Verletzung an seinem Kopf, die erfreulicherweise nicht allzu schlimm zu sein schien, auch der Streifschuss würde schnell verheilen, trotzdem machte es ihr etwas Sorgen, denn ihre Heilkräuter waren in den Flammen aufgegangen.

Sichtlich unschlüssig stand Timothy vor dem Haus, und trat unruhig von einem Bein aufs andere.

»Er hat dir wirklich geholfen?« Rory biss die Zähne zusammen, als Caitlin einen Verband anlegte.

»Ja, lass ihn gehen, er ist ein guter Junge.«

»Caitlin, er ist ein englischer Soldat.«

Sie nahm sein Gesicht in ihre Hände. »Nicht alle englischen Soldaten sind schlecht, und das weißt du besser als ich.«

Seufzend stimmte er ihr zu, dann wandte er sich an Timothy.

»Wo kommst du her?«

»S...s...ussex«, stammelte er, wobei er knallrot anlief.

Rorys Blick wanderte zu dem Pferd, welches vermutlich Rupert gehört hatte. »Habt ihr Proviant dabei?«

Timothy nickte hektisch.

»Überlass uns die Hälfte, nimm das Pferd und geh nach Hause.«

Auf dem Gesicht des jungen Mannes zeichneten sich Überraschung und ungläubige Freude ab. »W...wirklich?«

»Und überleg dir, ob du den Rest deines Lebens Befehlen von Kerlen wie dem hier gehorchen willst.« Er stieß Ruperts Leiche mit dem Fuß an.

»D...danke!« Timothy rannte zu dem Pferd, legte eilig Brot und Trockenfleisch auf einen Stein, dann zog er sich umständlich in den Sattel. »W..wenn ich auf unseren K… Kommandanten treffe, s...sage ich, R...Rupert i...ist an einem F...Fieber gestorben.«

Müde lächelnd hob Rory die Hand, dann wendete der junge Mann auch schon das Pferd und entfernte sich in südlicher Richtung.

»Oh Gott, Caitlin, ich hatte solche Angst um euch, als ich das englische Pferd gesehen habe«, stöhnte er, dann bemerkte er wohl erst ihre zerrissene Bluse und ihre bläulich angelaufene Wange. »Hat der Kerl … hat er dir etwas angetan?« Rorys Stimme überschlug sich beinahe, und seine Augen waren vor Schreck weit aufgerissen.

Eilig schüttelte Caitlin den Kopf, konnte aber nicht verhindern, dass ihr bei der Erinnerung daran, wie knapp sie einer Vergewaltigung entgangen war, Tränen in die Augen stiegen.

»Sag mir die Wahrheit.« Rorys Stimme zitterte hörbar, aber sie schlang nur ihre Arme fest um ihn, klammerte sich an ihn und erzählte, was vor kurzem geschehen war.

»Er … konnte nicht?« Zweifel und Hoffnung zugleich standen in Rorys Blick, als er zuerst Caitlin, dann den toten Soldaten musterte.

»Vielleicht war er zu betrunken, oder ich war ihm nicht gut genug, offenbar hat er ja Männer bevorzugt.« Energisch wischte sich Caitlin die Tränen aus den Augen. »Komm, lass ihn uns verscharren.«

Caitlin benötigte noch einige Zeit, bis sie Rory davon überzeugen konnte, dass Rupert ihr außer den Schlägen nichts angetan hatte. Schließlich vergruben sie seine Leiche ein Stück abseits des Hauses, dann rückte Rory mit den Neuigkeiten heraus, erzählte, dass die MacKenzies nach ihnen gesucht hatten, und dass es ihm nicht gelungen war, Rona zu verkaufen. Er hatte das Pony etwas abseits versteckt, als er das Pferd des Soldaten erblickt hatte.

»Es tut mir leid, Caitlin, aber hier können wir nicht bleiben.«

»Ist schon gut.« Sie drückte seine Hand, dann machte sie sich entschlossen daran, ihre wenigen Habseligkeiten und das, was sie aus dem verlassenen Haus gebrauchen konnten, in die Satteltaschen zu packen. Ein klein wenig Fleisch war noch übrig, und mit den Kartoffeln, den Zwiebeln, ein paar Töpfen und anderen Gebrauchsgegenständen hatten sie nun zumindest mehr als noch vor wenigen Tagen. Es dauerte nicht lange, bis sie mit den beiden Pferden am Zügel wieder auf dem Weg nach Süden waren. Vielleicht war es, wie Rory vorschlug, wirklich besser, die Insel zu verlassen, denn vermutlich würde Douglas MacKenzie keine Ruhe geben und sie weiterhin verfolgen lassen.

Die beiden hatten Glück und eine freundliche Familie aus dem Clan MacDonald, die im Süden unweit der Küste lebte, nahm sie über den Winter auf. Caitlin verstand sich dank Angus gut auf Heilkunst und konnte das kranke Kind der MacDonalds von einem schlimmen Husten heilen und Rory besserte das Dach der kleinen Farm aus, denn der Herr des Hauses war bei der Schlacht von Culloden so schwer verwundet worden, dass er nun kaum noch körperlich arbeiten konnte. So hatten sie Zuflucht vor den einsetzenden Schneestürmen gefunden, die nun mit brutaler Macht über die Insel fegten.

Im Frühling wollten sie weiter nach Süden ziehen, denn noch immer streiften Engländer herum, die das Land tyrannisierten. Außerdem fühlten sie sich so nahe der MacKenzies nicht wirklich sicher.

Das einzig Schöne und Hoffnungsvolle in diesem Frühling war ein Brief aus Amerika. Der älteste Sohn der MacDonalds war auf Caitlins Bitte hin zu Cormag ins Dorf an der Küste geritten und hatte ihn abgeholt. Endlich, nach über drei Jahren, hatten sie Nachricht von ihrer Familie erhalten. Vermutlich hatten Fergus und Angus weitere Briefe geschrieben, denn darin stand etwas davon, dass sie von einer kleinen

Stadt weiter nach Westen gezogen waren. Ansonsten ging es den meisten MacArthurs gut, auch wenn das Leben in Amerika ebenfalls nicht einfach war, und leider einige Alte während der letzten Zeit gestorben waren.

Kapitel 19
Spurlos Verschwunden

Viele Jahre lebten Caitlin und Rory mit ihrer kleinen Familie im Süden von Skye, am Fuße der gewaltigen Cuillin Hills. Erneut hatten sich Caitlin und Rory ein Steincottage gebaut und führten ein Leben, das nach wie vor voller Entbehrungen war, hatten in manchen Wintern nur dünnen Haferbrei und nicht einmal Milch zu essen, das sie keine Kuh besaßen, doch vor den schrecklichen Übergriffen durch englische Soldaten blieben sie verschont. Vielleicht lag es am Krieg gegen Österreich, denn die Kunde war bis ins Hochland gelangt, dass sich seit dem Jahre 1756 Österreich, Russland und Frankreich unter der österreichischen Herzogin Maria Theresia zusammengeschlossen hatten, um gegen England zu kämpfen. Davon bekamen die Schotten glücklicherweise kaum etwas mit, und Rory und Caitlin hofften, dass die Engländer zudem das Interesse an den wenigen Schotten verloren hatten, die auf den entlegenen und von Wind und Wetter heimgesuchten Inseln lebten. Schottland unterstand nun der britischen Krone und diese erkannte sicher auch, dass jeglicher Widerstand, der einst von den Clans im Hochland ausging, mit Culloden zusammengebrochen war und es keiner großen Militäreinheiten bedurfte, um Schottland zu beherrschen. Die Clans waren enteignet worden, viele hatten all ihr Hab und Gut verloren und nahmen sogar eine gefährliche Seereise in Kauf, um in Amerika neuen Heimatboden zu finden.

1759, als Mairi, zehn Jahre alt war, wagten Caitlin und Rory es, Caitlins Heimatdorf, welches in einer Senke unterhalb von Duntulm Castle lag, einen Besuch abzustatten. Sie wollten den beiden Kindern zeigen, wo sie eine sehr glückliche Zeit verlebt hatten. Zur Überraschung aller lebte der alte Cormag noch. Zwar war das Dorf vor langer Zeit von den Engländern zerstört worden, doch an der schäbigen Hütte des alten Mannes hatten sie offensichtlich keinen Gefallen gefunden. Irgendwie war es

Cormag gelungen, durch den Tausch von schwarz gebrannten Whisky und gelegentliche Hilfsarbeiten immer wieder an Essen zu kommen und so zu überleben. Dennoch war das karge Leben auch an ihm nicht spurlos vorübergegangen, von seinen ohnehin spärlichen Haaren war nun kaum noch etwas übrig, und so manch eine Falte hatte sich noch viel tiefer in sein Gesicht gegraben.

Er überreichte Caitlin drei Briefe und scherzte krächzend mit den beiden Kindern Mairi und Ranald. Letzterer war nun beinahe schon so groß wie seine ältere Schwester.

»Was steht in dem Brief?«, fragte Mairi und stellte sich aufgeregt vor ihre Mutter. Ranald drängelte sich neben sie und beinahe brach ein Streit zwischen den beiden aus.

»Hört auf, sonst liest eure Mutter gar nichts vor«, schimpfte Rory, obwohl auch er seine Neugierde kaum verbergen konnte.

Eine ganze Weile blickte Caitlin angestrengt auf die Zeilen und während Rory seine Frau liebevoll betrachtete, musste er an früher denken, als er sie kennen gelernt hatte. Damals war sie ein Mädchen von gerade einmal sechzehn Jahren gewesen, und nun war sie Anfang dreißig. Für ihn war sie noch immer die hübscheste und liebenswerteste Frau die es gab, doch der einst so kindliche und spitzbübische Gesichtsausdruck zeigte sich nur noch selten. Stattdessen lag nun oft ein ernster Zug um ihre Mundwinkel, und genau wie bei ihm selbst, hatte sich die ein oder andere silberne Strähne in ihre Haare gemogelt, nur fiel es bei ihrem dunkelblondem Schopf deutlich weniger auf als bei seinem eigenen braunen. Caitlin konnte nicht sonderlich gut lesen und brauchte eine Weile, um Angus' verschnörkelte Schrift zu entziffern.

Die beiden Kinder setzten sich ungeduldig zappelnd auf den Lehmboden von Cormags kleiner Hütte und warteten.

»Sie haben ein Dorf an der Ostküste Kanadas in Novo Scotia aufgebaut«, erzählte Caitlin schließlich und staunte über die Geschichten aus der fremden Welt. »Es gibt dort eine Menge wilder Tiere, Bären, Wölfe und sogar Schlangen.«

Rory warf einen Blick über Caitlins Schulter, um mitlesen zu können und die Kinder lauschten gebannt, was ihre Mutter über ihren Clan erzählte, den sie niemals kennen gelernt hatten.

Als sie am dritten Brief ankam, schlug sie eine Hand vor den Mund.

»Oh nein, im letzten Winter sind viele vom Clan an einem Fieber gestorben.« Sie schluckte schwer. »Und Gillian und die Kinder ebenfalls.«

Erschrocken nahm Rory sie in den Arm. »Der arme Fergus.« Ihm lief ein eisiger Schauer über den Rücken, als er daran dachte, dass so etwas auch Caitlin und ihren Kindern passieren könnte.

»Onkel Fergus?«, fragte Mairi und blickte ihre Eltern mit den gleichen großen Augen an, die sie von Caitlin geerbt hatte. Sie sah ihrer Mutter auch ansonsten sehr ähnlich, während Ranald mehr nach Rory schlug.

»Ja, Onkel Fergus. Er ist ein guter Kerl, auch wenn er es sich zur Gewohnheit gemacht hat, mich zu verprügeln«, meinte Rory scherzhaft.

»War neulich oben im Tal«, krächzte Cormag irgendwann. »Euer Haus steht sogar noch. Gut, das Dach sieht übel aus, aber ansonsten. ...« Cormag sah die beiden erwartungsvoll an. »Douglas MacKenzie, der alte Stinker, ist endlich gestorben, habe ich gehört. Ich glaube, ihr könntet jetzt wieder hier leben. Die Clanfehde ist hoffentlich vorüber.« Er lachte bitter auf. »Ist ja ohnehin kaum noch jemand hier, die meisten MacKenzies sind ebenfalls ausgewandert.« Nun schlug er sich auf die Schenkel. »Zum Glück für unsere Leute aber nach Australien, ha, ha, ha!«

Caitlin und Rory sahen sich gleichzeitig an, dann lächelten sie sich zu.

»Es wäre schön, wieder hier zu leben.« Rorys Blick wanderte über die größtenteils brachliegenden Felder, die alten Häuser, in denen Menschen gelebt hatten, die ihm sehr viel bedeuteten, und über die Meeresbucht, über der sich trutzig die Ruine des alten Schlosses der MacDonalds erhob. Zunächst erwägten sie, das Cottage von Caitlins Eltern zu beziehen, und neu aufzubauen, allerdings waren die Wände derart beschädigt, dass das wenig Sinn machte. Ein Besuch bei ihrem altes Haus, nur wenige Meilen vom Dorf entfernt, zeigte, dass tatsächlich lediglich einige Balken ausgetauscht werden mussten, und neues Stroh oder Heidekraut zum Decken benötigt wurde.

In Gedanken versunken fuhr Rory über die grob behauenen Steine. Dieses Haus hatte er vor langer Zeit mit der Hilfe von Fergus und anderen jungen Männern aus dem Clan mit seinen eigenen Händen gebaut. Es war ihm schwer gefallen, diesen Ort zu verlassen, aber vielleicht hatten sie tatsächlich jetzt, nachdem so viele Jahre vergangen waren, endlich die Möglichkeit, mit den Kindern hier in Frieden zu leben. So entschieden sie sich schließlich hier zu bleiben, an dem Ort, an dem sie ursprünglich hatten leben wollen.

Nach einem arbeitsreichen Frühling, in dem sie ihr Haus neu gedeckt, und innen bewohnbar gemacht, und die Felder bestellt hatten, war es Spätsommer geworden. Rory schichtete Torf für den Winter auf, Caitlin arbeitete im Gemüsegarten und die Kinder waren gerade dabei, Kartoffeln einzusammeln.

In diesem Jahr hatte es das Wetter recht gut mit ihnen gemeint, der Hafer war eingebracht, das Gras stand so hoch, dass er es bald würde schneiden und zu Heu machen konnte, und auch von ihrem Gemüse würden sie eine Weile zehren können. Nur mit Fleisch und Milch sah es schlecht aus, denn sie konnten sich keine Kuh leisten, und von ihren einzigen vier Schafen wollte er ungern eines schlachten, wenn es sich vermeiden ließen, denn er strebte es an, die Herde zu vergrößern.

Schon seit einiger Zeit lagen sich Caitlin und Rory in den Haaren. Er spielte mit dem Gedanken, Cormags selbstgebrannten Whisky auf dem Festland zu verkaufen und so etwas Geld zu verdienen, aber Caitlin war strikt dagegen und hielt das für viel zu gefährlich. Im Augenblick hatten sie keine Probleme mit den Engländern und das sollte auch so bleiben.

»Caitlin, die Kinder brauchen neue Schuhe und wir müssen dringend einen neuen Pflug kaufen«, begann Rory mal wieder, als sie nach getaner Arbeit am Tisch saßen.

Unwirsch winkte Caitlin ab, und ihr Gesicht nahm einen sehr sturen Ausdruck an. »Nein, ich will nicht, dass du Cormags Whisky verkaufst! Die Kinder laufen ohnehin die meiste Zeit ohne Schuhe herum und im Winter kann Ranald die alten von Mairi haben. Ihre passen noch einigermaßen.«

Seufzend fuhr sich Rory durch die Haare. Dass sowohl Caitlin als auch die Kinder die meiste Zeit über ohne Schuhe herumliefen, so wie fast alle Highlandbewohner, war ihm von jeher ein Dorn im Auge gewesen. Zwar schien es sie überhaupt nicht zu stören, aber ihm als Engländer, der im Haus seines reichen Onkels aufgewachsen war, behagte das nicht.

»Ich hätte schon gern neue Schuhe«, wagte Mairi zu sagen und strahlte ihren Vater an.

Caitlins bitterböser Blick traf sie. »Auch, wenn sie deinen Vater dafür hängen?«

Rasch schüttelte das Mädchen den Kopf.

»Ich werde vorsichtig sein, dann geschieht nichts und ...«

»Nein, verdammt!« In Caitlins Augen hatten sich Tränen der Wut gesammelt. »Wenn du diese irrsinnigen Whiskygeschäfte machst, dann verlasse ich dich.«

»Wie bitte?« Entsetzt starrte Rory seine aufgebrachte Frau an. »Das ist ja wohl nicht dein Ernst?«

Die beiden Kinder zogen die Schultern ein. Ranald saß mit einer Schnitzarbeit in der Ecke und Mairi versuchte, sich möglichst unauffällig in den Nebenraum zu verdrücken.

Wütend knetete Caitlin einen Laib Brot und wischte sich ungeduldig eine Haarsträhne aus dem Gesicht. »Das wirst du ja dann sehen.«

Versehentlich stieß Mairi den Eimer mit Wasser um, der an der Tür stand.

»Verdammt noch mal, kannst du nicht aufpassen?«, schrie Caitlin, dann verpasste sie dem Mädchen ein Ohrfeige.

Rory runzelte die Stirn, denn er hatte kaum jemals erlebt, dass Caitlin eines der Kinder schlug. Normalerweise hätte sie wahrscheinlich nicht einmal geschimpft, aber sobald sich ihre Gespräche um das Thema Whisky drehten, verlor sie jedes Mal die Geduld.

»Sieh zu, dass du neues Wasser holst«, herrschte sie ihre Tochter an.

Mit erschrockenem Gesicht, den Eimer in der Hand, eilte Mairi nach draußen.

»Caitlin, wir könnten gutes Geld verdienen, und vielleicht sogar im Frühling eine Kuh kaufen«, redete er auf sie ein.

Sie wischte sich eine Haarsträhne aus dem Gesicht, welche sich aus ihrem langen dunkelblonden Zopf gelöst hatte. »Es ist zu gefährlich, und das Risiko nicht wert. Ich finde es schon schlimm genug, wenn sich Cormag in Gefahr bringt, aber wenn du auch noch damit anfängst ...«

»Dank Cormag konnten wir zwei weitere Schafe kaufen«, stellte Rory richtig.

»Ja, ich weiß.« Man sah Caitlin deutlich an, dass ihr das überhaupt nicht behagte.

Noch eine Weile redete Rory auf Caitlin ein, und versuchte, sie zu beruhigen, und zu versichern, dass er wirklich sehr vorsichtig sein würde, und den Whisky nur an vertrauenswürdige Männer verkaufen wollte, die ihn garantiert nicht verrieten, doch sie zeigte sich uneinsichtig und wollte nichts hören.

Draußen begann es bereits, finster zu werden. Mairi war unglücklich, weil ihre Eltern sich im Augenblick dauernd stritten, was sie von den beiden sonst gar nicht kannte. Sie hatte keine Ahnung von schwarz gebranntem Whisky, oder von der Gefahr durch die Engländer, sie war jetzt einfach traurig und ging zu Rona, die an Ailas Seite in der Nähe graste.

Seufzend schlang das kleine Mädchen seine Arme um den Hals des Ponys. »Du streitest dich wenigstens mit niemandem wegen blödem Whisky.« Ronas weiche Lippen fuhren tröstend durch Mairis Haare und langsam beruhigte sie sich. »Ich gehe jetzt mal lieber Wasser holen, sonst bekomme ich nur noch mehr Ärger.« In der zunehmenden Dunkelheit ging Mairi zu der Quelle, die sich aus einem Hügel, ein Stück hinter dem Haus ergoss.

Gerade wollte sie ihren Eimer darunter halten, als sich eine schmutzige Hand auf ihren Mund presste. Sie zappelte und schlug instinktiv um sich, aber der Mann hielt sie eisern fest.

Mit verschlossenen Gesichtern saßen Rory und Caitlin am Abendbrottisch und warteten darauf, dass Mairi zurückkam. Ranald verhielt sich ungewöhnlich ruhig und meckerte nicht einmal, dass Caitlin Rüben in den Eintopf schnitt, denn die mochte er überhaupt nicht.

»Wo bleibt sie denn?«, fragte Caitlin irgendwann gereizt.

»Soll ich sie holen?« Rory war schon halb aufgestanden, aber Caitlin schüttelte energisch den Kopf.

»Nein, wahrscheinlich spielt sie wieder mit den Pferden herum.« Wütend runzelte sie die Stirn. »Dann kann sie aber was erleben.« Sie warf ihrem Mann einen giftigen Blick zu. »Du lässt es ihr ja sowieso nur wieder durchgehen.« Caitlin schnappte sich ihren Umhang und knallte die Tür lautstark zu.

»Als ob du als kleines Mädchen anders warst«, murmelte Rory kopfschüttelnd.

Ranald wagte zu grinsen, senkte jedoch rasch den Blick, als Rory ihn böse ansah.

Vor Wut schnaubend stürmte Caitlin hinaus. Sie wusste selbst nicht, was im Augenblick mit ihr los war. Wegen Rorys und Cormags wahnwitziger Idee mit dem Whisky war sie ständig gereizt und sie befürchtete, dass Rory auch notfalls hinter ihrem Rücken in Cormags zwielichtiges Geschäft einsteigen könnte, denn er hatte sich offenbar in den Kopf gesetzt, das große Geld zu verdienen. Allerdings kamen sie im Moment einigermaßen über die Runden, und auch wenn sie nicht viel zum Leben hatten, so mussten sie zumindest nicht hungern und hatten ein Dach über dem Kopf. Dies vermittelte Caitlin ein lange nicht mehr dagewesenes Gefühl von Sicherheit und sie war unter keinen Umständen dazu bereit, diese leichtfertig aufs Spiel zu setzen.

Vom Meer her Nebel war aufgezogen und langsam wurde es unangenehm kühl. Bei den Pferden konnte Caitlin Mairi nicht finden und rief nach ihr. Als sie keine Antwort erhielt, stapfte sie, sämtliche Verwünschungen ausstoßend die ihr einfielen, in Richtung der Quelle.

Plötzlich blieb sie stocksteif stehen und aller Ärger und alle Wut waren sie weggeblasen. Im Zwielicht erkannte sie einen Mann, der ihre zappelnde kleine Tochter festhielt. Caitlin öffnete den Mund, um um Hilfe zu schreien und stürzte gleichzeitig in Richtung des Unbekannten, doch da traf sie von hinten etwas am Kopf und sie verlor das Bewusstsein.

Eine ganze Weile warteten Rory und Ranald stumm am Tisch. Der Junge biss unbehaglich auf seiner Unterlippe herum, wagte offenbar aber nicht, aufzustehen, und langsam wurde auch Rory ungeduldig.

»Soll ich nachsehen, wo sie sind?«, fragte Ranald vorsichtig.

Rory schüttelte den Kopf. »Sie kommen sicher bald.«

»Meinst du, Mairi bekommt den Hintern voll?« Von dieser Aussicht schien Ranald nicht abgeneigt zu sein, und beinahe musste Rory darüber schmunzeln, denn außer mal einem kleinen Klaps hatten die Kinder von ihren Eltern noch niemals ernsthafte Schläge bekommen. Allerdings hatte Ranald schon öfters die Meinung geäußert, dass seine freche große Schwester das manchmal durchaus verdienen würde.

»Du kannst den Hintern voll haben, wenn du willst«, knurrte Rory und ging dann zur Tür. Jetzt wurde er wirklich unruhig und blickte kopfschüttelnd hinaus in die Dunkelheit.

»Ranald, rühr den Eintopf um, damit er nicht anbrennt.« Er deutete auf die Feuerstelle. »Ich bin gleich zurück.«

»Ich bin doch keine Frau!«, empörte sich der kleine Junge.

»Ranald MacArthur, wenn ich zurückkomme und mein Abendessen angebrannt ist, dann wirst du dir wünschen, du wärst eine!«

Seufzend schlurfte der kleine dunkelhaarige Junge zum Feuer, während sein Vater nach draußen ging.

Auch Rory suchte zunächst die Pferde, dann die Quelle auf, aber weder von Mairi, noch von Caitlin war etwas zu sehen. Viele Male rief er ihre Namen, bekam jedoch keine Antwort.

Schließlich rannte er zum Haus zurück.

»Ranald, hilf mir suchen!«

»Und der Eintopf?«

»Vergiss den verdammten Eintopf.« Rorys Stimme hatte einen besorgten Tonfall angenommen, irgendetwas stimmte hier nicht.

Trotz der Dunkelheit suchten die beiden noch lange Zeit nach den Vermissten und riefen ihre Namen in die Nacht. Rory rannte die ganze nähere Umgebung ab und konnte sich keinen Reim darauf machen, warum weder Caitlin noch Mairi zurückkamen. Als sie erfolglos zurück ins Cottage gingen, waren sie nass vom leichten Nieselregen.

Resigniert ließ sich Rory am Feuer nieder und der kleine Ranald kauerte sich mit verwirrtem Gesichtsausdruck neben ihn. »Wo sind Mutter und Mairi denn?«, fragte er, und jetzt schwang hörbare Angst in seiner Stimme mit.

»Wenn ich das nur wüsste.« Rory strich sich die feuchten Haare aus dem Gesicht. Dann bemühte er sich, aufmunternd zu lächeln. »Morgen, sobald es hell ist, werde ich sie suchen.«

»Aber sie wollten doch nur zur Quelle ...«

Rory nahm seinen verwirrten Sohn in den Arm und schloss die Augen. »Hab keine Angst, alles wird gut.« Allerdings drohte ihn die Panik selbst zu übermannen. Anfangs hatte er noch geglaubt, Caitlin wäre so wütend auf ihn wegen seiner geplanten Whiskygeschäfte, dass sie gleich noch Cormag aufsuchte, um ihm ebenfalls ins Gewissen zu reden, doch nun bezweifelte er das. Er konnte sich nicht vorstellen, dass Caitlin mitten in der Nacht mit Mairi davonlaufen würde. Wo sollte sie denn hin? Nein, irgendetwas musste passiert sein.

Die Suche am nächsten Morgen brachte ebenfalls keinen Erfolg. Das Einzige, was von Caitlin und Mairi übriggeblieben schien, war der scheinbar achtlos hingeworfene Eimer an der Quelle. Rory zermarterte sich den Kopf, konnte sich aber das Verschwinden deiner Frau und seiner Tochter nicht erklären. Er war vollkommen niedergeschmettert, versuchte jedoch vor Ranald, dem mittlerweile Tränen in den Augen standen, sich seine Besorgnis nicht anmerken zu lassen.

»Komm«, sagte er gegen Mittag, »wir reiten zu Cormag, vielleicht sind sie bei ihm.«

Eifrig begann der kleine Junge, Sattel und Zaumzeug zu holen, dann ritt er an Rorys Seite zum Dorf an der Küste.

Der alte Cormag arbeitete draußen auf seinem kleinen Rübenfeld und hob erfreut die Hand, als er die beiden Reiter erkannte.

»Ha, das ist aber eine Freude, was …«

Rory unterbrach Cormag und sprang von Ailas Rücken. »Sind Caitlin und Mairi hier?«

»Nein, weshalb sollten sie das?« Fragend runzelte Cormag die Stirn.

Während Rory dem alten Mann in seine winzige, von Heidekraut bedeckte Hütte folgte, erzählte er, dass die beiden seit gestern verschwunden waren.

»Das ist aber seltsam«, krächzte der alte Mann und fuhr sich über das von Bartstoppeln bedeckte Gesicht. »Meinst du, ihnen ist etwas passiert?«

Rory hob hilflos die Schultern, und da Ranald gerade hereinkam, antwortete er auch nicht gleich. »Hast du die Pferde versorgt?«

»Nein, aber was ist denn jetzt mit Mutter und Mairi?« Seine dunklen Augen waren weit aufgerissen.

»Ich weiß nicht, hier sind sie auf jeden Fall nicht«, seufzte Rory, dann drückte er tröstend Ranalds Schulter. »Aber jetzt geh und gib den Pferden etwas zu trinken!«

Widerstrebend machte der kleine Junge kehrt und ging hinaus.

Kopfschüttelnd versteckte Rory sein Gesicht in den Händen. »Ich habe nicht die geringste Ahnung, was passiert sein könnte.«

Cormag zauberte eine Flasche Whisky unter seinem Bett hervor und goss Rory davon ein. »Kannst einen Schluck gebrauchen, denke ich.«

»Hör bloß auf mit dem verdammten Zeug, deswegen hatten wir gestern Ärger«, erwiderte er zornig und starrte den Whisky an als wäre er an allem schuld. »Wir haben mal wieder gestritten, wegen unseren Plänen mit dem Whiskyschmuggel.«

Von Cormag kam ein Grummeln. »Ich wollte euch keine Schwierigkeiten machen. Dachte nur, das wäre eine Gelegenheit für dich, etwas Geld zu verdienen.«

»Das ist schon klar, aber die Sache ist aus dem Ruder gelaufen und dann hat Caitlin im Streit gesagt, sie verlässt mich, wenn ich das durchziehe. Und jetzt ist sie auf einmal fort …«

»Ja, hast du denn gesagt, du willst die Whiskysache durchziehen?«

»Nein, nicht direkt.«

»Na, also.« Cormag grinste beruhigend. »Vielleicht war sie wütend und hat sich irgendwo versteckt. Sicher ist sie heute Abend wieder zu Hause.«

»Ja, wahrscheinlich«, seufzte Rory und nahm nun doch einen Schluck Whisky, aber das ungute Gefühl blieb.

Cormag versuchte später auch den kleinen Ranald abzulenken und erzählte ihm verrückte Geschichten aus seiner Jugend, wobei er vermutlich gnadenlos übertrieb, als er behauptete, im Alter von neunzehn Jahren gleich sechs MacKenzie Männer allein zur Strecke gebracht zu haben. Doch zumindest schienen die Räubergeschichten bei dem Jungen zu wirken. Schon bald sah er nicht mehr so verwirrt und traurig aus und als sie später nach Hause ritten, lachte er sogar schon wieder.

»Ich besuch euch morgen«, brummte Cormag zum Abschied. »Will auch wissen, ob Caitlin zurück ist.« Dann zwinkerte er. »Sie ist genau so ein Sturkopf wie Fergus und der alte Ranald, muss in der Familie liegen.«

Halbherzig grinsend winkte Rory Cormag zu, bevor er Aila in Richtung ihres Hauses lenkte. Noch einmal suchte er die Umgebung ab, doch von Caitlin und Mairi fehlte jede Spur. Er klammerte sich an die Hoffnung, dass sie gegen Abend zurückkehrten und versuchte den ganzen Tag über, sich und Ranald abzulenken. Sie arbeiteten auf den Feldern und besserten den Schafspferch aus, aber immer wieder suchte sein Blick die Umgebung ab. Wo waren Caitlin und Mairi nur abgeblieben?

Auch nach Einbruch der Dämmerung waren die beiden noch immer nicht aufgetaucht. Obwohl sich Rory inzwischen wirklich große Sorgen machte, versuchte er Ranald zu beruhigen und schickte ihn schließlich ins Bett.

»Mairi und deine Mutter sind sicher bald wieder hier.«

Ranald nickte vertrauensvoll, dann rollte er sich unter seiner Decke zusammen und war wenige Augenblicke später eingeschlafen.

Ein wenig neidisch betrachtete Rory seinen kleinen Sohn und seufzte. Ihm war klar, dass er nicht würde schlafen können, solange er nicht wusste, was mit den beiden geschehen war.

Als er später am Abend Geräusche an der Tür hörte, sprang er erwartungsvoll auf, in fester Erwartung, dass Caitlin und Mairi endlich nach Hause kamen. Doch leider war es nur Cormag, der mit tropfenden Kleidern hereingestolpert kam und vom abendlichen Regen durchnässt war.

»Ist sie immer noch nicht da?«, fragte er überrascht und ließ sich ächzend am Tisch nieder.

Betrübt schüttelte Rory den Kopf, dann bedeckte er verzweifelt sein Gesicht. »Es muss etwas passiert sein. Sie kann mich doch nicht wirklich wegen dieser dummen Whiskysache verlassen haben, oder? Wo sollte sie den hin!«

»Ganz sicher hat Caitlin dich nicht verlassen.« Cormag legte ihm seine runzlige Hand auf den Arm. »Ich hab nachgedacht und hatte keine Ruhe, deshalb bin ich auch schon heute Abend gekommen«, erklärte er. Er rüttelte Rory an der Schulter. »Wenn sie dich verlassen hätte, dann hätte sie doch beide Kinder mitgenommen oder nicht?« Der alte Mann grinste. »Und ihre heißgeliebten Pferde hätte sie wohl auch kaum zurückgelassen.«

»Aber was ist denn dann geschehen?« Rory durchfuhr ein eisiger Schauer, als ihm endgültig klar wurde, dass Cormag Recht hatte. Cormags Worte, die eigentlich beruhigend gemeint waren, ängstigten Rory nun nur umso mehr.

Außer ihren Kleidern hatte Caitlin überhaupt nichts dabei, nicht einmal eine Decke, etwas zu essen, und selbst wenn sie ihm hatte eine Lektion erteilen wollen, so wäre sie doch bestimmt nach einer feuchten, ungemütlichen Nacht wieder nach Hause zurückgekommen.

»Ich weiß auch nicht«, knurrte der Alte, »aber ich glaube, wir sollten morgen noch mal nach ihr suchen, am Ende sind Engländer in der Gegend gewesen und …«

Er beendete den Satz offenbar lieber nicht, denn Rory bemerkte selbst, wie jegliche Farbe aus seinem Gesicht wich, während er hektisch aufsprang. Wie alle Hochlandbewohner kannte er die Geschichten von vergewaltigten und ermordeten Frauen und er hatte während seiner Zeit in der englischen Armee selbst schon zu viel erlebt, um dies nicht in Erwägung zu ziehen. »Ich suche sie sofort. Bleibst du hier und passt auf Ranald auf?«

»Es ist dunkel und es regnet.« Cormag deutete zurück auf den Stuhl. »Wir suchen morgen gemeinsam.«

»Nein.« Unter den Holzplanken in einer Ecke der Hütte holte Rory sein altes Schwert hervor und warf sich einen Umhang über, dann ging er hinaus in die feuchte Dunkelheit.

Die halbe Nacht lief er planlos durch die Highlands, rief Caitlins und Mairis Namen, suchte nach verräterischen Spuren, die auf Engländer hindeuteten, aber er fand nichts.

Todmüde und erschöpft kehrte er kurz vor der Morgendämmerung zurück. Cormag schnarchte mit dem Kopf am Tisch und fuhr verwirrt auf, als Rory hereinkam.

»Und?«

»Nichts.« Verzweifelt ließ sich Rory nieder und nahm einen Schluck von dem Whisky, den Cormag mitgebracht hatte.

»Leg dich hin, wir suchen wenn es hell ist«, schlug Cormag vor.

Obwohl Rory sich ins Bett legte, konnte er lange nicht einschlafen und als ihm dann doch die Augen zufielen, hatte er Albträume.

Das Geklapper von Geschirr weckte ihn nur wenig später. Ranald deckte den Tisch, während Cormag Haferbrei über dem offenen Feuer anrührte.

»Mutters Porridge schmeckt besser«, stellte Ranald mit vollem Mund beim Frühstück fest.

Rory schluckte den dicken Kloß herunter, der sich in seiner Kehle bildete. Er selbst konnte kaum etwas von dem Haferbrei essen.

Bevor Rory etwas sagen konnte, hatte Cormag Ranald schon einen spaßhaften Klaps auf den Hinterkopf gegeben. »Ha, frecher Bengel«, krächzte er, »Fergus hat immer gesagt, mein Porridge ist besser als der von Caitlin.«

»Fergus«, seufzte Rory. Wieder einmal wünschte er sich, der Clan MacArthur wäre noch vollständig hier, dann hätten sie gemeinsam suchen können. Während der letzten Jahre hatten er und Caitlin sehr zurückgezogen gelebt, damit die MacKenzies keinen Wind davon bekamen, dass sie noch auf der Insel lebten. Das rächte sich jetzt, denn Rory kannte kaum jemanden, den er nun um Hilfe bitten konnte.

So als hätte Cormag seine Gedanken gelesen, bot er kurz darauf an, einige Nachbarn nach Caitlin und Mairi zu fragen.

Nachdem ein paar Tage vergangen waren und niemand etwas über den Verbleib von Caitlin und Mairi herausbekommen hatte, war Rory am Verzweifeln..

Den Gedanken, Caitlin habe ihn verlassen, hatte er gänzlich verworfen, auch wenn ihm dies beinahe lieber gewesen wäre, sofern er denn Caitlin und Mairi in Sicherheit gewusst hätte. Es gelang ihm auch nicht mehr, seine Sorgen vor Ranald zu verstecken, denn der Junge beobachtete ihn genauestens und sah ihn ständig mit diesen traurigen, und zugleich fragenden Augen an. Er erhoffte sich Rat und Hilfe von seinem Vater, doch Rory wusste selbst nicht mehr ein noch aus.

Auch an diesem Abend saßen Rory und Cormag in ihrem Cottage. In stummem Einvernehmen war der alte Mann zu ihm und Ranald gezogen, denn er wollte die beiden jetzt nicht allein lassen. Aus Verzweiflung hatten sie bereits eine ganze Flasche von Cormags selbstgebranntem Whisky geleert und waren dementsprechend betrunken.

»Am Ende hat sie mich doch verlassen«, griff Rory seinen ersten Gedanken nun doch wieder auf.

»Wenn, dann lässt Caitlin dich sicher nur ein paar Tage schmoren und kommt dann nach Hause«, lallte Cormag und schlug seinem Freund auf die Schulter.

Mit unsicherem Griff nahm Rory die Flasche, schenkte sich nach, dann sah er den alten Mann aus trüben Augen an. »Warst du eigentlich verheiratet, Cormag?«

Kichernd schüttelte dieser den Kopf. »Nein, aber ich hatte mal ein Mädchen vor …« Angestrengt versuchte er, die Jahre an den Fingern abzuzählen, doch dann winkte er ab. »Egal, ich war auf jeden Fall jünger als du.«

»Und warum hast du sie nicht geheiratet?«

Plötzlich schien Cormag in der Vergangenheit versunken. »Grüne Augen, lockiges Haar bis zum Hintern – und was für ein Hintern!« Er machte eine ausladende Handbewegung. »Hat sich für einen MacLeod entschieden, das rothaarige Miststück«, grölte Cormag.

»Weiber!« Rory hob das Glas und trank den Rest aus, dann sackte sein Kopf gegen die raue Wand des kleinen Hauses.

Kichernd zerrte Cormag ihn zum Bett. »Junge Kerle, vertragen einfach nichts.«

Die nächsten Tage verliefen ähnlich frustrierend und wechselten für Rory von verzweifelten Suchaktionen, bis hin zu Wutanfällen, oder nächtlichen Saufgelagen mit Cormag, geboren aus reinem Frust.

Als eines nebligen, regnerischen Tages Cormag mit eingezogenen Schultern vor der Tür stand, sah ihm Rory gleich auf den ersten Blick an, dass etwas nicht stimmte.

»Ranald, geh nach draußen und hol Torf rein«, befahl Rory.

»Aber es ist doch gar nicht kalt und …«

»Hol den Torf!« Ranald zog den Kopf ein und ging auf der Stelle nach draußen.

»Was ist los?«, fragte Rory ohne Umschweife.

Der alte Mann fuhr sich unruhig über sein stoppeliges Kinn und wusste offenbar nicht, wo er hinsehen sollte. »Hab Duncan MacDonald zufällig auf dem Weg zur Kirche getroffen«, grummelte er. »Hab gedacht, es schadet nichts, für die beiden zu beten und dann …«

»Jetzt rede schon!«, rief Rory ungeduldig, wobei er Cormag an seinen dürren Schultern schüttelte.

»Na ja, es muss ja nicht heißen, dass sie es sind …«

»Cormag!« Rory raufte sich die Haare. »Was in Gottes Namen willst du mir sagen?«

Mit unglücklichem Gesicht ließ sich der alte Mann auf einem der Holzstühle nieder. »Etwa zehn Meilen südlich wurden zwei Frauenleichen gefunden. Duncan meinte, es wären wieder Engländer gewesen …«

Augenblicklich verlor Rorys Gesicht jegliche Farbe. »Wo?«

»Beruhige dich, wahrscheinlich sind sie es nicht …«

»Wo?«, schrie er verzweifelt.

»Auf dem Pfad nach Port Righ, oberhalb des Storr Plateaus.« Betrübt senkte Cormag den Kopf. »Aber wie gesagt …«

Rory war bereits aufgestanden, schnappte sich sein Schwert und rannte nach draußen.

»Warte, ich komme mit«, rief Cormag, doch der jüngere Mann war bereits wie von Sinnen davon gerannt.

»Wo will Vater denn hin?«, wollte Ranald wissen, der mit einem Korb voll Torfstücken herein kam.

»Mach dir keine Sorgen, Laddy, er ist sicher bald zurück.«

»Lässt er mich jetzt auch allein?« In den braunen Augen des Jungen sah man Angst aufflackern.

»Blödsinn«, knurrte Cormag, dann schlug er Ranald freundschaftlich auf die Schulter. »Ohne dich würde er doch gar nicht zurechtkommen, bist ihm eine große Hilfe, Laddie.«

Ranald begann vorsichtig zu lächeln, dann folgte er Cormag ins Innere und der alte Mann versuchte, ihn mit verrückten Geschichten über einen missglückten Schafraub von seinen Sorgen abzulenken.

Rory rannte, bis ihm die Lungen brannten. Er konnte keinen klaren Gedanken fassen und dachte nur immer wieder: *Sie sind es nicht, sie dürfen es nicht sein … Sie sind es nicht …*

Allerdings wuchs mit jedem Schritt bei ihm die Gewissheit, dass es sich bei den Frauenleichen durchaus um seine Frau und die kleine Tochter handeln konnte. Seit Tagen suchten er und Cormag nach den beiden und hatte kein Lebenszeichen von ihnen gefunden, und dass Engländer sie entführt und ermordet hatten, würde dieses plötzliche Verschwinden erklären. Sein eigener Herzschlag donnerte in seinen Ohren, als er über Steine und erblühtes Heidekraut nach Süden rannte. Bald erkannte er von weitem die markanten Felsnadeln des Storr Plateaus. Schweiß rann ihm übers Gesicht, aber als er sich der Stelle näherte, die Cormag ihm beschrieben hatte, wurden seine Schritte zögernder.

Bitte nicht, sie dürfen es nicht sein, flehte er stumm.

Schließlich sah er einen uralten Mann, wahrscheinlich war es ein Schäfer, vor zwei in Laken gehüllten Gestalten sitzen.

Mit rasselndem Atem blieb Rory vor dem Alten stehen.

Dieser fuhr erschrocken herum. »Dem Himmel sei Dank, ich dachte schon, du wärst ein Engländer«, sagte er mit heiserer Stimme. »Vorhin sind fünf von den Mistkerlen hier vorbei gewandert.« Der Alte seufzte und deutete traurig auf die toten Körper. »Wahrscheinlich haben sie die beiden auf dem Gewissen.« Dann sah er Rory besorgt an. »Gehören sie zu deinem Clan?«

»Ich weiß es nicht.« Rorys Stimme war rau vor Angst und Panik drohte ihm, die Kehle zuzuschnüren.

»Ich hoffe, sie gehören nicht zu dir«, seufzte der Alte und begann das Laken aufzuschnüren, »aber wenn nicht bald jemand kommt, der sie kennt, muss ich sie begraben.«

Rorys Hände begannen zu zittern und er starrte stumm auf den alten Mann, der umständlich den Stoff wegzog. Eine dunkelblonde Haarsträhne kam darunter zum Vorschein und Rory keuchte auf. Für einen Augenblick tanzten nur noch bunte Lichtpunkte vor seinen Augen.

Als der Alte ihn am Arm fasste, kam er wieder halbwegs zu sich. »Ganz ruhig, Junge, lass dir Zeit, vielleicht …«

Aber Rory hörte nicht, er stürzte vorwärts und zog das Laken weg. Dann schluchzte er auf und Tränen rannen über sein Gesicht.

»Oh, das tut mir aber leid«, der alte Mann wollte Rory trösten, doch der schüttelte den Kopf und wischte sich über die Augen.

»Nein, das ist nicht Caitlin!« Obwohl er sich in diesem Augenblick dafür schämte, denn es war furchtbar, dass die Frau und das Mädchen tot waren, begann er jetzt laut zu lachen und umarmte den verdutzten alten Mann. »Sie sind es nicht, sie sind es nicht!«, rief er erleichtert.

Doch der alte Mann, der sich nun als Iain vorstellte, schien zu verstehen. Er lächelte ebenfalls und klopfte Rory auf den Rücken. »Das freut mich für dich.«

Nachdem sich Rory ein wenig beruhigt hatte, setzte er sich auf einen Stein. Von der vorherigen Euphorie war nun nicht mehr viel übrig. Er wusste nach wie vor nicht, was mit seiner Frau und seiner kleinen Tochter geschehen war und dass die beiden fremden Frauen, die vor ihm auf der Erde lagen, tot waren, war furchtbar.

»Vermisst sie denn niemand?«, wollte Rory wissen.

Der alte Iain zuckte mit den Schultern und fuhr sich über den langen weißen Bart. »Bisher nicht. Wer weiß, vielleicht haben sie allein gelebt, oder die verfluchten Engländer haben sie aus dem Süden mit hier hoch gebracht.«

Rory musste schlucken und plötzlich kochte Wut in ihm hoch. Was, wenn irgendwelche Engländer das Gleiche mit Mairi und Caitlin machten, wenn sie die beiden entführt hatten, sie schändeten und irgendwann wie ein Stück Dreck wegwarfen?

»Wo lagern die Engländer?«, fragte er grimmig.

Mit einem besorgten Blick auf Rorys Schwert deutete Iain vage nach Osten. »Irgendwo dort unten. Aber Junge, sei vorsichtig, du darfst dich nicht mit einer Waffe blicken lassen, du weißt, dass das streng verboten ist, und …«

Bevor der Alte den Satz beendet hatte, war Rory schon aufgesprungen. »Ich helfe dir später, die beiden zu begraben«, rief er über die Schulter zurück .

»Ich hoffe, ich muss nicht dich bald begraben«, seufzte der alte Iain kopfschüttelnd, dann lehnte er sich wieder an den Felsen und fuhr mit seiner Totenwache fort.

Der Nebel dämpfte Rorys Schritte, als er nach Osten eilte. Zunächst fand er das englische Lager nicht, aber dann hörte er Gegröle und sah fünf Männer in roten Uniformen in einer Senke. Sie hatten eine hölzerne Handkarre dabei und die meisten von ihnen schienen betrunken zu sein. Wahrscheinlich war es nur ein kleiner Erkundungstrupp, der ausgeschickt worden war, um die kleinen Dörfer in der Gegend auszurauben. Als Rory sah, wie einer der Engländer eine schreiende ältere Frau festhielt und ein weiterer dabei war, über sie herzufallen, sah er nur noch rot. Ohne auf seine eigene Sicherheit zu achten, stürmte er den Hang hinunter. Bevor auch nur einer der Engländer reagieren konnte, hatte dieser schon Rorys Schwert im Rücken stecken und brach lautlos zusammen. Rory stürzte sich auf den nächsten und hatte den Betrunkenen mit wenigen gezielten Schlägen außer Gefecht gesetzt. Nun wurden jedoch die anderen vorsichtig und kamen auf ihn zu. Rory wütete wie ein Berserker und wahrscheinlich rettete ihn nur der Umstand, dass die Engländer betrunken waren, vor einer ernsthaften Verletzung. Ein Schwert riss ihm ein Stück Fleisch aus dem Arm, ein weiteres ritzte sein Bein auf, und eine Kugel streifte haarscharf seinen Kopf, aber schließlich stand er heftig atmend vor fünf toten Engländern, während die Frau ihn mit erschrocken aufgerissenen Augen anstarrte. Einer der Engländer versuchte schwerverletzt davon zu krabbeln, doch bevor Rory sein Werk beenden konnte, kam die Frau näher. Sie war sicher schon über vierzig, hatte eine Menge grauer Strähnen in den Haaren, war jedoch durchaus noch recht hübsch anzusehen.

Sie nahm Rory das Schwert aus seiner blutüberströmten Hand und nickte grimmig. Ohne ein weiteres Wort rammte sie dem Engländer das Schwert in die Kehle, ließ es fallen und verschwand dann stumm in den Hügeln.

Zunächst wollte Rory ihr folgen, sie fragen, ob er ihr helfen konnte, doch dann nahm er nur sein Schwert und schwankte erschöpft nach Hause.

Kapitel 20
Späte Rache

Caitlin wusste nicht, wie viel Zeit nach dem Überfall vergangen war, aber als sie aus ihrer Bewusstlosigkeit aufwachte, hing sie gefesselt über dem Rücken eines braunen Ponys und wurde ordentlich durchgeschüttelt. Als sie ruckartig auffuhr, da sie sich an ihre Tochter erinnerte, fuhr ein stechender Schmerz durch ihren Kopf.

»Mairi?«, keuchte sie.

»Mutter«, ertönte eine dünne, ängstliche Stimme von links.

Dankbar schloss Caitlin die Augen. Ihre Tochter war also ebenfalls hier.

»Na, endlich wach«, knurrte eine grobe Stimme. Der Mann, der hinter ihr auf dem Pony saß, riss sie brutal nach oben. Caitlin kannte ihn nicht, aber der Aussprache nach war es ein Schotte, kein Engländer, wie sie zunächst befürchtet hatte.

»Was habt ihr mit uns vor?«

»Maul halten, das wirst du schon noch erfahren.« Der Mann mit dem stoppeligen Bart und den schlechten Zähnen grinste sie böse an.

»Mairi, ist alles in Ordnung?«, fragte sie nach links. Ihre kleine Tochter saß, ebenfalls gefesselt, vor einem großen, bärtigen Mann auf einem kräftigen Schimmel.

»Ja, aber wo reiten wir …«

»Schnauze halten, habe ich gesagt«, rief der Mann hinter Caitlin und sie nickte Mairi eilig zu, woraufhin das Mädchen verstummte.

Caitlin bemerkte, dass sie über die Quiraing Ridge in Richtung Süd-Osten ritten. Einerseits war sie froh, dass keine Engländer sie und Mairi entführt hatten, aber diese Männer hier schienen auch nicht sonderlich sympathisch.

Beruhigend lächelte sie ihrer ängstlich dreinschauenden Tochter zu und sie war sich sicher, dass ihnen irgendwie die Flucht gelingen würde.

Während einer kurzen Pause, die Männer hatten Mairi und Caitlin auf dem Boden abgesetzt und aßen nun etwas, krabbelte Caitlin dicht zu ihrer Tochter heran.

»Mutter, was machen sie mit uns?« Die großen blauen Augen des Mädchens waren angsterfüllt.

»Sei leise und rutsch ganz dicht her«, flüsterte Caitlin, während sie einen nervösen Blick auf ihre Entführer warf. »Ich versuche, deine Fesseln zu lösen.«

Hastig nickend kroch die Kleine zu ihrer Mutter. Angestrengt versuchte Caitlin das dicke Seil zu lösen, aber ihre eigenen Hände waren fest verschnürt und sie bekam Mairis Fesseln einfach nicht auf. Schweiß trat auf ihre Stirn und sie arbeitete immer hektischer, als sie bemerkte, dass die Männer wieder aufbrechen wollten.

»Mutter …« Mairi begann leise zu weinen, während Caitlin panisch an ihren Fesseln zerrte, doch nur wenige Augenblicke später stand der Bärtige vor ihnen und hob Mairi wie ein Spielzeug hoch.

»Lasst doch wenigstens das Mädchen gehen!«, schrie Caitlin verzweifelt.

Der Mann schüttelte grinsend den Kopf und warf die zappelnde Caitlin aufs Pferd, bevor er selbst erneut hinter ihr aufstieg.

Eine ganze Weile ritten sie bergab, dann durch ein zerklüftetes Tal, an einem Bach entlang. Anschließend ging es wieder eine ganze Weile den Berg hinauf und durch ein düsteres Waldstück. Schließlich hielten die Männer erneut an und hoben Mairi und Caitlin von den Pferden. Sie trugen die beiden ein Stück bergauf und in eine Höhle hinein, in der es düster und kalt war. Sie wurden in einer kleineren Grotte, die sich hinter der ersten, größeren, auftat gelegt und der Bärtige schnitt ihre Fesseln durch. Er mochte etwa dreißig sein, war kräftig gebaut, von seinem Gesicht durch den buschigen Vollbart kaum etwas zu sehen. Sein Freund war etwas kleiner, gedrungener, vermutlich ein wenig jünger, und sein kantiges Kinn von Stoppeln bedeckt. Der Bärtige zog sich zurück und bevor Caitlin reagieren könnte, hatten die beiden Männer bereits einen schweren Felsblock vor die Öffnung gerollt.

Seufzend nahm Caitlin ihre verstörte Tochter in den Arm und versuchte, sie zu trösten.

»Rory wird uns suchen, er findet uns, keine Angst.«

Der Nebel hatte sich langsam verzogen, als Rory zu Hause ankam. Er fühlte sich erschöpft und ausgelaugt. Cormag stieß einen erschrockenen Schrei aus, als er ihn schmutzig und blutüberströmt, wie er war, über die Wiese schwanken sah. Sofort eilte Cormag ihm auf krummen Beinen entgegen, führte ihn ins Innere und besah sich dann seine Verletzungen.

»Zum Glück nichts Ernstes. Komm, setz dich, ich verbinde das«, sagte er und begann die etwas tiefere Wunde an der Schulter auszuwaschen. Selbst als er, mit einem bedauernden Achselzucken, etwas Whisky hineingoss, zuckte Rory kaum zusammen.

»Wo ist Ranald?«, fragte er nur tonlos.

»Hab ihn zu meiner Hütte geschickt, damit er noch etwas Whisky holt. Ist wohl auch besser, dass er dich so nichts sieht,« fügte er brummend hinzu. »Die Frauen …« Cormag zögerte, die Frage direkt auszusprechen, und als Rory den Kopf schüttelte, atmete er erleichtert aus.

»Sie sind es nicht.« Obwohl Rory ganz offensichtlich todmüde war, schickte er sich an, sich wieder zu erheben. »Ich muss wieder zurück. Ich habe dem alten Iain versprochen, sie zu begraben, wer auch immer sie sind.«

Cormag stieß ein leises Stoßgebet aus, dann fasste er Rory an der Schulter. »Ruh dich aus, ich mache das.«

»Nein, ich habe es versprochen …« Doch noch bevor er seinen Satz beendet hatte, sank sein Kopf auf die Tischplatte und er war eingeschlafen.

Am nächsten Tag ritten Cormag und Rory gemeinsam nach Süden. Sie hatten den widerstrebenden Ranald zurückgelassen, doch sie wollten ihm den Anblick der toten Frauen ersparen. Unterwegs erzählte Rory dem alten Mann von seiner Auseinandersetzung mit den Engländern.

»Im Namen des Herrn«, Cormag schüttelte seinen kahlen Kopf, »du bist wirklich ein Teufelskerl. Wenn ich's nicht besser wüsste, würde ich keinem Menschen glauben, dass du in England geboren wurdest.«

Rory grinste halbherzig. Manchmal vergaß er das selbst und sogar Mairi und Ranald wussten nichts davon, dass ihr Vater, in einem anderen Leben, wie es ihm schien, ein englischer Offizier gewesen war.

Der alte Schäfer saß noch immer an dem gleichen Fleck, an dem Rory ihn zurückgelassen hatte und ließ sich die heute hoch am Himmel stehende Sonne ins Gesicht scheinen.

Cormag und Iain begrüßten sich, und Rory bekam mit, dass sie sich flüchtig kannten.

»Ah, ich bin froh, dich gesund und munter zu sehen.« Iain betrachtete Rory von oben bis unten.

»Ich habe versprochen, die beiden zu begraben, also tue ich es auch.«

»Hat ein ganzes Bataillon Engländer allein unschädlich gemacht, der Verrückte.« Mit einem stolzen Grinsen schlug Cormag ihm auf die Schulter. »Könnte glatt mein Sohn sein, wenn ich denn einen hätte.«

»Es waren nur fünf«, murmelte Rory verlegen.

Der alte Iain hingegen musterte ihn nun bewundernd. »Das war mutig und gefährlich zugleich.« Er kratzte sich an seinem schlohweißen Kopf. »Aber dann sollten wir die Engländer auch verschwinden lassen, sonst gibt es Ärger.«

»Da hast du Recht.« Cormag schnappte sich einen Spaten und begann mit einer Kraft, die seiner klapprigen Erscheinung spottete, ein Loch auszuheben.

Mit vereinten Kräften hatten sie die beiden Frauen bald begraben. Cormag sprach ein Gebet, dann machten sie sich auf den Weg, die Engländer verschwinden zu lassen. Sie nahmen deren Waffen an sich und warfen die Leichen in einen Felsspalt, welchen sie anschließend mit Erde und Heidekraut bedeckten.

Grimmig nickten sie sich zu und Iain versprach zum Abschied, dass er sofort Bescheid sagen wollte, wenn er etwas über den Verbleib von Caitlin und Mairi hörte.

Caitlin erschien es wie eine halbe Ewigkeit, die sie nun in dieser düsteren Höhle festsaßen, nur ein schmaler Lichtstreifen gewährte ihnen hin und wieder ein kleines bisschen Trost. Sie nahm an, dass sie nun bereits seit zwei oder drei Tage hier gefangen waren. In der kleinen Grotte, die sich gleich hinter der Haupthöhle befand, von der sie durch einen Felsbrocken getrennt wurden, war es kalt, es roch muffig und ihre Kleider waren von der Feuchtigkeit, die von den Wänden tropfte, klamm. Man hatte ihnen Wasser, etwas Brot und Käse hier gelassen, sonst kümmerte sich niemand um sie. Wie Caitlin rasch feststellen musste, hatte die Höhle keinen zweiten Ausgang und um Hilfe zu schreien hatte sie mittlerweile auch schon aufgegeben, denn in der näheren Umgebung gab es keine Dörfer. Obwohl sie selbst ständig mit den Tränen kämpfte und verzweifelt war, versuchte sie, der kleinen Mairi die Angst zu nehmen, sprach ihr immer wieder aufmunternde Worte zu, und das Mädchen hielt sich auch wirklich tapfer.

Dann erklangen eines Tages Schritte und Caitlin setzte dazu an, zu rufen, doch in diesem Moment ertönte auch schon eine barsche Stimme. »Tretet zum hinteren Ende zurück, eine Waffe ist auf euch gerichtet, für den Fall, dass du irgendetwas vorhast.«

Enttäuscht ließ Caitlin den dicken Stein fallen, den sie in der Hand gehalten hatte. Tatsächlich hatte sie überlegt, die Entführer zu überrumpeln.

Mit lautem Krachen wurde der dicke Fels weggerollt. Der bärtige Mann, der sie entführt hatte, stand im fahlen Dämmerlicht und hielt drohend den Lauf einer rostigen Pistole auf sie gerichtet.

»Rauskommen«, knurrte er.

Caitlin nahm Mairi an der Hand und trat zögernd in die erste Höhle, wo sie sich umsah. Im fahlen Abendlicht erblickte sie eine verhutzelte

Gestalt, die am Feuer saß und sich dabei wärmend die Hände rieb. Als der Mann den Kopf hob, zuckte Caitlin unwillkürlich zurück – das konnte doch nicht sein!

Leise kichernd erhob sich der Greis und Caitlin musste noch ein zweites Mal hinsehen, bis sie sicher war, dass ihr Verstand ihr keinen bösen Streich spielte und sie kein Trugbild oder gar einen Geist vor sich hatte.

»Ja, ich bin es wirklich«, knurrte Douglas MacKenzie und bemühte sich, seinen buckligen Rücken zu strecken. Er war noch niemals groß gewesen, doch nun wirkte er wie ein verschrobener Zwerg. Douglas hatte deutlich abgenommen, früher war er eher dicklich und untersetzt gewesen, doch nun hing ihm die Haut in Säcken vom Gesicht. Seine Augen glitzerten allerdings noch immer so bösartig, wie Caitlin sie in Erinnerung gehabt hatte. »Lange Zeit war ich krank, und wahrscheinlich hat man sich erzählt, ich wäre gestorben«, vermutete er, »aber ich bin noch hier, auch wenn ein Großteil meines Clans ausgewandert ist.«

Caitlin schloss kurz die Augen. Sie hatte gedacht, der Albtraum mit den MacKenzies wäre endlich vorüber, hatte sich nach all den Jahren der Angst nun einigermaßen in Sicherheit gewähnt, aber gerade schienen die Schatten der Vergangenheit mit geballter Kraft zurückzukehren. Sie hatte das Gefühl, als würde ihr der Boden, den sie mühevoll erkämpft hatte, mit einem Ruck unter ihren Füßen weggerissen werden.

»Wer ist das?«, flüsterte Mairi ängstlich. Instinktiv spürte sie wohl, dass dieser Mann böse war.

Als Douglas näher geschlurft kam und Mairi aus zusammengekniffenen Augen anstarrte, schob Caitlin ihre Tochter hinter sich und stellte sich dem alten Mann in den Weg.

»Was für ein hübsches kleines Mädchen«, krächzte Douglas und beugte sich ächzend hinab.

»Lass sie in Ruhe.« Nur mühsam bewahrte Caitlin ihre Fassung. »Mach mit mir was immer du willst, aber lass sie gehen.«

Ein zahnloses, aber äußerst garstiges Grinsen überzog Douglas Gesicht. Mit einer ruppigen Handbewegung bedeutete er dem Bärtigen, Caitlin zu ergreifen. Caitlin begann wie besessen zu zappeln, schlug um sich und biss ihn in die Hand. Rasch verlor der Mann die Geduld, packte Caitlin mit festem Griff am Arm und richtete schließlich seine Pistole auf Mairis Kopf, woraufhin Caitlin vor Wut und Angst zitternd innehielt.

»Mutter …« In Mairis großen braunen Augen sammelten sich Tränen, als Douglas ihre Wange streichelte.

»Sie hat Ähnlichkeit mit Paden«, murmelte der Greis.

»Sie ist nicht von Paden, sie kann es gar nicht sein, sie wurde geboren, nachdem ich Rory geheiratet habe und …«

Mit für sein Alter und seine Statur erstaunlicher Behändigkeit sprang Douglas auf und schlug Caitlin ins Gesicht. »Du hast mir meinen Sohn genommen, du kleine Hure.« Douglas sah ihr mit seinen kleinen, bösartigen Augen ins Gesicht, und sein Gestank, der ihr entgegen schlug, raubte ihr den Atem. »Als Widergutmachung werde ich deine Tochter nehmen und dich …«, er spuckte auf den Boden, »dich werde ich an die Engländer verkaufen. Bist ja noch immer recht ansehnlich, wenn auch zu dürr für meinen Geschmack.«

Nach einem Augenblick der Fassungslosigkeit begann Caitlin zu toben und zu schreien. Sie bedachte Douglas MacKenzie mit allen Schimpfwörtern, die ihr einfielen, doch der alte Mann lachte nur höhnisch und zog die widerstrebende Mairi auf seinen Schoß.

»Ich werde ein guter Grandpa sein, meine Kleine.«

»Mein Grandpa ist in Amerika«, erwiderte das kleine Mädchen mit bewundernswertem Mut und versuchte, sich möglichst weit nach hinten zu lehnen, um Douglas' fauligem Atem zu entgehen.

»Jedes Kind hat zwei Grandpas.« Douglas ergriff sie und zerrte sie zurück in die hintere Höhle. Auch der Bärtige schleifte Caitlin hinter sich her, dann wurde der Felsen erneut vor die Öffnung gerollt.

»Ich komme dich bald holen, Caitlin.« Die Stimme von Douglas hallte gedämpft zu ihr herüber, als Caitlin die weinende Mairi an sich drückte.

»Ich lasse nicht zu, dass er dich mitnimmt«, flüsterte sie in Mairis Haare und dachte fieberhaft nach, wie sie ihr Versprechen einlösen konnte.

Vor allem Ranald zu liebe bemühte sich Rory, so gut es eben ging, mit dem gewohnten Leben fortzufahren. Noch immer suchte er beinahe jeden Tag nach Caitlin und Mairi und er und Cormag sperrten die Ohren auf, wo immer sie auf andere Menschen trafen , doch sie erfuhren keine Neuigkeiten. Niemand hatte seine Frau und seine kleine Tochter irgendwo getroffen. Rory war völlig niedergeschlagen, aber er war gezwungen irgendwie weiterzumachen. Die Ernte musste eingebracht werden, der Winter war nicht mehr allzu fern und wenn er und Ranald nicht hungern wollten, mussten sie sich um die Felder und die Schafe kümmern. Cormag war bei ihnen geblieben, nur hin und wieder ging er in seine alte Hütte zurück oder Rory half ihm dabei, das wenige Gemüse, das er angebaut hatte, zu ernten. Es war eine traurige, verzweifelte Zeit und auch wenn Rory versuchte, es sich nicht anmerken zu lassen, langsam glaubte er nicht mehr daran, dass Mairi und Caitlin zurückkehrten. Die Ungewissheit, was mit ihnen geschehen war, drohte ihm den Verstand zu rauben, und nur Ranald zuliebe riss er sich einigermaßen zusammen.

Etwa zwei Wochen nach dem Verschwinden der beiden verkündete Cormag, er wolle nach Port Righ gehen, um seinen schwarz gebrannten Whisky zu verkaufen.

»Ich begleite dich, vielleicht höre ich auf dem Markt etwas von Caitlin.« Rory war jede Abwechslung recht, aber der alte Mann schüttelte den Kopf.

»Bleib hier, wenn sie uns beide erwischen, ist Ranald allein.«

Widerstrebend stimmte Rory zu, allerdings wäre er gern dorthin gegangen, denn es war der einzig größere Ort der Insel, doch stattdessen lieh er Cormag zumindest Rona aus, denn so konnte der alte Mann zumindest reiten und seine Flaschen leichter transportieren.

Mit Ranalds Hilfe machte sich Rory an die Kartoffelernte, allerdings schweifte sein Blick immer wieder die Hügel hinauf. Der Gedanke an Caitlin und Mairi ließ ihn einfach nicht los.

Voller Sorge und mit wachsender Panik warteten Caitlin und ihre kleine Tochter in der Höhle. Caitlin zweifelte nicht an Douglas' Absicht, sie an die Engländer zu verkaufen und was er mit Mairi vorhatte, das mochte sie sich gar nicht ausmalen. Mittlerweile bereute sie es fast, Douglas so vehement klar gemacht zu haben, dass Mairi Rorys Tochter war. Hätte sie ihn in dem Glauben bestätigt, es handle sich um Padens Kind, wäre vielleicht zumindest Mairi einigermaßen in Sicherheit gewesen. Doch dazu war es nun zu spät. Fieberhaft dachte sie über Fluchtmöglichkeiten nach. Der Fels war viel zu schwer für sie und das kleine Mädchen, und so oft sie es auch versucht hatten, ihn wegzurollen, jedes Mal waren sie gescheitert. Eine schmale Ritze am hinteren Ende der Höhle hatte sich als zu eng erwiesen, allerdings versuchten Caitlin und Mairi nun fieberhaft, sie mit Hilfe von scharfkantigen Steinen zu erweitern und hofften, irgendwie ins Freie zu gelangen, auch wenn ihre Mühen aussichtslos erschienen. Untätig herumzusitzen war für Caitlin keine Lösung und hätte sie nur vollends in den Wahnsinn getrieben.

Auch an diesem Tag kratzte Caitlin an der schmalen Öffnung herum, wobei sie ihre blutigen Hände nicht beachtete. Sie mussten unbedingt fliehen, bevor Douglas erneut auftauchte. Ihre Gedanken wanderten zu Rory und Ranald, und sie fragte sich, was die beiden wohl denken mochten. Inzwischen mussten sie außer sich vor Sorge sein, und der Gedanke, Douglas MacKenzie könnte sie und Mairi entführt haben, war für Rory sicher genauso abwegig, wie er es für sie selbst bis vor wenigen Tagen noch gewesen war. Nein, darauf konnte sie kaum hoffen. Erneut betrachtete sie jene Stelle in der Höhlendecke wo der Lichtstrahl hindurchfiel. Caitlin glaubte einen leichten Geruch von Erde und Gras, vielleicht sogar von Freiheit wahrnehmen zu können und die Sehnsucht zerrte in ihr. Schon mehrmals hatten sie und Mairi erfolglos versucht, hinaufzuklettern.

»Kommt der ekelhafte alte Mann wieder?«, fragte Mairi plötzlich ängstlich und hörte auf, an dem harten Brot herumzukauen, das man ihnen hier gelassen hatte.

Seufzend hielt Caitlin mit ihrer sinnlosen Arbeit inne und nahm das Mädchen in den Arm. »Ich weiß es nicht.«

»Warum kommt Vater denn nicht endlich?«, schluchzte die Kleine. »Hat er uns vergessen?«

Caitlin drückte sie an sich, streichelte ihr über die verworrenen Haare, und unterdrückte ihre eigene Panik. »Nein, er hat uns nicht vergessen, er weiß nur nicht, wo wir sind.«

»Aber er kommt?« Mairis Augen waren so hoffnungsvoll, dass es Caitlin beinahe das Herz zerriss. Sie wollte Mairi nicht anlügen, ihr aber auch keine unnötige Angst machen.

Plötzlich sprang sie auf, denn sie spürte selbst, dass sie sich nicht mehr lange Zeit lassen durften. Eine heftige Rastlosigkeit übermannte sie, so als wolle irgendetwas ihr mitteilen zu handeln, denn sollte Douglas zurückkehren, so würde er ihr Mairi endgültig wegnehmen und sie entweder auf der Stelle töten, oder an die Engländer verkaufen.

»Mairi, hör mir jetzt gut zu«, entschlossen fasste sie ihre Tochter an den Armen, »du steigst auf meine Schultern und versuchst, dort hochzuklettern.« Sie deutete auf den schmalen, verheißungsvollen Lichtstreifen, der durch die Höhlendecke fiel. Auch wenn sie schon mehrere Male an dem feuchten und glitschigen Fels gescheitert waren, so wollte sie es noch einmal versuchen. Heute wirkte der Felsen etwas trockener, vielleicht hatte es draußen aufgehört zu regnen und es war kein Wasser mehr hereingedrungen. Caitlin nahm ihre Tochter bei den Schultern.

»Aber sei vorsichtig und wenn du keinen Halt findest, komm lieber wieder runter.«

Mit vor Aufregung geweiteten Augen nickte das Mädchen.

Caitlin rollte einen flachen Stein heran, um noch etwas höher zu stehen, dann ließ sie Mairi auf ihre Schultern steigen. Das Mädchen kletterte hinauf und versuchte, irgendwo Halt zu finden.

»Kannst du hochklettern?«

»Ich weiß nicht.« Mairi tastete sich voran, sie krallte ihre kleinen Finger in einen Spalt und wollte sich hochziehen, doch ihre Füße fanden keinen Halt und sie krachte schmerzhaft auf Caitlins Schultern zurück.

»Das hat keinen Sinn«, seufzte Caitlin resigniert.

»Warte, ich versuche es noch mal.« Erneut streckte sich das kleine Mädchen, tastete sich vorsichtig voran.

»Nicht, wir versuchen etwas anderes …« Bevor Caitlin etwas hinzufügen konnte, stieß Mairi einen leisen Schrei aus.

»Hier ist ein kleiner Vorsprung!«

»Wirklich?« Caitlin streckte sich, um mehr sehen zu können, aber Mairis Körper verdeckte ihr die Sicht.

»Ich kann weiter hochklettern.« Mairis Stimme klang vor Aufregung ganz hell.

»Sei vorsichtig, ich will nicht, dass du abstürzt!« Besorgt legte Caitlin eine Hand vor den Mund und starrte in die Höhe.

Nach einer Weile kam Mairi zurück, ihre Augen glänzten vor Begeisterung. »Da ist ein Spalt im Fels, es ist nicht ganz einfach und sehr eng, aber ich könnte rausklettern.«

Vorsichtig hob Caitlin die kleine Tochter herunter. »Wirklich?« Sie konnte ihr Glück nicht fassen.

»Ja!« Begeistert nickend begann Mairi wahllos Steine heranzuschleppen. »Wir müssen nur genug Steine holen, dann kannst du auch hochklettern.«

Fieberhaft machten sich die beiden an die Arbeit und nach einer Weile hatten sie tatsächlich ein kleines Podest gebaut. Caitlin stieg hinauf und diesmal konnte Mairi problemlos den Felsvorsprung erreichen. Für Caitlin war es etwas schwieriger, aber mit einiger Anstrengung gelang es ihr schließlich, sich hochzuziehen. Geschickt kletterte Mairi weiter, doch der Spalt wurde immer enger und schließlich konnte Caitlin nicht weiter. Sie hätte heulen können, denn es war nur noch ein kurzes Stück bis ins Freie. Zwar war Caitlin schlank und geschmeidig, aber sie passte einfach nicht durch den schmalen Spalt. Das Licht, das ihr aufs Gesicht fiel, tat so unendlich gut, doch erreichen konnte sie es nicht. Gespannt beobachtete sie, wie Mairi sich weiter voranschob, erst einen Arm durch den Spalt zwängte, dann den anderen. Kurz schien Mairi festzusitzen, doch sie strampelte mit den Füßen, fand schließlich an einem hervorstehenden Stein genug Halt, um sich weiter zu schieben, und tatsächlich schaffte sie es, sich hinauszuzwängen.

Aufgeregt und mit leuchtenden Augen hielt sie Caitlin ihre Hand entgegen und rief: »Gleich hast du es geschafft!«

»Mairi, ich passe da nicht durch«, sagte Caitlin resigniert und griff mit großer Anstrengung nach Mairis Fingerspitzen.

»Doch, es ist nicht mehr weit, du schaffst es, Mum.«

»Du musst allein gehen, geh nach Hause und sag deinem Vater, wo ich gefangen gehalten werde.«

Nun hörte sie ein leises Schluchzen. »Nein, du kommst sicher durch, ich mache das Loch breiter.« Emsig machten sich ihre kleinen Hände an dem Spalt zu schaffen und Steine und Erde rieselten auf Caitlins Kopf herab. Mit Tränen in den Augen sah Caitlin, dass einige von Mairis Fingern bluteten.

»Hör auf, Mairi, das hat keinen Sinn.«

Erneut schluchzte das Mädchen, dann hängte sie sich noch einmal in den Felsspalt und Caitlin konnte ihr verheultes Gesicht sehen. »Aber … aber ich kann dich doch nicht allein hier lassen … ich … ich.«

»Doch, du kannst! Und du musst es tun«, redete Caitlin eindringlich auf ihre Tochter ein.

»Ich finde den Weg nicht«, heulte Mairi auf.

»Du bist ein großes Mädchen und du findest den Weg.« Erneut griff Caitlin mit einiger Anstrengung hinauf und erreichte mit den Fingerspitzen haarscharf Mairis Wange. »Halte dich entlang der Quiraing Ridge, auf der Hochebene, geh in Richtung Westen, bis du an der Küste angelangst. Du weißt, wie man die Himmelsrichtung bestimmt, und wenn du das Meer siehst, geh nach Norden. Du schaffst es, Mairi.«

»Nein!« Tränen liefen über das Gesicht des kleinen Mädchens und Caitlin musste ihre eigenen selbst krampfhaft herunterschlucken.

»Geh jetzt und sei vorsichtig. Lauf nicht bei Nacht, dann findest du den Weg nicht. Mairi, bitte hol deinen Vater und Cormag!« Noch einmal streichelte sie mit ihren Fingern über Mairis Wange. »Wenn du erst ein paar Meilen westlich von hier bist und auf ein Dorf oder Menschen triffst, dann bitte sie um Hilfe.« Sie dachte kurz nach. »Aber sag nicht, dass dein Name Mairi MacArthur ist, für den Fall, dass du auf MacKenzies triffst und sie mit Douglas unter einer Decke stecken. Sag …«, sie dachte kurz nach, »… sag, du heißt Mairi Grant und willst du zu deinem Großonkel Cormag, weil euer Dorf weiter im Süden überfallen worden wäre.«

»Mutter, ich …«

»Mairi, das ist unsere einzige Chance. Wenn du zu Hause bist, sag deinem Vater, es ist das Tal, etwa fünf Meilen nördlich vom Dorf der MacKenzies.«

Noch einmal schluchzte Mairi verzweifelt auf, dann war ihr kleiner blonder Kopf verschwunden. »Ich beeile mich!«

Dankbar schloss Caitlin die Augen, dann kletterte sie langsam zurück. Unten angekommen legte sie ihren Kopf auf die Knie. Zumindest Mairi war frei, das war beruhigend, nun hoffte sie inständig, dass das Mädchen tatsächlich den Heimweg fand und das sie nicht zuviel von ihrer Tochter verlangte. Ihre missliche Lage war noch lange nicht ausgestanden.

So schnell ihre kurzen Beine sie trugen, rannte Mairi los. Es war etwas diesig, aber sie sah, wie die Sonne langsam unterging – das musste

Westen sein, dorthin musste sie gehen. Mairi wollte nur noch nach Hause, zu ihrem Bruder, zu ihrem Vater, und der sollte dann ihre Mutter befreien, das war das Einzige, an das sie denken konnte.

Als es dunkel wurde, war das kleine Mädchen erschöpft, und langsam verließ sie auch der Mut, jetzt, wo sie ganz allein in den finsteren, menschenleeren Highlands umherirrte. Leise weinend drückte sie sich in eine von weichem Gras bewachsene Hügelkuhle und musste unwillkürlich an die vielen Geistergeschichten denken, die ihre Eltern und der alte Cormag ihr erzählt hatten. Der Wind pfiff leise über das Land und jedes Knacken hörte sich unnatürlich laut an. Mairi kauerte sich immer mehr zusammen, schlang ihre Arme um ihre Knie und ihre Augen waren weit aufgerissen. Irgendwann glaubte Mairi, eine Gestalt in der Dunkelheit auszumachen. Auch wenn es kaum mehr möglich war, kauerte sie sich noch tiefer in die Felsspalte, hielt die Luft an und kniff die Augen zusammen. Es raschelte auf dem Boden, dann ein Klacken, so als würde etwas Schweres auf einen Stein treten. Mairi wimmerte unterdrückt, und ein leises, hoffnungsvolles: »Vater«, kam über ihre Lippen, aber plötzlich glaubte sie, ein Schnauben zu hören und öffnete ihre Augen einen Spalt breit. Nur ein paar Schritte entfernt, vor dem finsteren, wolkenverhangenen Nachthimmel, glaubte sie, den Umriss eines weißen Pferdes zu sehen.

»Gealach«, flüsterte sie, ein vorsichtiges Lächeln stahl sich in ihr Gesicht, und plötzlich war ihre Angst beinahe verschwunden. Der berühmte Geisterhengst, von dem sie schon unzählige Geschichten gehört hatte, würde auf sie aufpassen, und so schlief Mairi schließlich mit dem Gefühl, beschützt zu werden, ein.

An diesem Abend saß Rory mal wieder mit tiefen Ringen unter den Augen, die von zahllosen schlaflosen Nächten sprachen, vor dem Feuer, eine Whiskyflasche vor sich auf den Knien. Cormag war noch unterwegs und würde wahrscheinlich erst morgen kommen.

»Saufen nützt auch nichts«, murmelte Rory frustriert, stellte die Flasche beiseite und starrte in das kleine Torffeuer, welches nur wenig Licht und Wärme spendete. Die Nächte wurden bereits kälter und der Herbst schickte seine unmissverständlichen Vorboten. Ranald schlief schon seit einiger Zeit im Nebenraum in seinem Bett und nicht zum ersten Mal war Rory allein mit seinen Sorgen und nicht enden wollenden Gedanken, die sich nur um eins drehten. Die kleinen Flammen warfen gespenstische Schatten in den Raum und Rorys Erinnerungen schweiften in die Zeit ab, als noch der ganze Clan MacArthur hier gelebt hatte. Er dachte daran, wie Caitlin und er sich kennen gelernt hatten, die lange Zeit, die sie getrennt gewesen waren und an ihre Hochzeit. Im Halbschlaf sah er sich und Caitlin mit Angus in dem kleinen Tal an der Quelle stehen und ein Lächeln stahl sich auf sein Gesicht. Plötzlich hörte er ein lautes Wiehern, welches die Luft zerriss. Rory fuhr erschrocken auf – das war nicht in seinem Traum gewesen.

Auch Ranald hatte es offensichtlich gehört, denn der kleine Junge kam mit verschlafenem Gesicht herübergetapst und rieb sich die Augen.

»Was war das?«

Rory legte nur eine Hand an die Lippen und bedeutete seinem Sohn zu schweigen. Er fürchtete englische Soldaten könnten sie aufsuchen, verwarf den Gedanken jedoch wieder, denn so spät in der Nacht tauchten sie selten auf.

Rory stürzte zur Tür und auf dem Hügel über dem Haus glaubte er im fahlen Mondlicht Gealach zu sehen, aber kurz darauf war die Erscheinung wieder verschwunden.

»War das der Geisterhengst?«, wollte Ranald aufgeregt wissen.

»Ich weiß es nicht.« Rory nahm seinen Sohn in den Arm.

»Meinst du, er wollte uns etwas sagen?« Erwartungsvoll sah der kleine Junge zu ihm auf.

»Wenn ich das nur wüsste.«

Durchgefroren und erschöpft wachte Mairi in der Morgendämmerung auf. Zunächst dachte sie, sie hätte vielleicht nur geträumt, dass sie ihrem Gefängnis entkommen war, aber dann sprang sie auf und eilte in die Richtung, in der sie Westen vermutete.

Hoffentlich sehe ich das Meer bald, hoffte sie und wanderte tapfer weiter. Wenn sie erst das Meer sehen würde, so glaubte sie, nach Hause zu finden.

Leider war es auch heute ziemlich diesig und die Sonne zeigte sich kaum, sodass es ihr schwer fiel, sich zu orientieren. Schwere, Wolken hüllten die Hügel ein und machten so jegliche Orientierungsmöglichkeit zunichte. Mairi rannte weiter und zumindest wurde ihr vom zügigen Laufen bald wieder warm. Ein knurrender Magen quälte sie, aber es dauerte bis zum Mittag, bis sie einen Busch mit Brombeeren fand, an dem sie ihren größten Hunger stillen konnte.

Mairi wanderte über sumpfiges Land und kletterte über kahle Felsen. Sie erkannte die Hochebene, über die der Wind pfiff und war guter Hoffnung, den richtigen Weg gefunden zu haben, auch wenn es hier keine Straßen oder Wege gab. Sie dachte an zu Hause und wie sehr sich ihr Vater und Bruder freuen würden, sie wiederzusehen, und dann nahm sie sich vor, nie wieder mit Ranald über irgendwelchen Blödsinn zu streiten und mehr auf ihren Vater zu hören. Als ihre Gedanken zu ihrer Mutter zurückkehrten, die allein in der Höhle saß, traten Tränen in ihre Augen. Aber dann riss sie sich zusammen und beschleunigte ihre Schritte. Dunkle Wolken und leichte Regenschauer ließen die Umgebung noch finsterer erscheinen, außerdem zog jetzt dichterer Nebel auf. Mairi war schon einige Meilen gelaufen, als sie plötzlich Menschen erkannte. Freudig hob sie eine Hand, denn jetzt glaubte sie, endlich Hilfe gefunden zu haben, aber dann erkannte sie mit ihren scharfen Augen einen bärtigen Mann und sie erstarrte. Was, wenn das der Kerl war, der sie und ihre Mutter entführt hatte?

»Hugh, hast du das gesehen?«, fragte der Bärtige seinen Kumpan.

Dieser kniff die Augen zusammen. »Was?«

»Dort oben, war dort nicht jemand?« Der Bärtige deutete in die Richtung, in der er eine kleine Gestalt glaubte gesehen zu haben.

»Ach was, komm jetzt, wir sollen der blonden Schlampe und dem Gör was zu essen bringen.« Besagter Hugh grinste vielsagend. »Damit die Engländer was zum Anfassen haben.«

Lachend nickte der Bärtige. »Ja, und wenn wir sie morgen früh aufs Festland bringen sollen, müssen wir bald aufbrechen.«

Rasch hatte Mairi sich hinter einem dicken Felsbrocken versteckt, denn sie hatte ein ganz ungutes Gefühl. Dieses bestätigte sich, als kurze Zeit später die beiden Männer an ihr vorbei liefen. Sie spitzte hinter ihrem Versteck hervor und erkannte atemlos, dass es tatsächlich die Entführer waren, die mit einem vollbeladenen Pony am Strick unterwegs waren. Mit klopfendem Herzen kauerte sie sich hinter den Fels und wartete. Sie hörte Schritte, die sich näherten, und sofort presste sie sich gegen den Fels. Dann hörte sie ein Plätschern und der Geruch von Alkohol und Schweiß trieb ihr in die Nase. Für einen Moment überlegte sie, ob sie einfach loslaufen sollte.

»Komm jetzt weiter«, blaffte eine Stimme und endlich entfernten sich die Schritte.

Vorsichtig spähte Mairi ums Eck, bis die beiden Männer außer Sichtweite waren. Dann sprang sie auf und rannte so schnell ihre Beine sie trugen weiter – das war gerade noch mal gutgegangen.

Den ganzen Tag lang wanderte Mairi über die heidekrautbedeckten Hügel. Da es immer diesiger wurde, konnte sie sich nicht nach der Sonne richten und so verlor sie die Orientierung. Als sie das Meer sah, glaubte das kleine Mädchen, bald zu Hause zu sein, auch wenn ihr die Umgebung nicht wirklich vertraut vorkam. Mairi lief einen schmalen Schafspfad entlang, als sie hinter sich einen Ruf hörte.

Zunächst wollte sie sich erschrocken verstecken, doch dann erkannte sie zu ihrer grenzenlosen Erleichterung Cormag, der dürr und klapprig auf Ronas Rücken saß.

Cormag glitt vom Rücken des Pferdes und schluchzend warf sich Mairi dem alten Mann an den Hals. Verdutzt drückte er sie an sich.

Mairis Wort sprudelten nur so aus ihrem Mund und Cormag verstand keinen Ton. Schließlich schüttelte er sie einmal durch.

»Mairi, was tust du denn hier, und wo ist deine Mutter?«

»Man hat uns entführt«, schluchzte sie und sah Cormag verzweifelt an. »Vater muss sie befreien, bitte, dieser ekelhafte alte Mann will sie an die Engländer verkaufen.«

»Komm, wir dürfen keine Zeit verlieren.« Cormag hob Mairi auf Ronas Rücken und stieg hinter ihr auf. Obwohl Cormag bei Leibe kein guter Reiter war, ritt er heute so schnell wie noch niemals zuvor in seinem Leben.

Lustlos arbeitete Rory draußen hinter dem Haus an dem Steinwall, den er schon seit langem hatte errichten wollen. Ranald half ihm nach Kräften und schleppte immer wieder größere und kleinere Steine heran. Der Tag war diesig und kühl, die Blätter der Bäume und Büsche hatten sich schon zu großen Teilen bunt gefärbt.

Bald kommt der Winter. Verdammt, Caitlin, wo bist du nur?, dachte Rory verzweifelt, doch wie meist stürzte er sich erneut in die Arbeit, um für kurze Zeit alles zu vergessen.

Als es langsam Abend wurde, bemerkte er, wie sich ein Reiter in raschem Trab näherte.

Seit wann hat es Cormag denn so eilig?, fragte sich Rory. Als er sah, wie der alte Mann irgendetwas rief und dabei hektisch winkte, hielt er mit seiner Arbeit inne und rannte ihm entgegen. Irgendetwas musste passiert sein, vielleicht hatte Cormag Neuigkeiten von Caitlin.

Nachdem Rory seine kleine Tochter erkannte, die plötzlich hinter Cormags Rücken hervorspähte, vom Pferd sprang und sich ihm weinend in die Arme warf, wusste er zunächst überhaupt nicht, was er denken sollte.

Fassungslos beugte er sich zu ihr hinab.

»Mairi, wo kommst du denn her?« Er drückte sie fest an sich, vergrub seinen Kopf in ihren Haaren und suchte dann die Umgebung ab.»Wo ist deine Mutter?«

Das kleine Mädchen schniefte ein paar Mal heftig, dann versuchte sie, unterbrochen von einigen Schluchzern, zu erklären, was geschehen war. Rory hörte aufmerksam zu, fragte ein paar Mal genau nach, wo die Höhle zu finden war, dann umarmte er die Kleine und eilte anschließend ins Haus.

Heftig atmend und schnaufend folgte ihm Cormag. »Mairi ist vermutlich aus Versehen in der Nähe des Pfades herausgekommen, der nach Port Righ führt«, keuchte er, »das war aber ein Geschenk des Himmels, denn so ist sie auf mich gestoßen.«

Rory nickte bestätigend, dann stürmte er ins Haus, riss Kleider, Lederstücke und Werkzeuge aus einer Truhe, und holte aus dem doppelten Boden sein altes Schwert, seinen Dolch und eine der Pistolen, die er und Cormag den Engländern abgenommen hatten.

»Was hast du vor?«, wollte Cormag wissen und bemühte sich nebenbei, den aufgeregten Ranald zu beruhigen, der seine Schwester mit Fragen bestürmte.

»Ich hole mir meine Frau zurück.« Rory stürmte wieder hinaus, und verstaute so gut es ging seine Waffen an Ronas Packtaschen.

Der alte Mann hielt ihn jedoch fest. »Du kannst sie nicht allein befreien!«

»Doch, das kann ich und das werde ich. Pass auf die Kinder auf!«

Obwohl Cormag versuchte, ihn aufzuhalten, schwang sich Rory in den Sattel.

»Lass den Blödsinn, du sturer Narr!«, schrie Cormag und stellte sich ihm in den Weg. Doch Rory riss das Pony scharf nach rechts und galoppierte wie vom Teufel gejagt den Berg hinauf.

»Rory, komm zurück, lass mich dir helfen!«
Doch er hörte nicht und war schon bald verschwunden.

»Was hat Vater denn vor?«, fragte Ranald mit weit aufgerissenen Augen, und sichtlich verwirrt. Mairi saß am Boden und sah aus, als würde sie auf der Stelle vor Erschöpfung einschlafen.

»Wenn du mich fragst, ist er auf dem besten Weg, sich umzubringen«, schimpfte Cormag, als er die erschrockenen Gesichter der Kinder sah, winkte er rasch ab. »Ach was, er wird sicher zur Vernunft kommen und unterwegs Hilfe holen.« Selbst glaubte er an seine Worte jedoch nicht.

Einerseits war Rory unglaublich erleichtert, dass er nun endlich wusste, was geschehen war, auch wenn dieses Wissen nur bruchstückhaft war. Andererseits war er wütend, dass Douglas MacKenzie, dieser alte Mistkerl, es letztendlich doch noch geschafft hatte, sich an Caitlin und ihm zu rächen. Außerdem machte er sich selbst Vorwürfe, nicht noch intensiver nach Caitlin gesucht, ja, ihr Verschwinden anfangs sogar als Davonlaufen gedeutet zu haben. Von brennendem Hass angestachelt trieb Rory die durch den langen Ritt mit Cormag und Mairi bereits erschöpfte Rona an. Auch als es dunkel wurde, gönnte er sich und dem Pony keine Rast. Er musste so schnell wie möglich zu Caitlin gelangen, denn wenn die Entführer erst Mairis Fehlen entdeckt hatten, würden sie Caitlin höchstwahrscheinlich fort bringen, oder am Ende sogar töten.

Der Wind pfiff klagend über die nächtlichen Highlands und Rory bemerkte, dass Rona immer wieder stolperte, dennoch trieb er die kleine Stute an, die tapfer ihres Wegs trabte. Zum Glück kannte sich Rory hier oben gut aus, er musste sich in Richtung des Dorfes der MacKenzies, und dann nach Norden halten. Dennoch war er sich hier und da unsicher, denn es war einfach zu dunkel. Irgendwann blieb Rona heftig atmend stehen, Rory konnte spüren, wie sich ihre Flanken hoben und senkten. Das Fell des Tieres war schweißnass.

»Weiter, jetzt komm schon.« Rory drückte ihr die Beine in die Seite, aber das Pony wollte oder konnte einfach nicht mehr.
»Verdammt wir können jetzt nicht anhalten«, schrie er und schlug ihr mit der flachen Seite des Schwertes auf das Hinterteil.
Mit einem empörten Schnauben lief Rona doch weiter, während Rory angestrengt geradeaus starrte. Er musste Caitlin finden, noch in dieser Nacht. Immer wieder war Rory gezwungen, das Pferd energisch antreiben, und so trittsicher das Tier selbst im Dunkeln war, irgendwann wurde Rona unkonzentriert und strauchelte wiederholt. Dann, es war wohl schon weit nach Mitternacht und eigentlich waren sie schon gar nicht mehr so weit von dem Versteck entfernt, stolperte Rona über einen Felsbrocken. Sie fiel auf die Vorderbeine, versuchte sich offenbar noch zu fangen, doch der Boden war rutschig und sie stürzte. Rory wurde über ihren Kopf geschleudert und rollte einen Abhang hinab – er fühlte feuchtes Heidekraut, dann wurde es um ihn herum dunkel.

Kapitel 21
Verschleppt

Voller Sorge und Ungeduld wartete Caitlin in der Höhle.

Mairi müsste schon bald zu Hause sein, dachte sie, als die Dunkelheit ein zweites Mal hereinbrach. Die Männer hatten den Felsen nur einen Spalt breit weggerollt und etwas Essen hindurchgeschoben, und deshalb zum Glück auch nichts von Mairis Fehlen bemerkt.

Hoffentlich findet sie den Heimweg. Hoffentlich kann sie Rory das Versteck beschreiben. Andererseits hatte Caitlin Angst, dass ihr Mann einfach unüberlegt und kopflos versuchen würde, sie allein zu befreien. Cormag war uralt und sicher keine große Hilfe. Männer von anderen Clans zu holen würde zu lange dauern und sie hatten sehr wenig Kontakt zu Leuten in der Umgebung gehabt. Caitlin schlang die Arme um ihre Beine und hoffte inständig, dass alles gut ausgehen würde.

Es war noch früher Morgen, als Caitlin von einem schabenden Geräusch geweckte wurde. Sie hörte Stimmen, dann wurde der Felsen vom Eingang weggerollt. Caitlin hielt die Luft an, als die beiden Männer herein kamen, gefolgt von dem kichernden Douglas.

»So, jetzt geht es zu den Engländern«, höhnte der alte Mann und fuhr ihr mit seinen krummen, schmutzigen Fingern über das Gesicht. Als er ihr einen stinkenden Kuss geben wollte, spuckte sie ihn an.

Knurrend schlug sie der Alte, dann nahm er ihr Gesicht in seine Hände und drückte brutal zu. »Na, wo ist denn deine süße kleine Tochter? Hast du gesagt, sie soll ich verstecken?« Höhnisch kichernd blickten seine trüben Augen in die Dunkelheit. »Komm raus, Kleine, das hat sowieso keinen Sinn.«

»Sie ist weg«, stieß Caitlin mühsam beherrscht hervor.

Douglas lachte höhnisch. »Natürlich, dann muss sie wohl ein Geist sein.«

»Der Sidhe-Hengst hat sie geholt«, behauptete Caitlin mit dramatisch gesenkter Stimme, denn sie wusste, dass Douglas panische Angst vor dem Geisterhengst hatte. »Geradewegs durch die Wand ist er gekommen und hat sie mit in sein Reich genommen.«

Kurz war der alte Mann tatsächlich zurückgezuckt. Mit offenem Mund gaffte er sie an und ein Speichelfaden rann sein eingefallenes Kinn hinab.

»Schlampe!« Er schlug sie erneut, dann befahl er seinen Männern, das Mädchen zu suchen. Doch die Höhle war klein, es gab keine Möglichkeit, sich zu verstecken und bald schon gelangten auch die Männer zu der Erkenntnis, dass Mairi tatsächlich fort war.

»Wo ist sie?«, schrie Douglas außer sicher und baute sich vor Caitlin auf. Als sie nicht antwortete, schlug er erneut zu.

»Die Engländer werden kaum etwas für mich bezahlen, wenn ich grün und blau im Gesicht bin«, erwiderte Caitlin verächtlich.

Der alte Clanchief knurrte, doch dann hielt er inne, wobei er sie allerdings noch immer boshaft musterte.

Der bärtige Mann blickte in die Höhe, dorthin, wo der Lichtstrahl hindurchfiel. »Ein kleiner Mensch könnte hier vielleicht durchpassen«, meinte er.

Douglas bekam einen Tobsuchtsanfall. »Ihr Narren«, fauchte er, »das hättet ihr vorher sehen müssen.« Dann ergriff er Caitlin brutal am Arm. »Wie auch immer, du wirst mit mir kommen.« Er zerrte sie ins Freie, und während Caitlin einen verzweifelten Blick auf die Hügel warf und sehnlichst Rorys Auftauchen erwartete, wurde sie gefesselt. Als sie um Hilfe schrie, steckte ihr der Bärtige einen schmutzigen Knebel in den Mund, dann wurde sie auf ein Pony geworfen und weggeführt.

Gealach, der silberne Geisterhengst, stand auf einer Klippe und erhob sich drohend vor einem blutroten Mond. Rory sah Angus und Fergus, die ihre Schwerter kampfbereit in den Händen hielten und einen Berg hinunter rannten. Dann hörte er plötzlich Caitlin, wie sie um Hilfe rief …

Mit einem Ruck fuhr Rory auf, was er jedoch sofort wieder bereute. Vor seinen Augen verschwamm alles, ihm wurde übel, und erst nachdem er sich seines Mageninhalts entledigt hatte, konnte er sich wieder erinnern, was passiert war.

Es war bereits hell, und die Sonne begann langsam am östlichen Horizont entlang zu wandern. Mit dröhnendem Kopf kam Rory langsam auf die Beine und ertastete eine dicke Beule an seinem Hinterkopf. Offensichtlich war er bei seinem Sturz gegen einen Stein geprallt. Seine rechte Gesichtshälfte war geschwollen und blutig, und auch seine Arme und Beine aufgeschürft, seine Kleider zerrissen.

Langsam, und immer wieder mit der aufsteigenden Übelkeit kämpfend, kletterte er den Abhang hinauf. Zu seiner Erleichterung war Rona noch da. Sie graste in einigem Abstand und hob freudig den Kopf, als sie ihn sah und kam schließlich auf ihn zugetrottet.

Schwankend hielt er sich an dem Pony fest.

»Du hast dir auch wehgetan«, murmelte er schuldbewusst und untersuchte Ronas Vorderbeine, doch zum Glück waren das nur oberflächliche Schürfwunden, auf denen sich bereits ein Grind gebildet hatte. Mit einiger Anstrengung zog er sich in den Sattel und ritt weiter. Bei jedem Schritt dröhnte sein Kopf zum Zerspringen, aber Rory biss die Zähne zusammen – er hatte schon viel zu viel Zeit verloren. Zumindest war Rona nun ausgeruht und fand sicher ihren Weg ins Tal hinunter.

An einem kleinen Bach hielt Rory an und ließ sich langsam aus dem Sattel gleiten. Dennoch tanzten Sterne vor seinen Augen, als seine Füße den Boden berührten, und die Erschütterung seinen Kopf zum explodieren brachte. Keuchend lehnte er sich über Ronas Sattel, bis er wieder klar sehen konnte, dann setzte er sich auf einen flachen Felsen, trank etwas und musste sich kurz ausruhen. Er wusste, dass seine Chancen ohnehin nicht gut gestanden hatten, aber in seinem jetzigen Zustand würde er Caitlin niemals befreien können.

»Verdammt!« Verzweifelt schluchzend schlug er mit seiner aufgekratzten Hand auf den Stein. Wenn er zurück ritt, wäre Caitlin sicher fort, und wenn er versuchte, sie zu befreien, würde er bei einem Kampf getötet werden. Schließlich kam er seufzend auf die Füße und klopfte Rona am Hals.

»Warte hier«, murmelte er. Er musste zumindest die Lage auskundschaften, dann würde er weiter sehen. Vorsichtig schlich er sich vorwärts, suchte immer wieder hinter Bäumen, Büschen oder Felsen Deckung. Langsam näherte er sich der Stelle die Mairi ihm beschrieben hatte, zumindest hoffte er, dass es sich hierbei um das Versteck handelte, wo Caitlin gefangen gehalten wurde. Er duckte sich hinter einen Felsen und spähte dann zu dem Hügel hinüber. Erst bei genauerem Hinsehen erkannte er einen Einschnitt, der teilweise von dicken Heidekrautbüscheln zugewachsen war und wohl den Zugang zu einer Höhle darstellte. Nichts rührte sich, weder waren Pferde in der Nähe, noch hörte er Stimmen oder sonst etwas, das darauf hindeutete, dass sich Menschen hier aufhielten. .

Langsam erhob sich Rory und ging auf den Einschnitt zu. Vor dem Eingang zur Höhle versuchte er noch einmal seine letzten Kräfte zu sammeln und packte sein Schwert fester. Dann spähte er vorsichtig um die Ecke.

Die Höhle schien verlassen, auch wenn die noch immer warme Asche darauf hindeutete, dass das Lagerfeuer vor nicht allzu langer Zeit gelöscht worden war, außerdem zeugten Essensreste und eine Decke von menschlichen Bewohnern. Als er in die zweite Höhle schwankte, fand er auch diese leer.

Seinen dröhnenden Kopf missachtend rannte Rory hinaus und schrie Caitlins Namen in die Einsamkeit der Highlands – sie war fort und er hatte keine Ahnung, wohin man sie gebracht hatte.

Mit wachsender Besorgnis bemerkte Caitlin, dass sie sich immer weiter nach Süden bewegten. Sie hing unbequem über dem Rücken des Ponys, der Sattel drückte ihr in die Magengrube und sie hatte noch immer den Knebel im Mund. Insgeheim hoffte sie, dass sie irgendwann auf Menschen treffen würden, die ihr halfen, doch sobald auch nur aus der

Ferne eine Hütte zu sehen war, wurde ihr eine stinkende Decke übergeworfen. Wahrscheinlich hielten sie Vorbeikommende nun für ein Stück Gepäck, das irgendwo hingebracht wurde oder für einen gewilderten Hirsch. Caitlin war verzweifelt. Wie sollte sie Rory finden? Würde sie ihn und ihre Kinder jemals wiedersehen?

Rory hatte keine Ahnung, wie lange er in der Höhle gesessen und auf die Wand gestarrt hatte, während seine Gedanken fieberhaft durch seinen Kopf geschwirrt waren. Mit beiden Händen strich er sich die wirren Haare zurück und schüttelte die Verzweiflung und die Benommenheit ab – vielleicht bestand doch noch Hoffnung . Er hatte einen gefährlichen Entschluss gefasst, doch sah er darin die einzige Möglichkeit, etwas über Caitlins Verbleib in Erfahrung zu bringen. Rory humpelte aus der Höhle hinaus und zog sich mit einiger Anstrengung auf Ronas Rücken. Er packte die Zügel, wendete das Pferd und ritt in nord-westliche Richtung wo das Dorf der MacKenzies lag.

Jetzt am frühen Morgen wirkte das Dorf noch verlassen, und nur aus wenigen Hütten stieg Rauch auf. Rory wusste, dass auch die meisten Clanmitglieder der MacKenzies ausgewandert waren, und daher mehrere Hütten leer standen. Er ließ Rona im Schutz der Hügel zurück und schlich um die kleinen, strohgedeckten Häuser herum. Als eine ältere Frau mit einem Eimer aus einer der Türen trat, sprang er sie von hinten an und drückte ihr eine Hand auf den Mund, bevor sie schreien konnte.

Die Frau riss entsetzt die Augen auf und ließ den Eimer fallen.

»Ist noch jemand in dem Haus?«, fragte Rory drohend.

Hektisch und mit Todesangst in den Augen schüttelte sie den Kopf, und so zerrte Rory sie ins Innere.

»Wenn du schreist, bringe ich dich um!« Obwohl Rory das nicht ernsthaft vorhatte, denn die alte Frau war kein ernstzunehmender Gegner für ihn, versuchte er, möglichst grimmig dreinzublicken.

Nachdem die Bäuerin ihren ersten Schrecken überwunden hatte, wirkte sie überraschend gelassen und musterte ihn von oben bis unten.

Rory war sich im Klaren darüber, dass er, blutverschmiert und abgerissen wie er war, keinen allzu bedrohlichen Eindruck vermittelte.

»Was willst du?«, fragte die Frau und Rory entging die Bitterkeit in ihrer Stimme nicht. Sie deutete auf ein paar Kartoffeln und das wenige Gemüse in der Ecke. »Meine Vorräte, meine alte Decke?« Sie lachte auf und breitete die Arme aus. »Mehr habe ich dir nicht zu bieten.«

Rory schwankte zu einem der Stühle und schloss für einen Augenblick die Augen. »Ich will nur wissen, wo deine Leute meine Frau hingebracht haben, sonst nichts.«

Die alte Frau stutzte, dann zog sie einen Stuhl zu ihm hin, setzte sich und betrachtete ihn genauer.

»Wer bist du? Bist du in einen Kampf geraten? Und wie kommst du auf den Gedanken, dass jemand aus meinem Clan deine Frau haben könnte?«

»Rory MacArthur.« Er rieb sich die Schläfen und kniff gequält die Augen zusammen. »Douglas hat Caitlin entführt.«

»Heilige Maria«, die alte Frau wollte sich die Platzwunde an Rorys Kopf ansehen, »du musst einen ziemlichen Schlag abgekommen haben. Douglas ist schon seit dem Frühling tot.«

»Lass das!« Er schob ihre Hand weg. »Douglas lebt, meine kleine Tochter hat ihn gesehen. Bei ihm sind ein kräftiger bärtiger Mann und ein kleinerer, der Hugh heißt.«

Die Frau mit den grauen Haaren, murmelte: »Mein Name ist Sorcha«, dann runzelte sie die Stirn und dachte offenbar nach, bevor sie langsam zu erzählen begann. »Hugh und Collin MacKenzie haben auf dem Festland gelebt, sind jedoch hier aufgetaucht, kurz bevor der Großteil des Clans das Schiff nach Australien genommen hat. Damals war Douglas schon krank gewesen. Er hatte sich in eine entlegene Hütte zurückgezogen und Hugh und Collin haben uns irgendwann die Nachricht überbracht, Douglas sei gestorben. Wir haben uns gewundert, dass die beiden nicht mit auf das Schiff nach Australien gegangen sind, sondern immer wieder im Dorf auftauchen. Viele vermuteten, dass sie zwielichtige Geschäfte mit den Engländern treiben, und eigentlich mag sie niemand so richtig.« Sie sah Rory ungläubig an. »Ich kann trotzdem nicht glauben, dass Douglas tatsächlich noch am Leben ist.«

»Doch, das ist er«, wiederholte Rory müde.

Sie schüttelte den Kopf und murmelte dann kaum hörbar: »Es würde sogar zu dem garstigen alten Kerl passen.« Anschließend fasste sie Rory am Arm und deutete auf das Bett. »Komm, ruh dich aus, du bist vollkommen erschöpft. Leg dich hin und erzähl mir, was mit deiner Frau geschehen ist.«

Stur schüttelte Rory den Kopf und blieb sitzen, obwohl er tatsächlich zum Umfallen müde war. Doch er erzählte der alten Sorcha, was Douglas Mairi und Caitlin angetan hatte.

Sorcha hörte aufmerksam zu und musterte den jüngeren Mann mit wachsender Verwunderung.

»Caitlin, ich kannte sie als junges Mädchen«, murmelte sie, in der Vergangenheit versunken. »Sie hat mir immer leidgetan, denn mit Paden, Douglas und Morag unter einem Dach zu leben muss die Hölle auf Erden gewesen sein.« Schließlich nahm Sorcha Rorys blutverschmierte Hand in ihre. »Du hattest damals Recht, Paden zu töten.« Als sie seinen überraschten Blick sah, hob sie die Schultern. »Natürlich, er gehörte zu meinem Clan, er war der Sohn des Clanchiefs, und offen würde ich es nicht zugeben, aber Paden war ein brutaler, dummer Kerl und ein Säufer wie sein Vater. Caitlin hat Glück, dich gefunden zu haben.«

»Aber jetzt ist sie fort.« Rorys Stimme war heiser vor Sorge und Erschöpfung. Er wusste wirklich nicht weiter.

Bedächtig stand Sorcha auf, ging zur Feuerstelle und legte frischen Torf auf, dann begann sie im Rest der Suppe vom gestrigen Abend zu rühren.

»Ich weiß nicht, ob dir das weiterhilft, aber vor zwei Tagen konnte ich Hugh und Collin miteinander reden hören. Sie erzählten irgendetwas, dass sie nach Süden gehen wollten.« Missbilligend hob sie die Augenbrauen. »Außerdem haben sie eine ganze Menge Vorräte mitgenommen.«

»Wohin?« Rory war ruckartig aufgestanden und hielt sich jetzt am Tisch fest, als alles vor seinen Augen zu verschwimmen begann.

»Ich weiß nicht, sie haben etwas von Sleat gesagt …«

Bevor Sorcha die Suppe aus dem Kessel geschöpft hatte, war Rory bereits zur Tür geschwankt.

»Warte, du musst doch etwas essen.«

»Nein, ich muss weiter«, sagte er mit zusammengebissenen Zähnen, dann hielt er kurz inne. »Danke, Sorcha.« Er grinste verzerrt. »Offensichtlich sind nicht alle MacKenzies gleich.«

»Sicher nicht«, antwortete sie lächelnd, griff hastig nach etwas Brot und Käse und steckte es in einen Beutel. »Nimm zumindest das hier mit.«

Zögernd nahm Rory den Proviant an.

»Du solltest dich ein paar Tage lang ausruhen. Soll ich dir eines der Pferde …«

»Nein«, unterbrach Rory sie, »ich habe ein Pferd und die Männer werden sich auch nirgends ausruhen.« Damit machte er sich humpelnd wieder auf den Weg zu Rona.

Kopfschüttelnd blickte Sorcha dem jungen Mann hinterher und wünschte ihm von Herzen, dass er seine Caitlin wiederfand. Wie alle MacKenzies hatte sie Geschichten über Caitlin und ihren zweiten Mann gehört, auch wenn sie Rory bis heute nicht zu Gesicht bekommen hatte. Viele hatten, angestachelt von Morag und Douglas, Caitlin als Ehebrecherin und Hexe beschimpft, aber jetzt, wo sie Rory kennen gelernt hatte, konnte sie die jüngere Frau verstehen. Im Gegensatz zu Paden schien Rory das Herz auf dem rechten Fleck zu haben, und so wie er sich für seine Frau einsetzte, musste er sie aufrichtig lieben. Gern hätte sie ihm ein paar Männer zur Unterstützung mitgegeben, aber Sorcha wusste, dass bei den meisten MacKenzies noch immer ein gewisser Hass auf die MacArthurs bestand. Seufzend wandte sie sich der Suppe zu und begann langsam zu essen.

Kapitel 22
Geister der Vergangenheit

Bis zur totalen Erschöpfung quälte sich Rory nach Süden, und als er wirklich nicht mehr weiter konnte, ließ er sich von Ronas Rücken rutschen und rollte sich irgendwo in einer Senke im Gras zusammen. Rory hatte wüste Träume. Er sah Paden vor sich, der höhnisch lachte, Caitlin, die nach ihm rief und schließlich Gealach, wie er herrisch wiehernd im Nebel stand.

Stöhnend wachte Rory auf und stellte fest, dass tatsächlich Nebel aufgezogen war. Noch immer benommen vom Schlaf und seinem Sturz stand er auf.

»Gealach, jetzt könnte ich wirklich deine Hilfe brauchen«, murmelte er und sah sich um, dann stolperte er zu Rona zurück.

Ein Geräusch ließ ihn erstarren, auch das Pony hob den Kopf. Rory tastete nach seiner Pistole, sah plötzlich zwei Gestalten durch den Nebel auf ihn zukommen, und versuchte zu zielen, auch wenn vor seinen Augen immer wieder alles verschwamm. Dann, als sie deutlicher sichtbar wurden, torkelte er zurück. Er fragte sich, ob er noch immer träumte – denn das konnte einfach nicht wahr sein. Offensichtlich hatte er Halluzinationen oder er befand sich tatsächlich in einem Traum.

Eine kräftige Hand fasste ihn am Arm. Rory keuchte auf, taumelte zurück und brachte nur noch ein krächzendes »Fergus?«, heraus, dann tanzten für einen Augenblick nur noch Sterne vor seinen Augen.

Zwei Tage früher:

Cormag stand mit den Kindern draußen auf den Feldern und bemühte sich, sich seine wachsende Sorge nicht anmerken zu lassen. Rory war noch nicht zurückgekehrt, offensichtlich hatte der Narr nicht eingesehen, dass er alleine nichts ausrichten konnte. Nun versuchte Cormag so gut es ging die Kinder zu beschäftigen. Die kleine Mairi schien sich ein wenig gefangen zu haben, auch wenn sie immer wieder ängstlich fragte, wann denn die Eltern endlich nach Hause kämen. Obwohl sich Cormag eigentlich nicht sehr gut mit Kindern auskannte, kümmerte er sich rührend um die beiden und versuchte, sie mit kleinen Arbeiten und Geschichten abzulenken.

Dennoch suchten seine Augen unablässig die Umgebung ab und er fragte sich, was geschehen würde, wenn Rory bei dem Versuch Caitlin zu befreien starb. Er selbst war ein alter Mann und die beiden Kinder noch zu klein, um alleine zurecht zu kommen. Doch dann schüttelte Cormag die düsteren Gedanken ab.

»Mach die Rüben besser sauber«, brummte er dem blonden Mädchen zu, »ich will später nicht nur Erde in der Suppe haben.«

Eilig nickte die Kleine, und schabte mit ihrem Messer energisch den Schmutz vom Gemüse.

Als Cormag am späten Nachmittag zwei Gestalten den Berg hinunter kommen sah, sprang er hastiger auf, als es für seine alten Knochen gut war. Inbrünstig hoffte er, es könnten Rory und Caitlin sein, doch dann erspähten seine trüben Augen zwei Männer. Einer recht groß und kräftig, der andere ein wenig kleiner, gebückt gehend, mit weißen Haaren. Zunächst wollte er die Kinder packen und fliehen, aber schnell wurde ihm klar, dass das keine Engländer oder MacKenzies sein konnten.

»Heilige Maria Mutter Gottes!« Cormag bekreuzigte sich und starrte die Neuankömmlinge mit offenem Mund an.

»Was ist denn?« Mairi drängte sich ängstlich an ihn und auch Ranald kam jetzt angerannt.

»Entweder das sind Geister oder ich verliere den Verstand.«

»Das sind doch nur zwei Männer«, meinte Ranald verständnislos.

Ohne auf den Jungen zu achten ging Cormag mit wackeligen Beinen den Neuankömmlingen entgegen.

»Ich kann kaum glauben, dass der alte Griesgram auch noch lebt«, rief der Ältere und nun glaubte Cormag tatsächlich, dass die beiden echt und keine Erscheinung waren.

»Angus MacArthur«, rief Cormag entrüstet, »du bist kaum jünger als ich! Ich dachte, da suchen mich zwei verdammte Geister heim und dann …«

Schon wurde er von Fergus mit einer kräftigen Umarmung beglückt, die ihm die Luft aus den Lungen quetschte. Als Cormag kopfschüttelnd zu ihm aufsah, bemerkte er, dass Fergus Haare jede Menge grauer Strähnen aufwiesen, zudem hatten sich tiefe Falten in sein Gesicht gegraben. Auch Angus sah man die verflossenen Jahre an, doch der schelmische Blick seiner Augen war noch immer der Gleiche.

»Wir waren im Dorf, aber das war verlassen. Also haben wir gedacht, wir kommen hierher und sehen nach, ob Caitlin und Rory vielleicht wieder hier leben.« Angus lächelte. »Offensichtlich war meine Vorahnung richtig.«

Während Fergus ihn nachdenklich anblickte, seufzte Cormag schwer. »Ich muss euch etwas erzählen.« Dann deutete er auf die beiden Kinder, die in einigem Abstand warteten und staunend auf die Männer blickten. »Das sind Ranald und Mairi, die Kinder von Caitlin und Rory.«

Mit weit aufgerissenen Augen starrte Fergus auf Ranald und Mairi, dann erhellte ein strahlendes Lächeln sein Gesicht und er stürmte auf die Kinder zu. Cormag musste grinsen, als Mairi entsetzt zurückweichen wollte, doch da hatte Fergus das Mädchen schon unter den Armen gepackt, hob sie hoch und wirbelte sie im Kreis herum, bis Mairi vor Freude gluckste. Er setzte sie wieder ab, ging in die Hocke und legte Ranald eine Hand auf die Schulter.

»Ranald, Mairi, ich bin Fergus, euer Onkel. Ich freue mich, euch zu sehen.«

»Aber du bist doch in Amerika«, staunte Ranald. »Vater hat mir mal eine Karte aufgemalt, und gemeint, es wäre viel zu weit weg, als dass ihr uns besuchen könntet.«

Nachdenklich streichelte Fergus der kleinen Mairi über die Wange. »Es ist tatsächlich weit weg. Amerika liegt auf der anderen Seite des Meeres, aber wir haben ein Schiff genommen und nun sind wir hier.« Fergus erhob sich, stemmte die Fäuste in die Hüften und sog die Luft ein. »Es ist gut, endlich wieder hier zu sein.«

Dann blickte er sich erwartungsvoll um und runzelte die Stirn.

»Und wo ist meine kleine Schwester?«

»Das ist eine lange Geschichte. Am besten wir gehen ins Haus«, bestimmte Cormag energisch. »Kinder, ihr sammelt die restlichen Rüben ein, dann könnt ihr nachkommen.«

Obwohl die beiden protestierten, blieb Cormag hart, denn er wollte zuerst alleine mit Angus und Fergus sprechen. Die beiden waren ohnehin schon beunruhigt, weil von Rory und Caitlin nichts zu sehen war. Ihr vermutlich ohnehin schon bestehender Verdacht bestätigte sich, als Cormag ihnen die ganze Geschichte erzählte. Zunächst waren die Männer schockiert, dann sah Fergus Angus kopfschüttelnd an.

»Also waren deine Visionen mal wieder richtig.«

Cormag runzelte die Stirn und Angus setzte zu einer Erklärung an.

»Ich hatte seltsame Träume, in denen ich sah, dass Caitlin in Gefahr ist. Außerdem hatte ich den unwiderstehlichen Drang, wieder nach Hause zu kommen.« Als er Cormags Gesicht sah, hob er eine Hand. »Ich weiß, du hältst nichts von meinen Visionen und Vorhersagen, aber …«

Doch der alte Mann schüttelte den Kopf. »Nein, diesmal sind sie ein Geschenk Gottes. Rory ist ganz allein unterwegs, um Caitlin zu befreien. Das kann nicht gut gehen. Ich konnte nicht fort, wegen der Kinder …«

»Wir brechen sofort auf.« Fergus hatte sich bereits erhoben. »Habt ihr irgendwo Waffen?«

Stöhnend stand auch Angus auf. »Eigentlich bin ich zu alt für so etwas.«

»Dann bleib du hier, ich helfe Fergus.« Cormag hob kämpferisch eine Hand.

Doch Angus schüttelte energisch seinen weißen Kopf. »Nein, es ist meine Aufgabe.«

Cormag zuckte mit den dürren Schultern, dann holte er die restlichen versteckten Waffen heraus und packte ihnen Proviant ein. Bis die Kinder hereinkamen, waren Angus und Fergus schon wieder im Aufbruch.

»Sie helfen eurem Vater, eure Mutter zu befreien«, erklärte Cormag.

»Nimmst du mich mit, Onkel Fergus?« Ranald Augen waren hoffnungsvoll geweitet und er trat unruhig von einem Bein aufs andere. »Vater hat mir gezeigt, wie man mit einem Schwert umgeht. Ich könnte dir helfen.«

Während Cormag schnaubte, kniete sich Fergus zu seinem Neffen hinab. »Das glaube ich. Und Ranald, sei gewiss, ich wäre froh um deine Hilfe, wenn du nur fünf oder sechs Jahre älter wärst.«

Als der Junge unzufrieden die Stirn runzelte, nahm ihn Fergus fest bei den Schultern. »Ich möchte, dass du auf deine Schwester aufpasst.«

»Das kann doch Cormag tun«, maulte Ranald.

Fergus drückte ihn an sich und flüsterte in sein Ohr. »Cormag ist alt und gebrechlich, er braucht deine Hilfe dringender, er will es nur nicht zugeben.«

Ranald begann zögernd zu grinsen, dann nickte er und nahm Mairi an der Hand. »Kommt, wir arbeiten draußen weiter. Wenn Vater und Mutter zurückkommen, werden sie stolz auf uns sein.«

Cormag sah ihnen schmunzelnd hinterher, denn auch wenn seine Augen nicht mehr die besten waren, seine Ohren waren scharf wie die eines jungen Mannes. Angus und Fergus gingen rasch hinaus und begannen Aila zu beladen.

Angus setzte sich auf den Rücken des Ponys, während Fergus energisch losmarschierte. Cormag hatte ihnen den Weg erklärt und betete nun stumm dafür, dass sie Rory und Caitlin rechtzeitig erreichten.

Als Rory wieder klar sehen und denken konnte, bemerkte er, wie Angus ihm einen Verband um den Kopf legte. Anschließend hielt er ihm einen Becher hin.

»Trink das«, befahl der alte Mann.

Bevor Rory etwas fragen konnte, hatte Fergus schon nachgeholfen und er war gezwungen, den bitteren Tee zu schlucken. Hustend wischte er sich über den Mund und sah die beiden anschließend verwirrt an.

»Seid ihr echt oder eine Erscheinung?«

Fergus, den Rory deutlich kräftiger und jünger in Erinnerung gehabt hatte, grinste halbherzig. Dann schlug er ihm auf die Schulter, dummerweise auf die, die ohnehin schon geprellt war.

»Wir sind echt, auch wenn ich es noch immer nicht glauben kann, wieder zu Hause zu sein.«

»Caitlin!« Rory erhob sich ruckartig, doch Angus drückte ihn zurück auf den Boden.

»Cormag hat uns alles erzählt, und wir sind hier, um dir zu helfen.«

Stöhnend stützte Rory den Kopf in die Hände. »Ich hoffe nur, ich wache nicht gleich aus irgendeinem Traum auf.«

Lächelnd reichte Angus ihm etwas zu essen. »So wie du im Augenblick aussiehst, wirst du Caitlin kaum befreien können. Wir ruhen uns heute Nacht aus und brechen morgen auf.«

Bevor Rory widersprechen konnte, hatte Fergus bereits zugestimmt und begann Holz für ein Lagerfeuer zu suchen.

»Außerdem können wir die Zeit nutzen und dir erklären, weshalb wir hier sind.«

Seufzend biss Rory von dem Brot ab. Er konnte es zwar noch immer nicht fassen, und hatte das Gefühl jeden Moment aufwachen zu müssen, aber es fühlte sich gut an, dass Angus und Fergus hier waren. Rory seufzte und ließ sich erleichtert zurücksinken.

Während Angus von Amerika erzählte, und dass er während der ganzen letzten Monate Visionen und Träume davon gehabt hatte, die ihm suggeriert hatten, dass er nach Schottland zurückkehren musste, entspannte sich Rory allmählich. Er war unendlich froh, die Freunde von einst wieder bei sich zu haben.

»Es war eine schlimme Zeit«, erzählte Fergus nachdem Angus mit seinen Erzählungen fertig war. Er wirkte um viele Jahre gealtert. »Nachdem Gillian und die Kinder nicht mehr gelebt haben, wollte ich ohnehin nicht mehr in Amerika bleiben, deshalb habe ich mich Angus nur zu gern angeschlossen, der auch zurück wollte.« Anklagend hob er die Augenbrauen. »Obwohl er mir bis kurz vor der Insel nichts von seinen Visionen erzählt hat. Ich habe einige Arbeiten angenommen, um Geld für die Passage nach Schottland zu verdienen und als es nicht ganz ausreichte, schließlich auf einem Schiff angeheuert.«

»Es ist schön, dass ihr hier seid«, sagte Rory, dann schluckte er hart. »Und es tut mir unendlich leid wegen Gillian.« Jetzt, wo Caitlin in Gefahr war, konnte er noch besser nachvollziehen, wie sich sein Freund fühlen musste.

Noch immer war Trauer in Fergus' Augen zu sehen, als er antwortete. »Angus hat getan was er konnte, doch dann wurde er selbst krank und es hat viel von unserem Clan dahingerafft.«

Betrübt nickend blickte der alte Mann zu Boden. »Es war eine furchtbare Zeit, und nichts, an das ich gerne zurückdenke.« Sein Blick wanderte über die Hügel, das kleine Wäldchen und den munter sprudelnden Bach. »Ich hatte nicht gedacht, noch einmal meine Heimat zu sehen«, seufzte er und sog die klare, frische Highlandluft ein. »Es ist wunderschön.«

»Wie auch immer, ich bin froh, dass ihr hier seid.« Dann zog er die Augenbrauen zusammen. »Aber wie konntet ihr mich finden? Wenn ihr Mairis Beschreibung gefolgt seid, hättet ihr doch zur Höhle kommen müssen.«

Jetzt spielte ein Schmunzeln um Angus' Lippen. »Der liebe Fergus kam auf die glorreiche Idee, Morag MacKenzie zu entführen, und gegen Caitlin einzutauschen.«

»Ein Wunder, dass die alte Schlange überhaupt noch lebt«, brummte Fergus. »Auf jeden Fall weigerte sich Aila plötzlich, weiter ihres Weges zu gehen, sie wieherte kläglich, und obwohl ich zuerst dagegen war, folgten wir ihr schließlich.«

»Sie hat Rona gewittert.« Dankbar sah Rory zu dem Pony hinüber.

»Ja, ist etwas in die Jahre gekommen, das alte Mädchen«, Angus klopfte das Pony am Hals, »aber trotzdem noch zuverlässig wie eh und je.« Dann trat er wieder zu Rory.

»Ruh dich jetzt aus. Wir helfen dir, aber erst morgen, heute musste du Kraft sammeln.«

Obwohl Rory verdrießlich grummelte, musste er zugeben, dass Angus Recht hatte.

»Wir können außerdem sehen, ob wir ein paar von den MacDonalds auf unsere Seite bekommen. Rob wird mir sicher helfen, falls er noch auf der Insel lebt«, überlegte Fergus.

»Das weiß ich nicht, ich kenne Rob leider nicht.«

Nach langer Zeit hatte Rory endlich wieder einen Hoffnungsschimmer. Eine Weile unterhielt er sich mit Angus und Fergus über Amerika, dann sprachen sie wieder über Caitlin und machten sich gegenseitig Mut. Jetzt hatte er zwei zuverlässige Freunde, sie hatten Waffen und endlich machte sich wieder ein wenig Zuversicht in ihm breit. Irgendwann schlief er erschöpft ein, in dem Wissen, dass Männer bei ihm waren, auf die er sich verlassen konnte.

Am nächsten Morgen fühlte er sich schon deutlich besser. Rory führte diesen Umstand weniger darauf zurück, dass er sich ausgeruht hatte, als vielmehr auf die Unterstützung von Fergus und Angus.

Mit neuer Entschlossenheit eilten sie weiter in Richtung Süden. Das Wetter verhielt sich heute ruhig, nur wenige Wolken zogen über den Himmel, doch der Wind brachte eine kalte Brise mit, die jedem unmissverständlich klar machte, dass der Winter bevorstand. Die Bergkette der Cuillins warf sich trotzig dem Himmel entgegen und dominierte die Insel stets mit ihrer unvergänglichen Präsenz. Bis nach Sleat war es noch ein weiter Weg und so entschlossen sie, unterwegs ein Pony zu stehlen, sodass sie alle drei reiten konnten. Bald schon hatten sie in der Nähe eines abgelegenen Hauses ein Pferd gefunden und nahmen sich fest vor, die stämmige braune Stute so bald wie möglich zurückzubringen, denn sie wollten keine Landsleute bestehlen, aber ihre Wettlauf gegen die Zeit drängte ließ ihnen nun einfach keine andere Wahl.

Immer wieder warf Rory Blicke neben sich, und manchmal hatte er Angst, Angus und Fergus wären nur ein Traum gewesen. Sie hielten sich nicht lange mit Pausen auf, ließen nur hier und da die Pferde kurz in einem der zahlreichen Bäche saufen, die das Land durchkreuzten, und aßen selbst etwas Brot und Käse. Obwohl Angus sich nicht beschwerte, sah man ihm bald an, dass die Reise ihm zu schaffen machte.

Als Rory ihm anbot, er könne auch zurückbleiben, er und Fergus würden es auch allein schaffen, Caitlin zu befreien, winkte er jedoch ab. Seine Augen, in denen noch immer der Schalk blitzte, musterten ihn schmunzelnd. »Ich bin ein alter Kerl, ich habe die ewigen Auseinandersetzungen mit den Engländern überlebt und zweimal die Reise über den weiten Ozean überstanden, da werde ich mich doch von diesem lächerlichen kleinen Spaziergang nicht unterkriegen lassen.« Stolz reckte sich Angus auf Ailas Rücken.

Lachend schüttelte Rory den Kopf. Es war gut, wieder Männer um sich herum zu haben, denen er bedingungslos trauen konnte.

Am Abend entzündeten sie ein kleines Lagerfeuer und brieten einen von Fergus gefangenen Wildhasen darüber.

»Eure Kinder sind gut geraten«, sagte Fergus und starrte in die Flammen. »Mairi ist genauso hübsch wie Caitlin und Ranald kommt nach dir, Rory. Ihre Großeltern wären stolz auf sie.«

Nachdenklich nickend legte Rory dem Freund eine Hand auf den Arm. Er glaubte zu erahnen, dass Fergus gerade an seine eigene Familie denken musste, die er verloren hatte. Rory war froh, dass die Kinder bei Cormag in Sicherheit waren, aber eine eisige Hand legte sich um sein Herz, als er daran dachte, dass er Caitlin vielleicht verlieren könnte.

An Angus' Blick, der ihm bis tief in die Seele zu dringen schien, sah er, dass der alte Mann genau wusste, woran er gerade dachte. Angus räusperte sich und zauberte eine kleine Flasche aus seinem Umhang. »Die hat Cormag mir mitgegeben.«

»Schottischer Whisky.« Verzückt verdrehte Fergus die Augen. »Dass ich das noch einmal erlebe!«

Caitlin schwankte zwischen Resignation und Hoffnung. Mehrfach hatte sie versucht zu fliehen, aber die Männer behielten sie immer gut im Blick und fesselten sie sorgfältig mit einem groben Strick. Als sie bemerkte, dass sie sich dem südlichen, stärker bewaldeten Teil der Insel näherten und sie die hohen Berge der Cuillin Hills aufragen sah, hatte sie die Hoffnung, dass Rory sie noch finden würde, beinahe aufgegeben. Irgendwann war Douglas zu ihnen gestoßen. Der widerliche Greis ritt nun auf einem Pony neben ihr her und bedachte sie mit wüsten Beschimpfungen.

»Weiß du was«, geiferte der alte Clanchief, »wenn ich dich erst verkauft habe, hole ich deine Kinder, und dann bringe ich deinen verfluchten Ehemann um und brenne euer Haus nieder.« Er lachte, vermutlich in Vorfreude gefangen, laut auf. »Dann ist Paden endlich gerächt.«

Wenngleich Caitlin diese Worte Angst machten, versuchte sie, sein Gerede zu ignorieren, denn sie wusste, wenn sie sich zu einer Entgegnung hinreißen ließe, würde er sie nur wieder schlagen.

Der Spätsommer zeigte sich in diesem Jahr von seiner schönsten Seite, überall war das Heidekraut in den unterschiedlichsten Lilatönen erblüht, der Wind vom Meer her war zwar kühl, aber die Sonne besaß genügend Kraft, um die Luft tagsüber angenehm zu erwärmen. Doch in den einsamen Nächten, in denen Caitlin gefesselt am Rande des

Lagerfeuers lag, weinte sie viele stumme Tränen auf die kalte Erde und wünschte sich nach Hause zurück, in ihr kleines Tal in der Nähe der Ruinen von Duntulm Castle.

Hoffentlich ist Mairi gut nach Hause gekommen, dachte sie auch an diesem Abend, während sie gefesselt abseits des Feuers lag. Die Männer saßen im Kreis, prahlten mit irgendwelchen alten Kriegsgeschichten und betranken sich.

»Damals, siebzehnhundertvierzig, als wir gegen die MacLeods gekämpft haben, habe ich gleich fünf von denen besiegt, die gleichzeitig auf mich losgingen«, brüstete sich Hugh, dann hielt er sein Korbschwert in die Höhe, dessen zahlreiche Kerben von einem langen Gebrauch zeugten. »Mit diesem Schwert, das habe ich noch von meinem Vater!«

»Ha, ha«, kicherte Douglas, »war das damals, als sie die von euch geraubten Schafe wieder zurückholen wollten?«

»Ganz genau!« Hugh nahm noch einen Schluck aus seiner Flasche, dann rülpste er laut, und jetzt prahlten Hugh und Douglas mit all den Schandtaten, die sie während diverser Raubzüge begangen hatten.

Bitte, Rory, unternimm keine gefährlichen Sachen, um mich zu befreien, dachte sie inständig, und gleichzeitig schrie jedoch alles in ihr: *Hol mich hier weg, bitte komm!*

Dann machte sich wieder tiefe Hoffnungslosigkeit in ihr breit, denn sie wusste ja nicht einmal, ob Mairi Rory überhaupt erreicht hat.

Kapitel 23
Vereinter Kampf

Jeder weiter nach Süden sie kamen, desto offensichtlicher wurde ihr Problem. Zwar hatte Rory von Sorcha erfahren, dass die beiden MacKenzies nach Sleat wollten, doch Sleat machte den gesamten südlichen Zipfel der Insel aus. Andererseits passte das zu Mairis Aussage, dass Douglas Caitlin an die Engländer verkaufen wollte. Somit ergab das Ganze wieder einen Sinn, von der südlichen Küste aus war das Übersetzen aufs Festland relativ einfach und die meisten Soldaten waren hier unten stationiert.

Dann übermannte Rory wieder die Angst, Sorcha könne mit ihrem Hinweis vollkommen daneben gelegen haben. Was, wenn Caitlin noch im Norden von Skye gefangen gehalten wurde? Was wenn sie mittlerweile gar ermordet worden war?

Rory schüttelte seine trüben Gedanken ab und konzentrierte sich stattdessen darauf, die Bewohner zu befragen.

Irgendwann hatten er und seine Freunde dann tatsächlich eine Spur von Caitlin und ihren Entführern. In der Nähe eines Dorfes waren drei Männer mit einem Pony gesehen worden, das eine Last trug, und sie hatten sich in Richtung Süden bewegt. Zumindest einer der Männer passte ungefähr auf Mairis Beschreibung, und der kleine, verhutzelte Greis, den eine Frau gesehen haben wollte, mochte durchaus Douglas MacKenzie gewesen sein.

Von einer gewissen Aufregung erfasst, ritten die drei Freunde weiter. Fergus schlug vor, einen kleinen Umweg zu reiten und Rob MacDonald um Hilfe zu bitten. Rory hingegen wollte sofort weiter, da er befürchtete, dass Caitlin vielleicht schon auf dem Festland sein könnte, wenn sie sich zu viel Zeit ließen.

»Sie haben höchstens einen oder zwei Tage Vorsprung«, versuchte Fergus seinen Freund zu beruhigen.

»Es sind nur drei Männer, Fergus, die erledigen wir.«

»Ich bin nicht mehr der Jüngste«, gab Angus zu bedenken.

Die beiden redeten eindringlich auf Rory ein und schließlich gab er nach. Vielleicht war ihr Vorhaben wirklich aussichtsreicher, wenn sie noch etwas Unterstützung hatten.

»Ich hoffe wirklich, Rob lebt noch auf der Insel«, murmelte Fergus vor sich hin, während sie sich einem alten, strohgedeckten Haus näherten, welches Fergus zufolge Robs Eltern gehörte. Zumindest ließ der aus dem Dach aufsteigende Rauch hoffen, dass jemand zu Hause war, und als sie über die nächste Hügelkuppe ritten, erkannte sie eine rothaarige Frau, die hinter dem Haus arbeitete, ein kleines Kind spielte zu ihren Füßen. Ihre Augen weiteten sich erschrocken, als sie die drei Männer auf den Pferden entdeckte, sie entspannte sich jedoch schnell wieder, vermutlich, weil sie keine englischen Uniformen trugen.

»Guten Tag, mein Name ist Fergus. Ist Rob hier?«, fragte Fergus.

»Nein«, die Frau starrte die Neuankömmlinge neugierig an, »er ist in den Bergen und sieht nach den Schafen.«

»Komm, wir können nicht warten«, drängte Rory ungeduldig.

»Wann kommt er denn wieder?«, beharrte Fergus.

»Wahrscheinlich zum Abendessen. Ich bin Megan, seine Frau. Ihr könnt auf ihn warten, wenn ihr wollt.«

Fergus nickte und stieg vom Pferd, während Rory lautlos fluchte, aber Angus gelang es schließlich, in zu beruhigen.

Megan führte sie in das kleine Haus und bewirtete sie mit gutem Essen, obwohl man sah, dass sie offensichtlich selbst nicht viel zum Leben hatten.

Kurz vor Einbruch der Dämmerung ging die Tür auf und Rob kam herein. Nachdem er die drei Männer am Feuer entdeckte, erstarrte er zunächst, und seine Hand fuhr unwillkürlich an die Seite, auch wenn er keine Waffe trug.

Mit einem breiten Grinsen im Gesicht stand Fergus auf. »Verflucht noch mal, ich hätte dich um ein Haar nicht erkannt«, rief er aus. »Hatte dich als mageren, pickeligen Jungen in Erinnerung, und jetzt steht ein gestandener Mann vor mir!«

Zunächst stutzte Rob, er kniff die Augen zusammen, denn vermutlich hatte er sich noch nicht ganz auf das Halbdunkel des kleinen Hauses eingestellt, dann stieß er einen überraschten Schrei aus und umarmte Fergus begeistert.

»Fergus! Was tust du denn hier? Wo kommst du her? Ich dachte, die MacArthurs wären ausgewandert …«

Nachdem Fergus Rory und Angus vorgestellt hatte, begann er in knappen Worten zu erzählen, weshalb sie hier waren, und Rob lauschte ihm mit wachsendem Staunen. Anschließend schüttelte er den Kopf und legte Rory mitfühlend eine Hand auf den Arm.

»Das tut mir leid für dich. Selbstverständlich werde ich euch helfen, gleich morgen früh brechen wir auf!«

Als Megan, die bis dahin überhaupt nichts gesagt hatte, zu schluchzen begann, schüttelte Rob sie energisch durch. »Wärst du entführt worden, wäre ich auch froh, wenn mir jemand helfen würde.«

Die hübsche rothaarige Frau schniefte noch einmal, dann nickte sie. »Ich werde euch Proviant zusammenpacken.« Hastig verschwand sie im Nebenzimmer.

»Danke, Rob, aber ich möchte nicht, dass deine Familie am Ende ohne Mann dasteht«, begann Rory zögernd. »Fergus ist allein, Angus ebenfalls, aber du …«

»Wir im Hochland halten zusammen.«, unterbrach ihn Rob. Dann sah er Fergus nachdenklich an. »Und dir bin ich ohnehin noch etwas schuldig.«

Die drei Männer unterhielten sich noch bis spät in die Nacht und obwohl Rory müde war, fand er auch später kaum Schlaf. Er war froh, als das erste Morgenlicht über die Hügel kroch, und er mit seinen Freunden aufbrechen konnte. Leider besaß Rob kein Pferd, doch sie wechselten sich mit Reiten ab und kamen daher rasch voran.

Düstere Wolken hingen über den kahlen Gipfeln der Cuillins, als die vier Männer auf eine neue Spur von Caitlins Entführern stießen. Ein alter Fischer, der auf dem Weg zu seinem Boot war, glaubte, die Gesuchten erkannt zu haben. »Haben vorhin dort unten gelagert«, brummte er und schlurfte dann seines Weges.

Rorys Gesichtszüge verspannten sich – nun wurde es also ernst.

»Ich schlage vor, wir lassen die Pferde zurück und schleichen uns durch die Hügel an. Sicher sind sie auf der Straße unterwegs, die zur neuen Burg der MacDonalds führt,«, meinte Rob, der sich hier im Süden gut auskannte.

»Zum Glück gibt es hier viel Wald, der wird uns Deckung geben«, fügte Angus hinzu.

Rory stimmte ihnen zu. Er überprüfte seine Pistole und zog probehalber das alte Claymore aus seiner Scheide.

»Gut, sie sind nur zu dritt, das dürfte kein Problem sein.«

Die Männer versteckten die Pferde in einem von dem Weg abgelegenen Tal, sattelten sie ab und legten ihre Vorräte und das Sattelzeug hinter ein paar Felsen. Dann machten sie sich auf den Weg. Sie schlugen sich durch dichtes Buschland, behielten jedoch den schmalen Pfad, den man nur mit sehr viel Fantasie als Straße bezeichnen konnte, immer im Auge. Rorys Nerven waren zum Zerreißen gespannt und er hoffte inständig, dass es ihnen gelang Caitlin zu befreien. Der Tag hatte schon trüb begonnen, aber nun begann es zu regnen.

Leise fluchend zog Rory sein Hemd über die Pistole, denn wenn das Pulver nass wurde, würde ihm die Waffe nichts mehr bringen.

»Achtung, ich höre etwas!«, rief Rob.

Sofort schlugen sie sich ins Unterholz, kauersten sich hinter ein paar niedrige Felsen und warteten atemlos ab.

Wie es sich kurz darauf bewahrheitete, hatte Rob Recht gehabt. Hufschläge ertönten, und ein paar Augenblicke später trabte eine Gruppe von zehn englischen Soldaten vorüber.

»Mistkerle«, knurrte Rob.

»Wie gut, dass wir Rob dabei hatten«, murmelte Angus, »meine Ohren sind schon lange nicht mehr die besten.«

Vorsichtig schlichen die vier weiter, während Schauer über das Land peitschten und ihm eine düstere, unheimliche Atmosphäre verliehen.

Irgendwann entdeckten sie die Engländer wieder, die unter einer Gruppe knorriger Laubbäume lagerten, welche den Regen einigermaßen abhielten. Jetzt waren sie nicht mehr vollzählig, nur noch fünf Männer standen im Kreis unterhielten sich. Rory stockte der Atem, als er drei Männer ohne Uniform ausmachte, und zwischen ihnen die gefesselte Caitlin.

Eilig hielt Fergus Rory am Ärmel seines nassen Hemdes fest. »Du behältst die Nerven, in Ordnung?«

Rory atmete einmal tief durch. Tatsächlich hatte er das dringende Bedürfnis, einfach in die Gruppe zu stürmen und alle Männer allein zu töten, doch er wusste, dass Fergus Recht hatte.

»Natürlich.«

Noch einmal sah Fergus ihn misstrauisch an, dann besprachen sie, was sie unternehmen sollten.

»Ich schlage vor, wir schleichen uns im Schutz der Büsche hinter die Männer und belauschen, was sie weiterhin vorhaben«, schlug Fergus vor.

Seine Freunde waren einverstanden und so machten sie sich auf den Weg. Jedes noch so leise Knacken tönte in Rorys Ohren viel zu laut, doch zum Glück dämpften der Wind und der prasselnde Regen ihre Geräusche. Schließlich konnten sie sich in einer Senke verstecken, die von Büschen und Unterholz bewachsen war. Atemlos lauschten sie den Wortfetzen, die zu ihnen herüberwehten.

»… später das Geld …«

Ein empörtes Knurren war zu hören und man vernahm den Bärtigen ziemlich deutlich.

»Es war ausgemacht, dass wir bei Übergabe das Geld bekommen.«

Etwas leiser und undeutlicher kam die englische Antwort. »… mit zum Boot …«

Als Douglas MacKenzie schrie: »Ich will das Geld für die kleine Schlampe sofort!«, musste Fergus Rory mit Gewalt festhalten.

»Tot nützt du ihr nichts«, wisperte Fergus, während sich seine Finger in Rorys Arm bohrten.

Rory atmete tief durch, versuchte, an Caitlin und die Kinder zu denken, und zügelte schließlich seinen Hass auf Douglas.

Vage bekamen die vier Freunde mit, dass Douglas und seine Männer die Engländer bis zum Hafen begleiten sollten, dort sollten sie ihr Geld erhalten.

»Wir müssen Caitlin vorher befreien«, flüsterte Rory. »Wenn sie erst auf dem Boot ist, ist es zu spät. Wir wissen nicht, ob wir eins stehlen können, und wie viele Engländer auf dem Festland warten.«

Zögernd stimmten die anderen ihm zu. Es war riskant, jetzt waren sie vier gegen acht und die Engländer deutlich besser bewaffnet.

»Wir suchen uns eine Stelle, wo wir sie überrumpeln können«, schlug Rob schließlich vor.

Die anderen hielten dies für einen guten Vorschlag, doch Rory konnte sich nur schwer dazu überwinden, nicht in Caitlins Nähe zu bleiben. Sie war nur wenige Schritte von ihm entfernt und hier konnte er zumindest sehen, was mit ihr geschah.

»Komm jetzt«, drängte Angus.

Widerstrebend schlich er seinen Freunden hinterher. *Caitlin, wir befreien dich,* dachte er mit einem letzten Blick auf ihre dunkelblonden Haare, die durch die Büsche leuchteten.

Caitlin war der Panik nahe. Sie sah die gierigen Blicke der Engländer, das hämische Grinsen von Douglas und sie hatte keine Ahnung, was sie tun sollte. Hätte sie zu diesem Zeitpunkt gewusst, dass Rory und die anderen nur wenige Schritte hinter ihr versteckt lauerten, sie hätte ihren waghalsigen Plan niemals in die Tat umgesetzt. Ihr war aufgefallen, dass einer der englischen Soldaten, ein dürre Mann, den sie auf etwa dreißig schätzte, sie besonders auffällig anstarrte. So sehr es sie auch anwiderte, an diesem Abend bemühte sie sich, ihn immer wieder verheißungsvoll anzulächeln. Sie versuchte krampfhaft, ihre Fesseln an einem scharfkantigen Felsen durchzuscheuern, doch leider brachte dies nicht den erwünschten Erfolg.

Als ihr der Soldat etwas Brot brachte, klimperte sie übertrieben mit den Wimpern. »Wie heißt du?«

»George«, knurrte er und blickte sie zwar lüstern, jedoch auch ein wenig misstrauisch an.

»Hast du heute Wache?«

»Warum willst'n das wissen?«

Caitlin lächelte verführerisch. »Wir könnten ein wenig Spaß haben, bevor ich verkauft werde.«

Der Soldat beugte sich zu ihr vor und nahm ihr Kinn in seine Hand. »Du willst doch nur abhauen und zu deiner Sippschaft zurück.« Er spuckte aus. »Der alte Schotte hat mich schon gewarnt, dass du eine unwillige kleine Schlampe bist.«

Obwohl in Caitlin der Zorn hoch kochte, gelang es ihr, ruhig zu bleiben. »Der alte Schotte ist ein Dummkopf und …«, sie lächelte ihn an, »… mit diesen ungebildeten, stinkenden Hochländern möchte ich nichts zu tun haben, deshalb habe ich sie mir vom Leib gehalten.« Erneut versuchte sie, ihren Blick verführerisch wirken zu lassen. »Aber du, du bist ein Mann von Welt, ein ranghoher Soldat, vielleicht könnten wir sogar zusammen fortgehen.« Mit gespieltem Erschrecken riss sie die Augen auf. »Oder bist du etwa schon verheiratet?«

»N … äh … nein.« George schien ehrlich verwirrt, musterte sie verwundert, und vielleicht betrachtete er sie auch jetzt erst genauer. Seine Finger fuhren durch ihre Haare, er besah sich ihr Gesicht eingehend, dann nickte er und streckte sich stolz. »Ich bin ein ranghoher Offizier«, behauptete er.

Caitlin wusste zwar nicht, woran man das erkannte, aber sie glaubte es eher nicht und vermutete, dass der dünne Engländer mit dem Schnurrbart, der weitergeritten war, sein Vorgesetzter war. »Das ist ja ganz wunderbar«, schmeichelte sie. »Ich mag Männer, die Führungspersönlichkeiten sind.«

Verächtlich wandte er sich zu den Schotten um, die sich am Lagerfeuer betranken. »Welch ein Gesindel!«

Caitlin nickte zustimmend, aber an seinem Gesichtsausdruck sah sie, dass George noch immer mit sich kämpfte, während Caitlin ihn weiterhin verführerisch anlächelte.

Schließlich beugte er sich vor ihr und flüsterte ihr ins Ohr: »Später, wenn ich Wache habe, werde ich testen, ob du hältst, was du versprichst, dann sehen wir weiter.« Damit wandte er sich ab und ging zu seinen Kumpanen.

Caitlin schloss kurz die Augen und hoffte inständig, nicht tatsächlich gezwungen zu sein, mit dem widerwärtigen Kerl schlafen zu müssen. Vielleicht gelang es ihr ja, ihn irgendwie zu überrumpeln.

Ungeduldig wartete Caitlin auf das Hereinbrechen der Dunkelheit. Noch immer war es ihr nicht gelungen, die Fesseln durchzuscheuern, obwohl ihre Handgelenke bereits bluteten. Zwei englische Soldaten hielten Wache, einer am Lagerfeuer, ein anderer irgendwo hinter den Felsen, sie konnte ihn jedoch im Augenblick nicht sehen. Die Schotten lagen währenddessen ihn ihre Decken gewickelt am Boden und schnarchten vor sich hin. Als es schon beinahe hell war, sah sie, wie George einen der Männer ablöste. Offensichtlich wartete George, bis der andere Mann schlief, dann kam er zu Caitlin.

Jetzt bekam sie etwas Angst vor ihrer eigenen Courage. George war kein Hüne, aber trotzdem kräftig und durchtrainiert, und auch wenn sie wusste, wie sie sich verteidigen konnte, so würde es nicht ganz einfach werden, ihn unschädlich zu machen, ohne dass die anderen etwas davon mitbekamen.

Einen nervösen Blick über die Schulter werfend zog George sie hoch. »Komm mit, hinter die Büsche, und wage ja nicht, einen Fluchtversuch zu unternehmen.«

Eilig schüttelte sie den Kopf und stolperte hinter ihm her, nachdem er ihre Beinfesseln aufgeschnitten hatte. Ihr Herz klopfte zum Zerspringen, als er sie ins feuchte Heidekraut warf und sich mit gierigem Gesicht über sie beugte. Sein Mund drückte sich auf ihren und Caitlin wandte keuchend den Kopf ab.

»Was?«, knurrte George ungehalten.

»Bitte, mach mir die Fesseln los, meine Hände tun weh und so macht es mir keinen Spaß.«

»Hauptsache, es macht mir Spaß.« Erneut presste sich sein Mund auf ihren und mit wachsender Panik bemerkte Caitlin, wie er begann, seine Hose zu öffnen.

»Warte«, keuchte sie. Als er unwillig knurrte, fügte sie rasch und mit wie sie hoffte, verführerischer Stimme hinzu: »Es wird dir mehr Freude bereiten, wenn ich die Hände frei habe. Ich laufe nicht fort, ich bin doch nur eine schwache Frau und du, du bist ein starker Mann.«

Kurz zögerte George, dann drehte er sie brutal auf den Rücken und schnitt die Fesseln durch. Anschließend griff er ihr besitzergreifend an den Hintern. »Jetzt will ich aber auch was geboten kriegen«, knurrte er und drehte sie wieder um.

»Aber gern doch.« Nachdem sie ihre verkrampften Armgelenke etwas gelockert hatte, war es Caitlin gelungen einen Felsbrocken zu greifen, und diesen schmetterte sie dem verdutzten George jetzt mit aller Wucht auf den Kopf. Der Mann öffnete seinen Mund zu einem Schrei aus, doch Caitlin gelang es, diesen im letzten Augenblick mit ihrer Hand zu dämpfen. Panisch lauschte sie in die Dunkelheit, aber es blieb ruhig. Seinen blutenden Kopf umklammernd wälzte sich George stöhnend am Boden herum. Obwohl es Caitlin große Überwindung kostete, schlug sie noch einmal zu und kurz darauf rührte er sich nicht mehr. Rasch nahm sie ihm seine Pistole und den Dolch ab, dann rannte sie in der Dunkelheit davon.

Voller Ungeduld und großen Sorgen erfüllt warteten Rory und seine Freunde auf den Morgen. Nachdem die Dunkelheit nach und nach vom sanften Licht des Morgens vertrieben wurde, wurden sie unruhig. Sie hatten gedacht, dass die Engländer bald aufbrechen würden, doch plötzlich hörte man laute Rufe, die allerdings nicht in ihre Richtung zu kommen schienen.

»Was ist denn da los?«, fragte Rory unruhig.

»Komm, wir sehen nach«, schlug Fergus vor und rief Angus und Rob zu, sie sollen kurz warten und notfalls nachkommen.

Als die beiden Freunde am Lager der Engländer ankamen, war dort niemand mehr anzutreffen. Alles sah nach einem eiligen Aufbruch aus, und immer wieder hörte man entfernte Rufe.

»Sind sie überfallen worden?«, spekulierte Fergus.

Rory zuckte mit den Schultern, denn so sah es eigentlich nicht aus. Der Proviant war noch hier, sogar einige Pferde, er sah, wie zwei Engländer einen bewaldeten Hügel hinaufhasteten.

Da sie in die entgegengesetzte Richtung rannten und ohnehin überall gerufen wurde, schrie Fergus auf Gälisch nach Rob und Angus. Kurz darauf waren die beiden bei ihnen.

»Wir sollten einen Engländer fangen«, schlug Rory vor.

Schon schickten sie sich an zu gehen, doch da sah Rory eine Gestalt am Boden liegen. Der Mann trug einen Verband am Kopf und stöhnte leise.

Rasch beugte er sich zu dem Engländer hinab. »Was ist hier los?«

Der Mann stöhnte weiterhin und Rory schüttelte ihn durch, bis er keuchend und zaghaft die Augen öffnete.

»Mein Kopf!«

»Wo rennen alle hin?«

Da Rory keinen ausgeprägten schottischen Dialekt hatte, hielt George, da er offenbar noch immer nicht klar sehen konnte, ihn wohl für einen der ihren.

»Die kleine Schlampe, sie hat mich überrumpelt, erst hat sie versucht, mich zu verführen und dann …« Erneut stöhnte er und umklammerte wieder seinen Schädel.

Rory ließ den Mann los. »Caitlin ist geflohen«, rief er mit einer Mischung aus Erleichterung und Besorgnis.

»Ich bring das Miststück um«, fluchte George unter ihm. »Aber vorher, da werde ich sie noch mal so richtig …«

Bevor er seinen Satz beendet hatte, hatte er Rorys Schwert im Bauch stecken.

»In diesem Leben eher nicht mehr«, meinte Fergus trocken, dann rannten sie los, um Caitlin zu suchen.

Caitlin rannte und rannte, bis ihr Lungen schmerzten. Immer wieder hörte sie Schreie, einmal hinter ihr, dann wieder von links. Sie schlug Haken wie ein Hase, und obwohl sie in den Highlands aufgewachsen war, machte ihr der von Steinen und Moorland durchzogene Untergrund zu schaffen. Sie schlug sich die Knie auf, als sie über einen im Moos versteckten Felsen stolperte, ihre Hände waren ohnehin von Büschen zerkratzt, aber das war ihr egal. Sie musste den Engländern entkommen, koste es was es wolle.

Irgendwann sah sie sich gezwungen, kurz ausruhen. Ihr Atem ging rasselnd und ihre Beine zitterten so sehr, dass sie sich hinsetzen musste. Caitlin spähte hinter einem Felsen hervor. Inzwischen war es vollständig hell geworden, jedoch zogen, wie so häufig, Nebelschwaden über die Insel, was ihr zumindest einen kleinen Vorteil bot. Im Augenblick schien keiner der Soldaten in ihrer Nähe zu sein, daher ließ sie ihren Kopf erschöpft gegen den moosbewachsenen Stein sinken.

Caitlin wollte nach Hause, sie wollte fort von hier, und Rory und die Kinder endlich wieder in die Arme schließen können.

Und deshalb musst du dich jetzt zusammenreißen, Caitlin, dachte sie und erhob sich leise stöhnend.

Doch genau in diesem Augenblick sprang sie ein Mann an. Ihr entfuhr noch ein leiser Schrei, dann warf sie die gewaltige Gestalt von Collin zu Boden. Der Bärtige grinste triumphierend.

»Hab ich dich endlich.« Seine kräftigen Arme hielten die ihren am Boden, während sie zappelte, um frei zu kommen. »Lass das, Schätzen, das nützt nichts …«

Jetzt, wo Caitlin es endlich gelungen war, ihren Entführern zu entkommen, wollte sie nicht mehr so schnell aufgeben. Sicher, Collin war ihr körperlich weit überlegen, aber sie kämpfte mit dem Mut der Verzweiflung. Collins Fehler war, sie nicht ernst zu nehmen. Lachend hielt er die zappelnde zierliche Frau am Boden fest und beugte sich zu ihr hinab, um ihr zum Hohn einen Kuss auf die Lippen zu drücken. Nun nahm Caitlin alle verbliebene Kraft und all ihren Willen zusammen. Sie zog die Knie an und trat den Mann mit aller Wucht in den Unterleib. Collin schrie vor Schmerz auf, krümmte sich zusammen und ließ sie los.

Sofort war Caitlin auf den Beinen, trat noch einmal zu und rammte ihm dann den Dolch, den sie von dem Engländer gestohlen hatte, direkt in den Bauch. Als der Mann einen gurgelnden Schmerzensschrei ausstieß musste Caitlin würgen, doch dann wandte sie sich rasch ab und hastete den Hügel hinauf.

Bevor sie oben angekommen war, hörte sie jedoch schon wieder eilige Schritte hinter sich. Schluchzend und mit zitternden Händen nahm sie die Pistole, schloss einmal kurz die Augen und schoss blind in den Nebel, wo sich nur ganz vage eine Gestalt abzeichnete.

Nachdem der Schuss ertönt war, hörte man einen leisen Schrei, dann, Caitlin blieb beinahe das Herz stehen, eine wohlbekannte Stimme.

»Dreimal verfluchte Scheiße, ihr verdammten englischen Bastarde«, knurrte eine dunkle Stimme mit starkem schottischem Akzent.

Zu Tode erschrocken ließ Caitlin die Waffe fallen. Vor ihr stand, eine Hand auf den blutenden Arm gedrückt, Fergus. Sie schnappte nach Luft. War sie vielleicht schon tot und sah jetzt ihren Bruder wieder oder was hatte das zu bedeuten?

»Fergus?« Ihre Stimme war nur ein Krächzen.

Eilig kam Fergus nun auf Caitlin zu. »Ach du bist es, zum Glück habe ich dich gefunden.« Er drückte seine verdutzte Schwester an sich, die kaum glauben konnte, was mit ihr geschah.

Dann grinste er sie auf seine ihm typische Art an. »Ich hatte zwar nicht gedacht, dass du mich, nachdem ich nach über zehn Jahren nach Hause komme, gleich erschießen willst, aber ich bin trotzdem froh, dich zu sehen.«

»Was tust du hier … Fergus, was hat das zu bedeuten … woher wusstest du …?« Erschrocken sah sie seinen blutenden Arm an. »Habe ich dich getroffen?«

Fergus winkte ab. »Nur gestreift, aber jetzt komm hier weg, wir müssen Rory suchen.«

Nun begannen Caitlins zu strahlen. »Rory ist auch hier?«

»Nicht nur er!« Verschmitzt grinsend zog Fergus seine noch immer verdutzt Schwester mit sich. Fergus war hier, Rory hatte sie gesucht und gefunden und Mairi war vermutlich in Sicherheit. Für Fragen wäre später noch Zeit, aber jetzt mussten sie zunächst von hier verschwinden.

Da aus allen Richtungen Schrei, und auch hier und da ein Schuss ertönten, hatten sich Rory und Fergus getrennt. Der Platz, an dem sie die Pferde zurückgelassen hatten, war schon zuvor mit Angus und Rob als Treffpunkt ausgemacht worden, um sich zu sammeln, falls jemand Caitlin fand. In dem festen Glauben, seine Frau bald zu finden, rannte Rory durch das feuchte Heidekraut und die zum Teil sehr dicht beieinanderstehenden Bäume, sprang über kleine Bäche und Felsspalten. Zwei Engländer hatte er bereits im Laufen getötet, die Pistole war jetzt nutzlos, denn das Pulver war aufgebraucht. Keuchend hastete er einen Hügel hinauf, während Schwertergeklirr an seine Ohren drang – direkt vor ihm kämpfte Angus, offensichtlich mit letzter Kraft, mit einem englischen Soldaten. Rasch kam Rory ihm zu Hilfe, er ritzte das Bein des Engländers mit seinem Claymore auf und der Mann fuhr herum.

Offensichtlich erwartete der Soldat einen unbeholfenen schottischen Bauern, doch Rory war selbst in der englischen Armee ausgebildet worden und hatte den Gegner mit wenigen Schwertstrichen erledigt.

»Danke«, keuchte Angus erschöpft, »ich bin wirklich zu alt für derartige Abenteuer.«

Lächelnd nahm Rory ihn am Arm. »Du hast Caitlin auch nicht gesehen?«

»Nein, aber jetzt komm, wir sollten zu den Pferden gehen, vielleicht waren die anderen erfolgreicher.«

Obwohl sich Rory nicht ganz sicher war, ob sie nicht besser hätten weitersuchen sollen, folgte er dem alten Mann. Drei Engländer hatte er getötet, falls Rob und Fergus ähnlich erfolgreich gewesen waren, sah es gut aus für Caitlin.

Als die beiden am vereinbarten Treffpunkt ankamen, konnten sie ihr Glück kaum fassen. Caitlin kniete neben ihrem Bruder und legte ihm gerade einen behelfsmäßigen Verband um den Arm an.

»Caitlin!« Rory stürzte auf sie zu und auch Caitlin stand auf und warf sich ihm schluchzend in die Arme.

Beide redeten gleichzeitig und wirr durcheinander. »Es tut mir leid, von mir aus kannst du so viel Whisky …«

Rory lachte auf und drückte ihr einen Kuss auf die Lippen. »Gerade wollte ich sagen, dass mir der verdammte Whisky egal ist.«

Nun lachten sie gleichzeitig.

Erst jetzt schien Caitlin Angus zu bemerken, der schmunzelnd vor ihnen stand.

»Angus! Träume ich?«

Zögernd trat sie auf den Mann zu, den sie, wie Rory wusste, schon als kleines Kind gekannt und geliebt hatte. An ihrem Gesicht erkannte er, dass auch ihr nicht entging, wie deutlich Angus gealterten war, doch dann schloss er sie in die Arme und Caitlin schmiegte sich mit einem freudigen Lächeln auf den Lippen an ihn.

»Dich will sie zumindest nicht gleich erschießen, Angus«, scherzte Fergus.

»Bitte sieh dir seinen Arm an«, bat Caitlin, wobei ihr das schlechte Gewisse ins Gesicht geschrieben stand. »Ich habe ihn versehentlich angeschossen.«

Nun sorgten sich alle um Rob, doch dieser kam bald, deutlich humpelnd und mit einer Menge Schnittwunden, aber zumindest am Leben, in ihr Lager gestolpert.

»Verdammt, dieser Hugh war ein harter Brocken«, stöhnte er, als Angus sich sein Bein ansah.

»Wie viele hast du erledigt?«, wollte Rory wissen.

»Zwei Engländer und Hugh MacKenzie, wobei der entkommen ist, aber er hat keine Waffe mehr.«

»Dann ist Douglas noch am Leben?« Unzufrieden runzelte Rory die Stirn.

»Ist wahrscheinlich geflohen, die Ratte, ich habe ihn nach Norden rennen sehen.« Rob schrie auf, als Angus Whisky in die Wunde goss. »Verdammt, gib mir das Zeug lieber zu trinken!«

»Ich muss die Wunder sauber machen«, widersprach der alte Heiler.

Rory stand auf und sah Caitlin ernst an. »Ich suche Douglas.«

»Nein!« Erschrocken hielt sie seinen Arm fest. »Nicht, lass ihn, ich bin doch jetzt frei.«

»Es muss endlich beendet werden und der Dreckskerl hat es nicht verdient, weiterhin über dieses wunderschöne Land wandern zu dürfen.«

Während Fergus ihm grimmig zustimmte, versuchte Caitlin, Rory zu überzeugen, dass er blieb, aber er wollte davon nichts hören.

»Ich gehe, es sind fast alle Engländer tot.«

»Rory, nein!«

»Schwesterchen, ich gehe mit ihm, falls es dich beruhigt.« Schon erhob sich Fergus vom Boden und klopfte sich seine graue Hose ab.

»Bleib hier, Fergus, Rob ist nicht mehr kampffähig und Angus …« Rory hob die Schultern.

»Auch wenn ich es nicht gerne eingestehe«, seufzte Angus, »aber kämpfen kann ich in der Tat nicht mehr, ich muss mich ausruhen.«

»Am besten, ihr macht euch schon auf den Heimweg, ich komme dann nach.« Rory packte sein Schwert und wollte gehen, während Caitlin ihm unglücklich hinterher sah.

»Hier, nimm die mit, eine Kugel steckt noch drinnen.« Fergus warf ihm eine englische Pistole zu. Als Rory nickte nahm er seine Schwester in den Arm. »Er muss es zuende bringen, ich kann ihn verstehen.«

Ängstlich sah sie zu ihm auf. »Ich auch, aber ich wünschte trotzdem, er würde bleiben.«

Rory vermutete, dass Douglas in Richtung seines Dorfes flüchtete – wo sollte der alte Mann auch sonst hingehen? Immer wieder nervöse Blicke um sich werfend versuchte er, Douglas einzuholen. Rory war jünger, er war ausdauernder, er musste es schaffen. Endlich sollte Douglas für das bezahlen, was er Caitlin angetan hatte, Rory war fest dazu entschlossen, diesen widerwärtigen alten Mann endgültig zur Streck zu bringen. Durch den feinen Nieselregen und die Nebelschwaden rannte Rory in nördliche Richtung, angetrieben von dem Wunsch, Douglas zu finden, und diese alte Clanfehde zu beenden.

Nebelschwaden zogen wie Geister über das Land, das Meer donnerte in einiger Entfernung an die Klippen und machte es Rory schwer, verdächtige Geräusche rechtzeitig zu vernehmen. Nachdem ihm ein ausgedehntes Sumpfgebiet das Vorankommen erschwerte, hielt er sich weiter in Richtung Küste, wo breite grüne Grasstreifen das Vorankommen erleichtern würde. Rechts neben ihm raschelte es im Gebüsch, Rory warf sich reflexartig zu Boden, und hielt seinen Dolch schützend vor sich.

»Komm raus!« Langsam zog er sich in den Schutz eines Felsens zurück, überlegte, ob er schießen sollte, aber er hatte nur noch Pulver für einen einzigen Schuss, und den wollte er nicht leichtfertig vergeuden. Ganz langsam schlich er von hinten an das Gebüsch heran, hielt sein

Schwert griffbereit zum Schlag erhoben, dann sprang er nach vorne. Als sich ein hysterisch gackerndes Moorhuhn erhob, ließ er seinen Arm stöhnend sinken.

Rory rannte an den Klippen entlang und trotzte seinen brennenden Lungen, den müden Beinen und dem Schweiß, der seinen Rücken entlang lief. Sicher hätte er jetzt auch aufgeben und zu Caitlin zurückkehren können, vielleicht in einigen Tagen ausgeruht mit Fergus und Rob Douglas zur Rechenschaft ziehen können. Andererseits wäre der dann wieder in seinem Dorf, und selbst wenn er inzwischen scheinbar sogar bei seinen eigenen Leuten nicht mehr allzu beliebt war, so würden sie es doch nicht zulassen, dass er den Clanchief einfach tötete. Also musste es hier und heute zuende gebracht würden. Plötzlich glaubte Rory, nicht weit von sich entfernt, eine Bewegung zu sehen. Er hielt inne, kniff die Augen zusammen, aber dann war er sich sicher. Eine kleine, verhutzelte Gestalt, hastete, hektische Blicke über die Schulter werfend, eine Senke hinauf.

»Douglas MacKenzie, bleib stehen!«

Die Gestalt stieß einen erstickten Schrei aus, Rory stürmte vorwärts, und tatsächlich stand nun der widerliche alte Douglas da. Er keuchte so laut, dass man ihn selbst über das leichte Wogen der Wellen, die an die Küste schlugen, hinweg hörte. Offensichtlich war der Greis zu Tode erschöpft, sein Gesicht war von Erschöpfung gezeichnet, die wenigen Haare hingen ihm schweißnass vom Kopf, und auch seine Stirn rannen Schweißbäche hinab. Obwohl Rory den Mann hasste, konnte er es plötzlich nicht mehr über sich bringen, ihn einfach zu töten, denn er war Douglas bei weitem überlegen.

Vielleicht, so überlegte er, *sollte ich ihn mitnehmen und irgendwo einsperren, dann kann er für seine Taten büßen.*

»Komm her«, rief Rory und winkte mit seiner Pistole, »wenn du ohne Gegenwehr mitkommst, werde ich dich am Leben lassen.«

Douglas kicherte höhnisch, wobei er weiter zurückwich. »Du musst mich schon holen.«

Kopfschüttelnd kam Rory näher, während Douglas Schritt für Schritt rückwärts ging.

»Lass es, du hast verloren, Douglas.«

»Ach ja?« Rory konnte nur einen winzigen Augenblick geblinzelt haben, aber plötzlich hielt der alte Mann eine Pistole in der Hand.

Zwar hatte Rory die besseren Reflexe, doch er hob seine eigene Waffe, als er abdrückte, löste sich der Schuss nicht – offensichtlich war das Pulver nass geworden.

Er zögerte nur einen Lidschlag, doch das war einer zu viel. Entsetzt sah er, wie Douglas höhnisch lachend abdrückte und der alte Mann hätte ihn sicherlich mitten in der Brust getroffen, wenn nicht plötzlich – Rory nahm es nur verschwommen aus dem Augenwinkel wahr – eine große Gestalt aus dem Nebel heraus auf Douglas zugesprungen wäre.

Rory hörte den Schuss, er spürte einen sengenden Schmerz in der Seite, dann meinte er, Douglas' Schrei und ein Wiehern zu hören, doch da war er nicht mehr ganz sicher, denn ihm wurde schwarz vor Augen.

Wenngleich Caitlin unendlich froh war, ihren Entführer entronnen zu sein, war sie doch unruhig, und zerrte Aila eilig hinter sich her. Zu gern hätte sie Fergus und Angus so vieles gefragt, aber sie musste sich ihren Atem sparen, um möglichst schnell voranzukommen.

»Caitlin, warte, Rob und Angus können nicht einmal so schnell reiten wie du läufst!«, rief ihr Bruder Fergus.

Die Stirn unwillig gerunzelt hielt sie an und wartete auf ihre Gefährten.

Fergus schloss zu ihr auf, dann fasste er sie an der Schulter. »Du weißt nicht, wohin Douglas überhaupt geflohen ist, also macht es keinen Sinn, so ein Tempo anzuschlagen. Rob ist verletzt, Angus erschöpft, bitte nimm etwas Rücksicht.«

Natürlich war Caitlin klar, dass das stimmte, aber sie wollte einfach irgendetwas tun.

»Er hätte nicht gehen sollen«, flüsterte sie, wobei Angst ihre Kehle zuschnürte.

»Rory ist kein Narr, jetzt wo er dich gefunden hat, wird er nichts riskieren. Douglas ist uralt, und Rory ist ihm weit überlegen.«

»Ja, sicher«, Caitlin biss auf ihrer Unterlippe herum, »aber wer weiß, ob Hugh sich nicht noch irgendwo herumtreibt, und Rory hat es sich in den Kopf gesetzt, Douglas um jeden Preis zu töten.« Sie zog sich ihre schmutzige, durchgeschwitzte Bluse enger um die Schultern. »Fergus, ich habe wirklich Angst um ihn.«

»Komm schon, Schwesterchen«, er schloss sie in sein starken Arme und für einen Moment genoss Caitlin das vertraute Gefühl, »mach dir nicht so viele Gedanken, bis jetzt ist doch alles gut gegangen.«

Trotz der beruhigenden Worte ihres Bruders konnte Caitlin das ungute Gefühl in ihrer Magengrube nicht abschütteln, und während sie weiterhastete, lauschte sie ständig auf verräterische Kampfgeräusche.

Unterwegs überlegte Rob laut, was sie in Bezug auf den flüchtigen Hugh unternehmen sollten.

»Ich könnte unseren Clanchief, Sir James, um Hilfe bitten.«

»Ist der nicht noch etwas jung?«, wandte Angus ein. »Soweit ich weiß, starb sein Vater kurz nach Culloden, und damals war James ein kleiner Kerl von etwa fünf Jahren.«

»Ja, er ist jung«, gab Rob zu, »aber er ist ein guter Clanchief, und seine Mutter hat sich sogar damals entgegen des Willens ihres Mannes für Charles Stewart eingesetzt.«

»Nun, gut, du könntest es versuchen …«, setzte Angus an.

Plötzlich durchschnitt ein Schuss die Stille. Die Pferde blieben wie angewurzelt stehen, blähten ihre Nüstern und spitzten die Ohren. Caitlin durchfuhr ein eisiger Schrecken, im ersten Moment war auch sie wie erstarrt, dann ließ sie Ailas Zügel einfach los und stürmte davon, gefolgt von den warnenden Rufen ihres Bruders.

Kapitel 24
Highlandlegenden

»Angus, du bekommst das doch wieder hin?« Benommen hörte Rory Caitlins Stimme, als er langsam wieder zu sich kam.

Blinzelnd stellte er fest, dass der Nebel aufgerissen war und jetzt die Sonne in einem fahlen Gelb vom Himmel schien. Seine Freunde standen um ihn herum, alle mit besorgten Gesichtern.

»Langsam, ich habe dir grade eine Kugel entfernt und du hast eine ganze Menge Blut verloren«, sagte Angus und hielt ihn fest, als er sich aufzurichten versuchte.

Rory tastete nach seiner Seite. Er hatte einen festen Verband um den Oberkörper gewickelt, und die Verletzung schmerzte höllisch. Der Schuss – Douglas – er hatte zu langsam reagiert, nach und nach kehrte die Erinnerung zurück. Caitlin hielt ihm eine Wasserflasche an die Lippen und sah ihn ängstlich an.

»Ich bin in Ordnung«, behauptete er, dann richtete er sich mühsam auf. »Wo ist Douglas?«

»Keine Ahnung.« Fergus schnaubte. »Wir sind langsam in Richtung Norden aufgebrochen, und als wir einen Schuss gehört haben, war Caitlin nicht mehr zu halten.«

»Ich dachte, du wärst tot, als wir dich in all dem Blut am Boden liegen sahen«, flüsterte sie. Ihre Unterlippe zitterte, und so nahm er ihre Hand in seine und drückte sie aufmunternd.

»Bin ich nicht. Aber ich glaube, ich habe Gealach gesehen«, murmelte Rory, dann kam er schwankend auf die Füße.

Fergus eilte ihm zu Hilfe und stützte ihn. »Das hast du wahrscheinlich geträumt.«

»Möchtest du reiten?«, erkundigte sich Rob.

»Ja, vielleicht.« Rory stellte einen Fuß in den Steigbügel, aber es gelang ihm nicht, sich in den Sattel zu ziehen, außerdem spürte er, wie frisches Blut aus der Wunde sickerte. »Nein, ich denke, Laufen ist besser.«

»Das wirst du auch nicht allzu lange durchhalten«, befürchtete Angus. »Rob, führ das Pferd zu dem kleinen Abhang, so kann er leichter aufsteigen.«

Der junge Mann tat wie ihm geheißen, und schließlich saß Rory, wenn auch etwas bleich um die Nase, auf Ailas Rücken.

Caitlin führte das Pferd, wobei sie ihm allerdings ständig besorgte Blicke über die Schulter zuwarf.

»Du sagst, wenn du eine Pause benötigst«, verlangte Angus. Er selbst saß auf dem Braunen.

»Ja, mache ich«, versicherte Rory. Auch wenn das Reiten alles andere als angenehm war, so war es in Anbetracht der Strecke, die vor ihnen lag, vermutlich doch weniger anstrengend als zu laufen.

Sie waren erst wenige Meter weit gekommen, als Fergus fassungslos inne hielt, und die Klippen hinunter starrte. Caitlin zog Aila mit sich, und jetzt erkannte auch Rory, was los war. Unten auf den Felsen, mit zerschmettertem Körper, lag Douglas MacKenzie, doch das war nicht das Ungewöhnlichste – im Gras waren zwei große Hufabdrücke zu sehen.

Caitlin keuchte, dann sah sie zu ihm auf und drückte Rorys Hand. »Dann hat Gealach dich ein zweites Mal gerettet.«

Angus nickte, sichtlich zufrieden, während Fergus sich heimlich bekreuzigte und sich unbehaglich umsah. »Es könnten auch andere Hufabdrücke sein«, murmelte er.

Auch Robs Gesicht, er saß auf Ronas Rücken, hatte deutlich an Farbe verloren. »Der Sidhe-Hengst«, flüsterte er ehrfürchtig.

»Wie auch immer«, Angus wendete sein Pferd ab, »Douglas wird uns keinen Ärger mehr bereiten, und ob er einfach gestürzt ist oder möglicherweise der Geisterhengst dafür verantwortlich ist, ist letztendlich egal.«

»Heilige Maria, was wohl der Priester sagt, wenn ich das bei der nächsten Beichte erwähne«, murmelte Rob vor sich hin.

»Erstens musst du es ja nicht erwähnen, Rob«, kommentierte Angus gelassen, woraufhin der junge Mann die Augen aufriss, »und zweitens wäre dein Priester ein Narr, wenn er es nicht guthieße, dass Douglas MacKenzie endlich tot ist.« Jetzt überzog ein jungenhaftes Schmunzeln das Gesicht des alten Heilers. »Es sei denn, er hat Angst, ihn irgendwann in eurem Himmel wiederzutreffen.«

Rob starrte Angus mit offenem Mund an. »Douglas kommt nicht in den Himmel, sondern in die Hölle!«

»Na dann dürfte ja alles in Ordnung sein, und nachdem ich weder in den Himmel noch in die Hölle möchte, hat sich Douglas MacKenzie für mich erledigt.« Fröhlich vor sich hin pfeifend klopfte Angus dem Braunen seine Hacken in die Seite und ritt los.

Noch einmal bekreuzigte sich Rob, murmelte vermutlich irgendein Gebet und trieb dann auch Rona an.

»Ich glaube, wir sollten Rob besser nicht sagen, dass er auf der Enkeltochter des legendären Geisterhengste reitet«, flüsterte Rory Caitlin zu. Sie kicherte unterdrückt, dann zupfte sie an Ailas Zügeln.

Der Heimritt war besonders für Rory und Rob, die beide verletzt waren, alles andere als angenehm. Nachdem Robs Haus ungefähr auf dem Weg lag, beschlossen sie, sich zumindest für eine Nacht auszuruhen. Rory war durch den Blutverlust stark geschwächt, auch wenn Angus versicherte, er würde es ganz sicher verkraften, hatte Caitlin noch immer Angst um ihn. Nachdem sie gegessen und Robs aufgeregter Frau alles erzählt hatten, schlief er beinahe augenblicklich ein.

Megan hatte versichert, er könne im Bett der Kinder schlafen, worum Caitlin sehr froh war.

Während auch Angus sich bald schlafen legte, setzten sich die anderen noch ans Feuer und auch Rob konnte offenbar noch nicht einschlafen. Sein sechsjähriger Sohn saß zu seinen Füßen und blickte bewundernd zu ihm auf, als er noch einmal von der Verfolgungsjagd erzählte. Die kleine Mùirne, zwei Jahre jünger als ihr Bruder, saß auf dem Schoß ihrer Mutter und hatte einen Daumen in den Mund gesteckt.

Caitlin streichelte der Kleinen über die rundliche Wange, und musste an ihre eigenen Kinder denken, wobei sie große Sehnsucht überkam. Zu gern hätte sie die beiden jetzt in ihre Arme geschlossen.

»Wie ist es in der Neuen Welt, Fergus«, erkundigte sich Megan später schüchtern. Sie mochte vielleicht Anfang zwanzig sein, hatte ein hübsches, rundliches Gesicht und strahlende grüne Augen, die einen netten Kontrast zu ihren roten Haaren bildeten.

Fergus hob die Schultern, dann wiegte er bedächtig den Kopf. »Anders, aber leichter ist es auch dort nicht.«

»Wir haben auch bereits überlegt, auszuwandern«, murmelte Rob.

»Der einzige wirkliche Vorteil liegt darin, dass es in Amerika keine Engländer gibt«, erzählte Fergus, dann fuhr er sich durch die borstigen, grau-blonden Haare. »In den Städten findest du kaum gutbezahlte Arbeit, es herrscht Armut, Hunger, Elend und Schmutz. Unser Clan bekam ein Stück Land in Novo Scotia zugewiesen.« Sein Blick schweifte ab und Caitlin vermutete, dass er an die geliebten Menschen dachte, die er zurückgelassen hatte. »Die Erde ist dort etwas einfacher zu bearbeiten, aber dafür sind die Winter bitterkalt. Der Schnee liegt teilweise hüfthoch, und im ersten Jahr hatten wir nicht genügend Holz gemacht und viele von uns wären beinahe erfroren.« Seufzend sah er erst Rob, dann seine junge Frau an. »Auch vor Hunger und Seuchen seid ihr dort nicht in Sicherheit. Man kann dort überleben, aber ich bin niemals wirklich heimisch geworden.«

Seufzend hob Megan die Schultern. »Dann bleiben wir besser hier.«

Nachdem allen beinahe schon die Augen zufielen, legten sie sich schlafen, und da sie Rob und Rory die Betten überlassen wollten, rollten sie alle anderen in Decken auf dem Boden zusammen. Bevor Caitlin einschlief, küsste sie Rory noch einmal auf die Stirn. Sie war unendlich froh, dass alles so glimpflich ausgegangen war, und auch wenn sie noch tausend Fragen an Angus und Fergus hatte, so schlief sie jetzt doch mit dem Gefühl ein, alles würde sich zum Guten wenden.

Nachdem sie sich bei Robs Familie ausgeruht hatten, zogen sie am nächsten Morgen weiter nach Hause.

Trotz der erholsamen Nacht im Warmen waren noch immer alle müde und ausgelaugt, Rory bereitete das Reiten Schmerzen, auch wenn er es nicht zugab, und Angus konnte sich gegen Ende des Tages offenbar kaum noch im Sattel halten.

Allerdings waren alle Anstrengungen, Mühen und Schmerzen der letzten Zeit vergessen, als Rory endlich ihr Heimattal erblickte. Das kleine mit Stroh und Heidekraut gedeckte Cottage stand in der strahlenden Herbstsonne, welche die grünen Wiesen und das lilafarbene Heidekraut in einen ganz besonderen Glanz funkeln ließ. Über den nördlichen Bergen hing leichter Dunst, den der Wind vom Meer allerdings bald fortblies. Auf einmal erschien ein blonder Haarschopf im Fenster, ein Schrei ertönte, und kurz darauf kamen Ranald und Mairi aus dem Haus gerannt, Cormag folgte etwas langsamer auf seinen krummen Beinen.

Nachdem die Kinder Caitlin überschwänglich begrüßt hatten, nahm Rory die beiden in die Arme und war in diesem Augenblick einfach nur glücklich und zufrieden. Die Kinder bestürmten sie mit Fragen, wobei ein jeder den anderen zu übertönen versuchte. Doch die Erwachsenen waren übereingekommen, nicht alles zu erzählen, denn von den Gefahren, denen ihre Eltern ausgesetzt gewesen waren und den gefährlichen Kämpfen mussten sie nicht im Detail erfahren. Schließlich sprach Rory ein Machtwort. »Seid ihr jetzt endlich still? Was sollen denn euer Onkel und Angus von euch denken.«

Mairi klappte den Mund wieder zu, und auch Ranald verstummte, wenn auch nur für einen Moment.

»War das Onkel Fergus?« Mit einem Grinsen deutete der kleine Junge auf den Verband um Rorys Oberkörper und seine blau und grün schimmernde Gesichtshälfte.

»Du frecher Bengel«, knurrte Rory und wollte ihm spaßhaft einen Klaps auf den Hintern geben, aber Ranald wich schnell aus, »ich bin vom Pferd gefallen und das«, er zeigte auf seine Seite, »das war Douglas MacKenzie.«

»Aber du hast gewonnen!«, rief Ranald stolz und auch Mairi strahlte ihn an.

»Mit etwas Hilfe«, murmelte Rory, wobei er einen Blick die Hügel hinauf war. Beinahe erwartete er, Gealach zu sehen, aber seine Hoffnung erfüllte sich nicht.

»Jetzt kommt aber ins Haus«, verlangte Cormag. »Ich habe eine kräftige Suppe gekocht.«

»Sie schmeckt ekelhaft«, warnte Mairi leise, wobei sie das Gesicht verzog.

Befreit lachend drückte Caitlin das Mädchen an sich.

An diesem Tag mussten noch eine ganze Menge Fragen beantwortet werden und als Fergus und Angus später weitere Geschichten von der Familie in Amerika erzählten, traten viele Male Tränen in Caitlins Augen.

»Ihr bleibt wirklich hier?«, fragte sie irgendwann.

Angus lachte laut auf. »Meinst du, ich alter Kerl wandere ein zweites Mal aus? Nein, nein, ich bleibe. Ich habe dem jungen Calum alles über Kräuter und die alten Legenden und Mythen beigebracht, er kann das Wissen von nun an weitergeben. Als Heilkundiger kann er auch mit einem Arm arbeiten, jetzt hat er endlich seine Aufgabe gefunden.«

»Wie geht es Mutter, Vater und den anderen?«, wollte Caitlin gespannt wissen.

»Unseren Eltern geht es gut. Glenna hat noch mal geheiratet und ein Kind bekommen«, erzählte Fergus, dann grinste er, und kam wieder etwas von dem alten Fergus zum Vorschein. »Jetzt ist sie so dick, dass sie kaum noch durch die Tür ihrer Hütte passt.«

Wenngleich Kinder die Geschichten aus der für sie so fremden Welt gebannt lauschten, über Bären, Wölfe, Elche und Pumas staunten, schliefen sie irgendwann mit ihren Köpfen auf Caitlins Schoß ein. Fergus trug die beiden Kleinen ins Bett, dann kehrte er ans prasselnde Torffeuer zurück. »Ich denke, ich werde jetzt mit Cormag in unser altes Dorf gehen. Mal sehen, ob sich dort noch eines der Häuser herrichten lässt.«

»Ihr könnt auch gern hier schlafen«, schlug Rory vor.

»Nein, wir lassen euch besser allein.« Mit einem Augenzwinkern erhob sich Angus ächzend, ebenso wie Cormag es tat, dann gingen sie hinaus, wo schon die ersten Sterne am Himmel funkelten anbrach.

Eng umschlungen lagen Caitlin und Rory in ihrem Bett. Sie legte ihren Kopf an seine Schulter und streichelte seine Hand.

»Ich bin froh, dass du damals, als wir uns kennen gelernt haben, mir beigebracht hast, wie ich mich gegen einen stärkeren Mann wehren kann, sonst hätten sie mich wieder gefangen«, sagte sie plötzlich.

Rory drückte ihr einen Kuss auf die Stirn. »Ja, zum Glück, und ich bin froh, dass du so ein gutes Verhältnis zu Gealach hast.«

Leise lachend stützte sie sich auf den Unterarm. »Das hast ja wohl eher du, dir hilft er ja ständig.«

»Meinst du, er ist Wesen aus dem Feenreich?« Obwohl sich Rory ein wenig lächerlich vorkam, musste er diese Frage stellen.

Caitlin zuckte mit den Schultern und sah ihn ernst an. »Ich weiß es nicht, auf jeden Fall hat er etwas Mystisches an sich und er verhält sich nicht wie ein normales Pferd.« Plötzlich grinste sie. »Oder könntest du dir vorstellen, dass Rona Douglas rammt, weil er dich erschießen will.«

Leise lachend schüttelte er den Kopf. »Nein, wohl kaum, sie würde höchstens mit ihm schmusen wollen und dabei selbst erschossen werden.«

Caitlin biss ich auf die Lippe und drückte seine Hand. »Du weißt gar nicht, wie froh ich bin, dass du hier bei mir bist. Jetzt ist der Albtraum mit Douglas MacKenzie endlich vorbei.«

»Ja, endlich!«

Am nächsten Tag kamen Fergus, Angus und Cormag wieder hinauf ins Tal.

»Das Dorf sieht schlimm aus«, sagte Fergus bedrückt.

»Man könnte die alten Steine für ein neues Haus benutzen«, krächzte Cormag und beobachtete Ranald und Mairi, die sich um irgendetwas stritten. »Lass dich nur nicht wieder entführen, Caitlin«, knurrte er, »ich tauge nichts als Kindermädchen. Nicht mal meinen Eintopf wollten sie essen, pah!«

»Kann ich verstehen«, murmelte Fergus so leise, dass Cormag ihn nicht verstand.

Rory hingegen grinste und drückte Caitlin an sich. »Sie wird ganz sicher nicht mehr entführt, weil ich sie ab heute nicht mehr aus den Augen lasse.«

»So, so«, kritisch hob sie die Augenbrauen, »dann wirst du also tatsächlich keinen Whisky auf dem Festland verkaufen?«

Seufzend schüttelte Rory den Kopf. »Nein, wir schaffen es sicher auch so.«

»Vielleicht steige ich ins Whiskygeschäft ein«, überlegte Fergus.

Doch da schlug ihm seine Schwester mit einem Lappen auf den Kopf. »Du wirst doch wohl nicht den ganzen Weg von Amerika hergekommen sein, nur um dich in den Highlands an einem Baum aufknüpfen zu lassen.« Sie stemmte die Hände in die Hüften. »Ich hätte dich doch besser erschossen!«

»Sie hat sich kein Stück geändert«, stöhnte Fergus.

»Wir werden sehen, was die Zukunft bring«, lenkte Angus ein und hielt sein Gesicht genüsslich in die noch immer warme Sonne. Man sah ihm ganz genau an, wie sehr er es genoss, wieder zu Hause zu sein, in seiner Heimat, die er schon verloren geglaubt hatte.

Später, als die Schatten länger wurden, machten sie es sich mit einer Flasche von Cormags selbstgebranntem Whisky vor dem Torffeuer gemütlich. Schon eine ganze Weile flüsterten die Kinder miteinander und stießen sich ständig an.

»Du bist die Ältere«, zischte Ranald schließlich, obwohl ihm das ansonsten gar nicht gefiel.

Das hübsche blonde Mädchen sah Angus mit ihren großen blauen Augen an und fragte schüchtern: »Mutter und Vater haben immer gesagt, du wärst ein guter Geschichtenerzähler, Angus.«

»Haben sie das?« Angus lehnte sich behaglich in seinem Stuhl zurück. »Dann möchtet ihr sicher heute von mir eine Geschichte hören.«

Mit glänzenden Augen nickten die beiden Kinder. So begann Angus mit seiner ruhigen, noch immer kräftigen Stimme zu erzählen.

Er erzählte von zehn jungen Kriegern, die in einer nebligen Nacht den Engländern, mit ihrer Kriegsbemalungen aus alten Zeiten, wildem Dudelsackspiel und leidenschaftlichem Kampfstil so richtig das Fürchten gelehrt hatten.

»... und dann, als die Klänge der Pipes in den nebelverhangenen Hügeln verklungen waren«, endete Angus mit seiner geheimnisvollen Stimme, »lächelten sich die Clanbrüder triumphierend an. Noch einmal hatten sie den Engländern gezeigt, was es heißt, ein Highlandkrieger zu sein.«

Während der Erzählung waren Fergus und Rory zunehmend unruhig geworden. Nun grinsten sie sich an und begannen urplötzlich zu lachen. Die Kinder machten fragende Gesichter, doch Caitlin ging plötzlich ein Licht auf.

»Ihr wart das damals, einige Nächte bevor unser Clan nach Amerika aufgebrochen ist«, rief Caitlin aus, dann runzelte sie empört die Stirn. »Von wegen, ihr habt euch damals geprügelt. Das war ein Kampf mit den Engländern!« Caitlin schnaubte und wollte sich auf Rory stürzen, als sie sich an seine Verletzungen erinnerte, begnügte sie sich mit einem halbherzigen Fauststoß auf die Schulter.

»Vergebung, Vergebung«, lachte er und hielt Caitlins Hände fest. »Im Augenblick siehst du selbst aus wie eine wilde Keltenkriegerin aus grauer Vorzeit. Fehlt nur noch die blaue Bemalung.«

Mit einer energischen Handbewegung wischte sich Caitlin ihre wild ins Gesicht hängenden dunkelblonden Haare zur Seite.

»Du hast es all die lange Jahre niemals erzählt«, schimpfte sie und funkelte dann auch ihren Bruder an, der breit grinste.

»Vater kommt wirklich als Held in einer von Angus Geschichten vor«, flüsterte der kleine Ranald ehrfürchtig und seine Schwester Mairi nickte begeistert.

»Ja, so werden Legenden geboren«, meinte Angus lächelnd. Dann hob er die Augenbrauen. »Aber eure Mutter ist ebenfalls nicht aus schlechtem Holz geschnitzt.«

»Was hat sie denn getan?«, verlangte Mairi interessiert zu wissen.

Caitlin, die befürchtete, Angus könnte erzählen, wie sie Paden mit dem Dolch getötet hatte, oder von der Sache mit den Engländern, machte eine abwehrende Geste.

Doch Angus hatte nichts Derartiges im Sinn gehabt. »Es ist schon spät. Und es gibt noch viele Winterabende, die mit Geschichten gefüllt werden müssen.«

»Bitte, Angus, nur eine einzige«, bettelten beide Kinder und setzten sich nun vertrauensvoll auf den Schoß des alten Mannes.

»In Ordnung, ich werde euch die Geschichte von der Nacht erzählen, in der Aila geboren wurde«, gab er schließlich gutmütig nach. »Aber dann geht ihr sofort schlafen«, fügte er streng hinzu.

Die beiden nickten gehorsam, setzten sich dann auf den Boden und sahen Angus erwartungsvoll an. Mit ruhigen, eindringlichen Worten berichtete er von Gealach, dem silbernen Hengst, und seiner Tochter Aila, bei dessen Geburt er und Caitlin dabei gewesen waren.

Caitlin atmete erleichtert auf, denn diese Geschichte durften die beiden Kinder gerne hören. Sie selbst hatte sie schon erzählt, doch bei Angus klang sie noch viel mystischer, geheimnisvoller und spannender, wie sie selbst feststellte, und beinahe hatte sie das Gefühl, noch einmal jenen Tag vor ihrem inneren Auge zu sehen, auch wenn sie damals gerade einmal so alt gewesen war wie Mairi jetzt.

»Ich habe Gealach noch nie gesehen«, sagte Ranald am Schluss traurig.

»Ich schon!«, rief Mairi stolz aus. »Ich war noch klein, aber ich habe ihn gesehen, und vor ein paar Tagen, als ich aus der Höhle geflohen bin, hat er auf mich aufgepasst.«

»Gar nicht wahr«, schimpfte Ranald beleidigt.

Empört öffnete Mairi den Mund zu einer heftigen Erwiderung.

»Ihr habt ihn beide gesehen«, sagte Caitlin nachdenklich, was die Kinder verstummen ließ, und sie sahen mit großen Augen zu ihr auf. Caitlin schauderte, als sie an die Nacht dachte, als die MacKenzies ihr Haus niedergebrannt hatten. »Mairi war drei Jahre alt. Es wundert mich, dass du dich daran erinnerst«, sagte sie mit entrückter Stimme.

Das Mädchen nickte nachdrücklich und Caitlin strich ihrem Sohn über die braunen Haare. »Du warst erst ein Jahr alt, Ranald, und hast furchtbar geweint, aber als Gealach erschien, wurdest du ganz ruhig und hast ihn ganz fasziniert angesehen.«

»Also habe ich ihn auch schon gesehen!«, rief Ranald triumphierend und streckte sich, um etwas größer zu wirken.

»Du warst noch ein Baby, du kannst dich gar nicht daran erinnern«, sagte Mairi abwertend und Ranald wollte sich auf sie stürzen.

»Schluss jetzt«, beendete Caitlin den Streit, bevor die beiden anfingen sich zu prügeln. »Gealach hat uns auch diesmal geholfen.« Sie warf Rory einen Blick zu.

Im Augenblick wollte sie den Kindern nicht mehr erzählen, vielleicht würde sie ihnen sagen, wie knapp ihr Vater dem Tod entkommen war, wenn sie älter waren, aber nicht heute. »Vielleicht seht ihr ihn irgendwann wieder, vielleicht auch nicht, das lässt sich nicht vorhersehen. Er kommt und geht wie er will. Aber jetzt waren es genug Geschichten, ihr geht jetzt schlafen.«

Murrend standen die beiden auf, verschwanden dann jedoch gehorsam im Nebenraum.

Auch nachdem die Kinder zu Bett gegangen waren unterhielten sich die Erwachsenen noch lange über die alten Zeiten. Es war schön, Fergus hier zu haben und Caitlin war sehr glücklich, als er seinen Entschluss mitteilte, sich in der Nähe ein Haus zu bauen. Auch Angus wollte sich in dem Tal niederlassen. Was die Zukunft bringen würde, das konnte niemand vorausahnen, doch im Augenblick ging es ihnen gut und sie genossen es, in dem Land zu leben, das für sie die einzig wahre Heimat war. Während sie sich über die Zukunft und auch vergangene Tage unterhielten, kam das Gespräch auch wieder einmal auf Culloden und die verlorene Schlacht. In den Augen von Rory und Fergus sah Caitlin den Schrecken dieses Massakers, als sie davon erzählten, wie gnadenlos die englische Armee gewütet hatte. Vermutlich würde die Erinnerung sie alle beide den Rest ihres Lebens nicht loslassen, und besonders Rory würde sich vermutlich immer Vorwürfe machen, damals noch auf der falschen Seite gekämpft zu haben. Ihren Kopf an der Schulter ihres Mannes lauschte Caitlin den beiden, und vor ihrem inneren Auge sah sie den gnadenlosen Kampf von Culloden Moor, auch wenn es vermutlich sehr viel schrecklicher gewesen war, als sie es sich auszumalen vermochte, sie lauschte Angus, der später von Prince Charlies Flucht erzählte, und musste bei der Erinnerung daran schmunzeln, dass sie selbst den Prinzen verkleidet als Betty Burke gesehen hatte. Charles Edward Stewart war geflohen, lebte jetzt offenbar in Frankreich, und mach einer ihrer Landsleute glaubte daran, dass er zurückkehren und erneut für die Freiheit Schottlands kämpfen würde. Caitlin war sich nicht ganz sicher, was sie sich wünschte. Ganz bestimmt nicht, dass ihr Mann oder ihr Sohn eines Tages noch einmal in den Krieg ziehen mussten, andererseits wollte sie Freiheit – Freiheit für das Land, dass sie mit jeder Faser ihres Herzens liebte.

Das Feuer war schon beinahe heruntergebrannt und gemütliches Schweigen hatte sich in dem kleinen Cottage ausgebreitet.

»Caitlin, sing ein Lied für mich«, bat Angus plötzlich in die Stille hinein. Er lächelte ein wenig wehmütig. »Das ist eines der Dinge, die ich in Amerika am meisten vermisst habe.«

Auch ihr Bruder nickte ihr aufmunternd zu.

So begann Caitlin mit ihrer sanften und doch so intensiven Stimme zu singen. Zunächst war Angus überrascht, dass sie nicht gälisch sang, doch dieses Lied ergriff ihn tief in seinem Inneren.

Speed, bonnie boat, like a bird on the wing,
Onward! the sailors cry;
Carry the lad that's born to be King
Over the sea to Skye.

Loud the winds howl, loud the waves roar,
Thunderclouds rend the air;
Baffled, our foes stand by the shore,
Follow they will not dare.
Speed, bonnie boat, like a bird on the wing,
Onward! the sailors cry;
Carry the lad that's born to be King
Over the sea to Skye.

Though the waves leap, soft shall ye sleep,
Ocean's a royal bed.
Rocked in the deep, Flora will keep
Watch by your weary head.
Speed, bonnie boat, like a bird on the wing,
Onward! the sailors cry;
Carry the lad that's born to be King
Over the sea to Skye.

Many's the lad fought on that day,
Well the claymore could wield,
When the night came, silently lay
Dead in Culloden's field.
Speed, bonnie boat, like a bird on the wing,
Onward! the sailors cry;
Carry the lad that's born to be King
Over the sea to Skye.

Burned are their homes, exile and death
Scatter the loyal men;
Yet e'er the sword cool in the sheath
Charlie will come again.
Speed, bonnie boat, like a bird on the wing,
Onward! the sailors cry;
Carry the lad that's born to be King
Over the sea to Skye.

Draußen, auf den vom sanften Mondlicht beschienenen Hügeln vor den Ruinen von Duntulm Castle stand Gealach, der silberne Hengst. Seine Mähne flog im kalten Ostwind und er stieß ein herrisches, herausforderndes Wiehern aus. Er war eine Highlandlegende und noch viele Generationen würden ihren Kindern und Enkelkindern in kalten, stürmischen Nächten am prasselnden Torffeuer von ihm berichten, so wie es Angus getan hatte. Im Inneren des kleinen Cottages verklangen die letzten Töne von Caitlins Lied, und viele Jahre später sollte es als ›Skye Boat Song‹ in die Geschichte eingehen, doch das konnte zu diesem Zeitpunkt nicht einmal Angus erahnen.

Historische Quellennachweise:

Skye Museum of Island Life – Kilmuir Isle of Skye
Clan Donald Centre Museum of the Isles, Sleat, Isle of Skye
Colbost Croft Museum, Colbost, Isle of Skye

History of Skye, Alexander Nicholson, MACLEAN PRESS 2001
Discovering Skye, A Handbook of the Island's History and Legend, Jonathan MacDonald, Temprint Limited
Bonnie Prince Charlie and Flora MacDonald, Incorporation Rebellion by George Forbes, The Flora MacDonaldstory by Alexander MaGregor, Lang Syne Publishers Ltd 2001
The Mediaeval Castles of Skye and Lochalsh, Roger Miket and David L. Roberts, Birlinn Limited 2007
Pocket History of Scotland, Dr. James MacKay, Parragon 2002
Die Heilkunst der Kelten, Claus Krämer, Verlag Hermann Bauer KG 2002
Skye Boat Song: The lyrics were written by Sir Harold Boulton, 2nd Baronet, to an air collected by Annie MacLeod (Lady Wilson) in the 1870s. The song was first published in *Songs of the North* by Boulton and MacLeod, London, 1884, a book that went into at least fourteen editions. In later editions MacLeod's name was dropped and the ascription "Old Highland rowing measure arranged by Malcolm Lawson" was substituted.

Nachwort

Die Schlacht von Culloden am 16. April 1746 war eines der dramatischsten Ereignisse in der Geschichte Schottlands. Eine völlig erschöpfte schottische Armee stellte sich unter Charles Eduard Stuart, auch bekannt als „Bonnie Prince Charlie“, einer englischen Übermacht, die vom Herzog von Cumberland angeführt wurde. Die Highlander unterlagen, die Hälfte von ihnen wurden entweder während der Schlacht oder auch noch danach getötet. Der Grausamkeit des Herzogs von Cumberland war es geschuldet, dass die Clans entwaffnet, Burgen niedergebrannt, die traditionelle Kleidung verboten und somit das Clan-System und die gälische Kultur fast völlig ausgelöscht wurden.
Auch wenn ich es in meinem Buch „Die Feuer von Erenor“ etwas anders dargestellt habe, so floh der „*Bonnie Prince*“, Geschichtsschreibern zufolge, mit Flora MacDonalds Hilfe über die Isle of Skye nach Frankreich. Auch ein auf den Prinzen ausgesetztes Kopfgeld in Höhe von 30.000 Pfund konnte die verarmten Schotten nicht dazu verleiten, ihren „*Bonnie Prince*“ zu verraten.
Vielleicht ist genau dies der Geist der Schotten, der sich auch heute noch im „*Skye Boat Song*“ in der Textstelle „*Charlie will come again*“ so hoffnungsvoll ausdrückt, und der Claudia Lössl, alias Aileen P. Roberts, immer wieder dazu bewog, Romane zu schreiben, die sich mit diesem eindrucksvollen Land und seinen Menschen beschäftigen. So begann es 2005 mit „Rhiann – Nebel über den Highlands“ und endet leider 2017 mit dem letzten, kurz vor ihrem Tod begonnenen Werk „Winterfeuer“, das auf Orkney spielt.
Vielleicht fühlt sich der ein oder andere Leser nun dazu getrieben, ebenfalls die schottischen Highlands zu durchqueren und seine Reise mit einem Besuch des „*Duntulm Castle*“ zu krönen, dessen Ruinen auf der Trotternish-Halbinsel der Isle of Skye dem unablässigen Wind trotzen.

Danksagung

Danken möchte ich an dieser Stelle Ulrich Burger, der sich bereit erklärte, „Schatten über Duntulm Castle“ neu aufzulegen und zu veröffentlichen.
Gedankt sei auch allen Leserinnen und Lesern, die sich „Schatten über Duntulm Castle“ als historische Lektüre vornehmen.